गांधी
के
मैनेजमेंट सूत्र

गांधी के मैनेजमेंट सूत्र

ममता झा

प्रकाशक

प्रभात प्रकाशन प्रा. लि.

4/19 आसफ अली रोड, नई दिल्ली-110002

फोन : 23289777 • हेल्पलाइन नं. : 7827007777

इ-मेल : prabhatbooks@gmail.com ❖ वेब ठिकाना : www.prabhatbooks.com

संस्करण

2025

पेपरबैक मूल्य

तीन सौ पचास रुपए

मुद्रक

प्रिंट मीडिया, नई दिल्ली

———— ★ ————

GANDHI KE MANAGEMENT SOOTRA
by Smt. Mamta Jha

Published by **PRABHAT PRAKASHAN PVT. LTD.**
4/19 Asaf Ali Road, New Delhi-110002

ISBN 978-93-5186-458-5

₹ 350.00 (PB)

महात्मा गांधी

के

नेतृत्व और प्रबंधन कौशल को समर्पित

भूमिका

महात्मा गांधी के बारे में ऐसा क्या है कि बात जब मैनेजमेंट की आती है और खासतौर पर मार्केटिंग की, तब भी वह उन्हें महान् शख्सियत बनाती है? इसके लिए मुमकिन है कि हमें उनके अतीत के बारे में थोड़ा अध्ययन करना पड़े और समग्र रूप से विश्व इतिहास पर दृष्टि डालनी पड़े। दुनिया भर में, हमेशा से, दासता से मुक्ति का मतलब हिंसक संघर्ष रहा है। स्वतंत्रता सदा से हिंसक क्रांति का पर्याय रही है। आप हिंसक शक्ति को फतह कर सकते हैं और हिंसा के जरिए हिंसा से लड़कर आजादी हासिल कर सकते हैं; लेकिन भारत एक खास समस्या से ग्रस्त था। समस्या थी हमारा प्रचलित धर्म।

गांधी खुद ही हिंदुओं को डरपोक कहते थे, ऐसा कहना सही नहीं होगा; मगर भारत के लोग आत्म-संतुष्ट, सहनशील और तुलनात्मक दृष्टि से दुनिया की सबसे शांतिप्रिय नस्ल हैं। हमने अपने अंदर युद्ध और हिंसा के जज्बे को विकसित नहीं किया है। और इसलिए, बात जब भारतीयों को प्रेरित करने और उन्हें हिंसक क्रांति के लिए तैयार करने की हुई तो भारतीय राष्ट्रीय कांग्रेस के अध्यक्ष के चुनाव में गांधी के उम्मीदवार को परास्त कर अध्यक्ष निर्वाचित होनेवाले सुभाषचंद्र बोस भी बुरी तरह नाकाम रहे। उनका दिया युद्धघोष 'तुम मुझे खून दो, मैं तुम्हें आजादी दूँगा' संभव है, दुनिया के हरेक हिस्से में कारगर साबित हो, लेकिन भारत में कारगर साबित नहीं हुआ। और आखिरकार बोस को बाहर से सेनानी जुटाकर सेना गठित करने और भारतीय स्वतंत्रता संग्राम की लड़ाई लड़ने के लिए भारत छोड़ने का निर्णय लेना पड़ा।

जाहिर है, गांधीजी चीजों को उत्सुकता से देखते थे और तेजी से सीखने की क्षमता भी उनमें थी। मार्केटिंग की महान् शख्सियत बनने के लिए यह सबसे जरूरी गुण है। इस शख्स ने भारत को आजाद कराने की बलवती भावना के साथ-साथ महसूस करते हुए कि हिंसक रास्ता अख्तियार करने की अपील भारत के आम आदमी पर ज्यादा असरकारी नहीं होगी—खुद को बदला और वह काम किया, जो दुनिया में पहले कभी नहीं हुआ

था। और एक बार फिर मार्केटिंग की कामयाब कहानी के महान् गुण सामने आए।

महात्मा गांधी निश्चित तौर पर ऐसे पहले व्यक्ति होंगे, जिन्होंने दुनिया को अहिंसा की अवधारणा से परिचित करवाया। इस अवधारणा की वजह से सन् 1930 में 'टाइम' मैगजीन ने उन्हें 'मैन ऑफ द ईयर' घोषित किया और आनेवाले समय में मार्टिन लूथर किंग जूनियर, दलाई लामा, नेल्सन मंडेला, आंग सान सू की और कई दूसरे लोगों ने अहिंसा की उनकी राह का अनुसरण किया। पहले अहिंसा को क्रांति का सबसे वाहियात तरीका माना जाता था; लेकिन गांधी को पता था कि वह क्या कर रहे हैं। वह जानते थे कि अपनी इस विचारधारा की कैसे मार्केटिंग करनी है और किस तरह यह मौजूदा जरूरतों की पूर्ति करेगा। और वह जरूरत थी स्वतंत्रता संग्राम में भागीदारी एवं अंग्रेजों को यहाँ से निकाल बाहर करना। इसके साथ यह इच्छा भी जुड़ी हुई थी कि हथियार उठाने के लिए बाध्य नहीं होना है और किसी की जिंदगी को जोखिम में नहीं डालना है। उन्हें इस बारे में पता था कि उनकी अवधारणा इस जरूरत का सबसे बेहतरीन समाधान है। अगला काम जो उन्हें करना था, वह यह कि इससे आम लोगों का जुड़ाव हो और यह जुड़ाव दुनिया भर में फैले।

उन दिनों जबकि समाचार-पत्र को विलासिता की वस्तु माना जाता था, दूरसंचार के साधन उपलब्ध नहीं थे और यहाँ तक कि परिवहन एवं संपर्क भी दुर्लभ था। इस भारतभूमि की विशाल सीमा के अंदर एक सिरे से दूसरे सिरे तक संदेश पहुँचाना सबसे बड़ी चुनौती थी। तब गांधी ने लोगों से व्यक्तिगत संपर्क करने की ठानी। आम लोगों के प्रति उनके मन में बड़ा आदर था। गांधी ने कहा था, 'आम आदमी हमारे काम में कोई बाधा नहीं है। वह हमारा लक्ष्य है। हमारे काम में वह कोई बाहरी व्यक्ति नहीं है। वह इसका हिस्सा है। हम उसकी सेवा कर कोई अहसान नहीं कर रहे हैं, बल्कि सेवा का अवसर देकर वह हमारे ऊपर अहसान कर रहा है।' और उनके संघर्ष में आखिरी लक्ष्य जनता थी। उसके साथ जुड़ाव के लिए उन्होंने अपने सूट और टाई को तिलांजलि दे दी। दरअसल, उसके साथ जुड़ने के लिए ही उसके मार्केटिंग अभियान में विदेशी कपड़ों को जलाना और खादी बनाना शामिल था। टैगोर जैसे बहुत से लोग इसे तार्किक नहीं मानते थे, लेकिन मार्केटिंग का व्यक्ति होने के नाते गांधी जानते थे कि यह उन्हें अपने लोगों से भावनात्मक रूप से जोड़ने में मदद करेगा और उनके संदेश को उन तक पहुँचाएगा।

आम आदमी आम तौर पर महान् कविताओं की बजाय प्रतीकात्मक संकेतों को ज्यादा बेहतर तरीके से समझता है और गांधी ने इन प्रतीकात्मक संकेतों को सार्वजनिक किया। महान् नेता होने के नाते अगुवाई करना कभी कोई मुद्दा नहीं रहा, लेकिन यहाँ तक कि आज जब जुड़ाव बहुत आसान है, तब भी बहुत से भारतीय नेता जो काम नहीं कर पाते हैं, वह उन्होंने वर्ष 1900 की शुरुआत में ही कर दिखाया। वह जनता के बीच

गए और उन्हीं का हिस्सा बन गए। वह उनके साथ चले और उन्हें अपने साथ चलने के लिए प्रेरित किया। उनकी नई पोशाक खादी, जिससे आम आदमी पहचाना जाता था और उनके आधे तन पर कपड़ा, उस आदमी का प्रतीक था, जिसका समर्थन वह चाहते थे, भूखा और पीड़ित आदमी, जिसे मुक्ति की तलाश हो। और जैसी कि कहावत है, वचन से बड़ी कोई चीज नहीं है। जनता के साथ किए गए उनके काम की गूँज जल्द ही आग की तरह पूरे देश में फैल गई और लोग इस शांति पुरुष के क्रिया-कलापों का अनुसरण करने लगे, जो भारत को आजादी दिलाने की बात कर रहा था और उसे हासिल करने के उतने करीब दिख रहा था, जहाँ तक कोई नहीं पहुँच सका था।

मैनेजमेंट की गहरी समझ रखनेवाले व्यक्ति के तौर पर उन्होंने गुण-दोषों का शानदार विश्लेषण किया। वह अपने विरोधियों और प्रतिस्पर्धा—अंग्रेज—को अच्छी तरह जानते थे। वह जानते थे कि नाजियों के विपरीत अंग्रेज ज्यादा सुसंस्कृत थे और निष्पक्षता में यकीन रखते थे और उनके पास एक अदालत थी, जिसके प्रति वे जवाबदेह भी थे। इसलिए वह जानते थे कि अगर वह शांति वार्त्ता की पहल करते हैं तो अंग्रेजों के लिए उन्हें मार डालना लगभग असंभव होगा। अपने फायदे के लिए उन्होंने उनकी क्रूरता को कमजोरी के तौर पर लिया और अपनी पहुँच बनाने के लिए उनके बीच के बुद्धिजीवियों का इस्तेमाल किया।

इस पुस्तक में महात्मा गांधी के जीवन से प्रतिबिंबित होनेवाले मैनेजमेंट सूत्रों का चित्रण किया गया है।

अनुक्रम

महात्मा गांधी एक परिचय

मोहनदास करमचंद गांधी का जन्म 2 अक्तूबर, 1869 को पोरबंदर के एक छोटे से साफ-सुथरे मकान में हुआ था। पोरबंदर पश्चिम भारत में काठियावाड़ के तट पर स्थित है। उनके पिता का नाम करमचंद गांधी और माता का नाम पुतलीबाई था। उनका कद छोटा और रंग साँवला था। वह भारत में जन्म लेनेवाले लाखों बच्चों की तरह ही दिखाई देते थे; लेकिन फिर भी, वह साधारण बालक नहीं थे। उन्हें एक बड़े साम्राज्य से लोहा लेना था और शास्त्रों का सहारा लिये बगैर अपने देश को आजाद करना था। उन्हें 'महात्मा' कहलाना था और देश की जनता को स्वतंत्रता दिलाकर अपने आपको उनके लिए विसर्जित कर देना था।

पोरबंदर एक प्राचीन बंदरगाह है, जो सुदूर वरदा पहाड़ी से दिखाई देता है। उस काल में भी व्यापार के लिए यहाँ दूर-दूर से जहाज आया करते थे। गांधी परिवार का यहाँ पुश्तैनी मकान था। मोहनदास के पिता और पितामह अपनी योग्यता और अपने उच्च नैतिक चरित्र के लिए प्रसिद्ध थे।

पितामह उत्तमचंद गांधी एक साधारण बनिया परिवार में जनमे थे। लेकिन वह पोरबंदर के दीवान बन गए। फिर उनका उत्तराधिकार मिला उनके पुत्र करमचंद गांधी को, जो कबा गांधी के नाम से जाने जाते थे। कबा गांधी ने वैसे तो साधारण शिक्षा ही प्राप्त की थी, लेकिन अपने ज्ञान और अनुभव से वह कुशल शासक बन सके। वह पराक्रमी और उदार मन के थे। यदि उनमें कोई बुराई थी तो वह था उनका तेज मिजाज।

करमचंद गांधी की पत्नी पुतलीबाई बड़ी धर्मपरायण थीं। नित्य प्रति वह मंदिर जाकर पूजा करतीं। सब उनसे स्नेह करते। वह दृढ़ इच्छा-शक्तिवाली महिला थीं। सभी उनकी बुद्धि और सद्भावना का आदर करते। लोग अकसर कई मामलों में उनकी सलाह लिया करते।

कबा गांधी के छह बच्चे थे और मोहनदास उनमें सबसे छोटे थे। वह परिवार के लाडले बेटे थे। माता-पिता और उनके मित्र उन्हें 'मोनिया' के नाम से पुकारते थे।

मोनिया अपनी माँ को बहुत प्यार करता था। प्यार पिता को भी करता था, लेकिन उनसे थोड़ा डरता था।

मोनिया जब छोटा था तो उसे घर में रहना अच्छा नहीं लगता था। वह घर आता तो खाना खाते ही भाग खड़ा होता और बाहर जाकर खेलने लगता। यदि किसी भाई ने खेल-खेल में चिढ़ा दिया या कान खींच लिये तो वह दौड़कर घर जाता और माँ से उनकी शिकायत करता।

"तो तुम भी उन्हें क्यों नहीं पीट देते?" माँ शिकायत सुनकर कहतीं।

"तुम मुझे उन्हें पीट देने की बात कैसे सिखा सकती हो, माँ? मैं अपने भाई को क्यों मारूँगा? और भाई को ही क्यों, किसी और को भी क्यों पीटूँगा?" मोनिया तत्काल उत्तर देता।

माँ अचरज करतीं कि उनके नन्हे बेटे के मन में ऐसे विचार आए कहाँ से।

तब मोनिया की उम्र थी केवल सात वर्ष, जब उसके पिता पोरबंदर की जगह राजकोट के दीवान नियुक्त हुए। मोनिया से पोरबंदर छूट गया। उसे याद आता रहा वहाँ का नीला आकाश, वहाँ के बंदरगाह पर आते-जाते जहाज।

राजकोट में उसे प्राथमिक पाठशाला में भेजा गया। वह स्वभाव से शरमीला था और इस कारण दूसरे बच्चों के साथ आसानी से हिल-मिल नहीं पाया। हर सुबह वह समय से स्कूल जाता और छुट्टी होते ही घर भाग आता। उसकी दोस्ती केवल किताबों से ही थी।

उसका एक दोस्त अवश्य था, उका नाम का लड़का। उका हरिजन बालक होने के कारण अछूत था। एक दिन मोनिया को मिठाई मिली। वह उका के पास दौड़ा गया कि वे दोनों इसे बाँटकर खा लें।

उका बोला, "छोटे मालिक, मेरे पास मत आओ।"

"क्यों?" मोनिया ने आश्चर्य से पूछा, "मैं क्यों नहीं आऊँ तुम्हारे पास?"

उका ने जवाब दिया, "मैं अछूत हूँ, छोटे मालिक।"

मोनिया ने उका के हाथ पकड़े और उन पर मिठाई रख दी। पुतलीबाई ने खिड़की से वह सब देख लिया था। मोनिया को उन्होंने तुरंत अंदर आने को कहा।

उन्होंने कठोर स्वर में पूछा, "क्या तुम यह नहीं जानते हो कि उच्च कुल के हिंदू अछूतों को नहीं छूते?"

"लेकिन माँ, छूते क्यों नहीं हैं?" मोनिया ने पूछा।

"क्योंकि हमारी हिंदू रीति-नीति में ऐसा करने की मनाही है।" उन्होंने उत्तर दिया।

"मैं तुम्हारी बात से सहमत नहीं हूँ, माँ। मुझे उका को छू लेने में कुछ भी गलत नहीं लग रहा है। वह मुझ जैसा ही तो है, मुझसे जुदा तो है नहीं, बोलो ना?"

माँ निरुत्तर हो गईं। लेकिन उन्होंने गुस्से में यही कहा कि वह जाकर नहाए और

फिर प्रार्थना करे।

करमचंद गांधी अपने सभी पुत्रों को प्यार करते थे। लेकिन सबसे छोटे से उन्हें कुछ विशेष ही प्यार था। वह अकसर कहा करते, "तुम खूब पढ़ना, हाई स्कूल, कॉलेज तक और कोई बड़ा व्यवसाय करना।"

मोनिया ने खूब मेहनत करके बड़ी सावधानी से पढ़ाई की लेकिन उसे किसी पाठ को कंठस्थ कर लेना पसंद नहीं था। इसी कारण संस्कृत में वह कमजोर था। भूमिति उसे बहुत अच्छी लगती थी, क्योंकि उसमें हर बात तर्क से सिद्ध होती थी।

एक बार मोनिया ने श्रवण कुमार की कहानी पढ़ी। श्रवण के माता-पिता वृद्ध और अंधे थे। वह उन्हें हमेशा कंधे पर काँवड़ लटकाकर लाता-ले जाता था और अपने साथ रखता था। माता-पिता के प्रति श्रवण की इस भक्ति ने मोनिया को बहुत प्रभावित किया। मोनिया ने प्रतिज्ञा की, 'मैं श्रवण जैसा ही बनूँगा।'

उन्हीं दिनों मोनिया ने राजा हरिश्चंद्र के बारे में एक नाटक देखा। हरिश्चंद्र अपनी सत्यप्रियता के लिए विख्यात थे।

वह अपने आपसे बार-बार पूछने लगा, 'हम सभी हरिश्चंद्र की तरह सत्यवादी क्यों न बनें?'

उस समय मोहनदास की उम्र केवल तेरह वर्ष की थी, जब उससे कहा गया कि शीघ्र ही उसकी शादी होने वाली है। माता-पिता उसके लिए वधू खोज चुके थे। वधू पोरबंदर की थी और उसका नाम था कस्तूरबाई। वह और मोहनदास लगभग एक ही उम्र के थे।

विवाह का दिन आ गया। मोहनदास ने नए कपड़े पहने थे। सभी लोग ठाठदार कपड़ों में सजे थे। घर फूल व केले के पत्तों से सजाया गया था। दूल्हे को साथ लेकर बारात पोरबंदर के लिए रवाना हुई।

वह दिन वधू के घर बड़ी धूमधाम का दिन था। नृत्य-संगीत की बहार थी। मुहूर्त का समय आया और वर को लेकर बारात वहाँ पहुँची।

कस्तूरबाई लाल वस्त्र और जड़ाऊ आभूषण पहने थीं। उस वेशभूषा में वह शरमा रही थीं और बहुत आकर्षक लग रही थीं। खूब धूमधाम के साथ कस्तूरबाई से मोहनदास का विवाह हो गया।

पूरे एक सप्ताह तक रस्म-रिवाज होते रहे। फिर दुलहन पोरबंदर में पिता का घर छोड़कर पति के साथ राजकोट आ गई।

कस्तूरबाई देखने में बहुत सुंदर और प्राणवान् लगती थीं। मोहनदास और वह अकसर साथ-साथ खेला करते थे। कभी-कभी मोहनदास अपनी पत्नी को पढ़ाने की कोशिश भी करते, लेकिन पढ़ने में कभी उसका मन नहीं लगता, जबकि घर के काम-काज वह बड़ी तत्परता से सीख लेती थी।

एक दिन मोहनदास शेख मेहताब से मिले। वह उनके बड़े भाई के मित्र थे। शेख बदनाम थे। मोहनदास यह जानते थे, लेकिन शेख की लंबी काया और मजबूत डील-डौल से वह प्रभावित हुए बिना नहीं रह सके।

शेख मांसाहारी थे और अकसर मोहनदास से कहा करते थे कि यदि वह भी मांस खाया करें तो कद से लंबे और शरीर से बलिष्ठ हो जाएँगे।

उन दिनों सुधार आंदोलन भी जोरों पर था और पुरातनपंथी जीवन-पद्धति में परिवर्तन लाने की कोशिश भी चल रही थी। मोहनदास ने खुद सुना था कि कई अच्छे-अच्छे घरों के लोग मांस खाने लगे हैं, सो उन्होंने भी मांस खाना शुरू कर दिया। उन्हें मांस का स्वाद नहीं आया, लेकिन कुछ समय बाद वे मांस की सब्जी पसंद करने लगे।

जब भी मोहनदास बाहर से मांस खाकर आते थे, वह शाम को घर भोजन नहीं कर पाते थे और उसके लिए माँ से कोई-न-कोई बहाना बनाना पड़ता था। वह यह अच्छी तरह जानते थे कि उनके माता-पिता मांस खाने की बात को कभी क्षमा नहीं करेंगे। वह उस समय मांस खाने के बहुत विरोधी नहीं थे, लेकिन माँ से झूठ बोलने के एकदम विरोधी थे। यह भावना उन्हें अंदर-ही-अंदर कुरेदती रहती। आखिरकार एक दिन उन्होंने यह तय कर लिया कि वह कभी मांस नहीं छुएँगे।

मोहनदास ने अपने भाई, शेख और एक दूसरे रिश्तेदार की सोहबत में धूम्रपान भी सीख लिया था। उन्हें सिगरेट खरीदने के लिए इस-उस से थोड़ा-बहुत रुपया भी उधार लेना पड़ता था।

इसी तरह उनके भाई पर कर्ज हो गया। उसे चुकाने के लिए उन्होंने भाई के सोने के कड़े से एक तोला सोना काटकर बेच दिया। वह सब चोरी से किया। चोरी करना बड़ा पाप माना जाता है। वह जानते थे कि उनसे भारी अपराध हो गया है। यह सोचकर उन्होंने प्रतिज्ञा की कि वह कभी चोरी नहीं करेंगे। उन्होंने अपने अपराध की आत्म-स्वीकृति एक कागज पर लिखी और वह कागज अपने बीमार पिता के हाथ में थमा दिया।

करमचंद गांधी ने पुत्र की आत्म-स्वीकृति को पढ़ा। एक शब्द भी कहे बिना उन्होंने वह कागज फाड़ डाला। उसके टुकड़े जमीन पर बिखर गए। उनकी आँखों से दो बूँद आँसू टपके। दीर्घ निःश्वास लेकर वह फिर बिस्तर पर लेट गए। मोहनदास कमरे से बाहर आ गए। उनका चेहरा आँसुओं से तर था।

उस दिन से मोहनदास अपने पिता को और अधिक प्यार करने लगे। रोज वह स्कूल से सीधे घर आते और पिता की सेवा करते। लेकिन पिता की दशा बिगड़ती गई और अंत में उनकी मृत्यु हो गई। घर में मातम छा गया।

मोहनदास उस समय केवल सोलह वर्ष के थे।

हाई स्कूल की परीक्षा पास कर लेने के बाद मोहनदास भावनगर के शामलदास

कॉलेज में भरती हो गए। वह पहले सत्र के बाद ही घर लौट आए, क्योंकि वहाँ की पढ़ाई उन्हें पसंद नहीं आई।

घर लौटे तो एक आश्चर्यजनक प्रस्ताव उनके सामने रखा गया। बड़े भाई तथा परिवार के एक मित्र का सुझाव था कि वह आगे पढ़ने के लिए इंग्लैंड जाएँ और बैरिस्टर बनें। मोहनदास रोमांचित हो गए। दुनिया देखने का एक सुंदर अवसर उनके सामने था।

लेकिन उनकी माँ को इंग्लैंड जाने की बात पसंद नहीं आई। वह नहीं चाहती थीं कि उनका सबसे छोटा बेटा उनसे दूर रहे। समस्या रुपयों की भी थी। लेकिन इन सबसे अधिक उन्हें यह डर था कि समंदर पार जाकर मोहनदास अपना जाति-धर्म खो बैठेगा। परिवार के मित्रों ने सुझाया कि ऐसे डर की कोई आशंका नहीं है और सारी समस्याएँ सुलझ जाएँगी। लेकिन फिर भी माँ विरोध ही करती रहीं।

''कई ऐसी बातें मैं जानती हूँ, जिनके कारण किसी हिंदू को भारत छोड़कर बाहर नहीं जाना चाहिए, उसमें खतरा है।'' उन्होंने समझाया, ''वहाँ मांस खाना पड़ेगा। वहाँ के लोग शराब पीते हैं और तुम्हारी भी इच्छा होगी कि तुम भी पियो। यह भी हो सकता है कि तुम बुरी सोहबत में पड़ जाओ। वहाँ दुर्घटनाओं की कमी नहीं। वे तुम्हें बिगाड़ देंगे।''

मोहनदास ने कहा, ''नहीं माँ, मैं कोई बच्चा तो हूँ नहीं। मैं अपनी सार-सँभाल खुद कर सकता हूँ।''

वह माँ से जाने की आज्ञा पाने के लिए जिरह करते रहे और शपथ ली कि वह वहाँ कभी मांस नहीं खाएँगे, शराब नहीं पीएँगे और किसी नारी का स्पर्श नहीं करेंगे।

आखिरकार पुतलीबाई ने हारकर उन्हें इंग्लैंड जाने की आज्ञा दे दी। जब मोहनदास राजकोट छोड़कर बंबई जाने के लिए रवाना हुए तो वह दुःखी हो उठे। वह माँ, पत्नी और अपने छोटे से पुत्र को छोड़कर जा रहे थे, जो कुछ ही महीने का था।

4 सितंबर, 1888 को मोहनदास बंबई से इंग्लैंड के लिए रवाना हुए। जब जहाज तट से धीरे-धीरे आगे बढ़ा तो वह पश्चिमी वेशभूषा में डेक पर खड़े हुए थे। वह उदास थे, लेकिन साथ ही उत्तेजित भी।

मोहनदास जहाज पर अपनी पहली सुबह कभी नहीं भूल सके। वह काला सूट और सफेद शर्ट पहने थे, उनकी कॉलर सख्त थी और उन्होंने टाई लगा रखी थी। उसमें वह बड़ी असुविधा अनुभव कर रहे थे। सख्त कॉलर चुभ रही थी। ठीक से टाई बाँधना भी कोई छोटा काम तो था नहीं। चुस्त शॉर्ट कोट से भी खासी परेशानी हो रही थी। उन्होंने सोचा कि भारतीय पोशाक ही आरामदेह होती है। लेकिन आईने में चेहरा देखने पर उन्हें गर्व ही हुआ था। उन्हें लगा था कि वह बहुत प्रभावशाली दिख रहे हैं।

मोहनदास थे शरमीले स्वभाव के। वह मुश्किल से कभी केबिन छोड़कर बाहर गए होंगे। वह अपना खाना भी अकेले ही खाते थे। उन्हें विश्वास नहीं था कि ज़हाज पर

जो खाना दिया जाता है, उसमें क्या होता है। हो सकता है, उसमें मांस ही हो। वह नहीं चाहते थे कि माँ को दिया वचन किसी भी तरह टूटे, इसलिए अधिकतर वह अपने साथ लाई मिठाई पर ही निर्भर रहते।

साउदेम्पटन पहुँचने पर उन्होंने अपने आसपास नजर दौड़ाई। जो देखा, वह यह कि सभी लोग गहरे रंग के कपड़े पहने हुए हैं, कटोरीनुमा टोप लगाए हैं और हाथ में ओवरकोट लटकाए हुए हैं। मोहनदास को यह देखकर बड़ा संकोच हुआ कि केवल वह अकेले ही सफेद फलालैन का कोट पहने थे।

लंदन में वह पहले तो विक्टोरिया होटल में ठहरे। सबसे पहले उनसे मिलने आए गांधी परिवार के हितैषी डॉ. पी.जे. मेहता। मोहनदास डॉ. मेहता के रेशमी टोप से बहुत प्रभावित हुए। टोप को उन्होंने कौतूहलवश छूकर देखा। छूने से उनके रेशमी फीते बिखर गए। तब डॉ. मेहता ने उन्हें यूरोपीय आचार-व्यवहार के बारे में पहली सीख दी।

''दूसरों की चीजों को मत छुओ।'' उन्होंने कहा, ''जब किसी से पहली बार मिलो तो सवाल मत पूछो, जैसे कि हम लोग भारत में पूछने लगते हैं। जोर से मत बोलो। दूसरों से बात करते समय 'सर' का उपयोग मत करो, जैसा कि हम भारत में करते हैं। केवल नौकर और मातहत लोग ही अपने मालिक से बात करते समय इस शब्द का इस्तेमाल करते हैं।''

युवक गांधी को आसपास का सारा वातावरण अजीब सा लग रहा था। उन्हें घर की याद आने लगी। वहाँ एक शाकाहारी भोजनालय खोज लेने तक वह लगभग भूखे ही रहे। पश्चिमी आचार-व्यवहार सीखने के लिए वह संघर्ष कर रहे थे। उन्होंने कुछ कमरों वाला एक मकान किराए पर ले लिया। बढ़िया सिलाईवाले कपड़े और एक टोप खरीदा। आईने के सामने खड़े होकर बालों में माँग निकालने और टाई की नॉट बाँधने में बड़ा समय लग जाता था। उन्होंने नृत्य भी सीखा; लेकिन जल्दी ही सीखना छोड़ दिया, क्योंकि उन्हें लय का ज्ञान नहीं था। वायलिन बजाना सीखा, लेकिन असफल रहे। फ्रेंच भाषा और वक्तृत्व कला सीखने की कोशिश की, लेकिन उससे नींद आने लगी।

अंग्रेज बनने की उनकी यह कोशिश कोई तीन महीने चली। फिर यह विचार ही उन्होंने छोड़ दिया और गंभीर विद्यार्थी बन गए।

एक मित्र से उन्होंने कहा, ''मैंने अपनी जीवन-पद्धति बदल ली है। अब इस मूर्खता से मैं मुक्त हो गया हूँ। मैं एक कमरे में रहता हूँ और अपना खाना खुद पकाता हूँ। अब से आगे मैं अपना सारा समय केवल पढ़ने में ही लगाऊँगा।''

उनका खाना बहुत सादा होता था। आने-जाने पर खर्च करना भी उन्होंने बंद कर दिया। वह लंदन में हर जगह पैदल ही आते-जाते थे। अपने खर्च किए एक-एक पैसे का हिसाब रखने लगे थे।

मोहनदास ने 'लंदन शाकाहारी संस्था' में प्रवेश ले लिया और शीघ्र ही वह उसकी

कार्यकारी समिति में आ गए। उन्होंने 'वेजिटेरियन' पत्रिका के लिए लेख भी लिखे।

कानून की परीक्षा के लिए बहुत अधिक अध्ययन की जरूरत नहीं होती थी और मोहनदास के पास बहुत सा समय बच जाता था। ऑक्सफोर्ड या कैंब्रिज का सवाल ही नहीं उठता था, क्योंकि उसका पाठ्यक्रम बहुत लंबा था। खर्च भी बहुत था।

तब उन्होंने लंदन की मैट्रिक परीक्षा में बैठने का निर्णय किया। यह कठिन काम था, लेकिन उन्हें तो कठिन काम पसंद थे। फ्रेंच, इंग्लिश और रसायन-शास्त्र में तो वह पास हो गए, लेकिन लैटिन में फेल हो गए। उन्होंने दोबारा कोशिश की और लैटिन में भी पास हो गए। साथ-ही-साथ वह कानून भी पढ़ते रहे और नवंबर 1888 में उन्हें इनर टेंपल में जगह मिल गई।

वहाँ न्याय संस्थान (इन्स ऑफ कोर्ट्स) का यह नियम था कि उसके द्वारा वर्ष में कम-से-कम छह बार एक समय भोजन करें। जब पहली बार वह अपने विद्यार्थी साथियों के साथ भोजन करने गए तो शर्म और संकोच का अनुभव करते रहे। उनका विश्वास था कि मांस और शराब के लिए इनकार करने पर विद्यार्थी साथी उनका मजाक उड़ाए बगैर नहीं रहेंगे। जब शराब दी गई तो वह बोले, "नहीं, धन्यवाद।"

उनके पास बैठे हुए लड़के ने उनसे कहा, "मैं पूछता हूँ गांधी, क्या तुम सचमुच अपना हिस्सा नहीं चाहते? तुम जानते ही हो कि इसके लिए तुम्हें पैसा देना होता है!"

गांधीजी ने जब कहा कि शराब को उन्होंने कभी छुआ भी नहीं तो वह लड़का दोस्तों को पुकारकर बोला, "दोस्तो, हम ईश्वर की कृपा से बड़े भाग्यवान् हैं कि यह लड़का हमारे पास बैठा है। इसके कारण हमें आधी बोतल और मिल रही है।"

मोहनदास ने कहा, "तुम मेरे हिस्से का भुना हुआ मांस भी ले सकते हो।" और वह अपने हिस्से की रोटी, उबले हुए आलू एवं गोभी की सब्जी खाकर संतुष्ट हो गए। उन्हें इस बात से आश्चर्यजनक प्रसन्नता हुई कि उनकी विलक्षण आदतों के बाद भी लोग उन्हें चाहते रहे।

अगली बार जब वह खाना खाने गए तो उनके हाथ में कानून की किताबों का ढेर था। वह उन किताबों को पढ़ने के लिए घर ले जा रहे थे।

"गांधी," एक विद्यार्थी ने उनसे पूछा, "क्या तुम सचमुच इन पोथों को पढ़ोगे?"

यह कहकर उसने एक पुस्तक झपट ली।

फिर वह बोला, "देखो मेरे दोस्तो, यह तो वाकई रोम का कानून लैटिन में पढ़ने जा रहा है।"

सारे दोस्त हँसने लगे। उनमें से एक ने कहा, "मेरी बात सुनो गांधी, मैंने रोमन कानून की परीक्षा केवल दो सप्ताह में एक छपी हुई कुंजी पढ़कर पास की है। तुम क्यों बेकार मेहनत कर रहे हो?"

गांधीजी ने उस व्यंग्य कसनेवाले मित्र को बताया कि वह उस विषय में रुचि रखते

हैं और इसी कारण इतनी मेहनत कर रहे हैं। वह ज्ञान पाने के लिए ज्ञान प्राप्त करना चाहते हैं।

फिर थोड़े समय के लिए वह फ्रांस गए और कानून की आखिरी परीक्षा की तैयारी में जुट गए। जल्दी ही नतीजा भी घोषित हो गया। गांधीजी अच्छे अंक प्राप्त करके पास हुए थे। 10 जून, 1891 को वह बैरिस्टर बन गए और दूसरे ही दिन उन्हें उच्च न्यायालय में औपचारिक प्रवेश भी मिल गया। उसके दूसरे ही दिन 12 जून को भारत लौटने के लिए वह जहाज पर सवार हुए।

गांधीजी का इंग्लैंड में तीन वर्ष ठहरना घटनापूर्ण रहा। वे दिन थे बौद्धिक जागरण के और उन दिनों हर तरह के मत-मतांतर को सम्मान दिया जाता था। सारा देश ही एक तरह से प्राणवान् विश्वविद्यालय बन गया था। गांधीजी जब एस.एस. आसाम नामक जहाज से लौट रहे थे तो यह विचार उनके मन में था कि भारत को छोड़कर अगर उन्हें कहीं और रहना पड़ा तो वह इंग्लैंड में ठहरना ही पसंद करेंगे।

जहाज बंबई के तट पर पहुँच गया। गांधीजी ने देखा कि उनके भाई मुख्य रास्ते से दूर मालगोदाम वाले रास्ते पर खड़े हैं। वह उनसे मिलने के लिए छोटे पुल पर से दौड़े, जो उतरने के लिए लगा हुआ था। अभिवादन के साथ ही उन्हें लगा कि भाई उदास हैं।

पूछा, "कोई बुरी खबर है क्या?"

"हाँ," भाई की आँखों में आँसू भर आए, "परीक्षा के दिनों में हम लोग तुम्हें परेशान नहीं करना चाहते थे। हमारी प्यारी माँ··· । कुछ सप्ताह बीते उनकी मृत्यु हो गई।"

मोहनदास अवाक् रह गए। माँ उनके लिए बड़ा महत्त्व रखती थीं। वह तो लौटकर यह कहने आए थे कि विदेश जाने से पहले उन्होंने जो भी शपथ ली थी, उसका ठीक-ठीक पालन किया है; लेकिन माँ हैं ही नहीं। कैसी उदास वापसी थी वह।

राजकोट में उन्होंने वकालत शुरू की। लेकिन वकीलों में उन्होंने देखी स्वार्थपरता और संकीर्ण मनोवृत्ति। वह शीघ्र ही उकता गए। उन्होंने यह अनुभव किया कि गरीब और सीधे आदमी के लिए अदालत से न्याय पा लेना आसान काम नहीं है। वह राजकोट के जीवन से खुश नहीं थे और चाहते थे कि वहाँ से कहीं चले जाएँ।

उन्हीं दिनों उन्हें दादा अब्दुल्ला एंड कंपनी की ओर से दक्षिण अफ्रीका जाने का निमंत्रण मिला। वहाँ उनका बड़ा व्यापार फैला था। एक कंपनी पर उन लोगों ने 4 लाख डॉलर का मुकदमा दायर कर रखा था। उन्होंने गांधीजी से कहा कि वह यह मुकदमा वापस ले लें, क्योंकि वह अंग्रेजी अच्छी बोल लेते हैं और ब्रिटिश कानून की उन्हें जानकारी भी है। उनका मुकदमा लड़ने के अलावा उन्होंने अपनी फर्म के अंग्रेजी पत्र-व्यवहार का कामकाज भी उन्हें सौंप देना चाहा। वहाँ एक वर्ष के लिए उनकी जरूरत थी। कंपनी ने अच्छी फीस और आने-जाने का प्रथम श्रेणी का किराया देना भी मंजूर कर लिया।

नए देश और नए लोगों को देखने का अवसर सामने था। गांधीजी रोमांचित हो गए

और निमंत्रण स्वीकार कर लिया।

इस बात का उन्हें दु:ख था कि कस्तूरबाई से इतनी जल्दी अलग होना पड़ रहा है; लेकिन वह तो जाने का निर्णय कर चुके थे। अप्रैल 1893 में गांधीजी बंबई से दक्षिण अफ्रीका के लिए रवाना हुए।

भारत से दक्षिण अफ्रीका की यात्रा बड़ी लंबी थी। सन् 1893 के मई महीने के अंत में गांधीजी नेटाल पहुँचे। पहली बात जो उन्होंने देखी, वह यह कि वहाँ भारतीय लोगों का बहुत कम सम्मान किया जाता है। डरबन पहुँचने के लगभग एक सप्ताह के अंदर ही वह दादा अब्दुल्ला एंड कंपनी के अब्दुल्ला सेठ के साथ न्यायालय में गए।

वह वहाँ न्यायालय में बैठे ही होंगे कि न्यायाधीश ने उनकी तरफ अंगुली उठाई। कड़ी आवाज में यह कहा गया, ''तुम अपनी पगड़ी उतार दो।''

गांधीजी आश्चर्यचकित रह गए। उन्होंने घूमकर देखा कि आसपास कई मुसलमान पगड़ी बाँधे हुए हैं। वह समझ नहीं पाए कि केवल उन्हें ही क्यों फटकारा गया है।

''श्रीमान'', उन्होंने उत्तर दिया, ''मैं समझ नहीं पा रहा हूँ कि मैं अपनी पगड़ी क्यों उतार दूँ। मैं नहीं उतारता।''

न्यायाधीश ने चिल्लाकर कहा, ''कृपा कर अपनी पगड़ी उतार दो!''

यह सुनकर गांधीजी न्यायालय से उठ गए।

अब्दुल्ला गांधीजी के पीछे-पीछे दौड़े गए और उनकी बाँह पकड़ ली।

''आप जानते नहीं हैं,'' अब्दुल्ला ने कहा, ''मैं आपको कारण बतला दूँगा कि ये गोरी चमड़ीवाले ऐसा व्यवहार क्यों करते हैं!''

उन्होंने आगे कहा, ''ये लोग भारत के लोगों को छोटा समझते हैं और उन्हें 'कुली' या 'सामी' के नाम से पुकारते हैं। जो मुसलमान हैं, उन्हें पगड़ी पहनने की इजाजत दे दी गई है, क्योंकि उनके धर्म में वैसे कपड़े पहनना जरूरी है।''

गांधीजी की आँखें क्रोध से तमतमाने लगीं।

''न्यायाधीश ने मेरा अपमान किया है।'' उन्होंने कहा, ''यह नियम तो किसी भी आजाद आदमी का अपमान है। ऐसे अपमानजनक नियम के खिलाफ मैं आज ही डरबन प्रेस में लिखकर अपना विरोध प्रदर्शित करूँगा।''

और गांधीजी ने लिखा भी। उनका पत्र प्रकाशित हुआ और उसे आशा से अधिक प्रचार मिला। फिर भी, कुछ समाचार-पत्रों की दृष्टि में गांधीजी 'अप्रिय अतिथि' ही माने गए।

डरबन में गांधीजी ने एक सप्ताह बिताया और फिर प्रिटोरिया गए। वहाँ उन्हें मुकदमे की पैरवी करनी थी, इसलिए वह यहाँ आए थे। प्रथम श्रेणी का टिकट लेकर वह रेल में चढ़े। रात को नेटाल की राजधानी मेरित्सबर्ग पहुँचे। वहाँ एक अंग्रेज भी उसी डिब्बे में आ गया।

उसने गांधीजी की तरफ घृणा से देखा, कंडक्टर को बुलाया और कहा, ''इस कुली को यहाँ से उठा ले जाओ और वहाँ पटक दो जहाँ इसकी जगह है। मैं काले आदमी के साथ यात्रा नहीं करूँगा।''

''जो आज्ञा, श्रीमान।'' कंडक्टर ने उत्तर दिया।

फिर उसने गांधीजी की तरफ देखा, ''ओ सामी, उठो और मेरे साथ दूसरे डिब्बे में आ जाओ।''

''नहीं, मैं नहीं जाऊँगा।'' गांधीजी ने शांतिपूर्वक उत्तर दिया, ''मेरे पास प्रथम श्रेणी का टिकट है और मुझे अधिकार है कि मैं यहाँ बैठ सकूँ।''

तब एक सिपाही को बुलाया गया और गांधीजी को बोरिया-बिस्तर सहित उस डिब्बे से बाहर निकाल दिया गया। उन्हें प्लेटफॉर्म पर ही छोड़कर रेल चली गई। वह रात उन्होंने सर्दी से ठिठुरते हुए अँधेरे प्रतीक्षालय में काटी।

यह अनुभव गांधीजी के मन में जम गया। उन्होंने प्रतिज्ञा की कि चाहे जो कीमत चुकानी पड़े, वह हर अन्याय के खिलाफ लड़ेंगे। उन्होंने रेलवे के जनरल मैनेजर को अपना विरोध पत्र भेजा, लेकिन वहाँ उनके कर्मचारी के पक्ष को ही उचित ठहराया गया।

उसी यात्रा में प्रिटोरिया जाते कुछ और मुश्किलें भी उनकी राह देख रही थीं। उन्हें चार्ल्सटाउन से जोहांसबर्ग घोड़ा-गाड़ी में जाना था। उनके पास प्रथम श्रेणी का टिकट था, लेकिन गोरे कंडक्टर ने उन्हें अंदर नहीं बैठने दिया।

उसने उनका मजाक उड़ाया, ''ओ बैरिस्टर कुली, तुम अंग्रेजों के साथ अंदर नहीं बैठ सकते। टिकट हो या न हो, बैठना होगा बाहर कोच के पायदान पर। वैसे वह मेरे बैठने की जगह है, लेकिन वह मैं तुम्हें दे दूँगा और तुम्हारी जगह मैं अंदर बैठ जाऊँगा।''

इस अपमान से गांधीजी तमतमा उठे; लेकिन भारी मन से चालक के पीछे वाली जगह जाकर बैठ गए। उस समय वह झगड़ने की मन:स्थिति में नहीं थे।

फिर जब एक जगह घोड़े बदलने के लिए गाड़ी रुकी तो कंडक्टर उनके पास आया। उसने कहा, ''ऐ सामी, अब तुम नीचे बैठो। हम सिगरेट पीएगा।'' और उसने पैरों के पास एक गंदा थैला फैला दिया।

यह देख गांधीजी को आग लग गई। वह बोले, ''मेरे पास प्रथम श्रेणी का टिकट है, जिसके अनुसार मैं अंदर बैठ सकता हूँ; लेकिन तुमने मुझे यहाँ बैठने के लिए मजबूर किया। अब तुम यह चाहते हो कि मैं तुम्हारे पैरों में बैठूँ। नहीं, मैं यहाँ नहीं बैठूँगा।''

''तुम्हें यहीं बैठना होगा।'' कंडक्टर ने चीखकर कहा। फिर वह गांधीजी को घूँसा जमाकर उन्हें धक्का देते हुए नीचे उतारने लगा। गांधीजी बरदाश्त करते रहे। वह सरिया पकड़े खड़े रहे, लेकिन अगले घूँसे ने तो उन्हें करीब-करीब धराशायी कर दिया।

यह देख सहसा गाड़ी में बैठे हुए कुछ यात्री शोर मचाने लगे। वे कहने लगे, ''बंद

करो यह सब। उसे छोड़ दो कंडक्टर। वह ठीक बोल रहा है। उसे अंदर आकर हमारे साथ बैठने दो।''

कंडक्टर को उन्हें छोड़ देना पड़ा।

अगली रात वह जोहांसबर्ग पहुँचे। रास्ते की दुर्घटना ने उन्हें हिलाकर रख दिया। उनके पास एक मुसलमान व्यापारी का पता था, लेकिन इतनी रात गए उन्होंने उसके घर जाना ठीक नहीं समझा। टैक्सी से वह ग्रैंड नेशनल होटल पहुँच गए।

होटल के मैनेजर ने उनकी तरफ गौर से देखा और कहा, ''क्षमा कीजिए, आज रात कोई कमरा खाली नहीं है।''

गांधीजी समझ गए कि केवल काले रंग के कारण ही उन्हें कमरा देने से इनकार कर दिया गया है। अब उनके सामने उस व्यापारी के यहाँ चले जाने के अलावा कोई चारा नहीं रह गया। वह उसके यहाँ रात बिताने चले गए।

दूसरे दिन फिर उन्होंने प्रथम श्रेणी का टिकट खरीदा और रेल से प्रिटोरिया जाने के लिए रवाना हुए।

उस डिब्बे में केवल एक और यात्री था। वह ठीक-ठाक कपड़े पहने एक अंग्रेज था। गांधीजी को आता देख उसने अखबार पर से नजर उठाकर उन्हें देखा, सिर हिलाया और फिर पढ़ने में डूब गया। कुछ देर बाद ही कंडक्टर आ पहुँचा। गांधीजी ने फुरती से उसे अपना प्रथम श्रेणी का टिकट दिखा दिया।

''टिकट से कुछ नहीं होता, सामी।'' कंडक्टर ने गुर्राकर कहा, ''उठो और झटपट तीसरे दर्जे में चले जाओ।''

गांधीजी कोई उत्तर देते, उससे पहले ही उस अंग्रेज ने अखबार रख दिया और कंडक्टर की तरफ देखा। वह तीखी आवाज में बोला, ''आखिर इस भले आदमी को तंग करने में तुम्हें क्या मिल रहा है? टिकट के अनुसार उसे अधिकार है कि वह यहाँ बैठ सके।'' फिर गांधीजी की तरफ देखकर वह बोला, ''जहाँ बैठे हो वहाँ आराम से बैठो।''

गांधीजी ने उसे धन्यवाद दिया और एक पुस्तक खोलकर पढ़ने लगे।

शाम को बहुत देर से रेल प्रिटोरिया पहुँची। स्टेशन पर उन्हें लेने कोई नहीं आया था, इसलिए रात होटल में ही काटनी पड़ी।

दूसरे दिन एक मित्र ने उन्हें एक मकान में ठहरा दिया। वहाँ पर किराए पर रहने लगे। उन्होंने अब्दुल्ला के मुकदमे का काम भी शुरू कर दिया। उस काम में व्यस्त रहते हुए भी उन्होंने प्रिटोरिया में रहनेवाले भारतीय लोगों की एक बैठक बुलाई। सहायता की तैयब हाजी खाँ मुहम्मद ने, जो कि वहाँ के एक प्रभावशाली व्यापारी थे। गिनती के प्रिटोरिया निवासी भारतीय बैठक में भाग ले पाए। गांधीजी ने उस समय पहली बार किसी सभा में भाषण दिया।

वह बोले, ''हम लोगों के साथ बहुत भेदभाव बरता जाता है। आखिर जन्म, परिवार, जाति और धर्म के आधार पर हमें अलग क्यों समझा जाता है? हम लोगों को एक संगठन बनाना चाहिए, जिसमें सभी वर्गों का प्रतिनिधित्व हो और हम लोग अपनी जरूरतों व शिकायतों की सूचना शासन को देते रहें।''

श्रोताओं ने उनकी बात को बहुत ध्यान से सुना। यह तय किया गया कि प्रिटोरिया के सभी भारतीयों की नियमित बैठक हुआ करे।

साथ-ही-साथ गांधीजी दादा अब्दुल्ला एंड कंपनी और उनके प्रतिपक्षी के बीच हुए पत्र-व्यवहार का अंग्रेजी में अनुवाद भी करते रहे। सब बातों का अध्ययन करने पर उन्होंने यह पाया कि उनके मुवक्किल का दावा न्याय की दृष्टि से उचित है। वह यह भी जानते थे कि मुकदमा अगर कोर्ट में गया तो बरसों चलता रहेगा, इसलिए उन्होंने दोनों पक्षों के प्रतिनिधियों को बुलाया।

उनसे वह बोले, ''आप लोग ऐसे किसी आदमी को मध्यस्थता के लिए क्यों नहीं चुन लेते, जिस पर दोनों ही विश्वास कर सकें?''

प्रतिनिधियों ने उनकी बात को बड़ी गंभीरता से सुना। इस तरह के नए विचार सुनकर उन्हें आश्चर्य हुआ। यह युवक उन वकीलों जैसा नहीं है, जैसे वकीलों से वह अब तक मिलते रहे हैं। इस सुझाव की उन्होंने प्रशंसा की और वे सहमत हो गए।

मध्यस्थ की नियुक्ति की गई और उसने निर्णय दिया गांधीजी के मुवक्किल दादा अब्दुल्ला एंड कंपनी के पक्ष में।

उनकी जीत हुई थी, लेकिन गांधीजी ने अपने पक्ष से कहा कि वह प्रतिपक्ष के साथ नरमी का ही व्यवहार करें। वह इस बात के लिए सहमत हो गए कि जो धन लिया जाना है, वह एकमुश्त न लिया जाए, बल्कि लंबे समय में किस्तों में वह वसूल किया जा सके। इस समझौते से दोनों पक्ष संतुष्ट हो गए।

वकील के रूप में गांधीजी की पहली विजय विरोधी को पछाड़ देनेवाली विजय नहीं थी, बल्कि मानवता और सद्‌भावना की विजय थी।

औरेंज फ्री स्टेट में सन् 1888 में लागू किए गए एक कानून के अनुसार वहाँ के भारतीय अपने सारे अधिकारों से वंचित कर दिए गए थे। वे वहाँ केवल एक शर्त पर रह सकते थे कि नौकर-चाकर के रूप में काम करें। वहाँ के व्यापारी नाम मात्र का हरजाना देकर बाहर भेज दिए गए थे।

सन् 1886 में पास किए गए एक कानून के अनुसार ट्रांसवाल में रहनेवाले भारतीयों को प्रति व्यक्ति 3 पौंड व्यक्ति-कर हर साल देना पड़ता था। कुछ जगह उनके लिए अलग छोड़ दी गई थी और उसके अलावा वहाँ वे जमीन भी नहीं खरीद सकते थे। उन्हें मताधिकार भी नहीं था। यदि वे रात 9 बजे के बाद कहीं जाते हैं तो उन्हें अपने पास अनुमति-पत्र रखना पड़ता था। कुछ ऐसे प्रमुख पक्ष थे, जिन पर

से उन्हें गुजरने की इजाजत भी नहीं थी।

जिस तरह का व्यवहार भारतीय लोगों के साथ किया जाता था, वह गांधीजी को बहुत अपमानजनक लगा। उन्हें लगा, यह उनका कर्तव्य है कि उनके अधिकारों की रक्षा करें और उनके कष्टों को दूर करें।

वह रोज शाम अपने अंग्रेज मित्र कोट्स के साथ घूमने जाया करते थे और कभी भी रात 10 बजे से पहले नहीं लौटते थे। उन्होंने राज्य के अटॉर्नी से इस तरह का एक पत्र ले लिया था कि वह पुलिस की आज्ञा के बिना चाहे जब बाहर जा सकें।

एक शाम गांधीजी अकेले थे। अपनी आदत के अनुसार वे फुरती से चले जा रहे थे कि सहसा उन पर किसी ने हमला कर दिया। वह गिर गए, घायल भी हो गए। वह जिस आदमी से छूटने की कोशिश कर रहे थे, वह था पुलिस का सिपाही।

"अब तुम्हें कानून के पालन की आदत पड़ेगी।" सिपाही चिल्लाकर बोला, "क्या तुम नहीं जानते हो कि किसी भी भारतीय को राष्ट्रपति भवन के पिछले भाग से गुजरने की इजाजत नहीं है?"

यह कहकर सिपाही ने फिर उन्हें ठोकर लगाई।

तभी किसी परिचित आवाज ने उनसे मित्रता पूर्वक पूछा, "क्या चोट लग गई है, गांधी?"

यह आवाज थी कोट्स की। जब गांधीजी पर हमला किया जा रहा था, वह उधर से गुजर रहे थे। कोट्स ने सिपाही को चेतावनी दी, "यह आदमी मेरा मित्र है और एक सुप्रसिद्ध वकील भी।" वह बोले, "अगर यह तुम्हारी शिकायत करेगा तो मैं गवाही दूँगा।"

फिर वह अपने मित्र के पास जाकर बोले, "मुझे बड़ा खेद है गांधी, कि तुम पर ऐसा निर्मम आक्रमण किया गया।"

"इसमें खेद की कोई बात नहीं है।" गांधीजी ने कहा, "यह बेचारा यह सब कैसे जान सकता है? इसके लिए तो सारे काले लोग एक बराबर हैं। मैंने तो यह नियम बना लिया है कि किसी भी व्यक्तिगत शिकायत के लिए मैं अदालत में नहीं जाऊँगा।"

"यह उत्तर तुम्हारे अनुरूप है।" कोट्स ने कहा, जो कि उस सिपाही के दुर्व्यवहार पर तब भी नाराज ही थे।

कोट्स दुबारा सिपाही के पास गए और उससे कहा, "तुम किसी भारतीय को विनम्रता से यह बतला सकते हो कि यहाँ के नियम क्या हैं, यह नहीं कि उस पर टूट पड़ो।"

गांधीजी ने कहा, "कोई बात नहीं। मैंने इसे क्षमा कर दिया है।"

अब्दुल्ला का मुकदमा निबट गया तो गांधीजी को लगा कि दक्षिण अफ्रीका में ठहरने की अब कोई आवश्यकता नहीं है। सन् 1893 के अंत में वह भारत लौटने के

लिए अपना स्थान सुरक्षित करवाने डरबन गए। अब्दुल्ला ने उनके सम्मान में एक विदाई पार्टी का आयोजन किया।

उसी दिन समाचार-पत्र देखते हुए गांधीजी ने पढ़ा कि नेटाल विधानसभा के पास स्वीकृति के लिए एक ऐसा विधेयक है, जो अगर लागू हो गया तो विधानसभा के लिए सदस्य चुनने का भारतीयों का अधिकार छिन जाएगा। यहाँ भी उन्हें मताधिकार नहीं मिलेगा। इस बात को गांधीजी ने उस पार्टी में आए हुए लोगों के सामने रखा।

''हमें ऐसे मामलों से क्या लेना-देना। हम कुछ नहीं जानते।'' अब्दुल्ला सेठ ने कहा, ''हम तो केवल वही बात समझ सकते हैं, जिसका असर हमारे व्यापार पर पड़ता है।''

गांधीजी ने गंभीर होकर बताया, ''यह विधेयक अगर पास होकर कानून बन जाता है तो हम लोगों को खासी परेशानी में डाल देगा। यह तो एक तरह से हमारी मौत की शुरुआत है। यह हमारे बुनियादी आत्म-सम्मान पर आघात है।''

तब भारतीयों को लगा कि कौन सी बात दाँव पर लगी है। लेकिन वे लोग यह सोचने में भी असमर्थ थे कि आखिर किया क्या जाए। लोगों ने गांधीजी से अनुरोध किया कि वह जाना रद्द कर दें और उनकी सहायता करें। वह सहमत हो गए कि एक महीने रुककर इस विधेयक के खिलाफ विरोध प्रदर्शित करने के लिए काम करेंगे। देर रात को भारतीय लोगों ने अब्दुल्ला सेठ के घर एक बैठक की। अध्यक्ष थे वहाँ के अत्यंत प्रभावशाली भारतीय व्यापारी सेठ हाजी मुहम्मद। उन्होंने मताधिकार के उस विधेयक का सारी शक्ति के साथ विरोध करने की प्रतिज्ञा की।

विधानसभा के अध्यक्ष को तार भेजे गए और नेटाल के प्रधानमंत्री से प्रार्थना की गई कि इस विधेयक पर हो रहे विचार-विनिमय को स्थगित कर दिया जाए। अध्यक्ष ने तत्काल उत्तर दिया कि विचार-विनिमय दो दिन के लिए रोक दिया जाएगा।

उसके बाद नेटाल के भारतीयों ने विधानसभा को इस विधेयक के खिलाफ एक याचिका भेजी। साथ ही एक याचिका लॉर्ड रिपन को भी भेजी गई, जो उस समय उपनिवेश मंत्री थे। उस पर 10 हजार से भी अधिक भारतीय लोगों ने हस्ताक्षर किए। याचिका की प्रतियाँ दक्षिण अफ्रीका, इंग्लैंड और भारत में भी वितरित की गईं। नेटाली भारतीयों की इस अवस्था के प्रति सहानुभूति की कमी नहीं थी, लेकिन आंदोलन को शुरू होने में इतनी देर हो गई थी कि वह विधेयक कानून बनने से बच नहीं सकता था।

फिर भी इस आंदोलन से कुछ तो हुआ ही। भारत के लोगों को पहली बार नेटाल की स्थिति के बारे में जानकारी मिली। इसका विशेष महत्त्वपूर्ण परिणाम था दक्षिण अफ्रीका में पैदा हुई एक ऐसी नई लहर, जिसने भारतीय लोगों में जागृति पैदा कर दी।

नेटाली भारतीयों ने गांधीजी से प्रार्थना की कि वह वहाँ कुछ समय और रुक जाएँ और उनका पथ-प्रदर्शन करें। गांधीजी ने कहा कि वह वहाँ रुकने के लिए सहमत हैं,

अगर वहाँ भारतीय लोग उन्हें पर्याप्त कानूनी काम दे सकें। सभी इस पर खुशी से राजी हो गए। 20 व्यापारियों ने अपने कानूनी काम गांधीजी को सौंप दिए।

जब गांधीजी ने अदालत में वकील के रूप में काम करने के लिए अरजी दी तो वहाँ के अंग्रेज वकीलों ने इसका कड़ा विरोध किया। लेकिन नेटाल के सर्वोच्च न्यायालय ने उस विरोध पर ध्यान न देते हुए उन्हें काम करने की अनुमति दे दी।

शीघ्र ही गांधीजी डरबन में बेहद व्यस्त वकीलों की गिनती में आ गए। लेकिन वकालत तो उनके लिए दूसरे महत्त्व का पेशा था, उनकी प्रमुख रुचि तो जन-कार्यों में थी। उन्हें लगा कि केवल याचिकाएँ और विरोध-पत्र भेजने से ही भारतीयों का काम नहीं चलेगा; बल्कि एक सुनियोजित आंदोलन की आवश्यकता है।

इसलिए उन्होंने सलाह दी कि भारतीय लोगों के हितों की रक्षा के लिए एक स्थायी संगठन बनाया जाना चाहिए। इस विषय पर चर्चा करने के लिए एक बैठक बुलाई गई। दादा अब्दुल्ला के निवास-स्थान का बड़ा हॉल पूरा भर गया। उस समय वहाँ नेटाल इंडियन कांग्रेस की स्थापना की गई।

सन् 1894 में नेटाल शासन ने उन भारतीयों पर, जो अनुबंध के अंतर्गत लाए गए थे, वार्षिक व्यक्ति-कर लगाने का फैसला किया। ये वे भारतीय मजदूर थे, जो पाँच साल के लिए अनुबंध पर भारत से लाए गए थे और इतने कम वेतन पर काम करते थे कि जिससे पेट भी न भर सके। अनुबंध के अनुसार, वे अपने मालिक को छोड़ नहीं सकते थे। उनके साथ गुलामों जैसा बरताव किया जाता था।

उन लोगों को दक्षिण अफ्रीका इसलिए ले जाया गया कि वे उस उपनिवेश में रहनेवाले गोरों की खेती के कामों में सहायता करें। भारतीय लोगों ने आशा से भी अच्छा काम करके दिखाया। उन्होंने कड़ी मेहनत की, जमीन खरीदी और खुद अपने खेतों में अनाज पैदा करना शुरू कर दिया। उनका प्रयास इतने तक ही समाप्त नहीं हो गया। उन्होंने वहाँ मकान बना लिये और मजदूरों से कहीं अधिक अच्छे स्तर पर रहने लगे। गोरों को यह सब पसंद नहीं आया। वे चाहते थे कि अनुबंध के समाप्त होने पर वे लोग अपने देश वापस चले जाएँ। उन लोगों को परेशानी में डालने के लिए ही 25 पौंड वार्षिक का व्यक्ति-कर शासन ने उन पर लगा दिया था।

नेटाल भारतीय कांग्रेस ने इसके विरुद्ध सशक्त आंदोलन शुरू कर दिया। बाद में भारत के तत्कालीन वायसराय लॉर्ड एलिस के हस्तक्षेप से वह कर 3 पौंड कर दिया गया। फिर भी, गांधीजी ने उसे 'निष्ठुर कर' का नाम दिया। ऐसा कर विश्व के किसी भू-भाग में कभी नहीं लगाया गया था। नेटाल इंडियन कांग्रेस ने अपना आंदोलन जारी रखा। लेकिन 20 वर्ष बाद जाकर कहीं यह व्यक्ति-कर पूरी तरह हटाया जा सका।

गांधीजी ने दक्षिण अफ्रीका में तीन साल बिताए। अब वह एक विख्यात व्यक्ति थे। हर आदमी उनको अँगरखे और पगड़ी से पहचानता था। उनका वकालत का काम

भी खूब जम गया था। उन्हें लगा कि वह लंबे समय के लिए रुक गए हैं। वह यह जानते थे कि लोग उन्हें वहाँ चाहते हैं। सन् 1896 में उन्होंने घर जाने और पत्नी तथा बच्चों को दक्षिण अफ्रीका ले आने की अनुमति चाही; क्योंकि वह सोचते थे कि उनकी भारत-यात्रा अपने काम के अलावा दक्षिण अफ्रीकी भारतीयों के पक्ष में समर्थन प्राप्त करने में भी सहायक होगी। उन्होंने सारा काम इस तरह व्यवस्थित कर दिया कि वह छह महीने की छुट्टी प्राप्त कर सकें।

सन् 1896 के मध्य में गांधीजी भारत के लिए रवाना हुए। 24 दिन की समुद्री यात्रा के बाद वह कलकत्ता पहुँचे, फिर वहाँ से राजकोट गए। कस्तूरबाई और दोनों पुत्र उनसे मिले। वह सुखद पारिवारिक मिलन था।

लेकिन दक्षिण अफ्रीका के भारतीयों की स्थिति हमेशा उनके दिमाग पर इस तरह छाई रहती थी कि वह शांतिपूर्वक गृहस्थ जीवन का सुख भोगकर संतुष्ट नहीं हो सकते थे। तब उन्होंने एक काम शुरू करने की बात सोची कि भारतीय जनता को दक्षिण अफ्रीका की वास्तविक स्थिति की पूरी जानकारी दी जाए।

वह प्रमुख अखबारों के संपादकों और महत्त्वपूर्ण भारतीय नेताओं से मिले। इनमें प्रमुख थे—महाराष्ट्र के नेता बाल गंगाधर तिलक और गोपाल कृष्ण गोखले, जो गांधीजी की तरह ही 27 वर्ष की उम्र में प्रसिद्ध हो गए थे।

गांधीजी जहाँ-जहाँ गए, उन्होंने दक्षिणी अफ्रीकी देशबंधुओं के बारे में लोगों को जानकारी देकर उन्हें जागरूक करने का प्रयत्न किया। कई अखबारों ने उनका दृष्टिकोण प्रकाशित किया और इस मामले में पूरी सहमति जताई। इन अखबारों में प्रकाशित टिप्पणी और दृष्टिकोण की जानकारी गांधीजी के लौटने से बहुत पहले ही दक्षिण अफ्रीका पहुँच चुकी थी।

उन्हीं दिनों बंबई में प्लेग का रोग फैल गया और भय दिखाई देने लगा कि वह आसपास भी फैल जाएगा। राजकोट में गांधीजी एक सेवा-दल में सम्मिलित हो गए, जो नागरिकों को सफाई तथा बीमारी की रोकथाम के उपाय सिखाने का प्रयत्न कर रहा था, जिससे कि रोग अधिक न फैल जाए।

नवंबर के अंत में गांधीजी को नेटाल से एक जरूरी समाचार मिला कि वह तत्काल लौट आएँ। वहाँ कुछ ऐसी बातें हो गई हैं कि उनकी उपस्थिति आवश्यक है। गांधीजी एक बार फिर दक्षिण अफ्रीका के लिए रवाना हुए। इस बार वह कस्तूरबाई तथा अपने दोनों बच्चों के अलावा विधवा बहन के इकलौते लड़के को भी साथ ले गए।

दक्षिण अफ्रीका के यूरोप निवासियों ने सुना कि गांधीजी लौट रहे हैं। उन लोगों ने नेटाल निवासी श्वेत लोगों के खिलाफ भारत में किए जा रहे प्रचार के बारे में भी सुन रखा था।

सभाएँ की गईं कि जब गांधीजी लौटें तो उनके साथ कैसे निबटा जाए।

इसी बीच यह अफवाह भी फैली कि गांधीजी दो जहाज भर भारतीयों सहित वहाँ बसने के लिए वापस आ रहे हैं। यह ठीक था कि कुछ भारतीय नेटाल जा रहे थे और वे दो जहाजों में भी थे, लेकिन उनका गांधीजी से कोई संबंध नहीं था।

18 दिसंबर को गांधीजी का जहाज डरबन पहुँचा। यात्रियों को बिना ठीक से डॉक्टरी जाँच करवाए उतरने की आज्ञा नहीं थी, क्योंकि वे बंबई से आ रहे थे, जहाँ प्लेग फैला हुआ था। जहाज लगभग पाँच दिन तक अलग पड़ा रहा कि उसके संसर्ग से रोग न फैले।

डरबन के गोरों ने गांधीजी और अन्य भारतीयों के लौटने पर आंदोलन शुरू कर दिया था। इस आंदोलन ने जहाज के किनारे लगने में और देरी लगा दी। भारत में यूरोप-विरोधी भावना फैलाने के लिए गांधीजी की निंदा की जा रही थी। आखिरकार 23 दिनों के बाद जहाज को बंदरगाह में घुसने की इजाजत दी गई।

गांधीजी को किसी तरह यह सूचना भेज दी गई कि वह अन्य लोगों के साथ जहाज से न उतरें और शाम तक प्रतीक्षा करें, क्योंकि बंदरगाह पर गोरों की क्रूर भीड़ जमा है।

कस्तूरबाई और बच्चों को गांधीजी के पारसी मित्र रुस्तमजी के घर भेज दिया गया। बाद में दादा अब्दुल्ला एंड कंपनी के कानूनी सलाहकार लॉटन के साथ गांधीजी किनारे पर आए।

चारों तरफ सन्नाटा था। परंतु कुछ युवकों ने उन्हें पहचान लिया और वे चिल्लाए, ''देखो, वह गांधी जा रहा है।''

लोग एकदम इकट्ठे हो गए और शोर मच गया। गांधीजी और उनके मित्र जब वहाँ से गुजर रहे थे, तब भीड़ इतनी अधिक बढ़ गई कि कदम आगे रखना भी मुश्किल हो गया।

सहसा लॉटन एक तरफ धकेल दिए गए और भीड़ गांधीजी पर टूट पड़ी।

उन लोगों ने गांधीजी पर पत्थर, बेंत, ईंट और सड़े हुए अंडों की बौछार कर दी। कोई उनकी पगड़ी ले भागा। दूसरे लोगों ने इस कदर ठोकरें मारीं कि उनका दुर्बल शरीर सहन न कर सका। उन्हें चक्कर आ गया। पर वह एक मकान के जँगले से टिके रहे। गोरों की उत्तेजना अबाध थी। वे लगातार गांधीजी को पीटते रहे और ठोकरें मारते रहे।

तभी किसी औरत की आवाज सुनाई पड़ी, ''रुको कायरो, उसे पीटना बंद करो।''

यह आवाज पुलिस सुपरिंटेंडेंट की पत्नी की थी। वह बीच में आ गई और भीड़ तथा गांधीजी के बीच अपनी छतरी खोलकर खड़ी हो गई। उससे भीड़ पर रोक लगी। फिर जल्दी ही पुलिस आ गई और भीड़ तितर-बितर कर दी गई।

गांधीजी को पुलिस चौकी के सुरक्षित स्थान में रहने को कहा गया, लेकिन उन्होंने मना कर दिया।

वह बोले, ''वे लोग जब अपनी गलती समझेंगे, तब निश्चित ही शांत हो जाएँगे।''

फिर पुलिस की सुरक्षा में गांधीजी रुस्तमजी के घर पहुँचे। वहाँ एक डॉक्टर ने उनके घावों की मरहम-पट्टी की।

साँझ ढले गोरों ने वह मकान भी घेर लिया।

कुछ आवाजों ने माँग की, ''गांधी को हमारे हवाले करो।''

वे चिल्लाने लगे, ''अगर गांधी हमें नहीं मिला तो हम इस मकान को आग लगा देंगे।''

गांधीजी जानते थे कि वे लोग धमकी के अनुसार आग लगा सकते हैं। इसलिए उन्होंने पुलिस कप्तान अलेक्जेंडर की सलाह मान ली। उन्होंने हिंदुस्तानी सिपाही की वरदी पहनी और भीड़ को चकमा देकर वहाँ से खिसक गए।

दो दिन बाद लंदन से एक सूचना आई। तत्कालीन उपनिवेश मंत्री जोसेफ चैंबरलेन ने नेटाल सरकार से कहा कि गांधीजी पर हमला करनेवाले प्रत्येक अपराधी पर मुकदमा चलाया जाए। नेटाल सरकार ने गांधीजी से उस घटना के प्रति खेद प्रकट किया और विश्वास दिलाया कि प्रत्येक आक्रमणकारी को सजा दी जाएगी।

जब गांधीजी को बुलाया गया कि वह अपराधियों को पहचानें तो उन्होंने वैसा करने से इनकार कर दिया।

''मैं नहीं चाहता कि किसी पर भी मुकदमा चलाया जाए।'' वह बोले, ''मैं हमलावर लोगों को दोष नहीं देता। वे लोग मेरे बारे में फैली अफवाह से गुमराह हो गए थे। मेरा विश्वास है कि जैसे ही सच्ची बात उनके सामने आएगी, वे लोग अपने किए पर दु:खी होंगे।''

गांधीजी के इस वक्तव्य ने डरबन का वातावरण ही बदल दिया। समाचार-पत्रों ने गांधीजी को निर्दोष बताया और उन लोगों की निंदा की, जिन्होंने उपद्रव किया था।

डरबन की इस घटना ने गांधीजी की प्रसिद्धि को बढ़ाया तथा विदेशों में दक्षिण अफ्रीकी भारतीयों के प्रति और अधिक सहानुभूति प्राप्त होने लगी।

दक्षिण अफ्रीका में जब लगातार संघर्ष चल रहा था, गांधीजी में एक तरह का परिवर्तन आने लगा। उन्होंने आराम और सुविधा का जीवन शुरू किया था, लेकिन वह अधिक समय के लिए नहीं था। जैसे-जैसे वह जनकार्यों में अधिक-अधिक व्यस्त होते गए, वैसे-वैसे उनका जीवन और अधिक सादा होता गया। उन्होंने अपना खर्च कम कर दिया, कपड़े खुद ही धोने लगे और उन पर लोहा भी करने लगे। यह काम शुरू-शुरू में तो वह अच्छी तरह नहीं कर पाए और इससे दूसरे वकील उन पर हँसे भी। लेकिन शीघ्र ही वह इसमें पारंगत हो गए। अब उनकी कॉलर कम सख्त और कम चमकदार नहीं रहती थी।

एक बार प्रिटोरिया में गांधीजी नाई के पास गए। नाई ने बदतमीजी की और काले आदमी के बाल काटने से मना कर दिया। गांधीजी उसी समय बाल काटने की मशीन

खरीद लाए और उन्होंने अपने बाल खुद ही काट लिये। आगे से बाल काटने में तो थोड़ी-बहुत सफलता मिल भी गई, लेकिन पीछे के बाल उन्होंने बिगाड़ लिये। वह अजीब लग रहे थे। उन्हें देखकर न्यायालय में उनके मित्र उन पर हँसने लगे।

उन्होंने पूछा, ''यह तुम्हारे बालों को क्या हुआ है, गांधी? क्या चूहों ने इन्हें कुतर डाला?''

गांधीजी ने गर्व से उत्तर दिया, ''नहीं भाई, मैंने अपने बाल खुद ही काटे हैं।''

फिर गांधीजी ने अपने भोजन में भी परिवर्तन शुरू कर दिया। उन्होंने बगैर पकाया खाना खाना शुरू कर दिया। वह इस बात में विश्वास करते थे कि यदि ताजा फलों और कंद-मूलों पर निर्भर रहा जाए तो आदमी संयमी रह सकता है और आध्यात्मिक शक्ति भी प्राप्त कर सकता है। अपने खाने के साथ उन्होंने कई प्रयोग किए। वह इस निर्णय पर भी पहुँचे कि उपवास से आत्मबल बढ़ता है।

जब वह इस तरह के प्रयोग करने में लगे हुए थे, तभी बोअर युद्ध शुरू हो गया। बोअर लोग मूलत: डच देश के थे, जो दक्षिण अफ्रीका में रहते थे। वह ब्रिटिश लोगों से लड़ रहे थे।

इन दोनों ही श्वेत राष्ट्रों ने भारतीय लोगों के साथ अच्छा सलूक नहीं किया था। गांधीजी इन दोनों में से किसी को समर्थन नहीं देना चाहते थे।

लेकिन ब्रिटिश शासन के प्रति निष्ठा के कारण उसकी मदद के लिए उन्होंने घायलों की सहायतार्थ एक भारतीय सेवा दल की स्थापना की। इस बात से उनके अनुयायियों को आश्चर्य हुआ। तब वह बोले, ''भारत केवल ब्रिटिश साम्राज्य में रहकर विकास करते हुए ही पूर्ण स्वाधीनता प्राप्त कर सकता है। इसलिए हमें अंग्रेजों की सहायता करनी चाहिए।''

अंग्रेजों को युद्ध में सहायता मिली और जो सेवा दल बनाया गया था, वह भंग कर दिया गया। इंग्लैंड के अखबारों ने भारतीय जनता के द्वारा की गई सहायता की तारीफ की। भारतीय और यूरोपवासियों के बीच अब सौहार्दपूर्ण संबंध हो गए थे और वे आशा करने लगे थे कि उनकी शिकायतें अब जल्द ही दूर हो जाएँगी।

सन् 1901 में अपना परिवार डरबन लाए गांधीजी को छह वर्ष हो चुके थे। अब उन्हें लगने लगा कि उनका अगला कार्यक्षेत्र दक्षिण अफ्रीका नहीं, बल्कि भारत है। भारत के मित्र भी उन्हें घर लौट आने के लिए कह रहे थे। जब उन्होंने अपने साथ काम करनेवालों को अपना निर्णय बताया तो वे लोग उन्हें और ठहरने के लिए आग्रह करने लगे।

लंबी चर्चा के बाद वे उन्हें जाने देने के लिए राजी हो गए। शर्त यह थी कि जब भी वहाँ के भारतीय लोगों को उनकी आवश्यकता होगी, वह दक्षिण अफ्रीका अवश्य लौट आएँगे। वे सहमत हो गए। विदाई के आयोजन किए गए और उन्हें अनेक उपहार भेंट में दिए गए।

उपहार इतने अधिक और बेशकीमती थे कि गांधीजी को उन्हें स्वीकार करना अनुचित लगा। वह उपहारों को उन्हें ही लौटा देना चाहते थे जिन्होंने दिए थे, लेकिन वे लोग वापस लेने को तैयार नहीं थे। तब उन्होंने शर्तनामा तैयार करके सारी चीजें बैंक में जमा करवा दीं कि उनका उपयोग वहाँ की भारतीय जनता के कल्याण के लिए किया जाए।

भारत लौटने पर गांधीजी सारे देश की यात्रा पर निकले। भारतीय राष्ट्रीय कांग्रेस का वार्षिक अधिवेशन दिनशा पाचा की अध्यक्षता में कलकत्ता में हो रहा था। गांधीजी ने अधिवेशन में भाग लिया। कांग्रेस के साथ यह उनका पहला संपर्क था। इसी कांग्रेस का भविष्य में उन्हें शानदार नेतृत्व करना था।

भारतीय राष्ट्रीय कांग्रेस ही उन दिनों एकमात्र ऐसी संस्था थी, जिसने भारतीय जनता को अपना राजनीतिक दृष्टिकोण सामने रखने का अवसर दिया। कई प्रसिद्ध भारतीय व्यक्ति उसके सदस्य थे और वह प्रभावशाली संस्था भी थी; लेकिन उसके निर्णयों का सरकार पर नहीं के बराबर प्रभाव होता था।

सन् 1901 के कलकत्ता अधिवेशन में गांधीजी को कांग्रेस के कई नेताओं से, जैसे—सर फिरोज शाह मेहता, लोकमान्य बाल गंगाधर तिलक, गोपाल कृष्ण गोखले आदि से मिलने का अवसर प्राप्त हुआ।

वह कांग्रेस की कार्य-पद्धति से संतुष्ट नहीं थे। उन्होंने देखा कि उसके प्रतिनिधियों में एकता की कमी है। यह भी कि वे अंग्रेजी बोलने तथा वेशभूषा और तौर-तरीकों में परिचय की नकल तो करते थे, लेकिन कैंप में सफाई रखने की तरफ उनका कतई ध्यान नहीं था। गांधीजी उन्हें सबक सिखाना चाहते थे। इसके लिए उन्होंने शौचालय तथा स्नानघर की खुद ही चुपचाप सफाई शुरू कर दी। कोई भी उनकी मदद के लिए नहीं पहुँचा।

उन लोगों ने पूछा, "आप अछूत का काम खुद क्यों कर रहे हैं?"

गांधीजी ने उत्तर दिया, "क्योंकि जाति भाइयों ने इस जगह को ही अछूत बना दिया है।"

कलकत्ता से गांधीजी ने रेल द्वारा सारे भारत की यात्रा शुरू की। जैसे-जैसे वह एक स्थान से दूसरे स्थान पर गए, उन्हें सामान्य जनता के जीवन को देखकर खासा धक्का पहुँचा। जनता भूखी थी, अज्ञानी थी और उस पर कोई ध्यान नहीं दिया जा रहा था। उनका हृदय उदासी और क्रोध से भर गया।

गांधीजी बंबई में रहकर वकालत करने लगे। वहाँ वह आशा से अधिक अच्छा काम कर पाए।

दिसंबर 1902 में दक्षिण अफ्रीका से उन्हें एक तार मिला, जिसमें निवेदन किया गया था कि वायदे के मुताबिक वह यहाँ लौट आएँ। उपनिवेश मंत्री जोसेफ चैंबरलेन लंदन से नेटाल एवं ट्रांसपाल की यात्रा पर आ रहे थे और नेटाल की भारतीय कांग्रेस

चाहती थी कि उनके सामने सारा मामला रखा जाए।

गांधीजी ने वचन का पालन किया। वह भारतीय शिष्टमंडल का नेतृत्व करने के लिए समय से नेटाल पहुँच गए; लेकिन उपनिवेश मंत्री ने उनका ठंडा स्वागत किया। भारतीय निराश हो गए। नेटाल से चैंबरलेन ट्रांसपाल गए। भारतीय लोगों ने वहाँ भी चाहा कि गांधीजी उनकी शिकायतें उनके सामने रख सकें।

बोअर युद्ध से पहले भारतीय लोगों को ट्रांसपाल में प्रवेश करने की हर समय स्वतंत्रता थी। लेकिन उस समय नए बने एशियाटिक विभाग से प्रवेश के लिए अनुमति-पत्र लेना पड़ता था। यह नया कानून भारतीयों को अंग्रेजों से अलग करने के लिए बनाया गया था। अनुमति-पत्र पाना भी कोई आसान काम तो था नहीं।

एशियाटिक विभाग के कार्यालय ने पूरी कोशिश की कि गांधीजी किसी भी तरह ट्रांसवाल न जा पाएँ, लेकिन अंत में उन्हें अनुमति देनी ही पड़ी। उन्हें अनुमति-पत्र मिल गया और वे प्रिटोरिया गए। लेकिन उन्हें शिष्टमंडल का प्रतिनिधित्व करने और अपने तैयार किए स्मरण-पत्र को पेश करने की अनुमति नहीं दी गई।

गांधीजी ने अब यह तय कर लिया कि ट्रांसपाल में ही रहा जाए और रंगभेद की उस नीति से लड़ा जाए, जो यहाँ दिनोदिन बद से बदतर होती जा रही है। उन्होंने यह महसूस किया कि अब वे यह देश नहीं छोड़ पाएँगे, जैसा कि वे चाहते थे। वे वहाँ रहने लगे और अपने देशवासियों के लिए जो भी कर सकते थे, उसकी तैयारी करने लगे।

जोहांसबर्ग के उच्च न्यायालय में उनका नाम दर्ज हो गया। एक मकान उन्होंने किराए पर ले लिया और दफ्तर खोल लिया। वकालत से उन्हें अच्छी कमाई होने लगी; परंतु वह हृदय से तो जनसेवा में लगे थे।

इसके अलावा वह शाकाहारी भोजन का प्रयोग भी करते जाते थे। उन्होंने सारी सुख-सुविधाओं का त्याग कर दिया। वह अपने भौतिक शरीर को अपने आध्यात्मिक व्यक्तित्व के अनुरूप ढालना चाहते थे।

उसी समय उनके एक मित्र मदनजीत उनसे मिले और यह प्रस्ताव उनके सामने रखा कि 'इंडियन ओपिनियन' नाम का एक समाचार-पत्र निकाला जाए। गांधीजी को यह विचार अच्छा लगा। सन् 1904 में समाचार-पत्र शुरू कर दिया गया। मनसुखलाल सजग संपादक थे। गांधीजी ने बहुत उदारतापूर्वक अखबार के लिए अपनी कमाई में से भी रुपए देकर सहायता की। उन्होंने उसका काम भी सँभाला और संपादकीय स्तंभ भी लिखे।

समाचार-पत्र गुजराती और अंग्रेजी में प्रति सप्ताह प्रकाशित होता था। उसमें उनके आदर्शों की झलक दिखाई देती थी और भारतीय लोगों को राजनीतिक शिक्षा भी उससे मिलती थी। गांधीजी ने उनकी असफलताओं और पूर्वग्रहों पर बड़ी स्पष्टता से प्रहार किए। 'इंडियन ओपिनियन' के माध्यम से यूरोपीय जनता को भी दक्षिण अफ्रीकी भारतीय

जो दिक्कतें उठा रहे थे, उनकी सही तसवीर देखने को मिली।

बरसात के बाद सन् 1904 में जोहांसबर्ग के निकट सोने की खदानों की एक बस्ती में सहसा प्लेग फैल गया। वह शीघ्र ही भारतीय घरों में भी फैलने लगा। गांधीजी तत्काल वहाँ जा पहुँचे और रोकथाम के उपाय करने लगे। मित्रों की सहायता से उन्होंने कामचलाऊ अस्पताल बना लिये और बीमारों की देखभाल करने लगे।

उसी वर्ष एक और घटना हुई। गांधीजी 'द ब्रिटिश' के उप-संपादक एच.एस.एल. पोलॉक से मिले। दोनों शीघ्र ही मित्र बन गए, क्योंकि जीवन के बारे में दोनों के विचार मिलते-जुलते थे।

पोलॉक ने गांधीजी को जॉन रस्किन की पुस्तक 'अन टू द लॉस्ट' भेंट की। अर्थशास्त्र पर लिखी उस पुस्तक में बहुत सारे नए विचार थे और गांधीजी को उसने बहुत कुछ प्रभावित किया भी। फिर वह एक फर्म स्थापित करने के विचार में डूब गए, जहाँ एक ऐसे संप्रदाय की स्थापना की जा सके, जो भाईचारे की भावना में विश्वास करता हो। उनके मित्रों ने इस योजना का उत्साहपूर्वक समर्थन किया।

डरबन के पास फिनिक्स में लगभग 1,000 एकड़ जमीन लेकर फार्म खोला गया। प्रारंभ में छह परिवार वहाँ जाकर बसे। 'इंडियन ओपिनियन' का प्रेस कार्यालय भी फिनिक्स भेज दिया गया। किसी भी जाति के लोग वहाँ जाकर स्वतंत्रतापूर्वक रह सकते थे। वे या तो खेती कर सकते थे या प्रेस में काम कर सकते थे।

लेकिन स्वयं गांधीजी फिनिक्स में बहुत कम समय रह पाए। जोहांसबर्ग में उनका मुख्य कार्यालय था, जहाँ वह वकालत करते थे। उन्हें ऐसा लगा कि अब निकट भविष्य में भारत लौटना मुश्किल है। उन्होंने यह सोचकर कस्तूरबाई और अपने बच्चों को बुला भेजा। वे लोग शीघ्र ही उनके पास आ भी गए।

जब भी उन्हें समय मिलता, वे अपने तीनों लड़कों को पढ़ाया करते। साथ ही अपनी खुराक के साथ भी प्रयोग करते रहे।

वे कहते, "मैं तो अपने शरीर का शासक होकर रहना चाहता हूँ। भौतिक आवश्यकताओं से मुक्त होने के बाद ही मुझ पर आत्मा का शासन हो सकता है।"

कॉफी और चाय भी छोड़ दी गई। उसके बाद दूध भी। कभी-कभी उपवास भी रखते और केवल पानी पर निर्भर रहते। कस्तूरबाई वह सब शांतिपूर्वक देखती रहतीं। वह जानती थीं कि ऐसे मामलों में पति से तर्क करना फिजूल है।

सन् 1906 में नेटाल में जुलू विद्रोह शुरू हो गया। वह आंदोलन टैक्स लगाए जाने के खिलाफ था। जुलू लोग अपने अधिकारों के लिए ही लड़ रहे थे, परंतु गोरे चिढ़ गए और उन लोगों के खिलाफ युद्ध छेड़ दिया।

गांधीजी की सहानुभूति जुलू लोगों के साथ थी; लेकिन वे लोग ब्रिटिश शासन के खिलाफ लड़ रहे थे और गांधीजी का विश्वास था कि ब्रिटिश साम्राज्य विश्व-कल्याण

के लिए है। अत: उन्होंने अंग्रेजों की सहायता करना अपना कर्तव्य समझा और एक भारतीय सेवा दल की स्थापना करनी चाही। उन्हें इसकी स्वीकृति मिल गई।

भारतीय सेवा दल की स्थापना कर दी गई। उस दल में 24 लोग थे और वे छह सप्ताह तक जुलू घायलों की देखभाल तथा मरहम-पट्टी करते रहे।

गांधीजी ने महसूस किया कि गोरे जुलू लोगों पर टैक्स लगाने के लिए उतारू हैं और वे टैक्स देना नहीं चाहते। गोरे हर विरोध को कुचल देना चाहते हैं और अपनी जमीन पर काले लोगों को कोई भी अधिकार देने को तैयार नहीं हैं।

आखिरकार जुलू लोगों का विद्रोह समाप्त हुआ और गांधीजी जोहांसबर्ग लौट आए। जोहांसबर्ग में भारतीय लोगों के हितों की देखभाल करने के लिए उनकी बड़ी जरूरत थी। वहाँ के गोरे निवासी भारतीय लोगों को हर तरह से दबा रहे थे।

अगस्त 1906 में ट्रांसवाल सरकार के द्वारा एक अध्यादेश जारी किया गया कि सारे भारतीय पुरुष, स्त्री और बच्चे अपने नामों की रजिस्ट्री करवाएँ। हर व्यक्ति प्रमाण-पत्र प्राप्त करे, जिसमें उसका नाम लिखा हो और उसके अँगूठे का निशान लगा हो। यह कार्ड हर व्यक्ति को हमेशा अपने पास रखना होगा और पूछे जाने पर दिखाना होगा। जिसके पास प्रमाण-पत्र नहीं होगा उस पर जुर्माना किया जा सकेगा, उसे सजा दी जा सकेगी और देश से निकाला भी जा सकेगा। पुलिस को तो यह आदेश भी था कि वह लोगों के घरों में घुसकर भी प्रमाण-पत्र की जाँच करे।

गांधीजी ने अपने साथियों से कहा, ''यह तो बड़ी ज्यादती है। यदि हमने कायरों की तरह हथियार डाल दिए तो दक्षिण अफ्रीका में हमारा सर्वनाश हो जाएगा। यदि हमें यहाँ रहना है तो तत्काल काररवाई करनी चाहिए।''

भारतीय लोगों ने तय किया कि वे इस अपमानजनक कानून के सामने नहीं झुकेंगे। वे अवश्य लड़ेंगे, लेकिन लड़ें कैसे?

गांधीजी ने तब सत्याग्रह की आवश्यकता महसूस की। उन्होंने लोगों को बताया कि सत्याग्रह से उनका क्या आशय है। उन्होंने कहा कि सबसे पहले अहिंसा के लिए पूरी तरह तैयार होना पड़ेगा। अधिकारी लोग आंदोलन को दबा देने की भरसक कोशिश करेंगे। वे लोग हिंसा का सहारा भी ले सकते हैं। वे हमें गिरफ्तार कर सकते हैं, जेल भेज सकते हैं; परंतु हमें इस सबको बगैर विरोध के सहना होगा।

गांधीजी ने कहा, ''सरकार के कानूनों का केवल उल्लंघन करने से कुछ नहीं होगा। तुम्हारे दिल में नफरत नहीं होनी चाहिए। तुम्हें हर तरह के भय से भी मुक्त होना चाहिए।''

सरकार ने इस बात पर ध्यान ही नहीं दिया कि भारतीय लोग अध्यादेश का विरोध कर रहे हैं। उसने उस कानून पर अमल करना शुरू कर दिया। भारतीय लोगों ने उस 'काले कानून' का उल्लंघन करने का फैसला कर लिया। सैकड़ों भारतीय गिरफ्तार हुए,

उन पर मुकदमा चलाया गया और वे जेल भेज दिए गए। सबने जुर्म स्वीकार कर लिया और बचने की कोशिश किए बिना जेल चले गए।

फिर गांधीजी को भी बंद कर दिया गया। बाद में एक दिन उन्हें जेल से बाहर लाया गया और जनरल स्मट्स से मिलने के लिए प्रिटोरिया भेज दिया गया।

स्मट्स ने कहा, ''यह आंदोलन तुमने शुरू किया है। यह एकदम बंद हो जाना चाहिए। मैं भारत के लोगों को नापसंद नहीं करता, लेकिन उन्हें कानून का पालन तो करना ही पड़ेगा।''

गांधीजी ने उत्तर दिया, ''इस कानून के सामने झुकने की बजाय मैं मर जाना पसंद करूँगा। यह भारतीय लोगों को नीचा दिखाने के लिए है। यह उनका अपमान है।''

आखिरकार वाद-विवाद के बाद वे एक समझौते पर पहुँचे। गांधीजी ने वचन दिया कि अगर 'काला कानून' वापस ले लिया जाए और कैदियों को रिहा कर दिया जाए तो वे सत्याग्रह वापस ले लेंगे। स्मट्स इसके लिए सहमत हो गए। शर्त यह थी कि भारतीय लोग अपनी इच्छा से अपने-अपने नाम दर्ज करवा लें। इस समझौते के साथ ही वे विदा हुए।

जोहांसबर्ग लौटकर गांधीजी ने भारतीय लोगों की एक सभा बुलाई। उन्होंने कहा, ''हमें अब अपनी इच्छा से अपनी रजिस्ट्री करवा लेनी चाहिए। इससे यह साबित होगा कि हम गलत तरीके से एक भी भारतीय को ट्रांसवाल नहीं लाना चाहते। यह काम करके हम अपनी भलमनसाहत ही जतलाएँगे। इससे जनरल स्मट्स 'काले कानून' को वापस भी ले लेंगे।''

अधिकांश लोग सहमत हो गए। परंतु एक पठान पीर आलम चिल्ला उठा, ''आपने तो हमसे यह कहा था कि अँगुलियों के निशान केवल उन लोगों के ही लिये जाते हैं, जो अपराधी होते हैं! आपने ही कहा था न कि इस 'काले कानून' का उल्लंघन करना चाहिए। वे ही सब बातें आज आपकी नजर में ठीक कैसे लगने लगीं?''

दूसरे दिन सवेरे गांधीजी अपने सत्याग्रही साथियों को साथ लेकर नामांकन कार्यालय की तरफ बढ़े। लेकिन रास्ते में ही पीर आलम ने भारी लाठी से उन पर प्रहार कर दिया। गांधीजी बेहोश होकर गिर पड़े। पीर आलम और उसके साथी उन्हें तब तक पीटते रहे, जब तक कि दूसरे मित्र उनकी सहायता के लिए आ नहीं गए। जब गांधीजी को होश आया तो उन्होंने अपने आपको एक अंग्रेज आदमी के घर कोच पर लेटा हुआ पाया, जिसे वे मुश्किल से जानते थे।

बैठने की कोशिश करते हुए गांधीजी ने कमजोर आवाज में कहा, ''पीर आलम को दोष मत दो, क्योंकि वह सब बातें नहीं समझता है।''

फिर उन्होंने इस बात पर जोर दिया कि नामांकन कार्यालय से कोई आए और उनके अँगूठे का निशान ले जाए और प्रमाण-पत्र बना दे। इस तरह गांधीजी ने वहाँ

अपने नाम की रजिस्ट्री करवाई। कई भारतीय लोगों ने गांधीजी का अनुकरण किया और अपना नाम दर्ज करवा लिया।

लेकिन जनरल स्मट्स ने 'काला कानून' वापस नहीं लिया।

सरकार के इस रवैए से निराश होकर भारतीय लोगों से गांधीजी ने उन नामांकन पत्रों को वापस कर देने के लिए कहा, जिन्हें उन्होंने अपनी इच्छा से भरा था।

लेकिन ट्रांसवाल सरकार टस से मस नहीं हुई।

गांधीजी तब तक स्वस्थ हो गए थे। उन्होंने चुनौती दी, "अगर किसी निश्चित तारीख तक यह 'काला कानून' वापस नहीं किया गया तो हम लोगों ने जो प्रमाण-पत्र लिये हैं, उनकी होली जला दी जाएगी।"

जब उन्हें लगा कि शासन ने उनकी धमकी को भी अनसुना कर दिया है तो गांधीजी ने दूसरा सत्याग्रह शुरू किया। होली जलाई गई और उसमें लगभग 2,000 प्रमाण-पत्र भस्म कर दिए गए। कई भारतीयों ने खुल्लमखुल्ला ट्रांसवाल की सीमा पार की, जहाँ जाना कानूनन मना था। गांधीजी और उनके साथी सत्याग्रह के समय कई बार जेल गए। तीसरी बार जब गांधीजी जेल से बाहर आए तो भारतीय लोगों ने सभा की और तय किया कि एक शिष्टमंडल इंग्लैंड भेजा जाए, जो ब्रिटिश शासन को दक्षिण अफ्रीका की सही स्थिति की जानकारी दे। गांधीजी और हाजी हबीब से कहा गया कि वे दोनों लंदन जाएँ और वहाँ भारतीय लोगों की शिकायत प्रस्तुत करें। योजना के अनुसार वे गए भी, लेकिन सफल नहीं हुए। फिर वे इस दृढ़ निश्चय के साथ लौटे कि अंत तक संघर्ष करेंगे, चाहे वह अंत कितना ही बुरा क्यों न हो। गांधीजी ने अब वकील के रूप में काम करना छोड़ दिया। उन्हें लगा कि वे उस कानून से कैसे जीविका कमाते रह सकते हैं, जिसका वह विरोध करते हैं।

एक अंग्रेज किसान हरमैन कैलनबैल फिनिक्स की शांत जीवन-पद्धति से बहुत प्रभावित हुआ। उसने जोहांसबर्ग के निकट अपना विस्तृत फार्म एक नई कॉलोनी बनाने के लिए गांधीजी को दे देने का प्रस्ताव रखा। उसने सुझाव दिया कि जो लोग सत्याग्रह में भाग लेने के कारण अपना धंधा और घर खो बैठे हैं, उन्हें यहाँ बसाया जाए।

सन् 1910 में नई कॉलोनी बन गई। महान् रूसी लेखक के नाम पर उसका नाम 'टॉल्सटॉय फार्म' रखा गया। गांधीजी टॉल्सटॉय के बड़े प्रशंसक थे। उस कॉलोनी में राष्ट्रीयता, धर्म और रंग की दृष्टि से भिन्न-भिन्न तरह के लोग एक ही परिवार के रूप में रहने लगे। वे लोग कठिन परिश्रम करते और श्रम का फल मिल-बाँटकर खाते।

गांधीजी अपना अधिकांश समय टॉल्सटॉय फार्म पर ही बिताते थे। वह बच्चों को पढ़ाते थे। दूसरे रचनात्मक काम भी उन्होंने अपने ऊपर ले रखे थे।

सरकार का रवैया बदलने के लिए जनरल स्मट्स को राजी करने का गांधीजी का प्रयत्न असफल हो चुका था। लेकिन 'काले कानून' और 'व्यक्ति कर' के खिलाफ संघर्ष

चलता रहा। कस्तूरबाई तथा कई भारतीय महिलाएँ भी इस आंदोलन में भाग लेने लगीं।

उसी समय दक्षिण अफ्रीका के एक न्यायालय ने यह निर्णय दिया कि भारतीय विवाह कानून की दृष्टि से मान्य नहीं है। पारिवारिक संबंधों पर किया गया यह प्रहार महिलाओं को सहन नहीं हुआ। उन्होंने खुलेआम कानून की अवहेलना की। उन्हें बड़ी संख्या में जेल भेज दिया गया। नेटाल में न्यू कैसल के पास कोयले की खदानों में भारतीय मजदूरों ने इस दमन के खिलाफ हड़ताल कर दी।

गिरफ्तारियों, सत्याग्रहियों के देशनिकाले और भारतीय परिवारों की अनकही तकलीफों ने भारत में लोगों को क्रोधित कर दिया। पीड़ितों की सहायतार्थ बहुत सी धनराशि एकत्र की गई।

कई सत्याग्रहियों को पीटा गया, उन पर डंडे चलाए गए। उनमें से कुछ मर भी गए। जनता के साथ अपमान का गांधीजी के मन पर गहरा असर हुआ। उन्होंने आत्म-पीड़ा के लिए तीन प्रतिज्ञाएँ कीं। जब तक व्यक्ति-कर उठा नहीं लिया जाएगा और अन्याय समाप्त नहीं होगा, वह नंगे पैर चलेंगे, गरीब मजदूरों की तरह कपड़े पहनेंगे और एक ही बार भोजन करेंगे।

गांधीजी ने देखा कि सरकार निष्ठुर है और कोई समाधान दिखाई नहीं दे रहा है। उन्हें अगला कदम उठाने के बारे में सोचना पड़ा।

अक्तूबर 1913 में गांधीजी ने नेटाल खदान क्षेत्र के 6,000 मजदूरों द्वारा ट्रांसवाल में मार्च करने का कार्यक्रम बनाया। कानून यह था कि भारतीय लोग बगैर अनुमति-पत्र के ट्रांसवाल में घुस नहीं सकते।

गांधीजी ने कहा, ''हम लोग सीमा पार करके ट्रांसवाल में शांतिपूर्वक प्रयाण करने के लिए बढ़ रहे हैं। सरकार हमें गिरफ्तार करेगी और जेल में बंद कर देगी। लेकिन हमें शील बने रहना है। इस अहिंसक तरीके से हम व्यक्ति-कर के, हमारे विवाहों को मान्यता नहीं देने के निर्णय के और हमारे विरुद्ध लगाए गए सभी कानूनों के खिलाफ़ अपना विरोध प्रकट कर रहे हैं। हम नेक काम के लिए लड़ रहे हैं। हम किसी को नुकसान नहीं पहुँचाएँगे।''

उन्होंने फिर लोगों से ऊँची आवाज में पूछा, ''क्या आप लोग गिरफ्तार होने और कठोर व्यवहार को सहने के लिए तथा हमेशा अहिंसक बने रहने के लिए तैयार हैं?''

समर्थन का शोर उभरा कि सभी सहमत हैं। वे लोग हर जगह गांधीजी का अनुगमन करने के लिए तैयार थे। इस तरह ट्रांसवाल प्रवेश की शुरुआत हुई।

फिर साँझ ढले बहुत सारे वरदीधारी लोग आए और गांधीजी को नींद से जगा दिया।

गांधीजी बोले, ''मुझे मालूम है, आप लोग मुझे गिरफ्तार करने आए हैं। मैं तैयार हूँ।''

गांधीजी और कई भारतीय गिरफ्तार कर लिये गए। सत्याग्रहियों को पीटा गया, उन पर लाठी चलाई गई और उन्हें काम पर जाने के लिए दबाव डाला गया; लेकिन सफलता नहीं मिली। अधिकारीगण उन्हें काम पर भेजने में सफल नहीं हो सके। गांधीजी ने उनमें शांतिपूर्वक समर्थ ढंग से विरोध करने की भावना भर दी थी।

उसके शीघ्र बाद ही सारे नेटाल और ट्रांसवाल में सत्याग्रह आंदोलन फैल गया। सरकार यह नहीं समझ पा रही थी कि उसे अब क्या करना चाहिए, क्योंकि उसके निष्ठुर दमन के सामने कोई भी झुका नहीं। सारे जेलखाने भर गए। आखिरकार जनरल स्मट्स को कुछ करना ही पड़ा। उसने सारी स्थिति के अध्ययन के लिए एक आयोग बिठा दिया।

दिसंबर 1913 में गांधीजी को रिहा कर दिया गया। लेकिन वह संघर्ष समाप्त कर देनेवाले नहीं थे।

गांधीजी ने स्मट्स को चेतावनी दी कि यदि उनकी माँगें पूरी नहीं की गईं तो वह दूसरा मार्च शुरू कर देंगे। लेकिन दूसरी बार वैसा करने की जरूरत नहीं पड़ी। रेलवे के यूरोप निवासी केंद्रीय कर्मचारियों ने हड़ताल कर दी और सरकार की हालत बहुत खराब हो गई। गांधीजी ने उस गंभीर हालत में मार्च आयोजित करने का विचार छोड़ दिया, क्योंकि वह शासन को किसी भी तरह के संकट में नहीं डालना चाहते थे।

गांधीजी ने सभी मजदूरों को आज्ञा दी कि कम-से-कम उस समय के लिए वे लोग काम पर चले जाएँ। उनके इस निर्णय का शासन पर अच्छा प्रभाव पड़ा और जनरल स्मट्स ने भी इस शालीनता को माना।

भारतीय नेताओं द्वारा जितने भी आवश्यक सुधारों की माँग की गई थी, उनके पक्ष में जाँच आयोग ने अपना विवरण दिया। आखिरकार 'भारतीय राहत विधेयक' पास कर दिया गया और गवर्नर ने उस पर हस्ताक्षर भी कर दिए। इसके द्वारा अनुबंध से आए मजदूरों पर लगा व्यक्ति-कर समाप्त कर दिया गया। सारे भारतीय विवाहों को कानूनी मान्यता प्राप्त हो गई और एक राज्य से दूसरे राज्य में आने-जाने पर किया जानेवाला जुर्माना भी उठा लिया गया।

गांधीजी जीत गए और यह थी सत्याग्रह आंदोलन की विजय।

गांधीजी दक्षिण अफ्रीका में 21 वर्ष कार्य करते रहे। उन्होंने वहाँ की भारतीय जनता के लिए बहुत कुछ किया।

गांधीजी को ऐसा लगने लगा कि दक्षिण अफ्रीका में उनका काम समाप्त हो गया है। वह चाहने लगे कि अब भारत लौट जाएँ। उस समय गोखले इंग्लैंड में थे। वह चाहते थे कि गांधीजी भारत लौटने से पहले उनसे लंदन में मिल लें। गांधीजी भी यही चाहते थे। उन्होंने अपना निर्णय कस्तूरबाई को बताया।

वह बोले, ''तुम मेरे साथ लंदन चल रही हो। वहाँ से फिर हम लोग भारत चलेंगे।''

18 जुलाई, 1914 को गांधीजी कस्तूरबाई और कैलनबैक के साथ इंग्लैंड के लिए जहाज पर चढ़े। उनके लंदन पहुँचने के दो दिन पहले 4 अगस्त को पहला विश्व युद्ध घोषित हो चुका था।

लंदन पहुँचने पर गांधीजी को मालूम हुआ कि गोखले अपने स्वास्थ्य सुधार के लिए पेरिस गए हुए हैं। युद्ध के कारण लंदन और पेरिस के बीच डाक-तार व्यवस्था भंग हो गई थी। गांधीजी निराश हुए। वह गोखले से मिले बिना भारत नहीं लौटना चाहते थे। वह लंदन में रुके रहे।

युद्ध जारी था। वैसे गांधीजी इंग्लैंड में क्या कर सकते थे? कुछ भारतीय मित्रों के सुझाव पर इंग्लैंड निवासी भारतीयों की सभा बुलाई गई, जिसमें गांधीजी ने विचार प्रकट किए कि इंग्लैंड में रहनेवाले भारतीय लोगों को भी युद्ध के समय कुछ करना चाहिए। अंग्रेज छात्र अपनी इच्छा से सेना में भरती होने के लिए तैयार थे। वैसी स्थिति में भारतीय लोगों को भी उनसे कुछ कम नहीं करना चाहिए था।

उनके विचारों पर लोगों में मतभेद था। बहुत से भारतीय यह सोचते थे कि युद्ध के कारण एक अवसर प्राप्त हुआ है कि भारत को आजादी मिल सके। भारतीय लोगों को अपनी बात पर जोर देकर अपने अधिकारों के लिए दावा करना चाहिए।

लेकिन गांधीजी यह सोचते थे कि इंग्लैंड अगर मुसीबत में है तो हमें अवसर का गलत लाभ नहीं उठाना चाहिए। उन्होंने जोर दिया कि हम इंग्लैंड को हर संभव सहायता दें। उन्होंने घायलों के लिए सेवा दल की स्थापना की, जिससे अनेक दिक्कतों के बावजूद ब्रिटिश लोगों को आवश्यकता के समय सहायता पहुँचाई।

कुछ समय बाद गोखले इंग्लैंड लौट आए। गांधीजी और कैलनबैक उनसे कई बार मिलने गए और युद्ध तथा दूसरे मामलों के बारे में चर्चाएँ कीं।

उसके बाद गांधीजी को प्लूरिसी हो गई। गोखले और उनके मित्र चिंतित हो उठे। डॉक्टर जीवराज मेहता ने उनका इलाज किया, लेकिन कुछ लाभ नहीं हुआ। गोखले जब भारत लौटे, तब भी गांधीजी बीमार ही थे।

बीमारी बढ़ती ही गई। गांधीजी को सलाह दी गई कि जल्दी-से-जल्दी वह भारत लौट जाएँ। उन्होंने सुझाव मान लिया और भारत लौट आए।

बारह वर्षों के बाद गांधीजी भारत लौटे थे।

बंबई में उनका भव्य स्वागत किया गया। जनता का ऐसा अगाध प्रेम देखकर गांधीजी विभोर हो गए। गोखले पूना में थे और उनकी हालत खराब थी, इसलिए गांधीजी उन्हें देखने के लिए पूना गए। वह उनसे बहुत स्नेह से मिले। गांधीजी ने गोखले से कहा कि वह एक आश्रम खोलना चाहते हैं, जिसमें फिनिक्स परिवार के लोगों सहित वह रह सकें। वे लोग भारत आ गए थे और शांति निकेतन में ठहरे थे। गोखले ने उनकी योजना का समर्थन किया और कहा कि जो भी सहायता वह कर सकेंगे, अवश्य करेंगे।

गांधीजी अपने परिवार के लोगों से मिलने राजकोट और पोरबंदर गए। उसके बाद शांति निकेतन चले गए। अध्यापकों और छात्रों ने उनका भावभीना स्वागत किया। वहाँ गांधीजी पहली बार टैगोर से मिले। वे सी.एफ. एंड्रूज से भी मिले, जो उन दिनों वहाँ थे।

शांति निकेतन में ठहरने के कुछ दिनों बाद ही गांधीजी ने सुना कि गोखले का स्वर्गवास हो गया। वह तत्काल पूना चले गए। बर्दवान तक सी.एफ. एंड्रूज भी साथ आए थे।

एंड्रूज ने गांधीजी से पूछा, "क्या आप सोचते हैं कि भारत में सत्याग्रह के अनुकूल अवसर आएगा? यदि हाँ, तो कब तक?"

गांधीजी ने उत्तर दिया, "यह कहना कठिन है। मैं एक साल कुछ नहीं करूँगा। गोखले ने मुझसे वचन लिया है कि मैं साल भर तक भारत-भ्रमण करूँ और अनुभव प्राप्त करूँ। तब तक मैं विचार भी प्रकट नहीं करूँगा, जब तक कि एक साल का यह परीक्षा-काल समाप्त नहीं हो जाता। इसलिए मैं नहीं सोचता कि पाँच वर्ष से पहले सत्याग्रह के लिए कोई अवसर दिखाई देगा।"

गोखले के श्राद्ध समारोह के बाद गांधीजी सर्वेंट्स ऑफ इंडिया सोसाइटी के नेताओं से मिले। गोखले के प्रति श्रद्धा के कारण इस संस्था में वह सम्मिलित हो गए होते, लेकिन उसके सदस्यों में से कुछ ने विरोध किया।

थोड़े समय के लिए गांधीजी रंगून गए और वहाँ से लौटने पर कुंभ मेले के अवसर पर वे हरिद्वार गए। लगभग 17 लाख लोग मेले में आए थे। विभिन्न संगठनों के सेवा दल वहाँ आए लोगों की सहायता के लिए आमंत्रित थे। गांधीजी को सेवा दल के लोगों की सहायतार्थ उनके फिनिक्स परिवार के साथ निमंत्रण दिया गया। फिनिक्स परिवार वहाँ पहुँचा और वह उसमें सम्मिलित हो गए।

गांधीजी को ऐसे धार्मिक मेले की अनेक घटनाओं और कमियों के कारण दु:ख हुआ। वहाँ भ्रष्टाचार था, धोखाधड़ी थी और कई असामाजिक बुराइयाँ भी थीं। सफाई की ओर नाम मात्र का ध्यान दिया जाता था। गांधीजी उदास हो गए। वह इस समस्या के बारे में बहुत कुछ सोचते रहे कि भारतीय चरित्र को कैसे सुधारा जाए।

मई 1915 में अहमदाबाद के पास एक गाँव में एक आश्रम की स्थापना की गई। अहमदाबाद हस्तकरघा उद्योग के लिए प्रसिद्ध प्राचीन शहर है। गांधीजी ने उस जगह को इसलिए ठीक समझा कि चरखे के घरेलू उपयोग का वहाँ फिर से विकास किया जा सकेगा। गांधीजी ने उस जगह को नाम दिया 'सत्याग्रह आश्रम'।

उनका कहना था, "सत्य के प्रति हमारा सिद्धांत है। और हमारा कर्म है सत्य की खोज और उसकी प्रस्थापना।"

जो लोग वहाँ रहते थे, वे सादे और एक जैसे कपड़े पहनते थे। वे एक ही रसोईघर में खाना खाते और संयुक्त परिवार की तरह जीवन बिताते थे।

गांधीजी ने आश्रमवासियों से कहा, ''यदि आप जनता की सेवा करना चाहते हैं तो आपको सत्य, अहिंसा, ब्रह्मचर्य, अस्तेय (चोरी नहीं करना), अपरिग्रह और अस्वाद का संकल्प करना होगा।''

एक दिन और उन्होंने कहा, ''मुझे एक अछूत परिवार का पत्र मिला है, जो हमारे साथ रहना चाहता है। मैं उत्तर दे रहा हूँ कि यहाँ उसका स्वागत है।''

इसके कारण खासा हंगामा मच गया। एक अछूत के साथ रहना! कस्तूरबाई तक सहमत नहीं हुईं। गांधीजी मन में तय कर चुके थे और इस बात का कोई आश्रमवासी विरोध नहीं कर सकता था। लेकिन आश्रम के संरक्षकों को यह बात पसंद नहीं आई और उन्होंने आर्थिक सहायता देना बंद कर दिया।

आश्रम के सामने आर्थिक संकट आ गया, लेकिन अनायास ऐसी सहायता मिल गई, जिसकी कोई आशा नहीं थी। एक धनी आदमी आश्रम में आया और गांधी को 13 हजार रुपए दे गया। वह उस व्यक्ति के इस दान से आश्चर्यचकित रह गए।

फरवरी 1916 में गांधीजी को बनारस हिंदू विश्वविद्यालय के शिलान्यास के अवसर पर भाषण देने के लिए बुलाया गया। वायसराय तथा अन्य कई महत्त्वपूर्ण व्यक्ति वहाँ उपस्थित थे।

लंबा काठियावाड़ी कोट तथा पगड़ी पहने गांधीजी भाषण देने के लिए खड़े हुए। पुलिस का इंतजाम और आसपास की शान-शौकत देखकर गांधीजी को सदमा पहुँचा। श्रोताओं की तरफ देखकर वे बोले, ''मैं खुलेआम अपने विचार बिना किसी संकोच के आपके सामने रखना चाहता हूँ।''

उनके प्रारंभिक शब्द सुनकर ही श्रोता स्तब्ध रह गए।

उन्होंने कहा, ''यह हमारे लिए गहरे अपमान और लज्जा की बात है कि मैं इस महान् विश्वविद्यालय और पवित्र नगर के बीच अपने देशवासियों से एक ऐसी भाषा में बोलने के लिए विवश हूँ, जो कि मेरे लिए विदेशी है।''

यह एक तरह का विस्फोट था। कभी कोई अंग्रेजी भाषा के खिलाफ बोलने का साहस नहीं कर पाया था। ब्रिटिश अधिकारी, उनके मित्र और अन्य प्रतिष्ठित भारतीय लोग, जो वहाँ उपस्थित थे, गुस्से में भारी साँसें छोड़ने लगे।

लेकिन गांधीजी बोलते चले गए, ''महामहिम सम्राट् ने कल हमारे समारोह की अध्यक्षता करते समय देश के गरीबों के बारे में कुछ कहा था, लेकिन हम यह क्या देख रहे हैं? तड़क-भड़कवाला माहौल, हीरे-जवाहरातों का प्रदर्शन। भारत के लिए तब तक मुक्ति पाना असंभव है जब तक कि आप लोग इन हीरे-जवाहरातों से मुक्ति नहीं पा लेते और केवल देशवासियों की थाली के रूप में ही इन्हें अपने पास नहीं रखते।'' गांधीजी ने अपने लंबे भाषण में कई बातों की चर्चा की। उनका भाषण तीखी और खरी आलोचना से भरा पड़ा था।

समारोह के संयोजकों में से एक थीं एनी बेसेंट। वह घबरा गईं और उन्होंने गांधीजी को बैठ जाने के लिए कहा; लेकिन वह बोलते ही चले गए। कुछ लोग क्रोध से तमतमा उठे, लेकिन दूसरे लोग बड़े चाव से गांधीजी की बात सुनते रहे।

वे लोग सोचने लगे, 'कम-से-कम एक आदमी तो ऐसा है, जो सच बोल रहा है। यह आदमी भारत को दलदल में से बाहर निकाल सकता है।'

उन लोगों ने बार-बार प्रसन्नता प्रकट करते हुए हर्ष-ध्वनि की।

गांधीजी ने उनकी तरफ देखकर कहा, "भाषणों से हम स्वराज्य के योग्य नहीं हो सकते। हमारा चरित्र ही हमें उसके योग्य बनाएगा।"

गांधीजी ने लोगों से यह भी कहा कि वे इस योग्य बनने की कोशिश करें कि अपने शासन का काम खुद चला सकें।

अंत में गांधीजी ने, जिन्होंने युद्धकाल में अंग्रेजों की तीन-तीन बार सहायता की थी, कहा, "यदि मुझे यह जरूरी लगता है कि भारत की मुक्ति के लिए अंग्रेज हट जाएँ या हटा दिए जाएँ तो मैं यह बात कहने में कतई संकोच नहीं करूँगा कि उन्हें एक दिन चले जाना होगा। मैं आशा करता हूँ कि अपने इन शब्दों का पालन करने के लिए मैं मरने तक को तैयार रहूँगा।"

जनता गांधीजी की इस स्पष्टवादिता से चकित रह गई। वह गांधीजी का पहला महान् राजनीतिक भाषण था।

बहुत वर्षों बाद जवाहरलाल नेहरू ने इस बात पर प्रकाश डाला कि गांधीजी के आने का लोगों के लिए क्या अर्थ था।

उन्होंने कहा था, "हमें ऐसा लग रहा था जैसे किसी सर्वशक्तिमान दैत्य की जकड़ में फँसकर हम असहाय हो गए हैं। हमारे हाथ-पैरों को जैसे लकवा मार गया है। हमारे दिमाग जैसे संज्ञा-शून्य हो गए हैं। हम कर ही क्या सकते थे? दरिद्रता और पराजय के दलदल में भारत अंदर-ही-अंदर धँसता चला जा रहा था।

"और तब गांधीजी का आगमन हुआ। वह आए खुली हवा के झोंके की तरह, जिसने हमें बाहर खींच लिया और गहरी साँसें लेने का अवसर दिया। वह प्रकाश-पुंज की तरह आए कि जिसने आँखों पर बँधी पट्टियाँ उतार दीं। वह एक बवंडर की तरह आए कि उससे बहुत कुछ अस्त-व्यस्त हो गया और जनता के सोचने का ढंग ही बदल गया…।"

सन् 1916 के आखिरी महीनों में भारत में होम रूल के लिए कई सभाएँ हुईं। तिलक, एनी बेसेंट और जिन्ना के नेतृत्व में नई राजनीतिक लहर-सी आ गई।

उस वर्ष कांग्रेस का वार्षिक अधिवेशन लखनऊ में दिसंबर महीने में हुआ। कांग्रेस विभाजित हो रही थी। कुछ गरम दल के थे, कुछ नरम दल के। लेकिन लखनऊ का कांग्रेस अधिवेशन बिना किसी तनाव के संपन्न हो गया।

अध्यक्ष अंबिकाचरण मजूमदार स्वराज के पक्ष में बोले। दूसरे नेताओं ने भी इसकी माँग की थी। एक प्रस्ताव ब्रिटिश सरकार को संबोधित करते हुए पास किया गया। उसमें अपील की गई कि भारत को स्वराज्य देने के लिए निश्चित कदम उठाए जाएँ। इसके लिए अखिल भारतीय कांग्रेस कमेटी ने जो योजना तैयार की है और उसमें जो सुधार सुझाए हैं, उन्हें स्वीकार किया जाए। उस योजना को अखिल भारतीय मुसलिम लीग ने भी स्वीकार कर लिया था।

लखनऊ में कांग्रेस और मुसलिम लीग में एक समझौता हुआ, जो बाद में 'लखनऊ पैक्ट' के नाम से प्रसिद्ध हुआ। भारत की एकता के लिए मुसलमानों की बहुत सी माँगों को कांग्रेस ने स्वीकार कर लिया।

दो साल तक गांधीजी ने खूब यात्रा की और विभिन्न जगहों पर लोगों से चर्चाएँ कीं। अब वह मजदूरों से संबंधित कोई काम करना चाहते थे। पहले उनका ध्यान गिरमिट प्रथा की समस्या की ओर गया। उसके अनुसार, गरीब और अपढ़ मजदूरों को फुसलाकर ब्रिटिश राज के दूसरे उपनिवेशों में भेज दिया जाता था। वह इसके खिलाफ अफ्रीका में लड़ चुके थे और अब चाहते थे कि यह प्रथा समाप्त ही कर दी जाए।

वायसराय लॉर्ड हार्डिंग ने यह घोषणा की कि वक्त आने पर ब्रिटिश सरकार इस प्रथा को समाप्त कर देने के लिए सहमत हो गई है।

लेकिन गांधीजी निश्चित तारीख चाहते थे।

इस बात को लेकर गांधीजी ने एक बड़ा आंदोलन शुरू कर दिया।

वह बंबई गए और सभी भारतीय नेताओं से मिलकर सलाह-मशविरा किया। उन्होंने इस प्रथा को समाप्त कर देने की तारीख 31 मई, 1917 तय कर दी।

फिर वह अपने इन विचारों के पक्ष में समर्थन प्राप्त करने के लिए भ्रमण करने लगे। सभी महत्त्वपूर्ण स्थानों पर सभाएँ की गईं। हर जगह उन्हें अच्छा समर्थन मिला।

स्वयं गांधीजी ने कहा कि उन्हें इतना अधिक समर्थन पाने की आशा नहीं थी।

इस आंदोलन के फलस्वरूप शासन ने यह घोषणा कर दी कि यह प्रथा 31 जुलाई, 1917 तक समाप्त कर दी जाएगी।

फिर गांधीजी ने बिहार के खेतिहर मजदूरों पर थोपी गई एक घृणित प्रणाली के बारे में सुना। बिहार के चंपारण जिले में किसानों को गोरे जबरदस्ती नील की खेती करने को मजबूर करते थे। इससे उन्हें बहुत तकलीफ उठानी पड़ती थी। न वे अपनी जरूरत का अनाज पैदा कर पाते थे और न ही नील की खेती करने के बदले उन्हें पर्याप्त धन ही मिल पाता था।

गांधीजी को इसके बारे में कोई जानकारी नहीं थी। बिहार के एक किसान राजकुमार शुक्ल उनसे मिले और चंपारण के लोगों की तकलीफों के बारे में बताया। शुक्ल ने गांधीजी से निवेदन किया कि वह खुद वहाँ जाकर स्थिति को देखें। गांधीजी उस समय

लखनऊ में कांग्रेस की बैठक में भाग ले रहे थे और उनके पास इतना समय नहीं था कि वहाँ जा सकते। लेकिन राजकुमार शुक्ल उनके पीछे पड़े रहे कि वह उनके साथ जाकर चंपारण के लोगों के कष्ट दूर करने में मदद करें। आखिरकार गांधीजी ने कलकत्ता से लौटने के बाद वहाँ जाने का वादा किया।

सन् 1917 के प्रारंभ में गांधीजी राजकुमार शुक्ल के साथ चंपारण गए। उनके वहाँ पहुँचने पर जिलाधीश ने उन्हें एक नोटिस भेजा कि वह चंपारण में नहीं ठहर सकते और जो भी पहली ट्रेन मिल रही हो, उससे वह वापस लौट जाएँ।

गांधीजी ने उस आज्ञा को नहीं माना। तब उन्हें अदालत में उपस्थित होने का आदेश दिया गया।

न्यायाधीश ने कहा, ''यदि आप इस जिले से चले जाएँ और यहाँ कभी न आने का वचन दें तो आप पर से मुकदमा उठा लिया जाएगा।''

गांधीजी ने उत्तर दिया, ''यह नहीं हो सकता। मैं यहाँ जनता और राष्ट्र की सेवा के लिए आया हूँ। मैं चंपारण को अपना घर समझूँगा और यहाँ के दलित किसानों के लिए काम करूँगा।''

न्यायालय के बाहर किसानों की एक बड़ी भीड़ नारे लगा रही थी। न्यायाधीश और पुलिस दोनों के होश गुम थे।

गांधीजी ने कहा, ''यदि आप मुझे इन लोगों से बात करने दें तो शांति स्थापित करने में उससे आपको सहायता मिलेगी।''

गांधीजी भीड़ के सामने आए और बोले, ''आप लोग शांत रहकर मुझ में और मेरे काम में निष्ठा रखिए। न्यायाधीश को मुझे गिरफ्तार करने का अधिकार है, क्योंकि मैंने उनकी आज्ञा का उल्लंघन किया है। यदि मुझे जेल भी भेज दिया जाए तो उसे भी उचित ही समझिए। हमें शांतिपूर्वक काम करना है। किसी भी हिंसक कारवाई से हमारे उद्देश्यों पर आँच आएगी।''

सारी भीड़ शांतिपूर्वक लौट गई। जैसे ही गांधीजी न्यायालय में वापस आए, पुलिस ने उनकी तरफ प्रशंसा की दृष्टि से देखा।

सरकार ने गांधीजी पर से मुकदमा उठा लिया और उन्हें जिले में रहने की अनुमति दे दी। किसानों की परेशानियाँ जानने की गरज से गांधीजी वहाँ ठहरे।

वह कई गाँवों में गए। उन्होंने लगभग 8,000 किसानों से सवाल-जवाब किए और उनकी शिकायतें दर्ज कीं। इस प्रकार वह उनकी तकलीफों और उनके कारणों को ठीक-ठीक समझ पाए।

वह इस निर्णय पर पहुँचे कि गोरे काश्तकार, जो किसानों को दबा लेते हैं, उसका एक सबसे बड़ा कारण है उनका अज्ञान। इसके लिए गांधीजी ने ऐसे ऐच्छिक संगठन बनाए, जो उनकी आर्थिक और शिक्षा संबंधी स्थिति को सुधारने में मदद कर सकें। उन

संगठनों द्वारा स्कूल खोले गए और सफाई के बारे में भी लोगों को शिक्षा दी गई।

सरकार ने गांधीजी की शक्ति और अपने उद्देश्य के प्रति उनकी लगन को पहचान लिया। उसने स्वयं ही किसानों की शिकायतों को दूर करने के लिए एक आयोग की नियुक्ति की। उन्होंने गांधीजी को उस आयोग में काम करने का निमंत्रण दिया और वह तैयार भी हो गए। उसके परिणामस्वरूप कुछ महीनों बाद ही 'चंपारण भूमि सुधार विधेयक' पास हो गया। इससे किसानों और जोतदारों को बहुत राहत मिली।

गांधीजी बिहार में अधिक समय तक नहीं ठहर पाए। दूसरी जगहों से बुलावा आ रहा था। अहमदाबाद में मजदूरों में अशांति फैली हुई थी और उनके झगड़ों को सुलझाने के लिए उनकी वहाँ आवश्यकता थी।

गांधीजी शीघ्र ही अहमदाबाद लौट आए।

मजदूरों के झगड़ों को हाथ में लेने से पहले गांधीजी अपने आश्रम को बदलना चाहते थे। सत्याग्रह आश्रम अहमदाबाद के पास एक गाँव में था, लेकिन उसके आसपास की जगह साफ-सुथरी नहीं थी और वहाँ प्लेग भी फैल गया था। अहमदाबाद में वह पहले से ही फैला हुआ था।

आश्रम के निकट संपर्क में रहनेवाले अहमदाबाद के एक धनी व्यक्ति ने उपयुक्त जमीन खरीदने की इच्छा दिखाई। गांधीजी स्वयं जमीन की खोज में गए और साबरमती केंद्रीय कारागार के पास साबरमती नदी के किनारे एक जगह पसंद की। वह जमीन खरीद ली गई और वहाँ हुई 'साबरमती आश्रम' की स्थापना।

अहमदाबाद में कपड़ों की कई मिलें थीं। कीमतें बढ़ गई थीं और मिल मजदूर अधिक वेतन की माँग कर रहे थे। मिल मालिक उसके लिए तैयार नहीं थे। गांधीजी ने मजदूरों के साथ सहानुभूति दिखाई और उनका मामला हाथ में ले लिया। उन्होंने संघर्ष शुरू कर दिया और शांतिपूर्वक विरोध प्रदर्शित किया। मजदूरों ने गांधीजी का अनुसरण किया और उन्हें अपना पूरा समर्थन दिया। बड़े-बड़े झंडे लेकर वे सड़कों पर परेड करते और कहते कि वे तब तक काम पर नहीं जाएँगे, जब तक कि झगड़ा सुलझ नहीं जाता।

कई दिन बीत गए। मिल मालिक जिद पर उतर आए। हड़ताली मजदूर अधीर होने लगे, क्योंकि वे भूखे रहने लगे थे। अनुशासन में ढिलाई आ गई। गांधीजी को लगा कि कहीं मजदूर अपनी प्रतिज्ञा तोड़कर काम पर न चले जाएँ। वह बहुत बड़ी नैतिक हार होगी।

एक सुबह उन्होंने मजदूरों को बुलाया और कहा, ''जब तक सारे मजदूर एकजुट नहीं हो जाते और समझौता होने तक हड़ताल नहीं चलाते, तब तक मैं भोजन को छुऊँगा भी नहीं।''

मजदूर अवाक् रह गए।

''आप नहीं बल्कि हम उपवास करेंगे।'' वे बोले, ''हमारी ढिलाई के लिए क्षमा करें, अब हम अपनी प्रतिज्ञा पर कायम रहेंगे।''

गांधीजी नहीं चाहते थे कि कोई और उपवास करे। उनका उपवास मिल मालिकों के खिलाफ नहीं था, बल्कि मजदूरों के बीच एकता और सहयोग की कमी के खिलाफ था। उपवास केवल तीन दिन चला; लेकिन उससे मिल मालिक इतने प्रभावित हुए कि उन्होंने मजदूरों के साथ समझौता कर लिया।

मजदूरों की हड़ताल समाप्त हुई ही थी कि गांधीजी को खेड़ा सत्याग्रह के संघर्ष में जुट जाना पड़ा।

गुजरात में खेड़ा जिला फसल खराब हो जाने के कारण अकाल के कगार पर खड़ा था। फसल इतनी कम हुई थी कि किसान और खासकर गरीब तबके के किसान लगान देने में असमर्थ थे। लेकिन शासन का कहना था कि पैदावार बहुत कम नहीं हुई है और किसानों को लगान चुकाना ही चाहिए।

गांधीजी को किसानों की बात में संगति दिखाई दी और उन्होंने लगान न चुकाकर सत्याग्रह करने की सलाह दी।

वल्लभभाई पटेल, शंकरलाल बैंकर, महादेव देसाई और दूसरे कई नेताओं ने इस संघर्ष में रचनात्मक भाग लिया। उस आंदोलन का अंत इस प्रकार हुआ कि जिसकी आशा ही नहीं थी। ऐसे संकेत दिखाई देने लगे थे कि वह बिखर जाएगा, लेकिन चार महीने के संघर्ष के बाद आखिर एक सम्मानजनक समझौता हो गया। सरकार ने कहा कि अगर संपन्न किसान कर चुका दें तो गरीब किसानों का लगान माफ कर दिया जाएगा। इस पर वे सहमत हो गए और आंदोलन समाप्त कर दिया गया।

खेड़ा सत्याग्रह गुजरात के किसानों में जागृति का प्रारंभ था। यह प्रारंभ राजनीतिक शिक्षा का भी था। साथ ही शिक्षित जन-सेवकों को यह मौका भी मिला कि वे किसानों के वास्तविक जीवन को समझ सकें।

इस समय तक युद्ध संगीन स्थिति में पहुँच चुका था। ब्रिटेन और फ्रांस कठिन स्थिति में फँस गए थे। सन् 1917 के वसंत में जर्मनी में ब्रिटिश और फ्रांसीसी सेना को बुरी तरह हरा दिया था। रूस के युद्ध संबंधी सभी प्रयत्न बेकार हो गए थे और उसके सामने क्रांति का खतरा था। अमेरिका युद्ध में शरीक तो हो गया था, लेकिन युद्धभूमि में अभी तक उसका कोई भी सैनिक नहीं पहुँचा था।

भारत के वायसराय लॉर्ड चेम्सफोर्ड ने विभिन्न भारतीय नेताओं को युद्ध परिषद् में भाग लेने के लिए आमंत्रित किया। गांधीजी को भी बुलाया गया। उन्होंने आमंत्रण स्वीकार कर लिया और वह दिल्ली गए। गांधीजी को इस बात से दु:ख हुआ कि तिलक और अ़ली बंधुओं को उसमें नहीं बुलाया गया था। वह जाने को तैयार भी न थे, लेकिन वायसराय से मिलने के बाद उन्होंने उस सम्मेलन में भाग लिया।

वायसराय यह चाहते थे कि गांधीजी सेना में भरती होने के प्रस्ताव का समर्थन करें।

गांधीजी ने एक वाक्य कहा, ''अपने उत्तरदायित्व को पूरी तरह समझते हुए मैं इस प्रस्ताव का समर्थन करता हूँ।''

गांधीजी ने सरकार के इस प्रस्ताव का समर्थन किया कि लोग सेना में भरती हों। यह सुनकर उनके बहुत सारे मित्र सकते में आ गए।

किसी ने कहा, ''आप तो अहिंसा के पुजारी हैं, फिर हमें हथियार उठाने के लिए क्यों कह रहे हैं?''

दूसरे लोग बोले, ''इस सरकार ने भारत के लिए ऐसा किया क्या है कि वह हमसे सहयोग की अपेक्षा रखे?''

उनके बहुत से निकट के मित्र भी यह नहीं समझ पाए कि वह अपने अहिंसक आंदोलन के साथ युद्ध का तालमेल कैसे बैठा पाए हैं।

लेकिन गांधीजी अपने विश्वास पर अडिग रहे—''भारत के शिक्षित वर्ग की ओर से, बगैर शर्त, पूरे मन से सहयोग दिया जाना चाहिए। इससे ही हम स्वराज के अपने लक्ष्य तक पहुँच पाएँगे और किसी बात से नहीं।''

गांधीजी ने निर्णय कर लिया था और वह अब उसे कार्यान्वित करने में जुट गए।

सेना में भरती होने की अपील का संतोषजनक फल नहीं मिला, लेकिन वह अपनी धुन के पीछे पड़े रहे। उन्होंने सभाएँ कीं। उन्होंने परचे बाँटे कि लोग सेना में भरती हों। लगातार प्रयत्न का फल निकला ही। बहुत से लोग भरती हो गए। और वह आशा करने लगे कि पहली टुकड़ी जैसे ही बाहर भेजी जाएगी, और लोग भी भरती होंगे।

गांधीजी ने भरती होने के प्रचार कार्य में अपना स्वास्थ्य करीब-करीब चौपट कर लिया। उन्हें बहुत कठिन परिश्रम करना पड़ा। वे समय पर भोजन नहीं कर पाते थे और ऐसा आवश्यक पौष्टिक आहार भी नहीं ले पाते थे कि जिससे शरीर को शक्ति मिले।

तभी उन्हें संग्रहणी हो गई। उन्होंने दवाई खाने से इनकार कर दिया। उनकी हालत बिगड़ती ही चली गई। मित्रों ने बहुत समझाने की कोशिश की, लेकिन वह किसी की भी सलाह को मानने के लिए तैयार नहीं थे। वह दिन-रात बेचैन रहने लगे और स्वयं उन्हें ऐसा लगा कि वह मृत्यु के निकट पहुँच रहे हैं।

उन्हें फिर से स्वस्थ होने में बहुत समय लग गया। लेकिन तब तक यह समाचार आ चुका था कि युद्ध समाप्त हो गया है। जर्मनी को एकदम परास्त कर दिया गया था। अब और लोगों के भरती होने की जरूरत नहीं थी।

मित्रों और डॉक्टरों ने सलाह दी कि वे वायु परिवर्तन के लिए कहीं चले जाएँ और स्वास्थ्य को पहले ठीक हो लेने दें। वे माथेरान गए, लेकिन वह जगह उन्हें रास नहीं आई।

वह पूना गए। वहाँ उन्होंने एक डॉक्टर से सलाह ली। उसने स्वास्थ्य ठीक करने के लिए दूध लेने की सलाह दी और कुछ इंजेक्शन लेने के लिए भी कहा। गांधीजी इंजेक्शन लेने के लिए तो तैयार हो गए, लेकिन दूध के लिए नहीं; क्योंकि दूध तो वे कई वर्ष पहले ही छोड़ चुके थे।

लेकिन कस्तूरबा ने कहा, ''आपको एतराज है गाय और भैंस के दूध से, लेकिन आप बकरी का दूध तो ले ही सकते हैं।''

तब गांधीजी बकरी का दूध लेने के लिए तैयार हो गए।

वह अहमदाबाद लौट आए। उनका स्वास्थ्य सुधर ही रहा था कि समाचार पत्रों में उन्होंने रोलेट कमेटी की रिपोर्ट पढ़ी। वह रिपोर्ट उसी समय प्रकाशित हुई थी।

उस रिपोर्ट में सिफारिश की गई थी कि फौजदारी कानून में संशोधन किए जाएँ। इस बात से गांधीजी विचलित हो उठे। उन्होंने कहा, ''यह अन्याय है। स्वतंत्रता और न्याय के सिद्धांत पर यह कुठाराघात है। व्यक्ति के मूलभूत अधिकारों का इससे हनन होता है।''

मित्रगण गांधीजी के पास सलाह के लिए पहुँचे।

वे बोले, ''कुछ किया ही जाना चाहिए। यदि ये सिफारिशें कानून का रूप लेती हैं तो हमें सत्याग्रह करना ही पड़ेगा।''

गांधीजी को इस बात का खेद था कि उनका स्वास्थ्य अच्छा नहीं है, अन्यथा वह अकेले ही इन सुधारों के विरुद्ध लड़ाई छेड़ देते। बीमारी की हालत में ही बिस्तर पर से वे अखबारों में लेख लिखते रहे कि प्रस्तावित विधेयक तानाशाही है। कोई भी आत्मसम्मानवाला व्यक्ति इसके सामने नहीं झुक सकता।

गांधीजी ने सोचा कि सरकार के खिलाफ सच्ची निष्ठा से सत्याग्रह आंदोलन छेड़ देना ही एकमात्र उपाय है। आश्रम में कुछ नेताओं की बैठक बुलाई गई और सत्याग्रह का प्रतिज्ञा-पत्र तैयार किया गया। वहाँ उपस्थित सभी लोगों ने उस पर हस्ताक्षर कर दिए। गांधीजी को इस बात का विश्वास नहीं था कि अहिंसा जैसे महान् अस्त्र का अन्य संस्थाएँ ठीक से उपयोग कर सकेंगी। इसलिए उन्होंने 'सत्याग्रह सभा' के नाम से एक नई संस्था बनाई। उसका मुख्य कार्यालय बंबई में था।

रोलेट कमेटी की रिपोर्ट के विरुद्ध हर जगह उपद्रव हो रहे थे। लेकिन सरकार उसकी सिफारिशों को लागू करने पर तुली हुई थी। सन् 1919 में रोलेट एक्ट प्रस्तुत कर दिया गया। जब भारतीय असेंबली में उस पर चर्चा हो रही थी, गांधीजी वहाँ दर्शक के रूप में उपस्थित थे।

सारे देशभक्त लोगों के विरोध के बाद भी वह विधेयक कानून के रूप में पास कर दिया गया।

गांधीजी उस समय भी शरीर से कमजोर थे, जब उन्हें मद्रास आने का निमंत्रण

मिला। वे खतरा उठाकर भी महादेव देसाई के साथ वहाँ गए। वहाँ पर पहली बार चक्रवर्ती राजगोपालाचारी से मिले। उनसे वे बहुत प्रभावित हुए।

नेताओं की एक छोटी सी बैठक हुई और गांधीजी ने उन्हें बताया कि यदि रोलेट एक्ट पास हो जाता है तो उसके क्या-क्या परिणाम होंगे। जब ये चर्चाएँ चल रही थीं, तभी रोलेट एक्ट के कानून के रूप में प्रकाशित कर दिए जाने के समाचार प्राप्त हुए।

मद्रास में ही गांधीजी के मन में यह विचार आया कि सत्याग्रह आंदोलन छेड़ने से पहले सारे भारत में हड़ताल की जानी चाहिए। नेताओं ने सुझाव को मान लिया और उस हड़ताल का खासा प्रचार किया गया। पहले तो उसके लिए वर्ष 1919 की 30 मार्च तय कर दी गई थी, लेकिन बाद में इसे बदलकर 6 अप्रैल कर दिया गया। लोगों को हड़ताल की सूचना बहुत कम समय पहले मिली थी, फिर भी वह सफल रही।

स्वतंत्रता-प्राप्ति के लिए जो संघर्ष हुए, उस दिशा में वह हड़ताल पहली महान् जागृति थी।

गांधीजी मद्रास से रवाना हुए और 6 अप्रैल की हड़ताल में शरीक होने के लिए बंबई आए। तब तक दिल्ली, लाहौर और अमृतसर में 30 मार्च को ही हड़ताल हो चुकी थी। दिल्ली में पुलिस ने प्रदर्शनकारियों के स्वतंत्रतापूर्वक चलने-फिरने पर प्रतिबंध लगा दिया। वहाँ गोली चली और कई लोग हताहत हुए। गांधीजी से निवेदन किया गया कि वे दिल्ली आएँ। उन्होंने उत्तर दिया कि वे 6 अप्रैल को बंबई में हड़ताल हो जाने के बाद ही वहाँ आएँगे।

बंबई में हड़ताल बहुत ही सफल रही। किसी भी फैक्टरी में एक चक्का तक नहीं चला। एक दुकान भी नहीं खुली।

सारे भारत में हड़ताल रखी गई। गांधीजी ने बार-बार लोगों से कहा कि वे शांति बनाए रखें और सरकार के दमन से उत्तेजित होकर हिंसा पर उतारू न हों। इसके बावजूद कई जगह हिंसा फूट पड़ी। अहमदाबाद और पंजाब में उपद्रव हुए। अहिंसा का प्रचार करने के लिए गांधीजी इन जगहों पर जाना चाहते थे।

पंजाब जाते हुए पलवल नामक एक स्टेशन पर उन्हें गिरफ्तार कर लिया गया और वापस बंबई भेज दिया गया। उनकी गिरफ्तारी की खबर सारी बंबई में आग की तरह फैल गई। वहाँ अपार जन-समुदाय उनके आने की प्रतीक्षा कर रहा था। जब वे बंबई पहुँचे तो उन्हें रिहा कर दिया गया। भीड़ अधीर हो रही थी।

गांधीजी से एक मित्र ने कहा, ''केवल आप ही भीड़ पर काबू पा सकते हैं। आइए, मैं आपको उस स्थान पर ले चलता हूँ।''

भीड़ ने अपार प्रसन्नता से उनका स्वागत किया। बहुत बड़ा जुलूस निकलने वाला था, लेकिन पुलिस ने उस पर प्रतिबंध लगाकर उसे आगे बढ़ने से रोक दिया। फिर घुड़सवारों की टुकड़ी उस भीड़ पर दौड़ा दी गई। जैसे ही घुड़सवार भाले तानकर भीड़

में घुसे और वातावरण में बच्चों व महिलाओं की चीख-पुकार मच उठी, पुलिस के जुल्म से बचने के लिए लोग भागने लगे।

गांधीजी स्तब्ध रह गए। वह कमिश्नर से मिलने गए। उन्होंने देखा कि वे आग-बबूला हो रहे हैं।

''लोगों पर आपके उपदेशों का क्या प्रभाव पड़ता है, यह आपसे अधिक हम पुलिसवाले बेहतर ढंग से जानते हैं। यदि हमने सख्त काररवाई न की होती तो स्थिति हाथ से ही चली जाती। आपकी भावना के बारे में हमें कोई संदेह नहीं, लेकिन जनता उसे नहीं समझती है। लोग तो केवल अपनी आदतों के अनुसार ही व्यवहार करते हैं।''

गांधीजी ने कहा, ''जनता स्वभाव से हिंसक नहीं है। वह शांतिप्रिय है।''

''आप पंजाब जाना चाहते थे न?'' कमिश्नर ने कहा, ''क्या आप जानते हैं कि अहमदाबाद, पंजाब और दिल्ली में क्या हो रहा है? इन सारे उपद्रवों के लिए आप जिम्मेदार हैं।''

गांधीजी को इन उपद्रवों के समाचारों से बड़ा सदमा पहुँचा। उन्होंने कहा कि वे निश्चित ही इन सब बातों का उत्तरदायी खुद को मान लेंगे, अगर वे इससे सहमत हो जाएँ कि सारे उपद्रव उनके द्वारा ही शुरू किए गए हैं।

वे अहमदाबाद गए। अहमदाबाद में उन दिनों मार्शल लॉ लगा हुआ था।

रेलवे स्टेशन पर पुलिस अधिकारी उनकी प्रतीक्षा कर रहा था कि उन्हें कमिश्नर साहब तक पहुँचा दे। वह कमिश्नर भी तमतमाया हुआ था। गांधीजी ने उपद्रवों के लिए खेद प्रकट किया और शांति स्थापित करने में सहयोग देने का वचन दिया।

फिर गांधीजी ने साबरमती आश्रम में एक सभा करने की अनुमति चाही। यह प्रस्ताव अधिकारी को पसंद आया।

सभा में गांधीजी ने दुःख भरे हृदय से घोषणा की कि सविनय अवज्ञा आंदोलन समाप्त किया जा रहा है। उन्होंने कहा कि वे प्रायश्चित्त के रूप में तीन दिन तक उपवास करेंगे। उन्होंने सब लोगों से भी कहा कि वे एक-एक दिन का उपवास रखें। उन्होंने कहा कि जिन्होंने उपद्रव में भाग लिया है, वे अपना जुर्म स्वीकार कर लें। उन्हें इस बात का दुःख था कि लोगों को पूरा प्रशिक्षण दिए बगैर ही सविनय अवज्ञा आंदोलन समय से पहले शुरू कर दिया गया।

वे बोले, ''मैंने भयंकर गलती की है।''

कई लोगों ने गांधीजी के इस कथन का मजाक उड़ाया। उनके कई मित्र तथा अनुयायी सत्याग्रह बंद कर देने पर आपे से बाहर हो गए।

फिर गांधीजी ने इस बात की शिक्षा देनी शुरू की कि सत्याग्रह का सही अर्थ क्या है और उसको कैसे चलाया जाना चाहिए। अपने लेखों और भाषणों के माध्यम से वे इस नए सिद्धांत को समझा देना चाहते थे।

पंजाब में स्थिति बहुत गंभीर थी। यह सही है कि उपद्रव जनता के द्वारा ही शुरू किया गया था, लेकिन उसे रोकने के लिए सरकार ने जिस तरह के उपायों का सहारा लिया था, वे भयंकर थे।

नेतागण कोशिश कर रहे थे कि लोग शांत रहें, लेकिन अधिकारीगण जिस तरह का कठोर दमन-चक्र चला रहे थे, उसके समान बहुत कम घटनाएँ इतिहास में पाई जाती हैं।

अमृतसर में लोगों को घूमने-फिरने की आजादी नहीं थी। एक घोषणा प्रकाशित करके सभा-सम्मेलनों पर प्रतिबंध लगा दिया गया था। लेकिन बहुत कम लोग उसके बारे में जान पाए, क्योंकि सब जगह उसका ऐलान नहीं किया गया था और वह घोषणा केवल अंग्रेजी में प्रकाशित की गई थी।

तभी यह ऐलान किया गया कि सरकार के दमन के खिलाफ विरोध प्रकट करने के लिए एक सभा जलियाँवाला बाग में आयोजित की गई है। जनरल डायर ने सभा को रोकने का कोई उपाय नहीं किया, लेकिन उसके शुरू होते ही वह वहाँ पहुँच गया और अपने साथ हथियारबंद सेना की टुकड़ी और गाड़ियाँ ले गया। बिना कोई चेतावनी दिए उसने आदेश दिया, "तब तक गोली चलाओ, जब तक गोला-बारूद खत्म न हो जाए।"

वह बाग चारों तरफ से दीवारों व मकानों से घिरा हुआ था और बाहर निकलने के लिए उसमें एक ही दरवाजा था। पहली गोली के चलते ही बाहर जाने का रास्ता बंद हो गया। भीड़ के लिए बचने का कोई उपाय नहीं था। वहाँ लगभग 10 हजार के बीच लोग जमा थे। सिपाहियों ने उस निहत्थी जनता के ऊपर 16 हजार से अधिक गोलियाँ चलाईं।

जो पहले बाग था, वह नर-संहार का स्थल बन गया। सैकड़ों पुरुष, स्त्री और बच्चे भून डाले गए। हालाँकि सरकारी आँकड़ों के अनुसार केवल 379 लोग मरे और 200 घायल हुए। घायलों और मृत लोगों को वहीं छोड़कर सेना की टुकड़ी लौट गई। जलियाँवाला बाग एक तरह से हत्याकांड का पर्यायवाची ही हो गया।

यह घटना तो भयानक थी ही, इसके अलावा भी सारे पंजाब में कई शर्मनाक घटनाएँ घटित हुईं। भारतीय लोगों को अपने हाथों और घुटनों के बल चलने का आदेश दिया गया। जनरल डायर ने कुछ स्थानों पर इस तरह के हुक्म भी दिए कि जब भी कोई अंग्रेज अफसर दिखाई दे, भारतीय लोग अपने वाहन से उतर जाएँ और उन्हें सलाम करें। यही नहीं, कुछ जगहों पर लोगों को नंगा करके पीटा गया। विद्यार्थियों और बच्चों को हाजिरी देने, परेड में शामिल होने और ब्रिटिश झंडे को सलामी देने के लिए मीलों चलना पड़ता था। फिर यह भी हुआ कि बारात में जा रहे लोगों को नंगा करके पीटा गया। चिट्ठी-पत्री पर प्रतिबंध लगा दिया गया। भारतीय परिवारों के नल काट दिए गए और बिजली बंद कर दी गई। जनरल डायर के मार्शल लॉ ने पंजाब में भयंकर आतंक पैदा कर दिया था।

सी.एफ. एंड्रूज पंजाब पहुँच गए थे। उन्होंने गांधीजी को लिखा कि वह तत्काल पंजाब आ जाएँ। गांधीजी वहाँ जाना चाहते थे, लेकिन सरकार बराबर उनकी प्रार्थना को अस्वीकृत करती रही। आखिरकार अक्तूबर में वायसराय ने उन्हें पंजाब जाने की अनुमति दे दी और वे वहाँ गए।

लाहौर स्टेशन पर पहुँचने पर गांधीजी ने देखा कि नगर की लगभग सारी जनता उनके आने की प्रतीक्षा में वहाँ उपस्थित थी।

कांग्रेस ने पंजाब में किए गए अत्याचारों की जाँच के लिए एक समिति नियुक्त की थी। लाहौर पहुँचने पर गांधीजी से कहा गया कि वह भी उस समिति में शरीक हों। उन्होंने धीमे लेकिन बहुत ही युक्ति-युक्त तरीके से पंजाब में हुई घटनाओं की जाँच-पड़ताल शुरू की।

इस तरह गांधीजी को पंजाब और वहाँ की जनता को समझने का मौका मिला। लोग उन्हें घेर लेते थे। वे उन्हें प्यार करते थे, उनका सम्मान करते थे।

जवाहरलाल नेहरू उन दिनों पंजाब में ही थे। उन्होंने यह अनुभव किया कि गांधीजी जन-जन के नेता हैं। लोग उनके पास उनके विचारों और कर्मों से प्रभावित होकर खिंचे चले आते थे। नेहरू ने गांधीजी द्वारा की जा रही जाँच-पड़ताल में वैज्ञानिक यथार्थ के दर्शन किए।

गांधीजी ने अपनी रिपोर्ट में बताया कि सरकार कुछ लोगों का बचाव करने का प्रयत्न कर रही है। गांधीजी की इस बात में कोई रुचि नहीं थी कि किसी से बदला लें, लेकिन उस रिपोर्ट के छपने पर भी सरकार को चुप देखकर उन्हें बड़ा धक्का लगा।

पंजाब के लोगों के कष्ट देखकर गांधीजी बहुत विचलित हो गए। वे जान गए थे कि निरस्त्र लोगों पर कैसे-कैसे अत्याचार किए गए हैं।

तब गांधीजी ने लोगों को सलाह दी कि वे हर तरह से सरकार से असहयोग करें। उन्होंने लोगों से कहा कि वे ब्रिटिश सरकार द्वारा दिए जानेवाले खिताब स्वीकार न करें और जो पहले उन्हें स्वीकार कर चुके हैं, वे उन्हें लौटा दें। वे चाहते थे कि लोग न्यायालयों का भी बहिष्कार करें। उन्होंने जनता को विदेशी वस्तु न खरीदने की सलाह दी। वे देशवासियों को इस बात के लिए सहमत करने में कोई भी कसर नहीं उठा रखना चाहते थे कि वे लोग किसी भी सरकारी पद पर कार्य न करें। उन्होंने लोगों को शिक्षा संस्थाओं से भी बाहर आ जाने को कहा।

भारत की जनता पर गांधीजी का प्रभाव तेजी से बढ़ता जा रहा था। बहुत सारे वयोवृद्ध नेता अपनी उदारवादी नीति के कारण भारतीय राजनीति से अस्त होते जा रहे थे। सन् 1920 के अंत तक गांधीजी देश के और भारतीय राष्ट्रीय कांग्रेस के निर्विवाद नेता बन गए।

कांग्रेस इस बात के लिए लड़ रही थी कि तत्काल होमरूल दे दिया जाए। उनका लड़ने का तरीका सरकार के साथ अहिंसात्मक असहयोग करने का था। समय-समय पर कुछ कानूनों की सावधानीपूर्वक आज्ञा भी की जाती थी।

गांधीजी जवाहरलाल नेहरू के समाजवादी दृष्टिकोण में बहुत रुचि लेते थे। किसानों के साथ अपने संपर्कों का जो ब्यौरा जवाहरलाल ने उन्हें दिया, उससे वे बहुत प्रभावित हुए थे। जवाहरलाल ने उन्हें बताया कि किसान कैसे-कैसे कष्ट सहते हैं। विशेष रूप से यह बात कि उन्हें कितना भारी कर देना पड़ता है।

भारत की राजनीतिक अवस्था दिन-पर-दिन खराब होती चली गई। सरकार भी परेशान हो उठी। शोषित लोगों में हर जगह एक तरह का तनाव व्याप्त था और हिंसक काररवाई फैलने का खतरा था।

सरकार के ऐसे सख्त व्यवहार के बाद भी गांधीजी को यह विश्वास न था कि शीघ्र ही ब्रिटेन अपनी गलती ठीक कर लेगा। जवाहरलाल के विचार ये थे कि ब्रिटेन तब तक नहीं झुकेगा, जब तक कि उसे झुकने के लिए विवश नहीं कर दिया जाए। जवाहरलाल ठीक ही सोच रहे थे। उसके बाद सरकार ने नेताओं को गिरफ्तार कर जेल भेजना शुरू कर दिया। अंग्रेजों को यह डर लगा कि कहीं भारत पर से उन्हें अपना अधिकार ही न खो देना पड़े।

1 अगस्त, 1920 को गांधीजी ने वायसराय लॉर्ड चेम्सफोर्ड को एक पत्र लिखा और उसमें असहयोग का संकेत दे दिया। इसके साथ ही उन्होंने 'कैसरे-हिंद' नामक स्वर्ण-पदक भी लौटा दिया, जो कि उन्हें सन् 1915 में मिला था। 'यंग इंडिया' के स्तंभों में गांधीजी ने अहिंसात्मक असहयोग के बारे में विस्तार से लिखा।

जगह-जगह भाषण देते हुए और सत्याग्रह की विशेषताएँ समझाते हुए उन्होंने अनेक नेताओं के साथ दूर-दूर की यात्रा की। हर जगह अपार जन-समुदाय अगाध प्रेम और उत्साह के साथ उनसे मिला। बार-बार उन्होंने लोगों को हिंसा के खिलाफ चेतावनी दी। भीड़ के उन्माद से उन्हें बड़ी घृणा थी।

वे कहते थे, "यदि भारत को हिंसा के माध्यम से आजादी लेनी है तो फिर यह काम अनुशासित हिंसा यानी युद्ध के द्वारा ही किया जाना चाहिए।"

अगस्त के अंत में गुजरात राजनीतिक परिषद् ने असहयोग का प्रस्ताव स्वीकार कर लिया। 4 से 9 सितंबर तक कलकत्ता में कांग्रेस का एक विशेष अधिवेशन हुआ। इसके लिए असहयोग आंदोलन का प्रस्ताव स्वयं गांधीजी ने तैयार किया।

गांधीजी नहीं जानते थे कि कांग्रेस अधिवेशन में उन्हें कितनी सफलता मिलेगी। जब उन्होंने प्रस्ताव रखा तो यह कहा गया कि अब तक जिस नीति से काम किया जाता रहा है, यह प्रस्ताव उससे भिन्न है। वे यह भी जानते थे कि कई नेता उनके एकदम खिलाफ हैं।

उन्होंने घोषित किया, ''ईश्वर से डरते हुए और कर्तव्य की भावना से प्रेरित होकर ही यह आपकी स्वीकृति के लिए मैं प्रस्तुत कर रहा हूँ।''

उस विशेष अधिवेशन में असहयोग योजना को स्वराज प्राप्त करने के साधन के रूप में स्वीकार कर लिया गया।

सन् 1920 के आखिरी महीनों में गांधीजी ने तिहरे बहिष्कार की बात कही। उन्होंने सरकार और समस्त सरकारी संस्थाओं का बहिष्कार करने पर जोर दिया। इनमें स्कूल-कॉलेज और न्यायालय भी सम्मिलित थे। यदि जनता इनसे मुक्त हो जाए तो वह आसानी से अपने स्कूल, अपने कॉलेज और अपने न्यायालय खोल सकती है और उससे ब्रिटिश सत्ता धराशायी हो जाएगी।

ब्रिटिश सरकार के सहयोगियों और दूसरे सम्माननीय लोगों ने इस बात का खासा मजाक उड़ाया। लेकिन गांधीजी ने इस पर कोई ध्यान नहीं दिया। गांधीजी की गतिविधियों से सरकार आतंकित हो उठी। उसने चेतावनी दी कि जो भी कानून की सीमा से बाहर काम करेगा, उसे गिरफ्तार किया जा सकता है और जेल भेजा जा सकता है।

गांधीजी को लगा कि यह तो आंदोलन की सफलता है। उन्होंने लोगों को इस बात के निर्देश दे दिए कि जब वह गिरफ्तार हो जाएँ तो उन्हें क्या करना चाहिए।

26 दिसंबर को कांग्रेस का अधिवेशन नागपुर में हुआ। इस अधिवेशन में गांधीजी की नीतियों का विरोध भी किया गया; लेकिन उनका प्रस्ताव अपार बहुमत में स्वीकृत हो गया।

नागपुर में इस नए कार्यक्रम की स्वीकृति जन-आंदोलन की शुरुआत का संकेत थी। गांधीजी ने सोचा कि सारी सरकारी संस्थाओं का बहिष्कार कर देने से कांग्रेस को वैसी ही संस्थाएँ बनाने का मौका मिल सकता है और इस तरह राज्य के अंदर राज्य बन सकेगा। उससे भारत स्वराज की तरफ बढ़ सकेगा।

सन् 1921 में ड्यूक ऑफ कनॉट भारत आए कि वे यहाँ की जनता को शांत कर सकें। वे देश में चार विधानसभाओं का उद्‌घाटन करने आए थे। सम्राट् की ओर से घोषित सुधारों के अंतर्गत ही इनका निर्माण हुआ था। लेकिन उनके आने से अंग्रेजों के प्रति भारतीय दृष्टिकोण में कोई ठोस परिवर्तन नहीं हुआ।

गांधीजी दूर-दूर तक यात्रा करते रहे और अहिंसा तथा असहयोग के आदर्शों का प्रचार करते रहे। दिनोंदिन जनता गांधीजी के कार्यक्रमों पर अमल करने के लिए आतुर हो रही थी। अनेक विद्यार्थियों ने अपने स्कूल-कॉलेज छोड़ दिए। बहुत से अधिकारियों ने अपने पद त्याग दिए। बहिष्कार आंदोलन चोटी पर पहुँच गया था।

जनता का नैतिक साहस बढ़ता जा रहा था और सरकार का धैर्य डिगने लगा था। दमन-चक्र शुरू हुआ। गांधीजी ने लोगों को धीरज रखने की सलाह दी और अहिंसा पर जोर दिया। उन्हें भारतीय जनता में दुर्बलता भी दिखाई दी और उन्होंने उसे दूर करने का

सुझाव दिया। वे चाहते थे कि इसके साथ ही सामाजिक सुधार और रचनात्मक काम भी किए जाएँ।

तभी यह घोषणा हुई कि प्रिंस ऑफ वेल्स भारत यात्रा करेंगे। कई जगह कार्यक्रम आयोजित किए गए कि वे अपनी वफादार प्रजा से भेंट कर सकें।

गांधीजी ने जब समाचार-पत्रों में यह खबर पढ़ी तो वह भड़क उठे।

उन्होंने कहा, ''क्या अंग्रेज यह समझते हैं कि हम बच्चे हैं? क्या वे इस बात में विश्वास करते हैं कि युवराज के लिए की जानेवाली परेडों से हम पंजाब में किए गए बर्बर अत्याचारों और स्वशासन देने में किए जानेवाले विलंब को भूल जाएँगे?''

''हमें महामहिम युवराज से कोई शिकायत नहीं है।'' गांधीजी ने कहा, ''लेकिन वह दमन के प्रतीक हैं और इस कारण हम उनके खिलाफ हैं। हम सारी दुनिया को दिखा देंगे कि हमारा यह असहयोग तलवार के यूरोपीय सिद्धांतों के ठीक विपरीत है। हम लोग प्राचीन ऋषियों के अनुसार आचरण कर रहे हैं। बिना हिंसा के असहयोग वीरों की लड़ाई है।''

इस बात के डर से कि महामहिम युवराज की यात्रा के समय अव्यवस्था न फैल जाए, फिर दमन-चक्र शुरू हो गया। हजारों लोगों को गिरफ्तार कर लिया गया। भारतीय जनता इतनी नाराज हो उठी कि नगर-नगर में होली जलाई गई। यह होली विदेशी और खासकर ब्रिटिश कपड़ों की थी।

17 नवंबर, 1921 को युवराज बंबई पहुँचे। ब्रिटेन के स्वामीभक्त प्रतिनिधि शाही मेहमान की अगवानी करने गए। अहिंसात्मक असहयोग करनेवालों ने कोई दखल नहीं दिया। फिर भी, सहसा गुस्सा भड़क उठा। धार्मिक और राजनीतिक घृणा ने इसे और भड़का दिया। दंगे शुरू हो गए। बहुत से लोग मारे गए। बहुत सी संपत्ति नष्ट हो गई। शहर में आतंक छा गया। गांधीजी बंबई में ही थे। वह दंगेवाली जगह जा पहुँचे कि उपद्रव समाप्त हो जाए। आखिरकार शांति स्थापित हो गई।

गांधीजी ने बहुत कड़वे शब्दों में कहा, ''हर आदमी को अपने धर्म और अपनी राजनीतिक विचारधारा को मानने का अधिकार है। तब तक सत्याग्रह सफल नहीं हो सकता जब तक इस बात को नहीं समझ पाएँगे।''

दूसरे शहरों में युवराज के आने का बहिष्कार शांतिपूर्वक किया गया। अभागे युवराज शहर-पर-शहर देखे जा रहे थे, लेकिन उनका स्वागत कर रही थीं खाली सड़कें। एक दुकान तक नहीं खुली थी। लोग घर के दरवाजे बंद किए रहे और बाहर नहीं आए। यह अवस्था देखकर ब्रिटिश सरकार क्रुद्ध हो उठी। उसने भारत सरकार से इसके खिलाफ काररवाई करने को कहा।

फलस्वरूप मोतीलाल नेहरू, जवाहरलाल नेहरू और दूसरे नेता गिरफ्तार कर लिये गए और अलग-अलग अवधि के लिए सबको जेल भेज दिया गया। लेकिन जनता का

अटल साहस रत्ती भर भी कम नहीं हुआ। जनता स्वराज प्राप्त करने के लिए चाहे जैसे कष्ट सहने को तैयार थी।

गांधीजी से यह माँग की गई कि वे स्वराज की प्राप्ति के लिए जन-आंदोलन शुरू करें। गांधीजी ने निश्चय कर लिया। बारदोली में सत्याग्रह शुरू करने की तैयारी कर ली गई। लेकिन बंबई तथा अन्य जगहों पर कुछ घटनाएँ हो गईं और गांधीजी को आंदोलन तुरंत स्थगित कर देना पड़ा।

उत्तर प्रदेश में गोरखपुर के नजदीक चौरीचौरा में सरकार के खिलाफ प्रदर्शन कर रही एक भीड़ पर पुलिस ने गोली चलाई। प्रदर्शनकारियों को इससे इतना क्रोध आया कि वे बहुत उत्तेजित हो उठे। पुलिस को सिटी हॉल में शरण लेनी पड़ी। क्रुद्ध भीड़ ने उस हॉल को घेर लिया और आग लगा दी। कुछ सिपाही जलकर मर गए। जो भागने की कोशिश कर रहे थे, वे बाहर खड़ी कुछ जनता के द्वारा मार डाले गए।

इससे गांधीजी बहुत विचलित हो उठे। वे सोचने लगे। उन्हें लगा कि लोग निश्चित ही अभी तक सत्याग्रह के लिए तैयार नहीं हुए हैं। उन्होंने बारदोली का सत्याग्रह स्थगित कर दिया। उनके साथी इससे सहमत नहीं थे, लेकिन गांधीजी अपनी बात पर दृढ़ रहे। वे चाहते थे कि उनके अनुयायी रचनात्मक काम में लग जाएँ।

गांधीजी के इस निर्णय से बहुत से देशवासी दुःखी हुए। वे सोच रहे थे कि स्वराज अब पहुँच के भीतर ही है और आंदोलन जारी रहना चाहिए।

सरकार तो जैसे प्रतीक्षा ही कर रही थी। जन-आंदोलन को रोक देने के लिए गांधीजी को धन्यवाद देने के बदले उन पर राजद्रोह का आरोप लगाया गया और उन्हें छह वर्ष की सजा सुना दी गई। उन्हें पूना के यरवदा केंद्रीय जेल में भेज दिया गया।

जेल में गांधीजी कताई, लेखन और चिंतन में व्यस्त रहने लगे। लोगों को बड़ी निराशा हुई। हर जगह सरकार ने अपनी पकड़ मजबूत बना ली। लगभग सभी नेता जेल में ठूँस दिए गए।

फिर सन् 1924 में गांधीजी बीमार हो गए। उन्हें अपेंडिसाइटिस का रोग था। पीड़ा बहुत हो रही थी। सरकार सतर्क हो गई। यदि गांधीजी जेल में मर गए तो क्या होगा? तत्काल ऑपरेशन का इंतजाम किया गया और वे उसके लिए सहमत हो गए। ऑपरेशन सफल हो गया। लेकिन उनका स्वास्थ्य बहुत धीमी गति से सुधर रहा था। सरकार ने यह उचित समझा कि उन्हें छोड़ दिया जाए। वे रिहा कर दिए गए। फिर अपने स्वास्थ्य सुधार के लिए वे बंबई के पास जुहू चले गए।

असहयोग आंदोलन ठंडा पड़ गया था। कई कांग्रेसी नेता नगरपालिका और प्रांतीय कौंसिलों में भाग लेने की बात सोचने लगे थे। जबकि गांधीजी ने इनका बहिष्कार करने के लिए कहा था। लेकिन गांधीजी न निराश हुए और न ही उन्होंने साहस खोया। उन्होंने कुछ समय के बाद राजनीति छोड़ देने का फैसला किया और हिंदू-मुसलमान एकता

स्थापित करने तथा छुआछूत मिटाने में लग गए।

इस तरह लगभग छह वर्ष तक गांधीजी ने राजनीतिक क्षेत्र में कुछ नहीं किया। लेकिन वे लिखते रहे, भाषण देते रहे और प्रार्थना करते रहे। सारे भारत की उन्होंने यात्रा की। ब्रिटिश राज के प्रति अहिंसक विरोध का विचार गांधीजी ने छोड़ नहीं दिया था। वे तो सचमुच समय की प्रतीक्षा कर रहे थे।

कई यात्राओं में गांधीजी के साथ जवाहरलाल नेहरू भी रहे। हर जगह उन दोनों का असीम उत्साह से स्वागत किया गया। जवाहरलाल तो युवा पीढ़ी की आशा ही थे।

सन् 1928 में वायसराय ने गांधीजी को मिलने के लिए बुलाया। उन्होंने गांधीजी को बताया कि ब्रिटिश सरकार ने सर जॉन साइमन की देखरेख में एक कमीशन की नियुक्ति की है। यह कमीशन भारत की वस्तुस्थिति का अध्ययन करेगा और सुझाव देगा कि किस तरह के राजनीतिक सुधार किए जाने चाहिए।

गांधीजी ने पूछा, ''क्या उस कमीशन में कोई भारतीय भी होगा?''

''नहीं।'' वायसराय ने उत्तर दिया।

''फिर वह फिजूल है।'' गांधीजी ने कहा, ''हमें इसका बहिष्कार करना चाहिए।''

गांधीजी ने लोगों को सलाह दी कि साइमन कमीशन का बहिष्कार किया जाए। जब कमीशन के लोग बंबई पहुँचे तो सारे भारत में हड़ताल रखी गई। जब वे देश के दूसरे शहरों की यात्रा कर रहे थे तो काले झंडों के प्रदर्शन किए गए।

लोगों ने नारे लगाए, ''साइमन लौट जाओ।''

कई जगह लाठियाँ चलाई गईं और गोलियाँ भी चलीं।

उसी वर्ष गुजरात में बारदोली के किसान भूमि कर बढ़ा दिए जाने से विक्षुब्ध हो रहे थे। गांधीजी ने उनकी शिकायतों का अध्ययन किया और सलाह दी कि वे सत्याग्रह का सहारा लें और कर न चुकाएँ।

''लेकिन अहिंसक बने रहना जरूरी है।'' उन्होंने कहा। वल्लभभाई पटेल ने उस आंदोलन का काम हाथ में ले लिया।

सरकार ने जनता को आतंकित करने के अपने पुराने तरीकों का उपयोग किया। लेकिन उसे झुकना ही पड़ा। शिकायतों की जाँच की आज्ञा दी गई। वल्लभभाई ने कुछ रियायतें माँगीं। गांधीजी जब बारदोली पहुँचे तो सलाह-मशविरा जारी था। कुछ समय बाद ही सरकार ने उनकी बातें मान लीं और समझौता हो गया।

अब राजनीतिक हलचल ने फिर बल पकड़ा। हर जगह लोग जन-संघर्ष की तैयारी कर रहे थे।

वायसराय ने देश के नेताओं की एक बैठक बुलाई। यह घोषणा की गई कि भारत को कनाडा जैसा स्वायत्त शासन दे दिया जाएगा। गांधीजी ने चाहा कि संविधान बनाने की योजना के लिए तत्काल कदम उठाया जाए।

''भले आदमी,'' वायसराय ने कहा, ''ऐसे वायदे करने का मुझे कोई अधिकार नहीं है।''

हर आदमी को यह लगा कि इंग्लैंड टाल-मटोल कर रहा है। सत्ता सौंप देने का उसका कोई इरादा नहीं है।

जनता के मन में यह बात घर कर गई कि सरकार को कुछ करने के लिए मजबूर किया ही जाना चाहिए।

जवाहरलाल नेहरू गांधीजी के प्रस्ताव पर कांग्रेस के अध्यक्ष चुन लिये गए। 31 दिसंबर, 1929 को लाहौर में कांग्रेस का अधिवेशन हुआ। वहाँ यह प्रस्ताव पास हुआ कि संपूर्ण स्वराज भारत का लक्ष्य है।

स्वायत्त शासन पाने में असफल होकर भारत ने अब संपूर्ण स्वराज की माँग की।

सारा देश जाग उठा। हर आदमी गांधीजी के नेतृत्व की राह देख रहा था। दो महीने की प्रतीक्षा के बाद गांधीजी ने नमक सत्याग्रह की घोषणा कर दी।

यह सविनय अवज्ञा आंदोलन का प्रारंभ था, जिसके द्वारा सरकार के कानूनों का उल्लंघन किया जाना था। सविनय अवज्ञा की शुरुआत होनी थी नमक के कानून उल्लंघन से।

नेहरू ने कहा था, ''सहसा 'नमक' शब्द रहस्यमय शब्द बन गया, शक्ति का द्योतक।''

सरकार ने नमक पर आबकारी कर लगा दिया, जिससे उसके खजाने में बेशुमार रुपया आने लगा। और तो और, सरकार के पास नमक बनाने का एकाधिकार भी था।

नमक कर पर वार किया जाना था और नमक कानून को तोड़ना था। गांधीजी की इस सहजता ने कि नमक को उन्होंने आंदोलन के लिए चुना, सारी स्थिति को बेहद नाटकीय रंग दे दिया था।

2 मार्च, 1930 को गांधीजी ने नए वायसराय लॉर्ड इरविन को ब्रिटिश राज में भारत की खेदजनक दशा के बारे में एक लंबा पत्र लिखा।

उन्होंने कहा, ''ब्रिटिश राज ने हमारा लगातार शोषण किया है। सैनिक तथा नागरिक प्रशासन की भयंकर खर्चीली व्यवस्था को हमारे ऊपर लादा गया है। इसने लाखों लोगों को गूँगा कर दिया है और कंगाल बना दिया है। इससे हम राजनीतिक रूप में खरीदे हुए गुलाम बन गए हैं। इसने हमारी संस्कृति की जड़ें खोखली कर दी हैं।''

उन्होंने वायसराय से निवेदन किया कि वह उनसे मिलें और व्यक्तिगत रूप से सारी स्थिति पर चर्चा करें।

''लेकिन यदि आप इन बुराइयों को दूर करने के उपाय नहीं खोजते,'' उन्होंने आगे कहा, ''और मेरे पत्र का आपके हृदय पर कोई असर नहीं पड़ता तो इस महीने की 11 तारीख को मैं आश्रम के अपने उन लोगों के साथ, जो मेरे साथ जा सकते हैं, नमक

कानून तोड़ने जाऊँगा।... मैं जानता हूँ और यह आपके हाथ में है कि मुझे गिरफ्तार करके आप मेरी योजना पर पानी फेर सकते हैं। लेकिन मुझे आशा है कि मेरे बाद उस काम को आगे बढ़ानेवाले हजारों-लाखों लोग होंगे, जो अनुशासनबद्ध आंदोलन करेंगे।''

लॉर्ड इरविन ने कोई उत्तर नहीं दिया; लेकिन अपने सचिव से यह कहलवा भेजा कि उन्हें इस बात का खेद है कि गांधीजी ने वह रास्ता चुना है, जिसमें देश के कानून को तोड़ने और जन-शांति को खतरा पहुँचाने की संभावना है।

गांधीजी के नमक सत्याग्रह से सारा भारत आंदोलित हो उठा। 12 मार्च को सवेरे 6:30 बजे हजारों लोगों ने देखा कि गांधीजी आश्रम के 78 स्वयंसेवकों सहित दांडी यात्रा पर निकल पड़े हैं। दांडी वहाँ से 241 मील दूर समुद्र किनारे बसा एक गाँव है।

यह घोषणा कर दी गई कि नमक कानून का उल्लंघन किया जाएगा। गांधीजी एक गाँव के बाद दूसरे गाँव को पार करते रहे। वे हर जगह रुकते, किसानों से बातें करते और उन्हें समाज-सुधार का महत्त्व समझाते।

वे समुद्र की तरफ बढ़ते जा रहे थे। चौबीस दिन तक भारत तथा सारे संसार की आँखें उन पर लगी रहीं। सरकार ने गांधीजी को गिरफ्तार करने का खतरा मोल नहीं लिया। दिनोदिन वह आंदोलन बढ़ता गया। सैकड़ों-हजारों लोगों ने जुलूस में भाग लिया। पुरुष, स्त्री और बच्चे जगह-जगह कतारों में खड़े रहते, हार-फूल भेंट करते और यात्रा की सफलता के नारे लगाते। संसार के कोने-कोने से पत्रकार इस यात्रा की जानकारी प्राप्त करने के लिए आए हुए थे।

5 अप्रैल को दांडी यात्रा समाप्त हुई। गांधीजी और उनके कुछ चुने हुए साथी समुद्र किनारे गए और तट पर छूटा हुआ नमक बीनकर नमक कानून का उल्लंघन किया।

फिर गांधीजी ने सब देशवासियों को छूट दे दी कि वे अवैध रूप से नमक बनाएँ। वे चाहते थे कि जनता खुलेआम नमक कानून तोड़े और पुलिस काररवाई के सामने अहिंसक विरोध प्रकट करे। सारे भारत के लोग अपने-अपने नजदीक के समुद्र किनारे नमक कानून तोड़ने जा पहुँचे। हर जगह बड़ा उत्साह था। बहुत कम लोग यह जानते थे कि नमक कैसे बनाया जाता है; लेकिन लोगों ने अपने-अपने तरीके ईजाद कर लिये। नमक बनाना महत्त्वपूर्ण नहीं था, महत्त्वपूर्ण था उस कानून को तोड़ना।

गांधीजी और दूसरे नेताओं ने इस तरह का प्रबंध कर रखा था कि अगर वे गिरफ्तार कर लिये जाएँ तो भी आंदोलन चलता रहे। नेताओं की एक सूची पहले से निश्चित कर ली गई थी कि जैसे ही एक नेता गिरफ्तार होगा, दूसरा उसकी जगह लेने के लिए तैयार रहेगा।

सरकार कदम उठाने से पहले कुछ समय तक प्रतीक्षा करती रही, फिर जवाबी हमला शुरू हो गया। गांधीजी को खुला छोड़ दिया गया, लेकिन दूसरे बहुत से नेता गिरफ्तार कर लिये गए। जवाहरलाल, महादेव देसाई और गांधीजी के पुत्र देवदास को

सबसे पहले जेल भेजा गया। नमक कानून तोड़नेवाले लोगों के साथ पुलिसवालों का व्यवहार पहले जैसा ही बर्बर था।

भारतीय राष्ट्रीय कांग्रेस को अवैधानिक घोषित कर दिया गया। जिन अखबारों को रोक-टोक लगाने की धमकी दी गई, उन्होंने अपना प्रकाशन बंद कर दिया। लोगों ने हड़ताल की, प्रदर्शन किए और वे सामूहिक रूप से गिरफ्तार हुए। शीघ्र ही सारी जेलों में बाढ़-सी आ गई। लोग अहिंसक ही बने रहे कि गांधीजी आंदोलन वापस न ले लें।

फिर गांधीजी ने वायसराय को सूचना दी कि वह घरसना के सरकारी नमक कारखाने पर धावा बोलने जा रहे हैं।

लॉर्ड इरविन ने कदम उठाया। मध्य रात्रि के समय दो पिस्तौलधारी अंग्रेज अधिकारी कई सशस्त्र भारतीय सिपाहियों सहित गांधीजी के डेरे पर जा पहुँचे।

उन्होंने गांधीजी को जगाया और कहा, "आप गिरफ्तार क़िए जाते हैं।"

गांधीजी को गिरफ्तार करके यरवदा जेल भेज दिया गया।

घरसना नमक कारखाने पर धावा बोलने के लिए गांधीजी उपस्थित नहीं थे।

नमक कारखाने काँटेवाले तारों से घिरा था और लोहे की मूठवाली लाठियों से लैस 400 सशस्त्र भारतीय सैनिक वहाँ पहरा दे रहे थे। कुछ ब्रिटिश अधिकारी उनका संचालन कर रहे थे।

गांधीजी के स्वयंसेवक उस घेरे से कुछ दूर ही रुक गए। फिर चुने हुए लोगों का एक दल उन काँटेदार तारों के घेरे की तरफ बढ़ा। पुलिस अधिकारियों ने स्वयंसेवकों को आज्ञा दी कि वे लौट जाएँ; लेकिन उन्होंने इस चेतावनी को अनसुना कर दिया।

सहसा पुलिस उनकी ओर लपकी और निहत्थे लोगों पर हमले-पर-हमले करने लगी। लेकिन मार के खिलाफ एक स्वयंसेवक ने भी हाथ नहीं उठाया। वे गिरते गए। कुछ के सिर फूट गए, कुछ के कंधों पर चोटें लगीं। किसी के हाथ तो किसी के पैर टूटे। इस दृश्य को देखनेवाली भीड़ आर्तनाद करती रही।

जब पहला दल बुरी तरह पिट चुका और स्ट्रेचर पर उठा-उठाकर उनके घायल शरीर वहाँ से हटा दिए गए तो दूसरा दल उसी स्थिति का सामना करने के लिए आगे बढ़ा। यह क्रम घंटों चला। अंत में जब गरमी बहुत बढ़ गई तो स्वयंसेवकों ने उस दिन के लिए काररवाई बंद कर दी। स्वयंसेवकों में से दो मारे गए और 320 घायल हुए।

गांधीजी की गिरफ्तारी ने भारत और ब्रिटेन में सनसनी पैदा कर दी। संसार के सभी भागों से ब्रिटिश प्रधानमंत्री को इस आशय से पत्र भेजे गए कि गांधीजी को छोड़ दें और भारत के साथ सुलह करने का प्रयत्न करें। जो लोग ब्रिटिश सरकार के सहयोगी थे, उन लोगों ने भी गांधीजी को रिहा कर देने की माँग की।

गांधीजी का जेल के अंदर बंद रहना उनके बाहर रहने से अधिक खतरनाक साबित हुआ। जब वे यरवदा जेल में शांतिपूर्वक बैठे हुए थे, सारे देश में सविनय अवज्ञा के

कारण ब्रिटिश सरकार की नाक में दम थी। जेलों में जैसे बाढ़-सी आ गई थी। सरकार काफी संकट में पड़ गई थी और आखिरकार सन् 1931 में गांधीजी, नेहरू और दूसरे नेताओं को उसे रिहा कर देना पड़ा।

जैसे ही गांधीजी जेल से बाहर आए, उन्होंने वायसराय लॉर्ड इरविन से भेंट करनी चाही। तत्काल ही भेंट की आज्ञा मिल गई। गांधीजी और इरविन मिले; लेकिन दोनों ही जैसे दो अलग-अलग संसार के रहनेवाले थे।

गांधीजी दया माँगने तो गए नहीं थे। वे तो समानता के स्तर पर समझौता करना चाहते थे। कई दिनों तक वे दोनों मिलते रहे और अंत में एक समझौते के रूप में बात समाप्त हुई। उसका नाम पड़ा 'गांधी-इरविन पैक्ट'। इसमें दोनों पक्षों की ओर से समझौते किए गए। इरविन इस बात के लिए सहमत हुए कि वह सब राजनीतिक कैदियों को रिहा कर देंगे और गांधीजी इस बात के लिए कि वे सविनय अवज्ञा आंदोलन वापस ले लेंगे तथा गोलमेज सम्मेलन में कांग्रेस का एक प्रतिनिधि भेजेंगे। उन दिनों ब्रिटिश सरकार लंदन में भारत के भविष्य के बारे में विचार करने के लिए गोलमेज सम्मेलन करती थी।

'गांधी-इरविन पैक्ट' अहिंसक आंदोलन की विजय थी। लेकिन उनके कुछ कांग्रेसी अनुयायी इस मत के थे कि यह कोई खास उपलब्धि नहीं है।

गांधीजी को गोलमेज सम्मेलन के लिए कांग्रेस के एकमात्र प्रतिनिधि के रूप में नामजद किया गया। अगस्त 1931 में वे कुछ लोगों के साथ लंदन गए।

गांधीजी इंग्लैंड गए थे कि भारत के लिए उचित संविधान के प्रश्न पर ब्रिटिश सरकार के साथ कोई समझौता कर सकेंगे और ब्रिटिश जनता का हृदय जीत सकेंगे। पहले उद्देश्य में तो वे असफल हो गए, लेकिन दूसरे में उन्हें बड़ी सफलता मिली।

गांधीजी इंग्लैंड में 84 दिनों तक रहे। वे अधिकांश समय लोगों से मिलकर चर्चा करते रहे। चर्चिल ने उनसे मिलने से इनकार कर दिया। लेकिन गांधीजी ने कई लोगों के मन जीत लिये। सम्राट् और सम्राज्ञी ने उन्हें चाय पर बुलाया। एक पत्रकार ने उनसे पूछा कि ऐसी राजसी चाय पार्टी में क्या उन्हें यह खयाल नहीं आया कि वे भी उस अवसर के अनुकूल कपड़े पहने होते? गांधीजी ने उत्तर दिया, ''सम्राट् स्वयं ही इतने वस्त्र पहने हुए थे कि वे हम दोनों के लिए काफी थे।''

गोलमेज सम्मेलन में ऐसा कोई निष्कर्ष नहीं निकला, जो स्वराज के काम आता। हिंदू और मुसलमानों के बीच उस सम्मेलन से खाई ही बढ़ी तथा भारत में सांप्रदायिक तनाव और बढ़ गया।

गांधीजी जब भारत लौटे तो बहुत से अंग्रेज लोगों की हार्दिक शुभकामनाओं के अलावा वह और कुछ लेकर नहीं लौटे।

घर लौटकर गांधीजी ने देखा कि सरकार तो दमन करने पर तुली हुई है। बहुत से लोगों को गिरफ्तार कर लिया गया है। उन व्यक्तियों और संस्थाओं की संपत्ति तथा

जमा–पूँजी छीन ली गई है, जो शासन के खिलाफ हैं।

सन् 1932 के प्रारंभ में नए वायसराय लॉर्ड विलिंगटन से गांधीजी ने मिलना चाहा, लेकिन वायसराय ने स्पष्ट कह दिया कि समझौते के दिन अब लद गए हैं।

गांधीजी ने अधिकारियों को सूचना दी कि वे फिर से सविनय अवज्ञा आंदोलन शुरू कर रहे हैं। वायसराय ने सोचा कि यह धमकी है। उन्होंने गांधीजी को गिरफ्तार करके यरवदा जेल में डाल दिया। बहुत से दूसरे नेता और गांधीजी के अनुयायी भी गिरफ्तार करके जेल में बंद कर दिए गए।

मार्च के महीने में इस संघर्ष को नई दिशा मिली। गांधीजी ने हमेशा यह कहा कि हरिजन हिंदू ही हैं और उनके साथ हिंदुओं जैसा ही बरताव किया जाना चाहिए। उन दिनों ही सरकार ने यह घोषणा कि अछूतों के लिए अंग्रेज सरकार पृथक् मताधिकार का प्रस्ताव रख रही है। इसका यह आशय हुआ कि अछूत अपनी जाति के सदस्यों के लिए ही मत दे सकेंगे।

गांधीजी ने सोच लिया कि ब्रिटिश शासन कौन सी चाल चलना चाहता है। वह हिंदू समाज को कमजोर बना देने की साजिश रच रहा था।

गांधीजी ने घोषणा की, "अछूतों के साथ अलग व्यवहार की अनुमति नहीं दी जा सकती। यह तो साजिश है कि छुआछूत हमेशा बनी रहे। हम जब तक अछूत समस्या से मुक्त नहीं हो लेते तब तक स्वराज प्राप्त नहीं कर सकते।"

"लेकिन चुनाव के इस नए कानून के लिए आप क्या करना चाहते हैं?" एक मित्र ने पूछा।

"मैं मर जाऊँगा," उन्होंने तत्काल उत्तर दिया, "लेकिन मैं इस गलत व्यवस्था का विरोध अपने जीवन का दाँव लगाकर भी करूँगा।"

गांधीजी ने घोषणा की कि यदि पृथक् निर्वाचन की योजना में परिवर्तन नहीं किया गया तो वे शीघ्र ही आमरण अनशन शुरू कर देंगे।

इस घोषणा से सारा देश सकते में आ गया। गांधीजी के निर्णय से देश के नेता भी अवाक् रह गए। जवाहरलाल नेहरू तक ने यह सोचा कि एक साधारण बात के लिए वे बहुत कठोर कदम उठा रहे हैं।

गांधीजी की उस घोषणा के दिन से उपवास शुरू करने तक यरवदा जेल में दर्शकों की भीड़ उमड़ पड़ी। अधिकारियों ने गांधीजी से मिलने के रास्ते खुले छोड़ दिए कि संभावित दुर्घटना टाली जा सके। लेकिन गांधीजी को अनशन से डिगाने के सारे सुझाव असफल हो गए।

टैगोर ने उन्हें तार भेजा—"भारत की एकता और उसकी सामाजिक एकरूपता के लिए अमूल्य जीवन उत्सर्ग कर देना उचित ही है। शोक में डूबे हुए हमारे हृदय आपकी इस अलौकिक तपस्या का आदर और स्नेह सहित अनुकरण करेंगे।"

गांधीजी ने 20 सितंबर, 1932 को उपवास शुरू कर दिया। पहले दिन सारे देश में प्रार्थनाएँ की गईं और उपवास रखे गए। अछूतों के लिए कई मंदिर खोल दिए गए। सारे भारत में अछूतोद्धार के लिए सभाएँ की गईं।

जेल से बाहर राजनीतिक सरगर्मी शुरू हो गई। हिंदुओं और अछूतों के नेता मिले। वे इस बात पर चर्चा करते रहे कि ऐसा समझौता कैसे किया जाए कि जिससे गांधीजी को संतोष मिल सके। सुझाव-पर-सुझाव दिए गए। लेकिन सब अस्वीकृत कर दिए गए। सबसे बड़े और समर्थ हरिजन नेता डॉ. भीमराव अंबेडकर गांधीजी से मिले और उन्हें विश्वास दिलाया कि वे ऐसा कोई हल जरूर ढूँढ़ेंगे, जिससे उनके जीवन की रक्षा हो सके।

उपवास का तीसरा दिन शुरू हुआ।

उनकी बिगड़ती हुई दशा से उनके मित्रों को विशेष चिंता होने लगी। वे बहुत कमजोर हो गए थे। उन्हें स्नानघर तक भी स्ट्रेचर पर ले जाना पड़ता था। आवाज क्षीण हो गई थी। रक्तचाप बढ़ता जा रहा था। अधिकारियों में आतंक छा गया।

उनकी पत्नी को बुला लिया गया और उनके सभी मित्रों व अनुयायियों को उनके साथ रहने की अनुमति दे दी गई।

भारतीय जनता हताश हो गई। गांधीजी की मृत्यु हो सकती है और फिर उनका कोई नेता नहीं रह जाएगा। दूसरे नेता भी हार गए, क्योंकि वे ऐसा कोई हल नहीं ढूँढ़ पाए, जिससे सहमत होकर गांधीजी उपवास तोड़ देते।

लेकिन उपवास के पाँचवें दिन हिंदू और अछूत नेताओं ने आखिरकार सहमति का रास्ता ढूँढ़ ही लिया। एक समझौते पर हस्ताक्षर हो गए, जिसके अनुसार पृथक् मताधिकार समाप्त किया जा सके।

लेकिन गांधीजी तब तक उसे कैसे मान सकते थे जब तक कि ब्रिटिश सरकार उसका अनुमोदन न कर दे।

समाचार मिले कि ब्रिटिश सरकार ने उस समझौते को स्वीकार कर लिया है। लेकिन गांधीजी ने तब भी उपवास नहीं तोड़ा। जब तक कि उस स्वीकृति के कागज को वह स्वयं न देख लें तब तक वे मान नहीं सकते थे।

जब गांधीजी उस स्वीकृति-पत्र की प्रतीक्षा कर रहे थे, टैगोर उन्हें देखने आए। गांधीजी की ऐसी कमजोर दशा देखकर कवि-हृदय विचलित हो उठा और गांधीजी के सीने पर सिर रखकर वे रो दिए।

तब तक ब्रिटिश सरकार की स्वीकृति आ गई। गांधीजी उससे सहमत हो गए और वह लंबा उपवास समाप्त हुआ। गांधीजी बच गए।

सन् 1933 में गांधीजी जेल से छूटे। उसके कुछ समय बाद ही उन्होंने सामूहिक सविनय अवज्ञा आंदोलन स्थगित कर दिया। लेकिन उन्होंने सरकार की पाशविक नीतियों

के विरुद्ध व्यक्तिगत रूप से सत्याग्रह करने की छूट दे दी।

अगले सात वर्षों तक गांधीजी जनता की सामाजिक और आध्यात्मिक उन्नति के लिए कठिन परिश्रम करते रहे। जवाहरलाल नेहरू और बहुत से नेता गांधीजी की नीति से सहमत नहीं थे।

नेहरू ने कहा, ''लेकिन मैं किसी 'जादूगर' को कोई सुझाव देने का दुःसाहस कैसे कर सकता हूँ?''

और उस 'जादूगर' के प्रति नेहरू की भक्ति लगातार अटल बनी रही।

नमक सत्याग्रह के दिनों में सरकार ने साबरमती आश्रम छीन लिया था। इसलिए गांधीजी ने वर्धा के नजदीक सेवाग्राम में एक छोटा सा विश्रामगृह बना लिया। वह उनका मुख्य कार्यालय था।

सरकार ने जो नए सुधार लागू किए, भारतीय जनता ने उन्हें बहुत पसंद नहीं किया। लेकिन बहुत से लोग, जिनमें कांग्रेसी भी सम्मिलित थे, उन पर अमल करके देखना चाहते थे कि स्वराज की दिशा में कोई संभावना ढूँढ़ी जा सके।

सन् 1939 में द्वितीय विश्व युद्ध छिड़ गया। ब्रिटेन और फ्रांस ने नाजी जर्मनी के विरुद्ध युद्ध घोषित कर दिया। भारतीय नेताओं से परामर्श किए बिना ही ब्रिटेन ने घोषणा कर दी कि भारत युद्ध में मित्र देशों के साथ है।

गांधीजी की सहानुभूति ब्रिटेन के साथ थी, लेकिन उनका विश्वास था कि हिंसामात्र बुरी है। इस कारण युद्ध के लिए वे कुछ भी करने में असमर्थ थे। फिर भी, उन्होंने ब्रिटेन को नैतिक समर्थन दिया ही।

भारतीय राष्ट्रीय कांग्रेस ब्रिटेन की सहायता करना चाहती थी और मित्र देशों की ओर से लड़ना भी चाहती थी, लेकिन एक स्वतंत्र राष्ट्र की हैसियत से। परंतु भारत को स्वतंत्रता दे देना विंस्टन चर्चिल और उनके शासन को हास्यास्पद लगा। वे नहीं चाहते थे कि उनकी किसी असावधानी के कारण भारत हाथ से निकल जाए। ब्रिटेन ने कांग्रेस के प्रस्तावित सहयोग को अस्वीकार कर दिया।

इसके विरोध स्वरूप कांग्रेस के सभी प्रांतीय मंत्रिमंडलों ने इस्तीफे दे दिए। सरकार ने प्रशासन हाथ में ले लिया और इस तरह से काम किया जाने लगा कि उससे उन्हें युद्ध में सहायता मिलती रहे। गांधीजी से सद्भावना और संयम का जो मंत्र नेताओं ने सीखा था, उसके बल पर उन्होंने सरकार के इस व्यवहार के प्रति किसी तरह की प्रतिक्रिया जाहिर नहीं की।

लेकिन यूरोप की घटनाओं का भारत पर प्रभाव पड़ रहा था। कांग्रेस कार्यसमिति ने युद्ध के प्रति गांधीजी के दृष्टिकोण को पूरी तरह स्वीकार करने में अपने आपको असमर्थ पाया। वे उनके इस विचार से एकदम असहमत थे कि भारत की सुरक्षा सशस्त्र शक्ति पर निर्भर नहीं रहे।

सेवाग्राम में गांधीजी की कुटिया में बार-बार नेतागण मिले और अपनी यह इच्छा बतलाई कि अब कोई कदम उठाना ही चाहिए। अंत में एक प्रस्ताव सामने रखा गया कि सभी प्रांतीय सरकारें भारत की सुरक्षा के लिए ब्रिटिश सत्ता के साथ हो जाएँ। लेकिन सरकार ने उस प्रस्ताव को भी नामंजूर कर दिया।

सितंबर 1940 में अखिल भारतीय कांग्रेस कमेटी की एक बैठक बंबई में बुलाई गई। ब्रिटेन ने भारत की आशाओं के सरासर विपरीत कार्य किया था। इसके विरोध-स्वरूप यह तय किया गया कि सत्ता के खिलाफ व्यक्तिगत रूप से सविनय अवज्ञा आंदोलन की शुरुआत की जानी चाहिए। ब्रिटिश साम्राज्यवाद के प्रति अपना विरोध प्रदर्शित करने के लिए सभाएँ आयोजित करने का निर्णय भी लिया गया। उन दिनों ऐसी सभाओं पर रोक लगी हुई थी।

व्यक्तिगत सत्याग्रह शुरू करनेवालों में विनोबा भावे सर्वप्रथम थे। वे और उनका अनुकरण करनेवाले अन्य लोग भी गिरफ्तार कर लिये गए। नेहरू भी गिरफ्तार हो गए। कुछ महीनों में ही 30 हजार से ज्यादा कांग्रेसी जेल में बंद कर दिए गए।

केवल गांधीजी ही गिरफ्तार नहीं किए गए थे। उन्होंने अपना सारा समय सत्य और अहिंसा के प्रचार कार्य में लगा दिया था।

दिसंबर 1941 में सरकार ने सभी सत्याग्रहियों को रिहा कर दिया।

फिर सन् 1942 में जब जापान प्रशांत महासागर को पार करता हुआ मलाया और बर्मा तक आ गया तो ब्रिटेन ने भारत के साथ समझौता कर लेने की बात पर विचार किया। उन्हें डर था कि कहीं जापान भारत पर भी आक्रमण न कर दे।

जापान की ओर से हमले के भय के कारण गांधीजी ने भी सोचा कि उनकी शांतिवादी नीति कहीं भारत के भविष्य के आड़े न आ जाए। तब उन्होंने कामचलाऊ सरकार बनाने का प्रस्ताव रखा, जिससे भारत की सारी शक्ति हमलावर से युद्ध करने में सरकार के हाथ में रह सके। लेकिन उनका सुझाव अस्वीकृत कर दिया गया।

मार्च 1942 में ब्रिटिश प्रधानमंत्री विंस्टन चर्चिल ने यह घोषणा की कि युद्ध मंत्रिमंडल ने भारत के लिए एक योजना पर स्वीकृति दे दी है। इसके लिए सर स्टेफर्ड क्रिप्स भारत जाकर यह संभावना खोजेंगे कि वहाँ के नेता इस योजना को स्वीकार करते हैं या नहीं और क्या वे जापान के खिलाफ भारत की सुरक्षा के लिए तन-मन से समर्पित होने को तैयार हैं।

सर स्टेफर्ड क्रिप्स 22 मार्च को दिल्ली आए। वे गांधी, नेहरू, आजाद, जिन्ना और सभी प्रसिद्ध नेताओं से मिले। उस समय तक जितनी आजादी की बात कही गई थी, क्रिप्स ने उससे अधिक के लिए आश्वासन दिया। उन्होंने यह भी कहा कि भारत चाहे तो युद्ध के बाद उसे संपूर्ण स्वतंत्रता भी दी जा सकती है। यदि यही प्रस्ताव एक साल पहले आता तो नेतागण इसे स्वीकार कर लेते, लेकिन उस समय वह अस्वीकृत कर दिया गया।

कांग्रेस नेता ऐसे किसी समझौते के लिए तैयार नहीं थे, जो आश्वासन पर आधारित हो। ब्रिटिश सरकार सत्ता देने के मामले में भारतीय जनता पर पूरी तरह विश्वास नहीं करती थी और इसी कारण भारतीय नेताओं ने भी उस पर विश्वास नहीं किया कि वह युद्ध के बाद उन्हें सत्ता सौंप देगी।

अगस्त 1942 में अखिल भारतीय कांग्रेस कमेटी की बैठक बंबई में हुई। उसकी अध्यक्षता मौलाना अबुल कलाम आजाद ने की। फिर से कामचलाऊ सरकार बनाने की माँग दोहराई गई।

''हम अपने देशवासियों को अपनी इच्छा प्रकट करने से अब अधिक रोक नहीं सकते।'' गांधीजी ने कहा, ''न ही हम लोग साम्राज्यवादी नीतियों के सामने झुक ही सकते हैं। अब समय आ गया है कि अंग्रेज देश छोड़कर चले जाएँ। उनके सरकारी नौकर, सेनाधिकारी, शासकीय पदाधिकारी आदि सभी अब भारत छोड़ दें।''

'भारत छोड़ो' का प्रस्ताव तैयार किया गया और सरकार को प्रस्तुत करने के लिए वह पास भी कर दिया गया। जवाहरलाल नेहरू ने प्रस्ताव रखा था और अनुमोदन किया था सरदार पटेल ने।

बहुत बड़े पैमाने पर सामूहिक संघर्ष शुरू करने की बात प्रस्ताव में घोषित की गई थी।

बैठक की काररवाई को समाप्त करते हुए गांधीजी ने कहा, ''मैंने कांग्रेस से प्रतिज्ञा की है और कांग्रेस 'करने या मरने' के लिए प्रतिबद्ध है।''

सरकार ने जन-संघर्ष के शुरू होने की प्रतीक्षा नहीं की। रातोरात गांधीजी और देश के अन्य नेताओं को भी गिरफ्तार कर लिया गया। गांधीजी को पूना के आगा खाँ महल में भेज दिया गया। महादेव देसाई, कस्तूरबा, सरोजिनी नायडू और मीराबेन को बंद कर दिया गया।

लेकिन नेताओं के चले जाने से भारत चुप नहीं हो गया। 'करो या मरो' का नारा लोगों ने अपना लिया था। हर जगह प्रदर्शन किए जा रहे थे। सारे देश में हिंसक काररवाई फूट पड़ी थी। लोगों ने सरकारी इमारतें जला दीं। जो कुछ भी ब्रिटिश साम्राज्यवाद का प्रतीक दिखाई देता, उसे ही नष्ट कर दिया जाता था।

आगा खाँ महल में नजरबंदी के शीघ्र बाद ही गांधीजी को एक दुःखद बिछोह सहना पड़ा। उनके विश्वासपात्र और योग्य सचिव महादेव देसाई की हृदय गति रुक जाने से मृत्यु हो गई।

गांधीजी ने कहा था, ''महादेव 'करो या मरो' के मंत्र को निभाते हुए ही जीवित रहा है। यह बलिदान भारत की स्वतंत्रता को और नजदीक लाएगा।''

सारे देश में हड़तालें हो रही थीं और उपद्रव फैल गए थे। वायसराय लिनलिथगो ने इसका सारा दोष गांधीजी के सिर मढ़ दिया। उन्होंने कहा कि गांधीजी ने हिंसा को

निमंत्रण दिया है। लॉर्ड लिनलिथगो को लिखे अपने कई पत्रों में गांधीजी ने उन्हें समझाने की कोशिश की कि उन पर से यह आरोप हटा लिया जाए।

असफल होकर गांधीजी ने अपने खिलाफ लगाए गए गलत आरोपों के लिए सबसे बड़ी अदालत में अपील करने के लिए उपवास करने का निश्चय किया। फरवरी 1943 में गांधीजी ने 21 दिनों का उपवास किया। वह बहुत बड़ी परीक्षा थी; लेकिन वे बच गए।

कस्तूरबा ने सेवा-सुश्रूषा करके उन्हें फिर से स्वस्थ कर दिया, लेकिन उनका अपना स्वास्थ्य ही गिरता जा रहा था। वह हृदय रोग के दो दौरे सह चुकी थीं। गांधीजी ने उन्हें बचाने की सभी कोशिशें कीं, लेकिन कस्तूरबा की हालत खराब ही होती गई। आखिर एक दिन गांधीजी की गोद में शांतिपूर्वक उनकी मृत्यु हो गई।

कुछ सप्ताह बाद ही गांधीजी को मलेरिया हो गया। वे गंभीर रूप से बीमार हो गए। भारतीय जनता ने कहा कि उन्हें तत्काल रिहा किया जाए। अधिकारियों ने यह सोचकर कि वह मृत्यु-शय्या पर हैं, उन्हें और उनके साथियों को रिहा कर दिया। गांधीजी धीरे-धीरे स्वस्थ हो गए।

भारतीय स्वतंत्रता की माँग का सवाल अब सारी दुनिया का सवाल बन गया था। भारत की अपनी माँग तो थी ही, अमेरिका तथा दूसरे देशों ने भी ब्रिटेन पर दबाव डाला कि भारत को स्वतंत्रता दे दी जाए। लेकिन चर्चिल किसी के कहने पर झुके नहीं। भारत ब्रिटिश लोगों की संपन्नता के लिए सोने की चिड़िया था। चर्चिल किसी भी शर्त पर भारत को छोड़ने को तैयार नहीं थे। वह ब्रिटेन को इस संपन्नता से कैसे वंचित कर सकते थे!

जर्मनी के आत्म-समर्पण के बाद मई 1945 में ब्रिटेन में लेबर पार्टी के हाथ सत्ता आ गई। एटली प्रधानमंत्री बने। जापान के पराजित हो जाने के कुछ महीने बाद ब्रिटिश सरकार ने घोषणा की कि जैसे ही भारत के घरेलू मामले सुलझ जाते हैं, वह उसको स्वराज दे देने की आशा करती है।

भारत के लिए यह उसकी विजय थी। यह अहिंसा की विजय थी। शांत-क्रांति से परास्त होकर ब्रिटेन भारत को अब अधिक समय तक अपने अधिकार में नहीं रख सकता था।

ब्रिटेन बगैर किसी कटुता के मित्रतापूर्ण वातावरण में योजना बनाकर भारत से हट जाने के लिए सहमत हो गया।

गांधीजी जीवन भर हिंदू-मुसलिम एकता के लिए कार्य करते रहे थे, लेकिन उन्हें विशेष सफलता नहीं मिली। कांग्रेस में बहुत से राष्ट्रीय विचारधारा के मुसलमान थे, लेकिन मुसलिम लीग के नेता धीरे-धीरे दूर ही होते चले गए।

गांधीजी निराश होनेवाले आदमी नहीं थे। वे समझौते की कोशिश में लगे रहे।

दूसरी ओर, मुसलिम लीग के नेता मुहम्मद अली जिन्ना एकता के दुश्मन निकले। उन्होंने भारत को आजादी देने से पहले पृथक् मुसलिम राज्य बना देने की माँग रखी।

वायसराय ने सभी भारतीय नेताओं को शिमला बुलाया। उन्होंने हल ढूँढ़ने की कोशिश की कि हिंदू-मुसलिम एकता बनी रह सके। लेकिन जिन्ना किसी भी बात को माननेवाले नहीं थे। उन्होंने इसी बात पर जोर दिया कि पृथक् राज्य बनाया जाए और उसका नाम हो 'पाकिस्तान'।

इसके लिए ब्रिटेन ने चुनाव की घोषणा की और चुनाव हुआ भी। कांग्रेस ने अधिकांश गैर-मुसलिम सीटें और मुसलिम लीग ने मुसलिम सीटें जीत लीं। लेकिन गतिरोध बना रहा।

जिन्ना ने कहा, "हम भारत की समस्या दस मिनट में सुलझा सकते हैं, अगर पाकिस्तान बनाने की बात मिस्टर गांधी मान जाएँ।"

गांधीजी ने व्यग्र होकर कहा, "मेरे दो टुकड़े कर लो, लेकिन भारत के दो टुकड़े मत करो।"

लेकिन उनकी कौन सुनता!

फरवरी 1946 में ब्रिटिश शासन ने मंत्रिमंडल की ओर से एक मिशन भारत भेजा। लॉर्ड पैथिक लॉरेंस, सर स्टेफर्ड क्रिप्स और ए.वी. एलेक्जेंडर उस मिशन में थे। मिशन का काम यह था कि वह यहाँ की स्थिति का अध्ययन करे और यह सुझाव दे कि क्या किया जाना चाहिए। मंत्रिमंडल के इस मिशन ने सावधानीपूर्वक सारी स्थिति का अध्ययन किया और अपने वक्तव्य में यह सुझाव दिया कि ब्रिटिश सरकार को भारत छोड़ देना चाहिए। तब उनके मन में संयुक्त भारत की ही कल्पना थी।

24 अगस्त को वायसराय ने अपनी कार्यकारिणी समिति की जगह अंतरिम राष्ट्रीय सरकार बनाने की घोषणा कर दी।

जवाहरलाल नेहरू अंतरिम सरकार के उपाध्यक्ष थे।

मुसलिम लीग ने उसमें सम्मिलित होने से इनकार कर दिया, क्योंकि उसे सारे मुसलिम सदस्यों को नामजद करने का अधिकार नहीं दिया गया था।

अंतरिम सरकार बन जाने के बाद गांधीजी चाहते थे कि वह वर्धा के निकट अपने आश्रम सेवाग्राम चले जाएँ। लेकिन कांग्रेसी नेताओं ने उनसे कहा कि वे कुछ दिन दिल्ली में और रहें, क्योंकि उन्हें उनके सुझावों की आवश्यकता है। गांधीजी दिल्ली में रुक गए।

फिर मुसलिम लीग ने यह तय किया कि वह अंतरिम सरकार में सम्मिलित होगी और उसकी घोषणा 15 अक्तूबर, 1946 को कर दी गई। गांधीजी को फिर लगा कि अब वे सेवाग्राम लौट सकते हैं।

वे जब दिल्ली छोड़ने ही वाले थे कि बंगाल से दंगों के समाचार आए। कलकत्ता

में तथा पूर्व बंगाल के मुसलिम बहुल नोआखाली जिले में मुसलमानों द्वारा सांप्रदायिक दंगे शुरू कर दिए गए थे। वहाँ हत्या, आगजनी, लूटपाट तथा जोर-जबरदस्ती से धर्म-परिवर्तन, विवाह और अपहरण की भरमार हो गई थी।

गांधीजी व्याकुल और दुःखी हो उठे। सेवाग्राम लौटने की बजाय वे शांति स्थापित करने के लिए नोआखाली के लिए चल पड़े।

सांप्रदायिक दंगे फैलते ही गए। बिहार और पंजाब में भी वैसे ही दंगे हुए। हजारों मारे गए और हजारों घायल हुए। इन घटनाओं से गांधीजी बहुत हताश हो गए। उन्होंने शांति स्थापित करने और लोगों को विश्वास दिलाने की कोशिश की।

शांति संदेश लेकर वे गाँव-गाँव और घर-घर घूमते रहे। वे जहाँ कहीं जाते वहाँ ऊपर से तो शांति दिखाई देती, लेकिन भारत की आम हालत खराब ही होती गई। ये दंगे शहरों और कस्बों के बाद गाँवों में फैलने लगे। बिहार में मुसलमान पीड़ित थे। वहाँ जाकर गांधीजी ने मुसलिम अल्पसंख्यकों को ढाढ़स दिलाया और उनके दुःख में सहायता दी।

भारत की दशा इतनी खराब हो गई थी कि कांग्रेसी नेताओं के सामने जिन्ना की सलाह के अनुसार देश के विभाजन को स्वीकार कर लेने के अलावा और कोई रास्ता बाकी नहीं रह गया था। तब अनिच्छापूर्वक उन्होंने पाकिस्तान के निर्माण की बात मान ली।

नेहरू अपना निर्णय बतलाने के लिए गांधीज़ी से मिले।

गांधीजी ने पूछा, ''क्या कोई भी रास्ता नहीं निकल सकता? संयुक्त भारत की क्या कोई आशा नहीं रही?''

नेहरू उदास भी थे और गंभीर भी।

उन्होंने उत्तर दिया, ''बापूजी, एकता असंभव है। अपनी ही सीमाओं के भीतर एक अलग राष्ट्र की कल्पना भयानक है, लेकिन उसे स्वीकार करना ही होगा। नहीं तो ये विनाशकारी दंगे समाप्त नहीं होंगे।''

निराश होकर उन्होंने अपना सिर झुका लिया।

3 जून, 1947 को ब्रिटिश प्रधानमंत्री एटली ने विभाजन की घोषणा कर दी। कांग्रेस और मुसलिम लीग दोनों ने उसे स्वीकार कर लिया।

गांधीजी के लिए यह सब हार्दिक दुःख पहुँचाने वाला था। अगाध दुःख के साथ वे बोले, ''अब सारे भारत को पाकिस्तान के जन्म को स्नेहपूर्वक त्याग के रूप में स्वीकार कर लेना चाहिए। हमारे पास कोई विकल्प नहीं रह गया है। अब हिंदू लोग भाईचारे के साथ समझौते के रास्ते पर चलें।''

अंतिम ब्रिटिश वायसराय लॉर्ड माउंटबेटन स्वतंत्र भारत और स्वतंत्र पाकिस्तान के निर्माण में देर नहीं करना चाहते थे। ब्रिटेन के लिए भारत छोड़ने की अवधि में भी उन्होंने कमी कर दी। भारत की स्वाधीनता घोषित करने की तारीख 15 अगस्त, 1947 तय कर दी गई।

इस प्रकार 15 अगस्त, 1947 को आजादी के लिए भारत की लंबी लड़ाई समाप्त हुई और दुःख के दिन दूर हुए। एक नए राष्ट्र का जन्म हुआ, हालाँकि वह दो टुकड़ों में बँटा हुआ था।

लॉर्ड माउंटबेटन ने गांधीजी की प्रशंसा करते हुए कहा कि वे अहिंसा के माध्यम से भारत की स्वतंत्रता के निर्माता हैं।

गांधीजी ने कभी भी विभाजन के लिए सहमति नहीं दी थी, लेकिन जब विभाजन हो ही गया तो उन्होंने उसे स्वीकार कर लिया और हिंदू-मुसलिम एकता के लिए वे हर संभव प्रयत्न करने लग गए। फिर भी, हिंदू-मुसलमानों में तनाव बढ़ता ही गया।

विभाजन के परिणामस्वरूप 7 लाख से अधिक हिंदू, सिख और पाकिस्तान में बसे गैर-मुसलमान पाकिस्तान के भय से अपने घर-बार छोड़कर सुरक्षा के लिए भारत आ गए। उसी संख्या में भारत में बसे मुसलमान हिंदुओं के भय से अपने घर छोड़कर पाकिस्तान के लिए चल दिए। इस सामूहिक देश-परिवर्तन का इतिहास में कोई उदाहरण नहीं। इसने अनंत विपत्तियों को जन्म दिया। एक देश से दूसरे देश जाने के रास्ते में कोई 15 लाख लोगों को भूख, बीमारी और कत्लेआम का जोखिम उठाना पड़ा।

गांधीजी पंजाब जाते हुए दिल्ली रुके कि यहाँ के दंगों और उपद्रवों की सुलगती आग को वह बुझा सकें। यहाँ वे दिल्ली के हिंदुओं का मुसलमानों के साथ अमानवीय दुर्व्यवहार देखकर चकित हो गए।

मुसलमानों के प्रति क्षमा और सहिष्णुता के उपदेश ने बहुतेरे अतिवादी कट्टर हिंदुओं की आँखों में गांधीजी को गद्दार बना दिया। मजहबी उन्माद में किए जा रहे उपद्रव को देखकर गांधीजी ने अपने शांति प्रयास दुगुने कर दिए। दिल्ली के प्रमुख उपद्रव तो शांत हो गए, लेकिन छिटपुट दंगे तब भी यहाँ-वहाँ होते रहे।

गांधीजी ने प्रायश्चित्त-स्वरूप उपवास करने का निर्णय लिया कि उससे धर्मांध हिंदू लोगों के रूप में अंतर आएगा।

उपवास शुरू हुआ 13 जनवरी, 1948 को।

इस उपवास के समाचार से सारे देश पर उदासी के बादल छा गए। लोगों को लग रहा था कि वे उपवास का दूसरा दिन भी नहीं सह सकेंगे। 78 वर्ष के वयोवृद्ध गांधी ने देश को विनाश से बचाने के लिए जब उपवास शुरू किया तो सारे विश्व की आँखें उन पर लगी हुई थीं।

18 जनवरी को एक शांति सभा बुलाई गई। उसमें सभी संप्रदाय के लोग थे। उन लोगों ने चर्चा की और अल्पसंख्यक मुसलमानों के प्रति आस्था तथा उनकी संपत्ति, उनके जीवन की रक्षा और एकता के लिए प्रतिज्ञा लेते हुए एक समझौते पर सबने हस्ताक्षर किए।

गांधीजी को इस प्रतिज्ञा की सूचना दी गई। उन्होंने उपवास तोड़ दिया।

गांधीजी बिड़ला हाउस में ठहरे हुए थे। हर शाम वे मैदान में प्रार्थना सभा किया करते थे।

20 जनवरी को उनकी प्रार्थना सभा में एक बम फेंका गया। लेकिन गांधीजी की प्रार्थना सभा चलती रही, जैसे कुछ हुआ ही न हो। निशाना चूक गया था।

किसी ने कहा, ''बापू, आपके पास कल बम फटा था।''

''क्या सचमुच?'' गांधीजी ने कहा, ''शायद किसी बेचारे पागल ने फेंका होगा। लेकिन उस ओर किसी को ध्यान नहीं देना चाहिए।''

30 जनवरी को दोपहर की नींद के बाद गांधीजी 3.30 बजे जागे। दिन भर मिलनेवाले आते रहे थे। सरदार पटेल उनसे मिलने 4 बजे आए थे। नेहरू और आजाद शाम की प्रार्थना के बाद आने वाले थे।

गांधीजी 5 बजे अपने कमरे से निकले और प्रार्थना सभा की ओर जाने लगे। वे अपनी पोती मनु और पोतबहू आभा के साथ खुली पगडंडी पर से गुजर रहे थे।

जैसे ही उन्होंने कदम बढ़ाया कि एक युवक उनके सामने इस तरह आया जैसे वह आशीर्वाद लेने आ रहा हो। लेकिन वह गांधीजी के ठीक सामने खड़ा हो गया और एक के बाद एक तीन गोलियाँ उसने दाग दीं। वे सारी गोलियाँ गांधीजी को लगीं।

गांधीजी गिर पड़े। वे जैसे प्रार्थना में बोल रहे हों, उन्होंने कहा, ''हे राम! हे राम!''

उनकी मृत्यु हो गई।

हत्या के समाचार से सारा संसार अवाक् रह गया।

नेहरूजी ने उनके निधन के समाचार सारे देश को दिए।

भावावेश में उनका गला रुँध गया था, ''मित्रो और साथियो, हमारे बीच से प्रकाश अस्त हो गया है और हर जगह अब अँधेरा-ही-अँधेरा है। मैं नहीं जानता कि आपको क्या कहूँ और किस तरह से कहूँ।

''हमारे प्रिय नेता, हमारे राष्ट्रपिता, हम जिन्हें प्यार से 'बापू' कहते थे, नहीं रहे। शायद मैं गलत कह रहा हूँ। परंतु हम सब उन्हें उस रूप में नहीं देख सकेंगे जिस रूप में वर्षों से देखते आए हैं।...

''मैंने कहा—प्रकाश अस्त हो गया, मेरा यह कहना भी गलत है; क्योंकि जो प्रकाश इस देश में जनमा था, वह साधारण प्रकाश नहीं था। जिस प्रकाश ने इस देश को अनेक वर्षों तक दीप्तिमान किया, वह इस देश को भविष्य में अनंत वर्षों तक प्रकाशित करता रहेगा। हजारों वर्ष बाद भी वह प्रकाश इस देश में प्रज्वलित रहेगा, सारा संसार उसे देख सकेगा और वह अनेक हृदयों को शांति प्रदान करता रहेगा।...''

□

एक विलक्षण मैनेजमेंट गुरु

राष्ट्रपिता महात्मा गांधी को आमतौर पर स्वतंत्रता सेनानी के तौर पर याद किया जाता है। लेकिन कई विद्वानों ने उनके जीवन और उनकी विचारधारा के आधार पर उनके बहुआयामी व्यक्तित्व के विभिन्न पहलुओं की पड़ताल करने की कोशिश की है। उन्हें पत्रकार, नेता, रणनीतिकार, समाज-सुधारक आदि के रूप में देखने की कोशिश होती रही है। उनके व्यक्तित्व के साथ प्रबंधन की जो खूबियाँ जुड़ी हुई हैं, उन्हें देखते हुए आज का कॉरपोरेट जगत् उन्हें एक 'विलक्षण मैनेजमेंट गुरु' के रूप में देखता है।

इस बात में कोई संदेह नहीं कि महात्मा गांधी एक महान् नेता थे। यह एक मानी हुई बात है कि प्रबंधकीय क्षमता के लिए नेतृत्व का गुण अनिवार्य होता है। महात्मा गांधी को हमेशा स्वयं पर और अपने अनुयायियों पर गहरा विश्वास था।

उन्हें पक्का यकीन था कि वे जो भी कदम उठाएँगे, उस कदम का उनके अनुयायी बेहिचक समर्थन करेंगे। लेकिन, उन्होंने कभी भी अपने अनुयायियों की अंध श्रद्धा का दुरुपयोग नहीं किया और जो भी कदम उठाया, काफी सोच-समझकर जिम्मेदारी के साथ उठाया। महात्मा गांधी के जीवन से वर्तमान युग के मैनेजर सीख सकते हैं कि किस तरह स्वयं पर और अपनी टीम पर भरोसा रखना चाहिए, साथ ही उन्हें यह भी समझना होगा कि अपनी क्षमता का प्रयोग करते समय अपनी जिम्मेदारी को हमेशा ध्यान में रखना होगा।

एक दक्ष प्रबंधक होने के साथ-साथ महात्मा गांधी एक विलक्षण रणनीतिकार भी थे। लोगों से संपर्क बनाने की उनकी क्षमता कमाल की थी और मीडिया के साथ भी उनका दोस्ताना संबंध था। उदाहरण के तौर पर हम, दांडी-यात्रा के प्रसंग की पड़ताल कर सकते हैं। अगर महात्मा गांधी चुपचाप दांडी पहुँच जाते तो उनकी सारी मेहनत बेकार हो सकती थी। वे अच्छी तरह जानते थे कि अपनी यात्रा का प्रचार-प्रसार बड़े पैमाने पर करते हुए वे अपने विचारों को जन-जन तक पहुँचा सकते थे और ब्रिटिश सरकार पर दबाव भी बना सकते थे। यही वजह थी कि उन्होंने मीडिया का ध्यान आकर्षित करते हुए अपने अनुयायियों के साथ दांडी-यात्रा की शुरुआत की थी। उन्हें मानव मनोविज्ञान की अच्छी जानकारी थी

और वे जन-संपर्क के मामले में अपनी दक्षता का प्रयोग करना बखूबी जानते थे।

महात्मा गांधी के प्रपौत्र तुषार गांधी का कहना है कि महात्मा गांधी एक आदर्श मैनेजमेंट गुरु थे, जिन्होंने नए ब्रांडों का सृजन किया। उनके नेतृत्व में स्वदेशी आंदोलन शुरू होने के बाद ब्रांड के रूप में खादी के प्रति जनता की जागरूकता बढ़ती गई। उन्होंने विदेशी वस्तुओं की होली जलाने की प्रेरणा देते हुए खादी को 'सभी संप्रदायों का एकमात्र साधन' के रूप में प्रस्तुत किया। वे जनता के लिए हमेशा एक मंच तैयार करने में विश्वास रखते थे, ताकि लोग एक-दूसरे से जुड़ सकें और अपनी भलाई के लिए अपनी प्रतिभा का इस्तेमाल कर सकें। स्वदेशी, चंपारण और दांडी-यात्रा महात्मा गांधी के नेतृत्व में शुरू किए गए जागरूकता अभियान के ऐसे उदाहरण हैं, जिसके जरिए उन्होंने ब्रांडों के प्रति लोगों को आकर्षित किया।

वर्तमान युग के मैनेजरों के लिए महात्मा गांधी एक प्रेरक व आदर्श व्यक्तित्व की तरह हैं। महात्मा गांधी ने हमें सिखाया कि मैनेजर को किसी भी हालत में अपने आत्मविश्वास को कमजोर नहीं होने देना चाहिए और प्रतिकूल परिस्थितियों में भी मानसिक दृढ़ता को कायम रखना चाहिए। संसाधनों की कमी से वे सभी निराश नहीं हुए। वे जानते थे कि भारत को गुलाम बनानेवाले अंग्रेज तकनीकी साजो-सामान के साथ अत्यंत शक्तिशाली थे। इसीलिए परिस्थिति पर विजय प्राप्त करने के लिए उन्होंने खेल के बुनियादी नियम को ही बदल दिया। उन्होंने हथियारों की ताकत पर भरोसा करने की जगह आम जनता के समर्थन की ताकत पर भरोसा किया। वे अनवरत नई-नई रणनीतियों की खोज करते रहे थे।

जिस तरह मैनेजरों को कंपनी के बाहर समस्याओं से जूझने के साथ-साथ कंपनी के अंदर भी चुनौतियों से जूझना पड़ता है, उसी तरह गांधीजी को भी कांग्रेस के भीतर के कुछ लोगों के विरोध और तिरस्कार का सामना करना पड़ा था। ऐसे कई लोग थे, जो अकसर उनकी योजनाओं के प्रति असहमति व्यक्त करते थे। ऐसे लोगों में जवाहरलाल नेहरू के पिता मोतीलाल नेहरू भी थे, जिन्होंने उन्हें एक लंबा पत्र लिखकर दांडी-यात्रा का विचार त्याग देने के लिए कहा था।

मोतीलाल नेहरू आशंकित थे कि दांडी-यात्रा नाकामयाब हो सकती थी और इसकी वजह से कांग्रेस को शर्मिंदगी का सामना करना पड़ सकता था। पत्र का जवाब महात्मा गांधी ने सिर्फ एक वाक्य लिखकर दिया—'करके देखो।' इससे जहाँ उनकी विलक्षण प्रबंधन क्षमता का परिचय मिलता है, वहीं प्रयोगधर्मिता के प्रति उनका दृढ़ आत्मविश्वास भी झलकता है। यह तो सभी जानते हैं कि उनकी दांडी-यात्रा को अपार सफलता मिली थी और ब्रिटिश सरकार हिलकर रह गई थी।

जहाँ महात्मा गांधी की प्रासंगिकता आज के विश्व में मैनेजमेंट गुरु के रूप में बढ़ गई है, वहीं कुछ ऐसे लोग भी हैं, जिन्हें लगता है कि वर्तमान परिदृश्य में महात्मा गांधी

के सभी सिद्धांतों को लागू कर पाना मुमकिन नहीं है। ऐसे लोगों का कहना है कि गांधीजी ने औद्योगिकीकरण का विरोध किया था और समाज पर पड़नेवाले इसके नकारात्मक परिणामों को लेकर लोगों को सावधान किया था। लेकिन ऐसा कहना उचित नहीं होगा कि गांधीजी पूरी तरह औद्योगिकीकरण के खिलाफ थे। वे पूँजीवादियों के दुश्मन भी नहीं थे। गांधीजी ने ट्रस्टीशिप की अनूठी अवधारणा समाज के सामने रखी थी।

यह अवधारणा पूँजीवादियों को प्रेरित करती है कि वे अपने धन के प्रति अपनी जवाबदेही को अच्छी तरह समझें और अपने धन का प्रयोग निर्धनों के उत्थान के लिए करें। ट्रस्टीशिप और कुछ नहीं, यह पूँजीवाद और साम्यवाद के बीच का रास्ता है। गांधीजी का मानना था कि अमीर जिस धन का अर्जन करते हैं, वे उस धन के न्यासी की तरह होते हैं और उन्हें अपने धन का इस्तेमाल समाज की भलाई के लिए करना चाहिए, ताकि समाज के निचले तबके के लोगों की मुश्किलें आसान हो सकें। यही कॉरपोरेट सामाजिक जिम्मेदारी का भी उद्देश्य है, जिसको लेकर आज के दौर में जागरूकता पैदा करने का प्रयास किया जा रहा है।

भारत सरकार के योजना आयोग के सदस्य के रूप में अपनी सेवा दे रहे बोस्टन कंसल्टिंग ग्रुप के अरुण मैरा का कहना है कि हम लोग अब तक पश्चिम के नेतृत्व का अंधानुकरण करने की कोशिश करते रहे हैं, लेकिन हाल के वर्षों में पश्चिम के ऐसे नेतृत्व पर भी सवालिया निशान लगाए गए हैं। इसलिए अब समय आ गया है कि भारत अपनी ही माटी के नेतृत्व की तरफ गौर करने की कोशिश करे। अगर महात्मा गांधी के नेतृत्व की शैली का प्रयोग कॉरपोरेट भारत में किया जाएगा तो संगठन के सबसे निचले पायदान का व्यक्ति भी खुद पर भरोसा रख पाएगा और संगठन के प्रति अपने योगदान की अहमियत को समझ पाएगा। गांधीजी का कार्य करने का तरीका ही ऐसा था कि उनके अनुयायी सीधे तौर पर लक्ष्य से जुड़ जाते थे।

एक मैनेजर के तौर पर महात्मा गांधी की भूमिका सचमुच असाधारण कही जा सकती है। उन्होंने दुनिया को सिखाया कि कंपनी का लक्ष्य वैयक्तिक हितों से काफी ऊपर होता है। बहुत कम लोगों ने इस बात को महसूस किया कि जब गांधीजी भारत की स्वतंत्रता के लिए संघर्ष कर रहे थे, उस समय से विलक्षण प्रबंधकीय दक्षता का प्रयोग भी कर रहे थे। जिन लोगों ने ऐसी दक्षता को अपने जीवन में अपनाया, उन लोगों ने अपने-अपने क्षेत्र में उल्लेखनीय सफलता हासिल की।

एक उदाहरण के तौर पर, हम विधु विनोद चोपड़ा की फिल्म 'लगे रहो मुन्ना भाई' की सफलता की चर्चा कर सकते हैं, जिस फिल्म का कथानक गांधीगीरी पर आधारित था। इस फिल्म को अनेक पुरस्कार मिले और देश-विदेश में इसे अपार लोकप्रियता हासिल हुई। पाँच दशक से ज्यादा समय गुजर गए, जब गांधीजी ने लोगों

को सादगी और अहिंसा का संदेश दिया था। उनके जीते-जी जितने अनुयायी नहीं थे, उनके मरने के बाद आज तक उनके अनुयायियों और प्रशंसकों की संख्या में बेतहाशा बढ़ोतरी होती गई है। इतना ही नहीं, भारत और विदेशों के विश्वविद्यालय में गांधीजी की विचारधारा की पढ़ाई हो रही है। हार्वर्ड स्कूल ऑफ बिजनेस मैनेजमेंट ने तो उन्हें 'बीसवीं सदी का सर्वश्रेष्ठ मैनेजमेंट गुरु' घोषित कर दिया।

हॉर्ट माउथ में स्थित एक स्कूल ऑफ बिजनेस के विजय गोविंद राजन का कहना है, "वर्तमान समय में कारोबार जगत् के नेताओं में जो भी खूबियाँ होनी चाहिए, वे सारी खूबियाँ गांधीजी के व्यक्तित्व में शामिल थीं। आज के दौर में चारों तरफ नकारात्मकता और विरोधाभास के दर्शन होते हैं। जरा एनरॉन, टाइको, वर्ल्डकॉम और हैवलेट पैकर्ड प्रकरणों को याद करके देखें। अब समय आ गया है कि कॉरपोरेट जगत् के नेता अपने जीवन में नैतिक आदर्शों को शामिल करें।"

माइंडट्री कंसल्टिंग के सी.ई.ओ. सुब्रतो बागची का कहना है, "आधी शताब्दी पहले ही गांधीजी ने कह दिया था, अपने प्रतिद्वंद्वी का सम्मान करो। उन्होंने नैतिक लक्ष्यों का निर्धारण किया और अपरंपरागत स्रोतों से नए सबक सीखे। उन्होंने अपने विरोधियों का सम्मान किया और अपने आचरण में पारदर्शिता एवं सत्यनिष्ठा का प्रदर्शन किया। ये ऐसी खूबियाँ हैं, जो नेतृत्व के उच्च प्रदर्शन के लिए अनिवार्य हैं।"

भारत में एच. एस. बी. सी. की प्रमुख नैना लाल किदवई का कहना है कि जिस तरह मौजूदा समाज में गांधीजी के विचारों की प्रासंगिकता बनी हुई है, उसे देखते हुए उनकी महानता का अंदाजा लगाया जा सकता है। गांधीजी के सिद्धांतों को आसानी के साथ कारोबार की दुनिया में लागू किया जा सकता है। उनके अनेक ऐसे सिद्धांत हैं, जिन्हें व्यापारीगण अपनी सुविधा के अनुसार अपना सकते हैं। किदवई से जब गांधीजी के किसी प्रिय वाक्य को दोहराने के लिए कहा गया तो उन्होंने कहा, "ग्राहक हमारे परिसर का सर्वाधिक महत्त्वपूर्ण आगंतुक होता है।"

मैनेजमेंट विशेषज्ञों का मानना है कि जिस तरह कॉरपोरेट जगत् ज्यादा-से-ज्यादा गांधीवादी सिद्धांतों के प्रति आकर्षित हो रहा है, उसे देखते हुए कहा जा सकता है कि देश और कारोबारी जगत् के लिए यह शुभ संकेत की तरह है।

आई.आई.एस. के अध्यापक अनिल के. गुप्ते मानते हैं कि गांधीजी के विचारों को अपनाकर देशवासी आत्म-सम्मान के गुर सीख सकते हैं।

बजाज ऑटो के अध्यक्ष एवं सांसद राहुल बजाज का कहना है—"गांधीजी ने जमनालाल बजाज को अपना पाँचवाँ पुत्र बताया था। नेतृत्व की दक्षता के लिए अहिंसा का पाठ सर्वाधिक अनुकूल है। इसके साथ ही नैतिक होना जरूरी है। गांधीवादी सिद्धांतों को प्रशासन में शामिल करने की जरूरत है।"

□

गांधीजी का ब्रांड चरखा

वैश्वीकरण के दौर में चरखे के व्यवसाय में उछाल के आँकड़े अविश्वसनीय एवं हास्यास्पद लग सकते हैं, लेकिन हकीकत को झुठलाया नहीं जा सकता। महात्मा गांधी के स्वरोजगार और स्वावलंबन के विचार का प्रतीक चरखा प्रौद्योगिकीय तकनीक और पाश्चात्य जीवन-शैली अपनाने की होड़ में हस्तक्षेप कर अपनी उपस्थिति दर्ज करा रहा है, यह हैरानी में डालनेवाली बात है। बाजार में चरखे की कामयाब दखल की खबर अहमदाबाद से है। यहाँ के साबरमती आश्रम के सचिव अमृत मोदी ने जानकारी दी है कि वित्तीय वर्ष 2010-11 में 3 लाख रुपए के चरखे बिके थे, वहीं 2011-12 में इनकी बिक्री बढ़कर 9 लाख रुपए हो गई। शायद इस बिक्री में उछाल की वजह यह है कि आज महात्मा गांधी को माननेवाले लोगों की संख्या दुनिया में बढ़ी है। महँगाई के मुश्किल और आजीविका की बढ़ती जटिलता के दौर में गांधी का अहिंसा, अपरिग्रह और सच्चाई का संदेश ज्यादा प्रासंगिक लग रहा है।

गुजरात के खादी ग्रामोद्योग मंडल ने सन् 2007-08 में 1.75 करोड़ रुपए के चरखे बेचकर एक कीर्तिमान स्थापित किया था। कुल मिलाकर चरखों की बिक्री लगातार बढ़ रही है, वह भी बिना किसी आधुनिक व्यावसायिक प्रबंधन के। ठेठ देशी संसाधनों से निर्मित इस उपकरण को माल बनाकर बेचने के लिए सुगठित अधढकी स्त्री देह का भी उपयोग नहीं किया गया। चरखे द्वारा खादी उत्पादन के सरोकार से जुड़ी यह खबर प्राकृतिक संपदा के यांत्रिक दोहन से लगातार असंतुलित हो रहे पारिस्थितिकी तंत्र के संतुलन को कायम रखने की दिशा में एक कारगर संकेत है; क्योंकि यांत्रिकीकरण, उपभोक्तावाद और बाजारवाद से उपजी भोगवादी प्रवृत्तियों ने सृष्टि को ही आसन्न संकटों के हवाले छोड़ दिया है। बढ़ते औद्योगिक उत्पादन के चलते जलवायु परिवर्तन और दुनिया में बढ़ते तापमान जैसे विनाशकारी अनर्थ पृथ्वी को प्रलय में बदलने के कारण गिनाए जा रहे हैं, उनसे निपटने में चरखा की अहम भूमिका सामने आ सकती है।

गांधीजी ने केंद्रीय उद्योग समूहों के विरुद्ध चरखे को बीच में रखकर लोगों के

लिए यांत्रिक उत्पादन की जगह 'उत्पादन लोगों द्वारा हो' का आंदोलन चलाया था, जिससे एक बड़ी आबादीवाले देश में बहुसंख्यक लोग रोजगार से जुड़ें और बड़े उद्योगों का विस्तार सीमित रहे। इस दृष्टिकोण के पीछे महात्मा गांधी का उद्देश्य यांत्रिकीकरण से मानवमात्र को छुटकारा दिलाकर उसे सीधे स्वरोजगार से जोड़ना था, क्योंकि दूरदर्शी गांधीजी की अंतर्दृष्टि ने तभी अनुमान लगा लिया था कि औद्योगिक उत्पादन और प्रौद्योगिकी विस्तार में सृष्टि के विनाश के कारण अंतर्निहित हैं।

आज दुनिया के वैज्ञानिक अपने प्रयोगों से जल, थल और नभ को एक साथ दूषित कर देने के कारणों में यही कारण गिनाते हुए प्रलय की ओर कदम बढ़ा रहे इनसान को औद्योगिकीकरण घटाने के लिए आग्रह कर रहे हैं। लेकिन अभी इनसान की मानसिकता गलतियाँ सुधारने के लिए तैयार नहीं हो पाई है।

गांधीजी गरीब की गरीबी से कटु यथार्थ के रूप में परिचित थे। इस गरीबी से उनका साक्षात्कार उड़ीसा के एक गाँव में हुआ। वहाँ एक बूढ़ी औरत ने गांधीजी से मुलाकात की थी, जिसके पैबंद लगे वस्त्र बेहद मैले-कुचैले थे। गांधीजी ने शायद साफ-सफाई के प्रति लापरवाही बरतना महिला की आदत समझी। इसलिए उसे हिदायत देते हुए बोले, "अम्मा, क्यों नहीं कपड़ों को धो लेती हो।"

बुढ़िया बेबाकी से बोली, "बेटा, जब बदलने को दूसरे कपड़े हों, तब न धोकर पहनूँ।"

गांधीजी आपादमस्तक सन्न व निरुत्तर रह गए। इस घटना से उनके अंतर्मन में गरीब की दिगंबर देह को वस्त्र से ढकने के उपाय के रूप में 'चरखा' का विचार कौंधा। साथ ही उन्होंने स्वयं एक वस्त्र पहनने व ओढ़ने का संकल्प लिया। देखते-देखते उन्होंने 'वस्त्र के स्वावलंबन' का एक पूरा आंदोलन ही खड़ा कर दिया। लोगों को तकली-चरखे से सूत कातने को प्रोत्साहित किया। सुखद परिणामों के चलते चरखा स्वनिर्मित वस्त्रों से देह ढकने का एक कारगर अस्त्र ही बन गया।

इधर वैश्विक अर्थव्यवस्था पैरोकार शासन-तंत्र कर्ज में डूबे और आत्महत्या कर रहे किसानों को उद्योग लगाने की सलाह देता है और खुदरा व्यापार में प्रत्यक्ष विदेशी पूँजी निवेश का मंत्र सुझाता है। यहाँ व्यावहारिक ज्ञान का संकट है। अब भला शासनतंत्र से कौन पूछे कि बदतर माली हालत के चलते आजीविका का संकट झेल रहा किसान बिना पूँजी और बिना किसी औद्योगिक स्थापना संबंधी ज्ञान के उद्योग कैसे लगाएगा। हाँ, चरखा चलाकर सूत कात सकता है, बशर्ते सरकार उसे खरीदने की गारंटी ले।

पिछले दो दशक के भीतर उद्योगों के सिलसिले में हमारी जो नीतियाँ सामने आई हैं, उनमें अकुशल मानव श्रम की उपेक्षा उसी तर्ज पर है, जिस तर्ज पर अठारहवीं सदी में अंग्रेजों ने ब्रिटेन में मशीनों से निर्मित कपड़ों को बेचने के लिए ढाका (बँगलादेश) के

मलमल बुनकरों के हस्त उद्योग को हुकूमत के बल पर नेस्तनाबूद ही नहीं किया, उन्हें भूखों मरने के लिए भगवान् भरोसे छोड़ दिया। आज स्वतंत्र भारत में बहुराष्ट्रीय कंपनियों के हित साधन को दृष्टिगत रखते हुए खुदरा व्यापार से मानव श्रम को बेदखल किया जा रहा है, वहीं विशेष आर्थिक क्षेत्र बनाने के लिए कृषि भूमि हथियाकर किसानों को खेती से खदेड़ देने की मुहिम चल पड़ी है। जबकि होना यह चाहिए था कि हम अपने देश के समग्र कुशल-अकुशल मानव समुदायों के हित साधन का दृष्टिकोण सामने लाते।

गांधीजी की सोचवाली आर्थिक प्रक्रिया की स्थापना और विस्तार में न मनुष्य के हितों पर कुठाराघात होता है और न ही प्राकृतिक संपदा के हितों पर प्रतिकूल प्रभाव पड़ता है। जबकि मौजूदा आर्थिक हितों के सरोकार केवल मुट्ठी भर लोगों के हित साधते हैं और इसके विपरीत मानव श्रम से जुड़े हितों को तिरस्कृत करते हैं। मानव समुदायों के बीच असमानता की खाई ऐसे ही उपायों से उत्तरोत्तर बढ़ती चली जा रही है।

चरखा और खादी परस्पर एक-दूसरे के पर्याय हैं। गांधीजी की शिष्या निर्मला देशपांडे ने अपने एक संस्मरण का उद्‌घाटन करते हुए कहा था—"नेहरू ने पहली पंचवर्षीय योजना का स्वरूप तैयार करने से पहले आचार्य विनोबा भावे को मार्गदर्शन हेतु आमंत्रित किया। राजघाट पर योजना आयोग के सदस्यों के साथ हुई बातचीत के दौरान आचार्य ने कहा कि ऐसी योजनाएँ बननी चाहिए, जिनसे हर भारतीय को रोटी और रोजगार मिले, क्योंकि गरीब इंतजार नहीं कर सकता। उसे अविलंब काम और रोटी चाहिए। आप गरीब को काम नहीं दे सकते, लेकिन गांधीजी का चरखा ऐसा कर सकता है। वाकई यदि पहली पंचवर्षीय योजना को अमल में लाने के प्रावधानों में चरखा और खादी को रखा जाता तो मौसम की मार और कर्ज का संकट झेल रहा किसान आत्महत्या करने को विवश नहीं होता।"

दरअसल आर्थिक उन्नति का अर्थ हम प्रकृति के दोहन से मालामाल हुए अरबपतियों-खरबपतियों की 'फोर्ब्स' पत्रिका में छप रही सूचियों से निकालने लगे हैं। आर्थिक उन्नति का यह पैमाना विकृत मानसिकता की उपज है, जिसका सीधा संबंध भोगवादी लोगों और उपभोगवादी संस्कृति से जुड़ा है, जबकि हमारे परंपरावादी आदर्श किसी भी प्रकार के भोग में अतिवादिता को अस्वीकार तो करते ही हैं, भोग की दुष्परिणति पतन में भी देखते हैं। अनेक प्राचीन संस्कृतियाँ जब उच्चता के चरम पर पहुँचकर विलासिता में लिप्त हो गईं तो उनके पतन का सिलसिला शुरू हो गया। मिस्र, रोमन, नंद और मुगल सभ्यताओं का यही हश्र हुआ। भगवान् कृष्ण के सगे-संबंधी जब दुराचार और भोग-विलास में संलग्न हो गए तो स्वयं भगवान् कृष्ण ने उनका अंत किया।

भूमंडलीकरण ने रोजगार के अवसर बढ़ाने की बजाय घटाए हैं। ऐसे में चरखे से खादी का निर्माण एक बड़ी आबादी को रोजगार से जोड़ने का काम कर सकता है।

वर्तमान में 7,000 खादी लेआउट्स हैं। इनसे सालाना 50 करोड़ रुपए की खादी का निर्यात कर विदेशी पूँजी कमाई जाती है। यदि घरेलू स्तर पर ही बुनकरों को समुचित कच्चा माल और बाजार मुहैया कराए जाएँ तो खादी का उत्पादन और विपणन दोनों में ही आशातीत वृद्धि हो सकती है। इस तरह से बेरोजगारी की समस्या को एक हद तक नियंत्रित किया जा सकता है। इस संदर्भ में गांधीजी कह चुके हैं कि भारत के किसान की रक्षा खादी के बिना नहीं की जा सकती है। गांधीजी की इस सार्थक दृष्टि का आकलन हम विदर्भ, आंध्र प्रदेश, मध्य प्रदेश और बुंदेलखंड में आत्महत्या कर रहे किसानों के प्रसंग से जोड़कर कर सकते हैं। भारत की विशाल आबादी मुक्त अर्थव्यवस्था से समृद्धिशाली नहीं हो सकती, बल्कि वैश्विक आर्थिकी से मुक्ति दिलाकर, विकास को समतामूलक कारकों से जोड़कर इसे सुखी और संपन्न बनाया जा सकता है। इस दृष्टि से चरखा एक सार्थक औजार के रूप में ग्रामीण परिवेश में ग्रामीणों के लिए एक नया अर्थशास्त्र रच सकता है।

□

गांधी आज भी हैं!

कुछ समय पहले कहा जाता था कि गांधी के विचार सिर्फ किताबों तक सिमटकर रह गए हैं। नई पीढ़ी गांधी का सिर्फ नाम याद रखेगी। पर अब यह बात गलत साबित होती दिखाई दे रही है। आज जहाँ विश्व में हिंसा और आतंकवाद बढ़ रहा है, वहाँ गांधीवाद उसे खत्म करने के लिए एक प्रभावकारी विकल्प के रूप में उभरकर सामने आ रहा है। तकनीक से लेकर मैनेजमेंट तक गांधीजी के विचार उपयोगी साबित हो रहे हैं।

रामल्लाह में फिलिस्तीनी प्रधानमंत्री मोहम्मद अब्बास ने रिचर्ड एटेनबरो की फिल्म 'गांधी' में गांधी का किरदार निभानेवाले बेन किंग्स्ले के साथ 'गांधी' फिल्म देखी और फिलिस्तीन व इजरायल के बीच की समस्या को शांति से सुलझाने की बात की।

फिल्म 'लगे रहो मुन्ना भाई' में गांधी के विचारों से प्रभावित होकर लखनऊ में लोगों ने शराब की दुकानें बंद करवाने के लिए सबको गुलाब भेंट किए और शराबबंदी का आह्वान किया।

7 जनवरी, 2008 को नासिक की केंद्रीय जेल में एक कैदी लक्ष्मण तुकाराम गोले ने महात्मा गांधी की आत्मकथा 'सत्य के साथ मेरे प्रयोग' पढ़कर अपने अपराधों को कबूल कर लिया।

मिस्र के कई राजनीतिक दलों ने मिलकर गांधीवाद से प्रभावित होकर पूरी तरह अहिंसक 'काफिया' आंदोलन चलाया।

गांधीजी को अब दुनिया आशा की नजरों से देख रही है। उनके विचारों से पूरी दुनिया अपनी-अपनी समस्याओं का समाधान खोज रही है। उनके सत्य और अहिंसा के प्रयोग अपनाने में लोगों का रुझान तेजी से बढ़ रहा है। फिर चाहे वह तकनीक हो, लड़ाई हो या तीव्र प्रतिक्रिया, हर जगह गांधीजी का असर देखा जा रहा है। गांधीजी हमारे बीच नहीं हैं, पर उनकी बातें और सिद्धांत जीवंत हैं। ईमानदारी से अगर कहा जाए तो गांधीजी अभी जिंदा हैं—दुनिया के विचारों, कार्यों और बातों में।

युवाओं ने थामे अहिंसा के झंडे

आज हिंसा से त्रस्त पूरी दुनिया को अहिंसा ही एकमात्र रास्ता नजर आ रहा है। अनेक हिंसाग्रस्त इलाकों में युवा छात्र-छात्राएँ अहिंसा का प्रचार-प्रसार करने में जुटे हुए हैं। इसी का उदाहरण हैं 24 साल की अमेरिकी छात्रा रशेल कोटा। उन्होंने इजरायल की नीतियों के विरोध में गाजा पहुँचकर इजरायली सेना के समक्ष मानव श्रृंखला बनाई। वे खुद सेना के बुलडोजर के आगे खड़ी हो गईं।

जार्जिया की तलीबसी स्टेट यूनिवर्सिटी के छात्रों ने अहिंसक 'कामरा' आंदोलन चलाकर राष्ट्रपति एडवर्ड शेवरनात्जे को हटा दिया। यह आंदोलन 'गुलाबी क्रांति' के नाम से मशहूर हुआ। सर्बिया के राष्ट्रपति मिलोसेविक को हटाने के लिए यूक्रेन के युवाओं ने अहिंसक 'पोरा' आंदोलन चलाया और उन्हें सफलता मिली।

मैनेजमेंट गुरु के रूप में गांधीजी

आज मैनेजमेंट क्षेत्र के महारथी मान रहे हैं कि प्रबंधन के क्षेत्र में आनेवाले युवाओं के लिए गांधीजी, उनके सिद्धांतों और कार्यशैली को जानना जरूरी है। गांधीजी ने अंग्रेजों की गुलामी के दिनों में अपनी और देश की समस्याओं से निपटने के लिए जिस तरह से प्रबंधन की तकनीक का सहारा लिया, वह कमाल की है। गांधीजी ने देश को आजाद कराने के लिए चलाए गए आंदोलन के समय उपजी समस्याओं से लड़ने के लिए नए-नए तरीकों का इस्तेमाल किया—चाहे वह विदेशी कपड़ों की होली जलाना हो, सविनय अवज्ञा आंदोलन हो या फिर वर्ष 1942 का भारत छोड़ो आंदोलन। उनका हर काम नए तरीकों से लैस होता था। उनकी मदद से उन्होंने भारत को आजादी दिलाने में कामयाबी हासिल की।

आज भारत को दुनिया में सुपर पावर बनाने के लिए भी उन्हीं की तरह नए प्रयोग करने पड़ेंगे, क्योंकि वे तरीके आज भी प्रासंगिक हैं। उन्होंने परंपराओं को तोड़ा। उन्हें पता था कि अंग्रेजों के खिलाफ बल-प्रयोग की लड़ाई के बजाय आम लोगों के प्रतिकार की शक्ति का इस्तेमाल करना होगा। उन्होंने कभी संसाधनों के अभाव की शिकायत नहीं की। आज के युवाओं को भी अपने सीमित संसाधनों में ही सफलता को हासिल करना होगा।

मैनेजमेंट विशेषज्ञ व्यापार में गांधी की नैतिकता, ईमानदारी और सत्यता के गुणों को अपनाने की सलाह देते हैं। वे मानते हैं कि गांधीजी के नेतृत्व में कुछ खास बात थी। गांधीजी ने भारत की संस्कृति के अनुरूप ही आंदोलन चलाया। हमें भी प्रोडक्ट को समय, भाव और संस्कृति के अनुरूप ढालकर पेश करना होगा। गांधीजी अपने अनुयायियों की बात बहुत ध्यान से सुनते थे। इसलिए हमें भी अपने उपभोक्ता की समस्याओं को

करीब से जानना चाहिए।

गांधीजी की नेतृत्व क्षमता गजब की थी। कल्पना कीजिए, अगर गांधीजी दांडी-यात्रा पर अकेले जाते तो उसका कोई खास असर नहीं होता। उन्होंने दांडी-यात्रा के लिए लोगों को अपने साथ जोड़ा। आज के युवाओं को गांधीजी की जन-संपर्क की इस खूबी को अपने जीवन में उतारना चाहिए।

सत्याग्रह भारत का सबसे पहला लोकप्रिय ब्रांड था। गांधीजी ने 'यंग इंडिया' और 'हरिजन' में विज्ञापन दिया तथा लोगों से प्रस्तावित आंदोलन का नाम पूछा। उसमें लिखा था—नाम स्वीकार हुआ तो 'यंग इंडिया' का एक साल का अंक मुफ्त मिलेगा। एक गुजराती सज्जन ने आंदोलन का नाम 'सत्याग्रह' सुझाया, इस उदाहरण से छात्र सीख सकते हैं कि किस तरह नए उत्पाद की ब्रांडिंग की जाए और ब्रांडिंग के लिए जनता का फीडबैक कितना जरूरी है।

बोस्टन कंसल्टिंग ग्रुप के मुख्य कार्यकारी अधिकारी अरुण मारिया का कहना है कि व्यापार में हर किसी का सशक्तीकरण महत्त्वपूर्ण है—उत्पाद से लेकर उपभोक्ता तक। गांधीजी ने देश की सेवा के लिए भारत के लोगों को एक नया मंच दिया। हर व्यक्ति के लिए स्वतंत्रता-संग्राम में एक भूमिका तय की।

छाया गांधीगीरी का जादू

आज गांधीगीरी मात्र एक शब्द नहीं, आंदोलन बन गया है। मुन्ना भाई नामक किरदार ने जब 'लगे रहो मुन्नाभाई' में पहली बार इसका इस्तेमाल किया तो किसी ने सोचा नहीं होगा कि इस शब्द को इतनी शोहरत मिलेगी। इंटरनेट पर सबसे मशहूर वेबसाइट विकीपीडिया पर भी गांधीगीरी के विषय पर पृष्ठ प्रकाशित हैं।

चाहे पाकिस्तान हो या हिंदुस्तान, हर जगह लोग अपनी समस्याओं से निपटने के लिए गांधीगीरी का सहारा ले रहे हैं।

मुंबई सर्वोदय मंडल की न्यासी टी. आर. के. सौम्या का कहना है, "देश भर की जेलों में अब कैदी गांधीजी की जीवनी की माँग कर रहे हैं। सर्वोदय मंडल की तरफ से महाराष्ट्र में जेल में रहनेवाले कैदियों के लिए 'गांधी शांति परीक्षा' का आयोजन किया जाता रहा है, ताकि कैदियों में भी गांधी और उनके काम के बारे में जागरूकता आ सके।"

निर्णय लेने की क्षमता

गांधीजी अपने सभी निर्णयों को सत्य की कसौटी पर कसकर देखते थे। दासता, अन्याय, दमन, हिंसा—इन सभी बुराइयों का वे विरोध करते थे और इन्हें असत्य का रूप मानते थे। किसी के लिए निजी जीवन का निर्णय लेना एक बात हो सकती है और सामूहिक

जीवन के लिए निर्णय लेना दूसरी बात हो सकती है। गांधीजी को एक बड़ी आबादी और एक बड़े आंदोलन के लिए निर्णय लेना पड़ रहा था। उनके निर्णय पर लाखों भारतीय नागरिकों का भाग्य और भारत की स्वतंत्रता का सवाल निर्भर कर रहा था।

इस अध्याय में गांधीजी की सुझाई गई कसौटी पर चर्चा की जा रही है। इनके जरिए लोकप्रिय नेतृत्व की प्रतिबद्धता, पारदर्शिता की असीम शक्ति का निर्णय लेने की प्रक्रिया में उनके प्रयोग को समझा जा सकता है। इस बात का अंदाजा लगाया जा सकता है कि निर्णय लेने की प्रक्रिया में रुख कितना लचीला होना चाहिए और निर्णय लेने के लिए साहस का विकास किस तरह करना चाहिए।

सबसे निर्धन व्यक्ति को याद करें

"जब भी तुम्हें दुविधा महसूस हो, निम्नलिखित तरीके को आजमाओ।"

—अगस्त, 1947

एक अजनबी पत्र के लेखक ने गांधीजी से पूछा कि कठिन परिस्थितियों में दुविधा से उबरने के लिए उसे क्या करना चाहिए। गांधीजी ने उसे समाधान के रूप में एक चमत्कारी तरीका बताया। यह एक ऐसा कारगर तरीका है, जिसका प्रयोग किसी भी निर्णय या नीति का निर्धारण करते समय आसानी से किया जा सकता है। गांधीजी ने पत्र लेखक को सलाह दी—"जब भी दुविधा का अनुभव हो, तुम सबसे निर्धन और दुर्बल व्यक्ति के मुखड़े को याद करो, जिससे तुम पहले मिल चुके हो, फिर अपने आपसे पूछो कि तुम जो कदम उठाने जा रहे हो, क्या उसका कोई लाभ उस निर्धन व्यक्ति को मिल पाएगा?"

गांधीजी मानते थे कि किसी भी फैसले के दूरगामी प्रभाव का पहले से आकलन करना चाहिए और यह देखा जाना चाहिए कि कमजोर तबके के लोग उस फैसले से किस हद तक प्रभावित हो सकते हैं। गांधीजी की यह कसौटी मानवीय और विशिष्ट थी, यह महज विचारधारा का प्रतिरूप नहीं थी। गांधीजी मानते थे कि अगर किसी फैसले से समाज के सबसे कमजोर व्यक्ति की दशा में सुधार हो सकता है तो इसका मतलब है कि वैसे फैसले से समाज का प्रत्येक व्यक्ति लाभान्वित हो सकता है।

वैयक्तिक रूप से निर्णय लेने की प्रक्रिया के विकल्प के रूप में अकसर 'कंपनी की नीति' की दुहाई दी जाती है। अगर ग्राहक किसी तरह की शिकायत करता है तो उसकी शिकायत को नजरअंदाज करने के लिए 'कंपनी की नीति' का इस्तेमाल किया जाता है। इस तरह की नीति अपनाने से कंपनी की बदनामी होती है और उसे अनगिनत ग्राहकों से हाथ धोना पड़ता है। गांधीजी ने व्यक्तियों के संदर्भ में नीति का परीक्षण करने की सलाह दी थी। अगर बताई गई कसौटी पर कोई नीति खरी साबित होती है तो उसे

अच्छी नीति का दर्जा दिया जा सकता है। अगर वह नीति कसौटी पर खरी साबित नहीं होती तो इसका अर्थ है कि नीति में परिवर्तन करने की आवश्यकता है। उन्होंने व्यक्तियों पर नीति को थोपने की कार्यशैली को खारिज कर दिया था।

लेनिन, माओत्से तुंग और स्तालिन जैसे नेता हमेशा नीति के लिए व्यक्ति को न्यौछावर करने के लिए तैयार थे। वैचारिक रूप से छेड़े गए युद्ध के समर्थन में स्तालिन ने कहा था, "एक व्यक्ति की मौत ट्रेजडी कहलाती है, लाखों व्यक्ति की मौत सांख्यिकी कहलाती है।" गांधीजी कभी भी अपनी नीति को सांख्यिकी का दर्जा देने के लिए तैयार नहीं थे, क्योंकि उनके लिए प्रत्येक मनुष्य के जीवन की अहमियत थी। एक रास्ता स्तालिन का है तो दूसरा रास्ता गांधी का। हमेशा इस बात को याद रखना चाहिए कि जो लोग आपके साथ कारोबारी रिश्ता रखते हैं, उन्हें भी विकल्प चुनने का अधिकार होता है।

नेतृत्व करनेवाला अकेला हो सकता है

"इस तरह की धारणा उचित नहीं है कि बहुसंख्यक के निर्णय को मानना अल्पसंख्यक की मजबूरी होती है।"

—*'अहिंसक प्रतिरोध', हिंद स्वराज, 1909*

कुछ सी.ई.ओ. निरंकुश होते हैं तो कुछ लोकतांत्रिक मिजाज के होते हैं। किसी तरह का अतिरेक होना नेतृत्व के लिए आदर्श गुण नहीं माना जा सकता। किसी भी संगठन के सदस्यों पर अधिकार थोपने का अर्थ है—उन्हें व्यक्ति की जगह कल-पुरजा समझ लेना। ऐसा करने पर जहाँ सदस्यों का मनोबल टूट सकता है, वहीं मानव संसाधन का समुचित उपयोग भी नहीं हो सकता। दो अधिकारियों के उदाहरण से हम इस बात को समझ सकते हैं। दोनों को समान वेतन दिया जाता है। एक अधिकारी अपनी प्रतिभा का 100 प्रतिशत प्रयोग करता है, दूसरा महज 10 प्रतिशत प्रयोग करता है। इनमें से कौन सा अधिकारी कंपनी के लिए अधिक मूल्यवान् समझा जाएगा? इसका उत्तर स्वयं-सिद्ध है। इतना तय है कि निरंकुश प्रबंधक अपनी मानव संपदा के मूल्यों के 90 प्रतिशत को न्योछावर कर देगा और अपनी मरजी से नीतियों व नियमों को लागू करेगा। वह किसी भी मामले में लचीले रुख का परिचय नहीं देगा। वह किसी भी कर्मचारी को वैयक्तिक रूप से अपनी प्रतिभा को व्यक्त करने या स्वतंत्र रूप से निर्णय लेने की छूट नहीं देगा।

लोकतांत्रिक प्रबंधन का नेतृत्व संगठन के सदस्यों की मरजी पर आधारित होगा और उससे एक भिन्न प्रकार की गलती होगी, क्योंकि वह बहुमत की मरजी को ही सही मानने की भूल कर बैठेगा। क्या सभी कर्मचारियों को संतुष्ट रखना ही उसका उद्देश्य होना चाहिए? या किसी मुद्दे पर अल्पसंख्यकों की राय में तुलना में बहुसंख्यकों की राय को तरजीह देना उचित है?

अगर प्रबंधक के संदर्भ में पहला जवाब सही है तो हम यह पूछ सकते हैं कि कर्मचारियों को संतुष्ट रखना क्या किसी प्रबंधक का वैध लक्ष्य हो सकता है? क्या इस तरह मुनाफा हासिल किया जा सकता है, वह भी सर्वश्रेष्ठ तरीके से? इसका जवाब नकारात्मक ही होगा। अधिक वैध लक्ष्यों में ग्राहकों की संतुष्टि, गुणवत्ता युक्त वस्तुओं का उत्पादन और अंशधारकों के मूल्य में वृद्धि का उल्लेख किया जा सकता है। ये सारे ऐसे लक्ष्य हैं, जिनके जरिए उत्पादकता में बढ़ोतरी की जा सकती है, जो कर्मचारियों को प्रसन्न करने की तुलना में अधिक महत्त्वपूर्ण बात हो सकती है।

किसी भी प्रतिष्ठान का विकास जब उत्पादक एवं लाभदायक संस्थान के रूप में किया जाता है तो कंपनी के सभी घटक—जिसमें कर्मचारी भी शामिल हैं, जिनकी जीविका कंपनी की सफलता पर निर्भर करती है—संतुष्ट होते हैं। इस तरह के मुनाफे को हासिल करने के लिए समय-समय पर सी.ई.ओ. को ऐसे फैसले लेने पड़ सकते हैं, जो उसके बहुसंख्यक कर्मचारियों की मरजी के प्रतिकूल भी हो सकते हैं।

इसका अर्थ स्पष्ट है। बहुसंख्यक के सामने सोच-विचार किए बिना आत्मसमर्पण कर देने में कोई समझदारी नहीं हो सकती। यह मानना भी उचित नहीं है कि अल्पसंख्यक की तुलना में बहुसंख्यक की राय ही हमेशा सही होती है। उदाहरण के तौर पर, हम पुराने जमाने की एक धारणा का उल्लेख कर सकते हैं, जब ज्यादातर लोग यही मानते थे कि पृथ्वी चपटी है।

लीडर को कोई भी फैसला लेने से पहले सभी पक्षों के हितों पर विचार कर लेना चाहिए। इसका अर्थ है कि उसे कभी-कभी अलोकप्रिय फैसले भी लेने पड़ सकते हैं। उसे बहुसंख्यक की राय को छोड़कर विशेषज्ञों की राय या अपने अनुभवों पर निर्भर रहना पड़ सकता है। अकसर कहा जाता है कि नेतृत्व करनेवाला अकेला होता है। इसका कारण आसान है—सटीक निर्णय की जिम्मेदारी एक व्यक्ति की अपनी जिम्मेदारी होती है।

पारदर्शिता की अहमियत

''कुछ भी गोपनीय तरीके से नहीं किया जाना चाहिए। यह एक खुली जंग है। इस जंग में गोपनीयता एक पाप है।''

—8 अगस्त, 1942 को कांग्रेस की बैठक को संबोधित करते हुए

आइडेंटिटी चोरी, ऑनलाइन धोखाधड़ी, पासवर्ड की चोरी और औद्योगिक जासूसी—कई व्यवसायों के लिए वर्तमान में सुरक्षा से संबंधित इस तरह की कई चुनौतियाँ उत्पन्न हो गई हैं। व्यक्तियों की तरह व्यावसायिक प्रतिष्ठानों को भी प्रत्येक लेन-देन के मामले में एक हद तक गोपनीयता बरतना जरूरी होता है। लेकिन मैनेजमेंट की रणनीति के रूप

में गोपनीयता का प्रतिकूल प्रभाव उत्पादकता पर पड़ता है। इसकी वजह से विश्वास डगमगा सकता है और संगठन के भीतर संदेह का वातावरण पैदा हो सकता है। इसके साथ ही कर्मचारियों का मनोबल भी कमजोर हो सकता है और संगठन के भीतर अपनी भूमिका को लेकर उनके मन में अनिश्चय की स्थिति पैदा हो सकती है।

इसके विपरीत, पारदर्शिता अपनाने से परस्पर विश्वास मजबूत होता है और संगठन के प्रत्येक सदस्य के मन में प्रतिबद्धता की भावना पैदा होती है। गांधीजी जो भी कदम उठाते थे, उसके बारे में अपने अनुयायियों को खुलकर बता देते थे। सविनय अवज्ञा के लिए उठाए गए उनके हरेक कदम की जानकारी उनके अनुगामियों को होती थी। अपनी लड़ाई में वे जिस पारदर्शिता का परिचय दे रहे थे, उसकी वजह से उनकी सफलता का मार्ग प्रशस्त होता चला गया था।

लेकिन क्या गोपनीयता से पूरी तरह मुक्त होना संभव हो सकता है?

संभवतः पूरी तरह ऐसा कर पाना संभव नहीं हो सकता। धोखाधड़ी से लेकर जासूसी तक कई ऐसे खतरे हैं, जिनसे बचाव करने के लिए कुछ क्षेत्रों में गोपनीयता बरतना अनिवार्य हो सकता है। कुछ क्षेत्रों में गोपनीयता सकारात्मक रूप से अपरिहार्य हो सकती है। उदाहरण के तौर पर, अनावश्यक विद्वेष और असंतोष को पनपने से रोकने के लिए ज्यादातर कंपनियाँ कर्मचारियों के वेतन के मुद्दे को गोपनीय बनाए रखना पसंद करती हैं और उन्हें एक-दूसरे के साथ वेतन की चर्चा नहीं करने की नसीहत देती हैं। लेकिन ऐसे कई संचालनात्मक क्षेत्र हैं, जहाँ वास्तव में गोपनीयता बरतने की कोई आवश्यकता नहीं होती।

बेहतर यही होगा कि आप अपनी नीतियों की समीक्षा करते हुए उन पहलुओं की पहचान करें, जहाँ पारदर्शिता का सहारा लिया जा सकता है। गोपनीयता पर आधारित नीतियाँ असल में सोच-विचार पर आधारित नहीं होतीं। हम सूचनाओं को सार्वजनिक करने का विवेकपूर्ण निर्णय लेने की जगह उन्हें गोपनीय बनाए रखना पसंद करते हैं। आप अपनी अपारदर्शी नीतियों और आदतों की वजह की पड़ताल कर सकते हैं। अगर वजह दमदार नहीं हो तो नीतियों को बदल डालें। ऐसी नीतियों को बदलकर आप बेहतर प्रदर्शन कर सकते हैं।

अपनी दृढ़ता को परिभाषित करें

मैं महान् उद्देश्यों के लिए भी अपनाई जानेवाली हिंसा का दृढ़ता के साथ विरोध करता हूँ। हिंसा की विचारधारा का मैं हरगिज समर्थन नहीं कर सकता।

—'यंग इंडिया', 11 दिसंबर, 1924

सन् 1917 की रूसी क्रांति के जरिए जार निकोलस द्वितीय को सिंहासन से उतार

दिया गया और साम्यवादी सरकार का गठन किया गया। इस क्रांति के पीछे बोल्शेविक क्रांतिकारी थे। सन् 1924 में गांधीजी यह सूचना पाकर चिंतित हुए थे कि बोल्शेविक क्रांतिकारी अपने उद्‌देश्यों का समर्थन गांधीजी से करवाना चाहते थे। ''जो बोल्शेविक मित्र मेरा ध्यान आकर्षित करने की कोशिश कर रहे हैं, उन्हें यह समझना चाहिए कि भले ही मैं महान् उद्‌देश्यों के प्रति सहानुभूति रखता हूँ, मगर मैं महान् उद्‌देश्यों के लिए भी अपनाई जानेवाली हिंसा का दृढ़ता के साथ विरोध करता हूँ।''

नेतृत्व करने के लिए समझौते करने की जरूरत होती है। जो नेता समझौते की संभावना के सभी दरवाजे बंद कर देता है और लचीले रुख का परिचय देने से इनकार कर देता है, उसे अपने उद्‌देश्य को हासिल करने में सफलता नहीं मिल सकती। इसके साथ-साथ यह भी जरूरी है कि प्रत्येक सी.ई.ओ. और प्रबंधक को उन क्षेत्रों की जानकारी होनी चाहिए, जहाँ वे किसी भी कीमत पर समझौता नहीं कर सकते। 'समझौता के लिए वर्जित' ऐसे क्षेत्रों की पहचान अहंकार के आधार पर या मनमाने तरीके से नहीं किया जाना चाहिए, बल्कि संगठन की नीति और सिद्धांत के हक में ऐसा किया जाना चाहिए।

गांधीजी मानते थे कि पवित्र साध्य को हासिल करने के लिए अपवित्र साधन का इस्तेमाल नहीं किया जा सकता, क्योंकि ऐसे अपवित्र साधन पवित्र साध्य को भी भ्रष्ट बना सकते हैं। इसका अर्थ है कि वह बोल्शेविक क्रांति का हरगिज समर्थन नहीं कर सकते थे, क्योंकि उस क्रांति के लिए रक्तपात का सहारा लिया गया था। इसका अर्थ यह नहीं था कि वे बोल्शेविकों से सारे संबंध खत्म कर देना चाहते थे। वे अहिंसा के सिद्धांत के तहत अराजकतावादियों और हिंसा में विश्वास करनेवालों से भी संवाद स्थापित कर उन्हें सही रास्ते पर चलने की सलाह देना चाहते थे।

'समझौता के लिए वर्जित' अपने क्षेत्र में कभी समझौता न करें, मगर समझौता न करने का अर्थ संवाद की संभावना समाप्त कर देना न समझें।

अपनी बात मनवाने का साहस

''पिछले 20 सालों से हमने साहस नहीं खोने का सबक सीखा है, भले ही हमारी संख्या कम हो या लोग हमारा मजाक उड़ाएँ। हमने अपने विश्वास पर दृढ़ता के साथ अडिग रहना सीखा है।''

—8 अगस्त, 1942 को कांग्रेस की सभा में दिया गया भाषण

आपका काम आसान नहीं होता। आप उपलब्ध सूचनाओं के आधार पर निर्णय लेना चाहते हैं। आप निर्णय लेने के लिए सूचनाओं, विशेषज्ञों की सलाह, अपनी बुद्धि, धारणा और अंतर्दृष्टि का सहारा लेते हैं। आप दूसरों के नजरिए को भी समझना चाहते

हैं और संगठन के सदस्यों की सहमति भी चाहते हैं। आप न तो अविवेकी तानाशाह बनना चाहते हैं, न ही नासमझ लोकतांत्रिक नजर आना चाहते हैं। आप इस तरह की भ्रांति को बढ़ावा नहीं देना चाहते कि केवल आप ही सही हो सकते हैं; मगर आप बहुसंख्यक की राय की धारा में बहने के लिए भी तैयार नहीं होते।

जटिल व्यावसायिक प्रतिष्ठानों के दूसरे लोगों की तरह गांधीजी को भी निर्णय लेने की प्रक्रिया में इस तरह की दुविधा से होकर गुजरना पड़ता था। उनके जीवनकाल में लोगों ने भारत के स्वशासन के अधिकार की उनकी माँग का विरोध किया था और स्वतंत्रता की माँग को लगभग नामुमकिन घोषित कर दिया था। अहिंसक प्रतिरोध के जिस तरीके को वे आजमा रहे थे, उसका मजाक उड़ाया गया था। जब इस तरह की कठिन चुनौती सामने हो तो संतुलन को कायम रख पाना आसान नहीं होता। जब सभी आपको गलत ठहराने की कोशिश कर रहे हों तो अपने विश्वास के प्रति अडिग रहना आसान नहीं होता। जब आप खुद को 'असहाय अल्पसंख्यक' की श्रेणी में अनवरत पाते हैं तो आप हताशा के गर्त में डूब भी सकते हैं। ऐसी प्रतिकूल परिस्थिति से निपटने के लिए गांधीजी ने 'दृढ़ता के साहस' को बनाए रखने की सलाह दी थी। यह दृढ़ता किसी भी लीडर के लिए अचूक हथियार साबित हो सकती है। इस औजार का उपयोग अच्छाई के लिए भी किया जा सकता है और बुराई के लिए भी किया जा सकता है। जिस तरह बहुसंख्यक की धारा के विपरीत किसी वैध एवं मूल्यवान् धारणा पर दृढ़ता के साथ विश्वास बनाए रखने की जरूरत होती है, उसी तरह एक भ्रामक या विध्वंसक धारणा पर भी दृढ़ता के साथ विश्वास बनाए रखने की जरूरत पड़ सकती है। विचार पर दृढ़ता के साथ कायम रहने के लिए लीडर का दक्ष और सावधान होना जरूरी होता है। जिस तरह मूर्तिकार अपनी मूर्ति की कल्पना पहले से करते हुए छेनी व हथौड़े का इस्तेमाल कर मूर्ति तैयार करता है, उसी तरह लीडर को भी अपने उद्देश्यों और लक्ष्यों की स्पष्ट रूपरेखा तैयार करनी चाहिए।

संदेह साहस का दुश्मन होता है, मगर इसके जरिए निर्णय लेने की प्रक्रिया में सहायता मिल सकती है। जो कुशल निर्णय लेनेवाले लीडर होते हैं, वे निर्णय लेने की प्रक्रिया को तीन चरणों में विभाजित कर संदेह और साहस के बीच संतुलन कायम करते हैं।

पहले चरण में लीडर मुद्दे को लेकर विभिन्न नजरियों के साथ तथ्यों का संग्रह करते हैं। वे बहुसंख्यक की राय जानने के साथ-साथ अल्पसंख्यक की राय भी जान लेते हैं। वे आलोचना एवं असंतोष का स्वागत करते हैं और आलोचना करनेवाले को कभी दंडित नहीं करते। वे बहस करने के लिए तत्पर रहते हैं और विरोध का साहसपूर्वक सामना करते हैं। इस चरण में संदेह प्रमुख वाहक की भूमिका निभाता है।

दूसरे चरण में क्रम विकास की प्रक्रिया शुरू होती है। लीडर जुटाए गए तथ्यों और विचारों पर अच्छी तरह गौर करते हैं। इस चरण में वे परामर्श लेने के लिए अपने सूत्रों के पास नए सिरे से जा सकते हैं। इस चरण के अंत तक वे अपने निर्णय की रूपरेखा तैयार कर लेते हैं।

तीसरे चरण में निर्णय की घोषणा की जाती है। जरूरत पड़ने पर निर्णय की व्याख्या की जाती है और निर्णय को लागू कर दिया जाता है। इस चरण में लीडर संदेह को ताक पर रख देते हैं, जिस संदेह का लाभ वे पहले चरण में उठा चुके होते हैं और अपनी धारणा के प्रति दृढ़ता व्यक्त करते हैं। इस चरण में अल्पसंख्यक या बहुसंख्यक विचारों में फर्क करने का अवकाश नहीं रह जाता। जैसे ही निर्णय तीसरे चरण में पहुँच जाता है, तब संदेह या असंतोष के लिए कोई जगह बची नहीं रहती। लीडर उत्साहपूर्वक निर्णय पर अमल करने के लिए कदम आगे बढ़ाता है और संगठन के सभी सदस्यों के सहयोग व समर्थन की अपेक्षा करता है।

समय को मददगार बनाएँ

''मैं अपेक्षा नहीं करता कि एक ही झटके में मेरे नजरिए को स्वीकार किया जाए।''

—हिंद स्वराज, 1909

कारोबारी संवाद डिजिटल रफ्तार से होता है। एक जमाना था, जब फोन कॉल्स का तुरंत जवाब देना जरूरी समझा जाता था, मगर अब वाइसमैन का चलन शुरू हो चुका है। ई-मेल और एस.एम.एस. को लटकाना आसान नहीं है। हमारे ऊपर अनवरत निर्णयों और सूचनाओं का दबाव बना रहता है। समय की किल्लत हर आदमी महसूस करता है। लोग हमसे तुरंत जटिल सवालों के जवाब की अपेक्षा रखते हैं। दूसरी तरफ, हम भी दूसरों से ऐसी ही अपेक्षा रखते हैं।

कारोबारी जगत् में जो असाधारण रफ्तार नजर आ रही है, उसके पीछे आधुनिक प्रौद्योगिकी का विशेष योगदान है। जिस जमाने में लंबी दूरी तक संवाद कायम करने का एकमात्र साधन पत्र होता था, तब प्रबंधक और सी.ई.ओ. के पास पर्याप्त बेशकीमती समय होता था। पत्र लिखने और भेजने की प्रक्रिया में पर्याप्त समय की आवश्यकता होती थी। प्रौद्योगिकी की दृष्टि से इस तरह की जो सीमा थी, उसकी वजह से पत्र लिखनेवाले को सोचने के लिए पर्याप्त समय मिल जाता था। डिजिटल प्रौद्योगिकी ने संवाद की गति को तीव्र बना दिया, मगर अतिरिक्त समय के लाभ से वंचित भी कर दिया।

जब कोई निर्णय अत्यंत महत्त्वपूर्ण हो, तब संवाद की रफ्तार के साथ बह जाना उचित कदम नहीं माना जा सकता। कहावत है कि दुश्मन की तुलना में दोस्त हमेशा

लाभदायक साबित होते हैं। इसीलिए समय को दुश्मन बनाने की जगह दोस्त बनाने में अधिक समझदारी है। गांधीजी ने अपने विचारों के समर्थन में जनमत तैयार करने और सामाजिक परिवर्तन करने के लिए समय को अपने मित्र की तरह इस्तेमाल किया। वे किसी तरह की जल्दबाजी में नहीं थे। वे चाहते थे कि लोग उनके विचारों पर आराम से मनन करें, बहस करें, असहमति जाहिर करें और अच्छी तरह समझने के बाद अपनाएँ। भारत के स्वतंत्रता आंदोलन में उन्होंने हमेशा समय का प्रयोग एक मित्र के रूप में किया।

वर्तमान युग में संचार क्रांति ने संवाद की प्रक्रिया को तीव्र बना दिया है। मगर हमें हमेशा याद रखना चाहिए कि प्रौद्योगिकी को विचारों के अधीन रहना चाहिए, विचारों को प्रौद्योगिकी के अधीन नहीं रहना चाहिए।

गांधीजी मानते थे कि भारत की समस्याओं का तत्काल समाधान करना जरूरी था। वे मानते थे कि होम रूल के बिना गुजरनेवाला एक-एक दिन भारत के लिए तकलीफ और अन्याय का दिन था, जब देशवासियों को कठिनाइयों का सामना करना पड़ रहा था। इसके बावजूद अपने संघर्ष को अंजाम तक पहुँचाने के लिए वे किसी तरह की जल्दबाजी में नहीं थे, क्योंकि वे सार्थक और ठोस परिणाम हासिल करने के लिए संघर्ष कर रहे थे। आज के दौर में ज्यादातर लोग समय कम होने की शिकायत करते हैं। ऐसे दबाव के चलते हम अपनी रचनात्मक क्षमता का ठीक से सदुपयोग नहीं कर पाते। वैसी स्थिति में हमारे मन में अपने ऊपर दबाव डालनेवालों के प्रति और समय के प्रति भी झुँझलाहट का भाव पैदा होने लगता है। ऐसी अनुभूतियाँ नकारात्मक परिणाम ही पैदा कर सकती हैं।

जो दक्ष सी.ई.ओ. होते हैं, वे झुँझलाने की जगह समय पर भरोसा रखते हैं। वे प्रौद्योगिकी का दास बनने की जगह उसका इस्तेमाल औजार के तौर पर करते हुए समय को नेतृत्व की प्रक्रिया में मददगार बना लेते हैं।

□

गांधीजी के आर्थिक विचार आज के संदर्भ में

विश्व आज पर्यावरणीय विभीषिकाओं, आतंकवादी हिंसा, कुपोषण से होनेवाली मृत्यु से लेकर प्रचुरता से उत्पन्न समस्याओं का सामना कर रहा है। समूचा विश्व, चाहे वह समृद्ध उत्तर हो या विकासशील दक्षिण, एक अंधी दौड़ में लगा हुआ है। विश्व के मानचित्र पर एक-दूसरे से अनजान दो अलग-अलग प्रकार की दौड़ हो रही है। एक दौड़ उन लोगों की है, जो संपन्न हैं, पर कुछ और पाने की लालसा लिये दौड़ में लगे हैं। दूसरी दौड़ उन लोगों की है, जो दो जून की रोटी के लिए, अपने अस्तित्व को बनाए रखने के लिए जूझ रहे हैं। ऐसे ही लोगों के लिए गांधीजी के विचारों—'अपरिग्रह' और 'स्वराज' का महत्त्व बढ़ जाता है। गांधीजी का विचार था कि इन सिद्धांतों के फलस्वरूप प्रत्येक राज्य सत्ता से स्वतंत्र होकर अपने जीवन पर नियंत्रण कर सकेगा। साथ ही, गाँव और ग्रामसभाएँ आत्मनिर्भर व स्वावलंबी हो सकेंगी।

लगभग एक शताब्दी पहले गांधीजी ने कहा था कि "हमारी धरती के पास प्रत्येक व्यक्ति की आवश्यकता के लिए तो बहुत कुछ है, पर किसी के लालच के लिए कुछ नहीं।"

इस बात में कोई संदेह नहीं कि उनके ये विचार आज भी प्रासंगिक हैं।

गांधीजी का मंत्र था कि जब भी कोई काम हाथ में लो, यह ध्यान में रखो कि उससे सबसे गरीब और कमजोर व्यक्ति को क्या लाभ होगा। यदि हम स्वराज के व्यापक लक्ष्य को प्राप्त करना और समावेशी विकास चाहते हैं तो हमें गांधीजी के इस मंत्र को अपने जीवन का आदर्श बनाना होगा।

मानवमात्र की खुशी ही गांधीजी की मूल कसौटी थी। उनका विचार था कि प्रगति को मानवीय प्रसन्नता के संदर्भ में देखा जाना चाहिए। वे समृद्ध समाज के ऐसे आधुनिक दृष्टिकोण में विश्वास नहीं करते थे, जिसमें भौतिक विकास को ही प्रगति की मूल कसौटी

माना जाता है। वे बहुजन सुखाय-बहुजन हिताय और सर्वोदय के सिद्धांतों में विश्वास करते थे। स्वराज के बारे में उनकी संकल्पना एक ऐसे समाज के बारे में थी, जिसमें प्रत्येक व्यक्ति को सम्मानपूर्वक जीवन बिताने और विकास के लिए समान अवसर उपलब्ध हों। उन्होंने एक ऐसे समाज का विचार किया, जिसमें आर्थिक प्रगति और सामाजिक न्याय हाथ से हाथ मिलाकर चल सकें।

प्रसिद्ध गांधीवादी और पूर्व प्रधानमंत्री मोरारजी देसाई ने अपने एक लेख 'गांधीजी और व्यक्ति की नियति' में लिखा है कि गांधीजी ने शारीरिक बल या सैन्य शक्ति के मुकाबले में खड़े मनुष्य की अजेय आत्मा की शक्ति से विश्व का परिचय कराया था। उन्होंने भौतिक मूल्यों के विरुद्ध नैतिक मूल्यों की शक्ति तथा स्वार्थ और लालच के विरुद्ध सेवा एवं त्याग की शक्ति का परिचय कराया। उन्होंने हमें सत्य के सौंदर्य और मानवीय आत्मा की उत्कृष्टता का पाठ पढ़ाया।

गांधीजी न तो भौतिक समृद्धि के विरुद्ध थे और न ही उन्होंने सभी परिस्थितियों में मशीनों के उपयोग को नकारा। उनका कहना था कि मशीनों से सभी के समय और श्रम में बचत होनी चाहिए। वे नहीं चाहते थे कि मनुष्य मशीनों का दास बनकर रह जाए या वह अपनी पहचान ही खो दे। वे चाहते थे कि मशीनें मनुष्य के लिए हों, न कि मनुष्य मशीन के लिए हो।

गांधीजी ने कहा था, "आर्थिक समानता अहिंसक स्वतंत्रता की असली चाबी है। शासन की अहिंसक प्रणाली कायम करना तब तक संभव नहीं है जब तक अमीरों और करोड़ों भूखे लोगों के बीच की खाई बनी रहेगी। नई दिल्ली के महलों और श्रमिकों एवं गरीबों की दयनीय झोंपड़ियों के बीच समानता स्वतंत्र भारत में एक दिन भी नहीं टिक पाएगी; क्योंकि स्वतंत्र भारत में गरीबों को भी वही अधिकार होंगे, जो देश के सबसे अमीर आदमी को प्राप्त होंगे।"

आजकल अत्यधिक उपभोग की अवधारणा को जिस तरह बढ़ावा दिया जा रहा है और अपनाया जा रहा है, वह समस्त मानव समाज को उपलब्ध नहीं हो सकता और जहाँ यह उपलब्ध भी है, वहाँ भी लोग कोई ज्यादा खुश और स्वस्थ नहीं हैं। इससे अलग प्रकार के सामाजिक संकट और विकार पैदा हुए हैं।

इसके अलावा, इससे पृथ्वी की पारिस्थितिकी और पर्यावरण विनाश के कगार पर आ खड़े हुए हैं। यह एक और गंभीर चिंता का विषय है।

□

प्रबंधन कला और महात्मा गांधी

दुनिया भर के कारोबारी जगत् के अग्रणी नेताओं ने एक मत से स्वीकार कर लिया है कि भारत के राष्ट्रपिता महात्मा गांधी मैनेजमेंट के विलक्षण गुरु थे और उनके बताए गए रास्ते पर चलकर कारोबार को कामयाब बनाया जा सकता है। भारत की स्वतंत्रता के लिए आंदोलनों का नेतृत्व करते हुए गांधीजी ने मैनेजमेंट की जो ठोस परिस्थितियाँ तैयार की थीं, वे आज के कॉरपोरेट जगत् के लिए भी अत्यंत उपयोगी साबित हो सकती हैं। वर्तमान समय में गांधीजी को केवल राजनेता के रूप में नहीं देखा जा रहा है, बल्कि मैनेजमेंट गुरु के रूप में उनका पुनराविष्कार किया जा रहा है। उन्हें एक दक्ष रणनीतिकार और असाधारण नेता के रूप में देखा जा रहा है तथा कारोबारी जगत् के हितों के लिए उनके विचारों को अचूक मंत्र माना जा रहा है। भारत के साथ ही दुनिया के विभिन्न देशों में गांधी के विचारों के प्रति लोगों का आकर्षण बढ़ता जा रहा है।

ग्रो टैलेंट इंडिया कं. लि. की कंसल्टिंग सर्विसेज के वाइस प्रेसीडेंट शहबीर मर्चेंट का कहना है, "गांधीजी के जीवन से कॉरपोरेट जगत् के लिए अचूक रणनीतियों के रूप में दृष्टि (भारत की स्वतंत्रता) और मूल साधन (ईमानदारी व अहिंसा) की प्रेरणा ली जा सकती है।" एक दक्ष योजनाकार के तौर पर गांधीजी इस तरह की दृष्टि तैयार करना जानते थे, जिसके साथ जनता आसानी के साथ जुड़ जाती थी।

नेतृत्व कला को मैनेजमेंट का सबसे महत्त्वपूर्ण पहलू माना जाता है। इस मामले में गांधीजी का कोई जवाब नहीं था। उन्होंने स्वयं को जनसाधारण का हिस्सा बना लिया था। उन्होंने आम आदमी की तरह वेशभूषा अपनाई थी और उनकी जीवन-शैली भी आम लोगों जैसी ही थी। ऐसा करते हुए उन्होंने आम भारतीयों का विश्वास और सम्मान हासिल कर लिया था।

लाखों भारतीय उनकी पुकार सुनकर उनका अनुसरण करने के लिए तैयार हो जाते थे। उनके आह्वान पर लोग खादी के वस्त्र तैयार करने लगे, विदेशी कपड़ों की होली जलाने लगे और कानून को तोड़ते हुए नमक बनाने लगे। आम जनता ने अहिंसा का

पालन करते हुए पुलिसिया दमन का सामना किया, कारावास में रहना मंजूर किया। गांधीजी ने अपने उद्देश्यों को हासिल करने में जिस तरह सफलता हासिल की, जिस तरह सत्याग्रह को अस्त्र बनाकर उन्होंने विदेशी शासक को झुकने के लिए मजबूर कर दिया, जिस तरह उन्होंने अपने आंदोलन की योजना बनाई और उन पर अमल किया, उनको देखते हुए बिना शक कहा जा सकता है कि उन्हें मैनेजमेंट की दक्षता हासिल थी।

गांधीजी ने देश के दूर-दराज के इलाकों की यात्राएँ कीं। यात्राओं के जरिए वे स्वतंत्रता के अपने लक्ष्य को जन-जन के हृदय तक पहुँचाना चाहते थे। मौजूदा दौर के कॉरपोरेट जगत् के नीति-नियंता गांधीजी से सबक सीख सकते हैं कि अपने संगठन का कायाकल्प करने की योजना तैयार करते समय उन्हें भविष्य के बारे में सोचना चाहिए और अपनी योजना को साकार करने के लिए ठोस मूल्यों को निर्धारित करना चाहिए। उन्हें गांधीजी की तरह अपनी दृष्टि को अपने सहकर्मियों के साथ बाँटना चाहिए।

अधिकतर कॉरपोरेट योजनाएँ बोर्ड रूम की चारदीवारी के भीतर सोची जाती हैं और उन्हें अंतिम रूप दिया जाता है। जो कर्मचारी परिवर्तन के वास्तविक वाहक होते हैं, उन्हें योजना की प्रक्रिया में शामिल करने की जरूरत महसूस नहीं की जाती। मर्चेंट का कहना है, ''हर तरह के परिवर्तन के लिए जरूरी है कि भविष्य की योजना के बारे में सभी कर्मचारियों को अवगत कराया जाए और मूल्यों को अच्छी तरह परिभाषित किया जाए।''

गांधीजी की सबसे बड़ी खूबी यह थी कि वे आसानी से लोगों के साथ घुल-मिल जाते थे। रैलियों, धरना, पदयात्राओं और अहिंसक प्रतिरोध के कार्यक्रमों में गांधीजी जनसाधारण से जुड़ने के लिए चलते-चलते बातचीत करने का तरीका अपनाते थे। मर्चेंट का कहना है, ''सी.ई.ओ. को अपने मातहतों के साथ लागत घटाने और फिजूलखर्ची रोकने की बात करने के बाद बिजनेस क्लास में यात्रा नहीं करनी चाहिए, न ही पाँच-सितारा होटलों में ठहरना चाहिए। परिवर्तन प्रबंधन के मार्ग पर आगे बढ़ने के लिए सी.ई.ओ. को अपनी कथनी और करनी के बीच समानता रखनी चाहिए।''

अरिंदम चौधरी ने अपनी पुस्तक 'काउंट योर चिकंस बिफोर दे हैच' में गांधीजी की नेतृत्व कला पर विस्तार से रोशनी डालते हुए लिखा है कि किस तरह गांधीजी के सिद्धांतों पर कॉरपोरेट जगत् अमल कर सकता है। उन्होंने लिखा है कि गांधीजी के नेतृत्व की शैली 'अनुयायियों पर केंद्रित' थी। वे रणनीति तैयार करने से पहले परिस्थिति का विश्लेषण करना जरूरी समझते थे।

''गांधीजी ने परिस्थितियों के आधार पर नेतृत्व की शैली निर्धारित करने का उदाहरण सामने रखा था। जब गांधीजी दक्षिण अफ्रीका में थे, तब उन्होंने सूट और टाई पहनकर अपना आंदोलन शुरू किया था। वे जब भारत आए तो उन्होंने खादी को अपनाकर बड़े

पैमाने पर अहिंसक आंदोलन की शुरुआत की।''

भारत में कॉरपोरेट मैनेजमेंट के क्षेत्र में गांधीजी को एक आदर्श के रूप में देखा जा रहा है। भारत में जनमे मैनेजमेंट गुरु सी.के. प्रह्लाह का कहना है कि भारतीय कॉरपोरेट जगत् को नए सिरे से गांधीजी के विचारों पर गौर करना चाहिए। गांधीजी के नेतृत्व के अनुभव से सबक लेकर कॉरपोरेट जगत् नेतृत्व के क्षेत्र में काफी लाभान्वित हो सकता है।

नई दिल्ली में प्रवासी भारतीय दिवस पर आयोजित कार्यक्रम को संबोधित करते हुए सी.के. प्रह्लाद ने कहा, ''गांधीजी के विचार वर्तमान भारत के लिए विशेष रूप से प्रासंगिक हैं, क्योंकि भारत सकल घरेलू उत्पाद के मामले में 8–10 फीसदी विकास दर हासिल करने के लिए प्रयत्न कर रहा है। मैं नहीं जानता कि 10 फीसदी विकास दर हासिल कर पाना किस तरह मुमकिन हो सकता है या किस तरह हर साल एक करोड़ रोजगार का सृजन किया जा सकता है। मगर हमारा लक्ष्य यही नहीं होना चाहिए। हमें नए मार्गों की खोज करनी चाहिए और ऐसा करना हमें गांधीजी ने सिखाया है—लक्ष्य स्पष्ट होना चाहिए। हमें साहस के साथ साधनों की खोज नए सिरे से करनी चाहिए।''

जब सभी प्रचलित विधियाँ नाकाम साबित हो रही थीं, तब गांधीजी ने हालात का सामना करने के लिए नई विधियों की खोज की थी। ''उन्होंने परंपराओं को तोड़ा था। वे जानते थे कि अंग्रेजों के साथ बल-प्रयोग के जरिए मुकाबला नहीं किया जा सकता। इसीलिए उन्होंने लड़ने के तरीके को बुनियादी रूप से बदलने का निर्णय लिया। उन्होंने आम जनता की शक्ति का सामूहिक रूप से प्रयोग करने की रणनीति बनाई। उन्होंने देश भर के नागरिकों को स्वतंत्रता के लक्ष्य को हासिल करने के लिए एकजुट होकर संघर्ष करने की प्रेरणा दी। संस्थाओं की किल्लत से उन्होंने कभी परेशानी महसूस नहीं की। उन्होंने 'पूर्ण स्वराज' के लक्ष्य पर अपना ध्यान केंद्रित रखा। इस तरह उन्होंने जनता को प्रेरित करने की रणनीति को अंजाम दिया।'' प्रह्लाद ने कहा।

'स्मार्ट मैनेजमेंट' की प्रबंधक संपादक डॉ. गीता पीरामल का मानना है कि गांधीजी असाधारण रणनीतिकार, नेता और शोमैन थे। उनका जन-संपर्क प्रभावशाली था और मीडिया के साथ उनके बेहतर संबंध थे।'' उदाहरण के तौर पर, दांडी मार्च को देखा जा सकता है। अगर गांधीजी अकेले उस यात्रा पर निकलते तो उसका वांछित परिणाम सामने नहीं आ सकता था। वे जानते थे कि उन्हें एक ऐसा कार्यक्रम करना है, जिसका प्रचार पूरी दुनिया में हो। यही वजह है कि उन्होंने अनुयायियों को अपने साथ लेकर यात्रा निकाली और अपनी लोकप्रियता का इस्तेमाल अपने उद्‍देश्य को पूरा करने के लिए किया। मानव मनोविज्ञान की उन्हें गहरी समझ थी और जनता के साथ संबंध कायम करने के लिए वे अपनी इस क्षमता का सशक्त तरीके से इस्तेमाल करते थे।''

गांधीजी के प्रपौत्र तुषार गांधी का कहना है, ''गांधीजी मैनेजमेंट गुरु थे। उन्होंने अपने ब्रांडों का सृजन किया था। स्वदेशी आंदोलन के जरिए उन्होंने खादी को लोकप्रिय बनाया था और विदेशी वस्त्रों की होली जलाकर स्वदेशी को विकल्प के रूप में अपनाने की प्रेरणा दी थी। वे आम लोगों को एक-दूसरे से जुड़ने के लिए मंच तैयार करते थे और फिर लोगों की क्षमता का प्रयोग अपने आंदोलन को आगे बढ़ाने के लिए करते थे। स्वदेशी, चंपारण और दांडी मार्च ऐसे उदाहरण हैं, जिनसे हम गांधीजी की अद्‍भुत योजना बनाने और फिर कार्यान्वयन करने की उनकी दक्षता को समझ सकते हैं।''

गांधी शांति प्रतिष्ठान के एक कार्यक्रम में अपने प्रपितामह के बारे में भाषण देते हुए तुषार गांधी ने कहा कि जब गांधीजी ने दांडी-यात्रा की योजना बनाई थी, तब कांग्रेस के वरिष्ठ सहयोगियों ने उनकी इस योजना का विरोध किया था। जब गांधीजी ने दांडी-यात्रा करने और नमक बनाने की घोषणा की थी, तब ब्रिटिश सरकार को उनकी यह घोषणा हास्यास्पद लगी थी। ब्रिटिश सरकार ने सोचा था कि यह एक मजाकिया तमाशा होगा। यही सोचकर सरकार ने यात्रा को रोकने का कोई निर्णय नहीं लिया था। कांग्रेस के कई नेता इस योजना से सहमत नहीं थे। मोतीलाल नेहरू ने पत्र लिखकर गांधीजी से अनुरोध किया था कि वे अपनी इस योजना को स्थगित कर दें, क्योंकि यह योजना सफल नहीं होने वाली थी और नाकामी के चलते कांग्रेस को शर्मिंदगी का सामना करना पड़ सकता था। पत्र का जवाब गांधीजी ने महज एक पंक्ति लिखकर दिया था—'करके देखो।'

जब गांधीजी ने दांडी मार्च निकालकर प्रतीकात्मक रूप से नमक बनाया तो समूचे देश में हलचल मच गई थी। इस घटना ने ब्रिटिश प्रशासन को हिलाकर रख दिया था। दांडी मार्च का गहरा प्रभाव देशवासियों पर पड़ा था। हजारों लोगों ने नमक बनाकर नमक कानून को भंग करना शुरू कर दिया था। गांधीजी के अनुयायियों की संख्या बढ़ती गई थी और विदेशों में भी इस घटना की चर्चा होने लगी थी।

भारत के स्वतंत्रता संग्राम में दांडी मार्च एक निर्णायक मोड़ साबित हुआ था। मार्च की सफलता के कुछ घंटों बाद ही ब्रिटिश सरकार ने कांग्रेस के नेताओं को गिरफ्तार करने का आदेश दिया था। जब पुलिस मोतीलाल नेहरू को गिरफ्तार करने पहुँची तो उन्होंने तैयार होने के लिए थोड़ा समय माँगा। पुलिस के साथ जेल रवाना होने से पहले मोतीलाल नेहरू ने गांधीजी को एक तार भेजा, जिसमें लिखा था—'करने से पहले ही देख लिया।'

गांधीजी को मैनेजमेंट गुरु माननेवाले कुछ लोग यह भी मानते हैं कि उनके सभी विचारों को वर्तमान समय में अपनाना संभव नहीं है। उदाहरण के तौर पर, वे बताते हैं कि गांधीजी औद्योगिकीकरण का विरोध करते थे, जिसका नकारात्मक प्रभाव समाज पर पड़

सकता है। मगर हकीकत यह है कि गांधीजी औद्योगिकीरण का पूरी तरह विरोध नहीं करते थे और वे पूँजीपतियों के दुश्मन भी नहीं थे।

गांधीजी अकसर कहते थे कि कई पूँजीपति उनके मित्र हैं, जिनमें जमनालाल बजाज और घनश्यामदास बिड़ला प्रमुख थे। उन्होंने ट्रस्टीशिप की अवधारणा रखी थी और धनवानों को अपनी संपत्ति का इस्तेमाल जन-कल्याण के लिए करने की प्रेरणा दी थी।

'सूर्या रोशनी' के अध्यक्ष बी.डी. अग्रवाल का कहना है, ''गांधीजी का चरखा नई प्रौद्योगिकी के विरुद्ध नहीं था, बल्कि वह स्वावलंबन का प्रतीक था।''

□

कुशल मैनेजमेंट गुरु

शैक्षणिक आधुनिकता के सबसे बड़े भारतीय प्रतीक महात्मा गांधी थे। वे इतने कुशल मैनेजमेंट गुरु थे कि उनका मुकाबला आज के मैनेजमेंट के बड़े-से-बड़े संस्थान भी नहीं कर सकते। उनके पास एक ऐसा गुरुमंत्र था कि वे जो कहते और करते, लोग उस पर अपने आप चलने लगते थे। उन्होंने सबसे पहले मैनचेस्टर के बने कपड़ों का विरोध करके औद्योगिक सभ्यता को पहली भारतीय और सांस्कृतिक चुनौती दी थी। 'स्वदेशी' उनके मैनेजमेंट पाठ्यक्रम का पहला अध्याय था।

इसी स्वदेशी के अंदर से उन्होंने खोजा था एक डिजाइनर पाठ्यक्रम। उनका यह नया डिजाइन था—चरखा। इस चरखे की स्वावलंबी ताकत से उन्होंने एक नए वस्त्र की डिजाइन बनाई, जिसे 'खादी' नाम दिया गया। गांधी खादी वस्त्र के प्रथम डिजाइनर बन गए और उस समय के भारत में जिसने भी गांधी को अपनाया, उसने चरखे को स्वत: अपना लिया। यहाँ तक कि नेहरू जैसे आधुनिकतावादी ने भी चरखे पर सूत कातना शुरू कर दिया। इस तरह बिना किसी औद्योगिक या आई.टी. कंपनी में प्लेसमेंट के गांधीजी ने एक ऐसे रोजगार का डिजाइन तैयार किया, जो घर का हर सदस्य कर सकता था और जिसके लिए न कोई एंट्रेंस परीक्षा थी और न किसी औद्योगिक मालिक का पे पैकेज।

गांधी के पाठ्यक्रम का दूसरा भाग था—कुटीर उद्योग। उन्होंने ग्रामीण और गरीब लोगों के लिए स्थानीय स्तर पर रोजगार पैदा करनेवाले कुटीर उद्योग का पक्ष लेकर पारंपरिक भारतीय कुटीर व्यवसायों को पुनर्जीवित करने की कोशिश की। जो लोग चटाई बनाना, कुम्हारी करना, लोहारी या सुतारी करना, हथकरघों पर कपड़ा बुनने का संस्कार छोड़ चुके थे, गांधी ने उन्हें याद दिलाया कि पुरखों के उद्योग में इतना दम है कि देश का कोई आदमी भूखा नहीं मर सकता। घर बैठे कमाई का ऐसा मैनेजमेंट गांधीजी ही सिखा सकते थे।

गांधीजी पर बेहद चर्चित और प्रशंसित उपन्यास 'पहला गिरमिटिया' के लेखक गिरिराज किशोर ने उनका विश्लेषण करते हुए लिखा है—''महात्मा गांधी के जीवन के तीन पक्ष हैं—एक मोहनिया पक्ष, दूसरा मोहनदास पक्ष, तीसरा महात्मा गांधी पक्ष। हर

आदमी के जीवन में ऐसा विभाजन होता है; परंतु किसी भी महान् व्यक्ति के जीवन के विकास के संदर्भ में ये पक्ष महत्त्वपूर्ण हो जाते हैं। कृष्ण के जीवन में भी इसी तरह कान्हा या गोपाल पक्ष, कृष्ण पक्ष, योगिराज कृष्ण पक्ष थे।

''बैरिस्टरी से लेकर दक्षिण अफ्रीका से लौटने तक उनका मोहनदास रूप है या गांधी भाई रूप। बीच-बीच में उनका मोहनिया रूप भी आता रहता है। कभी शेख मेहताब के माध्यम से, कभी कस्तूर के माध्यम से, कभी बा और बापू के माध्यम से और कभी उनकी याद के जरिए। गांधीजी को हम जिस भी रूप में देखना चाहें, उस रूप में सबसे अलग और प्रभावी दिखते हैं।''

यही वजह है कि गांधी अमेरिकी राष्ट्रपति बराक ओबामा के भी आदर्श हैं और चीन जैसा भारत का पड़ोसी भी उन्हें अपने यहाँ सम्मान देता है। यहाँ बता दें कि बीजिंग में महात्मा गांधी ही इकलौते भारतीय नेता हैं, जिनकी प्रतिमा सार्वजनिक स्थल पर सरकार की ओर से लगाई गई है।

प्रोफेसर यशपाल का कहना है कि गांधीजी अपने शब्दों से नहीं बल्कि अपनी जिंदगी से शिक्षा देते थे। उन्होंने शब्दों से किसी को कुछ सिखाने की कोशिश नहीं की। वे जो कहना चाहते थे, अपने कार्यकलापों से करके दिखा देते थे। उनके शब्दों के साथ जिंदगी जुड़ी हुई थी।

महात्मा गांधी के रहने के तरीके से शिक्षा मिलती है। उनकी जिंदगी और रहने के तरीके में बड़ा समन्वय था। इनके जरिए वे सबकुछ कह जाते थे। बड़ी-बड़ी बातें करना उनकी आदत में शुमार नहीं था। उनका एक वाक्य लीजिए, जिसमें उन्होंने कहा—'जहाँ सत्य है, वहाँ भगवान् है।' यह सुनने में बड़ा साधारण लगता है। लेकिन ध्यान से देखें तो समझ में आएगा कि उन्होंने कितनी बड़ी बात कह दी। इन शब्दों के माध्यम से उन्होंने जीवन का पूरा दर्शन उड़ेल दिया।

महात्मा गांधी ने बताया कि सीखना सिर्फ किताबें पढ़ने से नहीं होता, जिंदगी से जुड़ने से भी होता है। यही कारण है कि उनकी छोटी-छोटी बातें भी बड़ी मानी जाती हैं। वे सिद्धांतों में विश्वास नहीं करते थे, बल्कि जिंदगी में उसे करके दिखाने में विश्वास करते थे।

उनका कहना था—''जीवन से जुड़ जाओ, उद्देश्य अपने आप निकल आएगा।'' उद्देश्य का तरीका आपके काम करने के तरीके से निकलता है। नमक आंदोलन से उन्होंने बहुत कुछ सीखा। इसी तरह अन्य आंदोलनों से वे बहुत कुछ सीखते रहते थे।

आजकल हर कोई एक सवाल पूछता है—इस काम से क्या फायदा होगा? लेकिन महात्मा गांधी ने यह सवाल तो कभी पूछा नहीं। वे कहते थे कि कुछ करने के लिए सबसे अधिक गरीब व्यक्ति से पूछिए कि उसे क्या चाहिए, आपके सवाल का जवाब

इसी में छिपा है। वे गरीबों और असहाय लोगों की मदद को तैयार रहते थे और इस तरह से सभी को प्रेरित करते थे। महात्मा गांधी सच्चे गुरु थे, जो सोच बदलने के तरीके में विश्वास करते थे। वे कर्म में विश्वास करते थे, न कि वचन में। सारी दुनिया में ऐसे गुरु विरले ही होंगे।

अंग्रेजी के लोकप्रिय उपन्यासकार चेतन भगत का कहना है कि गांधीजी ने जितनी सरल भाषा में कठिन-से-कठिन विषयों पर लेख लिखे, वे वाकई तारीफ के काबिल हैं। उनकी लेखनी का समाज पर काफी प्रभाव पड़ा। उन्होंने भारतीयों को स्वतंत्रता के लिए तो प्रेरित किया ही, साथ ही समाज में फैली कुरीतियों पर भी गहरे प्रहार किए।

हिंदू-मुसलिम एकता पर उन्होंने जो लिखा, वह आज भी प्रासंगिक और प्रेरणा लेने लायक है।

गांधीजी एक बेहतरीन सी.ई.ओ. थे। एक योग्य सी.ई.ओ. की तरह वे भविष्य की तसवीर पेश कर देते थे और उसे अपने लोगों के सामने रखते थे। एक बढ़िया सी.ई.ओ. की निशानी है कि वह भविष्य में झाँक सके। गांधीजी में यह गुण भरपूर था।

वे मूल्यों में विश्वास करते थे। इनका उन्होंने कभी साथ नहीं छोड़ा। वे साधारण लोगों से लेकर स्वतंत्रता-संग्राम के बड़े नेताओं तक को इनके लिए प्रोत्साहित करते थे। यह एक अच्छे सी.ई.ओ. का गुण है। गांधीजी का आध्यात्मिक नेतृत्व गजब का था। वे उस हर समाज के सांस्कृतिक पहलुओं और फर्क को समझते थे, जिनसे उन्हें काम लेना होता था या जिनसे उन्हें जुड़ना होता था। उन्हें मानवीय मनोविज्ञान की गहरी समझ थी। और यह एक सफल सी.ई.ओ. की बेहतरीन निशानी है।

वे कम्युनिकेशन और जनसंपर्क में सबसे आगे थे। वे अपनी बात कहने के लिए अपने वाक्य-कौशल का पूरा इस्तेमाल करते थे। उनका मीडिया से बहुत बढ़िया तालमेल था। इसलिए अंग्रेजों के जमाने में भी उनके कार्यक्रमों को काफी लोकप्रियता मिली। इसका सबसे अच्छा उदाहरण दांडी मार्च था। मीडिया के सही इस्तेमाल से उन्होंने अपनी पूरी बात कह दी और लोगों को आगे आने के लिए प्रेरित किया। उनमें उच्च श्रेणी के सी.ई.ओ. का एक बड़ा गुण यह था कि वे विवादों का प्रबंधन दक्षतापूर्वक करते थे।

वे लोगों को हमेशा उनके अंतिम लक्ष्य के बारे में बताते थे। वे अपने लोगों को भविष्य की एक बड़ी तसवीर दिखाते थे, फिर उन्हें उसके बारे में आश्वस्त करते थे। लक्ष्य बताना और उसे पाने के बारे में विश्वास के साथ बताना बड़ी बात है। दुनिया के सफलतम सी.ई.ओ. की यही तो पहचान रही है। गांधीजी खुद आगे बढ़कर कोई भी काम पहले करते थे, यानी दूसरों से कहने से पहले खुद करके आश्वस्त हो जाते थे। दुनिया के जितने सफल सी.ई.ओ. हुए हैं, उन सबकी सफलता का राज यही था।

□

बीसवीं सदी के सबसे बड़े मैनेजमेंट गुरु

'लगे रहो मुन्नाभाई' के रिलीज होने के बाद से इस देश में गांधी दर्शन या गांधीगीरी की चर्चा ज्यादा ही तेज हो गई है। यह चर्चा देश तक ही सीमित नहीं है, हार्वर्ड स्कूल ऑफ बिजनेस मैनेजमेंट में भी महात्मा गांधी को बीसवीं सदी के सबसे बड़े मैनेजमेंट गुरु के रूप में स्वीकार किया गया है।

महात्मा गांधी के दर्शन में सात सामाजिक बुराइयों की व्याख्या है। जैसे सिद्धांत-विहीन राजनीति, बाहरी प्रसन्नता, काम की कमाई, चरित्र-रहित ज्ञान, अनैतिक व्यापार, अमानवीय विज्ञान और समर्पण-रहित धर्म। गांधीजी ने कहा था—''हम विरोधियों को सिर्फ प्रेम के सहारे जीत सकते हैं। घृणा हिंसा का अव्यक्त रूप है। घृणा से नुकसान घृणा करनेवाले का होता है, न कि घृणित का।

''हम भीतर की घृणा को उसी प्रकार दूर कर सकते हैं, जैसे अँधेरे को दूर करते हैं। जिस प्रकार अँधेरे को हटाने के लिए प्रकाश की जरूरत होती है, उसी प्रकार घृणा रूपी अँधेरे को हटाने के लिए हृदय में प्रेम की भावना का होना जरूरी है। हम किसी अजनबी से घृणा नहीं कर सकते। घृणा उसी के प्रति होती है, जिससे कभी प्रेम रहा हो। अतः घृणा कुछ और नहीं, बल्कि किसी व्यक्ति के प्रति मन में प्रेम की भावना को समाप्त करने की क्रिया है और इसे पुनः प्रेम की धारा प्रवाहित करके ही दूर किया जा सकता है।''

गांधीजी के विचारों को संक्षेप में सत्य, अहिंसा, सर्वोदय और सत्याग्रह जैसे चार शब्दों या पदों के जरिए समझा जा सकता है। इन्हीं चार शब्दों को गांधीगीरी का चार स्तंभ माना जाता है। पतंजलि के योग सूत्र के अनुसार, सच्चाई वहीं है जहाँ विचार, कर्म और वचन में एकरूपता हो। इसी प्रकार अहिंसा से आशय सिर्फ शारीरिक ही नहीं, बल्कि मानसिक तौर पर भी सकारात्मक विचार रखने से है। जैन धर्म का तो मुख्य सिद्धांत ही यही है। हम अहिंसावादी तभी हो सकते हैं, जब हमारे कर्म सत्यता पर आधारित हों।

'भगवद्गीता' में कहा गया है कि कलियुग में लोभ सबसे बड़ी समस्या होगी। लोभ में सबसे बड़ी बुराई यही है कि इसका कोई ओर-छोर नहीं होता। आकांक्षाओं की पूर्ति जितनी होती जाती है, लोभ उतना ही बढ़ता जाता है। इसी समस्या से छुटकारा पाने के लिए गांधीजी ने सर्वोदय की अवधारणा को जन्म दिया। सर्वोदय का शाब्दिक अर्थ ही है—सर्वकल्याण। विनोबा भावे ने भी जिंदगी भर इस सिद्धांत की वकालत की। इस सिद्धांत में हमारे वेदांतों का सार है।

सर्वोदय की अवधारणा को विकसित करने के लिए गांधीजी ने ट्रस्ट की वकालत की। उनका सिद्धांत इस बात पर आधारित था कि धनी व्यक्ति अपनी संपत्ति ट्रस्ट बनाकर रखें और उस ट्रस्ट से उतना ही लें जितने की उन्हें जरूरत हो, बाकी हिस्सा समाज-कल्याण के लिए उपयोग होने दें।

सर्वोदय दर्शन में विश्वास के कारण गांधीजी वास्तविकता के तीन आयाम—सत्यम्, शिवम्, सुंदरम् में भी विश्वास करते थे। उनका मानना था कि सत्यता की भावना से दुनिया को बल मिलता है और इसी से सबका कल्याण होता है। सत्यनिष्ठ दुनिया में ही सुंदरता हो सकती है और इसी दुनिया में लोगों को आंतरिक खुशी मिल सकती है।

सत्याग्रह भी गांधीजी का अहम औजार था। यह मूल रूप से सत्य और अहिंसात्मक कार्यों पर आधारित था। इसके तहत असहयोग और भूख हड़ताल जैसे तरीके अपनाए जाते थे। यह जन-साधारण में सकारात्मक विचार बनाने का सबसे तेज तरीका था। लेकिन आज हम इन सिद्धांतों को भूल चुके हैं, जीवन-शैली बदल चुके हैं। इसी बदली जीवन-शैली की वजह से कई प्रकार की विकृतियाँ और समस्याएँ उत्पन्न हो रही हैं। गांधीजी के रास्ते आज भी उतने ही कारगर हैं जितने बीसवीं सदी में थे।

□

आज भी प्रासंगिक हैं गांधीजी के विचार

जिस व्यक्ति ने अपने जीवन को मानव समाज और देश को समर्पित कर अहिंसा की ताकत का मूल्य समझाया, आखिर उसकी सोच, दर्शन और सिद्धांत क्या थे? समाज-रचना की तकनीक क्या थी? इन सबको जानने के लिए सबसे पहले हमें 'गांधीवाद' जैसे शब्द से बचना होगा, क्योंकि वाद में जड़ता होती है।

इसके लिए गांधीजी के विचार को जानना जरूरी होगा। गांधी दर्शन के मूल में सत्य, अहिंसा, सादगी, अस्तेय, अपरिग्रह, श्रम और नैतिकता है, जहाँ से स्थानीय स्वशासन, स्वावलंबन, स्वदेशी विकेंद्रीकरण, ट्रस्टीशिप, परस्परालंबन, सह-अस्तित्व, शोषण-मुक्त व्यवस्था और सहयोग, सहभाव एवं समानता पर आधारित समाज व्यवस्था का अनुभव होता है।

किसी से भी पूछने पर सबसे पहले यही सुनने को मिलता है कि गांधीजी को सत्याग्रह के लिए जाना जाता है। दरअसल गांधीजी के सत्याग्रह का व्यापक अर्थ है अन्याय, अत्याचार, उत्पीड़न, दमन करनेवाली जनद्रोही भ्रष्ट व शोषक व्यवस्थाओं से असहयोग तथा समाज में शुभ चिंतन और कर्म करनेवाले लोगों एवं संगठनों के बीच समन्वय।

जिन ब्रह्मा, विष्णु, महेश या राम-कृष्णादि के आयामों को हम सामान्यतः पुराण या मिथक जानते-समझते हैं, वे दरअसल सृष्टि, प्रकृति अथवा मानव जीवन से जुड़े आधारभूत नियम व सत्य हैं। इन्हें हमारे पूर्वजों ने गंभीर निरीक्षण से अर्जित किया था और बहुधा कूट-जटिल, अलंकृत या प्रतीकात्मक भाषा-पद्धति में इसलिए व्यक्त किया था, ताकि वे सामूहिक अवचेतन में अटके रहें, समय का लंबा अंतराल बीत जाने पर भी मनुष्य के लिए उनके मूल संदेश या आशय को ग्रहण करना संभव हो जाए।

ऐसे ही एक मिथक पर बीसवीं सदी में 'सत्य के प्रयोग' अथवा 'आत्मकथा' के नाम से गांधीजी ने सत्य, अहिंसा, ईश्वर के मर्म को समझने-समझाने के लिए विचार किया था। उसका प्रकाशन भले ही सन् 1925 में हुआ, पर उसमें निहित बुनियादी सिद्धांतों पर वे बचपन से चलने की कोशिश करते आए थे। बेशक इस क्रम में मांसाहार, बीड़ी पीने, चोरी करने, विषयासक्त रहने जैसी कई आरंभिक भूलें भी उनसे हुईं और बैरिस्टरी

की पढ़ाई के लिए विदेश जाने पर भी अनेक भ्रमों-आकर्षणों ने उन्हें जब-तब घेरा; लेकिन अपने पारिवारिक संस्कारों, माता-पिता के प्रति अनन्य भक्ति, सत्य, अहिंसा तथा ईश्वर को साध्य बनाने के कारण गांधीजी उन संकटों से उबरते रहे।

उनकी पुस्तक से अधिक उदाहरण देना जरूरी नहीं है। उसके प्रकाशन के काफी पहले से वे न केवल महात्मा मान लिये गए थे, बल्कि एक अवतारी, चमत्कारी, मिथकीय अस्तित्व की भाँति जनमानस में प्रतिष्ठित भी हो गए थे।

गांधीजी ने कहा था, ''नैतिक और सामाजिक उत्थान को ही हमने अहिंसा का नाम दिया है। यह स्वराज का चतुष्कोण है।''

मूल रूप से गांधीजी की सामाजिक-आर्थिक व्यवस्था करुणा, प्रेम, नैतिकता, धार्मिकता एवं ईश्वरीय भावना पर आधारित है। उन्होंने नर सेवा को ही नारायण सेवा मानकर दलितोद्धार एवं दरिद्रोद्धार को अपने जीवन का ध्येय बनाया। वे शोषण-मुक्त, समता-युक्त, ममतामय, परस्पर स्वावलंबी, परस्पर पूरक व परस्पर पोषक समाज के प्रबल हिमायती थे। उनका मानना था कि राजसत्ता और अर्थसत्ता के विकेंद्रीयकरण के बिना आम आदमी को सच्चे लोकतंत्र की अनुभूति नहीं हो सकती। सत्ता का केंद्रीयकरण लोकतंत्र की प्रकृति से मेल नहीं खाता। उनकी ग्राम-स्वराज की कल्पना भी राजसत्ता के विकेंद्रीयकरण पर आधारित है।

वर्तमान युग में गांधीजी के विचारों की प्रासंगिकता का अंदाजा इसी बात से लगाया जा सकता है कि उनका चित्र यूरोप के कई देशों सहित फिलिस्तीन, दक्षिण अफ्रीका और अमेरिका की मुद्राओं पर भी अपनी उपस्थिति दर्ज करा रहा है।

इटली के राजनीतिक दल रैडिकली इटालियानी के ध्वज पर गांधीजी का चित्र विराजमान है। इस दल की 60 वर्षीया कुँवारी महिला नेता एमा बॉनिनो पिछले तीन दशकों से गांधीवाद की प्रबल समर्थक हैं और गांधीवाद के साथ ही जीवन-निर्वाह करने का भरसक प्रयत्न करती हैं।

एक ओर जहाँ बीसवीं सदी के सभी महान् राजनीतिक धुरंधर विश्व-पटल से गायब होते जा रहे हैं या यों कहें कि उनका पदार्थीकरण हो रहा है या फिर वे संन्यास ले चुके हैं तो दूसरी ओर गांधीजी की राजनीतिक विरासत अक्षुण्ण बनी हुई है—देश में भी और देश से दूर अन्य देशों में भी।

□

जो कमजोर हैं, उनका साथ दें

गांधीजी का यह प्रण था कि जब तक मेरे देश की जनता गरीबी से ऊपर उठकर एक सम्मानपूर्ण जीवन जीने के काबिल नहीं हो जाएगी, मैं मात्र एक छोटी सी धोती पहनूँगा।

देखा गया है कि समर्थ के साथ सब होते हैं, असमर्थ के साथ कोई नहीं। इसका एकमात्र कारण यही है कि सामर्थ्यवान् व्यक्ति से हमारे स्वार्थ सिद्ध होते हैं, जबकि कमजोर आदमी भला हमारे किस काम आ सकता है! लेकिन सब यही सोच लें तो फिर संसार कैसे चलेगा? जिसे मदद चाहिए, उस तक ही मदद न पहुँच पाए तो फिर भला कहाँ पाई जाएगी इनसानियत या मानवीयता, जिसकी दुहाई हम अकसर देते हैं! वह तो केवल शब्दकोश तक सिमटकर रह जाएगी। कोई किसी की मदद नहीं करेगा। एक ऐसे स्वार्थी समाज का उदय हो जाएगा, जो केवल मतलब के लिए एक-दूसरे को पहचानेगा।

समय सदा सबका एक-सा नहीं रहता। जो आज समर्थ है, कल असमर्थ हो सकता है। धनवान् निर्धन हो सकता है। ऐसी स्थिति की कल्पना कीजिए। कौन मुसीबत के समय किसी का साथ देगा?

गांधीजी ने गरीब को 'दरिद्र नारायण' की संज्ञा दी है। कमजोर की सहायता करना साक्षात् ईश्वर को पूजने के समान है। यही संदेश स्वामी विवेकानंद ने दिया था।

उत्तरी बिहार का चंपारण घोर गरीबी से घिरा हुआ इलाका था। जमींदारों द्वारा गरीब किसानों का शोषण चरम सीमा पर था। तब वहाँ के एक प्रतिनिधिमंडल ने गांधीजी से मिलकर चंपारण आने हेतु निवेदन किया।

गांधीजी ने कस्तूरबा के साथ चंपारण का व्यापक दौरा किया। महिलाओं की साड़ियाँ मैली-कुचैली थीं।

बा ने पूछा, ''तुम लोग अपनी साड़ियाँ धोतीं क्यों नहीं?''

तब एक महिला उन्हें अपनी झोंपड़ी में ले गई, जिसमें कुछ नहीं था। केवल उसकी बहनें अधनंगी अवस्था में बैठी थीं।

महिला ने कहा, "हम सबके बीच केवल एक ही साड़ी है। जो भी बाहर जाती है, उसे ही पहनकर जाती है। शेष को झोंपड़ी में रुकना पड़ता है। यही हमारी गरीबी है। यदि आप हमें साड़ी देंगी तो हम पहनना व धोना दोनों काम कर सकेंगे।"

बा ने यह बात गांधीजी को बताई। उन्होंने उन बहनों को तीन साड़ियाँ भेंट कीं। लेकिन इस घटना ने गांधीजी को भीतर तक हिला दिया।

उसी दिन के बाद उन्होंने तय किया कि वे अपनी जरूरत तथा वस्त्र कम करेंगे। गांधीजी ने उसके बाद से कम कपड़ेवाली घुटने के ऊपर तक पहनी जानेवाली छोटी धोती को सदा के लिए अंगीकार कर लिया। वे अब लाखों निर्धन, असहाय व कमजोर तबके की जनता का एक अंग बन गए।

उनका यह प्रण था कि जब तक मेरे देश की जनता गरीबी से ऊपर उठकर एक सम्मानपूर्ण जीवन जीने के काबिल नहीं हो जाएगी, मैं मात्र एक छोटी सी धोती पहनूँगा। उन्होंने कमजोर लोगों से जुड़ा अपना यह प्रण मरते दम तक निभाया। यही भाव जब हम अपने जीवन में अपनाएँगे तो हमारा जीवन भी धन्य हो उठेगा—

दीनहि सबको लखत है, दीनहि लखे न कोय।
जो कोई दीनहि लखै, दीनबंधु सम होय॥

□

सुधारों पर भरोसा रखें

समय परिवर्तनशील है उसके साथ स्वयं में सुधार लाकर रूढ़ियों को तोड़ना हर एक के लिए बेहद आवश्यक है। जो यह नहीं कर पाता, वह अतीत में जीता है। जीवन के सुचारु व सफल संचालन के लिए हमारी नजर भविष्य पर होनी चाहिए तथा उसके लिए वर्तमान की पुरानी रूढ़िवादी परंपराओं को तोड़ना हर एक की नैतिक जिम्मेदारी है।

पर लोग तथा समाज क्या कहेगा, इसका डर हमें कोई भी गैर-पारंपरिक कदम उठाने से सदा रोकता है। इसमें डर जैसी कोई बात नहीं। एक बार साहस करके उसकी परिधि से बाहर निकलेंगे तो पाएँगे कि अनेक लोग आपके प्रशंसक ही नहीं, बल्कि अनुगामी बन चुके हैं।

महात्मा गांधी सादगीपूर्ण वैवाहिक अनुष्ठान के हिमायती थे। जमनालाल बजाज उनके लिए पुत्र के समान थे। मारवाड़ी समाज आमतौर पर धनाढ्‌य होता है तथा शादी-ब्याह के अवसर पर खुलकर खर्च करता है। लेकिन जमनालाल बजाज ने गांधीजी की राय मानकर अपनी पुत्री कमला का विवाह गांधीजी द्वारा संचालित गुजरात विद्यापीठ के छात्र रामेश्वर नेवरिया के साथ बगैर किसी दिखावे या तड़क-भड़क के बहुत साधारण तरीके से किया।

गांधीजी ने तब कहा, ''गीता में कहा गया है—'महाजनो येन गतः स पंथः' अर्थात् जिस ओर महान् लोग जाते हैं, वही रास्ता बन जाता है। रामेश्वर व कमला बुद्धिमान हैं। उन्हें पता है कि शादी आमोद-प्रमोद या मनोरंजन का साधन नहीं है। वह तो उच्च आदर्शों का स्वयं में अनुभव का मार्ग है। पत्नी पति की न तो शारीरिक और न नैतिक रूप से दास या गुलाम है। वह तो उसकी मित्र तथा साथी है। मेरा आशीर्वाद है कि दोनों अपने अभिभावकों का नाम रोशन करते हुए पूरे विश्वास व श्रद्धा के साथ देश की सेवा करें।''

सन् 1932 के बाद गांधीजी ने केवल अंतर्जातीय यानी सवर्ण और हरिजन विवाह-

समारोहों में हिस्सा लिया। ये शादियाँ आश्रम में भी संपन्न हुईं।

सुधार के प्रति समर्पण ही आपकी आत्मा को शुद्ध करता है। कुरीतियों की बेड़ी से जकड़ी व्यवस्थाओं को तोड़कर आप न केवल वर्तमान बल्कि आगे आनेवाली कई पीढ़ियों को फायदा पहुँचाते हैं। याद रखिए, बुराई को जड़ से खत्म करने के लिए किसी-न-किसी एक को आगे आना ही होगा। फिर यह एक आप क्यों नहीं बनते? एक बार कोशिश करके तो देखिए, फिर देखेंगे कि कितने लोग आपके साथ खड़े होकर आपका मनोबल बढ़ाते हैं। यही है सुधारवाद का सिद्धांत।

गांधीजी ने कहा था, ''सेवा एक अच्छा कर्म है, लेकिन उसके लिए आचरण में निष्ठा, समर्पण और लगन होनी चाहिए। मन में सेवा का अहंकार नहीं, भाव होना चाहिए, तब यह प्रार्थना के समकक्ष हो जाती है।''

अपने आप में सुधार लाकर रूढ़ियों को तोड़ना आवश्यक है। जीवन के सुचारु रूप से संचालन के लिए हमारी नजर भविष्य पर होनी चाहिए।

□

सीखने की कोई उम्र नहीं होती

सीखने के प्रति दुराग्रह न रखकर हम स्वयं का ही भला करते हैं। अच्छी सीख से हमारा ज्ञान तो बढ़ता ही है, साथ ही दृष्टिकोण भी उदार होता है। दिल और दिमाग खुला रखने से बड़ा कोई लाभ नहीं है।

सीखने की कोई उम्र नहीं होती। हर एक से हर उम्र में कुछ-न-कुछ सीखा जा सकता है, बशर्ते उसके लिए मन में जगह हो और लगन सच्ची हो। अमूमन अपने को ज्ञानी समझने के झूठे अहंकार के तहत आदमी अपनी बात को तो श्रेष्ठ समझता ही है, दूसरों से कभी कोई सीख न लेने की जिद भी मन में रखता है।

अज्ञान को भी एक शक्ति के रूप में इस्तेमाल कीजिए। इससे आपकी जिज्ञासा के दरवाजे अपने आप खुल जाएँगे तथा ज्ञान की किरणें आपके अंदर प्रवेश कर सकेंगी।

सन् 1934 में गांधीजी ने खादी के प्रचार-प्रसार हेतु कर्नाटक स्थित कुर्ग का प्रवास किया। एक जनसभा में गोरम्मा ने अपने गहने इस प्रयोजन हेतु दान किए। इसे देखकर एक दूसरी महिला ने भी अपनी सोने की चूड़ियाँ उन्हें भेंट कर दीं। उसका पति पास खड़ा यह सब देख रहा था।

गांधीजी ने उससे पूछा, ''क्या तुम सोने की चूड़ियों के इस दान से सहमत हो?''

पति ने कहा, ''हाँ, मैं सहमत हूँ। पत्नी ने चूड़ियाँ मेरी सहमति से दी हैं। मैं अपनी सहमति से कैसे इनकार कर सकता था! आखिरकार चूड़ियाँ तो उसी की थीं न।''

गांधीजी ने कहा, ''हर पति इतना बुद्धिमान नहीं होता।''

फिर अचानक पूछ लिया, ''तुम्हारी उम्र कितनी है?''

पति ने उत्तर दिया, ''30 वर्ष।''

गांधीजी ने कहा, ''तुम्हारी उम्र में मैं इतना बुद्धिमान नहीं था। आज मैंने तुमसे देश-प्रेम एवं परोपकार की नई इबादत सीखी है।''

सीखने के प्रति दुराग्रह न रखकर हम स्वयं का ही भला करते हैं। अच्छी सीख से हमारा ज्ञान तो बढ़ता ही है, साथ ही दृष्टिकोण भी उदार होता है। दिल और दिमाग

खुला रखने से बड़ा अन्य कोई लाभ नहीं है। अच्छी बातें आपके जीवन में बहुत फायदेमंद होती हैं। लोग आपसे परहेज करने के बजाय आपको पसंद करने लगते हैं। यहीं से शुरू होता है सफलता का सफर।

सन् 1929 में जे.सी. कुमारप्पा मात्र 30 वर्ष के थे। उन्होंने अमेरिका व इंग्लैंड में अर्थशास्त्र का अध्ययन किया था तथा बंबई में प्रैक्टिस कर रहे थे। वे अपनी थीसिस गांधीजी को दिखाना चाहते थे, लेकिन उनकी व्यस्तता के मद्देनजर उनके सचिव प्यारेलाल को अपनी पुस्तक सौंप दी।

आश्चर्य तो तब हुआ जब उन्हें प्यारेलाल ने पत्र द्वारा साबरमती आश्रम में 9 मई, 1929 को दोपहर 2.30 बजे मिलने का आमंत्रण भेजा।

कुमारप्पा समय से आधा घंटे पूर्व पहुँच गए। उन्होंने देखा कि एक बुजुर्ग पेड़ के नीचे बैठकर चरखे पर सूत कात रहे थे। उन्हें नहीं मालूम था कि यही व्यक्ति गांधी हैं और वे उन्हें मनोयोगपूर्वक काम करते हुए देखते रहे।

दोपहर ठीक 2.30 बजे गांधीजी ने पूछा, ''तुम ही कुमारप्पा हो?''

कुमारप्पा आश्चर्यचकित हो गए। उन्हें विश्वास ही नहीं हो रहा था कि इतना बड़ा आदमी इतना छोटा काम भी अपने हाथ से कर सकता है।

गांधीजी ने उन्हें एक कुरसी दी, लेकिन कुमारप्पा उनके साथ जमीन पर ही बैठे, हालाँकि यह उनके लिए आसान काम नहीं था।

गांधीजी ने कहा, ''तुम्हारा कार्य बहुत अच्छा है।''

कुमारप्पा बेहद खुश हो गए। उन्होंने गांधीजी के आंदोलन में शरीक होने की इच्छा जताई। गांधीजी ने उन्हें काका कालेलकर के पास भेजा, जो उस समय गुजरात विद्यापीठ के कुलपति थे।

उसी दिन से कुमारप्पा ने न केवल खादी धारण की, बल्कि आजीवन ब्रह्मचर्य का व्रत भी लिया। वे गांधी दर्शन के वाहक बन गए।

□

गांधीजी के विचारों की कालजयिता

कभी स्वामी विवेकानंद ने कहा था कि अगर कभी वेदांत लौटकर आया तो वह अमेरिका में आएगा। ऐसा इसलिए कि भौतिक समृद्धि सहित सभ्यता के हर चरण के चरम पर पहुँच जाने के बाद ही उसके हृदय में परम लक्ष्य व शांति की लालसा जागेगी और वह इसे स्वीकृत कर सकेगा। मगर निस्संदेह आज अमेरिका ही नहीं, समस्त विश्व एक आंतरिक बेचैनी एवं अधूरेपन से गुजर रहा है और शांति की एक शीतल छाँव का आकांक्षी है; मगर अध्यात्म के सिद्धांतों को आत्मसात् करने के लिए शायद अभी पूर्णत: परिपक्व नहीं हुआ है और तभी ऐसे में उभरता है एक ऐसा नाम, जो इन सिद्धांतों की एक व्यावहारिक अभिव्यक्ति है—'महात्मा गांधी'।

एक आम आदमी किस तरह स्वयं में आत्मिक और आंतरिक विकास सुनिश्चित कर सकता है, इसका एक ऐसा व्यावहारिक उदाहरण है गांधीजी का जीवन, जिसका कोई भी अनुकरण कर सकता है। इसलिए आज समस्त विश्व में ही गांधीजी के विचारों को समझने, आत्मसात् करने या व्यवहार में उतारने के कई उदाहरण सामने आ रहे हैं, यहाँ तक कि 'मरा-मरा' कहनेवाले भी 'राम-राम' कहने को बाध्य हो गए हैं, मगर वाल्मीकि बनने के लिए उनमें सच्चा आत्मिक आग्रह भी होना आवश्यक है।

आप गांधी-विरोधी भी हों, मगर उनसे अछूते नहीं रह सकते। हाल के दिनों में धार्मिक, सामाजिक और राजनीतिक लगभग हरेक स्वरूपों में ही गांधीजी की बनाई लकीर पर चलने की कोशिश करते दिखना इस उप-महाद्वीप में गांधीजी की अपार जन-स्वीकार्यता को ही दरशाता है।

गांधीजी अपनी स्वीकार्यता, सार्वभौमिकता के लिए किसी सरकारी कर्मकांड या किसी के समर्थन या आह्वान के मोहताज नहीं हैं। उनके विचारों को नए परिप्रेक्ष्य में समझने का प्रयास कर हम उन पर उपकार नहीं करनेवाले, बल्कि उन विचारों तक हमारी निर्बाध उपलब्धता सुनिश्चित कर उन्होंने आनेवाली पीढ़ियों को उपकृत किया है।

आज गांधीजी के विचारों को धरती पर उतारनेवाले कई युवा और संगठन निस्स्वार्थ

भाव से गाँवों में जाकर उनके आदर्श ग्राम के स्वप्न को धरती पर उतारने का प्रयास कर रहे हैं। गांधीजी की आत्मा और उनका आशीर्वाद उन निस्स्वार्थ कर्मचारियों के बीच ही विद्यमान है।

अहिंसा के पुजारी एक व्यक्ति की मृत्यु के बाद भी लोग उसे सकारात्मक या नकारात्मक किसी भी पक्ष में भूलते नहीं और उनके समकालीन या पूर्व अथवा बाद में बने कट्टरपंथी संगठनों से अपेक्षित संख्या में जुड़ते नहीं तो कहीं-न-कहीं उस दुबले-पतले, इकहरे आदमी में कुछ तो बात रही होगी। शायद तभी आज कहीं दुनिया की बड़ी कंपनियाँ उन्हें सबसे बेहतर सी.ई.ओ. के रूप में देखती हैं तो सर्वशक्तिमान देश के मुखिया उनके सान्निध्य की आकांक्षा रखते हैं।

□

मितव्ययिता और अपरिग्रह के सूत्र

"सांसारिक वस्तुओं के उपभोग और स्वामित्व से कौन दूर रह सकता है? लेकिन जीवन का रहस्य इसमें है कि उनकी कमी कभी न खले।"

गांधीजी के जीवन और दर्शन में मितव्ययिता और अपरिग्रह के सर्वश्रेष्ठ सूत्रों का सार मिलता है। उन्होंने अपने जीवन के हर पक्ष में सादगी और मितव्ययिता को अपनाया और इन्हीं के कारण उनका जीवन एक अनुकरणीय उदाहरण है।

गांधीजी के जैसा जीवन जीनेवाला और कोई व्यक्ति दोबारा न होगा। अपनी मृत्यु के समय वे उसी दरिद्र-नारायण की प्रतिमूर्ति थे, जिनके कल्याण के लिए उन्होंने अपने शरीर को भी ढकना उचित नहीं समझा। उनके जीवन-प्रसंग युग-युगों तक सभी को प्रेरणा देते रहेंगे।

अपने अंतिम दिनों में गांधीजी के पास कुल जमा दस-बारह वस्तुएँ ही रह गई थीं, जो उनके निजी उपयोग में आती थीं। ये थीं उनका चश्मा, घड़ी, चप्पलें, लाठी और खाने के बरतन। अपना घर और फार्म आदि वे बहुत पहले ही लोक को अर्पित कर चुके थे।

यह तो हम जानते ही हैं कि गांधीजी का जन्म धनाढ्य परिवार में हुआ था और उन्हें वे सभी सुख-सुविधाएँ मिलीं, जो आज भी अधिकांश भारतीयों को दुर्लभ हैं। उन दिनों कानून की पढ़ाई के लिए लंदन जाने में कई सप्ताह लग जाते थे। बचपन में धन-संपत्ति के बीच पले-बढ़े मोहनदास ने जीवन के हर मोड़ पर सबक सीखे और अंततः स्वयं को व्यय और अर्जन के जंजाल से मुक्त कर दिया। जिस अवस्था में युवाओं को नित-नूतनता आकर्षित करती है, उसमें उन्होंने कठोरतापूर्वक न केवल स्वयं को बल्कि अपने सान्निध्य में आनेवाले हर व्यक्ति को सादगीपूर्ण जीवन जीने के लिए तैयार किया था। इसके महत्त्वपूर्ण सूत्र ये थे —

1. कम संचित करें

अपने पहनने के दो जोड़ी कपड़ों और बनाने-खाने के बरतनों के अलावा उन्होंने किसी चीज की चाह नहीं की। उन्हें प्रतिदिन कई उपहार मिलते थे, जिन्हें वे दूसरों को

दे देते थे या उनकी नीलामी कर देते थे। हमारे लिए आज यह संभव नहीं है कि हम भी अपनी आवश्यकताओं को इतना कम कर लें। फिर भी, कम वस्तुओं का संचय ही संतुष्टिकारक होता है। आवश्यकता से अधिक वस्तुओं को ऐसे व्यक्तियों को दे देना चाहिए, जिन्हें उसकी आवश्यकता है या जो उन्हें खरीद नहीं सकते।

हम सभी अपने संचय को बढ़ाने और उसे व्यवस्थित रखने में बहुत सी ऊर्जा और बहुत सारा समय लगाते हैं। कम वस्तुओं को रखने और उनकी देखभाल करने से जीवन सरल व सहज हो जाता है।

2. सादा भोजन करें

गांधीजी को कभी भी मोटापे के डर ने नहीं सताया। वे अपना शाकाहारी भोजन स्वयं उगाते और बनाते थे। धातु के एक ही पात्र में वे भोजन करते थे। भोजन के पहले और बाद में वे प्रार्थना भी करते थे।

3. सादे वस्त्र पहनें

गांधीजी के सारे वस्त्रों में कपड़ा तो कम होता था, पर उनका संदेश बड़ा था। जब वे लंदन में ब्रिटिश सम्राट् से मिलने गए, तब भी उन्होंने छोटी धोती और शॉल पहना हुआ था। इस बारे में एक पत्रकार ने उनसे पूछा, ''मिस्टर गांधी, सम्राट् से मिलते समय आपको यह नहीं लगा कि आपने वास्तव में लगभग कुछ नहीं पहना हुआ था?''

गांधीजी ने इसका उत्तर दिया, ''नहीं, सम्राट् ने इतने वस्त्र पहने थे, जो हम दोनों के लिए पर्याप्त थे।''

सादे-सरल वस्त्रों में जो गरिमा है, वह दिखावटी और तड़क-भड़कवाले डिजाइनर कपड़ों में नहीं है।

4. तनाव मुक्त जीवन जिएँ

गांधीजी को कभी किसी ने तनावग्रस्त नहीं देखा। कई अवसरों पर वे विवादग्रस्त और व्यथित जरूर हुए, लेकिन दु:ख के क्षणों में उन्होंने आत्ममंथन और प्रार्थना का ही सहारा लिया।

गांधीजी वैश्विक स्तर के नेता थे। भले ही वे किसी राजनीतिक पद पर कभी नहीं रहे। करोड़ों व्यक्ति आज भी उन्हें पूजते हैं और उनके प्रति असीम श्रद्धा रखते हैं। अपने सरल जीवन में उन्होंने किसी भटकाव या वचनबद्धता को नहीं आने दिया। बच्चों के साथ समय बिताने के लिए वे अपनी राजनीतिक बैठकें भी निरस्त कर दिया करते थे।

गांधीजी के आसपास हर समय उपस्थित रहनेवाले लोग उनकी हर जरूरत और सुविधा का ध्यान रखते थे; लेकिन उन्होंने हमेशा अपने हाथों से ही सभी काम करने को

तरजीह दी। आत्मनिर्भरता उनके लिए बहुत महत्त्वपूर्ण सद्‍गुण था।

5. अपने जीवन को अपना संदेश बनाएँ

गांधीजी बहुत अच्छे लेखक और प्रभावशाली वक्ता थे, पर निजी माहौल में वे शांत ही रहा करते थे और उतना ही बोलते थे जितना जरूरी हो।

सहज-सरल जीवन जीने की योग्यता ने गांधीजी को सदैव महान् उद्‍देश्यों की प्राप्ति के लिए गतिमान रखा। जनता और विश्व के प्रति प्रतिबद्धताएँ उनकी प्राथमिकता थीं।

अपने जीवन में सरलता को उतारकर देखें। आप पाएँगे कि आपके लिए समय और ऊर्जा में बढ़ोतरी हो रही है। इससे आपको अवसर मिलेगा कि आप परिपूर्ण और प्रेरणास्पद जीवन जी सकें।

□

गांधीजी के गुरु मंत्र

गांधीजी ने जहाँ अपने देशवासियों को विदेशी शासन से मुक्ति दिलाने के लिए जन-आंदोलन का सक्रिय नेतृत्व किया, वहीं उन्होंने व्यक्तिगत तथा राजनीतिक इन दोनों अर्थों में स्वराज की परिकल्पना की और मनन तथा परीक्षण के द्वारा ऐसे जीवन-दर्शन को विकसित करने की कोशिश की, जिसका स्थायी महत्त्व है। सामाजिक समस्याओं के जो समाधान उन्होंने सुझाए, वे इतने सरल थे कि लोग अकसर चकित रह जाते थे और बहुत से लोग उनके सफल होने में संदेह करते थे।

हालाँकि गांधीजी का दृष्टिकोण आदर्शवादी था, फिर भी अपने आदर्शों को मूर्त रूप देने में वे अत्यंत व्यावहारिक थे। सत्य तथा अहिंसा जैसे आधारभूत सिद्धांतों में सतत विश्वास रखते हुए भी वे उनको लागू करने में निरंतर परीक्षण व प्रयोग करते थे और उनको व्यवहार की कसौटी पर कसते थे।

उनके विचारों के संबंध में अगर कोई बात कही जा सकती है तो यही कि वे अपने समय से आगे हैं।

गांधीजी के लिए ईश्वर कोई बाह्य सत्ता नहीं, बल्कि वह मानव हृदय में हमेशा विद्यमान रहता है। सारे ब्रह्मांड का परिचालन करनेवाले एक चेतन सत्य में विश्वास के बिना जीवन की पूर्णता असंभव है। ईश्वर में विश्वास के बिना मनुष्य महासागर से अलग एक बूँद के समान है, जिसका विनाश अवश्यंभावी है। यदि हम चेतन ईश्वर में विश्वास करते हैं तो हमारा कल्याण होगा। जो चीज मनुष्य को सही काम करने के लिए प्रेरित करती है, वही ईश्वर है। विश्व में जो कुछ भी चेतन तत्त्व है, उनका योग ईश्वर है।

गांधीजी की शक्ति का सबसे बड़ा स्रोत ईश्वर में उनका यही पूर्ण विश्वास था। उनका विश्वास था कि मैं ईश्वर के हाथों में एक छोटा सा उपकरण हूँ और ईश्वर ही जानते हैं कि मुझसे कैसे और क्या काम लिया जाए। उनको जितनी भी परीक्षाओं से गुजरना पड़ा, उससे उनका ईश्वर में विश्वास दृढ़तर होता गया। वे कहते थे, ''ऐसा कभी नहीं हुआ कि ईश्वर ने मेरी पुकार न सुनी हो। जेलों में कठिन परीक्षा की घड़ियों

में जब चारों ओर अंधकार प्रतीत होता था, उस समय मैंने उसे अपने सबसे निकट पाया है। मुझे अपने जीवन में एक भी ऐसा क्षण याद नहीं है, जब मुझे ऐसा लगा हो कि ईश्वर ने मेरा हाथ छोड़ दिया है।''

गांधीजी के दो मूल सिद्धांत—सत्य और अहिंसा—उनके एक-एक विचार, शब्द तथा कर्म में पूर्ण रूप से व्यक्त होते हैं। सत्य में अपनी पूर्ण निष्ठा को शब्दों में व्यक्त करके ही वे चुप नहीं बैठे। मन-कर्म-वचन से उन्होंने सत्य की साधना की और विश्व के समक्ष यह घोषित किया कि सत्य ही ईश्वर है। यद्यपि अपने देश को वे जी-जान से प्यार करते थे, तथापि उसकी भी स्वतंत्रता वे सत्य की बलि देकर नहीं चाहते थे। ''भारत सत्य की बलि देकर स्वतंत्रता प्राप्त करे, इसकी अपेक्षा मैं यही पसंद करूँगा कि वह नष्ट हो जाए।''

सत्य तथा अहिंसा एक-दूसरे से अलग नहीं किए जा सकते। वे एक ही सिक्के के दो पहलू हैं। जैसे सत्य का पूर्ण रूप से पालन किए बिना अहिंसा की सिद्धि नहीं हो सकती, वैसे ही सत्य के साधन को अहिंसा का मार्ग अपनाना अनिवार्य होता है।

उन्होंने इस सिद्धांत को बिलकुल अस्वीकार कर दिया कि साध्य की प्राप्ति के लिए कोई भी साधन उचित है। भावना की पवित्रता ही काफी नहीं है, साधनों का पवित्र होना भी जरूरी है। जिस अहिंसा का गांधीजी ने जीवन भर उपदेश दिया और उस पर सफलतापूर्वक अमल किया, उसे वे निर्बलता या लाचारी नहीं समझते थे। अहिंसा वीरता की पराकाष्ठा है। उसमें कायरता या निर्बलता के लिए कोई स्थान नहीं है। वे कायरता की अपेक्षा हिंसा को ज्यादा अच्छा समझते हैं, क्योंकि एक हिंसापूर्ण व्यक्ति से यह आशा की जा सकती है कि वह किसी दिन अहिंसक बन जाएगा, पर एक कायर से ऐसी आशा कदापि नहीं की जा सकती।

उनके जीवन तथा शिक्षाओं से जो बातें हमें सीखनी हैं, वे यह हैं कि किसी भी व्यक्ति को दूसरे के प्रति बुरी या शत्रुतापूर्ण भावना नहीं रखनी चाहिए। किसी भी व्यक्ति को शत्रु नहीं समझना चाहिए। उसके अंदर जो बुराई है, उसके विरुद्ध हमें संघर्ष करना चाहिए और उसको समाप्त कर देना चाहिए।

गांधीजी व्यक्ति की नैतिकता तथा समाज एवं राष्ट्र की नैतिकता में कोई फर्क नहीं मानते थे। यदि व्यक्तियों के बीच हिंसा अच्छी नहीं है तो राष्ट्रों के बीच भी उतनी ही बुरी है। सत्याग्रह में, जो सत्य और अहिंसा पर आधारित है, अत्याचारी या विरोधी को कोई हानि नहीं पहुँचाई जाती। विजय होने पर न तो हार का लांछन और न जीत का दर्प अनुभव किया जाता है।

गांधीजी का प्रेम तथा कष्ट सहने की शक्ति में सचमुच गहरा विश्वास था। अपने विरोधी के दृष्टिकोण को अपने अनुरूप बनाने का सबसे अधिक अच्छा व प्रभावकारी

तरीका है समझा-बुझाकर तथा शराफत के साथ उसके विचारों को बदलना, न कि जोर-जबरदस्ती करके। अत: सत्य के प्रचार के लिए दूसरों को दंडित करना गलत होगा। पर जिस कार्य को हम ठीक समझते हैं, उसके लिए स्वयं कष्ट सहना उचित होगा। जब कोई व्यक्ति स्वयं कष्ट सहन करता है तो वह अपने विचारों के प्रति ईमानदारी का परिचय देता है। इस तरीके का एक और लाभ यह है कि यदि हम गलती पर हैं तो इससे हमें गलती को सुधारने में मदद मिलती है। अत: अहिंसा का तरीका जनतंत्र का तरीका है।

हिंसा के अंतर्गत कोई वास्तविक सुरक्षा नहीं होती। उसमें या तो शस्त्रीकरण की होड़ लग जाती है अथवा ज्यादा शक्तिशाली सशस्त्र गुटों पर निर्भरता की स्थिति उत्पन्न हो जाती है। अहिंसा के अंतर्गत जो शक्ति आती है वह कष्ट सहन करने की इच्छा से आती है और वह भौतिक साधनों पर निर्भर नहीं रहती। छोटे-से-छोटा सामाजिक समूह भी, चाहे वह कितना ही असहाय प्रतीत होता हो, इस शक्ति को प्राप्त कर सकता है।

जिस तरह हिंसा के प्रशिक्षण में जान लेने की कला सीखनी पड़ती है, उसी तरह अहिंसा के प्रशिक्षण में जान देने की कला सीखनी होती है। जिस तरह युद्ध का लक्ष्य होता है प्रतिपक्षी को दंडित करना, जिससे वह भय के कारण विजेता की इच्छा का पालन करे, उसी तरह सत्याग्रह का लक्ष्य होता है गलत कार्य करनेवाले का हृदय-परिवर्तन करना और एक नई व ज्यादा न्यायपूर्ण समाज-व्यवस्था की स्थापना के लिए उसका समर्थन प्राप्त करना। "अहिंसक लड़ाई का लक्ष्य हमेशा समझौता होता है, न कि यह कि विजेता विजित पर अपनी शर्तों को लादे या प्रतिपक्षी को नीचा दिखाया जाए।"

एक अहिंसक सेना में वे सब लोग शामिल हो सकते हैं, जो अहिंसा के फलितार्थों को स्वीकार करते हैं और उनका पालन करने का अधिकाधिक प्रयत्न करते हैं। "ऐसी सेना कभी नहीं हारेगी, जो पूर्ण रूप से अहिंसक लोगों की बनी हो। वह ऐसे लोगों को लेकर बनाई जाएगी, जो अहिंसा का ईमानदारी के साथ पालन करने का प्रयास करेंगे।"

गांधीजी को अपने द्वारा संगठित सत्याग्रह आंदोलनों के समय एक विशाल देश में चारों ओर फैले हुए स्त्री-पुरुषों का नेतृत्व करना पड़ा। उन्हें नियंत्रित करना तथा अहिंसा के पथ पर चलने के लिए प्रशिक्षित करना सरल काम नहीं था। फिर भी जिस तरह उन्होंने गांधीजी के मार्गदर्शन के अनुकूल आचरण किया, वह एक अचंभे की बात है।

सत्य और अहिंसा पर आधारित सत्याग्रह इस मायने में नई चीज है कि सामाजिक तथा राजनीतिक अन्यायों को दूर करने के लिए बड़े पैमाने पर उसके प्रयोग का प्रयास मानव इतिहास में पहली बार किया गया। उसके परीक्षण की व्यापकता को देखते हुए उसकी कुछ अवस्थाओं या स्थानों में गलतियाँ होना अनिवार्य था। लेकिन इसका मतलब यह नहीं कि यह परीक्षण ही असफल हो गया और इसे छोड़ देना चाहिए।

गांधीजी ने कहा था, ''मेरा जीवन एक अनिवार्य इकाई है और मेरे सारे कार्यकलाप एक सूत्र में गुँथे हैं और उस सबका स्रोत मानवता के प्रति मेरा असीम प्रेम है।'' तुच्छ-से-तुच्छ जीवन को अपने बराबर समझकर प्यार करते हुए गांधीजी न तो कोई देवता और न कोई पैगंबर होने का दावा करते थे। वे केवल एक विनम्र सत्यान्वेषी थे और सत्य को प्राप्त करने के लिए कटिबद्ध थे। उनका जीवन सत्य की प्राप्ति के लिए—अमूर्त सत्य नहीं बल्कि ऐसा सत्य, जिसका आचरण व्यवहार में हो सकता है—एक अनवरत साधना थी। ''और मैं अपनी साधना में अपने सभी साथी साधकों पर पूर्ण रूप से भरोसा करके उन्हें अपनी सारी बातें बतलाता हूँ, ताकि मैं अपनी गलतियों को जान सकूँ और उन्हें सुधार सकूँ।''

उनकी समूची जीवन-यात्रा सत्य की ओर कठिनाइयों से भरी हुई चढ़ाई थी। हर कदम पर उनकी दृष्टि व्यापक होती गई और अंततः वे अतिमानव से प्रतीत होने लगे। यदि उनके जीवन तथा विचारों ने लाखों-करोड़ों स्त्री-पुरुषों को प्रेरणा दी है तो इसका कारण यह था कि उनका जीवन एक खुली किताब की तरह था। उनके जीवन में कोई गुप्त बात नहीं थी और न वे ऐसी बातों को प्रोत्साहन ही देते थे।

अटूट सत्यानुराग उनके जीवन का सबसे बड़ा आग्रह था। और इसी से वे लोगों के दिल व दिमाग पर इतना गहरा प्रभाव डालने में सक्षम हो सके। इसी सत्यानुराग के कारण वे साधन की पवित्रता पर जोर देते थे और इसी वजह से वे पूर्व निर्धारित लक्ष्यों से चिपके नहीं रहते थे। उसी अनुराग के कारण वे अपनी हिमालय से बड़ी अथवा तिल-सी छोटी गलतियों को भी सार्वजनिक रूप से स्वीकार कर लेते थे।

असत्य का एक रूप है अन्याय। ''यही कारण है कि सत्य के प्रति लगाव की वजह से मैं राजनीति के क्षेत्र में उतरा हूँ। और मैं बिना किसी हिचक के, और फिर भी पूर्ण विनम्रता के साथ, कह सकता हूँ कि जो लोग यह कहते हैं कि धर्म का राजनीति से कोई संबंध नहीं है, वे धर्म का अर्थ नहीं समझते।''

गांधीजी के लिए धर्म एवं नैतिकता में कोई अंतर नहीं था। वे दोनों एक ही थे। ऐसा होना स्वाभाविक था, क्योंकि गांधीजी मुख्यतः एक कर्मयोगी थे। धार्मिक कार्यकलाप को जीवन के अन्य कार्यकलापों से अलग नहीं किया जा सकता।

''यह आवश्यक है कि व्यक्ति अपने धर्म के प्रति जितना आदर-भाव रखता है उतना ही वह दूसरे धर्मों के प्रति भी रखे, क्योंकि धर्मों का उद्देश्य एक-दूसरे के बीच अलगाव नहीं, बल्कि एकता उत्पन्न करना है।''

गांधीजी ने कहा था कि सत्य किसी एक ही धार्मिक ग्रंथ की संपत्ति नहीं है।

गांधीजी का हिंदुत्व रामायण के नीतिशास्त्र तथा उपनिषदों एवं भगवद्गीता के तत्त्व पर आधारित था। इन्हीं बुनियादी शिक्षाओं के अनुरूप उन्होंने अपने जीवन को

ढाला। उनका मत था कि अच्छे कामों से बुद्धि शुद्ध होती है, जिसके फलस्वरूप ईश्वर का दर्शन होता है। ''मैं मानवता की सेवा के माध्यम से ईश्वर का दर्शन करने का प्रयास कर रहा हूँ; क्योंकि मैं यह जानता हूँ कि ईश्वर न तो आकाश में है, न पाताल में, बल्कि वह सब में व्याप्त है।''

यद्यपि गांधीजी सच्चे हिंदू थे, तथापि उन्होंने अन्य धर्मों के ग्रंथों का आदर के साथ अध्ययन किया। इसलाम के भ्रातृभाव की तरह 'सरमन ऑन द माउंट' की उच्च नैतिकता भी उनके जीवन का एक अंग बन गई थी। और इसी तरह बौद्ध धर्म का प्रेम, विनय तथा शांति का संदेश भी।

सभी धर्म सार्वभौम हैं—इस सत्य की उन्होंने बारंबार घोषणा की और इस सत्य पर उन्होंने अपने जीवन में सचमुच अमल किया और उसे सही सिद्ध कर दिया।

परिणामत: उन्हें 'धर्म-परिवर्तन' के प्रयासों से घृणा थी। उन्होंने कहा, ''हमें हिंदू को बेहतर हिंदू बनने में, मुसलमान को बेहतर मुसलमान बनने में तथा ईसाई को बेहतर ईसाई बनने में अवश्य सहायता करनी चाहिए। हमें अपने अंदर इस छिपे हुए दंभ को निकाल देना चाहिए कि हमारा धर्म ज्यादा सच्चा है और दूसरे का कम। अन्य सब धर्मों के प्रति हमारा रुख बिलकुल स्पष्ट तथा ईमानदारी का होना चाहिए।''

गांधीजी का विश्वास था कि प्रार्थना धर्म की आत्मा तथा सार है। अत: प्रार्थना मानव जीवन का सबसे महत्त्वपूर्ण अंग होना चाहिए, क्योंकि यही एक माध्यम है, जिससे हमारे दैनिक जीवन में अनुशासन व संतुलन आता है।

कष्ट-पीड़ित जनता के प्रति गांधीजी की करुणा के पीछे न तो बड़प्पन या मेहरबानी का भाव था और न भावुकता का। गांधीजी की यह करुणा आम जनता के साथ उनके पूर्ण तारतम्य से उत्पन्न हुई थी, जिसका परिणाम यह हुआ कि ये उनकी निरंतर चिंता करते तथा उनके लिए कार्य करते रहे।

उनका यह पूर्ण विश्वास था कि गरीबी अधिकांश लोगों की किस्मत में अनिवार्य रूप से नहीं लिखी हुई है। उनका आदर्श यह था कि संपत्ति का वितरण उसके उत्पादकों में न्यायपूर्वक किया जाना चाहिए। कोई भी ऐसा किसान या श्रमिक नहीं होना चाहिए, जिसे जीवन की आवश्यक वस्तुएँ—रोटी, कपड़ा और मकान उपलब्ध न हो। साधारण जनता को ये आवश्यक वस्तुएँ अवश्य मिलनी चाहिए।

वे किसी भी प्रकार के शोषण के खिलाफ थे। वे अपने चारों ओर जो आर्थिक विषमता तथा सामाजिक अन्याय देखते थे, उसको दूर करने के लिए उन्होंने अपनी सारी शक्ति लगा दी।

उन्होंने स्पष्ट रूप से घोषणा कर दी कि मैं विदेशी तथा देशी पूँजीवाद में किसी तरह का अंतर नहीं मानता। चूँकि वे अहिंसा में पूर्ण आस्था रखते थे, अत: वे पूँजीपतियों

का अस्तित्व मिटाने के विरुद्ध थे। फिर भी, वे पूर्ण रूप से यह मानते थे कि शोषण समाप्त होना ही चाहिए। यह तभी संभव है, जबकि पूँजीपति अपने को श्रमिकों का ट्रस्टी समझे।

उनके अनुसार, ''श्रमिक अपनी मिलों के वैसे ही मालिक हैं जैसे कि हिस्सेदार, और जब मिल मालिक यह समझने लगेंगे कि श्रमिक भी मिल के उतने ही मालिक हैं जितने कि वे स्वयं, तब उनके बीच कोई झगड़ा नहीं रह जाएगा।'' वे लोगों की स्थिति में समानता लाना चाहते थे। ''श्रमिक वर्ग को इधर कई शताब्दियों से पृथक् तथा निम्न स्थिति में रखा गया है। उसको यह समझना चाहिए कि श्रम भी पूँजी है। जब श्रमिक समुचित रूप से शिक्षित व संगठित हो जाएँगे और अपनी ताकत को समझने लगेंगे, तब उन्हें पूँजी की ताकत द्वारा दबाया नहीं जा सकेगा।''

उनका मत था कि चूँकि पूँजी तथा श्रम एक-दूसरे पर निर्भर होते हैं, अत: उनमें संघर्ष का कोई प्रश्न नहीं उठता। आवश्यकता इस बात की है कि पूँजीपति श्रमिकों पर रोब न जमाएँ।

यदि धनिक पूँजीपति न्यासी की तरह नहीं काम करते और गरीब श्रमिकों का शोषण करते ही रहते हैं, तो क्या किया जाए? इसका सही व अचूक उत्तर है—सत्याग्रह। अहिंसक तरीके से पूँजीपति नहीं, बल्कि पूँजीवाद नष्ट होगा; क्योंकि पूँजीपति अपने को उन लोगों का न्यासी समझेगा जिन पर वह अपनी पूँजी के निर्माण, संरक्षण तथा वृद्धि के लिए निर्भर है।

गांधीजी का मत था कि दान या खैरात लेनेवाले तथा देनेवाले दोनों का नैतिक पतन होता है।

गांधीजी यंत्रों के खिलाफ नहीं थे। वे मशीनों के पीछे पागल होने के खिलाफ थे। वे कहते थे, ''मैं विज्ञान के ऐसे हर आविष्कार की प्रशंसा करूँगा, जो सबके लिए हितकर हो।'' पर वे ऐसे यंत्रों के खिलाफ थे, जिनसे श्रमिक बेकार हो जाते हैं और शक्ति थोड़े से ही लोगों में केंद्रित हो जाती है। वे मशीनों की अंधाधुंध वृद्धि के खिलाफ थे। 'मशीनों की दिखावटी विजय' से वे प्रभावित नहीं होते थे।

किंतु वे सार्वजनिक उपयोग की उन वस्तुओं के लिए, जो मानव श्रम से नहीं तैयार की जा सकतीं, भारी मशीनों की आवश्यकता अवश्य समझते थे। लेकिन समाजवादी होने के नाते वे इस बात पर जोर देते थे कि उन सब भारी उद्योगों का, जिनमें बहुत बड़ी संख्या में लोग काम करते हैं, या तो राष्ट्रीयकरण होना चाहिए या राज्य द्वारा उनका नियंत्रण होना चाहिए। वे जनता के हित के लिए चलाए जाने चाहिए।

''ईश्वर ने मनुष्य को काम करके पेट भरने के लिए बनाया और कहा कि जो लोग बिना काम किए खाना खाते हैं, वे चोर होते हैं।'' रस्किन की 'अन टू दिस लास्ट'

नामक पुस्तक पढ़ने के बाद गांधीजी ने जो धारणा बनाई थी वह टॉलस्टॉय के 'श्रम द्वारा रोटी' संबंधी लेखों से पुष्ट हो गई। इनके पक्ष में और प्रमाण उन्हें श्रीमद्भगवद्गीता के तीसरे अध्याय में मिला, जिसमें कहा गया है कि जो व्यक्ति बिना यज्ञ किए खाता है वह चोरी का भोजन करता है। गांधीजी ने इसकी व्याख्या यह की कि प्रस्तुत संदर्भ में 'यज्ञ' का अर्थ शारीरिक श्रम या 'श्रम द्वारा रोटी' ही हो सकता है। सभी मनुष्यों को, चाहे उनकी जो भी रुचि-शक्ति तथा योग्यता हो, 'श्रम द्वारा रोटी' कमाने के सिद्धांत का पालन अवश्य करना चाहिए। यह जीवन का नियम है और व्यक्ति के स्वास्थ्य, सुख तथा संतोष के लिए आवश्यक है। उनका कहना था कि हमारी बहुत सी वर्तमान सामाजिक बुराइयों का कारण यह है कि हम इस नियम का पालन नहीं करते। गांधीजी ने वचन तथा कार्य के जरिए श्रम के महत्त्व पर जोर दिया और वे किसी भी ऐसे श्रम को, जो सामाजिक दृष्टि से उपयोगी होता है, नीचा नहीं समझते थे।

हालाँकि गांधीजी समूची मानवता के प्रति सद्भावना रखते थे, फिर भी अपनी जन्मभूमि के प्रति उनका विशेष लगाव था। भारत उन्हें इसलिए प्रिय था, क्योंकि उसने युगों से कुछ सनातन सत्यों को व्यक्त किया है।

गांधीजी इस देश को एकता के सूत्र में बाँधनेवाले महान् राष्ट्रनायक थे। उन्होंने कहा कि यहाँ रहनेवाले लोग चाहे जिस धर्म के अनुयायी हों, सबका घर भारत ही है, सब इसके बराबरी के साझीदार हैं। यहाँ की महान् परंपराओं के सभी समान उत्तराधिकारी हैं। सबके अधिकार, सबके कर्तव्य समान हैं। धर्म ईश्वर और मनुष्य के बीच की व्यक्तिगत वस्तु है। सभी लोग पहले और अंत में भारतीय हैं, चाहे उनका निजी धर्म कुछ भी हो।

गांधीजी ने स्पष्ट चेतावनी दी कि प्रांतों के भाषावाद पुनर्गठन को भारत की जीवंत एकता के मार्ग में बाधक नहीं बनना चाहिए। ''यदि प्रत्येक प्रांत अपने आपको एक अलग प्रभुसत्ता-संपन्न इकाई मानने लगेगा तो भारत की स्वतंत्रता का कोई मतलब ही नहीं रह जाएगा, बल्कि उसकी स्वतंत्रता के साथ-साथ उन इकाइयों की भी स्वतंत्रता समाप्त हो जाएगी।'' बाहर की दुनिया हमें गुजराती, मराठी, तमिल आदि के रूप में नहीं बल्कि भारतीय के रूप में जानती है। इसलिए हमें विभाजक और विभेदकारी तत्त्वों को दृढ़ता से निरुत्साहित करना चाहिए और अपने को भारतीय समझना तथा भारतीयों की तरह व्यवहार करना चाहिए।

उन्हें स्वस्थ ढंग की प्रांतीयता स्वीकार थी, अन्यथा अलग-अलग राज्यों का कोई मतलब ही नहीं था। ''लेकिन हमारी प्रांतीयता को संकुचित और एकांगी नहीं होना चाहिए। उसे संपूर्ण देश के हित का साधक होना चाहिए, क्योंकि आखिरकार ये प्रांत देश के हिस्से ही तो हैं। प्रांत जो कुछ भी करे, वह संपूर्ण राष्ट्र के गौरव के निमित्त होना चाहिए।''

गांधीजी देश के करोड़ों लोगों की गरीबी व दुर्दशा देखकर व्यथित थे और उन्होंने अपनी सारी शक्ति उनकी अवस्था सुधारने में लगा दी। वे चाहते थे कि इस देश के करोड़ों लोगों के जीवन की न्यूनतम आवश्यकताएँ पूरी होनी चाहिए और स्वतंत्र भारत में उत्तम जीवन बिताने के अवसर एवं स्वतंत्रता के वरदान सबको समान रूप से मिलने चाहिए।

गांधीजी का निश्चित मत था कि भारत शहरों में नहीं, गाँवों में बसता है। किसानों में उनकी अडिग आस्था थी। वे उन्हें धरती के सपूत और लोकतंत्र के आधार-स्तंभ मानते थे।

गांधीजी शहरों की तेजी से होनेवाली वृद्धि और विकास को देखकर बहुत चिंतित थे। इसे वे अस्वस्थ प्रवृत्ति मानते थे। शहरों को गाँवों का शोषण करते देखकर वे बहुत दुःखी होते थे और सीधे-सादे ग्रामीण जनों के प्रति शहरों में पले बुद्धिजीवियों की दंभपूर्ण करुणा को देखकर उनका मन बहुत व्यथित होता था। उनका दृढ़ विश्वास था कि अगर भारत को सच्ची स्वतंत्रता प्राप्त करनी है तो यह स्वीकार करना होगा कि जनसाधारण शहरों में नहीं, गाँवों में; महलों में नहीं, झोंपड़ियों में ही रहेगा। ''करोड़ों लोग शहरों और महलों में कभी भी एक-दूसरे के साथ शांति से नहीं रह सकेंगे। उस अवस्था में तो उन्हें हिंसा और असत्य का ही सहारा लेना होगा।'' सत्य और अहिंसा पर ग्राम्य जीवन की सादगी के बीच ही पूर्णतः अमल किया जा सकता है।

गांधीजी के अनुसार, हमारे देश की विशालता, इसकी इतनी बड़ी आबादी, इसकी भौगोलिक स्थिति और जलवायु—सबने इसे ग्रामीण सभ्यता के ही उपयुक्त बनाया है। आज इस सभ्यता में अनेक दोष हैं, लेकिन ये ऐसे हैं जिन्हें दूर करने के लिए यदि कटिबद्ध होकर प्रयत्न करना है तो नई पीढ़ी के अधिक शिक्षित लोगों को ग्राम्य जीवन अपनाना होगा और ग्रामीणों को सिखाना होगा कि वे अपने स्वास्थ्य की रक्षा कैसे कर सकते हैं, अपने समय तथा धन का सदुपयोग कैसे कर सकते हैं। हम वर्षों से उनका शोषण करते रहे हैं। फलतः हमारे गाँव आज बरबाद हो गए हैं। भारत के प्रत्येक देशभक्त के सामने आज यही कर्तव्य है कि वह गाँवों की इस बरबादी को रोके, दूसरे शब्दों में यह कि वह भारतीय गाँव का पुनर्निर्माण करे, ताकि सबके लिए गाँवों में रहना सहज संभव हो सके।

उन्होंने बड़ी व्यथा के साथ देखा कि ग्रामीण लोग भी—ग्रामीणों में जो लोग पढ़े-लिखे हैं, वे भी—शहरी जीवन के प्रलोभन में पड़ गए हैं और गाँवों को छोड़कर शहरों में जा रहे हैं। इसलिए उन्होंने अपना ध्यान ग्रामीण शिल्प उद्योग के पुनरुद्धार पर केंद्रित किया, ताकि गाँव आत्मनिर्भर बन सके। उनका विचार था कि ग्रामीण लोग अपनी आवश्यकताओं की पूर्ति के लिए शहरों पर नहीं, बल्कि गाँवों पर ही निर्भर रहना सीखें।

उन्होंने स्पष्ट देखा कि शहरों में जो धन-वैभव है, वह गरीब ग्रामवासियों के शोषण का परिणाम है। "मैं खुद ही ग्रामीण हूँ, इसलिए मैं गाँवों की दशा से भलीभाँति परिचित हूँ। मैं ग्राम अर्थशास्त्र को जानता हूँ। आपसे सच कहता हूँ कि ऊपरवालों का भार नीचेवालों को कुचल रहा है। सबसे जरूरी बात यही है कि उनके कंधों से अपना यह भार उतार लीजिए।"

इसीलिए उन्होंने चरखा और खादी को इतना अधिक महत्त्व दिया। चरखा कुछ लोगों को शायद हास्यास्पद आर्थिक साधन प्रतीत हो। यदि गांधीजी ने भारतीय ग्रामवासियों की जीविका के लिए चरखे को एकमात्र साधन बनाया होता तो यह हास्यास्पद भी हो सकता था; लेकिन उन्होंने ऐसा कभी नहीं कहा। उनका उद्देश्य चरखे को कृषि के सहायक उद्योग के रूप में उसके प्राचीन स्थान पर पुनः प्रतिष्ठित करना था, ताकि जब खेती-बारी का काम न चल रहा हो, तब लोग कताई का काम करें। गांधीजी ने कहा कि चरखे के बल पर ग्रामवासी अपनी स्वल्प आय में कुछ वृद्धि कर सकते हैं और अपने कपड़ों के खर्च में कुछ बचत भी।

अंग्रेजों के भारत में आने से पहले कताई उद्योग सारे देश में फल-फूल रहा था; किंतु अंग्रेजों ने यहाँ आकर अपने आर्थिक स्वार्थ से प्रेरित होकर उसे नष्ट कर दिया। गांधीजी अब उस कुटीर उद्योग का पुनरुद्धार करना चाहते थे। गांधीजी के लिए यह पुनरुद्धार एक भूले-बिसरे और पुराने धंधे को पुनर्जीवित करना नहीं था। इसे तो वे एक स्वाभाविक, व्यावहारिक और सुलभ धंधा मानते थे, जिसके द्वारा करोड़ों लोग अपनी आय में वृद्धि कर सकते थे और साथ ही देश के धन को बाहर जाने से रोक सकते थे।

"मेरे लिए तो खादी भारतीय मानवता की एकता, इसकी धार्मिक स्वतंत्रता एवं समानता का प्रतीक है, और इसलिए जवाहरलाल नेहरू के काव्यमय शब्दों में खादी भारत की स्वतंत्रता की वरदी है।"

सच्ची स्वतंत्रता के फल का उपभोग करने के लिए हमें आत्मानुशासन के मर्म को समझना चाहिए। आत्मानुशासन सामूहिक स्वतंत्रता की पहली शर्त है। अनुशासन, सहिष्णुता और एक-दूसरे के प्रति सम्मान के भाव के बिना लोकतांत्रिक जीवन-पद्धति असंभव है।

"सबसे सच्ची और पूर्ण स्वतंत्रता वही है, जिसमें सबसे अधिक अनुशासन और विनम्रता है। जन्मजात लोकतंत्रवादी जन्मजात अनुशासनवादी भी होता है।"

गांधीजी वैयक्तिक स्वतंत्रता का महत्त्व स्वीकार करते थे। परंतु उनका कहना था कि मनुष्य चूँकि एक सामाजिक प्राणी है, इसलिए उसे अपनी इस स्वतंत्रता का प्रयोग बहुत ही संयम के साथ करना चाहिए। वैयक्तिक स्वतंत्रता के नाम पर अराजकता और उच्छृंखलता बिलकुल गलत और लोकतंत्र के विरुद्ध है। यह तो स्वतंत्रता के विनाश का रास्ता है।

"यदि हम लोकतंत्र की सच्ची भावना का विकास करना चाहते हैं तो असहिष्णुता को सर्वथा त्याग देना होगा। असहिष्णुता का मतलब कि हमें अपने उद्‌देश्य की सच्चाई में विश्वास नहीं है। असहिष्णुता तो स्वयं ही एक प्रकार की हिंसा है और सच्ची लोकतांत्रिक भावना के विकास में बहुत बड़ी बाधा है। हमें अपने विरोधी की बात सुनने को सदा तत्पर रहना चाहिए। यह तो आवश्यक है ही कि हम अपने विश्वासों और मान्यताओं के अनुसार निर्भर होकर काम करें; किंतु हमें अपना दिमाग बराबर खुला रखना चाहिए और अपनी धारणा गलत सिद्ध हो तो इसे स्वीकार करने से हिचकना नहीं चाहिए। इस प्रकार दिमाग को बराबर खुला रखने से हमारे अंदर जो सत्य है, उसे बल मिलता है और यदि उसमें कोई दोष होता है तो वह दूर हो जाता है।"

गांधीजी के जीवन और उनके विचारों का सारी दुनिया के लिए महत्त्व है। उनकी शक्ति धार्मिक व नैतिक शक्ति थी और उन्होंने मनुष्य की अंतरात्मा को जाग्रत् किया। उन्होंने धर्म, राष्ट्र या जातियों के बीच कोई भेद नहीं किया। वे एक महान् विश्व-प्रेमी थे।

□

गांधीजी के जीवन-प्रसंगों में प्रतिबिंबित मैनेजमेंट सूत्र

ईश्वर में आस्था

गहरी अँधेरी रात थी, मोहनदास को बहुत डर लग रहा था। उसे हमेशा जब अँधेरा होता तब भूतों से डर लगता था। जब भी वह अँधेरे में अकेला होता, उसे इस बात का डर रहता कि भूत इस अँधेरे में किसी कोने में छिपा है और वह किसी भी समय उछलकर उसके ऊपर आ सकता है। रात इतनी गहरी थी कि अपने खुद के हाथ को भी देख पाना कठिन था।

मोहन को उस कमरे से दूसरे कमरे में जाना था। कमरे से जैसे ही बाहर की ओर उसने कदम बढ़ाया, उसके दिल की धड़कनें काफी तेज हो गईं। घर की बूढ़ी सेविका दरवाजे के पास खड़ी थी।

''बेटे, क्या बात है?'' उसने हँसते हुए पूछा।

''दाई, मैं डर रहा हूँ।'' मोहन ने कहा।

''मेरे बच्चे, तू डर रहा है; पर किससे डर रहा है?'' बूढ़ी सेविका ने पूछा।

''देखो, यहाँ कितना अँधेरा है!'' मोहन डरी और सहमी हुई आवाज में बोला, ''मुझे भूतों का डर है।''

दाई ने प्यार से उसके सिर को सहलाया और कहा, ''मेरी बात सुनो, जब भी तुम्हें डर लगे, भगवान् राम को याद करना, तुम्हारे पास किसी भी भूत के आने की हिम्मत नहीं होगी। तुम्हारे सिर का कोई बाल भी बाँका नहीं कर सकेगा। राम तुम्हारी रक्षा करेंगे।''

रंभा नामक दाई के शब्दों से मोहन को हिम्मत मिली। राम को याद करते हुए वह कमरे से बाहर आया।

उस दिन के बाद न तो मोहन को डर लगा और न उसने अपने को अकेला महसूस किया। अब वे सभी खतरों से सुरक्षित थे।

इस विश्वास ने गांधीजी के हृदय में गहराई तक जड़ें जमा ली थीं, जिसने गांधीजी

को जीवन भर शक्ति प्रदान की। उस समय भी जब हत्यारे की गोली से उनके शरीर के प्राण निकल रहे थे, राम का नाम उनके होंठों पर था।

नकल से इनकार

मोहनदास बचपन में बहुत शरमीले स्वभाव के थे। जैसे ही स्कूल में छुट्‍टी की घंटी बजती, वह अपनी किताबें समेटते और सीधे घर की ओर तेजी से चल पड़ते; जबकि दूसरे बच्चों में से कुछ खेलने में और कुछ खाने-पीने में व्यस्त हो जाते। मोहन के मन में एक भय था, दूसरे बच्चे उन्हें रोककर, उनका मजाक उड़ाकर अपना मनोरंजन कर सकते थे।

एक दिन विद्यालय निरीक्षक मि. गिल्स मोहन के स्कूल का निरीक्षण करने आए। उन्होंने अंग्रेजी के पाँच शब्द बच्चों से लिखने के लिए बोले। मोहन ने चार शब्द तो सही लिखे, लेकिन पाँचवाँ शब्द गलत था। मोहन के कक्षा अध्यापक ने निरीक्षक के पीठ पीछे मोहन को इशारा करते हुए कहा कि अपने पड़ोसी लड़के के द्वारा लिखे गए शब्दों को देखकर उस पाँचवें शब्द को ठीक कर लो। परंतु मोहन ने मन में इशारे को मानने से मना कर दिया। कक्षा के सभी बच्चों ने सभी पाँच शब्दों को ठीक-ठीक लिखा, किंतु मोहन के केवल चार शब्द ही ठीक थे।

निरीक्षक के चले जाने के बाद कक्षा के अध्यापक ने इसके लिए मोहन को डाँटा कि, "मैंने तुम्हें अपने पड़ोसी लड़के की अभ्यास-पुस्तिका देखकर ठीक करने के लिए कहा था, फिर भी तुमने उसे ठीक क्यों नहीं किया?"

सभी बच्चे मोहन की इस नासमझी पर हँस पड़े।

उस शाम जब वे स्कूल से घर आए, अपने उस काम से असंतुष्ट और अप्रसन्न नहीं थे; क्योंकि वे जानते थे कि उन्होंने जो किया है, वही सही है। परंतु उन्हें यदि दुःख था तो इस बात का कि अध्यापक के द्वारा नकल करने के लिए कहना क्या सही बात थी।

पश्चात्ताप

एक बार मोहन ने कुसंग में पड़कर पैसा खर्च कर डाला। उनके पास पैसा नहीं था। यह सोचकर कि बाद में दे दिया जाएगा, वह इस पैसे के देनदार बन गए।

उन्होंने बहुत सोचा, किंतु उनकी समझ में नहीं आया कि इन उधार के पैसों को किस तरह चुकाया जाए।

जब उनकी समझ में कोई उपाय नहीं आया तो उन्होंने हारकर सोने का एक गहना घर से चुरा लिया और उधार चुका दिया। इसके बाद उन्हें अपने उस कार्य से बहुत कष्ट हुआ। उन्होंने यह निश्चय किया कि वह अपने पिता को अपनी गलती के बारे में बता देंगे।

मोहन ने उन्हें एक पत्र लिखा और अपने अपराध को स्वीकार कर लिया। इससे

उनके पिता अत्यंत प्रभावित हुए और उनकी आँखों में आँसू आ गए। इसके बाद मोहन ने निश्चय किया कि वह कभी चोरी नहीं करेंगे और हमेशा सच बोलेंगे। जीवन में अंतिम समय तक उन्होंने सत्य का साथ नहीं छोड़ा।

समय का मूल्य

मोहनदास बचपन से ही दृढ़ निश्चयी थे। एक बार ऐसा हुआ कि राजकोट में स्कूल के खेल के मैदान में वह देर से पहुँचे। खेल समाप्त हो गए थे और उनके सभी साथी खेल के मैदान से जा चुके थे।

दूसरे दिन प्रधानाध्यापक ने उनसे पूछा, ''तुम कल खेल में सम्मिलित क्यों नहीं हुए?''

मोहन ने कहा, ''सर, मेरे पास घड़ी नहीं है। आसमान में बादलों के कारण सूर्य के छिपे होने और रोशनी के अभाव में मैं समय का सही अनुमान नहीं लगा सका, इसलिए खेल के मैदान में देर से पहुँचा। जब मैं वहाँ पहुँचा तो सभी वहाँ से जा चुके थे।''

प्रधानाध्यापक बहुत बिगड़े और उन्होंने कहा, ''तुम झूठ बोलते हो।''

मोहनदास पर इस बात का बहुत गहरा प्रभाव पड़ा। हालाँकि उन्होंने झूठ नहीं बोला था, लेकिन समय पर न पहुँच सकने के कारण उन पर झूठ बोलने का आरोप लगा। उसी समय उन्होंने मन-ही-मन निश्चय किया कि अब आगे वे हमेशा समय का ध्यान रखेंगे और उन्होंने अपने इस निश्चय का पालन जीवन भर किया।

झूठ न बोलने का प्रण

बचपन से ही मोहनदास एक सीधे-सादे विद्यार्थी थे। उनकी माता का उनके चरित्र पर बहुत प्रभाव था। वे सदैव सत्य बोला करते थे।

एक दिन मोहनदास को अपने विद्यालय पहुँचने में देर हो गई। शिक्षक ने पूछा, ''मोहनदास, तुम्हें आने में देर क्यों हुई?''

मोहनदास ने मार पड़ने के डर से कहा, ''सर, मेरे पिताजी की तबीयत खराब हो गई है। मैं उनके लिए दवा लेने चला गया था, इसलिए मुझे देर हो गई।'' शिक्षक ने सोचा, यह बालक सदैव सच बोलता है, इसलिए ऐसा ही होगा।

मोहनदास जब स्कूल से घर पहुँचे तो उन्हें मालूम हुआ कि उनके पिता वास्तव में बीमार पड़े हैं। उन्हें आश्चर्य हुआ कि जब वे सुबह विद्यालय के लिए चले थे, तब पिताजी ठीक थे। उन्हें एकाएक यह क्या हो गया?

उन्होंने अपने पिता से कहा, ''पिताजी, आपकी तबीयत कैसे खराब हो गई?''

उनके पिता बोले, ''पता नहीं बेटा! दोपहर को एकदम घबराहट हुई और बुखार चढ़ आया।''

यह सुनकर मोहनदास सोच में पड़ गए। उन्हें अपने शिक्षक को बताई गई झूठी बात

याद हो आई। मोहनदास को बहुत ग्लानि हुई। उन्होंने पहली बार झूठ बोला था। ईश्वर ने उन्हें झूठ बोलने का दंड पिता को बीमार करके दे दिया। उनका दिल पश्चात्ताप से व्याकुल होने लगा। वे तुरंत अपने पिता के पास गए और अपने मन की बात बता दी।

उनके पिता बोले, ''तुमने अपने गुरु से झूठ बोला है। जाओ, उनसे ही क्षमा माँगो।''

दूसरे दिन मोहनदान विद्यालय समय से पहले पहुँचे और अपने शिक्षक से झूठ बोलने की बात बता दी।

शिक्षक ने कहा, ''तुमने दंड के डर से झूठ बोला, यह ठीक नहीं किया। परंतु यदि तुम सच्चे मन से पश्चात्ताप कर रहे हो तो मैं तुम्हें क्षमा कर दूँगा। किंतु वचन दो कि कभी भी असत्य का सहारा नहीं लोगे।''

मोहनदास ने तब प्रण किया कि प्राण भले चले जाएँ, परंतु वे कभी झूठ नहीं बोलेंगे। जीवनपर्यंत उन्होंने इस वचन का पालन किया।

आदर्श मानव

काका कालेलकर गांधीजी के अधिक घनिष्ठ थे। उनसे किसी विदेशी ने पूछा, ''गांधीजी का देश के हर वर्ग पर इतना प्रभाव किन कारणों से पड़ा?''

काका ने कहा, ''वे अपना जीवन संयम के साथ जीते हैं। जो मन में है, वही उनकी बातों में है। वे अपने क्रिया-कलापों को सार्वजनिक हित में लगाए रहते हैं। वे वही कहते हैं, जो करते हैं। इसीलिए वे दुनिया भर में असंख्य लोगों के लिए एक अच्छे और सच्चे मनुष्य की तरह अनुकरण करने योग्य हैं।''

मैनेजमेंट गुरु बनने के लिए ये मूल सिद्धांत हैं, जिन्हें गांधीजी ने सदैव अपनाया।

मानवीय एकता के समर्थक

वर्ष 1936 में गांधीजी छुआछूत निवारण हेतु देशभर में यात्राएँ कर रहे थे। उड़ीसा के एक कस्बे में वे ठहरे हुए थे।

वहाँ पंडितों का एक दल उनसे शास्त्रार्थ करने आ गया। वे कह रहे थे, ''शास्त्र में छुआछूत का समर्थन है।''

गांधीजी ने पंडितों की मंडली को सम्मानपूर्वक बिठाया और कहा, ''पंडितजनो, मैंने शास्त्र तो पढ़ा नहीं, इसलिए आपसे हार मान लेता हूँ; पर यह विश्वास करता हूँ कि संसार के सब शास्त्र मिलकर भी मानव एकता के सिद्धांत को झुठला नहीं सकते।

''मानवता एक तरफ और आपके शास्त्र एक तरफ। मेरा धर्म तो यही है कि छुआछूत बंद हो। और मरते दम तक मैं इस पर अडिग रहूँगा।''

उनकी स्पष्ट अभिव्यक्ति सुनकर लज्जित पंडित-मंडली उनकी बात का कोई उत्तर न देकर वापस लौट गई।

अतिथि सद्भावना

दक्षिण अफ्रीका में गांधीजी ने किसी प्रसंग में चौदह दिन का जल-उपवास किया। चार दिन बीतने पर उनके एक जर्मन साथी केलनबेक का तार मिला कि मैं अमुक गाड़ी से आपकी देखभाल के लिए आ रहा हूँ।

गांधीजी उपवास के पाँचवें दिन अपने साथियों सहित 3 मील चलकर स्वागत के लिए स्टेशन पहुँचे और उन्होंने कहा, ''आपकी सद्भावना के लिए मेरे मन में जो कृतज्ञता उपजी, यह उसी की परिणति है, जो मुझे ताकत भी दे सकी और यहाँ तक खींच लाई।''

श्रम का मूल्य

बापू के पैरों में बिवाई फट गई थी। बा गरम पानी से उसे धो रही थीं। पानी बेकार न जाने पाए, इसलिए बापू की हिदायत के अनुसार उसे इधर-उधर नहीं, पौधों में ही डालती थीं।

पैरों को धोने के बाद बा ने उस दिन पानी गुलाब के पौधों में डाला।

बापू बहुत देर तक गुलाबों को नकारात्मक दृष्टि से देखते रहे। बा ने कारण पूछा तो बापू ने कहा, ''सुंदर होते हुए भी यह फूल मुझे काँटों जैसे ही लगते हैं। इनके स्थान पर यदि साग-सब्जी उगाई गई होती तो उससे किसी का पेट तो पलता, श्रम का कुछ सार्थक परिणाम तो हाथ आता।''

करुणा और प्रेम

साबरमती आश्रम की बात है। एक दिन रात को चोर आ गया। चोर नासमझ था, नहीं तो आश्रम में चुराने के लिए भला क्या था!

संयोग से कोई आश्रमवासी जाग गया। उसने धीरे से कुछ और लोगों को जगा दिया। सबने मिलकर चोर को पकड़ लिया और एक कोठरी में बंद कर दिया।

व्यवस्थापक ने सुबह यह खबर बापू को दी और चोर को उनके सामने पेश किया। बापू ने निगाह उठाकर उसकी ओर देखा। वह नौजवान सिर झुकाए आतंकित खड़ा था कि बापू उससे नाराज हैं और हो सकता है कि उसे पुलिस को सौंप दें।

बापू ने जो किया, उसकी तो उसने स्वप्न में भी कल्पना नहीं की होगी।

बापू ने उससे पूछा, ''क्यों, तुमने नाश्ता किया?''

कोई उत्तर न मिलने पर उन्होंने व्यवस्थापक की ओर प्रश्न भरी मुद्रा में देखा।

व्यवस्थापक ने कहा, ''बापू, यह तो चोर है! नाश्ते का सवाल ही कहाँ उठता है।''

बापू का चेहरा गंभीर हो गया। दु:ख भरे स्वर में बोले, ''क्यों, क्या यह इनसान नहीं है? इसे ले जाओ और नाश्ता कराओ।''

व्यवस्थापक जिसे चोर मानकर लाए थे, अब वह एक क्षण में इनसान बन गया था।

उसकी आँखों से प्रायश्चित्त के आँसू बह रहे थे।

सद्भावना का मंत्र

एक बार गांधीजी कहीं पदयात्रा पर जा रहे थे। उनके साथ बहुत सारे लोग चल रहे थे। उन्हीं में एक कुष्ठ रोगी भी था, जिसे देखकर लोग मुँह बना रहे थे। अतः वह बेचारा संकोच के मारे एकदम पीछे चल रहा था।

सब लोग तो बहुत तेजी से चल रहे थे, अत: गांधीजी के साथ सभी काफी आगे निकल गए; पर कुष्ठ रोगी घाव के कारण अधिक नहीं चल सका और रास्ते में ही घाव से व्याकुल होकर बैठ गया। किसी ने उसकी ओर ध्यान भी नहीं दिया और न ही गांधीजी से इस संबंध में कुछ कहा। परंतु इतनी भीड़ के बावजूद बापू का ध्यान कुष्ठ रोगी की ओर था।

थोड़ी दूर जाने पर जब उन्होंने पीछे मुड़कर देखा तो उन्हें वह नहीं दिखाई पड़ा। अत: अन्य लोगों से आगे बढ़ने के लिए कहकर वे पीछे लौट पड़े। थोड़ा पीछे जाने पर उन्हें एक पेड़ के नीचे पीड़ा से कराहता वह रोगी दिखा। गांधीजी तुरंत उसके पास गए और बोले, ''भाई, मुझे माफ करना। तेज चलने के कारण मैंने तुम्हारे कष्ट की ओर ध्यान नहीं दिया; लेकिन कम-से-कम तुम तो मुझे आवाज देकर रोक लेते, ताकि मैं तुम्हारे साथ धीरे-धीरे चलता।''

गांधीजी की बात सुनकर वह भाव-विह्वल होकर रोने लगा। उसने कहा, ''आप जैसे महात्मा की दया से ही तो हम पापी भी समाज में स्थान पा सके हैं। वरना...''

गांधीजी ने उसे आगे बोलने नहीं दिया और कहा, ''नहीं भाई! न मैं कोई महात्मा हूँ और न तुम्हारे ऊपर दया ही कर रहा हूँ, बल्कि इनसान होने के नाते एक इनसान के प्रति केवल अपने कर्तव्य का पालन कर रहा हूँ।''

ऐसा कहकर गांधीजी ने अपनी धोती फाड़कर उस घाव पर पट्टी बाँध दी और फिर उसे सहारा देकर पदयात्रा पर निकल पड़े।

गांधीजी की कुष्ठ रोगी के प्रति ऐसी सद्भावना देख अपनी ही धुन में आगे बढ़ जानेवाले लोगों की गरदन शर्म से झुक गई।

पर्यावरण-प्रेम

गांधीजी को प्रकृति और पर्यावरण से भी बड़ा प्रेम था। वे फुरसत के क्षणों में जंगल में जाकर उसकी शोभा को देखते। कई बार उन्होंने जंगल में पहुँचकर नीम, आम और चंदन के बीज बोए। वे हमेशा प्रकृति को हँसते-मुसकराते देखना चाहते थे।

वे जब यरवदा जेल में थे तो किसी कारणवश उन्हें नीम की दातून मिलनी बंद हो गई। इस पर काका कालेलकर ने कहा, ''बापू, यहाँ तो नीम के अनेक पेड़ हैं। मैं आपको

प्रतिदिन दातून ला दिया करूँगा, आप परेशान न हों।''

फिर दूसरे दिन वे चार-पाँच दातून ले आए। उन्होंने एक दातून के एक छोर की कूची बनाई। उसे प्रयोग में लाने के बाद बापू बोले, ''अब इसका कूचीवाला भाग काट डालो और इसकी फिर नई कूची बना दो।''

यह सुनकर काका कालेलकर विस्मय के साथ बोले, ''लेकिन बापू, यहाँ तो प्रतिदिन नई दातून आसानी से मिल सकती है।''

बापू बोले, ''यह तो मैं भी जानता हूँ, लेकिन हमें इसका अधिकार नहीं है। जब तक एक दातून बिलकुल सूख न जाए, हम उसे कैसे फेंक सकते हैं। प्रकृति को व्यर्थ में नष्ट नहीं करना चाहिए। प्रकृति को सुरक्षित रखना प्रत्येक मनुष्य का कर्तव्य है।''

महात्मा बनने के उपाय

गांधीजी के आश्रम में सफाई और व्यवस्था का काम हर आदमी को करना आवश्यक था। एक बार समाज-सेवा के प्रति समर्पित बालक उनके आश्रम में आकर रहने लगा। सफाई और व्यवस्था के काम उसे भी दिए गए। उन्हें वह लगन के साथ करता भी रहा। जो उससे कहा गया, उसे उसने जीवन का अंग बना लिया।

जब आश्रम में रहने का समय पूरा हुआ तो गांधीजी से उसने भेंट की और कहा, ''बापू, मैं महात्मा बनने के गुण सीखने आया था, पर यहाँ तो सफाई व्यवस्था के साधारण काम ही करने को मिले। महात्मा बनने के लिए न तो कोई बात बताई गई और न उसका अभ्यास कराया गया।''

बापू ने सिर पर हाथ फेरा, समझाया और कहा, ''बेटे, तुम्हें यहाँ जो संस्कार मिले हैं, वे सब महात्मा बनने के लिए हैं। जिस लगन से सफाई तथा छोटी-छोटी बातों में व्यवस्था से जुड़कर बुद्धि का विकास कराया गया, वही बुद्धि मनुष्य को महामानव बनाती है।''

शालीनता

गांधीजी बंगाल के गवर्नर के.सी. साहब से मिलने गए। जब गांधीजी बात करने के बाद अपने निवास की तरफ जाने लगे, तब गवर्नर बापू को पहुँचाने राजभवन में नीचे तक आए और उनको कार तक पहुँचाया गया। ऐसा पहले कभी नहीं हुआ था। उस समय गवर्नर का पद व गरिमा बहुत अधिक थी और यह अत्यंत आश्चर्य की बात थी कि गवर्नर ने स्वयं गांधीजी को नीचे तक छोड़ा था। इसका कारण यह था कि गांधीजी जिससे भी मिलते थे, उस पर उनकी शालीनता का अमिट प्रभाव पड़ता था।

उस दिन के.सी. साहब ने अद्‌भुत दृश्य देखा। उनकी कोठी के सभी सेवक, जो लगभग 200 थे, सभी नीचे हॉल में हाथ जोड़े गांधीजी के दर्शन के लिए खड़े थे। उन

सभी के कपड़े भी ठीक नहीं थे। उन्हें इस तरह की वेशभूषा में लाट साहब के सामने जाने का साहस नहीं था। किंतु उन्होंने कभी सोचा भी न था कि गवर्नर साहब गांधीजी के साथ नीचे आ जाएँगे। जब इन लोगों ने गांधीजी को गवर्नर साहब के साथ देखा तो वे सभी घबरा गए।

के.सी. साहब को भी उन्हें देखकर बड़ी हैरानी हुई। उन्होंने राजभवन के सेवकों की ओर हाथ उठाकर कहा, "मिस्टर गांधी, यह देखिए, मैं आपको विश्वास दिलाना चाहता हूँ कि मैंने इन लोगों को यहाँ इकट्ठा होने के लिए नहीं कहा।"

उन सेवकों में हिंदू और मुसलमान दोनों ही थे।

छोटी बातों का महत्त्व

यह घटना सन् 1945 की है। जब गांधीजी गवर्नर के.सी. साहब से मिलने गए थे। तब गांधीजी के मित्र सतीश बाबू ने उनसे कहा कि आलू बोने का समय एक हफ्ते बाद समाप्त हो जाएगा, किंतु आलू के बीज किसानों को उपलब्ध नहीं हो पा रहे हैं। आलू के बीज पर कंट्रोल था और वे बाजार में नहीं मिलते थे।

व्यापारियों ने अधिक पैसा कमाने के लिए आलू के बीजों को जमा करके रोक लिया था।

जब गांधीजी को यह बात मालूम हुई, तब उन्होंने यह विचार नहीं किया कि इतनी छोटी सी बात को गवर्नर साहब को क्यों लिखा जाए। वे गरीबों और किसानों की समस्या को इतना महत्त्व देते थे कि उन्हें यह बात छोटी और मामूली नहीं लगी। उन्होंने तुरंत गवर्नर के.सी. साहब को एक पत्र लिखा, जिसमें उन्होंने कहा कि आलू बोनेवालों की सहायता की जाए तो अच्छा होगा।

जब गवर्नर को गांधीजी का पत्र मिला तो उन्हें अत्यंत आश्चर्य हुआ। फिर भी, गांधीजी की बात को वे कैसे टाल सकते थे!

उन्होंने तुरंत अपने सेक्रेटरी से कहा कि आलू के बीजों का प्रबंध आज ही कर दिया जाए, क्योंकि इसकी वजह से मिस्टर गांधी परेशान हैं।

सचिव ने तुरंत एक अन्य अधिकारी को बुलाया और कहा कि आलू के बीज के वितरण का प्रबंध किया जाए। जब गांधीजी को यह बात मालूम हुई तब वे बहुत प्रसन्न हुए।

हरिजन बालक का दान

यह घटना उस समय की है, जब गांधीजी जबलपुर में एक बड़ी सभा में छुआछूत निवारण के लिए और अस्पृश्य भाइयों को स्नेह के साथ अपनाने के लिए भाषण देने आए थे।

भाषण समाप्त होने के बाद चंदा माँगने की बारी आई। सभा में आए लोग दिल खोलकर रुपया-पैसा और गहने-जेवर दान करने लगे।

उसी समय एक हरिजन बालक डरते-डरते मंच पर पहुँचा। वह बापू के एक सहयोगी एवं साथी के पास गया।

बापू के साथी ने पूछा, ''बेटे, क्या चाहते हो?''

बालक बोला, ''मैं बापू को कुछ भेंट देना चाहता हूँ।''

बापू के साथी ने मुसकराते हुए पूछा, ''बेटे, तुम क्या भेंट लाए हो?''

बालक ने जेब से काँच की एक गोली निकाली और बापू के साथी की ओर बढ़ा दी।

बापू ने काँच की गोली लेकर उसे उलट-पुलटकर देखा, इसके बाद जोर से हँस पड़े।

बालक सहम गया कि कहीं बापू ने गोली लेने पर बुरा तो नहीं माना। पर उसके पास देने के लिए इसके अलावा कुछ भी नहीं था। यह गोली उसके लिए अत्यंत प्रिय वस्तु थी।

लड़के ने डरते हुए बापू की ओर देखा। धीमी और सहमी आवाज में कहा, ''मेरे पास पैसे नहीं हैं।''

बापू ने प्यार से उसकी पीठ थपथपाई और कहा, ''पैसे नहीं हैं तो क्या हुआ, यह गोली पैसे से कम नहीं है।''

बालक का चेहरा खुशी से खिल उठा।

भूल सुधार

दिसंबर 1938 में सेवा ग्राम में स्काउटों की कवायद का कार्यक्रम रखा गया था। बापू के हाथों झंडा फहराया जाना था। झंडा फहराते समय बापू ने देखा कि झंडे के प्रतीक के साथ अंग्रेजी में लिखा गया था।

बापू ने कहा, ''मैं यह तो समझ ही नहीं सकता। अंग्रेजी भाषा ने हमारे दिल व दिमाग में ऐसा स्थान प्राप्त कर लिया है कि हम अपने झंडे के संबंध में भी अंग्रेजी के बिना काम नहीं चला सकते। यदि हम हिंदी में लिखते तो क्या इस झंडे का महत्त्व कम हो जाता? मुझे यदि मालूम होता कि झंडे पर अंग्रेजी में लिखा है तो मैं यहाँ आना स्वीकार ही न करता। मेरी बात समझ में आ गई हो तो अभी से यह भूल सुधार कर लो और हिंदी में लिखवा लो।''

सरलता

गांधीजी महान् नेता थे। उनका जीवन बिलकुल सादा व सरल था। वे कभी अपने आपको बहुत बड़ा या महान् व्यक्ति नहीं समझते थे।

एक बार गांधीजी पूर्वी बंगाल की यात्रा पर थे। एक दिन उन्हें नाव से लोहागंज जाना था, अतः नाव का प्रबंध किया गया। नाव एक जमींदार की थी। गांधीजी मालीकुंडा से लोहागंज चले। मार्ग में उस जमींदार का घर भी पड़ता था। गांधीजी का उस कस्बे में रुकने का कोई कार्यक्रम नहीं था। गाँव के समीप जब नाव आई तो वह जमींदार नदी के किनारे हाथ जोड़कर खड़ा हो गया।

गांधीजी ने नाव रुकवाई और पूछा, ''क्या बात है?''

इस पर वह बोला, ''घर की कुछ महिलाएँ आपके दर्शन करना चाहती हैं। यदि आप घर चलें तो बहुत अच्छा होगा।''

गांधीजी के साथ जा रहे एक व्यक्ति को यह बात अच्छी नहीं लगी। वह तपाक से बोला, ''आप लोगों ने पहले अनुमति क्यों नहीं ली? ऐसे हर जगह नाव रोकना और हर किसी से मिलना गांधीजी के लिए संभव नहीं। गांधीजी बहुत बड़े नेता हैं। वे बहुत व्यस्त हैं, इसलिए मिलने नहीं आ सकते।''

यह सुनकर गांधीजी मुसकराए और बोले, ''नहीं भाई, नहीं, मुझे मिलने में आपत्ति नहीं। यदि मेरे ही देश की महिलाएँ मुझसे मिलना चाहती हैं तो मैं क्यों न मिलूँ? उसमें मान-सम्मान का प्रश्न ही नहीं है।''

ऐसा कहकर गांधीजी ने नाव रुकवाई और महिलाओं से मिलने गए।

उनकी सरलता देखकर सब आश्चर्यचकित रह गए।

त्याग

कर्नाटक के उडुपी नामक स्थान पर पहुँचने पर गांधीजी के स्वागत में एक मानपत्र पढ़ा गया।

वह मानपत्र हिंदी में था। उसे एक छोटी सी लड़की ने पढ़ा। उसका नाम था निरुपमा। निरुपमा ने उसे इतने सही ढंग से पढ़ा कि बापू अत्यंत प्रसन्न हुए। उन दिनों कर्नाटक में हिंदी का प्रचार बहुत कम था।

निरुपमा मानपत्र पढ़ चुकी तो बापू की दृष्टि उसके गहनों की ओर गई। उन्होंने कहा, ''बेटी, क्या तुम अपने कुछ गहने मुझे दोगी?''

निरुपमा संकोच में पड़ गई। वह कुछ न बोली। पर बापू तो उससे गहना चाहते थे। उन्होंने फिर गहनों को माँगा। निरुपमा ने बेमन से अपनी चूड़ियाँ और हार उतारकर दे दिया।

बापू ने देखा कि निरुपमा खुशी से दान नहीं कर रही है और उसके चेहरे पर उदासी है। वे उसके माता-पिता से बोले, ''निरुपमा का मन गहनों में लगा है, इसलिए मैं इन्हें नहीं लूँगा।''

और उन्होंने हार व चूड़ियाँ निरुपमा के माता-पिता को दे दीं।

घर आकर माता-पिता ने कहा, ''तुमने थोड़े से गहनों के लिए गांधीजी को निराश कर दिया।''

निरुपमा को लगा कि उससे बहुत बड़ी भूल हुई है। उसे बापू के माँगने पर एक-दो क्या सभी गहने दे देने चाहिए थे। वह माता-पिता के साथ बापू के पास वापस गई। उसने अपनी चूड़ियाँ और हार देते हुए कहा, ''बापू, इसे ले लीजिए।''

बापू ने कहा, ''पर मुझे कैसे मालूम होगा कि गहने देने के बाद तुम दुःखी नहीं हुईं?''

निरुपमा ने विश्वास भरे स्वर में कहा, ''आप इन्हें ले लीजिए। मैं आपके पास रहूँगी, जिससे आपको विश्वास हो जाए कि मैं दुःखी नहीं हूँ।''

बापू ने गहने ले लिये। निरुपमा दो दिन बापू के साथ रही। वह उन दो दिनों में बापू के साथ रहते हुए प्रसन्न दिखाई दे रही थी।

ऊँच-नीच में भेद नहीं

गांधीजी छुआछूत का निवारण करना चाहते थे। उन्होंने कहा, ''छुआछूत हिंदू धर्म का कलंक है।'' उन्होंने अछूतों को 'हरिजन' नाम दिया और उनकी सेवा में अपने दिन-रात एक कर दिए।

बापू ने अछूतों के लिए चंदा माँगते हुए सारे देश में भ्रमण किया। वे हरिजनों के लिए कुएँ व मकान बनवाते तथा सुविधाएँ जुटाने में जीवन भर लगे रहे।

उनके अथक प्रयत्न से हरिजनों की दशा में कुछ सुधार भी हुआ। पर अपनी रूढ़िवादी मान्यताओं में जकड़े कट्टर हिंदुओं के मन में अब भी उनके लिए घृणा थी। हालत यहाँ तक पहुँची कि बापू ने हरिजनों के प्रति अच्छा व्यवहार किए जाने के लिए तीन सप्ताह तक उपवास करने का निश्चय किया।

यह बात सन् 1933 की है। बापू के उपवास की बात देश के एक कोने से लेकर दूसरे कोने तक बहुत जल्दी फैल गई। देश के लोग उनके इस निश्चय से चिंतित हो गए। बड़े-बड़े नेता और अन्य लोग गांधीजी के पास दौड़ते हुए आए। देश-विदेश से हजारों चिट्ठियाँ और तार आए, जिनमें बापू से प्रार्थना की गई थी कि वह उपवास न करें।

बापू बूढ़े हो गए थे। देश की आजादी के लिए दिन-रात मेहनत कर रहे थे। इस पर भी वे अपने थके-बूढ़े शरीर को पूरे 21 दिनों बिना भोजन के रखना चाहते थे। लोगों को डर था कि बापू के लिए यह उपवास अत्यंत कठिन व असहज होगा और ऐसा भी हो सकता है कि लोगों को उनका बिछोह सहना पड़े।

पर बापू अपने निर्णय से डिगे नहीं। वे जिएँगे या मरेंगे, उससे बेपरवाह थे। वे सत्य

के उपासक थे। उसके लिए वे अपने प्राण भी दे सकते थे। उन्होंने एक बार यदि कोई प्रतिज्ञा कर ली तो उसे निभाना भी सीखा था।

उपवास के पहले शाम के वक्त एक हरिजन लड़का बापू से मिलने आया। बापू जरूरी कामों में लगे रहे, इसलिए वह घंटों बाहर बैठा प्रतीक्षा करता रहा। वह लड़का छह महीने पहले भी बापू के पास आया था। उसने बापू से पढ़ाई के लिए कुछ धन दिए जाने की प्रार्थना की थी। बापू ने उससे वादा किया था कि अगर वह परीक्षा पास कर लेगा और हेडमास्टर से प्रमाण-पत्र लाएगा तो उसे मदद दी जाएगी।

आज वही लड़का बापू से मिलने के लिए बाहर बैठा था।

बापू के सचिव महादेव भाई ने कहा, ''बापू, एक हरिजन लड़का काफी देर से बाहर बैठा है। वह आपसे मिलना चाहता है।''

बापू ने कहा, ''इस समय मुझे एक मिनट की भी फुरसत नहीं है। वह लड़का क्यों मिलना चाहता है?''

''वह सिर्फ एक मिनट बात करना चाहता है। आपने उससे कुछ वादा किया था, उसी के लिए वह मिलना चाहता है।''

बापू ने लड़के को अंदर बुलाया। लड़के ने आकर बापू के चरणों में फूल चढ़ाए और प्रणाम करके बैठ गया।

बापू उसे देखते ही पहचान गए और बोले, ''तुम्हें मदद मिलेगी। मैं इसके लिए दूसरे लोगों को लिख दूँगा।''

''लेकिन मुझे दूसरे लोगों पर विश्वास नहीं है।'' लड़का गंभीरता से बोला।

''क्यों?'' बापू ने आश्चर्य से पूछा।

''इसलिए कि आपको भी दूसरों पर विश्वास नहीं है।''

''क्या मतलब?'' बापू ने पूछा।

लड़का फफककर रो पड़ा, ''आपने ही तो कहा है कि आपके साथी पवित्र नहीं हैं। आपके आसपास पवित्रता नहीं है। इसीलिए आप उपवास करके प्राण छोड़ने जा रहे हैं।''

बापू एक क्षण के लिए अवाक् रह गए।

लड़का रोते हुए बोला, ''मैं अपने लिए मदद लेने नहीं, आपको उपवास करने से रोकने आया हूँ। आखिर आप हम अनाथों को छोड़कर क्यों जा रहे हैं?''

बापू ने मुसकराकर लड़के की पीठ थपथपाई और बोले, ''तुम यह क्यों कहते हो कि मैं तुम्हें छोड़कर जा रहा हूँ? मैं कहीं नहीं जाऊँगा।''

लड़के ने कहा, ''हमें यह कैसे विश्वास हो कि आप मुझे छोड़कर नहीं जाएँगे?''

बापू ने कहा, ''हम आपस में एक वादा कर लें। मैं तुम्हें विश्वास दिलाता हूँ कि इक्कीस दिन के उपवास के बाद भी जिंदा रहूँगा; पर तुम्हें भी एक वादा करना होगा।''

''वह क्या?'' लड़के ने पूछा।

''वह यह कि उपवास के समाप्त होने पर 29 मई के दिन तुम नारंगी लेकर आना। मैं उसी का रस पीकर उपवास तोड़ूँगा।''

लड़के की आँखें खुशी से चमक उठीं। उसने कहा, ''यह ठीक रहेगा।''

इसके बाद बापू ने इक्कीस दिन का उपवास किया। देश के सभी लोग उनकी जिंदगी के लिए भगवान् से प्रार्थना करते रहे। उपवास 29 मई को सकुशल समाप्त हुआ।

उपवास समाप्त हो चुका था। बापू उस हरिजन लड़के की प्रतीक्षा कर रहे थे, जिसने एक नारंगी लेकर आने का वादा किया था। बापू के आसपास इकट्ठे सभी लोग उस लड़के की प्रतीक्षा बेचैनी के साथ कर रहे थे, पर वह न आया। समय व्यतीत हो रहा था। आखिर में विवश होकर लेडी ठाकर्सी ने अपने हाथ से संतरे के रस का गिलास बापू को दिया। बापू ने उसे पीकर अपना उपवास तोड़ा।

सभी सोच रहे थे कि वह हरिजन लड़का क्यों नहीं आया? उसने अपना वादा क्यों तोड़ दिया?

कुछ दिनों बाद वह लड़का आया। बापू के सचिव महादेव भाई ने उसे देखते ही कहा, ''उस दिन तुम नहीं आए?''

लड़के ने लज्जित होकर कहा, ''उस दिन मुझे कुछ देर हो गई थी।''

''क्यों?''

''मैं एक जगह काम करता हूँ। वहाँ से समय पर छुट्टी नहीं मिली।''

''तो तुम छुट्टी मिलते ही आ जाते।''

लड़के ने अटकती आवाज में कहा, ''मेरा साहस टूट गया था। मुझे विश्वास ही न हुआ कि इतने बड़े-बड़े लोगों के सामने बापू मुझ हरिजन लड़के के हाथ से संतरे का रस लेंगे। ऐसा सोचते हुए उस समय मेरे हाथ-पैर काँप रहे थे।''

महादेव भाई को उस लड़के का उत्तर सुनकर बड़ा दुःख हुआ।

गांधीजी ने उस लड़के को धन की मदद दिला दी। उन्हें भी लड़के की बात सुनकर अत्यंत पीड़ा हुई।

अपनी गलती स्वयं सुधारें

गांधीजी का यह मानना था कि मनुष्य समाज की बुनियादी इकाई है। यदि हममें से हर व्यक्ति स्वयं का सुधार करने की चेष्टा करे तो समाज अपने आप सही हो जाएगा। गांधीजी दैनिक जीवन की छोटी-से-छोटी और बड़ी-से-बड़ी बातों में निरंतर सजग रहे और अपने सिद्धांतों पर मजबूती से चलते रहे।

यरवदा जेल में गांधीजी एक पट्टे का तकिया लगाकर बैठते थे। उस पट्टे को वे

दीवार से सीधा लगाकर रखते थे।

एक दिन महादेव भाई ने उनसे कहा, ''बापू, यदि आप पट्टे को कोण बनाकर रखें तो वह गिरेगा नहीं और आराम भी अधिक मिलेगा।''

गांधीजी ने हँसते हुए कहा, ''आराम तो मिलेगा, पर अच्छाई तो सीधा रखने में ही है। इससे कमर और रीढ़ सीधी रहती है।''

यह नियम है कि किसी वस्तु को सीधा रखें तो उसके सहारे सभी वस्तुओं को सीधा रहना पड़ेगा और यदि टेढ़ा रखा जाए तो फिर दोषों को उसमें प्रवेश करने की जगह मिल जाती है।

भूल का प्रायश्चित्त

गांधीजी का छुआछूत निवारण का दौर चल रहा था। वे नागपुर के पास भ्रमण कर रहे थे। एक दिन गांधीजी के हाथ पोंछने का रूमाल पिछले पड़ाव पर छूट गया। शायद सूखने के लिए फैलाया गया था, वहीं रह गया।

गांधीजी को जब यह मालूम हुआ तब वह कुछ देर तक सोचते रहे। इसके बाद उन्होंने पूछा, ''वह कितने दिनों तक चलता?''

महादेव भाई ने बताया, ''चार महीने तक चलता।''

''तो फिर चार महीने मैं बिना रूमाल के रहूँगा। भूल का यह प्रायश्चित्त है। इसके बाद ही मैं दूसरा रूमाल लूँगा।'' गांधीजी ने जवाब दिया।

छोटा काम

दिल्ली में हरिजन निवास का प्रसंग है। वहाँ की उद्योगशाला के तीन विद्यार्थी साग-सब्जी छील व काट रहे थे। गांधीजी वहाँ से गुजरते हुए वहाँ खड़े हो गए। एक लड़के के हाथ से चाकू लेकर समझाने लगे कि सब्जी का छिलका इस तरह नहीं, इस तरह उतारा जाता है। लड़के का तरीका गलत था। वह छिलका अपनी तरफ न उतारकर बाहर की तरफ उतारकर फेंक रहा था। गांधीजी को उसी समय एक आवश्यक कार्य से बाहर जाना भी था।

''बापू, इस तरह साग-सब्जी के छीलने-काटने को सिखाने में, हमें जाने में देर हो जाएगी। हमें वहाँ ठीक समय पर पहुँचना है।'' महादेव भाई ने कहा।

''महादेव, यह भी एक महत्त्वपूर्ण काम है। यह कोई छोटा काम नहीं है। हम जिन्हें छोटा काम समझते हैं, यदि उन्हें सही तरीके से करें तो ऐसे ही छोटे-छोटे कामों की बुनियाद पर हम मजबूती से खड़े रह सकते हैं।'' गांधीजी ने दृढ़ता के साथ कहा।

हरिजन-प्रेम

बात सेवाग्राम आश्रम की है। बापू का भोजन गोविंद नाम का एक हरिजन बनाया करता था। एक दिन वह बापू के पास आया और बोला, ''बापू, मैं वर्धा जाना चाहता हूँ।''

बापू ने पूछा, ''वर्धा में क्या काम है?''

''मुझे बाल बनवाने हैं।''

''क्या इस गाँव में नाई नहीं है?''

गोविंद ने दु:खी स्वर में कहा, ''गाँव में हरिजन नाई नहीं है और ऊँची जाति के नाई हमारे बाल नहीं बनाते।''

बापू ने कहा, ''यदि वे तुम्हारे बाल नहीं बना सकते तो मैं भी उनसे बाल नहीं बनवाऊँगा।''

उसी दिन से बापू ने नाई से अपने बाल बनवाना बंद कर दिया। वे दाढ़ी अपने हाथ से बनाते थे। उनके सिर के बाल बढ़ते तो आश्रम का कोई भाई उन्हें कैंची से काट देता।

बापू ऐसे थे, जो हरिजनों के प्रति सहानुभूति में बड़े-से-बड़ा कष्ट उठाने के लिए तैयार रहते थे। आराम की जो वस्तुएँ हरिजनों के लिए सुलभ नहीं थीं, उन्हें बापू अपने लिए नहीं चाहते थे।

वचन और समय का पालन

सेवाग्राम की नींव डाली जा रही थी। वहाँ अभी कुछ कमरे ही बने थे। बापू वहाँ रहने के लिए सोच रहे थे। उनके तीन साथी वहाँ पहुँच चुके थे। वे बापू के निवास के लिए एक कमरा बनवा चुके थे।

तभी एक दिन बापू ने खबर भिजवाई कि कल शाम सेवाग्राम पहुँच रहे हैं। गांधीजी स्टेशन से सेवाग्राम आश्रम के स्थान तक मार्ग से भलीभाँति परिचित नहीं थे, इसलिए उन्होंने यह खबर भी दी थी कि उन्हें रास्ता दिखाने के लिए स्टेशन पर एक आदमी आ जाए।

बापू के तीनों सहयोगियों को खबर मिल गई। पर दूसरे दिन बादल घिर आए और काफी तेज पानी बरसने लगा। पानी लगातार बरसता रहा और शाम हो गई, किंतु पानी का बरसना बंद नहीं हुआ। उनके तीनों साथियों ने सोचा, ऐसी बरसात में बापू भला क्या आएँगे!

यह सोचकर न तो उन्होंने स्टेशन पर कोई आदमी भेजा और न कमरे से बाहर निकले। वे चुपचाप दरवाजा बंद कर अंदर बैठे रहे।

काफी देर के बाद उनमें से एक ने दरवाजा खोलकर पगडंडी पर नजर दौड़ाई तो

देखा कि कोई चला आ रहा है।

"अरे, बापू आ गए।" सहयोगी छाता लेकर दौड़ पड़े।

पगडंडी पर बापू चले आ रहे थे। वे काफी भीग गए थे और काँप रहे थे।

एक सहयोगी ने बापू से कहा, "मैं सपने में भी नहीं सोच सकता था कि आप इस आँधी-तूफान में आएँगे।"

बापू मुसकराए और कहा, "जब मैं चला था तब पानी बंद हो गया था, किंतु कुछ दूर चलने के बाद बरसात रास्ते में फिर शुरू हो गई। मैं एक बार कदम बढ़ा चुका था। थोड़ी सी बरसात के भय से उन्हें पीछे क्यों हटाता।"

ऐसे थे बापू, जो वचन और समय के पालन में हमेशा सजग रहते थे।

सेवा में छोटे-बड़े काम का भेद नहीं

बात मंगनवाड़ी आश्रम की है। एक दिन गांधीजी ने विचार किया कि रसोई में खाना खानेवालों के जूठे बरतन हर रोज दो-दो आदमी बारी-बारी से धो दिया करें। इससे लोगों का समय भी बचेगा और आपस में प्रेम भी बढ़ेगा।

गांधीजी ने यह बात आश्रम के अन्य लोगों से कही। पर उन लोगों को यह बात अच्छी नहीं लगी। एक ने टालने के अंदाज में कहा, "बापू, सबके बरतन एक साथ साफ करने में बड़ी गड़बड़ी फैल जाएगी।"

गांधीजी ने कहा, "गड़बड़ी को ठीक करना हमारा काम है। हम आज से ही इस काम को करेंगे।"

सब लोग चुप रह गए।

खाना समाप्त होने के बाद गांधीजी कस्तूरबा के साथ बरतन साफ करनेवाली जगह पर पहुँच गए। आश्रमवासी जूठे बरतन साफ करने के लिए लेकर निकले तो बापू ने उनसे कहा, "बरतन रख दो और जाओ।"

आश्रम के लोगों ने पहले तो ऐसा नहीं करना चाहा, पर बापू के बार-बार कहने पर उनके आगे बरतन रख देने के अलावा अन्य उपाय नहीं था।

बापू ने बा के साथ जूठे बरतन माँजना शुरू कर दिया। बीच-बीच में वे हँसकर बा से कहते, "देखो बा, आज हमारे-तुम्हारे बीच बाजी लगी है। देखना है, हम दोनों में से कौन ज्यादा साफ बरतन मलता है।"

बापू और बा ने आश्रमवासियों के जूठे बरतन साफ करके रख दिए।

ऐसे थे बापू, जो सेवा के काम में ऊँच-नीच का किसी भी तरह का कोई भी भेदभाव किए बिना सबसे पहले आगे बढ़कर हाथ बँटाते थे।

दूसरों का ध्यान

बापू के अनुयायियों ने 'गांधी सेवा संघ' नामक संस्था बनाई थी। उस संस्था की सभा एक बार कर्नाटक के हुदली गाँव में हुई। गाँव के बाहर पहाड़ियों की तलहटी में लोगों के रहने और सभा करने का प्रबंध था। अचानक जोरों की बरसात शुरू हो गई। तंबुओं में पानी टपकने लगा और लोगों का वहाँ रहना मुश्किल हो गया। निकट ही हुदली गाँव में लोगों के ठहरने का प्रबंध किया गया और रात में लोग वहाँ रहने के लिए जाने को तैयार हो गए।

जब लोगों ने बापू से गाँव में चलने के लिए कहा तो वे बोले, ''मैं अभी नहीं जाऊँगा। पहले और सब लोगों के ठहरने का इंतजाम कर लीजिए।''

सभी बापू की बात मानकर गाँव चले गए। रात में वर्षा होती रही। सुबह उठने पर लोगों को मालूम हुआ कि बापू ने सारी रात पहाड़ियों की तलहटी में ही गुजारी। वे गाँव नहीं आए। सभास्थल में ही टीन लगाकर किसी प्रकार उनकी चारपाई को भीगने से बचाया गया।

ऐसे थे बापू, जो अपने शरीर एवं जीवन की सुरक्षा से अधिक दूसरों के जीवन की सुरक्षा का ध्यान रखते थे।

अपना काम स्वयं करें

बापू कहा करते थे कि अपना काम अपने हाथ से करो और शरीर से मेहनत करने में पीछे नहीं हटो। उन्होंने साबरमती आश्रम की स्थापना की तो वहाँ यह नियम लागू किया कि प्रत्येक व्यक्ति बारी-बारी आश्रम के काम बाँटकर पूरा करे।

एक दिन बापू आश्रम में बैठे अनाज साफ कर रहे थे, तभी एक वकील उनसे मिलने आए और बोले, ''बापू, मैं काम करने आया हूँ। आप मुझे मेरे योग्य कोई काम दीजिए।''

बापू ने कहा, ''यह तो खुशी की बात है कि आप काम करना चाहते हैं।'' उन्होंने सरल भाव से थोड़ा अनाज उनकी ओर खिसका दिया और बोले, ''अनाज इस तरह साफ कीजिए कि इसमें एक भी कंकड़ न रह जाए।''

वकील चकराए। वह यह सोचकर आए थे कि बापू उन्हें लिखने-पढ़ने का और कुरसी पर बैठकर करने के लिए काम देंगे; पर बापू ने उन्हें औरतों के काम में लगा दिया।

वे बोले, ''बापू, क्या आपके पास यही काम है?''

बापू ने सरलता से कहा, ''हाँ, अभी तो यही काम है।''

वकील साहब ने जैसे-तैसे अनाज का ढेर साफ किया और चले गए। फिर कभी उन्हें बापू से काम पूछने का साहस नहीं हुआ।

समय का मूल्य

कांग्रेस कार्य समिति की मीटिंग चल रही थी। बैठक के बीच प्रार्थना का समय होने पर बापू यह अनुरोध करते थे, ''आप लोग मुझे माफ करें। शाम की प्रार्थना का समय हो रहा है। मुझे ठीक समय पर वहाँ पहुँच जाना चाहिए। आप लोग जाने की इजाजत दें।''

एक दिन कांग्रेस कार्य समिति की बैठक में अत्यंत गंभीर चर्चा चल रही थी, ऐसा लगा कि आज बापू प्रार्थना में नहीं जा सकेंगे। उन्हें हर कोई यह खबर देने में हिचक रहा था, लेकिन बापू से जब किसी तरह यह कहा गया कि प्रार्थना का समय हो रहा है, तब बापू ने यह सुनते ही प्रार्थना में जाने की इजाजत ले ली।

बापू से कहा गया, ''आज आप थोड़ी देर और बैठकर चर्चा समाप्त करके ही प्रार्थना में जाते तो…''

''बात ठीक है। मैं तो महात्मा ठहरा, इसलिए हो सकता है कि प्रार्थना में देरी के लिए कोई कारण भी न पूछे। लेकिन यह बात किसी को चुभे या न चुभे, पर मुझे तो चुभेगी ही। वैसे तो हर काम में समय की पाबंदी तो रखनी ही चाहिए, लेकिन प्रार्थना के समय की पाबंदी अवश्य रखनी चाहिए।

''मेरे दिल में प्रार्थना का जो महत्त्व है, वह मुझे सभी को समझाना है। लेकिन मैं यह बार-बार उपदेश देकर भी न समझा सकूँगा। यह तो मैं अपने आचरण को दिखाकर ही समझा सकता हूँ।''

बापू का कहना था, ''अगर मैं ठीक समय पर पहुँच जाऊँगा तो लोग प्रार्थना और समय का मूल्य समझने लगेंगे। उनको विश्वास हो जाएगा कि गांधीजी की प्रार्थना ठीक समय पर ही शुरू हो जाएगी। 'गीता' में भी कहा गया है—बड़ों का आचरण एवं व्यवहार देखकर जनता उनका अनुकरण करती है। इसलिए हमें हमेशा सजग रहना चाहिए।''

गुणग्राही बनो

बापू के एक भक्त सतीशचंद्र दासगुप्ता ने प्रश्न किया, ''बापू, आप तो राम के बड़े भक्त हैं। राम के जीवन से आपको बड़ी प्रेरणा मिलती है। ऐसा कहा जाता है कि राम ने तो बाली-सुग्रीव के द्वंद्व-युद्ध के समय धोखे से बाली को मारा था। वे कंचन मृग के पीछे भागे थे। ऐसी कई बातें हैं, फिर भी आप राम को आदर्श क्यों मानते हैं?''

''मेरे राम वे नहीं, जिन्होंने बाली-सुग्रीव के युद्ध में बाली को धोखे से मारा था। मेरे राम वे नहीं, जिन्होंने माया मृग के पीछे दौड़ लगाई थी। मेरे राम तो वे हैं जिनको अयोध्या नगरी की गद्‌दी मिलने वाली थी, परंतु अपने पिता के वर्षों पहले दिए गए वचन का पालन करने के लिए उन्होंने वन जाना सहर्ष स्वीकार कर लिया था। मेरे राम वे हैं, जिन्हें उनका भाई भरत बुलाने गया और आग्रह किया कि राज्य की गद्‌दी वे ही सँभालें और

राजा बनें, पर उन्होंने वह स्वीकार नहीं किया। ऐसे अनेक गुण राम में थे। हमें इतना समझ लेना चाहिए कि कोई भी व्यक्ति पूर्ण नहीं होता। हमें हमेशा गुणग्राही बनना चाहिए। पानी मिले दूध से केवल दूध ग्रहण करनेवाले हंस की प्रशंसा होती है। हमें अपने में यही शक्ति विकसित करने का प्रयत्न करना चाहिए।''

अपना काम अपने हाथ

मगनवाड़ी आश्रम में तेल पेरा जाता था। वहाँ तेल की एक घानी थी। तेल पेरने के लिए पहले तिल की सफाई की जाती थी। तिल की सफाई का काम बा के जिम्मे था।

एक दिन बा तिल साफ कर रही थीं। तिल में बहुत कूड़ा-कचरा था। कचरा निकालते-निकालते उनकी आँखों में पीड़ा होने लगी। उन्होंने आश्रम के एक आदमी से अपनी पीड़ा के संबंध में कहा। उसने तिल साफ करने के लिए एक मजदूरिन बुला दी। वह थोड़े पैसे लेकर तिल साफ करने के लिए तैयार थी।

मजदूरिन तिल साफ करने लगी। तभी बापू सामने से गुजरे। उन्होंने मजदूरिन को देखा। वह पास आए। उन्होंने पूछा, ''इस बहन को यहाँ किसने बुलाया?''

''मैंने।'' आश्रम के एक आदमी ने कहा।

''क्यों? मैंने यह काम तो बा और दूसरी बहनों को सौंपा था?''

''बा की आँखें दुखने लगीं। तिल में बारीक कचरा है। वह बा को दिखाई नहीं पड़ता।''

बापू ने कहा, ''ठीक है। मैं सारा काम छोड़कर पहले यह तिल साफ करूँगा।'' और वह सूप लेकर तिल साफ करने लगे।

आश्रम के लोग बापू को तिल साफ करते देख शर्मिंदा हो गए। बा दौड़ी आईं और बापू के हाथ से सूप लेकर तिल साफ करने लगीं।

अपना काम अपने हाथ से करने का उपदेश देनेवाले बापू ऐसे थे।

बड़ी-से-बड़ी भूल को क्षमा करना

बापू सोते समय दंत मंजन की शीशी अपने पास रखते थे। इसी के साथ लाल दवा (पोटैशियम परमैग्नेट) की शीशी, चाकू, मुँह साफ करने के लिए पानी का बरतन आदि जरूरत के सामान भी पास ही रख लेते थे। एक दिन बापू हमेशा की तरह सूरज निकलने के पहले उठे। उन्होंने आश्रम के एक भाई से मंजन की शीशी माँगी। उस भाई ने भूल से मंजन की शीशी की जगह लाल दवा की शीशी दे दी।

बापू ने थोड़ी सी लाल दवा दाँतों पर मली। उन्हें अजीब सा स्वाद लगा। अँधेरे में कुछ दिखाई भी नहीं दे रहा था। उन्होंने उस भाई से पूछा, ''भाई, तुमने मुझे कौन सी शीशी दी है?''

"बापू, मैंने मंजन की शीशी दी है।"

बापू ने अब दवा को दाँतों पर रगड़ना शुरू कर दिया। दूसरे ही पल उन्होंने सारी दवा थूक दी। उनका मुँह और जीभ बुरी तरह जल गई। आश्रम के उस भाई को अब अपनी गलती का अहसास हुआ। लाल दवा जहरीली होती है। अगर वह बापू के पेट में चली जाती तो उनकी जान भी जा सकती थी।

पर बापू ने उस गलती के लिए उस भाई को कुछ नहीं कहा। वे उस भाई की उस बड़ी गलती को एकदम भूल गए।

ऐसे थे बापू, जो अपने साथियों की बड़ी-से-बड़ी गलती को क्षमा कर देने की क्षमता रखते थे।

अंधविश्वास-निवारण

बात चंपारण जिले के एक गाँव की है। बापू चंपारण के किसानों को निलहे गोरों के अत्याचारों से मुक्त कराने के लिए उस गाँव में ठहरे थे। निलहे गोरे किसानों को नील की खेती करने को विवश करते और सताते थे।

एक दिन बापू के सामने से एक जुलूस निकला। जुलूस के आगे-आगे एक हट्टा-कट्टा बकरा चल रहा था और उसके पीछे-पीछे गाँववाले गाना गाते और जय-जयकार करते चल रहे थे।

बापू ने एक साथी से उस जुलूस के बारे में पूछा, पर वह कुछ भी नहीं बता सका। उत्सुकतावश बापू उस जुलूस के पीछे-पीछे चल दिए। जुलूस देवी के मंदिर के पास जाकर रुक गया। बकरे को देवी के आगे बलि चढ़ाने की तैयारी होने लगी।

बापू को गाँववालों ने अपने साथ देखा तो उनके पास एकत्र हो गए।

बापू ने पूछा, "आप लोग इस बकरे को यहाँ क्यों लाए हैं?"

"हम इसे देवी को भेंट चढ़ाएँगे।" गाँववालों ने जवाब दिया।

"भेंट चढ़ाने से क्या होगा?"

"देवी खुश होंगी और हमारा कल्याण करेंगी।"

बापू एक क्षण चुप रहे और फिर बोले, "बकरे से तो मनुष्य बड़ा है। अगर आप मनुष्य का बलिदान दें तो देवी अधिक प्रसन्न होंगी।"

गाँववाले चुप रह गए।

बापू कहने लगे, "क्या आप लोगों में से कोई देवी को अपनी भेंट चढ़ाने को तैयार है? कोई तैयार न हो तो मैं अपने शरीर की भेंट चढ़ाने को तैयार हूँ।"

गाँववाले सन्न रह गए। उनकी समझ में नहीं आया कि बापू को क्या कहें।

बापू तब गंभीर स्वर में बोले, "देवी तो जगत् की माता हैं। वह गूँगे और बेकसूर

प्राणियों की भेंट लेकर प्रसन्न नहीं होतीं। यह धर्म नहीं है।''

''तब धर्म क्या है?''

''धर्म यह है कि देवी के सामने अपनी बुराइयों और पापों की बलि चढ़ा दें। इससे देवी प्रसन्न होंगी और आपका कल्याण करेंगी।''

गाँववालों की समझ में बापू की बात आ गई। उन्होंने बकरे को छोड़ दिया और खुशी-खुशी देवी को प्रणाम कर घर लौट गए।

लापरवाही ठीक नहीं

नोआखाली की बात है। बापू उन दिनों हिंदू व मुसलमानों के बीच झगड़ा शांत करने और प्रेम बढ़ाने के लिए पैदल यात्रा कर रहे थे। उनके साथ उनकी पोती मनु बेन भी थी।

बापू नहाते समय एक पत्थर से अपना शरीर रगड़ लिया करते थे। वे साबुन नहीं लगाते थे। उन्हें शरीर रगड़ने के लिए पत्थर मीरा बेन ने दिया था, जो उनकी यात्रा में हमेशा उनके साथ रहता था।

बापू नारायणपुर गाँव पहुँचे और नहाने के लिए तैयार हुए। मनु बेन ने सामान खोलकर देखा तो वह पत्थर नहीं मिला।

वह बापू के पास आईं और डरते-डरते बोलीं, ''बापू, वह पत्थर तो मैं पीछेवाले गाँव में भूल आई, जहाँ हम लोग ठहरे हुए थे।''

बापू गंभीर हो गए। उन्होंने कहा, ''तुमने भूल की है तो तुम्हीं इसका सुधार करो। तुम स्वयं वापस जाकर उस गाँव से पत्थर ले आओ।''

मनु बेन ने यह सुना तो डर गईं। दंगे-फसाद का समय था, मार-काट मची हुई थी। रास्ते में घना जंगल था। ऐसे में कोई हमला कर दे तो क्या हो?

पर मनु बेन जानती थीं कि बापू की बात में फेर बदल की गुंजाइश नहीं रहती। वह अकेले ही चल दीं और घने जंगल को पार कर उस गाँव में पहुँचीं। बापू जहाँ ठहरे थे, उस जुलाहे के घर में वह पत्थर मिल गया। मनु बेन उसे लेकर वापस बापू के पास आईं।

बापू ने पत्थर लेकर कहा, ''तुम इम्तहान में पास हो गईं। यह पत्थर बहुत दिनों से मेरे पास था। इसके खो जाने से मुझे बहुत दु:ख होता। इससे तुम्हें यह सबक सीखना चाहिए कि छोटी-से-छोटी चीज का भी महत्त्व है। हमें किसी भी वस्तु के प्रति लापरवाही नहीं दिखानी चाहिए।''

आचरण का प्रभाव

बापू अपने पत्रों के उत्तर बोलकर लिखवाते थे और वे पत्र बाबू के पौत्र कनैया द्वारा लिखे जाते थे।

"अब जवाहरलाल को खत लिखवाना है, बड़ा कागज लेना।" बापू ने कहा।

कनैया ने कहा, "मैं एक सादा कागज ले आता हूँ।"

"रफ कागज ले आने की कोई जरूरत नहीं है। मैं जवाहरलाल को आज हिंदी में ही पत्र लिखवाने वाला हूँ।" बापू ने कहा।

यह बात सन् 1938 की है। बापू बड़े सवेरे दो-ढाई बजे या जब भी उनकी नींद खुल जाती थी, कनैया को उठाते थे और हिंदी व गुजराती पत्रों के जवाब लिखवाते थे। वह पत्र उनका पौत्र सीधे अच्छे कागज या पोस्टकार्ड पर लिख लिया करता था। अंग्रेजी में बापू कभी-कभी ही पत्र लिखवाते थे। तब वह उन्हें रफ कागज पर लिख लेता था और बाद में उन्हें टाइप करके बापू को दे दिया करता था। बापू ने जवाहरलाल को लिखवाने के लिए कहा, तब उसने समझा कि बापू अंग्रेजी में लिखवाएँगे, क्योंकि वे उनको पत्र अंग्रेजी में ही लिखवाते थे। इसीलिए उसने रफ कागज ले आने की बात कही थी।

"आज हिंदी में क्यों? रफ कागज ले आने में देर नहीं लगेगी।" कनैया ने कहा।

"हाँ, देरी तो नहीं लगेगी; लेकिन अब मुझे लगने लगा है कि जो गुजराती तथा हिंदी जानते हैं, उनको उनकी भाषा में पत्र लिखूँ। उनको अंग्रेजी में लिखना ठीक नहीं है। किसी विचार को मैं अंग्रेजी में लिखकर बताऊँ, उससे बेहतर तरीका यही है कि मैं हिंदी में लिखने की शुरुआत कर दूँ। इसका असर अच्छा होगा। हिंदी में लिखने की पहल मैं करूँ, यही उत्तम होगा।"

"पंडितजी जवाब अंग्रेजी में देंगे तो?"

बापू ने कहा, "तो क्या हुआ? मुझे इस बात का संतोष होगा कि मुझे जो ठीक लगा, उसकी शुरुआत मैंने कर दी। जवाहरलाल अपना समय बचाने के लिए अंग्रेजी में लिखवाएगा तो उसका दोष नहीं मानूँगा।"

कुछ दिनों के बाद पंडितजी की ओर से बापू के पत्र का जवाब आया। कनैया ने कौतूहलवश वह पत्र झट से खोल डाला। खोलते ही देखा कि उनका जवाब सचमुच हिंदी में ही आया था। बापू के पास खत ले जाकर फौरन उनको देकर कहा,

"बापू, आपकी बात सच निकली।"

बापू ने खत हाथ में ले लिया और तुरंत पढ़कर कहा, "मुझे तो विश्वास था कि जवाहर मुझे हिंदी में ही लिखेगा। मैं बार-बार कहता हूँ कि उपदेश से कई गुना ज्यादा असर आचरण का पड़ता है। यह उदाहरण देखा न!"

•

हिसाब साफ रहना चाहिए

बात सन् 1940 की है। बापू को बंबई जाना था। स्टेशन आने पर पता चला कि ट्रेन के आने में पौन घंटे की देर है। वर्धा शहर में जमनालाल बजाज का बँगला था। उन्होंने बापू से आग्रह कर कहा, "आप यहीं ठहर जाइए। ट्रेन आने पर आपको स्टेशन पहुँचा देंगे।"

बापू वहीं ठहर गए। कई लोग मिलने आए। उनसे बातें करने लगे।

मुलाकात के बाद दो-तीन खत लिखने थे, सो उन्होंने जमनालाल से पोस्टकार्ड माँगे। उन्होंने चार-पाँच पोस्टकार्ड दिए। बापू ने उनमें से तीन पोस्टकार्ड लिखे और बाकी वापस कर दिए।

ट्रेन में अपनी जगह बैठते ही बापू ने अपनी छोटी थैली माँगी और उसमें से तीन पोस्टकार्ड निकालकर जमनालाल की तरफ हाथ बढ़ाया। जमनालाल ने हँसते-हँसते कहा, "आपकी बात तो अजीब सी है। वैसे तो आप हमसे लाखों रुपए माँग लेते हैं और आज तीन पोस्टकार्ड वापस कर रहे हैं।"

"हिसाब तो हिसाब ही है। जो धन लेता हूँ वह दान-स्वरूप लेता हूँ और आप देते हैं। वे जो तीन पोस्टकार्ड लिये, वे वापस करने की भावना से लिये थे। आपको ये लेने ही पड़ेंगे। हिसाब साफ रहना चाहिए।"

जमनालालजी ने संकोच के साथ वे पोस्टकार्ड ले लिये।

दूरदर्शिता

एक बार की बात है। गांधीजी रेल से यात्रा कर रहे थे। गाड़ी कुछ देर के लिए एक स्टेशन पर रुकी। कुछ लोग उनसे मिलने आए। गांधीजी अभी एक भाई से बातें कर ही रहे थे कि गार्ड ने सीटी दे दी। गाड़ी झटके के साथ चल पड़ी। गांधीजी सँभल पाए, उससे पहले उनकी चप्पल सरककर नीचे गिर पड़ी। अब क्या हो? गांधीजी जानते थे कि जो चप्पल अभी गिरी है, अब उन्हें वापस नहीं मिल सकती और जो अकेली चप्पल उनके पाँव में रह गई है, अब उसका भी कोई उपयोग नहीं है।

गांधीजी ने एक क्षण के लिए विचार किया और दूसरी चप्पल भी वहीं गिरा दी। यह सोचकर कि दोनों चप्पलें एक साथ किसी को मिलेंगी तो वह उनका उपयोग कर लेगा।

बात छोटी सी है। हम सबके जीवन में भी ऐसी ही घटनाएँ आती हैं, परंतु कोई भी इतनी दूर तक नहीं सोच पाता। गांधीजी सचमुच महात्मा और दूरदर्शी थे।

परोपकार की भावना

सन् 1947 की बात है। वायसराय के बुलाने पर बापू उनसे मिलने के लिए पटना से दिल्ली जा रहे थे। यात्रा लंबी थी। बापू की सुविधा के लिए उनकी पोती मनु बेन साथ में यात्रा कर रही थी। उन्होंने दो भागोंवाले एक डिब्बे को चुन लिया। डिब्बे के एक भाग में सामान रखा था और उसी में खाना बनाने का प्रबंध किया गया था। दूसरे भाग में बापू बैठे थे। मनु बेन ने सोचा था कि सामान आदि रखने और खाना बनाने के लिए, बापू जिस हिस्से में बैठे हैं, उस हिस्से में प्रबंध किया गया तो उन्हें कष्ट होगा।

गाड़ी पटना से चल पड़ी। एकाएक बापू ने खिड़की से बाहर झाँका। वे एकदम

चौंक पड़े। बाहर अनेक यात्री पायदान पर लटकते हुए यात्रा कर रहे थे।

बापू ने उन लोगों की ओर इशारा कर मनु बेन से पूछा, ''तुमने मेरे आराम के लिए इन लोगों के आराम का खयाल नहीं किया। इतने लोग बाहर लटककर यात्रा करें और हम दो डिब्बे अपने उपयोग में लाएँ, क्या यह ठीक है?''

मनु बेन को अपनी गलती का अहसास हुआ। दु:ख के कारण उनकी आँखों में आँसू आ गए। बापू ने उनसे दूसरे डिब्बे का सामान एक ही डिब्बे में रख देने के लिए कहा।

अगले स्टेशन पर गाड़ी रुकी तो बापू ने स्टेशन मास्टर को बुलाकर कहा, ''मेरी पोती ने अनजाने में भूल की और दो डिब्बों पर कब्जा कर लिया। उसकी इस गलती से मुझे दु:ख हुआ है। अब मैंने दो में से एक डिब्बे को खाली करा दिया है। आप पायदान पर लटके लोगों को खाली डिब्बे में बिठा दीजिए। इससे मेरा दु:ख कम होगा।''

स्टेशन मास्टर ने कहा, ''बापू, आप दोनों डिब्बों में बने रहें। मैं मुसाफिरों के लिए गाड़ी में नया डिब्बा जुड़वा देता हूँ।''

बापू मुसकराकर बोले, ''दूसरा डिब्बा तो जुड़वा ही दीजिए। इस खाली डिब्बे में भी मुसाफिरों को बिठाइए। इस डिब्बे के बिना भी हम आसानी से अपना काम चला सकते हैं। इस पर कब्जा बनाए रखना हिंसा है। मैं यह पाप नहीं करूँगा।''

स्टेशन मास्टर की समझ में बापू की बात आ गई। उसने खाली डिब्बे में बाहर लटके यात्रियों को बिठा दिया।

अपने से अधिक दूसरों का ध्यान रखनेवाले ऐसे थे बापू, जो अपने लिए कोई विशेष सुविधा और आराम नहीं चाहते थे।

नियम का पालन

बापू का जीवन कठोर तप का जीवन था। अपने खान-पान और वेशभूषा में वे साधुओं जैसी सादगी रखते थे। अपने साथ रहनेवाले लोगों की आवश्यकताओं का ध्यान रखँना वे अपना पहला कर्तव्य समझते थे।

बापू के एक सहयोगी भक्त बृजकृष्ण चाँदीवाला थे। एक बार बापू ने उन्हें आश्रम में बुलवाया। बृजकृष्ण उन दिनों बीमार थे। वैद्य ने उन्हें मलाई के साथ दवा खाने की सलाह दी थी। बापू ने उनसे कहा कि वे कड़ाही लाकर दे दें, ताकि मलाई बन सके।

पर बृजकृष्ण कड़ाही नहीं लाए। उन्हें आश्रम में मलाई खाने की बात ठीक नहीं लगी।

एक दिन बापू ने पूछा, ''क्यों बृजकृष्ण, तुम्हें मलाई मिलती है?''

बृजकृष्ण संकोच से बोले, ''बापू, आश्रम में मलाई बनाने की बात ठीक नहीं मालूम पड़ती।''

बापू ने उन्हें मीठी फटकार लगाई, ''यह तुम्हारी मूर्खता है। शरीर के लिए जो वस्तु आवश्यक है, उसे खाना धर्म है। तुम आज ही शहर जाकर कड़ाही ले आओ।''

बृजकृष्ण अब बापू की बात टाल नहीं सके। वे शहर जाकर कड़ाही ले आए। रात में उनके लिए मलाई तैयार की गई।

बृजकृष्ण को मलाई मिलने लगी, यह जानकर बापू प्रसन्न हुए।

बापू का नियम था कि वह स्वाद के लिए कुछ भी नहीं खाते थे। वे शरीर के लिए जितना और जो आवश्यक हो, वही वस्तुएँ खाते थे। यह नियम आश्रम के सभी लोगों के लिए था। जो लोग इस नियम का पालन नहीं कर पाते थे, बापू उन्हें छूट भी दे देते थे।

ऐसे थे बापू, जो नियमों और सिद्धांतों को मानने में अत्यंत कठोर थे, पर वहीं दूसरों की आवश्यकताओं को ध्यान में रखते हुए अत्यंत कोमल भी थे।

दूसरों के सुख के लिए

सेवाग्राम आश्रम के निकट एक बड़ा नाला था। आश्रम में जाने के लिए उस नाले पर छोटे-छोटे पीपों से एक पुल बनाया गया था। उन पीपों में धीरे-धीरे कूड़ा-कचरा भरने और पीपों के चारों ओर कचरा जमा होने से पानी का बहाव पूरी तरह रुक गया। रुका पानी गाँव में भरने लगा। गाँव के घरों के गिरने का खतरा उत्पन्न हो गया।

गाँववाले आश्रम में आए और बापू से शिकायत की। बापू ने तुरंत ही एक आदमी को बुलाया और कहा, ''तुम इन भाइयों के साथ जाओ और पानी निकलवाने का इंतजाम करो।''

आदमी पुल पर गया। उसने वहाँ हालात का जायजा लिया। वह इस नतीजे पर पहुँचा कि जल-जमाव से गाँववालों को बचाने के लिए पुल को तोड़ना जरूरी था। उसने तुरंत पुल को तोड़ दिया।

नाले का रुका सारा पानी बह गया। गाँव के मकान गिरने से बच गए।

वह आदमी वापस लौटा तो बापू ने पूछा, ''क्या गाँववालों की परेशानी दूर हुई?''

''जी बापू, गाँव के घर तो बच गए, पर अपना पुल टूट गया।''

बापू ने सारी बात सुनी और हँसकर बोले, ''पुल टूट गया तो कोई बात नहीं। गाँववासियों के आराम और सुविधा के लिए कोई भी त्याग करना पड़े, वह कम है।''

इस तरह दूसरों के सुख के लिए खुद बड़ी-से-बड़ी तकलीफ उठाने को बापू हमेशा तैयार रहते थे।

□

मैनेजमेंट गुरु के रूप में गांधीजी के अनमोल विचार

- सत्य क्या है? यह एक कठिन प्रश्न है, लेकिन अपने लिए मैंने इसे यह कहकर सुलझा लिया है कि जो तुम्हारे अंत:करण की आवाज कहे, वह सत्य है। आप पूछते हैं कि यदि ऐसा है तो भिन्न-भिन्न लोगों के सत्य परस्पर भिन्न और विरोधी क्यों होते हैं? चूँकि मानव मन असंख्य माध्यमों के जरिए काम करता है और सभी लोगों के मन का विकास एक-सा नहीं होता, इसलिए जो एक व्यक्ति के लिए सत्य होगा, वह दूसरे के लिए असत्य हो सकता है। अत: जिन्होंने ये प्रयोग किए हैं वे इस परिणाम पर पहुँचे हैं कि इन प्रयोगों को करते समय कुछ शर्तों का पालन करना जरूरी है।

ऐसा इसलिए है कि आजकल हर आदमी किसी तरह की कोई साधना किए बगैर अंत:करण के अधिकार का दावा कर रहा है और हैरान दुनिया को जाने कितना असत्य थमाया जा रहा है। मैं सच्ची विनम्रता के साथ तुमसे कहना चाहता हूँ कि जिस व्यक्ति में विनम्रता कूट-कूटकर न भरी हो, उसे सत्य नहीं मिल सकता। यदि तुम्हें सत्य के सागर में तैरना है तो तुम्हें अपनी हस्ती को पूरी तरह मिटा देना होगा।

—यंग इंडिया, 31-12-1931

- केवल सत्य, प्रेम और अहिंसा ही महत्त्वपूर्ण है। जहाँ ये हैं, वहाँ अंतत: सबकुछ ठीक हो जाएगा। इस नियम का कोई अपवाद नहीं है।

—यंग इंडिया, 18-8-1927

- मेरे लिए सत्य सर्वोच्च सिद्धांत है, जिसमें अन्य अनेक सिद्धांत समाविष्ट हैं। यह सत्य केवल वाणी का सत्य नहीं है, अपितु विचार का भी है और हमारी धारणा का सापेक्ष सत्य ही नहीं अपितु निरपेक्ष सत्य, सनातन सिद्धांत अर्थात् ईश्वर है। ईश्वर की असंख्य परिभाषाएँ हैं, क्योंकि वह असंख्य रूपों में प्रकट होता है। ये असंख्य रूप देखकर मैं आश्चर्य व भय से अभिभूत हो जाता हूँ और एक क्षण के लिए तो

स्तंभित रह जाता हूँ।

पर मैं ईश्वर को केवल सत्य के रूप में पूजता हूँ। मैं अभी उसे प्राप्त नहीं कर सका हूँ, पर निरंतर उसकी खोज में हूँ। इस खोज में मैं अपनी सर्वाधिक प्रिय वस्तुओं का त्याग करने के लिए तैयार हूँ। यदि मुझे इसके लिए अपने जीवन का भी उत्सर्ग करना पड़े तो मुझे आशा है कि मैं उसके लिए तैयार रहूँगा। लेकिन जब तक मुझे इस निरपेक्ष सत्य की प्राप्ति नहीं होती तब तक अपनी धारणा के सापेक्ष सत्य पर ही अवलंबित रहना होगा। तब तक यह सापेक्ष सत्य ही मेरा प्रकाश-स्तंभ, मेरी ढाल है। यद्यपि सत्य की खोज का मार्ग कठिन और सँकरा तथा तलवार की धार की तरह तेज है, पर मेरे लिए यह सरलतम है। इस मार्ग पर दृढ़तापूर्वक चलते जाने के कारण अपनी भयंकर भूलें भी मुझे नगण्य प्रतीत हुई हैं। इस मार्ग ने मुझे संताप से बचाया है और मैं अपनी प्रकाश किरण का अनुगमन करते हुए आगे बढ़ता गया हूँ। मार्ग में चलते-चलते मुझे प्राय: निरपेक्ष सत्य—ईश्वर—की हलकी सी झलक दिखाई दी है और मेरा यह विश्वास दिनोंदिन दृढ़तर होता जाता है कि केवल ईश्वर ही वास्तविक है और शेष सब अवास्तविक।

एक बात और मेरे मन में दृढ़ होती जा रही है कि जो कुछ मेरे लिए संभव है, वह एक बच्चे के लिए भी संभव है। यह बात मैं ठोस कारणों के आधार पर कह रहा हूँ। सत्य की खोज के साधन जितने कठिन हैं, उतने ही आसान भी हैं। अहंकारी व्यक्ति को वे काफी कठिन लग सकते हैं और अबोध शिशु को पर्याप्त सरल।

सत्य के खोजी को धूल के कण से भी अधिक विनम्र होना चाहिए। धूल के कणों को तो दुनिया अपने पैरों तले रौंदती है, लेकिन सत्य के खोजी को इतना विनम्र होना चाहिए कि उसे धूल कण भी रौंद सकें। तभी, और केवल तभी, उसे सत्य के दर्शन संभव होंगे।

सत्य एक विशाल वृक्ष की तरह है। आप जितना उसका पोषण करेंगे, उतने ही ज्यादा फल वह देगा। सत्य की खान को जितना ही गहरा खोदेंगे, सेवा के नए-से-नए मार्गों के रूप में वह उतने ही अधिक हीरे-जवाहरात देगा।

मेरे विचार में, इस संसार में निश्चिंतताओं की आशा करना गलत है—यहाँ ईश्वर अर्थात् सत्य के अलावा और सबकुछ अनिश्चित है। जो कुछ हमारे चारों ओर दिखाई देता है अथवा घटित हो रहा है, सब अनिश्चित है, अनित्य है। बस, एक ही सर्वोच्च सत्ता यहाँ है, जो गोपन है; किंतु निश्चित है और वह व्यक्ति भाग्यशाली है, जो इस निश्चित तत्त्व की एक झलक पाकर उसके साथ अपनी जीवन-नैया को बाँध देता है। इस सत्य की खोज ही जीवन का परमार्थ है।

सत्य की खोज में क्रोध, स्वार्थ, घृणा आदि विकास स्वभावत: छूटते जाते हैं, अन्यथा सत्य की प्राप्ति असंभव ही हो। जो व्यक्ति वासनाओं के वश में है, उसकी नीयत साफ होने

पर भी वह कभी सत्य की प्राप्ति नहीं कर सकेगा। सत्य की खोज में सफलता प्राप्त होने पर मनुष्य प्रेम और घृणा, सुख और दुःख आदि के द्वंद्वों से पूर्णतः मुक्त हो जाता है।

सत्य की सार्वभौम एवं सर्वव्यापी भावना के प्रत्यक्ष दर्शन वही कर सकता है, जो क्षुद्रतम प्राणी से भी उतना ही प्रेम कर सके जितना कि स्वयं को करता है। और जो ऐसा करने का आकांक्षी हो, वह जीवन के किसी क्षेत्र से अपने को असंपृक्त नहीं रख सकता। यही कारण है कि सत्य के प्रति मेरे अनुराग ने मुझे राजनीति के क्षेत्र में ला खड़ा किया है।

सतत अनुभव ने मेरा यह विश्वास दृढ़ कर दिया है कि ईश्वर सत्य के अलावा और कुछ नहीं है। सत्य की जो क्षणिक झलकियाँ मैं पा सका हूँ, उनसे सत्य के अवर्णनीय तेज का वर्णन करना संभव नहीं है। सत्य का तेज नित्य दिखाई देनेवाले सूर्य के प्रकाश से लाखों गुना प्रखर है।

वस्तुतः, मैं उस अतुल प्रभा की बहुत हलकी झलक ही पा सका हूँ। लेकिन अपने अनुभव के बल पर मैं यह बात भरोसे के साथ कह सकता हूँ कि सत्य का सर्वांग दर्शन वही कर सकता है, जिसने अहिंसा को पूरी तरह अपना लिया है। वही सत्य प्रत्येक मनुष्य के हृदय में वास करता है और मनुष्य को उसे वहीं खोजना चाहिए। सत्य ज़िसे जैसा दिखाई दे, वह उसी से निर्देशित हो। लेकिन किसी को यह अधिकार नहीं है कि वह सत्य का जिस रूप में दर्शन करता है, उसके अनुसार चलने के लिए दूसरे लोगों पर जोर-जबरदस्ती करे।

निरपेक्ष सत्य को जानना मनुष्य के वश की बात नहीं है। उसका कर्तव्य है कि सत्य जैसा उसे दिखाई दे, उसका अनुगमन करे—और ऐसा करते समय शुद्धतम साधन अर्थात् अहिंसा को अपनाए। केवल ईश्वर ही निरपेक्ष सत्य को जानता है। इसलिए मैंने प्रायः कहा है कि सत्य ही ईश्वर है। इसका अर्थ हुआ कि मनुष्य, जो सीमित क्षमतावाला प्राणी है, निरपेक्ष सत्य को नहीं जान सकता।

—हरिजन, 7-4-1946, पृष्ठ 70

- इस दुनिया में निरपेक्ष सत्य किसी को ज्ञात नहीं है। यह गुण केवल ईश्वर में है। हम सभी को सापेक्ष सत्य का ही ज्ञान है। इसलिए सत्य जैसा हमें दिखाई देता है, हम उसी का अनुगमन कर सकते हैं। सत्य का ऐसा अनुगमन किसी को भटका नहीं सकता।

—हरिजन, 2-6-1946, पृष्ठ 167

- मैंने अपने जीवन में ऐसी बातें कहने की गलती कभी नहीं की है, जिनका मेरा अभिप्राय न हो। मेरा स्वभाव बात की तह तक सीधे पहुँचने का है, और यदि मैं कुछ समय के लिए तह तक न पहुँच पाऊँ तो भी मैं जानता हूँ कि सत्य अंततः

लोगों को अपनी वाणी सुनाने और महसूस कराने में सफल हो जाएगा। मेरे अनुभव में प्राय: ऐसा ही घटित हुआ है।

—*यंग इंडिया, 20-8-1925*

- मेरे जैसे सैकड़ों लोग नष्ट हो जाएँ, पर सत्य की विजय हो। मेरे जैसे त्रुटिपूर्ण मनुष्यों का मूल्यांकन करने के लिए सत्य के मानदंडों को लेशमात्र भी नीचा करने की आवश्यकता नहीं है।
- अपना मूल्यांकन करते समय मैं सत्य के समान कठोर बनने का प्रयास करूँगा और चाहता हूँ कि अन्य लोग भी ऐसा ही करें। उस मानदंड से अपने को मापने पर मुझे सूरदास के सुर में सुर मिलाकर कहना होगा—

  मो सम कौन कुटिल खल कामी।
  जेहि तनु दियो ताहि बिसरायो ऐसो नमक हरामी।।
- मैं कितना ही तुच्छ होऊँ, पर जब मेरे माध्यम से सत्य बोलता है तब मैं अजेय बन जाता हूँ।

- मेरा अनुराग केवल सत्य के प्रति है, और मैं सत्य के अलावा किसी और का अनुशासन नहीं मानता।

—*हरिजन, 25-5-1935*

- मैं एक ही ईश्वर का दास हूँ और वह है सत्य।

—*हरिजन, 15-4-1939*

- सत्य के प्रति आग्रह से जो शक्ति प्राप्त होती है, उसके अतिरिक्त मेरे पास कोई और शक्ति नहीं है। इसी आग्रह से अहिंसा का प्रस्फुटन होता है।

—*हरिजन, 7-4-1946*

- मैं सत्य का एक साधारण सा, किंतु बड़ा खोजकर्ता हूँ। अपनी खोज में मैं अपने साथी खोजकर्ताओं को अधिकतम विश्वास में लेकर चलता हूँ, ताकि मैं अपनी त्रुटियों को पहचान सकूँ और उन्हें सुधार सकूँ। मैं जानता हूँ कि अपने अनुमानों एवं निर्णयों में मुझसे प्राय: गलतियाँ हुई हैं और चूँकि प्रत्येक ऐसे मामले में मैंने अपनी त्रुटि को सुधार लिया है, इसलिए कोई स्थायी हानि नहीं होने पाई है; बल्कि इससे अहिंसा का मौलिक सत्य पहले की अपेक्षा कहीं अधिक उद्भासित हुआ है तथा देश को किसी तरह की स्थायी हानि नहीं हुई है।

—*यंग इंडिया, 21-4-1927*

- मैं तो स्वयं ही नौसिखिया हूँ। मुझे कोई स्वार्थ सिद्ध नहीं करना, और मुझे जहाँ भी

सत्य दिखाई देता है, मैं उसका पक्ष लेकर उसके अनुसार कार्य करने का प्रयास करता हूँ।

—यंग इंडिया, 11-8-1927

- मेरा विश्वास है कि पूरी नेकनीयती से काम करने पर भी यदि किसी से गलती हो जाए तो उससे वस्तुतः दुनिया की ही नहीं, बल्कि किसी व्यक्ति की भी, कोई हानि नहीं होती। अपने भीरु सेवकों की अनजाने में हुई गलतियों से ईश्वर दुनिया को कोई हानि नहीं पहुँचने देता। मेरा अनुसरण करने के कारण जिनके गलत रास्ते पर चले जाने की आशंका है, उन्हें मेरे काम की जानकारी न भी होती तो भी वे उसी रास्ते पर जाते। कारण यह है कि मनुष्य अपने आचरण में अंततः अपनी अंतःप्रेरणा से ही परिचालित होता है, भले ही दूसरों के उदाहरण कभी-कभी उसका मार्गदर्शन करते प्रतीत होते हों। जो भी हो, मैं यह जानता हूँ कि मेरी त्रुटियों के कारण दुनिया को कभी हानि नहीं उठानी पड़ी है; क्योंकि ये त्रुटियाँ मुझसे अज्ञानवश हुई थीं। मुझे इस बात का दृढ़ विश्वास है कि मेरी जो त्रुटियाँ बताई जाती हैं, उनमें से एक भी त्रुटि मैंने जान-बूझकर नहीं की थी।

—यंग इंडिया, 3-1-1929

- सच पूछा जाए तो एक व्यक्ति को जो बात स्पष्टतया गलत लगती है, वह दूसरे को एकदम बुद्धिमत्तापूर्ण लग सकती है। वह विभ्रम में हो, तब भी अपने को उसे करने से रोक नहीं सकता। तुलसीदास ने सच ही कहा है—

  रजत सीप महुं भास जिमि जथा भानु कर बारि।
  जदपि मृषा तिहुँ काल सोइ भ्रम न सकइ कोउ टारि।।

- मेरे जैसे आदमियों के साथ, जो संभवतः महान् विभ्रम से ग्रस्त हैं, यही होता रहेगा। ईश्वर निश्चित रूप से उन्हें क्षमा कर देगा; पर दुनिया को ऐसे लोगों को बरदाश्त करना चाहिए। अंततः सत्य की ही विजय होगी।

—हरिजन, 10-11-1946

- जीवन एक आकांक्षा है। उसका ध्येय पूर्णता के लिए प्रयास करना है, जो आत्मसिद्धि ही है। अपनी दुर्बलताओं या अपूर्णताओं के कारण ध्येय को नीचा नहीं करना चाहिए। मुझे इस बात का दुःखद बोध है कि मेरे अंदर दुर्बलताएँ भी हैं और अपूर्णताएँ भी। मैं इन्हें दूर करने में सहायता देने के लिए प्रतिदिन सत्य के समक्ष मौन आर्तनाद करता हूँ।

—हरिजन, 22-6-1935

- मेरा विश्वास करो। मैं अपने 60 वर्ष के व्यक्तिगत अनुभव से कहता हूँ कि सत्य के मार्ग का परित्याग करना ही वास्तविक दुर्भाग्य है। यदि तुम इसे समझ सको तो

ईश्वर से तुम्हारी एक ही प्रार्थना होगी कि सत्य का अनुसरण करते हुए तुम्हें कितनी भी परीक्षाओं और कठिनाइयों से गुजरना पड़े, ईश्वर तुम्हें उनसे पार पाने का सामर्थ्य दे।

—हरिजन, 28-7-1946

- केवल सत्य ही टिकेगा, बाकी सब काल-कवलित हो जाएगा। इसलिए मुझे सभी त्याग दें तो भी मुझे सत्य का साक्षी बने रहना चाहिए। मेरी वाणी आज अरण्यरोदन हो सकती है; किंतु यदि यह सत्य की वाणी है तो शेष सभी वाणियाँ मूक हो जाने के अंत में मेरी वाणी ही सुनाई देगी।

—हरिजन, 25-8-1946

- सारी दुनिया झूठ की चपेट में आती प्रतीत हो तो भी आस्थावान् व्यक्ति सत्य का परित्याग नहीं करेगा।

—हरिजन, 22-9-1946

- प्रासंगिक होने पर सत्य अवश्य कह देना चाहिए, चाहे वह कितना ही अप्रिय हो। जो अप्रासंगिक है, वह सदा असत्य है और उसे कभी नहीं कहना चाहिए।

—हरिजन, 21-12-1947

- संसार का परित्याग तो मेरे लिए सरल है। लेकिन मैं ईश्वर का परित्याग करूँ, यह अविचारणीय है।

—यंग इंडिया, 23-2-1922

- मैं जानता हूँ कि मैं कुछ भी करने में समर्थ नहीं हूँ। ईश्वर सर्वसमर्थ है। हे प्रभो! मुझे अपना समर्थ साधन बनाएँ और जैसे चाहें, मेरा उपयोग करें।

—यंग इंडिया, 9-10-1924

- मुझे पत्र लिखनेवालों में से कुछ यह समझते हैं कि मैं चमत्कार दिखा सकता हूँ। सत्य का पुजारी होने के नाते मेरा कहना है कि मेरे पास ऐसी कोई सामर्थ्य नहीं है। मेरे पास जो भी शक्ति है, वह ईश्वर देता है। लेकिन वह सामने आकर काम नहीं करता। वह अपने असंख्य माध्यमों के जरिए काम करता है।

—हरिजन, 8-10-1938

- ईश्वर सत्य है, पर वह और भी बहुत कुछ है। इसीलिए मैं कहता हूँ कि सत्य ईश्वर है। केवल यह स्मरण रखें कि सत्य ईश्वर के अनेक गुणों में से एक गुण नहीं है। सत्य तो ईश्वर का जीवंत रूप है। यही जीवन है। मैं सत्य को ही परिपूर्ण जीवन मानता हूँ। इस प्रकार यह एक मूर्त वस्तु है, क्योंकि संपूर्ण सृष्टि, संपूर्ण सत्ता ही

ईश्वर है और जो कुछ विद्यमान है—अर्थात् सत्य—उसकी सेवा ईश्वर की सेवा है।

—हरिजन, 25-5-1935

- यदि मैं अपने अंदर ईश्वर की उपस्थिति अनुभव न करता तो प्रतिदिन इतनी कंगाली और निराशा देखते-देखते प्रलापी और पागल हो गया होता या हुगली में छलाँग लगा देता।

—यंग इंडिया, 6-8-1925

- यदि मुझे भारत के सबसे हीन, बल्कि विश्व के सबसे हीन व्यक्तियों के दु:ख के साथ अपना तादात्म्य करना है तो मुझे अपनी देखरेख में रहनेवाले साधारण व्यक्तियों के पापों के साथ तादात्म्य करना चाहिए। और मुझे आशा है कि पूर्ण विनम्रता के साथ ऐसा करते-करते मैं किसी दिन ईश्वर के सत्य का साक्षात् कर सकूँगा।

—यंग इंडिया, 3-12-1925

- मैं ईश्वर को मानवता की सेवा के जरिए पाने का प्रयास कर रहा हूँ, क्योंकि मैं जानता हूँ कि ईश्वर न स्वर्ग में है, न पाताल में, बल्कि हम सब में है।

—यंग इंडिया, 4-8-1927

- मैंने देखा है और मेरा विश्वास है कि ईश्वरीय शरीर नहीं, बल्कि कार्यरूप में प्रकट होता है और इसी से आपको घोर विपत्तियों से छुटकारा मिलता है।

—हरिजन, 10-12-1938

- मैं उस कला और साहित्य का पक्षधर हूँ, जो जनता से जुड़ा हो।

—हरिजन, 14-11-1936

- मनुष्य का मूल्य उसके रहन-सहन के तरीकों पर निर्भर है, उसके पद पर नहीं। इस रहन-सहन की परीक्षा उसके बाह्य जीवन से नहीं होती। वह तो अंतर्वृत्ति को जानकर ही की जा सकती है।

—संपूर्ण गांधी वाड्मय (खंड 6), पृष्ठ 360

- अधिकार सदा कानूनी ही होता है। इसलिए कानूनी आधार से विच्छिन्न 'नैतिक आधार' वस्तुत: एक गलत प्रयोग है।

—संपूर्ण गांधी वाड्मय (खंड 6), पृष्ठ 87

- अपने कर्तव्यों को पूरा करने का अधिकार ही एकमात्र अधिकार है, जिसके लिए मनुष्य का जीवन धारण और भरण होता है। इसी के अंतर्गत मनुष्य के सभी न्यायिक अधिकार निहित हैं।

—हरिजन, 21-5-1939

- जिनकी हम आराधना करते हों, उनके सद्‌गुणों का अनुसरण करने में ही सच्ची आराधना है।

—संपूर्ण गांधी वाङ्मय (खंड 18), पृष्ठ 133

- अपने हर एक शब्द के पीछे, जिसे मैंने उच्चारित किया हो और प्रत्येक कार्य के पीछे, जिसे मैंने किया हो, उन सबके पीछे धार्मिक चेतना और संपूर्ण धार्मिक उद्‌देश्य मेरे लोक-जीवन में रहा है।

—यंग इंडिया

- मैं आज तक जितने धार्मिक पुरुषों से मिला हूँ, वे अंदर-ही-अंदर राजनीतिक रहे हैं; किंतु मैं जो राजनीतिज्ञ का बाना पहने घूमता हूँ, हृदय से संपूर्णतः धार्मिक मनुष्य हूँ।

—स्पीचेज एंड राइटिंग्स ऑफ गांधीजी, ए. नटसन, मद्रास, 1922, पृष्ठ 40

- मैं सत्य का विनम्र सेवक हूँ। मैं आत्मज्ञान प्राप्त करने को अधीर हूँ। मैं इसी जीवन में मोक्ष चाहता हूँ। मेरी राष्ट्र-सेवा मेरी आध्यात्मिक साधना है, जिसके द्वारा मैं अपनी आत्मा को शरीर के बंधन से मुक्त करना चाहता हूँ। विश्व के नश्वर राज्य की मुझे कामना नहीं है। मैं तो उस स्वर्ग राज्य के लिए साधना में लीन हूँ, जिसे मुक्ति कहते हैं। अपने ध्येय की प्राप्ति के लिए गुफा-सेवन की मुझे आवश्यकता नहीं दिखती। गुफा तो मेरे भीतर भी मौजूद है, यदि उसे मैं जान पाऊँ।

—यंग इंडिया, 3-4-1924

- लोग मुझे सनकी, भटकी और दीवाना कहते हैं। सचमुच ही मैं इस कीर्ति के योग्य हूँ। क्योंकि जहाँ कहीं मैं जाता हूँ, अपने आसपास सनकियों, भटकियों और पागलों को इकट्‌ठा कर लेता हूँ।

—संपूर्ण गांधी वाङ्मय (खंड 41), पृष्ठ 33

- जब तक हमारे बीच ऐसी असमानता मौजूद है कि किसी के पास अत्यधिक है और किसी को अभाव, तब तक तो यही कहा जा सकता है कि हम चोरी ही कर रहे हैं।

—महात्मा गांधी : जीवन और चिंतन, पृष्ठ 396

- अहिंसा के मार्ग पर चलनेवाला आदमी ईश्वर की शक्ति और कृपा का आश्रय लिये बिना कुछ नहीं कर सकता। इसके बिना उसमें क्रोध, भय और प्रतिकार में हाथ उठाने की इच्छा से मुक्त रहकर खुशी-खुशी मर मिटने का साहस नहीं आ सकता। ऐसा साहस तो इस विश्वास से प्राप्त होता है कि ईश्वर सबके हृदय में

बसता है और ईश्वर की उपस्थिति में डर किस बात का! ईश्वर की सर्वव्यापकता का मतलब यह भी है कि जिन्हें हम अपना विरोधी या गुंडा कहते हैं, उनके प्राणों की भी हमें चिंता है।

—संपूर्ण गांधी वाङ्मय (खंड 67), पृष्ठ 142

- जिस व्यक्ति के मन में अहिंसा का पालन करने का उत्साह है, उसे चाहिए कि वह अपने हृदय में झाँके और अपने पड़ोसी की ओर देखे। यदि उसके मन में द्वेष भरा हो तो वह समझ ले कि वह अहिंसा की प्रथम सीढ़ी ही नहीं चढ़ पाया है। और जो अपने पड़ोसी के प्रति, साथी के प्रति अहिंसा का व्यवहार नहीं करता, वह अहिंसा से हजारों कोस दूर है।

—संपूर्ण गांधी वाङ्मय (खंड 67), पृष्ठ 93

- कोई भी शासन संपूर्णत: अहिंसक बनने में सफल नहीं हो सकता, क्योंकि वह व्यक्तियों का प्रतिनिधित्व करता है। यद्यपि मैं उस स्वर्ण युग की कल्पना आज नहीं करता हूँ, फिर भी मैं मानता हूँ कि एक अहिंसक समाज की संभावना है और मैं उसकी स्थापना की चेष्टा कर रहा हूँ।

—हरिजन, 9 मार्च, 1940

- अकसर ऐसा कहा गया है कि अहिंसा का सिद्धांत मैंने टॉलस्टॉय से लिया है। इसमें पूरी सच्चाई तो नहीं है, लेकिन अहिंसा के संबंध में उनकी रचनाओं से भी मुझे सबसे अधिक बल मिला है; लेकिन इस बात को टॉलस्टॉय ने स्वयं भी स्वीकार किया है कि अप्रतिरोध की जिस पद्धति का संवर्धन और विकास मैंने दक्षिण अफ्रीका में किया, वह उस अप्रतिरोध से भिन्न है, जिसके संबंध में टॉलस्टॉय ने लिखा है और जिसे अपनाने की उन्होंने सिफारिश की है।

—संपूर्ण गांधी वाङ्मय (खंड 48), पृष्ठ 450

- अगर हमारी अहिंसा वैसी न हुई जैसी कि वह होनी चाहिए तो राष्ट्र को उससे बड़ा नुकसान पहुँचेगा, क्योंकि उसकी आखिरी परीक्षा में हम बहादुर के बजाय कायर साबित होंगे। और आजादी के लिए लड़नेवालों के लिए कायरता से बढ़कर अपमान की बात और कोई नहीं है।

—संपूर्ण गांधी वाङ्मय (खंड 67), पृष्ठ 15

- अशांति से शांति पैदा नहीं की जा सकती। ऐसा प्रयास तो काँटों से अंगूर चुनने या बबूल से अंजीर चुनने जैसा होगा। मुझे इस बारे में तनिक भी संदेह नहीं कि अहिंसा के बिना स्वराज नहीं हो सकता और न ही कोई रचनात्मक कार्य हो सकता है। रचनात्मक कार्य अहिंसा का ही सौम्य रूप है; लेकिन अहिंसा की सच्ची

कसौटी इस बात में है कि हम अपने स्वीकृत ध्येय की सेवा करते हुए निस्संकोच भाव से मृत्यु का वरण करने की क्षमता अर्जित करें, ऐसी मृत्यु जो सर्वथा निर्दोष हो।

—संपूर्ण गांधी वाड्मय (खंड 67), पृष्ठ 45

- अहिंसक उपायों से स्वराज तब तक हासिल नहीं हो सकता, जब तक कि हमारी अहिंसा बहादुरी की अहिंसा न हो और इस कोटि की न हो कि वह सफलतापूर्वक हिंसा का मुकाबला करे।

—संपूर्ण गांधी वाड्मय (खंड 67), पृष्ठ 13

- अहिंसक काररवाई के लिए दूसरे के सहयोग पर निर्भर नहीं रहना पड़ता, लेकिन हिंसक काररवाई दूसरे के सहयोग के बिना नाकाम हो जाती है।

—संपूर्ण गांधी वाड्मय (खंड 64), पृष्ठ 188

- अहिंसा एक ऐसी शक्ति है, जिसका सहारा बालक, युवा, वृद्ध, स्त्री, पुरुष सब ले सकते हैं, बशर्ते कि प्रेम रूपी ईश्वर में तथा मनुष्यमात्र में उनकी सजीव श्रद्धा हो। जब हम अहिंसा को अपना जीवन-सिद्धांत बना लें तो यह हमारे संपूर्ण जीवन में व्याप्त होना चाहिए। यूँ ही कभी-कभी छुटपुट मामलों में उसका पालन करने से लाभ नहीं हो सकता।

—संपूर्ण गांधी वाड्मय (खंड 62), पृष्ठ 285

- अहिंसा और कायरता परस्पर विरोधी शब्द हैं। अहिंसा सर्वश्रेष्ठ सद्‌गुण है, कायरता बड़े-से-बड़ा दुर्गुण है। अहिंसा का मूल प्रेम में है, कायरता का घृणा में। अहिंसक सदा कष्ट-सहिष्णु होता है, कायर सदा पीड़ा पहुँचाता है। विशुद्ध अहिंसा उच्चतम वीरता है। अहिंसक व्यवहार कभी पतनकारी नहीं होता, कायरता सदा पतित बनाती है।

—संपूर्ण गांधी वाड्मय (खंड 42), पृष्ठ 79

- अहिंसा का मार्ग कठिन तो है, लेकिन उसका परिणाम स्थायी और दोनों के लिए ही शुभ होता है। मार का बदला मार से लेना तो चलता ही आया है। किंतु उससे जगत् में न सुख बढ़ा है, न अन्याय और न जुल्म ही दूर हुआ है। उसे मिटाने की कुंजी तो अहिंसा ही है, ऐसा मेरा अनुभव है।

—संपूर्ण गांधी वाड्मय (खंड 65), पृष्ठ 394

- अहिंसा का व्यापार घाटे का व्यापार नहीं होता। अहिंसा के दोनों पलड़ों का जमा-खर्च शून्य होता है। यानी उसके दोनों पलड़े समान होते हैं। जो जीने के लिए खाता है, सेवा करने के लिए जीता है, केवल जीवन-निर्वाह करने के लिए कमाता है,

वह काम करते हुए भी अकर्मा है वह हिंसा करते हुए भी अहिंसक है।

—संपूर्ण गांधी वाङ्मय (खंड 40), पृष्ठ 202

- अहिंसा की सिद्धि तपश्चर्या पर निर्भर है। तपश्चर्या सात्त्विक होनी चाहिए। उसमें अविश्रांत उद्यम, विवेक इत्यादि समाविष्ट है। शुद्ध तप में शुद्ध ज्ञान होता है। अनुभव बताता है कि लोग अहिंसा का नाम तो लेते हैं, लेकिन बहुतों को मानसिक आलस्य इतना रहता है कि वे वस्तुस्थिति का परिचय तक करने का परिश्रम नहीं उठाते हैं।

—संपूर्ण गांधी वाङ्मय (खड 67), पृष्ठ 214

- अहिंसा कोई आसान काम नहीं है। वह विश्व की सबसे सूक्ष्म शक्ति है। इसको पकड़ पाना आसान नहीं है और मनुष्य धोखे में पड़ जाता है।

—संपूर्ण गांधी वाङ्मय (खंड 62), पृष्ठ 416

- अहिंसा तो मानव जाति को उपलब्ध सबसे बड़ी शक्ति है। मनुष्य ने अपनी बुद्धि के सहारे संसार के जिन प्रचंड-से-प्रचंड शस्त्रास्त्रों का निर्माण किया है, उन सबसे यह कहीं अधिक शक्तिशाली है। संहार मानव धर्म नहीं है। मनुष्य मौत के लिए सदा तैयार रहे, तभी वह मुक्त रूप में जी सकता है। अत: किसी को मारने के बजाय उसके हाथों मारे जाने के लिए ही उसे तैयार रहना चाहिए। यह मौत उसे अगर जरूरत पड़े तो उसके भाई के हाथों से ही भले क्यों न आए!

—महात्मा गांधी : जीवन और चिंतन, पृष्ठ 373

- अहिंसा परम श्रेष्ठ मानव धर्म है और पशु व बल से वह अनंत गुना महान् व उच्च है।

—संपूर्ण गांधी वाङ्मय (खंड 63), पृष्ठ 284

- अहिंसा प्रचंड शस्त्र है। इसमें परम पुरुषार्थ है। यह भीरु से भी दूर-दूर भागती है। यह वीर पुरुष की शोभा है, उसका सर्वस्व है। यह शुष्क, नीरस, जड़ पदार्थ नहीं है, यह चेतनामय है। यह आत्मा का विशेष गुण है, इसलिए इसका वर्णन परम धर्म के रूप में किया गया है।

—विद्यार्थियों से, पृष्ठ 40

- अहिंसा बेवकूफों के लिए नहीं है। हमें बुद्धि योग से काम लेना होगा। अहिंसा ऐसी चीज है, जिसके अंदर ज्ञान को भी स्थान है और कार्यशक्ति को भी, यानी बुद्धि को भी स्थान है और हमारी सारी इंद्रियों को भी। आज तो इन सबका उपयोग अहिंसा को मिटाने के लिए हो रहा है। हम तो यह चाहते हैं कि ये सब उसकी

दासियाँ बनकर रहें। हम अपनी इंद्रियों को अहिंसा की दासी बनाएँगे, तब वे तेजस्विनी होंगी।

—संपूर्ण गांधी वाङ्मय (खंड 65), पृष्ठ 132

- अहिंसा भाव से ओत-प्रोत होने के लिए हममें ईश्वर में जीवंत श्रद्धा होनी चाहिए। फल की तनिक भी आशा किए बिना निरंतर सेवा करते रहने से ही मन में अहिंसा भाव का उदय होता है। इसमें मनुष्य सिर्फ अपना अर्पण करता चला जाता है और यह अपना पुरस्कार आप है। निष्काम भाव से की गई ऐसी सेवा केवल मित्रों के लिए ही नहीं होती, बल्कि शत्रुओं के लिए भी होती है। अहिंसा की यह अनिवार्य शिक्षा है।

—संपूर्ण गांधी वाङ्मय (खंड 66), पृष्ठ 441

- अहिंसा में भय की गुंजाइश ही नहीं है। भय-मुक्त होने के लिए अहिंसा के उपासक को उच्च कोटि की त्याग-वृत्ति की साधना करनी पड़ती है। जमीन और धन-संपत्ति ही नहीं, प्राण तक से हाथ धोने पड़ें तो भी घबराना नहीं चाहिए। सच तो यह है कि जिसने सब तरह से भय से मुक्ति न पा ली हो, वह अहिंसा का पूरी तरह पालन ही नहीं कर सकता। इसलिए अहिंसा के पुजारी को तो हर तरह के भय से मुक्त होकर एकमात्र ईश्वर से ही डरना चाहिए।

—महात्मा गांधी : जीवन और चिंतन, पृष्ठ 378

- जीवन के प्रत्येक क्षेत्र में सर्वत्र न्यायपूर्ण व्यवहार अहिंसा की पहली शर्त है। मानव स्वभाव से ऐसी अपेक्षा शायद बहुत अधिक है, बल्कि मैं ऐसा नहीं मानता। मनुष्य कितना ऊँचा उठ सकता है और नीचा गिरे तो कितनी निम्नता तक जा सकता है, इस बारे में मानव स्वभाव की दृष्टि से सिद्धांत नहीं बाँधा जा सकता।

—महात्मा गांधी : जीवन और चिंतन, पृष्ठ 378

- जो हमें प्रेम करते हैं, उन्हीं से प्रेम करना अहिंसा नहीं है। जो हमसे नफरत और द्वेष करते हों, उनसे भी प्रेम करना ही वस्तुतः अहिंसा है। प्रेम के इस महत् नियम का पालन करना कितना कठिन है, यह मैं जानता हूँ; लेकिन क्या सभी महान् और अच्छी बातों पर अमल करना कठिन नहीं होता? द्वेष करनेवालों से प्रेम करना सबसे कठिन बात है। परंतु अगर हम चाहें तो कठिन-से-कठिन बात भी ईश्वर की कृपा से आसान हो जाती है।

—महात्मा गांधी : जीवन और चिंतन, पृष्ठ 370

- तुम अहिंसा के उपासक हो और विवेक अहिंसा का अविभाज्य अंग है, क्योंकि अविवेक दुःखदायक है, और विवेक सुखदायक नहीं होता। यदि कोई लड़का

अपनी माँ को अपने पिता की पत्नी कहकर संबोधित करता है तो वह सच ही कहता है, किंतु उसकी भाषा में अविवेक होने के कारण उसका कथन हिंसापूर्ण है और वह समूचे समाज में निंदा का पात्र है।

—संपूर्ण गांधी वाङ्मय (खंड 65), पृष्ठ 68

- मन, वचन और शरीर से किसी जीव को दु:ख न देना, अपना या दूसरे का भला मानकर भी किसी जीव को दु:ख न देना अहिंसा है।

—संपूर्ण गांधी वाङ्मय (खंड 50), पृष्ठ 206

- चोरी करने के बाद भी जो व्यक्ति अपने अपराध को स्वीकार कर लेता है, वह व्यक्ति उसकी अपेक्षा कहीं अधिक अच्छा है, जो चोरी करते हुए पकड़ा न गया हो अथवा जिसे कभी चोरी करने का लोभ न हुआ हो।

—संपूर्ण गांधी वाङ्मय (खंड 50), पृष्ठ 109

- मनुष्य के मन में हमेशा दो खिड़कियाँ रही हैं। एक से वह देख सकता है कि स्वयं कैसा है और दूसरी से उसे कैसा होना चाहिए, इसकी कल्पना कर सकता है। देह, दिमाग और मन तीनों की अलग-अलग जाँच करना हमारा काम अवश्य है, परंतु यदि इतने तक ही रह जाएँ तो ऐसा ज्ञान प्राप्त करके भी हम उसका कोई लाभ उठा नहीं सकते। अन्याय, दुष्टता, अभिमान आदि के क्या परिणाम होते हैं और जहाँ ये तीनों एक साथ हों, वहाँ कैसी खराबी होती है, यह जानना भी जरूरी है। और केवल जान लेना ही काफी नहीं, जानने के बाद वैसा आचरण भी करना है।

—संपूर्ण गांधी वाङ्मय (खंड 6), पृष्ठ 291

- एक हद तक आत्मनिंदा भी आवश्यक है परंतु मैंने देखा है कि कुछ एक लोगों को आत्मनिंदा में अतिरेक करने की आदत पड़ जाती है और इस प्रकार वे फिर प्रगति कर ही नहीं सकते। आत्मनिंदा का उपयोग तो इतना भर होना चाहिए कि हम प्रगति कर सकें। भूतकाल में हमारे हाथों जो दोष हुए हों और आज हम उन्हें न कर रहे हों तो उनका बार-बार चिंतन करके आत्मा का उत्पीड़न करने का अर्थ तो दोष की वृद्धि करने के समान ही है।

—संपूर्ण गांधी वाङ्मय (खंड 56), पृष्ठ 7

- आत्मविश्वास कैसा होना चाहिए? आत्मविश्वास रावण का-सा नहीं होना चाहिए, जो समझता था कि मेरी बराबरी का कोई है ही नहीं। आत्मविश्वास होना चाहिए विभीषण जैसा, प्रह्लाद जैसा। उनके मन में यह भाव था कि हम निर्बल हैं, मगर ईश्वर हमारे साथ है और इस कारण हमारी शक्ति अनंत है।

—संपूर्ण गांधी वाङ्मय (खंड 41), पृष्ठ 511

- अगर सद्‍विचार काफी बड़ी संख्या में हमारे मन में बस जाएँ तो कुविचार वहाँ ठहर ही नहीं सकते। अवश्य ही इसके लिए साहस की जरूरत है। परंतु दुर्बल हृदयवाले मनुष्य आत्म-संयम कभी नहीं कर सकते। आत्म-संयम तो जागरूकता और प्रार्थना तथा उपवास रूपी निरंतर प्रयत्न का सुंदर फल है। अर्थहीन स्तोत्र-पाठ प्रार्थना नहीं है और न शरीर को भूखा मारना उपवास है। प्रार्थना तो उसी हृदय से निकलनी चाहिए, जो अपनी श्रद्धा के द्वारा ईश्वर को जानता है। और उपवास का अर्थ है—बुरे या हानिकारक विचार, कर्म और आहार से परहेज रखना। मन विविध प्रकार के व्यंजनों की ओर दौड़े और शरीर को भूखा मारा जाए, ऐसे उपवास से कोई लाभ नहीं होता।

—संपूर्ण गांधी वाङ्मय (खंड 65), पृष्ठ 75

- मेरी कल्पना की आर्थिक समानता का अर्थ यह नहीं है कि हर एक को अक्षरश: एक ही रकम मिले। इसका मतलब इतना ही है कि हर एक को अपनी आवश्यकता के लिए काफी रकम मिल जानी चाहिए।

—अहिंसक समाजवाद की ओर, पृष्ठ 25

- जो आदर्श अमल में जरा भी न लाया जा सके, वह आदर्श ही नहीं है। आदर्श और व्यापार के बीच में अंतर सदा रहेगा ही। इस अंतर को कम करने में पुरुषार्थ की आवश्यकता रही है।

—संपूर्ण गांधी वाङ्मय (खंड 64), पृष्ठ 76

- आदर्श का पालन करने के लिए जी-तोड़ प्रयत्न करना चाहिए। लेकिन यदि वैसा करने के बावजूद मन पर अंकुश न रह सके तो मिथ्याचारी न होकर जो कुछ बन सके, उससे संतुष्ट रहना चाहिए। ऐसा व्यवहार करनेवाले लोग बड़ों के आशीर्वाद के पात्र हैं।

—संपूर्ण गांधी वाङ्मय (खंड 56), पृष्ठ 167

- गुलाब को अपनी सुगंध फैलाने के लिए किसी से कुछ कहने की आवश्यकता नहीं पड़ती, बल्कि वह इसलिए वैसा करता रहता है कि वही उसका धर्म है। सच्चा आध्यात्मिक जीवन भी ऐसा ही होता है। और जब ऐसा होने लगेगा, तब संसार में निश्चय ही शांति का राज्य स्थापित हो जाएगा और आदमी-आदमी के बीच सद्‍भावना कायम होगी।

—संपूर्ण गांधी वाङ्मय (खंड 64), पृष्ठ 465

- यदि आप अपने आत्मनिर्धारित लक्ष्य को पूरा करना चाहते हो तो आपको अपनी

आय के भीतर ही खर्च पूरा करने की कला सीखनी होगी। और इसे संपादित करने के दो ही रास्ते हैं—एक तो अपनी आवश्यकताओं को कम-से-कम कर देना और दूसरा, अपना काम-धंधा इस विधि से चलाना कि कभी सिर पर ऋण न चढ़े।

—संपूर्ण गांधी वाङ्मय (खंड 66), पृष्ठ 139

- मेरा प्रयास स्वेच्छापूर्ण सादगी, गरीबी और धीमी गति में सौंदर्य-दर्शन का है। आवश्यकताएँ बढ़ाने का मुझे कोई मोह नहीं। वे तो हमारे आंतरिक जीवन को तेजहीन करके विनष्ट ही कर देती हैं।

—महात्मा गांधी : जीवन और चिंतन, पृष्ठ 395

- कारखाना कुछ सौ लोगों को जीविका देता है। तेल की मिल खड़ी करके रोज सैकड़ों मन तेल आप निकाल सकते हैं, पर हजारों तेलवालों को बेकार करके। इस शक्ति को मैं संहारक शक्ति कहता हूँ। रचनात्मक शक्ति तो करोड़ों हाथों से की जानेवाली श्रम की शक्ति है—सर्वोदय सर्वकल्याण इसी रचनात्मक शक्ति से हो सकता है। यंत्रों की शक्ति से ढेरों माल तैयार किया जाए और कल-कारखाने सरकारी अधिकार में हों, तब भी उससे कुछ हासिल होने का नहीं।

—संपूर्ण गांधी वाङ्मय (खंड 62), पृष्ठ 396

- उद्योग मानव जाति के लिए अभिशाप सिद्ध होने वाला है। एक राष्ट्र द्वारा दूसरे राष्ट्र का शोषण सदा नहीं चल सकता। उद्योगवाद तो पूरी तरह आपकी शोषण की क्षमता, विदेशों में आपके माल के लिए बाजार मिलने और प्रतिस्पर्धियों के अभाव पर निर्भर है।

—संपूर्ण गांधी वाङ्मय (खंड 48), पृष्ठ 249

- मेरी दृढ़ मान्यता है कि निजी स्वार्थ के कारण किसी को कतई उपवास नहीं करना चाहिए। प्रत्येक व्यक्ति अपने दुःख के लिए दूसरों के सामने उपवास करने लगे तो सार्वजनिक जीवन अस्त-व्यस्त हो जाए।

—संपूर्ण गांधी वाङ्मय (खंड 56), पृष्ठ 191

- मैं यह जानता हूँ कि अगर चिकित्सक साहस के साथ अपने मरीजों में उपवास को लोकप्रिय बना दें तो लोगों को रोगों से होनेवाले कष्ट बहुत कम हो जाएँगे। और जो लोग आज औषधि तथा आहार संबंधी प्रयोगों के कारण मर रहे हैं, उनमें से बहुत से बच जाएँगे।

—संपूर्ण गांधी वाङ्मय (खंड 40), पृष्ठ 46

- एकाग्रचित्त होने का सबसे अच्छा उपाय है, जो शारीरिक काम किया जाए उसमें

तन्मय हो जाना और उसे अच्छे-से-अच्छा करने का प्रयत्न करने से उसमें तन्मयता आ ही जाती है।

—संपूर्ण गांधी वाङ्मय (खंड 56), पृष्ठ 190

- कठिनाइयाँ दो प्रकार की हैं—एक तो वे, जो हम पर बाहर से लादी जाती हैं और दूसरी वे, जिनको हम स्वयं पैदा कर लेते हैं। दूसरे प्रकार की कठिनाइयाँ कहीं ज्यादा खतरनाक हैं। हम बहुधा उन्हें गले से चिपकाए रहते हैं और दूर नहीं करना चाहते।

—संपूर्ण गांधी वाङ्मय (खंड 18), पृष्ठ 479

- कर्तव्य हो जाता है तो फिर उसके परिणामों के बारे में सोचने की गुंजाइश ही नहीं रह जाती। कर्तव्य तो हर हालत में करना है, चाहे कोई साथ देनेवाला हो या न हो।

—संपूर्ण गांधी वाङ्मय (खंड 67), पृष्ठ 151

- कार्य में व्यक्तिगत परिश्रम की रक्षा और मानवीय ईमानदारी होनी चाहिए, लोभ नहीं।

—विद्यार्थियों से, पृष्ठ 16

- जो व्यक्ति ईश्वर में आस्था रखता है, वह चौबीसों घंटे कार्यरत होता है, क्योंकि ईश्वर ने हमें इसीलिए हाथ-पैर दिए हैं।

—संपूर्ण गांधी वाङ्मय (खंड 64), पृष्ठ 350

- नीति-युक्त काम जोर-जबरदस्ती और भय से रहित होना चाहिए।

—संपूर्ण गांधी वाङ्मय (खंड 6), पृष्ठ 303

- यदि हम गहराई से विचार करें तो किसी पर क्रोध करने का कोई कारण हो ही नहीं सकता। फिर क्रोध करने का अधिकार क्यों कर हो सकता है? अंग्रेजी में क्रोध को छोटा-मोटा पागलपन कहा गया है न! और 'गीता' कहती है कि उसका मूल 'काम' है।

—संपूर्ण गांधी वाङ्मय (खंड 67), पृष्ठ 213

- जब एक चूहा एक बिल्ली के शिकंजे में पड़कर अपने को समर्पित कर देता है, तब यह नहीं कहा जाएगा कि उसने बिल्ली को क्षमा कर दिया।

—यंग इंडिया, 11-8-1920

- खाटी सत्य तो यह है कि जो चीज इस देश में सहज ही बन सकती है और बनती भी है, ज़िससे गरीबों का पेट पलता है, उस स्वदेशी चीज का उपयोग करना हमारा

धर्म है और उसे छोड़कर उसकी जगह इच्छापूर्वक विदेशी चीज का उपयोग करना अधर्म।

—संपूर्ण गांधी वाङ्मय (खंड 40), पृष्ठ 390

- खादी की कल्पना मैंने पिछले 20 बरसों से हिंदुस्तान के सामने रख रखी है। इन 20 बरसों में मैंने यह एक ही बात हिंदुस्तान में सबको सुनाई है। आज मृत्यु-शय्या पर पड़ा हुआ भी मैं यही कहना चाहता हूँ। खादी अब पुरानी, शीर्ण-जीर्ण चीज नहीं रही, बल्कि नौजवान बन गई है और खूबसूरत मालूम पड़ती है। आज यह बात स्पष्ट दिखाई पड़ती है। ईश्वर मुझसे कह रहा है कि इसमें कोई भूल नहीं है। इसमें स्वराज्य है, इसी में स्वतंत्रता है।

—संपूर्ण गांधी वाङ्मय (खंड 66), पृष्ठ 417

- खादी जहाँ सबको काम देती है, मिल का कपड़ा वहाँ कुछ ही आदमियों को काम देता है और बहुतों को सच्चे श्रम से वंचित कर देता है। खादी आम जनता की सेवा करती है, मिल के कपड़े का उद्देश्य धनिक वर्ग की सेवा करने का होता है। खादी मजदूरों की सेवा करती है, मिल का कपड़ा उनका शोषण करता है।

—संपूर्ण गांधी वाङ्मय (खंड 65), पृष्ठ 78

- मुझे धनवानों के धन से द्वेष नहीं है, बशर्ते कि वे गरीबों को न भूलें और उन्हें अपनी दौलत के हिस्सेदार बनाएँ और उनकी दौलत दूसरों को हानि पहुँचाकर और गरीब बनाकर जमा न की जाए।

—अहिंसक समाजवाद की ओर, पृष्ठ 175

- घृणा निम्नतम कोटि की हिंसा है। हम अपने अंदर घृणा रखते हुए अहिंसक नहीं बन सकते।

—हरिजन, 17-8-40

- किसी ने तो कहा भी है कि मेरे मरने के बाद मेरे चरखे को कोई भी दो कौड़ी में नहीं पूछेगा और उसकी चिता बनाकर मैं जलाया करूँगा। फिर भी, उस चरखे पर मेरी जो श्रद्धा है, वह विचलित नहीं हुई है। मैं तो नहीं मानता कि मैंने देश के सामने कोई अंतिम वस्तु रखी हो।

—संपूर्ण गांधी वाङ्मय (खंड 62), पृष्ठ 239

- मैं यह जानता हूँ और मेरा यह अनेक बार का अनुभव है कि कोई व्यक्ति कितना भी योग्य क्यों न हो, उसके गुप्त अनीतिपूर्ण कृत्य का असर उसके काम पर पड़े बिना नहीं रहता। इस नियम का एक सुदृढ़ आधार है और वह यह है कि वह व्यक्ति जो काम करता है, उसके लिए नीति की आवश्यकता है। योग्यता के

अभाव के बावजूद जिनका चरित्र पूर्णतः दोष-रहित है, उनका काम सफल हुआ है।

—संपूर्ण गांधी वाङ्मय (खंड 64), पृष्ठ 175

- यह मानने में किसी तरह की आनाकानी नहीं होनी चाहिए कि अस्पृश्यता निवारण का अर्थ चरित्रहीन व्यक्ति से कराना असंभव है। शास्त्रों में प्रवीण व श्रेष्ठ वक्ता भी सनातनी हिंदू की मान्यता को कैसे बदल सकता है? उसकी बुद्धि पर किए गए प्रहार व्यर्थ जाते हैं। चैतन्य, रामकृष्ण, राममोहन राय, दयानंद आदि का प्रभाव अब भी देखा जा सकता है। यह प्रभाव क्या जोर-जबरदस्ती से पड़ा होगा? इनकी अपेक्षा कहीं प्रखर बुद्धि के झुंड-के-झुंड लोग शायद हमें देखने को मिल जाएँगे। किंतु वे मनुष्यों का हृदय-परिवर्तन नहीं कर सके।

—संपूर्ण गांधी वाङ्मय (खंड 64), पृष्ठ 175

- जीवन का ध्येय बेशक खुद को—आत्मा को—पहचानना है। जब तक हम प्राणिमात्र के साथ एकता महसूस करना न सीख लें, तब तक आत्मा को पहचान नहीं सकते। ऐसे जीवन का समग्र योग ही ईश्वर है। इसलिए हमें सब में रहनेवाले ईश्वर को जानना जरूरी है। ऐसा ज्ञान असीम और निःस्स्वार्थ सेवा से ही मिल सकता है।

—संपूर्ण गांधी वाङ्मय (खंड 50), पृष्ठ 78

- जीवन का लक्ष्य शोध कर यदि हम उस ओर प्रवृत्त न रहेंगे तो बिना पतवार की नाव के समान बीच समुद्र में गोते खाएँगे। सबसे श्रेष्ठ लक्ष्य मनुष्यमात्र की सेवा करना और उसकी स्थिति सुधारने में हाथ बँटाना है। इसमें ईश्वर की सच्ची प्रार्थना, सच्ची पूजा का समावेश हो जाता है। जो मनुष्य खुदा का काम करता है, वह खुदाई पुरुष है।

—संपूर्ण गांधी वाङ्मय (खंड 6), पृष्ठ 360

- जो मुरदे की भाँति जी रहा है, वह जीता नहीं है।

—संपूर्ण गांधी वाङ्मय (खंड 64), पृष्ठ 354

- सच्चा जीवन जीने की सुनहरी कुंजी एक ही है—जो सेवा कार्य सहज रूप से सामने आए, उसमें कूद पड़ना और ध्यानावस्थित हो जाना। फिर मन में भी विचार कार्य को पूर्ण करने का ही रहे, न कि काम उचित है या अनुचित, इस बात का।

—संपूर्ण गांधी वाङ्मय (खंड 65), पृष्ठ 287

- प्रत्येक वस्तु ईश्वर की है और ईश्वर ने उसे बनाया है। इसलिए उसकी सारी चीजें मनुष्य सृष्टि के लिए है, न कि किसी व्यक्ति विशेष के लिए। यदि किसी व्यक्ति के पास, जितना उसे मिलना चाहिए, उससे अधिक हो तो वह उसका संरक्षक है,

यानी उसका उपयोग लोगों के हित में होना चाहिए।

—अहिंसक समाजवाद की ओर, पृष्ठ 164

- हमें देश की हर चीज को, चाहे वह किसी के पास भी क्यों न हो, अपना समझना चाहिए। और अपना समझकर ही हमें उसकी देखभाल तथा उसका उपयोग करना चाहिए। इसमें बहुत सी बातें आ जाती हैं। यह बात तो दीये के प्रकाश के समान स्पष्ट है।

—संपूर्ण गांधी वाङ्मय (खंड 50), पृष्ठ 142

- अपने दोषों को प्रकट करने से मैं उन्हें फिर न करना सीख सका हूँ। दोष करके मनुष्य छिपकर निर्दोष दिखने के लिए चाहे जैसा प्रयत्न करे, उसमें वह सफल नहीं हो सकता। ईश्वर जिन दोषों को देखता है, उन्हें उसकी सृष्टि क्यों न देखे! जो अपने दोष से सचमुच शरमाता है, वह तो उसे प्रकट करके सुरक्षित रहेगा और अपने साथियों को इस तरह अपना रक्षक बनाएगा।

—संपूर्ण गांधी वाङ्मय (खंड 64), पृष्ठ 148

- मनुष्य अपनी पीठ की भाँति ही अपने दोष भी स्वयं नहीं देख सकता। इसीलिए बुद्धिमानों ने यह सलाह दी है कि अन्य लोगों को हममें जो दोष दिखाई दें और वे हमारा ध्यान उनकी ओर आकर्षित कराएँ तो हम सदा उन्हें समझने के लिए तैयार रहें। अधीरतावश या गुस्से में आकर अपने दोष बतानेवाले का अनादर न करें।

—संपूर्ण गांधी वाङ्मय (खंड 42), पृष्ठ 137

- मैं थोड़े मनुष्यों के हाथों में धन का केंद्रीयकरण नहीं पसंद करता, बल्कि वह सारे लोगों के पास हो। आज के कल-पुरजे थोड़े से लोगों को लखपति होने में सहायता करते हैं। इसकी पृष्ठ-प्रेरणा परिश्रम बचाने या परोपकार नहीं, बल्कि एक लोभ है। वह वस्तुओं के इस विधान से विपरीत है, जिसके लिए मैं अपनी पूर्ण शक्ति से लड़ रहा हूँ।

—विद्यार्थियों से, पृष्ठ 15

- परमेश्वर और पैसे की सेवा एक साथ नहीं हो सकती। यह सर्वाधिक महत्त्व का आर्थिक सत्य है। दोनों में से किसी एक का चुनाव हमें करना पड़ेगा।

—महात्मा गांधी : जीवन और चिंतन, पृष्ठ 396

- अपनी पूँजी और धरोहर अंततोगत्वा पैसा नहीं है, बल्कि अपना धैर्य, आस्था, सत्य और कुशलता है।

—संपूर्ण गांधी वाङ्मय (खंड 6), पृष्ठ 321

□

महात्मा गांधी के जीवन से संबंधित कार्यक्रम

1869

पोरबंदर, काठियावाड़ में महात्मा गांधी का जन्म।

1882

कस्तूरबाई के साथ मोहनदास का विवाह।

1885

पिता का स्वर्गवास।

1887

मैट्रिक परीक्षा उत्तीर्ण करके भावनगर के साँमलदास कॉलेज में प्रवेश।

1888

4 सितंबर को उच्च शिक्षा के लिए विदेश रवाना।

1889

इंग्लैंड में शाकाहारियों की सभा में प्रथम सार्वजनिक भाषण।

1891

10 जून को बैरिस्टर बने, 7 जुलाई को बंबई लौटे, माताजी की मृत्यु का समाचार मिला।

1892

राजकोट और बंबई में वकालत शुरू की।

1893

अप्रैल में एक मुकदमे की पैरवी के लिए दक्षिण अफ्रीका गए।

1894

जिस मुकदमे के लिए दक्षिण अफ्रीका गए थे, उसका पंच-फैसला हुआ।

1895

नाटाल में सर्वोच्च न्यायालय के बैरिस्टर बने, वहीं पर 'नाटाल भारतीय कांग्रेस' का गठन।

1896

छह महीने के लिए भारत वापस लौटे। तिलक, गोखले आदि राष्ट्रीय नेताओं से भेंट। 30

नवंबर को पुनः दक्षिण अफ्रीका लौट गए।

1897

डरबन लौटने पर विरोध-प्रदर्शन, जीवन में महान् परिवर्तन आया।

1899

बोअर युद्ध में अंग्रेजों की मदद करने का निश्चय।

1901

भारत लौटे, राजकोट में महामारी कमेटी द्वारा सेवा, कलकत्ता कांग्रेस के सहायक बने।

1902

बर्मा की यात्रा पर गए, रेल के तीसरे दर्जे में भारत-भ्रमण। तीन महीने बाद दक्षिण अफ्रीका के लिए पुनः रवाना हुए।

1903

दक्षिण अफ्रीका में 'ट्रांसवाल ब्रिटिश इंडिया एसोसिएशन' की स्थापना की। 'इंडियन ओपिनियन' का गठन।

1904

गीताध्ययन, रस्किन के 'अन टू दिस लास्ट' को पढ़कर जीवन में महान् बदलाव आया, वहीं फीनिक्स आश्रम की स्थापना की।

1906

जुलू विद्रोह में घायलों की सेवा, ब्रह्मचर्य से रहने की प्रतिज्ञा, 'सत्याग्रह' शब्द का आविष्कार, शिष्टमंडल के प्रतिनिधि के रूप में इंग्लैंड रवाना।

1907

खूनी कानून के विरुद्ध सत्याग्रह का प्रयोग।

1908

अंतरिम समझौता, पठान द्वारा आक्रमण, पुनः सत्याग्रह प्रारंभ और फिर गिरफ्तार हुए।

1909

टॉल्सटॉय को प्रथम पत्र लिखा, दूसरी बार शिष्टमंडल के साथ इंग्लैंड रवाना, स्वदेश वापसी में जहाज पर 'हिंद स्वराज' पुस्तक लिखी।

1910

जोहान्सबर्ग में टॉल्सटॉय फार्म की स्थापना की।

1912

गोखले की दक्षिण अफ्रीका यात्रा, 'नीति धर्म' पुस्तक प्रकाशित, इसी वर्ष 'आरोग्य विषयक सामान्य ज्ञान' पुस्तक लिखी।

1913

पुनः सत्याग्रह प्रारंभ, गिरफ्तारी के बाद रिहाई, सप्ताह भर का उपवास तथा साढ़े चार महीने तक एक समय भोजन।

1914

चौदह दिन का उपवास रखा, सत्याग्रह सफल रहा, 18 जुलाई को इंग्लैंड रवाना, 4 अगस्त से प्रथम विश्व युद्ध शुरू, सरोजिनी नायडू से परिचय हुआ, विश्व युद्ध में सेवा।

1915

भारत आगमन और 'कैसरे-हिंद' की उपाधि प्राप्त, संपूर्ण भारत का दौरा किया, काका कालेलकर व आचार्य कृपलानी से परिचय, 19 फरवरी को गोखले की मृत्यु, 25 मई को आश्रम की स्थापना।

1916

काशी हिंदू विश्वविद्यालय की स्थापना के पुनीत अवसर पर प्रसिद्ध उद्‌बोधन, लखनऊ कांग्रेस में जवाहरलाल नेहरू से प्रथम मुलाकात।

1917

राजेंद्र बाबू से भेंट, 10 अप्रैल को चंपारण में सत्याग्रह शुरू, 31 मई को गिरमिटिया कानून रद्द, 30 जून को दादाभाई नौरोजी की मृत्यु, महादेव भाई देसाई से संपर्क।

1918

अहमदाबाद में मिल मजदूरों की हड़ताल हुई और तीन दिन का उपवास रखा, खेड़ा सत्याग्रह शुरू, चरखे का पुनरुद्धार।

1919

रोलेट एक्ट भारत आया, 6 अप्रैल को प्रार्थना और उपवास दिवस, 13 अप्रैल को जलियाँवाला बाग में हत्याकांड, 'यंग इंडिया' व 'नवजीवन' का संपादन शुरू, खिलाफत आंदोलन, अमृतसर कांग्रेस अधिवेशन आयोजित।

1920

1 अगस्त को लोकमान्य तिलक की मृत्यु, 2 अक्तूबर को 'तिलक स्वराज फंड' की स्थापना, गांधीजी द्वारा तैयार किया गया कांग्रेस का संविधान स्वीकृत, असहयोग आंदोलन शुरू, गुजरात विद्यापीठ की स्थापना की।

1921

अन्य राष्ट्रीय विद्यापीठों की स्थापना, प्रिंस ऑफ वेल्स के आगमन के बहिष्कार के कारण हिंसा, पाँच दिन का उपवास, अहमदाबाद कांग्रेस अधिवेशन आयोजित।

1922

5 फरवरी को चौरी-चौरा कांड घटित और सत्याग्रह आंदोलन स्थगित, आत्म-शुद्धि के लिए पाँच दिन का उपवास, 10 मार्च को गिरफ्तारी और फिर छह वर्ष की सजा।

1924

अपेंडिसाइटिस का ऑपरेशन, 5 फरवरी को रिहाई, 24 सितंबर को हिंदू-मुसलिम एकता के लिए 21 दिन का उपवास, बेलगाँव कांग्रेस के अध्यक्ष बने।

1925

16 जून को देशबंधु चित्तरंजनदास की मृत्यु, एक सप्ताह का उपवास रखा, कानपुर

कांग्रेस अधिवेशन आयोजित, चरखा संघ की स्थापना।

1926

स्वामी श्रद्धानंद का बलिदान।

1927

खादी–यात्रा निकाली, 16 सितंबर को हकीम अजमल खाँ की मृत्यु।

1928

साइमन कमीशन भारत आया, बारदोली सत्याग्रह शुरू, मगनलाल गांधी की 22 अप्रैल को पटना में मृत्यु, 17 नवंबर को लाला लाजपतराय की मृत्यु, नेहरू रिपोर्ट सार्वजनिक, कलकत्ता कांग्रेस अधिवेशन में समझौता प्रस्ताव पेश।

1929

लाहौर कांग्रेस अधिवेशन में पूर्ण स्वाधीनता का प्रस्ताव रखा गया।

1930

26 जनवरी को पूर्ण स्वाधीनता की प्रतिज्ञा की गई, 12 मार्च को नमक कानून तोड़ने के लिए दांडी मार्च किया, 5 मई को गिरफ्तार किए गए।

1931

4 जनवरी को इंग्लैंड में मुहम्मद अली की मृत्यु, 25 जनवरी को गांधी जेल से बाहर आए, 6 फरवरी को मोतीलाल नेहरू की मृत्यु, 4 मार्च को गांधी–इरविन समझौता हुआ, 23 मार्च को भगत सिंह को फाँसी लगा दी गई, कराची कांग्रेस अधिवेशन, 25 मार्च को गणेश शंकर विद्यार्थी का बलिदान, दूसरे गोलमेज सम्मेलन में भारत के एकमात्र प्रतिनिधि के रूप में शामिल, दिसंबर में गोलमेज सम्मेलन से बिना किसी नतीजे के लौटे।

1932

कांग्रेस गैर–कानूनी घोषित, सत्याग्रह पुनः शुरू हुआ, 4 जनवरी को गिरफ्तारी, 'नवजीवन', 'यंग इंडिया' समाचार–पत्र बंद, 20 सितंबर से सांप्रदायिक निर्णय के विरोध में आमरण अनशन किया, 24 सितंबर को यरवदा समझौता, 26 सितंबर को उपवास तोड़ा।

1933

8 मई से 21 दिन का उपवास शुरू, 'हरिजन' पत्र की शुरुआत, जेल से रिहाई और फिर गिरफ्तारी तथा एक वर्ष की सजा, 16 अगस्त से आमरण उपवास, जो एक सप्ताह चला, 23 अगस्त को रिहाई, 20 सितंबर को एनी बेसेंट की मृत्यु, 22 सितंबर को विट्ठलभाई पटेल की मृत्यु, साबरमती आश्रम का त्याग, वर्धा में रहने का निश्चय, 7 नवंबर से हरिजन यात्रा शुरू।

1934

बिहार भूकंप की घटना, 7 मई को सत्याग्रह आंदोलन वापस लिया, 7 दिन का उपवास, 26 अक्तूबर को ग्रामोद्योग संघ की स्थापना, बंबई कांग्रेस अधिवेशन आयोजित।

1935

भारतीय राष्ट्रीय कांग्रेस की स्वर्ण जयंती मनाई गई।

1936

10 मई को डॉ. अंसारी की मृत्यु, सेवाग्राम आश्रम की स्थापना।

1939

4 जनवरी को शौकत अली की मृत्यु, राजकोट में आमरण अनशन हुआ, वायसराय के हस्तक्षेप से चार दिन बाद अनशन समाप्त, त्रिपुरी कांग्रेस अधिवेशन आयोजित, सुभाष बाबू का कांग्रेस के अध्यक्ष पद से त्याग-पत्र, 3 सितंबर को द्वितीय विश्व युद्ध शुरू।

1940

11 अक्तूबर से व्यक्तिगत सत्याग्रह प्रारंभ, विनोबा भावे प्रथम सत्याग्रही बने, 'हरिजन' समाचार-पत्र पर पाबंदी।

1941

7 अगस्त को रवींद्रनाथ टैगोर की मृत्यु, 30 सितंबर को गो सेवा संघ की स्थापना की गई।

1942

पुन: कांग्रेस का नेतृत्व सँभाला, 11 फरवरी को सेठ जमनालाल बजाज की मृत्यु, क्रिप्स मिशन का आगमन, हिंदुस्तानी प्रचार सभा की स्थापना, 8 अगस्त को 'भारत छोड़ो' प्रस्ताव पारित।

1943

आगा खाँ महल (कारागृह) में 21 दिन का उपवास।

1944

22 फरवरी को कस्तूरबा गांधी का निधन, 6 मई को गांधीजी जेल से रिहा हुए, गांधी-जिन्ना वार्त्ता संपन्न।

1945

सभी नेता जेल से रिहा, पहली शिमला कांग्रेस आयोजित।

1946

कैबिनेट मिशन का आगमन, मुसलिम लीग द्वारा 16 अगस्त को 'सीधी काररवाई' का दिन, सांप्रदायिक दंगे भड़के, नोआखाली की पैदल यात्रा।

1947

15 अगस्त को भारत स्वतंत्र हुआ, कलकत्ता में 73 घंटे का उपवास।

1948

दिल्ली में शांति बहाली के लिए आमरण अनशन, जो पाँच दिनों तक चला।

30 जनवरी को प्रार्थना सभा में एक सिरफिरे ने हत्या की।

गांधीजी के अंतिम शब्द—'हे राम!'

□

संदर्भ

1. महात्मा गांधी : शंकर घोष
2. महात्मा गांधी : नॉन वाइअलेंट लिबरेटर : रिचर्ड एल. डीट्स, मेरी जेगेन
3. महात्मा गांधी : नॉन वाइअलेंट पावर इन एक्शन : डेनिस डाल्टन
4. महात्मा गांधी : द मैन एंड हिज मेसेज : डॉन बिर्ने
5. महात्मा गांधी : इनसाइट एंड इंपेक्ट : देव वंशलाल रामनाथ
6. इकोनॉमिक फिलॉसफी ऑफ महात्मा गांधी : शांति स्वरूप गुप्ता
7. गांधी टुडे : ए रिपोर्ट ऑन महात्मा गांधीज सक्सेसर : मार्क सेयार्ड
8. महात्मा गांधी : प्रोपोनेंट ऑफ पीस : सू वांडेट हूक
9. द सोशल फिलॉसफी ऑफ महात्मा गांधी : के.एस. भारती
10. द ग्लोबल विजन ऑफ महात्मा गांधी : रतन दास

वैदिक विचार

ब्रिगेडियर चितरंजन सावंत (से. नि.)
वी.एस.एम.

प्रकाशक

प्रभात पेपरबैक्स

4/19 आसफ अली रोड, नई दिल्ली–110002

फोन : 23289555 • 23289666 • 23289777 ❖ फैक्स : 23253233

इ–मेल : prabhatbooks@gmail.com ❖ वेब ठिकाना : www.prabhatbooks.com

संस्करण

2018

अनुवाद

आनंद अभय

मूल्य

दो सौ रुपए

अ.मा.पु.स. 978-93-5186-409-7

मुद्रक

नरुला प्रिंटर्स, दिल्ली

VEDIC VICHAR

by Brigadier Chitranjan Sawant (Retd.)

Published by **PRABHAT PAPERBACKS**

4/19 Asaf Ali Road, New Delhi-10002

ISBN 978-93-5186-409-7

₹ 200.00

परिचय

हमारे पवित्र वेद सूचनाओं के स्वर्ण भंडार हैं। ये वाकई ऐसे दिव्य ज्ञान के प्रपात हैं, जिनसे जिज्ञासु अपनी प्यास बुझा सकते हैं। वैदिक विचारों की इस पुस्तक में लेखक ने उन मंत्रों और विचारों का संग्रह किया है जो कि हमारे मनोबल को बढ़ाते हैं, हमारी आत्मा को उन्नत करते और जीवन के संघर्षपूर्ण युद्ध के लिए हमें मानसिक, शारीरिक, भावनात्मक एवं सबसे महत्त्वपूर्ण आध्यात्मिक रूप से विजयी बनाते हैं।

वेदों में विद्यमान दिव्य ज्ञान ईश्वर ने सृष्टि की रचना के समय ऋषियों को मात्र मानवता के आध्यात्मिक मार्गदर्शन के लिए ही नहीं, बल्कि व्यक्तियों और समाज के लिए आचार-संहिता के रूप में भी प्रदान किया था। जब हम 'ओम् शांति' कहते हैं, तब हम सिर्फ अपने भीतर ही शांति नहीं चाहते हैं, बल्कि अपने आस-पास के वातावरण को भी सौहार्दपूर्ण बनाते हैं। लेखक ने आगामी पृष्ठों में स्पष्ट किया है कि किस तरह से यह ईश्वरीय ध्वनि 'ओम्' केवल स्वयं में ही नहीं, बल्कि आस-पास के वातावरण को भी शांति प्रदान करती है और ओम् का सस्वर पाठ मानसिक और शारीरिक शक्ति भी प्रदान करता है।

'वैदिक विचार' नामक यह पुस्तक लेखक का एक गंभीर और सफल प्रयास है, जिसमें वेदों का ज्ञान मात्र वृद्धों और बुजुर्गों के लिए ही नहीं है, बल्कि यह सभी आयु वर्ग के स्त्री एवं पुरुषों के लिए एक प्रकाश स्तंभ है। आज के सफलतम लोग, जो कि सामाजिकता और आर्थिकता की ऊपरवाली सीढ़ियों पर हैं और जीवन के तीव्रतम मार्ग पर चल भी रहे हैं, वे एक खतरनाक ठोकर से दुर्घटनाग्रस्त होने के संभावित खतरे में हैं, जिसे हम अवसाद के नाम से जानते हैं। यह भयानक अवसाद केवल वृद्ध और एकाकी लोगों को ही हानि नहीं पहुँचाता है, बल्कि यह अति सक्रिय लोगों पर भी प्रहार करता है परंतु अकसर इसके शिकार एकाकी लोग ही

होते हैं। लेखक वेदों के उद्धरण से पाठकों के लिए जीवन में आंतरिक शांति के साथ शांत जीवन का मार्गदर्शन करते हैं, जो कि अवसाद की पीड़ा से काफी अलग है।

वेदों की इन गंभीर जानकारियों के द्वारा लेखक बताते हैं कि मृत्यु के आघात पर होनेवाले अवसाद को मंत्रों के निरंतर पाठ और उन पर ध्यान के द्वारा किस तरह सँभाला जा सकता है और उनकी शिक्षाओं को अपने रोजमर्रा के व्यवहार में इस्तेमाल कर सकते हैं।

स्वामी दयानंद सरस्वती की प्रमुख पुस्तक 'सत्यार्थ प्रकाश' के उद्धरणों के द्वारा लेखक ने वैदिक धर्म और इसकी सरल शिक्षाओं को पाठकों के नजदीक पहुँचाने का सफलतम प्रयास किया है। मानव समाज को साफ-सुथरा बनाने और इसके अंधविश्वासों से इसे मुक्त करने में, जो कि महँगे होने के साथ-साथ अर्थहीन भी हैं, लेखक ने ऋषि के परिहासपूर्ण विचारों को भी उद्धृत किया है। वैदिक धर्म जो कि धार्मिक कदाचारों से मुक्त हैं, वे आम समूहों को आकर्षित करते हैं और इनको दैनिक जीवन का हिस्सा बनते हैं। वैदिक विचार धर्म के आदिकालीन वैभव को दरशाता है, जो कि वेदों पर निर्भर है तथा संपूर्ण विश्व में मानवता को प्रिय है।

जीवन के सरल से मूल्य—जिनमें हमेशा सत्य बोलना और न्यायसंगत मार्ग पर चलना केवल शब्द मात्र नहीं हैं, बल्कि इनका आसान व्यवहार हमें एक खुशहाल और तनावमुक्त जीवन की तरफ ले जाता है। वैदिक विचार नामक यह पुस्तक महान् व्यक्तियों, जैसे मर्यादापुरुषोत्तम श्रीराम और योगेश्वर श्रीकृष्ण के जीवन के बारे में भी बताती है, जिन्होंने स्वयं को उन्नत स्थिति तक उठाया था और वे भगवान् कहे गए। (हालाँकि यह त्रुटिपूर्ण था) यह तो उनकी सत्यनिष्ठा, चरित्र, सत्यविचार और क्रियाकलाप थे, जिन्होंने उन्हें महापुरुष बना दिया था।

लेखक इस पुस्तक में पाठकों से इन महान् व्यक्तियों के जीवन का अनुकरण करने का अनुरोध करते हैं। उन्हें भगवान् कहकर हम उनके कठिन प्रयासों और जो जीवन उन्होंने हमें उदाहरणस्वरूप दिखाया था, वह हम उनसे दूर कर देते हैं। वेद विचारों की यह पुस्तक दरशाती है कि हम भी उन महापुरुषों के दिखाए मार्ग पर चलकर एवं उनका अनुसरण करके उनके स्तर को प्राप्त कर सकते हैं।

वेदों में वर्णित ईश्वरीय ज्ञान समाज के किसी वर्ग या किन्हीं विशेष व्यक्तियों की संपत्ति नहीं है। यह सभी के लिए और सभी आयु वर्ग के लोगों के लिए है। इसलिए जब सत्तर या अस्सी वर्षीय व्यक्तियों का परिचय वैदिक विचारों से होता है, तब

उनके चेहरे खिल उठते हैं तथा प्राणायाम और शारीरिक व्यायाम के माध्यम से समाज की भलाई करते हुए ये युवाओं को एड्स के खतरे से सावधान भी करते हैं, साथ-ही-साथ यह गृहस्थ आश्रम जो कि मानव जीवन का दूसरा महत्त्वपूर्ण आश्रम है, इसमें उन्हें परामर्श भी देता है कि किस प्रकार वैवाहिक जीवन जीना चाहिए।

वैवाहिक संबंधों की पवित्रता और महत्त्व पर वेदों के विचार अति स्पष्ट हैं तथा वैदिक विचार वैवाहिक गठबंधनों को परामर्श देता है कि आपसी समानता की भावना के साथ ही उन्हें आपस में एक-दूसरे का आदर भी करना चाहिए। कोई विवाह तब तक सफल नहीं हो सकता जब तक स्त्री को परिवार में उसके वास्तविक दरजे का सम्मान न दिया जाए। आपसी सम्मान और त्याग की भावना की अनदेखी नहीं की जा सकती है।

इन्हीं विषयों पर लेखक ने विशेष बल प्रदान किया है। यही वे विषय हैं जिन्हें केवल आर्यसमाज में ही नहीं उठाया गया है, बल्कि सारी दुनिया में विभिन्न सामाजिक मंचों पर इन पर चर्चा की गई है। लेखक वैदिक धर्म प्रचार के दौरान भारत और इंग्लैंड दोनों ही स्थानों के सामाजिक एवं शिक्षण संस्थानों में जा चुके हैं और इन्होंने धर्मसंघों को संबोधित भी किया है। इससे उन्हें पूरब और पश्चिम के जमीनी स्तर के बहुसंस्कृति के स्त्री व पुरुषों से मुलाकात का अवसर मिला तथा इसने उनके अनुभव को भी बढ़ाया। परिवारों को मिलाकर रखने (प्रार्थना और कम-से-कम एक वक्त का भोजन साथ करने), स्वास्थ्य (एड्स से लड़ने तथा शरीर एवं मस्तिष्क को सुदृढ़ बनाने) और आशावादी दृष्टिकोण (स्वस्थ शरीर में स्वस्थ मस्तिष्क निवास करता है) ही खुशहाल और शांत जीवन के मंत्र हैं तथा यही धर्म की भी प्रमुख भूमिका है।

वैदिक विचार नामक पुस्तक चारों वेदों—ऋग्वेद, यजुर्वेद, सामवेद और अथर्ववेद का विस्तार से उद्धरण देती है, ताकि जीवन को बुराइयों से मुक्त रखते हुए न्यायोचित मार्ग पर चला जा सके। इसमें यह भी सिखाया गया है कि आपको अपनी आजीविका छल-कपट से न कमा कर, अपने परिश्रमयुक्त पसीने से ही कमानी चाहिए।

इस पुस्तक का एक महत्त्वपूर्ण अध्याय वैदिक संध्या के बारे में भी बताता है। दैनिक प्रार्थना, मंत्रों और प्रार्थनाओं को समझाने का यह एक सरल मार्गदर्शक है। लेखक की विवेचना है कि संध्या एक ऐसी प्रार्थना है जिसके द्वारा आत्मा का उत्थान, साहस और व्यक्तित्व का निर्माण बेहतर ढंग से होता है। संध्योपासना के

मंत्र संस्कृत भाषा में हैं तथा इनके अर्थ भी लेखक ने स्पष्ट कर दिए हैं।

बर्मिंघम इंग्लैंड में साल में दो बार अपने धर्मप्रचार के दौरान लेखक से बारंबार पूछा गया कि कुछ विशेष मंत्रों का जाप क्यों किया जा रहा था। वैदिक विचारों की इस पुस्तक में लेखक ने उन मंत्रों का उद्धरण दिया है तथा उनका अर्थ व उनकी उचित पद्धति भी बताई है। एक अन्य महत्त्वपूर्ण प्रश्न भी खासतौर से सत्तर व अस्सी वर्षीय व्यक्तियों ने लेखक से पूछा था, जिसमें मृत्यु के भय और मृत्यु के बाद के जीवन के बारे में जिज्ञासा थी। आगामी पृष्ठों में लेखक ने अनजाने भूत के अस्तित्वहीन भयहरण के अंधकार एवं मृत्यु के बाद आत्मा के जीवनचक्र पर प्रकाश डाला है। वैदिक विचार इस तथ्य पर भी बल देता है कि आत्मा स्वयं में न तो जन्म लेती है और न ही मरती है। आत्मा अनादि (बिना प्रारंभ के) और अनंत (बिना अंत के) है।

राष्ट्रीय सुरक्षा पर महर्षि दयानंद के विचार सेना के विचारकों के लिए काफी महत्त्वपूर्ण हैं। इस अध्याय में भारत-चीन युद्ध-1962 और कारगिल युद्ध-1999 पर भी प्रकाश डाला गया है। सेना के मामले में भी वैदिक विचारों के अनुसार ध्यान देने की आवश्यकता है। लेखक को प्राप्त हुए श्रीमती सुधा सावंत, डॉ. ऋचा भूषण, डॉ. सुधांशु भूषण एवं कु. शिखा सावंत के परामर्श एवं सहयोग के लिए हम इनके आभारी हैं, किंतु गौरव सावंत से मिले विपुल व दृढ़ पत्रकारिता सहयोग के बिना यह पुस्तक संभव नहीं थी।

वैदिक विचार की यह पुस्तक उन सभी लोगों के लिए, जो कि अपना जीवन समस्या मुक्त, अधिक सार्थक एवं स्वस्थ व प्रसन्न बनाना चाहते हैं, उन्हें अवश्य पढ़नी चाहिए।

—संपादक

ओम्

उत्तिष्ठत जाग्रत् प्राप्य वरान्निबोधत
क्षुरस्य धारा निशिता दुरत्यया
दुर्गं पथस्तत्कवयो वदन्ति।

—1.3.14 कठोपनिषद्

उठो जागो, विज्ञजन के सहयोग से श्रेष्ठ को पहचानो। विद्वान्, गंतत्व तक पहुँचनेवाले मार्ग को छुरे की धार जैसा तीक्ष्ण और दुस्तर बताते हैं।

अनुक्रम

सुखी परिवार

जीवन का माहात्म्य

यात्रा विवरण

I
दिव्य ज्ञान

1

वेद सभी के लिए

वेदों का ज्ञान सभी के लिए है। सृष्टि की रचना के समय ईश्वर ने मानवता, जीवन पद्धति, स्वास्थ्य एवं खुशहाली के लिए दिव्य जानकारियाँ प्रदान की थीं। ईश्वर ने वेद या दिव्य ज्ञान ऋषियों और संतों को बताया तथा इसे इन्होंने स्त्री-पुरुषों, जाति, वर्ग या रंग के भेद-भाव के बिना ही लोगों में पहुँचाया। संपूर्ण मानव जाति वेद मंत्रों को पढ़ने एवं इन पर मनन करने व अपने जीवन-स्तर को सुधारने के लिए अधिकृत है।

व्यक्ति को इन मंत्रों को पढ़ना और इन पर मनन करना चाहिए, जिससे उनके बेहतर परिणाम प्राप्त हो सकें। व्यक्ति इन मूल मंत्रों के संग्रह, जिसे 'संहिता' कहते हैं, में पढ़ सकता है या इनके अनुवाद व व्याख्या के लिए हिंदी व अंग्रेजी भाषा का सहारा ले सकता है। वेद मंत्रों के अर्थ की विवेचनायुक्त पुस्तक अन्य भाषाओं में भी उपलब्ध है। इन मंत्रों पर किया गया मनन हमें परम आनंद की तरफ ले जाता है।

वेदोऽ खिलो धर्ममूलम्

वेद सदाचार के मूल हैं। जब व्यक्ति सदाचार के मार्ग पर चलता है तब वह अपने धर्म का पालन करता है, जैसे कि नेक व्यक्ति को करना चाहिए। नेक व्यक्ति कौन है? सामाजिक रूप से जो स्त्री या पुरुष कुशल हैं वे नेक हैं। ऐसे स्त्री-पुरुष न्यायोचित माध्यमों से उचित लक्ष्य को प्राप्त करते हैं। इस तरह के नेक व्यक्ति स्वयं के साथ-साथ समाज के हित का भी ध्यान रखते हैं। क्या स्वयं

और समाज के मध्य हितों का टकराव होना चाहिए अथवा मनुष्य को समाज के लिए उपयोगी बनाना चाहिए। जीवन की वैदिक पद्धति इन्हीं चीजों के बारे में है। सामाजिक कुशलता का यह मार्ग वेद मंत्रों के द्वारा प्रकाशमान है। वेद मंत्र हमेशा अंधकार में प्रकाश दिखाते हैं और जब स्त्री या पुरुष निराशा के भँवर में होते हैं तब उन्हें आशावादी बनाते हुए प्रेरणा का स्रोत बनते हैं। यह भी समझा जा सकता है कि वेद ईश्वरीय ज्ञानयुक्त होने के कारण अमोघ हैं। ज्ञान की अन्य शाखाएँ भी इसी आदिकालीन स्रोत से ही निकली हैं। आर्यसमाज के संस्थापक महर्षि स्वामी दयानंद सरस्वती के अनुसार अवैदिक कर्म जिनसे वैदिक धर्म की पुष्टि होती है, वे स्वीकार्य हैं, परंतु जिन कर्मों का वैदिक बोध से विरोध है, वे स्वीकार्य नहीं हैं। वेद मंत्र इनकी कसौटी हैं तथा ये वैदिक धर्म की इमारत की आधारशिला हैं।

वेदों की संख्या चार है—ऋग्वेद, यजुर्वेद, सामवेद और अथर्ववेद। सृष्टि की रचना के समय ऋग्वेद, युजर्वेद, सामवेद और अथर्ववेद जिन ऋषियों के हृदय में बताए गए थे, वे क्रमशः अग्नि, वायु, आदित्य और अंगिरा थे। आइए, इन पर एक गंभीर दृष्टि डालते हैं और वर्तमान मानवीय परिप्रेक्ष्य में संबंधित वेद मंत्रों पर मनन करते हैं। ऋग्वेद विज्ञान का वेद है। इसमें दस हजार पाँच सौ नवासी मंत्रों के संग्रह दस बड़े सर्गों में निहित है। वेद मंत्रों के आध्यात्मिक आशय को समझने के दृष्टिकोण से प्राचीनकाल के कुछ वैदिक विद्वानों, जैसे सायण व महीधर ने वेद भाष्य एवं वैदिक विवेचना सरल संस्कृत में लिखी है। 19वीं शताब्दी में भारत में एक वैदिक पुनर्जागरण का उदय हुआ। महर्षि स्वामी दयानंद सरस्वती ही वे प्रथम महत्त्वपूर्ण ऋषि थे, जिन्होंने दिव्य वेदों पर हिंदी और संस्कृत दोनों ही भाषाओं में व्याख्या लिखी है। इस प्रकार वैदिक ज्ञान सुलभ हो गया और इसका सबसे बड़ा लाभार्थी साधारण आम आदमी ही हुआ। यह एक धार्मिक क्रांति थी। वैदिक ज्ञान के सुलभ होने और समाज के दबे-कुचले वर्ग द्वारा इसकी फसल को काटने से वाकई एक औसत व्यक्ति के जीवन में सुधार आया।

यजुर्वेद में एक हजार नौ सौ पचहत्तर मंत्रों का संग्रह है। इसका मूल बल कर्मकांडों और इससे संबंधित मंत्रों और यज्ञ पर है। ये मंत्र स्त्री एवं पुरुषों को उनकी आंतरिक भावना के द्वारा ईश्वर की अनुभूति के लिए प्रेरित करते हैं। इसके मंत्र स्त्री एवं पुरुषों को बुराइयों को दूर करने एवं महानता को लाने की प्रेरणा प्रदान करते हैं। परोपकार के लिए दान देना भी मोक्ष प्राप्त करने के श्रेष्ठ मार्गों में

से एक है तथा यह बारंबार जन्म एवं मृत्यु व पुनर्जन्म के बंधन से मुक्त करता है।

सामवेद के अंतर्गत एक हजार आठ सौ पचहत्तर मंत्र वर्णित हैं। इन्हें 'उपासना खंड' के नाम से जानते हैं, इसमें आंतरिक रूप से सर्वोच्च सत्ता की अनुभूति के लिए गाई जानेवाली प्रार्थना है। साम शब्द का आशय ईश्वर से आत्मा के मिलन के रूप में है। 'सा' का अर्थ है सर्वशक्तिमान और 'आम' का अर्थ है जीव या आत्मा। साम इन्हीं दोनों के संयोजन से बना है।

अथर्ववेद में पाँच हजार नौ सौ पचहत्तर मंत्र संगृहीत हैं। इसे ज्ञान खंड के नाम से भी जानते हैं। अथर्ववेद के मंत्र स्त्री एवं पुरुषों को उनकी ईश्वर के प्रति जिज्ञासा के लिए जाग्रत् करते हैं तथा इस सांसारिक जगत् में उद्देश्यों व पदार्थ में ईश्वर की प्राप्ति में सहायक होते हैं। वेदों ने त्रिदेव के दर्शनशास्त्र को प्रस्तुत किया था, जैसे—ईश्वर का अस्तित्व, आत्मा एवं पदार्थ, जो कि सृष्टि से पूर्व, सृष्टि की रचना के दौरान और सृष्टि की समाप्ति पर विद्यमान रहते हैं। ये तीनों स्वतंत्र रूप से अस्तित्व में रहते हुए असंख्य अवसरों में परस्पर क्रिया करते रहते हैं। ईश्वर हमेशा और हर समय एक सर्वोच्च सत्ता है।

वैदिक ज्ञान को आज के सांसारिक जीवन के साथ संबद्ध करने पर व्यक्ति आतंकवाद के परिप्रेक्ष्य में यह अवश्य देखना चाहेगा कि वेदों ने इस बारे में क्या कहा है? क्या वेद आतंक फैलाने के दृष्टिकोण से मानवों की इन अनियंत्रित हत्याओं एवं संपत्तियों की बरबादी की खिलाफत करते हैं? हाँ, अवश्य करते हैं। इस संदर्भ में ऋग्वेद हत्यारों को दंडित करने के लिए स्पष्ट निर्देश देने के साथ-साथ जो योद्धा अपने पास वज्र रखते हैं, उनका गुणगान भी करते हैं। इसके अनुसार अपराधी हत्यारों को दंड देना भी जरूरी है। ऋग्वेद योद्धा को इस रूप में परिभाषित करते हैं, जिसके पास युद्ध का अजेय शस्त्र है और जो समाज की भलाई के लिए है। ऐसा योद्धा आतंकवादियों के विरुद्ध आत्मविश्वास, साहस और वीरता के साथ लड़ता है।

एक वैदिक योद्धा आतंकवादियों के खिलाफ युद्ध के समय स्वयं को शांत रखते हुए स्वयं से रहता है। इसीलिए समान विचारधारावाले स्त्री व पुरुषों को बुरे आतंकवादियों के विरुद्ध लड़ने और उन्हें हमेशा के लिए समाप्त करने हेतु लोगों को एकत्रित करके एक ताकत बनानी चाहिए। यही वह समय है जब संतों ने वैदिक वज्र को रखा और पापियों का नाश किया।

वैदिक दर्शन के अनुसार ईश्वर एक है और इसका कोई आकार या आकृति

नहीं है। उसका कभी जन्म नहीं हुआ इसलिए उसकी मृत्यु या उसके लुप्त होने का प्रश्न ही नहीं उठता है। दूसरे शब्दों में, वेद किसी अवतार या ईश्वर का किसी अन्य या मानव के रूप में जन्म लेकर मानवों की सहायता करने के सिद्धांत का प्रतिपादन नहीं करते हैं। ईश्वर सर्वव्याप्त, सर्वज्ञ है तथा ईश्वरीय नियमों के तहत इस ब्रह्मांड को चलाने के लिए सर्वशक्तिमान भी है, साथ ही साथ वह इन नियमों का उल्लंघन भी नहीं करता है। वैदिक धर्म ईश्वर द्वारा अपने कार्यों को पूरा करने के लिए किन्हीं पैगंबरों को नियुक्त करने के सिद्धांत का भी अनुमोदन नहीं करता है। इसके अनुसार ईश्वर और मनुष्य के बीच सीधा संपर्क है, इसमें किसी मध्यस्थ की कोई जगह नहीं है। इसीलिए वैदिक ज्ञान मंत्रों के माध्यम से मानव को बिना किसी ईशमानव की मान्यता के ही उपलब्ध कराया गया है, क्योंकि यह साधारण मानव और ईशमानव (पुजारी, पैगंबर, पादरी) में कोई अंतर नहीं करता है। यह वाकई स्त्री और पुरुषों का एक ईश्वरीय अधिकार है कि वे वैदिक परिमंडल में रहें और नेक जीवन जीते रहें।

वेद सत्य पर बहुत बल देते हैं। 'सत्यम् वद धर्मम् चर' ही नेक मार्ग का सार है। इसका आशय है, सच बोलो और धर्म के सिद्धांत एवं जीवन में शुद्धता के उद्‌देश्य से नियमों का पालन करो। किसी को भी यह आश्चर्य हो सकता है कि यह जीवन का आदिकालीन दर्शन है, परंतु ऐसा वाकई है। झूठ और बेईमानी का मार्ग प्रचुर मात्रा में लाभ करा सकता है, परंतु वास्तव में ये लाभ अल्पकालिक ही होते हैं। ये अल्पकालिक लाभ व्यक्ति को एक गहरी खाई की तरफ ले जा सकते हैं जहाँ वह हमेशा के लिए दु:ख एवं पीड़ा में रहने के लिए शापित हो जाता है। वैदिक जीवन का मार्ग मृत्यु के बाद के जीवन की पुष्टि करता है, जिसमें पुनर्जन्म शामिल है। आत्मा जब शरीर धारण किए रहती है, उस समय के उसके संस्कार मृत्यु के बाद के जन्म में भी अपना प्रभाव रखते हैं। वेद एक ऐसे शुचितापूर्ण जीवन का निर्देश देते हैं, जो कि कई गुना लाभ प्रदान करते हैं।

आत्मा की मुक्ति या जीवन-मरण एवं पुनर्जन्म के चक्र से मुक्ति एवं मोक्ष के लिए वेदों ने चार भागवाले मार्ग बनाए हैं, जो कि धर्म, अर्थ, काम और मोक्ष के रूप में जाने जाते हैं। जैसे-जैसे हम आगे के अध्यायों में बढ़ते जाएँगे, हम इन चार भागवाले मार्गों के प्रमुख पहलुओं को भी जानेंगे। थोड़ी देर के लिए व्यक्ति को समझना चाहिए कि धर्म व्यक्ति को जीवन के उचित मार्ग पर ले चलता है, अर्थ व्यक्ति को परिश्रम से धनोत्पत्ति की योग्यता प्रदान करता है तथा काम उसे कठोर

परिश्रम के द्वारा उन्नत आदर्शों को हासिल करने के लायक बनाता है। इसीलिए स्त्री एवं पुरुषों को इस वैदिक मार्ग का अनुसरण करना चाहिए, ताकि मोक्ष या जन्म-मरण एवं पुनर्जन्म से मुक्ति उनसे दूर न रहे।

मोक्ष वाकई एक रोचक और आत्मसात कर लेनेवाला विषय है। इसमें उन सभी स्त्री व पुरुषों की बारहमासी रुचि रहती है, जो कि जीवन के वैदिक सन्मार्ग पर चलते हैं और इसे एक दिन की संज्ञा देते हैं। इससे पहले कि आत्मा वर्तमान शरीर का त्याग करे, मोक्ष का प्रश्न बारंबार उठाया जाता है। इस पुस्तक में 'मोक्ष के लिए कर्म' नामक अध्याय में इस शाश्वत प्रश्न पर ध्यान दिया गया है।

□

2

सभी को वेद पढ़ने का अधिकार

जब ईश्वर ने सृष्टि की रचना की और आत्मा ने मानव शरीर में प्रवेश किया तब इस शरीर रूपी आत्मा को एक स्वस्थ, खुशहाल और अर्थपूर्ण जीवन जीने के लिए ईश्वरीय मार्गदर्शन की आवश्यकता थी। ईश्वर मानव के मार्गदर्शन के लिए एक सर्वोच्च शिक्षक, मित्र और दार्शनिक है। सृष्टि की रचना के आरंभ में मानवता के ईश्वरीय मार्गदर्शन के रूप में वेदों का आगमन हुआ था।

यथेमां वाचं कल्याणीमावदानि जनेभ्यः। ब्रह्मराजन्याभ्यां शूद्राय चार्याय च स्वाय चारणाय। प्रियो देवानां दक्षिणायै दातुरिह भूयासमयं मे कामः समृध्यतामुप मादो नमतु।

—26.2 यजुर्वेद

इस वेद मंत्र में ईश्वर मानवता के लिए वेदों का ज्ञान सभी के लिए प्रसारित करने का आदेश देता है। अतः इस कर्तव्य का पालन करने में न भय और न ही पक्षपात होना चाहिए। ये चारों वेद मानवता के मार्गदर्शन के लिए ही हैं। ये वेद मंत्र कल्याणकारी है, इसीलिए ये मानव और इनके अनुपालनकर्ताओं का कल्याण संपूर्ण ब्रह्मांड में करते हैं। संपूर्ण मानव जाति इन वेद मंत्रों को पढ़कर एवं इनका ध्यान करके इस ईश्वरीय ज्ञान को प्राप्त कर सकती है। इसमें वर्ण आश्रम धर्म ने मानव का वर्गीकरण जीवन में उसके पेशे के आधार पर किया है, न कि जन्म के आधार पर। इस प्रकार जो व्यक्ति वेदों के अनुसार धर्म को प्रसारित करता है वह ब्राह्मण एवं जो न्याय की रक्षा और बुराइयों तथा आतंक फैलानेवाली ताकतों से

लड़ता है, वह क्षत्रिय और जो व्यक्ति न्यायोचित साधनों से व्यापार करता है, वह वैश्य तथा जो व्यक्ति अपनी शारीरिक क्षमता से प्रसन्नतापूर्वक सेवा करता है, वह शूद्र है। व्यक्तिगत सम्मान के अनुसार कोई भी कर्म अपमानजनक नहीं है। केवल अज्ञानी लोगों ने ही समाज में वर्ग एवं भेदभाव की रचना की है और वर्ण को जाति का रूप देते हुए एक अवैदिक कार्य, पाप के रूप में कर दिया है।

अत: यह स्पष्ट है कि वैदिक धर्म वेदों की शिक्षाओं पर आधारित है न कि ब्राह्मणवाद पर, जैसा कि कुछ प्राचीन विचारोंवाले तथाकथित विद्वानों ने इस पर भ्रांतिपूर्ण ढंग़ से ब्राह्मणवाद का ठप्पा लगा दिया था। चूँकि ब्राह्मण पुजारी यज्ञ या वैदिक कर्मकांड के अन्य धार्मिक अनुष्ठानों का संचालन करते हैं। सिर्फ इसीलिए इस विश्वास को ब्राह्मणवाद नहीं कहा जा सकता है। ब्राह्मण वह है, जो वेद पढ़ता है तथा पढ़ाता है और यज्ञ करता एवं कराता है तथा दान लेता और देता है। यह जन्म नहीं बल्कि कर्म है, जो कि निर्धारित करता है कि कौन ब्राह्मण है और कौन ब्राह्मण नहीं है। आर्यसमाज ने दुनिया को बहुत से वेद पाठी ब्राह्मण दिए हैं, जिनका जन्म किसी वर्ग या वर्ण विशेष में नहीं हुआ था। कुछ आर्यसमाजी ऐसे भी थे, जिनका जन्म शूद्र वर्ण में हुआ था, परंतु वे वेद मंत्रों के उत्कृष्ट टिप्पणीकार के रूप में उभरे थे। यह वाकई वैदिक विचारों का पुनर्जागरण था तथा इसके लिए हम आर्यसमाज के आभारी हैं।

ऊपर उद्धृत वेद मंत्रों से यह स्पष्ट है कि वेद चारों वर्णों जैसे—ब्राह्मण, क्षत्रिय, वैश्य, शूद्र के द्वारा पढ़े जाने चाहिए एवं उन्हें आत्मसात् करते हुए इन पर मनन भी करना चाहिए। वास्तविकता यह है कि मंत्र काफी विस्तृत रूप में हैं और इनमें स्त्री एवं पुरुष दोनों ही शामिल हैं, क्योंकि जब यह कहते हैं—जनेभ्य: जिसमें शहरी और विद्वान्, सभ्य और असभ्य सभी शामिल हैं तथा वेदों को पढ़ने का सभी को अधिकार है। महाभारत के ऐतिहासिक युद्ध के बाद आए अंधकार युग ने वेदों को पढ़ने का अधिकार गैर बुद्धिमानीपूर्ण ढंग से अब्राह्मण वर्णों से छीन लिया था। इस समय अध:पतन इतना हो चुका था कि सभी वर्णों की स्त्रियाँ, जिनमें चयनित वर्ण भी शामिल थे, इन मंत्रों को न तो पढ़ सकती थीं, न ही गा सकती थीं एवं न ही इन पर ध्यान भी कर सकती थीं। स्वार्थी और अर्धशिक्षित पुजारियों के द्वारा त्रुटिपूर्ण ढंग से प्रचार किया गया था कि स्त्रियों एवं शूद्रों को वेद पठन समूह में शामिल होने की अनुमति नहीं थी। (**स्त्री शूद्रौ नाधीयातामिति श्रुतेः।**) यह नारी द्वेषी लोगों का ही नारा था। महर्षि स्वामी दयानंद सरस्वती ही

आधुनिक काल के प्रथम ऋषि थे, जिन्होंने अर्धशिक्षित पुरोहित वर्ग के विरुद्ध आवाज उठाई और वेदों के ईश्वरीय ज्ञान के द्वार सभी के लिए खोल दिए थे। इस कार्य से नारियों को सबसे अधिक लाभ हुआ। आज भारत और बाहर के देशों के बहुत से आधुनिक विश्वविद्यालयों में नारियाँ संस्कृत और दर्शनशास्त्र की प्रोफेसर बन गई हैं, इसके लिए कन्या गुरुकुलों में वैदिक शिक्षा और रिहायशी महिला कॉलेजों के खुलवाने में आर्यसमाज के पक्के समर्थक स्वामी श्रद्धानंद व आचार्य रामदेव धन्यवाद के पात्र हैं।

वैदिक शब्दों में सौम्य के लिए 'स्वया' का प्रयोग किया गया है, जिसका अर्थ ऐसा व्यक्ति जो विनम्र और चारित्रिक गुणोंवाला हो। इस मंत्र के अनुसार सौम्य और गँवार दोनों ही इन वेद मंत्रों को पढ़ने के अधिकारी हैं। आज जो व्यक्ति पढ़ा-लिखा नहीं है, वह वेदों को पढ़ने के लिए पढ़ा-लिखा बनने की आकांक्षा कर सकता है। यह सभी के लिए एक प्रोत्साहन एवं उच्च शिक्षा के द्वार में प्रवेश है। इसमें समाज के कमजोर वर्गों के छात्रों के प्रवेश में बाधा नहीं है। यहाँ सभी विद्यार्थी ब्रह्मचारी बनकर एक वर्गविहीन विद्यार्थी समूह के रूप में अपना समय देते हैं और वेदों में वर्णित ज्ञान प्राप्त करते हैं। इसे हम यह भी कह सकते हैं कि यहाँ जाति, वर्ग, धर्म के आधार पर कोई भेदभाव नहीं है। शिक्षा के इस मंदिर में ज्ञान प्राप्त करने की तीव्र इच्छा ही विद्यार्थियों का यहाँ प्रवेश लेने का एकमात्र उद्देश्य होता है। इससे यह स्पष्ट हो जाता है कि वेदों को पढ़ने का अधिकार क्यों सभी के लिए है।

दुर्भाग्य से अंधकार युग में कुछ स्वार्थी लोगों के समूह ने वेदों को पढ़ने के अधिकार पर एकाधिपत्य करते हुए इसे प्रसाारित भी किया। ये वही लोग थे, जिन्होंने जनसाधारण और अ-ब्राह्मण को वेदों को पढ़ने एवं इनका प्रसार करने से रोका था। यह एक ऐसी भयानक गलती थी, जिसने सात समुद्र पार के लोगों को वेदों में वर्णित रत्नों से लाभान्वित होने से रोक रखा था।

19वीं सदी में भारत के एक महान् धार्मिक एवं सामाजिक सुधारवादी महर्षि स्वामी दयानंद सरस्वती ने वेद मंत्रों के अर्थ को अपने शोधकार्य के द्वारा सरल हिंदी में जनसाधारण के लिए उपलब्ध करा दिया था। यह एक ऐसा वैदिक पुनर्जागरण था, जिसने दुनियाभर के स्त्री एवं पुरुषों को लाभान्वित किया और उनके लिए वैदिक ज्ञान का खजाना खोल दिया था। वेदों को पढ़ने का अधिकार और इन पर मनन वाकई अब सार्वभौम है।

यह काफी उत्साहवर्द्धक है कि पश्चिमी गोलार्ध के पढ़े-लिखे स्त्री एवं पुरुष अब वैदिक ज्ञान में रुचि लेते नजर आ रहे हैं। आर्यसमाज इन लोगों तक कई वेबसाइटों के माध्यम से पहुँच रहा है। हमें अपनी गति बनाए रखते हुए सूचना प्रौद्योगिकी के अवसरों का लाभ उठाना चाहिए।

□

3

वैदिक त्रैतवाद

कई बार आपने और मैंने इस ब्रह्मांड के उद्देश्य और इसमें अपनी उपस्थिति पर विचार किया होगा। हमें बनानेवाला कौन है? यदि कोई है तो हमारा उससे क्या संबंध है? इसका एक सहज परिणाम यह भी है कि मैं कौन हूँ? ईश्वर और आत्मा के अलावा भी कोई और सत्ता है? यह सांसारिक दुनिया किससे बनी है? क्या यही वह चीज है, जिसे हम पदार्थ कहते हैं? यह वाकई एक विस्मयकारी समस्या है? क्या इन समस्याओं का कोई समाधान है? मनुष्य एक विचार करनेवाला प्राणी है। यदि वह अपने चारों तरफ के विषयों पर नहीं सोचेगा, तो वह अपने जीवन में प्रगति नहीं करेगा। विचार न करनेवाले व्यक्ति की मानसिक शक्तियाँ तेजी से क्षीण होती जाती हैं तथा धीरे-धीरे वह कुंद हो जाता है। जब व्यक्ति सोचता है कि उससे नहीं होगा परंतु वह जब अपने रचनाकर्ता के संपर्क में रहता है तो वेदों के रूप में ईश्वरीय ज्ञान उसकी रक्षा के लिए आ जाता है। आइए, ईश्वर, आत्मा और पदार्थ रूपी इन त्रिदेवों के बारे में जानते हैं।

परमात्मा, आत्मा और प्रकृति ही मिलकर वैदिक त्रिदेव बनते हैं। इनके अस्तित्व का न तो आदि है और न ही अंत है। यही तीनों मिलकर सृष्टि की रचना और विनाश भी करते हैं। संस्कृत के शब्द अनादि और अनंत से वैदिक त्रिदेव का आशय है कि इनका न तो आरंभ है और न ही अंत। एक प्रश्न उठता है कि क्या ये तीनों तत्त्व स्वतंत्र रूप से अपना अस्तित्व बनाए रखते हैं या यह आपस में एक-दूसरे पर निर्भर हैं? व्यक्ति यह भी जानना चाहेगा कि क्रिया या अक्रिया के

द्वारा वैदिक त्रितत्व के दर्शन से यह किस प्रकार प्रभावित होता है? यह प्रश्न वाकई न्यायसंगत है। इन महत्त्वपूर्ण प्रश्नों का उत्तर ऋग्वेद के निम्न मंत्र के माध्यम से बताया गया है।

द्वा सुपर्णा सयुजा सखाया समानं वृक्षं परि षस्वजाते।
तयोरंयः पिप्पलं स्वाद्वत्यनश्र्नन्नन्यो अभि चाकशीति॥

—1.164.20 ऋग्वेद

इस मंत्र का आशय स्पष्ट है—दो सुंदर चिड़िया थीं, जो कि सिर्फ सहयोगी ही नहीं बल्कि घनिष्ट मित्र भी थीं तथा एक पेड़ पर पास-पास बैठी थीं। वे आपस में एक-दूसरे से गुँथी हुई सी मालूम पड़ रही थीं। उनमें से एक चिड़िया पेड़ का एक स्वादिष्ट मीठा फल स्वाद के साथ खा रही थी। दूसरी चिड़िया उससे एक निर्लिप्त भाव बनाए हुए उसके खाने में कोई रुचि नहीं दिखा रही थी और विवेकपूर्ण ढंग से अपने चारों तरफ की क्रियाशीलता में संलग्न थी।

पहली झलक में ये वेद मंत्र एक पहेली की भाँति महसूस होते हैं। हालाँकि ये स्वयं में पहेली नहीं हैं बल्कि बहुत सी सांसारिक पहेलियों का समाधान करते हैं।

एक तरफ यह वैदिक त्रिदेव की मूल अवधारणा यानी ईश्वर, आत्मा और प्रकृति को रेखांकित करते हुए इन्हें प्रथक अस्तित्व के रूप में दरशाती है। इनमें ईश्वर और आत्मा आपस में बहुत ही समीप हैं तथा प्रकृति ब्रह्मांड का एक निश्चेष्ट कारक है। परमात्मा या ईश्वर तथा आत्मा चेतन हैं, इसलिए वे जीवंत हैं। यह तो सिर्फ आत्मा है जिसकी तुलना चिड़िया से की गई है जो उस पके हुए स्वादिष्ट फल का आनंद ले रही थी, जो कि इस सांसारिक दुनिया के करोड़ों उत्पादों में से है। यह सांसारिक दुनिया ही पदार्थ या प्रकृति है, जिसकी तुलना पेड़ से की गई है। आत्मा अपनी स्वयं की इच्छा से ही कार्य करती है। यही कर्म का सिद्धांत है। यह आत्मा ही है, जो कि अच्छे और बुरे कर्म करती है तथा उसी के अनुसार वर्तमान जीवन एवं बादवाले जीवन में पुरस्कार या दंड प्राप्त करती है। ईश्वर ही इस संपूर्ण सृष्टि को चलाता है, जिसे हम जानते हैं और नहीं भी जानते हैं। वह आत्मा का मित्र, दार्शनिक एवं मार्गदर्शक होता है। हालाँकि ईश्वर इस वृक्ष के, फल नहीं खाता है, जिसे हम प्रकृति के रूप में जानते हैं। ईश्वर निराकार, निर्लिप्त और निर्गुण है। इसीलिए वह बिना आकारवाला छायाविहीन है तथा उसकी आत्मा की तरह फसल बोने और काटने में रुचि नहीं रहती है और

इसीलिए वह इस सांसारिक लगाव या द्वेष से परे है।

ऊपर उद्धृत वेद मंत्र में ईश्वर की अवधारणा से आशय है कि वे संसार को चला रहे हैं तथा आत्मा की क्रिया व अक्रिया जिसे हम कर्म भी कहते हैं, के निर्णय के लिए बैठे हैं तथा इसकी तुलना उस मित्रभाववाली चिड़िया से की गई है जो कि निरपेक्ष भाव से इस सांसारिक जगत् में बने रहते हुए, जो कुछ भी हो रहा है, उस पर अपनी नजर रखे हुए हैं।

परमात्मा या सर्वशक्तिमान ईश्वर की वैदिक अवधारणा पर गंभीर दृष्टि डालना एक अच्छा विचार है। ईश्वर सत्य, नेक और आनंदमय है। वह निराकार, सर्वज्ञ, न्यायी, दयालु, अजन्मा, अनादि और अनंत, असमान, सर्वत्र, शाश्वत एवं रचयिता है। एकमात्र उसकी उपासना की जानी चाहिए। ऋग्वेद के अनुसार, "वह ईश्वर, जो एक है उसकी प्रार्थना करो।"

य एक इत्तमु ष्टुहि कृष्टीनां विचर्षणिः पतिर्जज्ञे वृषक्रतुः ॥

—मंडल 6, सूक्त 45, मंत्र 16

व्यक्ति पूछ सकता है कि आत्मा को ईश्वर की आराधना क्यों करनी चाहिए, जबकि वे तो दो चिड़ियों की भाँति पेड़ पर साथ-साथ बैठे हैं? आत्मा सांसारिक मामलों से ऊपर उठकर ईश्वरीय गुणों को अपनाना चाहती है। ऐसा तब होता है, जब आत्मा इस संसार के वैभव से प्रभावित नहीं होती है और अपने स्तर को ऊपर उठाते हुए ईश्वरीय गुणों को प्राप्त कर लेती है। वाकई, यह एक ऐसा मित्रवत दृष्टिकोण है, जो कि उनकी इस उपलब्धि के प्रयास को सरल बनाता है और इससे उनकी सहायता करता है। वास्तव में यही मोक्ष और मुक्ति का मार्ग है तथा आत्मा का अंतिम लक्ष्य है।

साधारणतया, व्यक्ति सांसारिक जगत् की जड़ वस्तुओं से अनावश्यक रूप से चिपका रहता है। सभी चमकनेवाली चीजें सोना नहीं होती हैं फिर भी व्यक्ति उन चमकदार चीजों के पीछे भागता रहता है। यहाँ तक कि समझदार सीताजी अपनी संपूर्ण बुद्धिमानी के बावजूद भी राक्षस मारीच द्वारा बने छद्म सोने के हिरण को पाने के लालच को न रोक सकीं। परिणामतः उनका हरण रावण द्वारा किया गया तथा उस वीरगाथा में लंका के युद्ध में मर्यादा पुरुषोत्तम राम विजयी बने। इस कथा की शिक्षा है कि स्त्री और पुरुषों को हमेशा स्मरण रखना चाहिए कि वे शरीर नहीं, बल्कि आत्मा हैं और आत्मा जड़ पदार्थ या प्रकृति से हमेशा श्रेष्ठ होती है। इसीलिए

जड़ उद्देश्यों को प्राप्त करने की इच्छा नहीं करनी चाहिए, क्योंकि यह तुम्हारी आत्मा को भ्रष्ट कर सकती है और जीवन के अंतिम लक्ष्य मोक्ष प्राप्ति से भी तुम्हें दूर कर सकती है। वैदिक त्रिदेव के सिद्धांत की गहन जानकारी स्त्री व पुरुषों को न्यायोचित मार्ग पर रखती है तथा उन्हें वासना व लोभ के गड्ढों में पड़ने से बचाती है, जो कि उनकी आत्मा को भी भ्रष्ट करते हैं। अच्छे कर्म से अच्छे संस्कार आते हैं, जो कुछ समय के बाद आत्मा को भी प्रभावित करते हैं। स्त्री व पुरुष को हमेशा स्वयं को परामर्श देते रहना चाहिए कि वे बाहरी शरीर न होकर सिर्फ आत्मा ही हैं। वास्तव में यह शरीर के भीतर आत्मा ही है, जो कर्म करती है, जिसमें क्रिया व अक्रिया दोनों ही शामिल हैं तथा यह तो कर्म ही है जो मोक्ष के लक्ष्य के लिए मार्ग तैयार करता है। हम इस पुस्तक के अगले अध्यायों में गहराई से कर्म के सिद्धांत और आत्मा की मुक्ति के लिए क्या करें या न करें, पर विचार करेंगे।

वैदिक त्रिदेव के सिद्धांत का तार्किक व स्पष्ट बोध व्यक्ति को सामाजिक कुशलता प्राप्त करने में सहायक होता है। सामाजिक कुशलता से आशय है कि इसमें व्यक्ति जीवन के विभिन्न स्तरों में सफलता हासिल करता है। कई बार अपनी पहचान का स्पष्ट बोध न होने के कारण हम त्रुटिपूर्ण व्यवहार या आचरण कर बैठते हैं। एक बार जब पहचान का सवाल सुलझ जाता है, तब भविष्य के कर्म आसानी से तय हो जाते हैं। व्यक्ति को स्वयं को हमेशा यह स्मरण कराते रहना चाहिए कि यह आत्मा उसकी अपनी आत्मा है और जो उसके अपने नेक कार्यों से लाभान्वित होगी। ठीक इसी तरह यह मेरी आत्मा मेरे बुरे कर्मों की वजह से यहाँ इस जीवन में और अगले जीवन में कष्ट प्राप्त करेगी। यदि वैदिक त्रिदेव को भली भाँति समझ लिया गया और अधिक से अधिक संख्या में स्त्री एवं पुरुषों ने इसका अनुपालन किया तब केवल अकेला व्यक्ति ही नहीं, बल्कि संपूर्ण समाज भी इससे लाभान्वित होगा। इस स्थिति में फौजदारी मुकदमों की संख्या में कमी आएगी तथा पुलिस पर भी कम दबाव होगा एवं अधिक मुकदमों की वजह से होनेवाले न्यायिक विलंब इतिहास की चीज बन जाएँगे।

वैसे यदि समय हो तो वेद मंत्रों पर मनन करना एक बेहतर विचार है और जिसे हमें अपने रोजमर्रा के जीवन में उतारना ही चाहिए। इस प्रकार हम अपने अंतिम लक्ष्य मोक्ष यानी जीवन-मृत्यु एवं पुनर्जन्म से मुक्ति को तरफ गतिमान रह सकते हैं।

□

4

संध्या : दैनिक प्रार्थना

महर्षि स्वामी दयानंद सरस्वती ने संन्यासी के रूप में अपने प्रवचन मिशन के तहत आरंभ में ही दो पुस्तकें लिखी थीं। पहली पुस्तक संध्या पर दैनिक प्रार्थना के लिए थी, जिसमें सभी स्त्री-पुरुषों को इसे दो बार गाकर पढ़ना चाहिए। प्रथम प्रार्थना उस सर्वशक्तिमान ईश्वर के लिए सुबह भोर में करनी चाहिए यानी जब रात्रि की बेला जा रही हो और दिन की शुरुआत हो रही हो। रात और दिन के इस मिलनवाले बिंदु को संस्कृत में 'संधि' कहा गया है। ठीक इसी तरह प्रार्थना के मंत्रों का ध्यान सूर्यास्त के समय धुँधलके के वक्त करना चाहिए, जब रात होनेवाली हो और दिन जानेवाला हो। इसे भी दिन और रात का संधिकाल कहते हैं। स्वामीजी ने सप्ताह के सातों दिन इन्हीं दोनों समय पर संध्या करने का परामर्श दिया है।

संध्या मुख्य रूप से ईश्वर की इस तरह की प्रार्थना है, जिसमें व्यक्ति अपनी आत्मा के उत्थान, आंतरिक दृढ़ता एवं त्रुटिहीन सर्वांगीण विकास के लिए ईश्वर से निवेदन करता है। संस्कृत न समझनेवाले लोगों के लिए सही अर्थों में संध्या के अर्थ को समझने के लिए हम इसे वैदिक प्रार्थना कह सकते हैं, जिसमें वेद मंत्र गाए जाते हैं तथा इन पर मनन भी किया जाता है। ईश्वर की प्रार्थना का मुख्य उद्देश्य उसके साथ संवाद स्थापित करना है। संध्या के माध्यम से हम सर्वशक्तिमान ईश्वर के साथ एक विलक्षण सामीप्य स्थापित कर लेते हैं, जो कि निराकार रूप में सभी जगह विद्यमान है। वैदिक प्रार्थना की सहायता से व्यक्ति ईश्वर के साथ एक वास्तविक निकटता प्राप्त करता है और इस प्रकार विपुल मात्रा में आनंद महसूस

करता है। यह एक आध्यात्मिक प्रसन्नता है। इसे आत्मा और शरीर दोनों की प्रसन्नता भी कहा जा सकता है। इस तरह के दिव्य आनंद को जानने के लिए इसका अनुभव किया जा सकता है। इसे मात्र शब्दों से ही नहीं समझाया जा सकता है।

वैदिक संध्या में प्राणायाम भी शामिल है। प्राणायाम का अर्थ है श्वसन के द्वारा जीवन को नियंत्रित करना। जिसे संस्कृत में 'प्राणवायु' भी कहते हैं। प्राणायाम वैदिक प्रार्थना का आंतरिक हिस्सा होने के कारण यह व्यक्ति के मस्तिष्क और शरीर के बीच एक तारतम्य बनाने में सहायक होता है। यह एक स्त्री एवं पुरुष को ब्रह्मांड एवं सामाजिक ताने-बाने के बारे में और अपने आसपास के जीवित प्राणियों के बारे में विचार करने के लिए प्रेरित करता है।

सामाजिक कार्य के लिए आत्मा की उत्पत्ति आध्यात्मिक उपलब्धि का एक स्वाभाविक परिणाम है। आध्यात्मिक रूप से जाग्रत् व्यक्ति कभी भी अकेला या सामाजिक रूप से बहिष्कृत नहीं होता है, जैसे कि एक उद्दंड हाथी अपने झुंड से बाहर कर दिया जाता है। जो व्यक्ति वैदिक प्रार्थना को दिन में दो बार गाता है वह वैदिक मंत्रों का आशय समझते हुए कभी भी हताशा या निराशा में नहीं पड़ेगा। प्रार्थना करनेवाला व्यक्ति हमेशा उत्साहित रहेगा तथा ईश्वर के साथ उसका आत्मबल हमेशा ऊँचा रहेगा।

सामाजिक विज्ञानी मानव को सामाजिक पशु का नाम देते हैं। यह सच है कि मानव में पशुओं के गुण भी रहते हैं परंतु ये पशु से बहुत से मामलों में बहुत अलग हैं। मानवों में सिर्फ तीव्र मेधा ही नहीं होती है, बल्कि ये अपनी मेधा का इस्तेमाल वेद मंत्रों के द्वारा निर्देशित होकर अपने लक्ष्यों को प्राप्त करने में भी करते हैं। प्रार्थना के समय इन वेद मंत्रों का सस्वर पाठ करने से स्त्री एवं पुरुषों को प्रेम एवं करुणा रूपी ईश्वरीय गुणों को स्वयं में लाने की प्रेरणा मिलती है। इस प्रकार वे स्वार्थ की भावना से ऊपर उठते हैं और अपने विचारों एवं क्रियाओं में कभी भी आत्मकेंद्रित भाव नहीं लाते हैं। वैदिक प्रार्थना मानव को मानवजीवन के चार लक्ष्यों जैसे धर्म, अर्थ, काम और मोक्ष को प्राप्त करने में सहायक होती है। जो व्यक्ति कहता है कि वह प्रतिदिन दो बार बनाए गए ढंग से वेद मंत्रों की प्रार्थना करता है, तब वह न्यायोचित मार्ग पर चलता है। न्यायोचित कार्यों से धनप्राप्ति को वेदों ने भी प्रोत्साहित किया है तथा यह परिश्रम के द्वारा होना चाहिए न कि धोखाधड़ी के माध्यम से। यह भी कहा जा सकता है कि वैदिक प्रार्थना एक ऐसा शक्तिशाली उपकरण है, जिससे स्त्री एवं पुरुषों के मस्तिष्क को साफ किया जा सकता है, ताकि वे पहले बताए गए

मानवीय जीवन के चार लक्ष्यों को पूरा कर सकें। महर्षि के द्वारा प्रस्तावित वैदिक प्रार्थना की क्रमबद्धता को देखा जा सकता है।

व्यक्ति को संध्या के लिए बैठने से पहले पूर्ण शांति की स्थिति में होना चाहिए। इसमें शरीर और बुरे विचारों द्वारा गंदे मन की स्वच्छता भी शामिल है। इसके लिए घर या बगीचे की साफ-सुथरी जगह का चयन तथा पद्मासन व सहजासन ऊनी या कुश के चौकोर आसन पर बैठकर करना चाहिए। कुश का आसन सभी स्तर के लोगों के लिए प्रस्तावित है तथा इसे रखना सह्य सीमा के भीतर होता है। प्रथम वेद मंत्र का पाठ गायत्री मंत्र से होता है तथा इसे गुरुमंत्र भी कहते हैं।

ओ३म् भूर्भुवः स्वः। तत्सवितुर्वरेण्यं भर्गो देवस्य धीमहि धियो यो नः प्रचोदयात्॥

—3.62.10 ऋग्वेद

ईश्वर के संबोधन के लिए वैदिक रूप में ओ३म् शब्द का उच्चारण सर्वोत्तम माना गया है तथा जब व्यक्ति इसका उच्चारण करता है तब वह स्वयं में ब्रह्मांडीय जीवन शक्ति को आत्मसात् करता है। प्रार्थना करनेवाला व्यक्ति सोचता है कि ईश्वर ही जीवन देनेवाला, पीड़ा हरनेवाला और खुशियाँ प्रदान करनेवाला है। वह इस ब्रह्मांड का रचयिता है, अत्यंत प्रकाशमान और श्रद्धेय होने के साथ वह अतिशुद्ध भी है। हे सर्वशक्तिमान! हम आपका ध्यान करते हैं। आप हमें सन्मार्ग पर चलने के लिए हमारे कर्म और विचारों को प्रेरित करते हुए हमारी बुद्धि का मार्गदर्शन करें।

प्रार्थना करनेवाला व्यक्ति आचमन के लिए मंत्र पढ़ने के साथ अपनी दाहिनी हथेली में जल लेकर घूँट भर ले। जल के इस घूँट भरने का आशय है, यह सबसे पहले गला साफ कर देता है, ताकि मंत्र के पाठ में आसानी हो और फिर यह आलस्य को दूर करने में सहायक होता है। चूँकि जल में ऑक्सीजन होता है और जब व्यक्ति प्रार्थना पर ध्यान केंद्रित करता है तब यह जीवन प्रदान करता है।

ओं शन्नो देवीरभिष्टय आपो भवन्तु पीतए।
शंयोरभि स्रवन्तु नः॥

—36.12 यजुर्वेद

हे सर्वत्र विद्यमान रहनेवाले ईश्वर आप हमारे रक्षक हैं तथा परम आनंद प्राप्त करने की हमारी इच्छा को पूरा करते हैं। हे ईश्वर आप हमारी शांति और खुशहाली के लिए सभी दिशाओं से हमारे ऊपर अपने आशीर्वाद की वर्षा करें।

प्रार्थना करनेवाला व्यक्ति अपने सामर्थ्य एवं समरूप विकास के लिए इंद्रिय स्पर्श मंत्र का भी पाठ करता है। इसमें वह अपने शरीर के कुछ विशेष अंगों का स्पर्श अपने दाहिने हाथ की अनामिका और मध्यमा उँगलियों के द्वारा उस जल में डुबोकर करता है, जो उसने अपनी बाईं हथेली में ले रखा है।

ओं वाक् वाक् (मुँह के दोनों तरफ)
ओं प्राणः प्राणः (दोनों नासिकाओं)
ओं चक्षुश्चक्षुः (दोनों आँखों)
ओं श्रोत्रं श्रोत्रं (दोनों कान)
ओं नाभिः (नाभि)
ओं हृदयम् (हृदय)
ओं कण्ठः (गला)
ओं शिरः (सिर)
ओं बाहुभ्याँ यशोबलम् (दोनों बांह)
ओं करतलकर पृष्ठे (हथेली, दोनों तरफ से)

अगली प्रार्थना शुद्धीकरण के लिए है। इसमें नीचे दिए गए मंत्र के अनुसार दाहिने हाथ से जल को शरीर के विभिन्न अवयवों पर छिड़का जाता है।

ओं भूः पुनातु शिरसि—हे ईश्वर मेरी बुद्धि को शुद्ध कीजिए।

ओं भुवः पुनातु नेत्रयो—हे ईश्वर मेरी दृष्टि को शुद्ध कीजिए।

ओं स्वः पुनातु कण्ठे—हे ईश्वर मेरी आवाज को ठीक कीजिए।

ओं महः पुनातु हृदये—हे ईश्वर मेरे हृदय को शुद्ध कीजिए।

ओं जनः पुनातु नाभ्याम्—हे सृष्टि के रचयिता मेरे जीवन के केंद्र, यानी मेरी नाभि को शुद्ध कीजिए।

ओं तपः पुनातु पादयोः—हे ईश्वर मेरे पॉव में शक्ति दें।

ओं सत्यं पुनातु पुनः शिरसि—हे सत्यनिष्ठ। मुझे सत्य को देखने के लायक बनाएँ।

ओं खंब्रह्म पुनातु सर्वत्र—हे ईश्वर कृपया मेरे शरीर के संपूर्ण अवयवों को शुद्ध कीजिए।

यह प्राणायाम संध्या या प्रार्थना का एक समाकलित भाग है। प्रार्थना करनेवाला व्यक्ति इस धर्मशास्त्र के अनुसार अपनी साँसों को खींचता, रोकता और फिर बाहर निकालता है। इस स्थिति में कम-से-कम तीन और अधिक-से-अधिक 21 चक्र का प्राणायाम प्रस्तावित है। प्रार्थना करनेवाला व्यक्ति जब अपने श्वसन को रोकता है, उसी समय उसे शांति से निम्नांकित मंत्र को दुहराना चाहिए—

ओं भूः—हे जीवन देनेवाले
ओं भुवः—हे पीड़ा को हरनेवाले
ओं स्वः—प्रसन्नता प्रदान करनेवाले
ओं महः—हे महान् ईश्वर
ओं जनः—हे सृष्टि के रचयिता
ओं तपः—हे सभी कर्मों को उत्पन्न करनेवाले
ओं सत्यम्—हे सत्यनिष्ठ

अगली प्रक्रिया में तीन मंत्र साथ-साथ चलते हैं, जिन्हें अघमर्षण मंत्र या पापों का नाश करनेवाले मंत्र कहते हैं।

ओ३म् ऋतञ्च सत्यञ्चाभीद्धात्तपसोऽध्यजायत।
ततो रात्र्यजायत। ततः समुद्रो अर्णवः॥ 1॥

ओं समुद्रदर्णवादधि संवत्सरो अजायत।
अहोरात्राणि विदधद् विश्वस्य मिषतो वशी॥ 2॥

ओं सूर्याचन्द्रमसौ धाता यथापूर्वमकल्पयत्।
दिवं च पृथिवीञ्चान्तरिक्षमथो स्वः॥ 3॥

सृष्टि की वर्तमान रचना, इसकी पहलीवाली रचना और उसके बाद आए प्रलय के उपरांत सर्वशक्तिमान प्रकाशमान ईश्वर के द्वारा जीवन के नियमों के अनुसार ही हुई है। यह प्रकृति (पदार्थ) अंधकार में सुषुप्तावस्था में थी और उत्पत्ति का आरंभ गति में हुआ था। इसका अगला चरण अंतरिक्ष और काल का था। इस ब्रह्मांड का रचयिता इसे बनाए रखनेवाला भी है। रात और दिन के काल के बँटवारे की भाँति ही उसने सूर्य, चंद्रमा तथा अन्य प्रकाशयुक्त चीजें जैसे पृथ्वी को जन्म दिया।

इस स्थिति में सूखे गले को आराम पहुँचाने के लिए फिर से आचमन लिया जाता है। सर्वप्रथम मंत्र का जाप करके जल का घूँट पीते हैं।

ओं शन्नों देवीरभिष्टयआपो भवन्तु पीतये। शंयोरभि स्रवन्तु नः॥

प्रार्थना करनेवाला व्यक्ति अब एक के बाद एक छह मंत्रों का जाप करते हुए मानसिक रूप से पूर्व, पश्चिम, उत्तर एवं दक्षिण तथा ऊपर व नीचे अंतरिक्ष की परिक्रमा करता है। प्रत्येक छह दिशाओं के लिए भी मंत्र हैं, जो नीचे दिए गए हैं।

ओं प्राची दिगग्निरधिपतिरसितो रक्षितादित्या इषवः। तेभ्यो नमोऽधिपतिभ्यो नमो रक्षितृभ्यो नम इषुभ्यो नम एभ्यो अस्तु। योऽस्मान् द्वेष्टि यं वयं द्विष्मस्तं वो जम्भे दध्मः॥ 1॥

पूर्व की दिशा में सर्वत्र उपस्थित रहनेवाली अग्नि (वह ईश्वर जो कि प्रकाश एवं ज्ञान का रूप है) का वास है और वह पूर्णरूपेण मुक्त एवं हमारी रक्षा करनेवाली है। हम उसे बारंबार स्मरण करते हैं। हम स्वयं और वे जो ऐसे न्याय के प्रति ईर्ष्या का अनुभव करते हैं, उसके सम्मुख समर्पण करते हैं।

हम आपस में एक-दूसरे के प्रति ईर्ष्यालु न हों। जब प्रार्थना करनेवाला पूर्व की तरफ मुँह करके बैठता है तब अगला मंत्र उसके दाहिनी तरफ की दिशा के लिए है तथा यह मूल बिंदु दक्षिण कहलाता है।

मंत्र निम्नांकित हैं—

ओं दक्षिणा दिगिन्द्रोऽधिपतिस्तिरश्चिराजी रक्षिता पितर इषवः। तेभ्यो नमोऽधिपतिभ्यो नमो रक्षितृभ्यो नम इषुभ्यो नम एम्यो अस्तु। यो३ऽस्मान् द्वेष्टि यं वयं द्विष्मस्तं वो जम्भे दध्मः॥ 2॥

दक्षिण दिशा में सर्वशक्तिमान ईश्वर का ध्यान करते हुए हम अपनी भक्ति के मार्ग पर बने रहें। दक्षिण दिशा के ईश्वर का नाम यहाँ इंद्र बताया गया है, इंद्र समृद्धि देनेवाले देवता हैं। इंद्र बुरी ताकतों को नष्ट करते एवं भलाई की रक्षा करते हैं। हम अपने से पहलेवाले ऋषियों और वरिष्ठों से भक्ति की प्रेरणा प्राप्त करते हैं। मंत्र के बचे हुए भाग का अर्थ ईश्वर के न्याय के सम्मुख ईर्ष्यालु व्यक्तियों के समर्पण से है जो कि अपरिवर्तित है।

ओं प्रतीची दिग्वरुणोऽधिपतिः पृदाकू रक्षितान्नभिषवः। तेभ्यो नमोऽधिपतिभ्यो नमो रक्षितृभ्यो नम इषुभ्यो नम एभ्यो अस्तु। यो३ऽस्मान् द्वेष्टि यं वयं द्विष्मस्तं वो जम्भे दध्मः ॥ 3 ॥

वरुण देवता पश्चिम दिशा में हमारे भक्ति मार्ग को निर्देशित करते हैं। वे जहरीले जीवों और सर्पों से हमारी रक्षा करते हैं तथा बुरे कर्मवालों को दंडित करते हैं।

अब प्रार्थना करनेवाला व्यक्ति उत्तर दिशा की तरफ मानसिक रूप से गतिमान रहते हुए मंत्र का जाप करता है।

ओम् उदीची दिक् सोमोऽधिपतिः स्वजो रक्षिताशनिरिषवः। तेभ्यो नमोऽधिपतिभ्यो नमो रक्षितृभ्योनम इषुभ्यो नम एभ्यो अस्तु। यो३ऽस्मान् द्वेष्टि यं वयं द्विष्मस्तं वो जम्भे दध्मः ॥ 4 ॥

सोम शांति प्रदान करनेवाले हैं और बुरी व नष्ट करनेवाली शक्तियों से हमारी रक्षा करते हैं, क्योंकि उनके पास तीक्ष्ण और भेदनेवाले तीर हैं।

ओं ध्रुवा दिग्विष्णुरधिपतिः कल्माषग्रीवो रक्षिता वीसध इषवः। तेभ्यो नमोऽधिपतिभ्यो रक्षितृभ्यो नम इषुभ्यो नम एभ्यो अस्तु। यो३ऽस्मान् द्वेष्टि यं वयं द्विष्मस्तं वो जम्भे दध्मः ॥ 5 ॥

भगवत् कृपा से हम भक्ति के मार्ग पर दृढ़ रहते हैं। ईश्वर, जिन्हें हम विष्णु के नाम से भी संबोधित करते हैं, वे हमारी आंतरिक अज्ञानता को विज्ञान के ज्ञान से दूर करने में हमारा मार्गदर्शन करते हैं। हमें ईश्वर का कृतज्ञ होना चाहिए कि उन्होंने हमें भ्रम से बचाया है।

ओम् ऊर्ध्वा दिग् बृहस्पतिरधिपतिः श्वित्रो रक्षिता वर्षमिषवः।
तेभ्यो नमोऽधिपतिभ्यो नमो रक्षितभ्यो नम इषुभ्यो नम एभ्यो अस्तु।
यो३ऽस्मान् द्वेष्टि यं वयं द्विष्मस्तं वो जम्भे दध्मः ॥ 6 ॥

हम अंतरिक्ष की ऊँचाइयों में सर्वोच्च सत्ता को महसूस करते हैं। वह हमें रोग, पीड़ा और विपत्ति से बचाता हुआ हमारे अज्ञान को दूर करने में सहायता प्रदान करता है।

प्रार्थना आरंभ करने से पहले प्रार्थना करनेवाला सर्वशक्तिमान ईश्वर को प्रणाम करता है और स्वयं को न्याय के लिए उसके हाथों में सौंपता है।

उपस्थान मंत्रः (ईश्वर की अनुभूति के लिए मंत्र)

ओम् उद्वयं तमस्परि स्वः पश्यंत उत्तरम्।
देवं देवत्रा सूर्य्यमगन्म ज्योतिरूत्तमम्॥ 1॥

उपर्युक्त मंत्र और अगले तीनों मंत्रों का जब विचारपूर्वक जाप किया जाता है तथा सच्ची भावना से उस पर ध्यान दिया जाता है, तब प्रार्थना करनेवाले व्यक्ति को सर्वशक्तिमान ईश्वर की निकटता का अनुभव होता है।

इस प्रार्थना में प्रार्थना करनेवाला व्यक्ति कहता है, हे ईश्वर! मैं तुम्हें अपने हृदय में अनुभव करता हूँ और तुम्हारी कांति व भव्यता का बोध कर रहा हूँ। हे प्रभु दिव्य ज्ञान के द्वारा मैं पूर्णतया बंधनमुक्त होना चाहता हूँ।

ओम् उदु त्यं जातवेदसं देवं वहन्ति केतवः। दृशे विश्वाय सूर्य्यम्॥ 2॥

ईश्वर ही संपूर्ण प्रकाश का स्रोत है—जैसे सूर्य, चंद्रमा, अग्नि तथा अन्य खगोलीय पिंड, यानी पृथ्वी और अंतरिक्ष में व्याप्त है।

ईश्वर ने ही वेदरूपी दिव्यज्ञान की जानकारियाँ प्रदान की हैं। इस ईश्वरीय ज्ञान को स्वयं में आत्मसात् करने के लिए वे हमें प्रेरणा प्रदान करें।

ओं चित्रं देवानामुदगादनीकं चक्षुर्मित्रस्य वरुणस्याग्नेः। आ प्रा द्यावापृथिवी अंतरिक्ष सूर्य आत्मा जगतस्तस्थुषश्च स्वाहा॥ 3॥

हे ईश्वर! मानव की आध्यात्मिक शक्ति के आदिकालीन स्रोत, कृपया मेरी बौद्धिक क्षमताओं को बढ़ाइए। मैं आपकी शक्तिशाली विद्यमानता को महसूस करूँ तथा पूर्ण उत्कृष्टता प्राप्त करने के लिए न्यायोचित मार्ग पर चलने हेतु मैं प्रेरित रहूँ। मैं आपको अपने हृदय में महसूस कर सकूँ।

ओं तच्चक्षुर्देवहितं पुरस्ताच्छुक्रमुच्चरत्। पश्येम शरदः शतं जीवेम शरद शतं शृणुयाम शरदः शतं प्रब्रवाम शरदः शतमदीनाः स्याम शरदः शतं भूयश्च शरदः शतात्॥ 4॥

हे सर्वत्र विद्यमान रहनेवाले हमारे दैवीय मार्गदर्शक एवं ईश्वरीय संरक्षक!

आपकी कृपा से मैं उचित समझ को प्राप्त कर सकूँ और अपने सौ वर्ष के जीवन में अपनी सभी क्षमताओं पर पूर्ण नियंत्रण रखते हुए स्वतंत्र जीवन जीते हुए अपने अंदर सुनने व बोलने की शक्ति रख सकूँ। मेरे संपूर्ण जीवन में मेरा स्वास्थ्य और प्रसन्नता सौ वर्षों से भी अधिक बनी रहे।

गायत्री मंत्र

ओं भूर्भुवः स्वः। तत्सवितुर्वरेण्यं भर्गो देवस्य धीमहि धियो यो नः प्रचोदयात॥

ईश्वर प्रेरित बुद्धि के लिए प्रार्थना

प्रार्थना करनेवाला व्यक्ति अपनी पूर्ण एकाग्रता के साथ निराकार ब्रह्म (सर्वशक्तिमान ईश्वर जिसका न तो रूप और न ही आकार है) का ध्यान करता है और अपने पापमय विचारों एवं कर्मों को स्वयं ही नष्ट करने के लिए प्रकाशयुक्त प्रेरणा प्राप्त करता है। इस प्रकार पापमुक्त होने के उपरांत आत्मा नेक कर्मों और ईश्वर की तरफ अग्रसरित होती है।

समर्पण मंत्र (पूर्ण भक्ति)

हे ईश्वर दयानिधे! भवत्कृपयाऽनेन जपोपासनादिकर्मणा धर्मार्थकाममोक्षाणां सद्यः सिद्धिर्भवेन्नः॥

हे कृपालु ईश्वर! मेरे द्वारा अबतक प्रस्तुत प्रार्थना के अनुसार अपनी कृपा करें और मुझे मानव जीवन के उद्‌देश्यों जैसे—धर्म (न्यायोचित कर्तव्य), अर्थ (न्यायोचित माध्यमों से संपत्ति अर्जन), काम (इच्छाओं की पूर्ति) और मोक्ष (जन्म, मृत्यु एवं पुनर्जन्म से मुक्ति) को प्राप्त करने में सहायता प्रदान करें।

नमस्कार मंत्र

ओं नमः शम्भवाय च मयोभवाय च नमः शंकराय च मयस्कराय च नमः शिवाय च शिवतराय च॥

हे श्रेष्ठ प्रेरणादायक महान् संरक्षक, प्रशांत तथा परम आनंद के स्वरूप! मैं आपको प्रणाम करता हूँ और आपसे शांति, स्वास्थ्य एवं प्रसन्नता का आशीर्वाद माँगता हूँ।

इस प्रकार वेद मंत्रों के जाप और इन पर मनन को संध्या की प्रार्थना में सुबह और शाम करने के उपरांत, प्रार्थना करनेवाले को आध्यात्मिक उत्थान की अनुभूति होती है। आत्मा का यह उत्थान स्वत: ही प्रसन्नता उत्पन्न कर देता है तथा दिन प्रतिदिन यह आत्मा इस दिन आनंद की अनुभूति करती है।

□

5

सर्वोच्च मार्गदर्शन

हम 'अग्नि' का आह्वान करते हैं, जो सर्वशक्तिमान ईश्वर के लिए वैदिक संबोधन है तथा यह सभी जगह विद्यमान है। हम अग्नि की प्रार्थना इस निरानंद संसार के अंधकार में मार्ग ढूँढ़ने एवं स्वयं को प्रेरणा प्रदान करने के लिए करते हैं। हम अग्नि की प्रार्थना 'यज्ञ' करने के लिए करते हैं, जो बिना किसी भेदभाव के सभी के लिए हितकारी होती है। ऋग्वेद में प्रथम मंत्र का प्रथम शब्द 'अग्नि' है। इस परिप्रेक्ष्य में अग्नि मात्र भौतिक आग नहीं है, जिसे हम अपने आस-पास देखते हैं, बल्कि यह 'ब्रह्म' का ही नाम है। अतः यह मंत्र इस प्रकार है—

अग्निमीले पुरोहितं यज्ञस्य देवमृत्विजम्।
होतारं रत्नधातमम्॥

—1.1.1 ऋग्वेद

हम सर्वशक्तिमान ईश्वर से प्रार्थना करते हैं, जो हमें इस संसार की सभी अच्छी चीजें प्रदान करता है, जिसमें रत्न और अन्य संपदा शामिल हैं। जो लोग विद्वान् हैं और जिनकी अच्छी वाणी व कर्म हमें न्यायोचित मार्ग पर ले चलते हैं, वे लोग हमारे लिए आदर के पात्र हैं। ईश्वर हमारे पिता हैं और इस दृष्टिकोण से सभी स्त्री व पुरुषों को जीवन में उचित मार्ग को अपनाना चाहिए। इस मंत्र की विवेचना करते हुए महर्षि स्वामी दयानंद सरस्वती ने बताया है कि ईश्वर ने अत्यंत दयालुता के साथ इन वेद मंत्रों को ऋषियों को बताया है।

यहाँ पुनः यह स्पष्ट करना आवश्यक है कि ये वे महान् व्यक्ति थे, जिन्होंने वेदों को जो कुछ अहंकारी आत्मकेंद्रित तथाकथित ब्राह्मणों के पास संग्रहीत थे, उनको बंद कोठरी से निकालकर एवं इनके मंत्रों की हिंदी में विवेचना करके बिना किसी भेदभाव के ही संपूर्ण मानवता के लिए उपलब्ध कराया। इस प्रकार सैकड़ों पढ़े-लिखे स्त्री-पुरुष, जो अन्य वर्णों में पैदा हुए थे, वे अपने कर्मों जैसे—अध्ययन, जप और वेद मंत्रों में रुचि रखनेवाले स्त्री-पुरुष इनकी विवेचना करके ब्राह्मण बन गए। यह वाकई एक धार्मिक पुनर्जागरण के साथ-साथ मानवता के इतिहास की विलक्षण घटना थी।

हमें मार्गदर्शन एवं प्रेरणा की जरूरत है। जब कभी हम किसी ऐसे दोराहे पर होते हैं और अपने रास्ते की दिशा का निर्धारण नहीं कर पाते हैं तब यह अग्नि, यानी सर्वशक्तिमान ईश्वर ही, हमें उचित मार्ग पर चलने की प्रेरणा प्रदान करता है तथा हमें गलत कार्यों से दूर रखता है। ईश्वर क्या हमारी सहायता स्वतः ही करता है? इसका उत्तर है नहीं। एक स्वस्थ और खुशहाल जीवन जीने के लिए हमें प्रार्थना और कर्म के एक आदर्श संयोजन की जरूरत होती है। बिना उचित कर्म किए मात्र अग्नि की प्रार्थना हमारी समस्या का समाधान नहीं करती है।

ठीक इसी प्रकार सिर्फ कर्म ही उचित प्रेरणा का परिणाम नहीं है तथा बिना उपयुक्त प्रार्थना के यह फल प्रदान नहीं करता है।

प्रार्थना की क्या भूमिका है? प्रार्थना हमारे दंभ को दूर करती है, क्योंकि इससे हमारा व्यक्तित्व विकृत होता है। दंभ या शेखी को दूर करने के बाद ही हम समस्या को सही अर्थ में समझ सकते हैं। एक बार जब हम इस भय के बोध को समझ लेते हैं, तब हम इसे सफलतापूर्वक दूर करने में सफल हो जाते हैं। इस स्थिति में प्रार्थना हमारे साहस को बढ़ाती है तथा हमें युद्ध करने की ताकत भी प्रदान करती है। किसी भी व्यक्ति को यह महसूस हो सकता है कि जो व्यक्ति शांति के लिए प्रयासरत है उसके लिए युद्ध की भावना का क्या अर्थ है? वैसे जीवन के रोजमर्रा के संघर्ष में युद्ध और शांति साथ-साथ ही चलते हैं। जब हम अपनी रोजाना की रोटी के लिए कमाने का संघर्ष करते हैं और नेक आदमी बनते हैं, तब शांति स्वतः ही हमारे पास होगी। अतः मार्ग की तलाश करनेवाले के लिए यह प्रार्थना, यानी अग्नि हमारे लिए बहुत उपयोगी है। इसीलिए व्यक्ति को इस महान् विचार का प्रतिदिन अभ्यास करना चाहिए। बहुत छोटी सी चीज को भी गंभीरतापूर्वक लेना चाहिए। इससे सर्वशक्तिमान में दृढ़ विश्वास धीरे-धीरे आ ही

जाता है, परंतु यह आता अवश्य है। इसीलिए सर्वशक्तिमान सार्वभौम ईश्वर, यानी अग्नि को महसूस करने के अंतिम लक्ष्य तक पहुँचने के लिए व्यक्ति में धैर्य, सहनशक्ति और संयम होना आवश्यक है।

वास्तव में अग्नि से एक आशय आग का भी निकलता है, यानी वह आग जिसे हम भौतिक रूप में देखते हैं। यास्क मुनि ने अपनी विश्वविख्यात शोध पुस्तक 'निरुक्त' में अग्नि को अग्रणी से संबोधित किया है। उनके अनुसार यह सभी तरह के यज्ञों में आगे रहती है तथा यह सर्वोत्तम है। वेद मंत्रों को ईश्वर से प्राप्त करने के उपरांत ऋषियों ने इन पर अपना ध्यान करते हुए इन्हें पदार्थ के लिए इस्तेमाल हेतु इनका अनुसंधान किया था। यह भौतिक आग अपने कई रूपों में इस्तेमाल होती है। वाकई यह एक ऐसी अग्नि है, जो ऊर्जा के कई रूपों जैसे रेल, सड़क परिवहन, समुद्री जहाज और हवाई जहाज में काम आती है। भाप के इंजन से लेकर मोटर और स्वचलित इंजन में भी यही अग्नि ऊर्जा और शक्ति उत्पन्न होती है। यह प्रक्रिया इसके बदले में संपत्ति और धन पैदा करती है, जिससे हमारा जीवन सुखमय बनता है। प्राकृतिक एवं मानवनिर्मित रत्न अग्नि के ही किसी-न-किसी रूप की ऊर्जा से ही उत्पन्न होते हैं।

अन्य वेद मंत्रों में भी अग्नि के आह्वान से हम संपत्ति के लिए प्रार्थना करते हैं, न जाने कैसे एक आम भ्रांति बन चुकी है कि धार्मिक व्यक्ति को भौतिक संपदा से दूर रहना चाहिए। वैदिक जीवन दर्शन के अनुसार भौतिक समृद्धि से दूर होना आध्यात्मिक समृद्धि से भी दूर करता है। निम्न मंत्र में संपदा के लिए वैदिक शब्द राये का प्रयोग किया गया है तथा अग्नि से प्रार्थना करते हुए समृद्धि अर्जन की क्षमता बढ़ाने का भी अनुरोध किया गया है। इसमें चेतावनी का भी एक शब्द है। इसमें इस पर बल दिया गया है कि व्यक्ति को सामाजिक न्यायोचित व्यवहार से ही धन प्राप्त करना चाहिए, जिससे कोई भी व्यक्ति अपने हिस्से से वंचित न हो। वास्तव में बोध एवं व्यवहार का वैदिक दर्शन बहुत ही व्यावहारिक है।

अग्ने नय सुपथा राये अस्मान्विश्वानि देव वयुनानि विद्वान।
युयोध्यस्मज्जुहुराणमेनो भूयिष्ठांते नमऽउक्ति विधेम॥

—40.16 यजुर्वेद

हे ईश्वर! आप सच्चे ज्ञान का भंडार एवं प्रकाश के आदिकालीन स्रोत हैं। संपूर्ण ब्रह्मांड आपके द्वारा प्रकाशित है। हे ईश्वर! आप विशुद्ध आनंद प्रदान

करते हैं। आपकी कृपा से सच्चा ज्ञान हम मानवों में प्रवाहित हो एवं हम कला और विज्ञान में कुशल बनते हुए ज्ञानी स्त्री व पुरुषों के संपर्क में बने रहेंगे।

हे परमपिता! हमें नेक कार्यों के लिए प्रेरित कीजिए तथा भटकने न दीजिए एवं पापमय मार्ग से हमें दूर रखिए। हम अपने सत्कर्मों व परिश्रम से अर्जित इस सांसारिक समृद्धि का आनंद प्राप्त कर सकें। हम हमेशा आपकी आराधना व अनुकरण करें तथा आपकी कृप्रा व सुख हमें प्राप्त होता रहे।

अत: यह स्पष्ट है कि वेदों के अनुसार ईश्वर एक है तथा इसकी न तो कोई समानता व न ही विरोध है, यह निराकार व अजन्मा है। इसीलिए इसकी मृत्यु का भी प्रश्न नहीं उठता है। वेद ईश्वर के किसी अवतार की भ्रमित करनेवाली अवधारणा का खंडन करते हैं, जिसमें वे किसी असहाय युवती की सहायता करने पृथ्वी पर दौड़े चले आते हैं। वेद कहते हैं, **ना तस्य प्रतिमा अस्ति यस्य नाम महद् यशः** ईश्वर महान् है और उसकी किसी भी तरह की मूर्ति नहीं है। वेदों की इस एकेश्वरवाद की अवधारणा के बावजूद कुछ टिप्पणीकारों ने अप्रत्यक्ष रूप से ईश्वर के विभिन्न नामों के बारे में क्यों बताया है कि वैदिक आर्य कई भगवानों की आराधना करते थे। इस तरह की विवेचना वाकई काफी भ्रामक है। इसके बारे में महर्षि स्वामी दयानंद सरस्वती ने अपने महान् ग्रंथ 'सत्यार्थ प्रकाश' के प्रथम अध्याय में ही स्पष्ट कर दिया है कि ईश्वर के कई नामों का यह अर्थ कदापि नहीं है कि ईश्वर कई हैं। ये सभी नाम ईश्वर के गुणों को स्पष्ट करते हैं। इस अध्याय में हमने अग्नि का उद्धरण लिया है—अग्नि (इससे गति और उपासना का बोध होता है। गति का अर्थ है चलना या जाना व अनुभव करना) यह सभी ईश्वर का संकेत देता है, क्योंकि वही सर्वज्ञानी, सर्वत्र पूजनीय एवं जानने व अनुभूति के योग्य है। मैं सभी से सत्यार्थ प्रकाश पढ़ने का अनुरोध करता हूँ, ताकि वे अपने संदेहों को दूर करके ज्ञान प्राप्त कर सकें।

अग्नि हमें न्यायोचित मार्ग दिखाए और हम समझदारी से उस मार्ग पर चल सकें, जो वाकई वैदिक मार्ग ही है।

□

6

न्यायोचित वैदिक मार्ग

अपने उद्देश्य की तरफ जानेवाला वह छोटा रास्ता जिसमें व्यक्ति दूसरों को पीड़ित न करे तथा उसे अपनी अंतरात्मा के विरुद्ध न जाना पड़े, वही न्यायोचित मार्ग हो सकता है। विचार करनेवाला व्यक्ति अपने स्वयं के लिए तथा समाज के लिए लक्ष्य निर्धारित करता है और उन उद्देश्यों को हासिल करने की शुरुआत भी करता है। प्रत्येक व्यक्ति को स्वयं को प्रेरित और निर्देशित करने के लिए एक आदर्श की जरूरत होती है, खासतौर से तब जब उसे हताशा महसूस हो रही हो कि घटनाक्रम उसके मनोनुकूल नहीं हो रहे हैं। इस तरह के आदर्श व्यक्ति हमें अपने लक्ष्य पर टिके रहने और उसे हासिल करने में सहायता प्रदान करते हैं। जीवन में उच्चस्तर की सहायता हासिल करनेवाले लोग बहुत से व्यक्तियों के लिए सामाजिक, राष्ट्रीय और संभवतः अंतरराष्ट्रीय मानक बनते हैं। इसी भाँति मर्यादा पुरुषोत्तम राम और योगेश्वर श्रीकृष्ण एक लंबे समय से लोगों के आदर्श रहे हैं तथा अभी भी हैं।

ऋग्वेद मानवों को सूर्य और चंद्रमा के अटल उदाहरणों की सहायता से अपना कर्तव्य करते समय बिना डिगे नेकी के मार्ग पर चलने का परामर्श देता है। इन दोनों खगोल पिंडों से संपूर्ण ब्रह्मांड को बहुत ही लाभ प्राप्त होता है और वे अपने कर्तव्यों के पालन में कभी त्रुटि नहीं करते हैं।

स्वस्ति पंथामनु चरेम सूर्याचंद्रमसाविव।
पुनर्ददताघ्नता जानता सं गमेमहि॥

—15.51.5 ऋग्वेद

हम मानव सूर्य एवं चंद्रमा के भव्य उदाहरणों का अनुसरण करते हुए नेकी के मार्ग पर चलें। न्यायोचित मार्ग पर चलने के लिए हमारा साथ एवं विचारों का आदान-प्रदान ऐसे लोगों के साथ हो जो अहिंसा का पालन करते हों। इसके साथ ही हम ऐसे लोगों के साथ रहें जो एक-दूसरे के दृष्टिकोण को समझने का प्रयास करते हों।

यह वेद मंत्र सभी मानवों को अपनी आमदनी का कुछ हिस्सा दान करने के लिए प्रोत्साहित करता है। दान हमेशा उपयुक्त व्यक्तियों और संस्थाओं को ही देना चाहिए। कुछ लोग उत्साहित होकर मृत्यु के बाद के अपने बेहतर जीवन की फसल काटने के लिए अपनी आय का कुछ हिस्सा किसी को भी भीख स्वरूप दान में दे देते हैं। परिणामतः कुछ अवांछित तत्त्व बच्चों का अपहरण करने के बाद उनके अंग विच्छेदन करके उनके प्रति दया का भाव पैदा करवाकर सड़कों पर भीख मँगवाते हैं और धन इकठ्ठा करते हैं। इस प्रकार दान का कार्य अपराध के क्षेत्र में तब्दील हो जाता है। इसीलिए व्यक्ति को करुणा के भाव के बदले अपंग बच्चों की संख्या को बढ़ावा नहीं देना चाहिए। समाज के हित के लिए मेधावी बच्चों को उच्च शिक्षा के लिए सहायता प्रदान करना ही उचित कार्य है। इस प्रकार के दान कर्मों का फल हमेशा ही बेहतर होगा। हमने अगले अध्याय में भी दान के विषय पर चर्चा की है।

वैदिक अहिंसा दूसरों की भावना और शरीर को अनावश्यक नुकसान पहुँचाने के खिलाफ सावधान करती है। वेदों ने बार-बार धर्म का पालन करने एवं आवश्यक हो तो अधर्म को बलपूर्वक समाप्त करने पर बल दिया है। इस स्थिति में **हिंसा, हिंसा न भवति**, क्योंकि न्यायोचित मार्ग को कायम रखने में किया गया बल प्रयोग हिंसा नहीं है।

इसमें किसी रेखांकन की आवश्यकता नहीं है कि संतों और बुद्धिमान व्यक्तियों का साथ विचारों के प्रवाह को प्रोत्साहित एवं बौद्धिक स्वतंत्रता को पोषित करता है, जो व्यक्ति और समूह के लिए एक बौद्धिक संपदा है। व्यक्ति को अपनी स्वाभाविक अच्छाई पर बहुत भरोसा नहीं करना चाहिए और यह नहीं महसूस करना चाहिए कि बुरे लोगों की संगत रहने पर भी उसकी आंतरिक अच्छाई उसे नुकसान से दूर रखेगी।

व्यक्ति की पहचान उसकी संगत से ही होती है। इसीलिए वेद मंत्र की उक्ति इस तथ्य पर बल देती है कि भले और ज्ञानी स्त्री-पुरुषों का साथ रखना चाहिए।

□

7

ओ३म् शांतिः शांतिः शांतिः

व्यक्ति शांति के लिए आराधना करता है। शांति उसे दक्षता हासिल करने में सहायता प्रदान करती है। मन, शरीर और आत्मा व्यक्ति को परिपूर्णता का बोध कराते हैं।

शांति का अभाव अपूर्णता की तरफ ले जाता है तथा यह वैयक्तिक, सामाजिक और अंतरराष्ट्रीय स्तर पर दु:खों की वृद्धि करता है। इस पीड़ा को दूर करने के लिए, जिससे सामाजिक ताने-बाने में दरार एवं भेदभाव पैदा होता है। हमें शांति के लिए प्रार्थना करनी चाहिए। व्यक्ति की आंतरिक शांति उसे वैश्विक शांति के लिए प्रेरित करेगी, जिससे द्वंद्व पूरी तरह से समाप्त होंगे।

यजुर्वेद के छत्तीसवें अध्याय का सत्रहवाँ मंत्र 'शांति पथ' के नाम से विख्यात है। यह वेद मंत्र व्यक्ति को वातावरण को अनुकूल बनाने एवं शांति प्राप्त करने के लिए प्रेरित करता है। सामंजस्य का अभाव असामंजस्य उत्पन्न करता है और यही दु:खों का अग्रदूत है। असामंजस्य पीड़ा उत्पन्न करता है, जबकि सामंजस्य जीवन को पीड़ा मुक्त करता है। इसीलिए व्यक्ति को वातावरण के साथ अनुकूलता बनानी चाहिए और यह योग से प्राप्त की जा सकती है। योग के द्वारा मस्तिष्क शरीर के साथ सामंजस्य बनाता है और फिर जीवात्मा परमात्मा या ईश्वर के साथ अपना सामंजस्य बनाती है। साथ-ही-साथ यह शांति की तरफ भी ले जाती है। योगेश्वर श्रीकृष्ण गीता में अर्जुन से कहते हैं, इस तरह की कृपावाली स्थिति निरंतर अभ्यास और वैराग्य से प्राप्त की जाती है।

अभ्यासेन तु कौन्तेय वैराग्येण च गृह्यते।

—6.35 श्रीमद्भागवत् गीता

मानसिक शांति की प्राप्ति के लिए अथर्ववेद के निम्नांकित मंत्र से भी मार्गदर्शन प्राप्त होता है।

इमानि यानि पंचेन्द्रियाणि मनःषष्ठानि मे हृदि ब्रह्माणा संशितानि।
यैरेव ससृजे घोरं तैरेव शान्तिरस्तु नः॥

— 19.9.5 अर्थववेद

पाँचों इंद्रियाँ और उनका छठा सहयोगी मन, जो व्याकुलता के मूल कारण हैं, इनके परिणामस्वरूप मेरे हृदय में शांति का अभाव है और जिसे बुद्धिमानी के अभ्यास के द्वारा परिष्कृत किया जा सकता है। इस प्रकार पूर्ववर्णित सभी छह तत्त्वों को परिष्कृत करके हम शांति प्राप्त कर सकते हैं तथा वह शांति स्थायी होगी।

वैदिक धर्म शरीर और मन दोनों के ही शुद्धीकरण पर बल देता है तथा यह हमें आत्मा के शुद्धीकरण की तरफ ले जाता है। पाँचों इंद्रियों के बोध और उनका न्यायोचित इस्तेमाल ही हमें मानसिक शांति या व्याकुलता प्रदान करता है। यह तो व्यक्ति की बुद्धिमानी ही है, जो इंद्रियों को न्यायोचित मार्ग पर बनाए रखती है। आँखें, कान, नाक, जीभ और त्वचा ही पाँच ज्ञानेंद्रियाँ हैं। यही पाँच बोध व्यक्ति को उसके चारों तरफ होनेवाले घटनाक्रमों का एहसास कराते हैं। इंद्रिय और मन ही आपस में मिलकर यह तय करते हैं कि कौन सा कार्य करना है और कौन सा कार्य नहीं करना है। जब यह मन और पाँचों इंद्रियाँ विकृत होती हैं, तब जीवन की गाड़ी पटरी से उतर जाती है। अतः यह ब्रह्म या विवेक ही समझदारी है, जो हमारे शरीर के बोध अवयवों और मन को उचित मार्ग पर रखती है। न्यायोचित मार्ग पर बने रहने का तात्पर्य है, कार्य में सहजता और मानसिक शांति। इसमें असफलता भयावह हो सकती है। अकसर ही हमें यह अनुभव होता है कि मानवीय समाज में दुष्ट व्यक्ति ऐसी ही जीवन की उतरी हुई गाड़ी के उत्पाद होते हैं। झुंड में मौजूद मदांध हाथी की तरह ऐसे दुष्ट व्यक्ति समाज में अपना गिरोह बढ़ाते हैं और हमेशा अपनी जाति को बढ़ाने की कोशिश में लगे रहते हैं। ऐसे लोग शांतिप्रिय ढंग से रहनेवाले लोगों को कम करते हुए अपनी तरह के लोगों की संख्या बढ़ाते रहते हैं। इसीलिए ऋषि और संत सभी स्त्री एवं पुरुषों को उचित

मार्ग पर रहने के लिए प्रेरित करते हैं और जब संतों को इसमें सफलता प्राप्त होती है, तब शांति फैलती है।

मानव समाज में शांति और समृद्धि लाने के दृष्टिकोण से संत और मनीषी सभी के लिए कोशिश करते रहते हैं। वास्तव में वैदिक धर्म का एक विशेष गुण है कि यह बिना किसी भेदभाव के सभी मनुष्यों को उचित मार्ग दिखलाता है। जब समाज के सभी भागों और समूहों में शांति रहती है तब समाज सरलतापूर्वक चलता रहता है। वैदिक विचारों में किसी तरह की संकीर्णता नहीं है और यह सभी के लिए है। यज्ञ की समाप्ति पर सभी की शांति, समृद्धि, स्वास्थ्य और प्रसन्नता के लिए निम्न मंत्र का जाप किया जाता है, ताकि कहीं भी दुःख और पीड़ा न हो।

सर्वे भवन्तु सुखिनः सर्वेसन्तु निरामयाः।
सर्वे भद्राणि पश्यन्तु मा कश्चिद् दुःखभाग्भवेत्॥

प्रार्थना की समाप्ति पर काफी समय से ही ओम् शांति, शांति, शांति का उच्चारण करने की परंपरा भी रही है, हालाँकि यह मूल पुस्तक में नहीं दिया गया है। इस बारे में किसी भी व्यक्ति के मन में जिज्ञासा हो सकती है कि प्रार्थना की समाप्ति पर शांति के लिए तीन बार इस शब्द का उच्चारण क्यों करते हैं? एक बार का उच्चारण ही काफी हो सकता है? कपिल ऋषि और सांख्य सूत्र के उद्धरण स्वरूप मानव को शांति प्राप्त करने के लिए तीन प्रकार के दुःखों एवं पीड़ा से मुक्त होने की आवश्यकता है। इनका वर्गीकरण निम्न तीन वर्गों में किया गया है—आध्यात्मिक, आदि दैविक और आदि भौतिक। आध्यात्मिक दुःख हमारे स्वयं के भीतर ही उत्पन्न होता है, जैसे—क्रोध, लालच, प्रेमांधता, बारंबार संदेह, नास्तिकता आदि। आदि दैविक दुःख की उत्पत्ति प्रकृति या अस्पंदित पदार्थों से होती है जैसे—भूकंप, अति वृष्टि या वृष्टि अभाव, भयानक अग्नि, वैश्विक शीतलता या गरमी आदि। इसी प्रकार आदि भौतिक दुःख के मुख्य कारण मानव, जंगली या पालतू पशु अथवा अन्य जीवित प्राणी ही होते हैं। इसके कुछ उदाहरण विश्वयुद्ध, क्षेत्रीय युद्ध, नाभिकीय युद्ध, डकैती, आदमखोर जानवर का सामना, महामारी या टिड्डियों पर विजय आदि। इन सभी तीनों तरह की पीड़ाओं को दूर करने के लिए व्यक्ति वैदिक प्रार्थना की सहायता से अपने मन को मजबूत करता है।

इसीलिए आइए बोलें—ओम् शांति, शांति, शांति। हे ईश्वर! हमें आध्यात्मिक शांति, सांसारिक सुख और शांति के अलौकिक तत्त्व प्रदान कीजिए।

क्या यह पर्यावरण के अनुकूल है? बिलकुल है तथा यह इस मंत्र से भी पता चलता है—

ओं द्यौः शान्तिरन्तरिक्षं शांतिः पृथिवी शान्तिरापः शांतिरोषधयः शांतिः। वनस्पतयः शांतिर्विश्वे देवाः शांतिर्ब्रह्म शांतिः सर्वं शान्तिः शान्तिरेव शान्तिः सा मा शान्तिरेधि॥

इस ब्रह्मांड के खगोलीय तत्त्वों में एक सामंजस्य विद्यमान है—सामंजस्य अंतरिक्ष, पृथ्वी, जल, जड़ी बूटियों, प्रकृति की देन, ईश्वरीय ज्ञान सभी में सभी के लिए विस्तार से फैला हुआ है—हे ईश्वर! यह शांति मेरे व्यक्तित्व का हिस्सा बने।

वास्तव में यह वेद मंत्र ईश्वरीय देन है और मानवों के लिए ही है। युद्ध की इच्छा न रखनेवाले और पर्यावरण स्नेही जो कुछ भी चाहते हैं, वह उन्हें इसमें मिलेगा। इस मंत्र में सात लघु वाक्य तथा दस स्वयं में पूर्ण एवं ग्यारहवाँ वाक्य उस व्यक्ति के लिए है, जो शांति चाहता है और पिछले दस वाक्यों पर भरोसा करता है। जब खगोलीय पिंड, यानी प्रकृति के तत्त्व तथा ब्रह्मज्ञान सामंजस्य को मूर्त रूप प्रदान करते हैं तब मानव इससे वंचित क्यों हैं? वह शांति के लिए तरसता है पर यह उससे दूर भागती है। ऐसा क्यों होता है? यह हमें सोचने के लिए मजबूर करती है।

मन ही व्यक्ति है। यह मन ही है, जो व्यक्ति को स्वर्ग या नरक की तरफ प्रेरित करता है। व्यक्ति को अपने मन को योग के द्वारा शांत करने के लिए प्रशिक्षित करना पड़ता है। वेद मंत्र इसका संकेत हैं और मार्ग की तरफ ले चलते हैं। व्यक्ति को शांति प्राप्त करने के लिए वैदिक मार्ग का अनुसरण करना चाहिए।

शांति या सामंजस्य के लिए वेद मंत्रों का पाठ किस समय करना चाहिए? इसके लिए रात या दिन कोई भी समय उपयुक्त होगा। जब तुम स्वयं और अपने निर्माता के साथ शांतियुक्त सामंजस्य की स्थिति में रहते हो, तब भविष्य की किसी संभाव्य घटना से स्वयं को सुरक्षित करने के लिए इसका जप करो। यदि तुम क्रोध की स्थिति में हो, तब भी इस मंत्र का जाप तुम्हें शांत होने में सहायता प्रदान करेगा।

यदि तुम क्रोध पर विजय प्राप्त करना चाहते हो, तब अपनी पत्नी या मित्र से इस मंत्र को कहलवा कर अपनी सहायता कर सकते हो। इस मंत्र की संगीतमय ध्वनि तुम्हारे मन को भी संगीतमय बना देगी। शांति का यह मार्ग तुम्हें हाराकिरी (आत्मघात) के मार्ग से वापस शांति, समृद्धि की तरफ ले आएगा। आओ हम सब मिलकर इस मंत्र का समवेत स्वर में पाठ करें—ओम् शांति, शांतिः शांतिः।

□

II

मधुरस

8

जीवन संग्राम में विजय

कभी हम एक दिन की लड़ाई लड़ते हैं और कभी-कभी एक घंटे या वह एक मिनट की भी हो सकती है। वैसे मैं इस विषय की बहस में नहीं पड़ना चाहता हूँ।

मैं क्षत्रिय परंपरा के किसी युद्ध या आज की आधुनिक लड़ाई की चर्चा नहीं करने जा रहा हूँ। यह तो हमारे और आप जैसे आम लोगों के उन संघर्षों के बारे में है, जिनका अपने जीवन में प्रत्येक दिन सामना करना पड़ता है। यहाँ तक कोई तपस्वी, जो अहिंसा का पालन करता है, उसे भी अपने जीवन संघर्ष को लड़ना ही पड़ता है। वैसे सारी दुनिया में यही कहानी चल रही है। जीवन का संघर्ष अपरिहार्य होता है। तब हमेशा इसे जीतने के लिए क्यों न लड़ा जाए। युद्ध में शामिल होने के बाद किसी को भी पलायन के बजाय दुश्मन का डटकर मुकाबला करना चाहिए। बुरी इच्छाएँ जैसे धन लोलुपता, गलत तरीकों से संपत्ति का लालच, दान का अभाव और जो वस्तु तुम्हारी नहीं है, उसके प्रति लोभ इस तरह के शत्रु हैं, जो व्यक्ति के मन और शरीर के भीतर रहते हैं। यदि जीवन को सहजतापूर्वक तलाशना है तो इन शत्रुओं से लड़ना और इन्हें हराना पड़ेगा।

अपने भीतर और बाहर के शत्रुओं से लड़ने के लिए योगेश्वर श्रीकृष्ण का सभी मानवों के लिए एक ही मूल मंत्र है—'न दैन्यं न पलायनम्'। उन्होंने कहा है, "अपने जीवन की समस्याओं से न ही भागो और न ही अपने शत्रुओं से दया की भीख माँगो। अपने साहस और इच्छाशक्ति को सुदृढ़ करो, तुम जीवन संघर्ष में अवश्य विजय प्राप्त करोगे।" व्यक्ति को अपने भीतर के शत्रु को कभी कम नहीं

आँकना चाहिए। व्यक्ति को जीवन में अपने लक्ष्य की तरफ बढ़ने पर चार प्रमुख शत्रुओं काम, क्रोध, लोभ और मोह पर विजय प्राप्त करनी ही पड़ती है।

मानव की रचना के समय वेदों के रूप में ईश्वर के द्वारा प्रदान यह दिव्य ज्ञान उसके मार्गदर्शन के लिए उसे व्यावहारिक मार्ग दिखाता है। अपने कर्तव्य और इसके निरंतर अभ्यास के द्वारा व्यक्ति अपने इन शत्रुओं पर विजय प्राप्त कर सकता है। प्रार्थना और पुरुषार्थ के मार्ग पर चलकर व्यक्ति जीवन संघर्ष में विजय प्राप्त करता है। ईश्वर की प्रार्थना जिसे वेदों में देव सविता कहा गया है तथा जिसका अर्थ है कि वह प्रेरणा का आदिकालीन पूर्ण स्रोत है। अपने साहस को बढ़ाने एवं इच्छाशक्ति को मजबूत करने की दिशा में पहला कदम ईश्वर से अपने हृदय और मन की शुद्धता के लिए विनती ही है। व्यक्ति के मन, भावना और हृदय से उत्पन्न बुद्धिमानी भरे वेद वाक्य ही उसकी वाणी हैं। हे ईश्वर! मेरी वाणी को पवित्र बनाइए तथा मैं नेक कार्योंवाला बनूँ एवं मैं किसी के बुरे के बारे में न सोचूँ। एक बार जब किसी स्त्री या पुरुष का हृदय और मन पवित्र हो जाता है तब उसके लिए समाज के हित हेतु अपने स्वार्थ का त्याग बच्चों के खेल की भाँति हो जाता है।

जब समाज में संत प्रकृति के कई लोग आगे आते हैं, तब वे श्रेष्ठ मानवों की शक्ति बनते हैं तथा सामूहिक रूप से बुराइयों के खिलाफ संघर्ष करते हैं। बुरी शक्तियों से दृढ़तापूर्वक लड़ने के लिए नेक ताकतों को संकीर्ण कट्टर धर्मांधता को त्याग कर अपनी आत्मा और नैतिकता को ऊपर उठाते हुए मजबूती से खड़ा रहना पड़ता है। एक बड़े परिप्रेक्ष्य में, यानी राष्ट्रीय और अंतरराष्ट्रीय स्तर पर वैदिक विचार एक प्रेरणादायी नेतृत्व का निर्माण करता है। समाज का नेतृत्व करनेवालों को अपने स्वयं के हितों को भी जोखिम में डालकर लोगों की रक्षा करनी पड़ती है। जब एक सामाजिक व्यवस्था या एक राष्ट्र आत्मबलिदानी शिक्षकों या वाचस्पति के समुदाय को उत्पन्न करता है, तब यह सब संभव है। ये शिक्षक नई पीढ़ी को उसी तरह वैदिक मार्ग पर चलने के लिए प्रेरित करेंगे, जैसे हमारे पूर्वजों ने किया था। वाकई ये शिक्षक महान् प्रेरणा के स्रोत हैं। इसीलिए आगे बढ़नेवाले राष्ट्र को शिक्षकों की आवश्यकताओं पर पर्याप्त ध्यान देते हुए उन्हें पूर्ण सम्मान प्रदान करना चाहिए, ताकि वे शिक्षक नई पीढ़ी को प्रेरणा देने के लिए स्वयं ही प्रेरित रहें। किसी भी राष्ट्र का समृद्ध भविष्य युवाओं के हाथों में ही है, जो कि जीवन के विभिन्न क्षेत्रों में योग्यता की चाहत के साथ देशभक्त भी हैं। देशभक्ति पीढ़ियों से पीढ़ियों तक बहादुर लोगों की कहानियों के रूप में माता-

पिताओं एवं दादा-दादियों के द्वारा अपने बच्चों में कहानियों के माध्यम से बढ़ाई जाती हैं। इस तरह से मस्तिष्क में भरी जानेवाली देशभक्ति की भावना धीमी किंतु एक सुनिश्चित प्रक्रिया है, जो भावी पीढ़ियों के लिए लाभप्रद भी है।

आइए, यजुर्वेद के नवें अध्याय के प्रथम मंत्र को बोलकर पढ़ें और ध्यान करते हुए इसकी अगाध गहराई को भी महसूस करें—

ओं देव सवितः प्र सुव यज्ञं प्र सुव यज्ञपति भगाय।
दिव्यो गन्धर्वः केतपूः केतं न पुनातु वाचस्पतिर्वाचं नः स्वदतु स्वाहा॥

—9.1 यजुर्वेद

हे प्रेरणादायी और प्रकाशवान् ईश्वर! कृपया हमारे यज्ञ को पूर्ण करें, यह यज्ञ हम पर समृद्धि की कृपा करने के साथ ही हमें विशुद्ध प्राणी बनाने के लिए प्रोत्साहित भी करता है। हमारे शिक्षक, जो वचनों में निपुण हैं, हमारे जीवन के संघर्ष को रोचक बनाते हैं।

हमारे कर्मों का प्रमुख प्रेरक ईश्वरीय प्रेरणा ही है जिससे हम समाज की भलाई का कार्य करते हैं। वास्तव में यह प्रार्थना प्रेरणा प्राप्त करने और आत्मसात् करने के लिए है।

यद्यपि इसमें संदेह नहीं है कि यह आत्मा या जीवात्मा कर्म करने या न करने के लिए या फिर किसी विशेष कर्म को करने के लिए स्वतंत्र है। मंत्र की समाप्ति पर स्वाहा शब्द का अर्थ है कि जीवन संघर्ष को जीतने के लिए आत्महित का भी परित्याग कर सकते हैं। जब व्यक्ति अपने संकीर्ण निजत्व से ऊपर उठता है तब वह कह सकता है कि एक अच्छी शुरुआत, यानी आधी विजय प्राप्त हो चुकी है। जीवन का संग्राम आधा पार हो चुका है और मैं एक वैदिक योद्धा के रूप में निश्चित रूप से विजय की तरफ ही खड़ा हूँ। एक जाग्रत् व्यक्ति समाज का हित अपने स्वार्थ के हमेशा ऊपर ही रखता है। इस प्रकार उसके अपने कवच में कहीं भी दरार नहीं होती है, जिससे बुरी ताकतोंवाले दुश्मन के तीर उसे भेद कर उसके शरीर को नुकसान नहीं पहुँचा पाते हैं। यह शरीर किसका है? यह उस स्त्री या पुरुष का शरीर है, जो यज्ञ कर रहा है और निरंतरता से रूपांतर होते हुए बोल रहा है तथा वह पूरी तरह से सुगंधित है। यह सुगंध उसके नेक कर्मों की है, जो चारों तरफ फैली हुई है। इसीलिए यज्ञकर्ता गंधर्व के रूप में हैं और जो सुगंधित विचार, सुगंधित भावनाओं एवं सुगंधित कर्मों से भरा हुआ है।

अंततोगत्वा यह भी कह सकते हैं कि मानव को केवल अपने बाह्‌य शरीर को ही नहीं, बल्कि अपने अंतर को भी स्वच्छ रखना होगा। यह अति महान् कार्य वेद मंत्रों के पठन, मनन और आचरण से ही संभव है। इसीलिए एक गृहस्थ या पारिवारिक व्यक्ति के लिए जिसके पास समय की कमी रहती है उसके लिए सबसे बेहतर पद्धति है कि वह अपने विवेक को विशुद्ध रखने के लिए कुछ समय संध्या, हवन, भजन, सत्संग तथा यदि हो सके तो धार्मिक कर्मों के लिए अपनी आय का कुछ हिस्सा दान भी करे। जहाँ चाह वहाँ राह। अपने आप को एक सकारात्मक संकेत दीजिए कि यह लक्ष्य हासिल हो सकता है और आप इसे अवश्य प्राप्त करेंगे।

परम पिता परमात्मा तुम्हें वह प्रेरणा प्रदान करे, जिससे तुम आज, कल और आनेवाले प्रतिदिन के जीवन संग्राम पर विजय प्राप्त करो।

□

9

जीवित स्वर्ग प्रवेश

पृथ्वी पर स्वर्ग एक तरह की कल्पना है। क्या इसका अस्तित्व भी है? इस बारे में कोई भी पूरे यकीन से नहीं कह सकता है, परंतु समय-समय पर बहुत से दार्शनिकों और धर्मशास्त्रियों ने इसकी कल्पना की है। वेदों के प्रति विश्वास रखनेवालों के सम्मुख स्वर्ग की बातें करना वाकई अविश्वसनीय सा लगता है। हालाँकि काफी ढूँढ़ने के बाद व्यक्ति को समझ में आता है कि जीवित स्वर्ग में प्रवेश का विचार ईश निंदा नहीं है। यह बहुत कुछ खगोलीय ज्ञान के साथ तारतम्यता भी रखता है, जैसे-पवित्र वेद ईश्वर के द्वारा मानव के ज्ञानोदय के लिए सृष्टि की रचना के समय प्रदान किए गए थे।

क्या स्वर्ग का अस्तित्व है? यदि है, तो कहाँ है? यदि स्वर्ग है, तो स्वर्ग क्या काफी दूर हो सकता है? यदि स्वर्ग का अस्तित्व है तो केवल मृतक ही वहाँ के निवासी बनते हैं क्या? इस तरह के अनगिनत सवाल हैं, जो कि हमारे मस्तिष्क में अपने जवाब के लिए कौंधते रहते हैं। इस विषय पर वैदिक दर्शन के अनुसार महर्षि स्वामी दयानंद सरस्वती, जो आर्यसमाज के संस्थापक हैं, बताते हैं कि स्वर्ग और नर्क दोनों का ही अस्तित्व है।

व्यक्ति कह सकता है कि यह तो मस्तिष्क की स्थिति है। यदि आप इस बारे नहीं सोचते हैं तो इसका अस्तित्व नहीं है। हालाँकि सत्यार्थ प्रकाश के अध्ययन से यह पता चलता है कि स्वर्ग और नर्क दोनों की ही स्पष्ट परिभाषा है। सत्यार्थ प्रकाश का अंग्रेजी अनुवाद, जो डॉ. चिरंजीव भारद्वाज ने किया है और वे रॉयल कॉलेज ऑफ सर्जन्स के फैलो होने के साथ-साथ एक समर्पित आर्यसमाजी भी हैं, वे इसे

निम्न रूप में परिभाषित करते हैं, "स्वर्ग परम आनंद और इसके साधनों की प्राप्ति है" इसी तरह नर्क की परिभाषा, "अत्यधिक पीड़ा से गुजरना तथा इसके कारणों का होना ही नर्क का दूसरा नाम है।"

स्वर्ग और नर्क पर अनेक प्रश्न अभी भी अनुत्तरित हैं। स्वर्ग और नर्क ऐसी किसी खास जगह नहीं स्थित हैं, जहाँ हमारी आत्मा निवास करे और अपनी रोजमर्रा की जिम्मेदारियों को भी निभाए। प्रत्यक्षत: स्वर्ग की ऐसी जगह की कल्पना, जहाँ परियाँ और देवदूत रहते हैं तथा वे अमर हैं, वह केवल काल्पनिक है। ठीक इसी तरह उन लोगों के लिए नर्क की पैशाचिक रूपरेखा यातना देने के लिए एवं भयभीत करने का उपाय है।

यह पुरोहित वर्ग असहमति सहन नहीं कर पाता है। सच बोलनेवाले को यूरोप में जलाकर मार डालनेवाली घटनाएँ काफी पुरानी नहीं हैं। भारत और इंगलैंड अंधकार युग की ही भाँति आधुनिक युग में भी उतने ही अंधकार में हैं। इसमें आश्चर्य नहीं है कि भारत में स्वामी दयानंद सरस्वती और जर्मनी में मार्टिन लूथर ने इस भ्रांतिपूर्ण स्वर्ग और नर्क की रूढ़िवादी सोच का घोर विरोध किया था।

वैदिक त्रिदेव के अनुसार, आत्मा का ईश्वर और पदार्थ से अलग एक स्वतंत्र अस्तित्व है। आत्मा कर्म के लिए स्वतंत्र है, इसीलिए ईश्वर आत्मा का भाग्य इस दुनिया में आत्मा के कर्मों के आधार पर तय करता है। यह निर्णय हमेशा आत्मा के भले के लिए लिया जाता है, परंतु आत्मा वही फसल काटती है, जो वह बो चुकी है। आत्मा ईश्वर के हाथों न्याय की प्राप्त करती है और न्याय तो आखिर न्याय ही होता है उसमें पक्षपात या पूर्वाग्रह नहीं होता है। 'क्षमा' शब्द का वैदिक दर्शन में अस्तित्व नहीं है। यदि आत्मा को उसके गलत कामों के लिए दंडित न करके क्षमा दे दी जाएगी तो वह आत्मा बार-बार बुरे कामों को करेगी। सर्वशक्तिमान को विभिन्न रूपों में दी जानेवाली घूस सिर्फ क्षमा प्राप्त करने के लिए ही होती है। ईश्वर सर्वोपरि है और वह नश्वर लोगों का जिम्मेदार है, इसीलिए उससे किसी भी तरह की घूस के द्वारा या वाक्छल से क्षमा नहीं मिलती है। जो व्यक्ति दंड का अधिकारी है उसे ईश्वरीय पुरस्कार कभी नहीं प्राप्त हो सकता है।

जो व्यक्ति अपने नेक और लोककल्याण कार्यों से सम्मान प्राप्त करता है वह निश्चित रूप से सभी जगह बेहतर जीवन जीता है। क्या यह स्वर्ग नहीं है? जब बुरे काम करनेवाले दंडित किए जाते हैं तो क्या वे लोग नर्क में नहीं हैं? इतिहास साक्षी है कि मध्यकालीन यूरोप में पुरोहित वर्ग, जो पोप के दिशानिर्देश के अंतर्गत कार्य

करता था, इसने धनी और ताकतवर लोगों को उनके बुरे कार्यों में लिप्त होने के बावजूद भी स्वर्ग में प्रवेश कराने का परमिट जारी करना शुरू कर दिया था। इस बात पर बल देने की आवश्यकता नहीं है कि ऐसे झूठे परमिट मृतक शरीर के साथ कब्र में ही पड़े होंगे और किसी ने भी इन्हें सम्मान नहीं दिया होगा। व्यक्ति को इस तरह की अदीक्षित आत्माओं के स्वर्ग की तरफ न जाने के मामले में बहुत सावधान रहना चाहिए। जब कोई सरल आत्माओं की भावनाओं और उनके विश्वासों के साथ खेलता है, तब परिणाम हमेशा ही भयावह होते हैं।

कहावतों के रूप में यह भी सच्चाई है कि धरती पर ही स्वर्ग है। जब एक शरीर अपनी आत्मा के साथ न्यायोचित जीवन जीता है तो वह स्वर्ग में ही है। जब वह बुराई के मार्ग पर चलता है तो धरती पर नर्क उसे शीघ्र या विलंब से मिल ही जाता है। यह भी याद रखना चाहिए कि आत्मा न तो जन्म लेती है और न ही मरती है। हम जिसे जन्म कहते हैं वह तो आत्मा का एक शरीर में प्रवेश है। हालाँकि आत्मा जीवन और मृत्यु के घटनक्रमों से ऊपर है।

मनोवैज्ञानिकों को यह काफी रोचक लगता है कि दुनिया के बहुत से प्रमुख धर्म स्वर्ग में बहुत से वर्जित फलों की प्राप्ति का वायदा करते हैं, जबकि धरती पर उन्हीं की मनाही है। उदाहरण के लिए, इस संसार में स्त्री और पुरुषों के लिए शराब पीना वर्जित है परंतु जब वे नेक कर्मों के द्वारा स्वर्ग में जाने का प्रयास करते हैं तो वहाँ उनके लिए वही शराब बहती है, जिससे वे यहाँ वंचित रहते हैं।

वाकई यह एक काल्पनिकता है और यह धर्म को बदनाम करती है। यदि स्वर्ग का अर्थ व्यक्ति की दबी हुई चाहतों को पूरा करने की जगह है तो यह कहना गलत न होगा कि उनके अति इस्तेमाल से यह स्थान शीघ्र या विलंब से नर्क में परिवर्तित हो जाएगा।

एक चिकित्सक की यह सलाह रहती है कि जब हम असुरक्षित सेक्स में बहुत अधिक लिप्त हो जाते हैं तो हमारे शरीर की प्रतिरोधी क्षमता नष्ट हो जाती है तथा शराब सभी तरह के विकृत या सामान्य सेक्स की सहयोगी है। इसीलिए कहीं और काल्पनिक स्वर्ग बनाने की बजाए पुरोहितों और विचारकों को साथ मिलकर धरती पर ही स्वर्ग बनाना चाहिए। अति संलिप्तता के माध्यम से काल्पनिक स्वर्ग को वास्तविक नर्क में परिवर्तित करने की कोशिश नहीं करनी चाहिए।

पृथ्वी पर जीवित स्वर्ग में प्रवेश करने का मार्ग क्या है? महर्षि स्वामी दयानंद सरस्वती इस विषय पर वेदों पर अपनी टिप्पणी में लिखते हैं, ''ईश्वर की सच्ची

आराधना, ज्ञान के द्वारा नेकी के मार्ग चलना, अज्ञानता को दूर करना आत्मा के संस्कारों को सुधारने में सहायक होगी। निरंतर सुधार पाप मुक्ति की तरफ ही ले जाता है और यही मोक्ष है, यानी आत्मा के बारंबार जन्म और मरण की पीड़ा से मुक्ति।''

व्यक्ति इससे बेहतर किस स्वर्ग की कल्पना कर सकता है, जिसमें वह मोक्ष प्राप्त करता हुआ आत्मा की मुक्ति का आशीर्वाद प्राप्त करे। जब आत्मा मोक्ष प्राप्त करती है और ईश्वर के समीप अपनी पहचान बनाए रखती है तथा उस आशीर्वाद में रंग जाती है, जो कि सर्वशक्तिमान के पास से ही आता है, ऐसी परिस्थिति में और कुछ नहीं, बल्कि स्वर्ग ही है। इसीलिए आइए, वेदों को पढ़ें और इसके मंत्रों का मनन करें, ताकि हम नेकी के मार्ग पर चलते हुए शरीरयुक्त आत्मा के साथ इस गृह या अन्य किसी गृह पर स्वर्ग में प्रवेश करें।

इसे प्राप्त करने के दृष्टिकोण से आइए उठें, जागें और ऋषियों व ज्ञानियों के सानिध्य में प्रकाश प्राप्त करें।

□

10

मोक्ष हेतु कर्म

जो व्यक्ति स्वयं प्रसन्न रहता है, उसी में अन्य मानवों को प्रसन्न रखने की क्षमता होती है। प्रसन्नता व्यक्ति के भीतर से ही आती है। यह मन की एक स्थिति है। यह एक ऐसी मानसिकता है, जो शरीर को निर्देशित करती है। शरीर एवं मन दोनों को ही निर्देशित करनेवाली कौन सी चीज है? यह आत्मा ही है जो कि व्यक्ति को उसकी स्थायी पहचान प्रदान करती है। शरीर तो केवल एक जीवन के लिए अस्थायी पहचान प्रदान करता है। यह आत्मा इस जीवन और इसके बादवाले जीवन में आपकी पहचान बनती है। यही आत्मा कर्म के द्वारा स्वयं को समृद्ध बनाती है। यह आत्मा ही अपने कई तरह के कर्मों के द्वारा स्वयं को कंगाल बना लेती है। सभी परिस्थितियों में कर्म ही सबसे महत्त्वपूर्ण और आत्मा की प्रगति या विकृत होने का पहलू है। आत्मा को प्रगति के मार्ग पर अपने लक्ष्य को प्राप्त करने के लिए कौन निर्देशित करता है? इस लौकिक संसार में वेद और ईश्वरीय ज्ञान, जिसमें खगोलीय ज्ञान भी शामिल है, आत्मा का निर्देशन करता है।

आत्मा का अंतिम लक्ष्य क्या है? जन्म-मृत्यु और पुनर्जन्म के चक्र से मुक्ति प्राप्त करना ही मोक्ष है। वाकई इसे स्पष्ट रूप से समझ लेना चाहिए कि जन्म का अर्थ है आत्मा का शरीर में प्रवेश और मृत्यु आत्मा का शरीर से प्रस्थान है। आत्मा का स्वयं में न तो प्रारंभ है और न ही अंत है—यह शाश्वत, यानी अनादि और अनंत है। धरती पर यह ब्रह्मांड के किसी अन्य ग्रह पर शरीर में मौजूद यह आत्मा कुछ क्रियाएँ करती रहती है, जिसे हम कर्म कहते हैं और इसी कर्म के द्वारा यह

पूर्णता प्राप्त करती है। कर्म आत्मा को शाश्वत आशीर्वाद या मोक्ष प्राप्त कराने में सहायक हो सकता है। दूसरी तरफ कर्म ही आत्मा के निरंतर जन्म, मृत्यु और पुनर्जन्म के चक्र का कारण भी बन सकता है। जो कुछ तुम बोते हो, वही तुम काटते हो। अतः मोक्ष की तरफ यात्रा करते हुए तीर्थयात्री की प्रगति में कर्म एक निर्णायक भूमिका अदा करता है, चाहे वह इसकी प्राप्ति हो या इसका अभाव हो। अपने कर्म के लिए आत्मा पूरी तरह से स्वतंत्र और मुक्त रहती है। आत्मा एक बिना मानचित्रवाले समुद्र में भी अपने मानचित्र की रचना कर देती है।

आत्मा किस तरह से कार्य करती है? यजुर्वेद के 23वें अध्याय का 14वाँ मंत्र इस बारे में स्पष्ट मार्गदर्शन करता है।

सँशितो रश्मिना रथः सँ शितो रश्मिना हयः।
सँ शितो अप्स्वप्सुजा ब्रह्मा सोमपुरोगवः॥

जीवन के रथ पर रथ के घोड़े हमेशा अनुशासित और इच्छित गति पर चलने के लिए तैयार होने चाहिए। यह रथ के स्वामी आत्मा और दस घोड़े यानी इंद्रियों (पाँच कर्मेंद्री तथा पाँच ज्ञानेंद्री) के आत्म संयम और आत्मानुशासन के द्वारा कर्म करते हैं। 'आनंद' की प्राप्ति और दूसरों को इस मार्ग पर प्रेरित करने के लिए वैदिक ज्ञान या ब्रह्म की आवश्यकता होती है।

एक प्रसन्न आत्मा हमेशा अन्य आत्माओं के साथ साझेदारी करती है तथा इस ब्रह्मांड में प्रसन्नता फैलाती है। इसका मूल आशय यही है कि आत्म नियंत्रण एवं आत्मानुशासन के द्वारा ही आत्मा इन दसों घोड़ों पर लगाम लगाए रखती है। घोड़ों को अपनी मनमरजी से नहीं भागने देना चाहिए अन्यथा आत्मा गड्ढे में चली जाएगी। इन दसों घोड़ों या इंद्रियों पर एक अच्छा नियंत्रण व्यक्ति को वास्तविक दशरथ बनाता है, यानी वह अपनी ज्ञानेंद्रियों और कर्मेंद्रियों पर पूर्ण नियंत्रण रखता है। यही वैदिक मार्ग आत्मा को मोक्ष की तरफ ले जाता है।

यहाँ मोक्ष के बारे में पूछना प्रासंगिक होगा। क्या आत्मा को मोक्ष की जरूरत है? कुछ साल पहले मुंबई के आर्य महासम्मेलन में एक विख्यात संन्यासी ने आर्य मंच से घोषणा की थी कि वह मोक्ष प्राप्त नहीं करना चाहता था, क्योंकि उसे लगता था कि संसार को उसकी आवश्यकता थी। कुछ विरोधियों ने इसे कुछ अलग ढंग से यह कहते हुए व्यक्त किया कि शायद दुनिया से अधिक उन्हें दुनिया की जरूरत थी। मजाक से अलग हटकर यह माना जा सकता है कि

लौकिक संसार से लगाव या इससे मुक्ति अलग-अलग व्यक्तियों में अलग-अलग रूपों में पाई जाती है। जो लोग मौज-मस्ती, यानी एंद्रिय सुखों के जीवन दर्शन में विश्वास रखते हैं वे भली-भाँति जानते हैं कि उनके कर्म उन्हें जन्म, मृत्यु या पुनर्जन्म के चक्र से मुक्ति के मार्ग पर नहीं ले जा रहे हैं, इसीलिए भविष्य के लिए क्यों परेशान हो, जबकि वर्तमान में रहना पीड़ादायक नहीं है। वे इस बारे में बहुत ही कम सोचते हैं कि चर्वाक के दृष्टिकोण पर आधारित उनका जीवन पूरी तरह से निकटदर्शी है। बहुत ही निकट तक नजर आनेवाली नीति के अनुसार चलने पर व्यक्ति केवल छोटी दूरी ही तय कर पाता है। वर्तमान जीवन की लंबी यात्रा और इस जीवन के उपरांत भी नजदीक देखनेवाले अदूरदर्शी लोग असफल हो जाते हैं तथा दुःखों में पड़ते हैं। इस लौकिक संसार में पीड़ा दायक जीवन से मुक्ति का आशीर्वाद और दिव्य आनंद एवं मोक्ष उनके लिए कठिन हो जाता है।

हमारी क्रिया और अक्रिया का योग ही कर्म है और यही हमें मुक्ति या मोक्ष की तरफ ले जाता है। आत्मा द्वारा किए गए नेक कर्मों को पुरस्कार प्राप्त होता है परंतु पापमय कार्यों के लिए क्या होगा? क्या इसके लिए आत्मा दंडित होगी? दूसरा महत्त्वपूर्ण प्रश्न व्यक्तियों के मन से संबंधित है—क्या ईश्वर अपने भक्तों के पाप क्षमा कर देता है? मैं महर्षि स्वामी दयानंद सरस्वती के शब्दों का उद्धरण दे रहा हूँ, जो कि उन्होंने अपनी विख्यात पुस्तक 'सत्यार्थ प्रकाश' के सातवें अध्याय में लिखा है और इसका अनुवाद डॉ. चिरंजीव भारद्वाज ने किया है। उपर्युक्त प्रश्न के उत्तर में वे कहते हैं, ''नहीं, ईश्वर उनके पाप किस तरह से क्षमा कर सकता है, इससे उसका न्याय का नियम नष्ट हो जाएगा और सभी लोग अधिक पापी हो जाएँगे। उन्हें लगेगा कि उनके पाप माफ कर दिए जाएँगे, वे निडर होकर पाप करने के लिए और भी उत्साहित होंगे...इसीलिए ईश्वर आत्माओं को उनके कर्मों के अनुसार फल प्रदान करता है तथा उनके पापों को क्षमा नहीं करता है।''

एक महत्त्वपूर्ण तथ्य स्मरण करने योग्य है और हम पूर्व के अध्याय में भी इस पर चर्चा कर चुके हैं कि वैदिक त्रिदेव के अंतर्गत एक आत्मा या जीवात्मा अपने कर्मों के लिए पूरी तरह से स्वतंत्र रही है। यदि आत्मा पाप करती है तो ईश्वरीय न्याय के अंतर्गत वही उसके दंड की भी अधिकारिणी होगी। वह बौद्धिक तर्क देकर अपना बचाव नहीं कर सकती है कि पाप कर्म के लिए अपने मित्र, रिश्तेदार या स्वयं परमात्मा के द्वारा प्रेरित किया गया था। एक पापी अपने कुकृत्यों

की जिम्मेदारी किसी अन्य पर डाल कर बच नहीं सकता है, अन्यथा इसका कोई अंत नहीं होगा। इस स्थिति में वह दोष मुक्त हो जाएगा और निरीह कष्ट पाता रहेगा। ईश्वरीय न्याय प्रणाली में बचाव का रास्ता नहीं है।

'सत्यार्थ प्रकाश' के नवें अध्याय में मोक्ष या मुक्ति (जीवन-मरण एवं पुनर्जन्म के चक्र से मुक्ति) को गहराई से बताया गया है। क्या मुक्ति या मोक्ष एक जीवन या एक से अधिक जीवन में प्राप्त हो सकता है? इस पर महर्षि दयानंद सरस्वती ने लिखा है—

''एक जन्म से अधिक, क्योंकि उपनिषद् में ऐसा कहा गया है। वस्तुत: ऐसा तब होगा जब अज्ञानता और अंधकार की सभी गाँठे खुल जाएँगी और सभी संदेह दूर हो जाएँगे तथा यह पाप कर्म में लिप्त नहीं होगा एवं सर्वोच्च आत्मा में लीन हो जाएगा जो भीतर और बाहर दोनों ही तरफ व्याप्त है।''

भारतीय दर्शन के अनुसार मोक्ष विभिन्न पद्धतियों से प्राप्त किया जा सकता है। संक्षेप में इसके अनुसार व्यक्ति को अपने विचारों और कर्म के द्वारा सत्व को प्रोत्साहित, रजस एवं तमस का त्याग करना चाहिए। वे लोग जो वेदों के ज्ञान, अभ्यास और मनन के द्वारा न्यायोचित मार्ग का अनुसरण करते हैं, वे वाकई उत्साह के द्वारा निर्देशित होते हैं। अन्यायपूर्ण व्यवहार और इंद्रीय संतुष्टि में लिप्त रहने की आदत की रजस की बहुलता का चिह्न है। तमस की प्रबलता का संकेत लालच, आलस्य, मूर्खता, क्रूरता, मस्तिष्क का विचलन व नास्तिकता आदि से मिलता है। एक नेक आत्मा, जो मोक्ष प्राप्त करना चाहती है, वह सत्व की प्रबलता को प्रोत्साहित करते हुए अन्य दोनों को कम करती जाती है।

वास्तव में सांख्य शास्त्र के द्वारा प्रस्तुत मार्ग दर्शन के अनुसार, मोक्ष प्राप्ति के लिए किया गया अभ्यास व्यक्ति को भौतिक अव्यवस्था एवं अन्य जीवित प्राणियों व प्राकृतिक कारणों से उत्पन्न पीड़ा से मुक्ति की तरफ ले जाता है। ये ही उचित कदम मोक्ष या मुक्ति दिलाने में सहायक भी होते हैं।

□

11

सत्य की विजय

गुरुकुल का सत्र चल रहा है। राजाओं, सेनापतियों और आमजन के बच्चे जीवन में अपनी स्थिति या स्तर के अनुसार वैदिक शिक्षा प्राप्त कर रहे हैं। हालाँकि अनार्यों या आर्यों के प्रवेश की मनाही का संदेहास्पद प्रतिशत भी प्रत्यक्ष था। महारथी कर्ण और विनम्र एकलव्य दो ऐसे उदाहरण हैं, जहाँ वर्ण आश्रम धर्म जन्म पर न होकर कर्म पर आधारित माना गया था। सत्य का मर्दन हुआ था। असत्य को एक मौका मिला था। वह युग द्वापर था और इसके बाद कलयुग आया, जिसमें हम सब रहते हैं।

विरोधाभास की ऐसी स्थितियाँ आमजन को भ्रमित करती हैं। जब व्यक्ति भ्रम की स्थिति में होता है तो वह सत्य के मार्ग पर किस तरह चल सकता है? ईश्वर से मार्ग दर्शन के लिए प्रार्थना करो कि वह तुम्हें असत्य से सत्य की तरफ प्रेरित करे। संत आत्माओं का धर्मपरायण जीवन भ्रमित मस्तिष्कों को अनुसरण करने के लिए प्रकाशयुक्त उदाहरण बनेगा।

अब पुनः गुरुकुल आता है। जब कक्षा का कार्य समाप्त होता है तब गृहकार्य दिया जाता है। आज यहाँ पढ़ते हैं—'सत्यम वद् धर्मम् चर' यानी सत्य बोलो और न्यायोचित मार्ग पर चलो। अगले दिन गुरु सभी विद्यार्थियों से संबंधित श्लोक को गाने के लिए कहते हैं। एक शिष्य के अतिरिक्त सभी गाते हैं, वह एक शिष्य अपने न गाने का कारण गुरुजी से कुछ इस तरह से बताता है, "गुरुजी! यह सूक्ति स्मरण करने में आसान है परंतु इसका पालन कठिन है।" यह वचन कहनेवाला और कोई नहीं बल्कि युधिष्ठिर हैं और बाद के उनके जीवन में सत्य

मूर्त रूप ले लेता है। दृश्य बदल जाता है, आज की वर्तमान संस्कृत साहित्य की कक्षा में एक महिला शिक्षिका आज की सच्चाई की आवश्यकता पर बल दे रही है। वह बता रही है कि तुम्हारी असत्य से सत्य की तरफ की यात्रा तुम्हें प्रसन्न और संतुष्ट रखेगी। पीछे की बेंच पर बैठा एक विद्यार्थी उसी समय, धीमे स्वर में प्रतिरोध करता हुआ कहता है, ''मैडम! सत्य के प्रति समर्पित व्यक्ति भूख से मरने के लिए बाध्य है। उसकी आत्मा संतुष्ट हो सकती है, परंतु उसका शरीर नष्ट हो जाएगा।'' सारी कक्षा उसी के साथ थी।

उन्हें पता था कि असत्य का सिद्धांत ही वह पहली प्राथमिकता थी, जिसे हर सफल व्यापारी ने करोड़पति बनने के लिए सीखा था। सच्चाई का सिद्धांत और व्यापार साथ-साथ नहीं चल सकते हैं। धर्मशास्त्रियों ने इसे कहानी के उद्धरण से समझने का प्रयास किया है। 'विद्या की देवी सरस्वती और धन की देवी लक्ष्मी एक-दूसरे को देख नहीं सकती हैं, इसीलिए वे आपसी सामंजस्य के साथ नहीं रहती हैं।' एक आम आदमी फिर से भ्रमित हो जाता है। इसमें कोई आश्चर्य नहीं है कि पुरानी कहानियों में अकसर यह वाक्य दोहराते हुए शुरुआत की जाती है, 'बहुत समय पहले वहाँ एक गरीब ब्राह्मण था…' गरीब सुदामा की कहानी भी याद ही होगी, जिसमें वह भगवान् कृष्ण का सहपाठी था। यह दृश्य भी उतना ही भयावह है जितना वर्ल्ड ट्रेड सेंटर के आतंकवादी विस्फोट के बादवाली वह जगह थी। अब वहाँ क्या जाएँ? 'असतो मा सद्गमय' एक ऐसी प्रार्थना है जिसमें ईश्वर से असत्य से सत्य की तरफ प्रेरित करने के लिए निवेदन किया गया है। कृपया इस श्लोक को बार-बार दुहराते रहिए।

गंभीरतापूर्वक विचार करते हुए स्वयं को परामर्श दीजिए, सत्य ही मेरा उद्‍देश्य बने। आपको प्रार्थना का अभ्यास बनाए रखना चाहिए, क्योंकि अभ्यास व्यक्ति को कुशल बनाता है। उदारता और सत्य का अभ्यास घर से ही प्रारंभ होना चाहिए। सत्य के अभ्यासी को अपनी पत्नी और प्रभावित होनेवाली आयु के बच्चों को यह स्पष्ट रूप से बता देना चाहिए कि सत्य मार्ग के अतिरिक्त अन्य कोई मार्ग नहीं है। इसमें लीपापोती का कोई स्थान नहीं है। जब आपके फोन की घंटी बजती है और आप बात नहीं करना चाहते हैं तो अपने बेटे-बेटियों से यह झूठ मत कहलवाइए कि, ''पिताजी घर पर नहीं हैं।'' यह कुछ वैसा ही सरकारी पी.ए. के जवाब की तरह लगता है कि 'साहब मीटिंग में हैं।' ऐसे जवाब पूरी तरह से अविश्वसनीय होते हैं। जब परिवार के मुखिया ही छोटों को झूठ बोलने

के लिए कहते हैं तो उन्हें और कौन सत्य के सिद्धांत एवं इसके इस्तेमाल के लिए प्रेरित कर सकता है। कृपया इन चीजों पर विचार करें।

रोम एक ही दिन में नहीं बना था। इसी प्रकार जीवनभर की सत्य की इमारत एक ही रात में बन कर नहीं तैयार हो जाती है, इसके लिए व्यक्ति को रात-दिन काम करना पड़ता है। सच्चाईयुक्त जीवन की तरफ चलनेवाली आपकी योजनाओं की जड़ें बहुत गहराई से जमेंगी तथा असत्य के दुर्ग में सत्य का वृक्ष गिरेगा नहीं। यह नियम सभी जगह लागू है, चाहे वह रोम हो या रतलाम। प्रीवी काउंसिल की गवाही के कटघरे में लोकमान्य तिलक सत्यनिष्ठा के साथ डटे रहे और दोधारी पूछताछ में भी डिगे नहीं। सचमुच सांस्कृतिक होने के साथ-साथ यह एक राजनीतिक अंतर भी था, जिसने ब्रिटिश न्याय को भारत के खिलाफ मानसिक रूप से तैयार किया था तथा यह सत्य के प्रमाण पर भी आधारित नहीं था।

आइए, हम अपने एक करोड़पति व्यापारी मित्र से मुलाकात करते हैं, जिसका व्यापारिक साम्राज्य असत्य पर ही टिका है। क्या वह ठीक से खाना खा पाता है? नहीं, वह अल्सर से परेशान है। क्या वह ठीक से सो पाता है? नहीं, अब तो नींद की गोलियाँ भी बेअसर हो चुकी हैं। सेल्सटैक्स और आयकर के रिटर्न का छिपाना भी उसे परेशान करता है। गलत तरीके से अर्जित संपत्ति उसे खुशी नहीं दे पा रही है। अंतिम परिणाम यही है कि वह परेशान है।

19वीं शताब्दी में भारत में धार्मिक और सामाजिक सुधार आंदोलन में सामाजिक सुधार आंदोलन के रूप में आर्यसमाज ने सभी आर्यों के लिए मार्ग निर्देशन हेतु दस सिद्धांत दिए थे। इनमें से पाँच सिद्धांत सत्य के लिए हैं और सभी मानवों के खुशहाल जीवन के लिए प्रस्तावित भी हैं। मानवता की सेवा के लिए एक नेक व्यक्ति बनना ही इसका लक्ष्य है। 'मनुर्भव' वैदिक देन है।

सत्य को हमारे जीवन का ध्वज होना चाहिए। 'सत्यमेव जयते : सत्य की ही विजय होती है' ही हमारा मंत्र बने।

□

12

बुराई को खत्म करेगी भलाई

प्रार्थना के साथ तपस्या या प्रायश्चित्त इच्छाशक्ति को मजबूत करती है। सांसारिक और आध्यात्मिक दोनों तरह की समस्याओं के समाधान के लिए इच्छाशक्ति एक शक्तिशाली हथियार है। यह युद्ध का भी एक आयुध है चाहे वह शब्दों का हो, रुचियों का हो, आतंकवादियों को मारना हो या विश्वयुद्ध हो। प्राप्त करने की इच्छा का लक्ष्य एक अदृश्य, परंतु अपराजेय वज्र की तरह का आयुध है।

विख्यात भारतीय लोक साहित्य के अनुसार देवताओं के राजा इंद्र ने महर्षि दधीचि से उनकी हड्डियों का दान एक अजेय वज्र को बनाने के लिए माँगा था। इसका उद्‌देश्य इंद्र के प्रधान शत्रु असुरों के राजा वृत्तासुर को हराना था। ऐसा कहा जाता है कि दधीचि की इच्छाशक्ति ने वज्र और इसके उपयोग को अपराजेय बना दिया था। विजयी होने की इस भावना ने अच्छे सैनिकों के मनोबल को बहुत ऊँचा उठा दिया था।

युद्ध के संदर्भ में वेदों ने व्यक्ति के मनोबल को बहुत ही महत्त्व दिया है। जैसा सेनापति होता है, वैसे ही उसके सैनिक होंगे। वास्तव में सेनानायक और उसके जवानों का ऊँचा मनोबल युद्ध में विजय का एक महत्त्वपूर्ण कारक होता है। इंद्र के वज्र की प्रतीकात्मक कहानी, जिसमें ऋषि की हड्डियों से इसकी रचना हुई थी, यह दरशाती है कि बुराई पर अच्छाई के युद्ध के लिए सैनिकों और संतों का बराबर योगदान था। असुरों के राजा को मारना आमजन के लिए एक अलंकारिक काव्य मात्र है। यह कथा स्त्री व पुरुषों के लिए बुराई के विरुद्ध नेकी के लिए साहस प्रदान करती है। आखिरकार न्यूयॉर्क और वाशिंग्टन डी.सी. में 11 सितंबर,

2001 को उस काले मंगलवार के दिन बुराई की नेकी पर विजय क्यों हुई थी? इस दिन नेकी की ताकतें सजग नहीं थीं, उन्हें वही कीमत चुकानी पड़ी, जो कारगिल युद्ध की शुरुआत में भारतीयों ने चुकाई थीं। दूसरी तरफ बुरी ताकतें सालों और महीनों से योजनाएँ बना रही थीं। इस तथ्य से यह संकेत मिलता है कि अपनी सुरक्षा के प्रति कभी लापरवाह मत रहो, नहीं तो नेकी को तकलीफें सहनी पड़ेंगी।

कोई भी व्यक्ति यह पूछ सकता है कि युद्ध के दौरान नेकी हमेशा बुराई से क्यों परेशान हो जाती है? क्या यह एक बॉलीवुड फिल्म की कहानी की तरह से नहीं है, जिसमें हीरो फिल्म के अंत में विलेन को खत्म कर देता है? शायद बॉलीवुड के दर्शक यही चाहते हैं। सिनेमा से हटकर वास्तविक जीवन में शुरुआती हार का प्रमुख कारण सजगता की कमी और आलस्य ही है। इतिहास स्वयं को दोहराता है। हमें इससे सीख लेनी ही चाहिए।

स्वामी दयानंद सरस्वती, जो कि 19वीं सदी के संत हैं और इन्होंने अपनी पुस्तक 'सत्यार्थ प्रकाश' में पवित्र वेदों पर टिप्पणी करते हुए लिखा है—देश की सुरक्षा का ध्यान रोजाना रखना चाहिए। शत्रु की धोखेबाजी की योजना और उसके दाँवपेच को काटते रहना चाहिए।

दुश्मन का पीछा चीते की तरह करो। शेर की तरह उस पर आक्रमण करो। युद्ध के वैदिक दर्शन के अनुसार शत्रु से असावधान नहीं रहना चाहिए। शत्रु पर पूर्व प्रहार ही नेकी की ताकतों की रक्षा का सर्वोत्तम रूप है।

योगेश्वर कृष्ण, जो रणनीति के कुशल माने जाते हैं, इन्होंने भी दूसरों की तरफ संख्या होने के बावजूद भी भलाई का ही पक्ष लिया था। उनका जीवन हम जैसे छुद्र प्राणियों के लिए एक शिक्षा है। प्रथम दिन के नेतृत्व के स्थान पर बने रहते हुए अपने शत्रु को अपनी इच्छित युद्ध भूमि तक ले आओ। युद्धभूमि में भगवान् कृष्ण का उपदेश ही तुम्हारा हवन होना चाहिए। उन्होंने कहा था, "न दैन्यं न पलायनं" यानी न तो झुको और न ही भागो। इस प्रकार भलाई–बुराई पर विजय प्राप्त करेगी।

रावण और कंस जैसे राक्षसोंवाली बुराइयों की ताकत भी जीवन के दैनिक युद्ध में जीत नहीं सकती, यदि नेकी की ताकतों को आत्म निर्भरता के लिए तैयार कर दिया जाए। सैनिकों और नागरिकों दोनों में ही भय की भावना स्वाभाविक है। हालाँकि उचित प्रशिक्षण से इस पर विजय पाई जा सकती है। एक व्यक्ति, जो

अँधेरे कमरे में जाने से डरता है, उसे शुरू में एक मित्र के साथ भेजने के लिए प्रोत्साहित करना चाहिए और फिर अकेले एक लड़का या लड़की, जो किसी काल्पनिक आत्मा से बुरी तरह से डरी हुई है, उसे उचित वैदिक साहित्य पढ़ने के लिए देने चाहिए, ताकि उसका प्रभावित मस्तिष्क मुक्त हो सके, साथ-ही-साथ बच्चों या युवाओं को यकीन दिलाना चाहिए कि बुरी आत्माएँ जैसे—भूत, जिन्न आदि का अस्तित्व नहीं होता है। वे केवल काल्पनिक कथाएँ हैं। जब भय दूर हो जाता है, तब बहादुरी स्वतः ही आ जाती है। इस संदर्भ में निम्नांकित वेद मंत्र को गाकर पढ़ने पर विशेष बल दिया गया है—

अभयं मित्रादभयममित्रादभयं ज्ञातादभयं परोक्षात।
अभयं नक्तमभयं दिवा नः सर्वा आशाममित्र भवन्तु॥

— 19.15.6 अथर्ववेद

ईश्वर की इस प्रार्थना में मनुष्य सर्वदा निर्भयता की स्थिति में रहना चाहता है। मुझे मित्र या शत्रु का भय न हो, मुझे ज्ञात और अज्ञात का भी भय न हो, रात और दिन का भी भय न हो। पूर्व, पश्चिम, उत्तर, दक्षिण सभी दिशाएँ मेरे प्रति मित्रवत भाव रखें।

वैदिक विचारों को मनोबल बढ़ाने दो और एक बार जब तुम मानसिक एवं शारीरिक रूप से उच्च स्तर को प्राप्त कर लोगे, तब तुम नेकी की शक्ति के साथ आतंकवादरूपी कई सिरोंवाले बुराई के राक्षस का नाश करोगे। तुम्हारा आदर्श प्रार्थना और कर्म होना चाहिए। हमेशा स्वयं को परामर्श देते रहिए—विजयी भव, इस प्रकार तुम हमेशा विजय प्राप्त करोगे।

□

13

मृत्यु के परे जीवन

कई वर्ष पूर्व कश्मीर में आर्यसमाज के एक पुरोहित के यहाँ एक कन्या का जन्म हुआ था। जब वह कन्या तीन साल या चार साल की हुई, तब उसने अपने माता-पिता को बताया कि वह जम्मू-कश्मीर सरकार के एक वरिष्ठ अधिकारी की पुत्री थी। उसने अपने पूर्व जन्म के गाँव में जाने की जिद की और उसके माता-पिता मान भी गए। गाँव पहुँचकर उस लड़की ने अपने मित्रों, रिश्तेदारों और अपनी संपत्ति को भी पहचान लिया था। हालाँकि उसके पूर्व एवं वर्तमान जन्म के रिश्तेदारों ने उसे पुरानी जगहों पर ले जाने में अपनी रुचि नहीं दिखाई। धीरे-धीरे समय के साथ उसके पूर्व जन्म की यादें मिटती चली गई थीं।

प्रकृति की इस तरह की घटना की कोई मनोवैज्ञानिक विवेचना नहीं है, परंतु ऐसी घटनाएँ कभी-कभार होती रहती हैं, फिर भी इससे यह संकेत अवश्य मिलता है कि हमारा यह वर्तमान जीवन ही पहला और अंतिम नहीं है। महाभारत का युद्ध आरंभ होने से पहले भगवान् कृष्ण ने अर्जुन का मनोबल बढ़ाते हुए कहा था कि यह उसका पहला और अंतिम जीवन नहीं है। यहाँ तक कि युद्ध में यदि एक सैनिक मारा भी जाता है, तब भी उसका केवल शरीर नष्ट होगा, आत्मा बची रहेगी। आत्मा जल्दी या देर से दूसरा शरीर ढूँढ़ ही लेती है। भगवान् कृष्ण ने कहा कि उन्हें अपने सभी पूर्व जन्म याद हैं, परंतु इस सांसारिक जीवन में एक मानव के लिए यह संभव नहीं है। अन्यथा भ्रम उसे चकरा देगा।

बहुत से वरिष्ठ लोग यहाँ या और कहीं भी इस संसार में अपना जीवन जीते हुए दूसरी दुनिया के बारे में भी सोचते हैं। बाईबिल के अनुसार सत्तर वर्ष का जीवन

जीने के बाद यह उचित होगा कि वे हमारे धर्मग्रंथों में गहराई से डूबें कि वे मृत्यु के बाद के जीवन के बारे में क्या कहते हैं? इन्हें उस भाग्य के बारे में बेचैन नहीं होना चाहिए, जो उनकी शाश्वत निद्रा में जाने के बाद उनका इंतजार कर रहा है। मृत्यु के बाद के जीवन के प्रश्न पर वैदिक विचारों में भली-भाँति बताया गया है। अकसर ही बुजुर्ग लोग जानने के इच्छुक होते हैं कि शरीर को त्यागने के बाद आत्मा कहाँ जाती है? वाकई आत्मा संभावित माता के गर्भ में पुनः प्रवेश कर जाती है। अपने अच्छे और बुरे कर्मों के अनुसार आत्मा दूसरा शरीर धारण करती है और इस गृह या अन्यत्र अपना जीवन जीती है।

यजुर्वेद के 39वें अध्याय का छठा मंत्र—

सविता प्रयमेऽहन्नग्निर्द्वितीये वायुस्तृतीयेऽ आदित्यश्चतुर्थे।
चन्द्रमा पंचमऽऋतुः षष्ठे मरूतः सप्तमें बृहस्पतिरष्टमे मित्रो नवमें
वरुणो दशमऽइन्द्रऽएकादशे विश्वे देवा द्वादशे।

स्वामी दयानंद सरस्वती ने यजुर्वेद पर की गई अपनी हिंदी की टिप्पणी में इस मंत्र की सामान्य विवेचना कुछ तरह से की है—"हे मानव, जब ये आत्माएँ अपने शरीर का त्याग करती हैं तो वे कुछ समय के लिए ब्रह्मांडीय तत्त्वों, जैसे सूर्य, अग्नि, वायु, ऋतु, चंद्रमा से होते हुए अपने कर्मों के अनुसार अपनी संभावित माता के गर्भ में विभिन्न शरीर को धारण करते हुए प्रवेश कर जाती हैं। आत्मा के द्वारा अपने जीवन के विभिन्न रूपों में किए गए अच्छे या बुरे कर्मों के अनुसार ही भविष्य के जीवन के आने की संभावना निर्भर रहती है। एक सवाल यह भी उठ सकता है कि क्या इस आत्मा के चक्कर की अवधि का मापन पृथ्वी पर दरशाए गए दिन और रात के अनुसार ही होता है। भिन्न-भिन्न गृहों और खगोलीय पिंडों की रात और दिन की अपनी स्वयं की ही गणना पद्धति है। इसीलिए महर्षि स्वामी दयानंद ने आत्मा के पूर्व शरीर को छोड़कर जाने की अवधि के लिए एक शब्द 'कच काल' का प्रयोग किया है।

अतिशयोक्ति न करते हुए यह भी कहा गया है कि आत्मा न तो स्वयं मरती है और न ही जन्म लेती है। जब यह शरीर में प्रवेश करती है तो इसे जन्म कहते हैं और जब यह शरीर का त्याग करती है तो उसे मृत्यु कहते हैं। इस आत्मा का न तो आदि है और न ही अंत।

मानव की अपने रचनाकर्ता से प्रार्थना है, 'जीवेम शरदः शतम'। सभी स्त्री

एवं पुरुष ईश्वर से वैदिक जीवन की सौ वर्षों की आयु के लिए अनुरोध करते हैं और इसमें वे स्वास्थ्य एवं प्रसन्नता से वंचित न रहें ऐसी भी कामना करते है। वैदिक जीवन पद्धति में स्त्री और पुरुषों को अपने जीवन में सक्रिय बने रहने के लिए प्रोत्साहित किया जाता है, ताकि वे अंतिम साँस तक जिएँ और जब मृत्यु आए तब उसका प्रसन्नतापूर्वक सामना करें। जीवन जीना समय व्यतीत करने से भी अधिक महत्त्वपूर्ण है।

वैदिक प्रार्थनाएँ मानव को इस संसार में अपनी शताब्दी से परे भी जाने के लिए प्रोत्साहित करती हैं। जो व्यक्ति अपना पूरा जीवन जीता है, वह किसी भी परिस्थिति में मृत्यु से कभी नहीं डरेगा। वेद मंत्र एक खुशहाल जीवन और आनंददायी मृत्यु की विवेचना करता है।

ओ३म् त्र्यम्बकं यजामहे सुगन्धि पुष्टिवर्धनम्
उर्वारूकमिव बन्धनान्मृत्योर्मुक्षीय माऽमृतात्॥

—3.60 यजुर्वेद

संपूर्ण जीवन जियो और जब जीवन के द्वार पर मृत्यु खटखटाए तो उसका स्वागत करो। इस सांसारिक दुनिया से शाश्वत अलगाव उतना ही पीड़ारहित होगा, जैसे—एक पका हुआ खरबूजा अपनी टहनी से अलग हो जाता है। वाकई यह अलगाव मोक्ष की प्राप्ति, यानी जन्म, मृत्यु और पुनर्जन्म के चक्र से मुक्ति की तरफ एक कदम ही होगा।

शेली के अनुसार, ''जब शीत ऋतु आती है, तब समझिए कि वसंत के आने में विलंब नहीं है। चाहे इस दुनिया में हों या अगली दुनिया में, हमेशा बेहतर भविष्य की आशा करनी चाहिए। बुरे दिनों के बाद हमेशा अच्छे दिन आते हैं, जैसे—रात के बाद दिन आता है।

इसीलिए एक व्यावहारिकतायुक्त विचार भविष्य के प्रति सावधान करता है कि वे सभी लोग, जो जीवन जी चुके हैं, उन्हें मृत्यु के लिए तैयार रहना चाहिए। विश्व के सभी बड़े धर्म इससे सहमत हैं कि जीवन का अंत सुनिश्चित है और जो जन्म ले चुका है, उसका मरना भी तय है।

वैदिक दर्शन के अनुसार मानव की वास्तविकता उसका शरीर नहीं, बल्कि उसकी आत्मा है। जन्म और मृत्यु का संबंध शरीर से है, आत्मा से नहीं। आत्मा अमर है। भगवान् कृष्ण ने गीता के दूसरे अध्याय के 20वें श्लोक में कहा है, मृत्यु

होने पर सिर्फ शरीर नष्ट होता है, आत्मा बची रहती है। उनका यह कथन वेदों के ज्ञान पर ही आधारित है। आत्मा की अमरता के साथ-साथ इसका पुनर्जन्म बारंबार होता रहता है। इसीलिए वर्तमान जीवन और मृत्यु के बाद का जीवन समान महत्त्व रखता है। अतः सभी स्त्री एवं पुरुषों को स्वयं को सुनिश्चित करना चाहिए कि मैं एक शरीर नहीं, बल्कि आत्मा हूँ। यह आत्मा न तो जन्म लेती है और न ही मरती है।

व्यक्ति की जिज्ञासा हो सकती है कि मोक्ष क्या है? महर्षि दयानंद सरस्वती ने अपनी पुस्तक 'सत्यार्थ प्रकाश' में स्पष्ट किया है, "आत्मा (मोक्ष की अवस्था में भी) अपना एक अलग अस्तित्व बनाए रखती है, क्योंकि इसे ईश्वरीय आत्मा में विलीन होना है और तभी वह मोक्ष का आशीर्वाद प्राप्त करती है। परमात्मा में आत्मा का मिलन मोक्ष नहीं है, बल्कि उसका विलोपन है।" अतः यह स्पष्ट है कि मोक्ष की स्थिति में भी जीवात्मा या आत्मा अपना प्रथक अस्तित्व बनाए रखती है तथा समाप्त नहीं होती है। एक निश्चित समय तक मोक्ष का आशीर्वाद प्राप्त होने के उपरांत आत्मा इस गृह या कहीं अन्यत्र सशरीर सामान्य क्रिया-कलापों में वापस लौट आती है। इस प्रकार यह चक्र चलता ही रहता है।

प्रकृति के विख्यात कवि विलियम वर्डस्वर्थ भी मृत्यु से परे के जीवन में यकीन रखते थे। उन्होंने इस विश्वास के द्वारा निराशावाद को दूर करने में सफलता प्राप्त की थी कि आत्मा का आरंभ कहीं से था और वह अनंत काल तक रहती थी।

बुजुर्ग लोगों के लिए वाकई यह एक प्रसन्न कर देनेवाला विचार है कि उनका इंतजार कर रहे सूर्यास्त के बाद शीघ्र ही सूर्योदय होगा।

□

III

स्वास्थ्य एवं प्रसन्नता

14

पूर्ण शांति के लिए प्राणायाम

वैदिक ऋषियों, संतों एवं महात्माओं ने मानवता के कल्याण के लिए शांति के आदर्श मार्ग की रचना की है। इनमें से ऋषि पतंजलि ने अपने विचार एवं योग के अभ्यास के माध्यम से हमें आसानी से अपनाने के लिए अष्टांग योग या अष्टगुणी मार्ग के बारे में बताया है। वर्तमान समय में स्वामी परिव्राजक ने अपनी वार्त्ताओं और लेखन के माध्यम से योगदर्शन पर साधारण मानव को जाग्रत् किया है। 'सरल योग से ईश्वर साक्षात्कार' नामक इनकी पुस्तक हमें अपनी आंतरिक एवं बाह्य शांति प्राप्त करने में सहायता प्रदान करती है। वास्तव में प्राणायाम अष्टांग योग का ही एक भाग है।

प्राणायाम स्त्री व पुरुष के पापों और बुराइयों को दूर करता है। यह अपने अभ्यास करनेवालों को ध्यान, धैर्य, अध्यवसाय और पूर्ण स्वास्थ्य प्रदान करता है। प्राणायाम करनेवाले के संपूर्ण व्यक्तित्व का विकास होता है तथा इससे शांति बनी रहती है।

इस प्रकार व्यक्ति ईश्वर की प्राप्ति और मोक्ष प्राप्त करते हुए जीवन-मरण एवं पुनर्जन्म के बंधन से मुक्त हो जाता है। वैदिक दर्शन के अनुसार, मोक्ष ही जीवात्मा या आत्मा का अंतिम लक्ष्य है।

प्राण हमारा जीवनदायी श्वसन है तथा आयाम का अर्थ है नियंत्रण। दूसरे शब्दों में प्राणायाम का आशय श्वसन प्रक्रिया में श्वास को लेने और छोड़ने की गति का नियंत्रण है। इस संदर्भ में व्यक्ति जो वायु अपने भीतर खींचता है, उसे श्वास और जो बाहर निकालता है, उसे प्रश्वास कहते हैं। प्राणायाम का अभ्यास

करनेवाला अपनी क्षमता के अनुसार श्वास और प्रश्वास की प्रक्रिया को नियंत्रित करता है। व्यक्ति अपने निरंतर अभ्यास से बिना किसी परेशानी के ही साँस लेने और छोड़ने की समय-सीमा बढ़ा लेता है।

अभ्यास के सत्र में आगे बढ़ने हेतु कुछ विशेष नियमावलियाँ हैं। व्यक्ति को वैयक्तिक और सामाजिक नियमों, जिन्हें यम एवं नियम कहते हैं, पालन करना पड़ता है। यम से आशय—प्रेम, अहिंसा, सत्य, चोरी न करना, ब्रह्मचर्य और संचय न करना है। नियम के अंतर्गत वैयक्तिक नीतिशास्त्र आते हैं जैसे—स्वच्छता, संतोष, (इसे अप्रयासों के साथ न जोड़ें) संयम यानी आडंबरहीनता, स्वाध्याय की निरंतरता और ईश्वर में अटल विश्वास। जहाँ तक संभव हो, साधक को शांतिपूर्ण वातावरण में स्वच्छ स्थान पर उचित आसन मुद्रा में बैठना चाहिए। व्यक्ति को प्राणायाम शुरू करने से पहले स्वयं को मानसिक और शारीरिक रूप से तैयार कर लेना चाहिए। इस समय पेट में बिना पचा हुआ खाना नहीं भरा होना चाहिए तथा अँतड़ियों में भी न भरा हो। आपको अपने मन से लालच, अहं, ईर्ष्या और अन्य नकारात्मक विचारों को बाहर कर देना चाहिए।

गुरु के मार्गदर्शन में ओ३म् के मंत्र के जाप से आरंभ करें। धीरे-धीरे अपने भीतर की साँस को बाहर करें और वायु का प्रवेश अपने भीतर न होने दें तथा थोड़ी देर तक इसी अवस्था में रुके रहने का प्रयास करें। जब बाहर की वायु को रोकना असह्य होने लगे तब धीरे-धीरे भीतर साँस आने दें। व्यक्ति को शुरुआत में इसे तीन बार करना चाहिए। अगले चरण में वायु को अपने भीतर भरें और फिर इसे थोड़ी देर के लिए रोकें। जब आपको असह्य लगने लगे, तब और साँस ले लें, तत्पश्चात् धीरे-धीरे श्वसन बाहर छोड़ें। शुरुआत में यह प्रक्रिया तीन बार सुबह और तीन बार शाम को करें। यह प्रक्रिया कोई भी व्यक्ति अपनी सामर्थ्य, इच्छाशक्ति और धैर्य के साथ और भी अधिक कर सकता है। वास्तव में संतुलित आहार, जो कि स्वास्थ्य को बढ़ाता है और यही प्राणायाम के अभ्यास की सफलता में एक महत्त्वपूर्ण भूमिका अदा करता है।

प्राणायाम के अभ्यास की पद्धतियों में अंतर हो सकता है परंतु इसका अंतिम लक्ष्य समान ही है। आइए, अब भ्रामरी प्राणायाम की तरफ चलते हैं। अपनी दोनों नासिकाओं से मधुमक्खियों की भाँति आवाज निकालते हुए वायु बाहर निकालें। इस प्रक्रिया से श्वसन मार्ग साफ होता है तथा ऊर्जा भी उत्पन्न होती है। इसके अभ्यास से साधक सामान्य शीत से स्वयं को बचा सकता है।

थोड़ा समय देकर व्यक्ति कपालभाति का भी अभ्यास कर सकता है। इस प्रक्रिया में आप अपनी दोनों नासिकाओं से अधिक से अधिक वायु बाहर की तरफ फेंकते हैं, तत्पश्चात् बाहर की वायु स्वत: ही भीतर आने दें और फिर पहलीवाली प्रक्रिया को अपनाएँ। जब यह असह्य होने लगे, तब तुरंत ही रुक जाएँ।

अब हम भस्त्रिका प्राणायाम का भी अभ्यास कर सकते हैं। आप कपालभाति प्रक्रिया को जल्दी-जल्दी करते हुए इसमें वायु को बाहर की तरफ निकालना जारी रखते हैं। व्यक्ति इसे आंतरिक जॉगिंग भी कह सकता है। इस प्रक्रिया में श्वसन प्रणाली बेहतरीन स्थिति में रहती है और इसके अभ्यासकर्ता का फेफड़ा हमेशा ही स्वच्छ रहेगा।

अब आता है नाड़ी शोधन, इसमें दाहिनी नासिका को अँगूठे से बंद करके बाईं नासिका से वायु बाहर करते हैं और फिर सह्यशक्ति तक श्वसन को रोके रखते हैं तथा इसी प्रक्रिया को दूसरी तरफ से दुहराते हैं एवं शुरुआत में इसे तीन बार करते हैं। व्यक्ति इस प्रक्रिया को समय के अनुसार और भी कई बार कर सकता है।

व्यक्ति यह भी जानने का इच्छुक हो सकता है कि प्राणायाम की प्रक्रिया को जारी रखते समय किस तरह की मानसिक क्रियाशीलता रहनी चाहिए। इस प्रक्रिया के समय ओ३म् का ध्यान या मन-ही-मन प्राणायाम के मंत्र का जाप करना चाहिए जो कि निम्न प्रकार है—ओम् भू, ओम् भुव:, ओम् स्व:, ओम् मह: ओम् जन:, ओम् तप:, ओम् सत्यम्। इस प्रक्रिया में किया गया ध्यान या मंत्र साधक के मस्तिष्क को निरुद्देश्य भटकने से रोकता है और एकाग्रता को बढ़ाता है। हमें यह नहीं भूलना चाहिए कि मन की स्वच्छता और बुरे संस्कारों की समाप्ति साथ-साथ ही चलती रहती है। यह वाकई अति लाभप्रद है।

प्रिय साधकों कृपया स्मरण रखें कि प्राणायाम शारीरिक, मानसिक और आध्यात्मिक आनंद के लिए है तथा साधक को इसे बोझ समझकर नहीं करना चाहिए।

□

15

अवसाद पर विजय

अवसाद तो आजकल सभ्य मानव का पर्याय बन चुका है। रोगी मन और हृदय के बारे में क्या कहा जाए, यहाँ तक कि स्वस्थ हृदय और मन जो कि स्वस्थ शरीर में रहते हैं वे भी अवसादग्रस्त होने की आदत को तेजी से बढ़ाते जा रहे हैं। इसके साथ ही जो लोग अवसादग्रस्त नहीं भी हैं, वे भी कहते रहते हैं कि वे वाकई अवसादग्रस्त हैं। न जाने कैसे लोगों ने इस शब्द को फैशन की तरह इस्तेमाल करना शुरू कर दिया है तथा यह भले लोगों के अच्छे स्वास्थ्य को भी नष्ट कर रहा है।

जब एक अध्यापक अपनी कक्षा में अपने विद्यार्थियों के साथ सहज व्यवहार न करके उन पर नाराज होता है, तब वह इन्हें अवसादग्रस्त बना देता है। कभी-कभी बच्चे खाना भी कम खाने लगते हैं, तब स्थिति और भी खराब हो जाती है। कुछ स्थिति में अरुचि की वजह से मानसिक और शारीरिक जटिलताएँ भी बढ़ जाती हैं। इस तरह की घटनाएँ वास्तविक जीवन में ही देखने को मिल जाती हैं, इनका संबंध किसी सिनेमा से नहीं है। नई पीढ़ी की इन जटिल परिस्थितियों के बारे में बताने और सुननेवाले इन अवसाद लानेवाले विचारों का मजा लेते है। उन्हें लगता है कि जो बीत रहा है, वह युवाओं के लिए सिर्फ एक मजाक है, परंतु जब वे अपनी चालीस की आयु पूरी करेंगे, तब यह उनके लिए खतरनाक हो सकता है। इसमें नीति कथा बताती है, ‘‘अपने स्वस्थ व्यक्तित्व में अवसाद नामक विचार को नुकसान मत पहुँचाने दो।’’ अवसाद व्यक्ति के व्यक्तित्व के मनोवैज्ञानिक पक्ष को बरबाद कर देता है तथा कभी-कभी इसका इलाज भी नहीं हो पाता है।

आइए, इस अवसाद नामक विचार को अपने से दूर करें तथा इसे उस लक्ष्मण रेखा को कभी न पार करने दें, जो कि हमारे स्वस्थ शरीर में स्वस्थ मन की सुरक्षा वैदिक समझ और व्यवहार से बनाए रखती है। प्रत्येक स्त्री व पुरुष को इसके लिए अपनी स्वयं की विभाजन रेखा बनाए रखनी चाहिए। इस विभाजन रेखा के एक तरफ स्वास्थ्य, प्रसन्नता, उच्च नैतिकता रहती है, जो कि हमें दीर्घजीवन प्रदान करती है तथा दूसरी तरफ अवसाद, रोग और मृत्यु है। वेद मंत्र की प्रार्थना में मानव सौ वर्षों के जीवन की कामना करता है, जिसमें उसकी सभी मानसिक और शारीरिक क्षमताएँ उसकी अंतिम साँस तक बनी रहें।

पश्येम शरदः शतम् जीवेम शरदः शतं
शृणुयाम शरदः शतं प्रब्रवाम शरदः शतमदीनाः स्याम शरदः शतं
भूयश्च शरदः शतात्।

मंत्र का अर्थ—हे ईश्वर! मुझे सौ वर्षों का जीवन प्रदान करें, मैं सौ वर्षों तक जी सकूँ, मैं सौ वर्षों तक सुन सकूँ, मैं सौ वर्षों तक सजगता पूर्वक बोल सकूँ तथा सौ वर्षों के दीर्घकालीन जीवन तक मैं शरीर, मन और आत्मा के साथ आत्मनिर्भर रूप से रह सकूँ। हे प्रभू, मेरी आयु सौ वर्षों की सीमा भी पार करके भी अनवरत चलती रहे।

किसी भी व्यक्ति को यह आश्चर्य हो सकता है कि इस वेद मंत्र में जो कुछ भी प्रार्थना की गई है क्या वह संभव है। वाकई संभव है। व्यक्ति को इस लक्ष्य को प्राप्त करने के लिए सजग प्रयास करना चाहिए। यहाँ तक कि आज की दुनिया में में भी बहुत से स्त्री-पुरुष सौ वर्षों से अधिक की आयु प्राप्त करते हैं और अपना जीवन प्रसन्नतापूर्वक जीते हैं। यद्यपि वायु, जल एवं भोजन आदि में प्रदूषण होने पर भी व्यक्ति स्वास्थ्य व प्रसन्नता के साथ अपने दीर्घ जीवन के लक्ष्य को प्राप्त कर सकता है। यदि व्यक्ति सुबह की ताजा हवा, नियमित रूप से हलका व्यायाम, संतुलित आहार और जीवन की समस्याओं को सुलझाने के लिए सकारात्मक दृष्टिकोण रखे, तो वह सौ वर्ष या इससे भी अधिक का जीवन स्वस्थ और प्रसन्न रहते हुए जी सकता है। प्राणायाम यानी श्वसन प्रक्रिया का नियंत्रण बहुत से रोगों की अचूक ओषधि है। जीवनदायी श्वसन को प्राणवायु या जीवन प्रदान करनेवाला ऑक्सीजन भी कहते हैं। यदि व्यक्ति गुरु के मार्गदर्शन में और फिर आगे चलकर स्वयं ही हर सुबह बीस से तीस मिनट प्राणायाम करे तो उसे

श्वसन संबंधी बीमारी कभी नहीं होगी। जब एक बार पूरा तंत्र स्वस्थ हो जाएगा तो रोगों से लड़नेवाले युद्ध में आधे पर विजय स्वतः ही हो जाएगी।

अब समय आ चुका है, जब हमें अपने साथियों में होनेवाले अवसाद के प्रमुख कारणों की परख करनी चाहिए। इसकी संरचना के संपूर्ण विश्लेषण से ही हमें इस अवसाद पर विजय प्राप्त होगी। कई बार यह अवसाद, जिसमें तनाव भी शामिल है आपको अपने में बुरी तरह समेट लेता है। तनाव से हमारा तात्पर्य इसे न समझ पाने एवं नकारात्मक विचारों को परिवर्तित करने की हमारी अक्षमता से है, जो हमारी विचार प्रक्रिया को अवरुद्ध कर देती है। दुनिया भर में बहुत से विख्यात मनोवैज्ञानिक मानव व्यवहार पर विस्तृत शोध करने के बाद इस निष्कर्ष पर पहुँचे हैं कि अपने नकारात्मक विचारों को रोक पाने की हमारी असमर्थता ही उन्हें हमारा स्थायी अवांछित मेहमान बना देती है। फिर कुछ समय के बाद यह प्रभुत्वशाली मेहमान अपने मेजबान को ही उसके घर से खदेड़ देता है। इसी वजह से तनाव उत्पन्न होता है।

ऐसा देखा गया है कि विकसित देशों के निवासियों को विकासशील देशों के मुकाबले अवसाद का खतरा अधिक रहता है। अमेरिका जैसे देश में 1.75 करोड़ लोग किसी न किसी रूप में इस अवसाद के शिकार हैं। इस मामले में विकासशील देशों का कोई आँकड़ा उपलब्ध नहीं है। हालाँकि, आधुनिक जीवन में सभी मानवों के लिए अवसाद वाकई एक खराब बीमारी है। यह मानव की स्नायु तंत्र को प्रभावित करते हुए पाचनशक्ति को भी खराब करती है। यही बीमार मन धीरे-धीरे मनुष्य के संपूर्ण शरीर को मानसिक और शारीरिक रूप से बीमार बना देता है।

कुछ स्त्री एवं पुरुष इससे बचने के लिए शराब का सहारा लेते हैं फिर और भी बुरी स्थिति में खतरनाक ड्रग्स की तरफ भी मुड़ जाते हैं। सभी संन्यासी और चिकित्सक अवसाद ग्रस्त लोगों को परामर्श देते हैं कि शराब और नशीली दवाइयों से दूर रहें, क्योंकि यह अवसाद का इलाज नहीं हैं, बल्कि इससे स्थिति और भी खराब हो जाती है। हमें यह समझ लेना चाहिए कि नशीली दवाई या शराब का एक घूँट इस अवसाद का समाधान नहीं है। यह याद रखें कि आपके चाहने से यह अवसाद दूर नहीं होगा। आपको शारीरिक और मानसिक दोनों ही तरीकों से इससे युद्ध करना पड़ेगा। शारीरिक व्यायाम और प्रार्थना में वैदिक मंत्रों के सहयोग से इस अवसाद को दूर भगाने में सहायता मिलेगी।

हमारे समाज के बुजुर्गों विशेषतौर से कुँआरों, विधवाओं और विधुर, जो अवसाद के अधिक खतरे में रहते हैं, इनके लिए यह काफी सहायक सिद्ध होता है। उनके पास मानसिक और शारीरिक सहयोग के लिए कोई नहीं होता है। मानव की आयु चाहे जो भी हो वह स्वभाव से ही सामाजिक होता है। बढ़ती उम्र में स्त्री और पुरुषों को मानवीय साथ का बहुत ही अभाव होता है। मानवीय साथ की कमी भी अवसाद का प्रमुख कारण है। यहाँ एक ऐसा परिदृश्य प्रस्तुत है, जो आपका अपना भी हो सकता है। आज की सुबह बहुत ही अच्छी है। नीला आसमान, ठंडी हवा और सुबह की रोशनी इन सभी ने मिलकर इस दिन को कितना सुखद बना दिया है, पर यह सब मेरे लिए नहीं है। मैं अभी-अभी सात बजे सुबह बिस्तर से उठा हूँ और मुझे लगता है कि मेरी नींद में बाधा पड़ गई है। हालाँकि मुझे थकान भी महसूस हो रही है और मैं लगातार जम्हाई भी ले रहा हूँ, परंतु मुझे पता नहीं है कि ऐसा क्यों हो रहा है। मुझे एक-दो महत्त्वपूर्ण फोन करने हैं और मुलाकातें भी करनी हैं, मगर न जाने क्यों मेरा मन फोन उठाने और नंबर मिलाने का नहीं कर रहा है। यह तो बिलकुल अक्रियाशीलता या सामाजिक जिम्मेदारियों से पलायन का चिह्न नजर आ रहा है। मुझे जीवन में उत्साहहीनता महसूस हो रही है। मैं वाकई एक निष्क्रियता महसूस कर रहा हूँ। मेरे मित्र मुझे बताते हैं कि मैं थोड़ा विक्षिप्त सा हो गया हूँ। मैं जानता हूँ कि उनकी इस टिप्पणी में थोड़ी विनम्रता है। मैं अपने आप से जानना चाहता हूँ कि मैं क्यों इतना निष्क्रिय हो रहा हूँ। क्या मैं अवसाद का शिकार हो रहा हूँ? मेरे दिल के अंदर से कुछ ऐसी ही आवाज आ रही है कि इस तथ्य में कुछ हकीकत है। इससे बचने का भी एक मार्ग है। पढ़ना, ध्यान और वेद मंत्रों के जाप के द्वारा नकारात्मक विचारों एवं अवसाद की स्थिति से बाहर निकला जा सकता है। वेद मंत्रों पर किए गए नियमित मनन से ही व्यक्ति अवसाद से बाहर निकल सकता है।

बहुत से ऋषियों और साधारण मानवों ने अपने अनुभवों से बताया है कि वेद मंत्र ही अवसाद के जहर की ओषधि हैं।

वेद मंत्रों के जाप और इनके अर्थ पर मनन से व्यक्ति को एक मजबूत परामर्श प्राप्त होता है, जिसकी सहायता से व्यक्ति हमेशा प्रसन्न रहते हुए सौ वर्षों से भी अधिक स्वस्थ जीवन जीता है। जब आप एक दीर्घ जीवन जीने की कामना करते हैं तो आप कभी भी अवसादग्रस्त नहीं होंगे। प्रसन्न एवं स्वस्थ जीने का सकारात्मक विचार ही अवसादयुक्त नकारात्मक विचारों को दूर कर

देता है, अतः वेद मंत्रों का जाप करते हुए इसके अर्थ पर मनन करें तथा इसके सिद्धांतों के अनुसार जीने का निरंतर प्रयास करें। यह प्रार्थना और पुरुषार्थ का एक अद्‌भुत संयोजन है। इसकी सहायता से स्त्री एवं पुरुष अपना व्यक्तित्व बेहतर बना सकते हैं। आइए, वेद मंत्रों की शिक्षाओं को अपनाएँ और फिर अवसाद से बाहर निकलें।

□

16

एड्स के विरुद्ध आर्य

कोई भी व्यक्ति यह जानने का इच्छुक हो सकता है कि केवल आर्यों को ही एड्स के खिलाफ क्यों होना चाहिए? वाकई सारी दुनिया को ही इसकी खिलाफत करनी चाहिए और संभवत: ऐसा है भी। आखिरकार एड्स सिर्फ एक व्यक्ति या एक धार्मिक संगठन अथवा किसी विशेष समुदाय के स्त्री या पुरुष पर ही आक्रमण नहीं करता है, बल्कि यह संपूर्ण मानवता पर ही प्रहार करता है। एड्स के खिलाफ चलाए जा रहे अभियान में आर्यों को प्रोत्साहित किया जा रहा है, क्योंकि आर्य शब्द से आशय है, वह व्यक्ति जिसमें भीड़ से हटकर अन्य बहुत से गुण हैं। एड्स से लड़ने के लिए व्यक्ति के मन और मस्तिष्क दोनों में ही नेतृत्व के साथ उन दुर्भाग्यशाली लोगों के प्रति करुणा का भी भाव होना चाहिए जो कि इस भयानक रोग के शिकार बन चुके हैं। कोई भी व्यक्ति इन समर्पित योद्धाओं से मुलाकात करने के लिए निम्न इ-मेल पर संपर्क कर सकता है—upvanom@yahoo.com

एड्स की पुनर्व्याख्या

एक्वायर्ड इम्युन डिफीसिएंसी सिंड्रोम, जिसे संक्षेप में 'एड्स' कहा जाता है। इसका विषाणु जब किसी स्त्री या पुरुष के शरीर में प्रविष्ट हो जाता है तो उनके बचने की कोई उम्मीद नहीं रह जाती है। एड्स के इस विषाणु के निरंतर आक्रमण से शरीर के भीतर रोगों से लड़नेवाली प्रतिरोधक शक्ति कमजोर होकर नष्ट हो जाती है। परिणामस्वरूप इससे प्रभावित व्यक्ति की मृत्यु हो जाती है।

एड्स से पीड़ित व्यक्ति उचित आहार एवं ओषधि की सहायता से इसकी अंतिम परिणिति को टाल तो सकता है, परंतु अब तक इसकी भयावह प्रक्रिया को खत्म नहीं कर सका है। अत: इस भयानक रोग से बचने का एक ही रास्ता है कि व्यक्ति इसमें न पड़े।

आइए, एड्स की इस स्थिति से थोड़ा अलग हटकर विचार करें कि हमें एड्स से लड़ने के लिए ईश्वर और मानव दोनों के ही सहयोग की आवश्यकता है। इस कार्य में ईश्वर किस तरह से हमारी सहायता करेगा? पवित्र वेदों, यानी अति प्राचीन धर्मग्रंथों में मानवता के कल्याण की प्रार्थना की गई है, जिसमें ईश्वर का आह्वान केवल मस्तिष्क को ऊर्जा संपन्न बनाने के लिए ही नहीं, बल्कि इसे नेक कार्यों में लगाने की प्रेरणा प्रदान करने के लिए भी किया गया है। मस्तिष्क ही मन है। यदि तुम्हारे मस्तिष्क को ईश्वर से नेक कार्यों को करने के लिए संकेत प्राप्त होंगे तो वह वही बेहतर संकेत तुम्हारे शरीर को भी भेजेगा। जब मन और शरीर एक बेहतर सामंजस्य के साथ काम करेंगे तथा ईश्वर का आशीर्वाद प्राप्त करेंगे तो कुछ भी गलत नहीं हो सकेगा। जब स्त्री या पुरुष शारीरिक रूप से आकर्षित होकर बिना परिणाम की परवाह किए यौन इच्छाओं की पूर्ति करते हैं, तभी वे एड्स के शिकार बनते हैं। ऐसी स्थिति में व्यक्ति, व्यक्ति नहीं रहता है, बल्कि पशु बन जाता है। सेक्स भी तो आखिरकार एक पाशविक भावना ही है। जब मस्तिष्क व्यक्ति को प्रेरणा देना बंद कर देता है तो वह पशु के स्तर पर आ जाता है। विश्व के बहुत से प्रमुख धर्मों के पवित्र धर्मग्रंथों में व्यक्ति के चाल-चलन में सुधार पर बल दिया गया है।

दुर्भाग्यवश आज के सांसारिक जीवन में सच्चरित्रता पीछे छूटती जा रही है। व्यक्ति का उपभोक्तावाद के द्वारा उपभोग किया जा रहा है। जब व्यक्ति चमकदार चीज के प्रति आकर्षित होता है तो उस वस्तु के सोना न होने पर भी उसे पाना चाहता है और तभी वह धन संपदा के जाल में फँसता है। यहीं वह ईश्वर से दूर होता है और शैतान उसे जकड़ लेता है। जब शैतान आता है तो क्या एड्स पीछे रह सकता है?

ब्रह्मचर्य का अभ्यास

जीवन जीने का वैदिक मार्ग व्यक्ति के दैनिक जीवन में परहेज, यानी संयम पर विशेष बल देता है। यौन संबंधों में संयम, जंकफूड में संयम, शराब और जो

कुछ भी तुम्हारा नहीं है, उसे हासिल करने की लालसा पर संयम, सेक्स के बारे में सोचने, पढ़ने और लिखने से परहेज तथा ऐसे खाद्य पदार्थों से परहेज जो कि तुम्हें ब्रह्मचर्य के पथ से दूर करते हों। ब्रह्मचर्य एक वैदिक शब्द तथा जीवन के वैदिक दर्शन का एक उत्पाद है, जिसका सभी आर्य अभ्यास करते हैं और फिर इसके बारे में बताते हैं। इस प्रकार एक सच्चा आर्य केवल स्वयं को ही एड्स से लड़ने के लिए तैयार नहीं करता है, बल्कि अन्य लोगों को भी इसके लिए तैयार करता है। एड्स के खिलाफ युद्ध अभी और तुरंत शुरू होना चाहिए। हमें इसे जीतना ही है। यदि हम पूरे मन के साथ इस युद्ध को नहीं लड़ते हैं तो हम इसे नहीं जीत सकते हैं। यह याद रखें कि यदि अभी नहीं तो कभी नहीं।

वे सभी लोग, जो कि कुँआरे हैं, उन्हें ब्रह्मचर्य का दृढ़तापूर्वक पालन करना चाहिए। जो लोग शादीशुदा हैं और उनके संबंधों में ईमानदारी है, वे आपस में यौन संबंध रख सकते हैं, बशर्ते उनमें कोई भी एचआईवी से पीड़ित न हो। यदि उनमें से किसी में भी एड्स का विषाणु है तो उन्हें आगे संतानोत्पत्ति नहीं करनी चाहिए। हमें अपनी गलतियों के कारण किसी अजन्में को संक्रमित करने का अधिकार नहीं है।

अगला बेहतर कदम

यदि किसी व्यक्ति को ब्रह्मचर्य का पालने करने में कठिनाई होती है तो वह सुरक्षित यौन संबंधों की प्रक्रिया अपना सकता है। किंतु सुरक्षित यौन संबंध बनाने से भी पहले व्यक्ति को यह सोच लेना चाहिए कि यह भयानक रोग मानव शरीर में छह से आठ वर्षों तक भी निष्क्रिय अवस्था में बना रह सकता है। इसके लक्षण एक या अन्य रूप में प्रकट होते हैं और फिर यह हमारे शरीर की संपूर्ण रोग प्रतिरोधक क्षमता पर आक्रमण करता है। यहाँ तक कि अपनी निष्क्रिय अवस्था में भी इसका आक्रमण होता रहता है, परंतु नजर नहीं आता है। मानव शरीर के कई रोगों में एचआईवी के लक्षण नजर आते हैं, जैसे—सामान्य जुकाम, निरंतर सिरदर्द, टी.बी., न्युमोनिया, सामान्य दुर्बलता और किसी काम में मन न लगने की परेशानी।

एड्स के कारण एक स्वस्थ व्यक्ति सिर्फ हाड़-मांस का पिंजर बन जाता है, क्योंकि उसकी रोग प्रतिरोधक क्षमता नष्ट हो जाती है और अंततोगत्वा वह मर जाता है। आज के समाज में एचआईवी संक्रमित व्यक्ति किसी भी जगह, जैसे—वेश्यालय, झोंपड़ी या फिर एक खुशहाल घर में भी पाया जा सकता है।

इसलिए व्यक्ति को बहुत ही सावधानीपूर्वक एड्स से दूरी बनाए रखनी चाहिए। यदि व्यक्ति किसी के शारीरिक आकर्षण या समृद्धि व वार्त्तालाप से प्रभावित होकर उसके साथ हमबिस्तर होने जा रहा है तो यह उससे बचने में सहायक होता है।

किसी भी अनजान व्यक्ति को हमबिस्तर बनाने से पहले एक बार एचआईवी के बारे में अवश्य ही विचार कर लेना चाहिए। यदि आप के साथ विश्वसनीय साथी नहीं है तो अकेले ही सोना बेहतर होगा। अपने आप को मानसिक और शारीरिक रूप से इतना थका दीजिए कि बिस्तर पर गिरते ही आपको नींद आ जाए। इस तरह सेक्स आपके दिमाग में नहीं रहेगा और एड्स का भयानक विषाणु भी आपके शरीर में प्रवेश नहीं करेगा।

थोड़ी देर पहले हम सुरक्षित यौन संबंधों पर चर्चा कर रहे थे। ऐसी भी एक धारणा है कि एड्स तभी किसी को संक्रमित करता है, जब वह व्यक्ति किसी वेश्या के साथ शारीरकि संबंध बनाता है, इस धारणा को मन से निकाल देना चाहिए। यह किसी पुरुष वेश्या या उच्च स्तरीय समाज के वर्ग से भी आ सकता है। एचआईवी का वाहक जाने-अनजाने कोई भी हो सकता है, जिसमें स्त्री-पुरुष, काले-गोरे, वेश्या या घरेलू महिला अथवा पड़ोस की लड़की भी हो सकती है। इसीलिए इसका आक्रमण किधर से होगा, यह किसी को भी नहीं पता होता है। एड्स का विषाणु सिर्फ योनि संभोग से ही नहीं, बल्कि गुदा संभोग से भी संभव है। इसके विषाणु से बचने का एकमात्र उपाय सिर्फ कंडोम का इस्तेमाल ही है। यह एचआईवी संक्रमण को फैलने से रोकता है। क्या इसका संक्रमण मुख संभोग से भी संभव है? इसमें जोखिम कम है। इस विषय पर यह कह सकते हैं कि सिर्फ हाथ मिलाने, चुंबन या गले मिलने से यह नहीं फैलता है, परंतु संक्रमित रक्त या दूषित सूई से यह हो सकता है। इस संपूर्ण चर्चा का आशय यही है कि यदि आप नेक नहीं बन सकते तो सावधान अवश्य रहिए।

विजय के लिए संघर्ष

इस छोटे से लेख की भाँति बहुत से अन्य अंधकारयुक्त क्षेत्रों में अभी भी रोशनी जलाना बाकी है। इस कार्य में सबसे महत्त्वपूर्ण इसके प्रति सावधानी ही है। ब्रह्मचर्य का अभ्यास मस्तिष्क को प्रेरणा प्रदान करता है। इस विषय में आप हमसे योग और प्राणायाम जानने का परामर्श प्राप्त कर सकते हैं। इसकी सहायता

से राजद्वार खुलेगा और यह आपके समाज को एड्स से मुक्ति दिलाने में सफलता दिलाएगा। यह लक्ष्य वाकई हासिल हो सकता है।

यदि आप असफल होते हैं तब आप सुरक्षित यौन संबंध अपना सकते हैं। अपने वैज्ञानिक मित्रों को इसके लिए प्रोत्साहित करें कि वे अपनी प्रयोगशालाओं में इस विष की ओषधि तैयार करें और जब तक प्रभावशाली दवाई नहीं आती बुजुर्ग और युवाओं से निवेदन है कि वे नई पीढ़ी को एड्स से बचाएँ। अपने बच्चों और नाती-पोतों से इस बारे में बातें करने में शर्म न करें, ताकि कल उन्हें खोना न पड़े।

□

17

पौराणिक अंधविश्वासों का समूल नाश

काँगड़ा जिले में एक लड़का पैदा हुआ। उसके माता-पिता खुशी से फूले नहीं समा रहे थे। उनके यहाँ उत्सव का माहौल था। तभी उनके घर उनके पारिवारिक ज्योतिषी का आगमन हुआ, जो कि जन्म कुंडली भी बनाते थे।

कुछ देर तक उस बालक की कुंडली का अध्ययन करने के उपरांत उन्होंने बताया, ''सितारों के अनुसार इस नवजात शिशु के साथ इसके माता-पिता का एक ही छत के नीचे रहना संभव नहीं है। इसकी अनदेखी एक भयानक स्थिति को जन्म दे सकती है। बालक के माता-पिता की असामयिक मृत्यु भी हो सकती है। इससे बचने का कोई तरीका भी नहीं है।'' अपनी भलाई के लिए इस नवजात शिशु को घर से बाहर कर दिया गया। अब उस बालक को एक चरवाहे ने गोद ले लिया था और वह भेड़ों की देखभाल करता हुआ बढ़ने लगा। इस प्रकार उसके जीवन के शुरुआती सात साल बीत गए।

उस परित्यक्त बालक को उसके माता-पिता ने लाहौर चले जाने की अनुमति प्रदान कर दी। उस बालक की जिम्मेदारी दयानंद एंग्लो वैदिक स्कूल की एक शाखा ने अपने ऊपर ले ली और इस तरह उसकी वैदिक शिक्षा का आरंभ हुआ। इसी बीच काँगड़ा जिले में भयानक भूकंप आया और यह भी सुना गया कि उस ज्योतिषी की अपने ही घर के मलबे में दबकर मृत्यु हो गई थी। बेचारा अपनी ही मौत की भविष्यवाणी न कर सका था। उधर वह घर से निकाला हुआ बालक बढ़ते-बढ़ते भारत का मुख्य न्यायाधीश बन गया, जिनका नाम मेहर चंद महाजन था। इसमें कोई आश्चर्य नहीं है कि उसने उस कुंडली के भूत को हराकर अपने

भाग्य का लेख स्वयं ही लिख दिया था।

स्वामी दयानंद सरस्वती ने बच्चों की शिक्षा और उनके माता-पिता के सहयोग के बारे में लिखते समय इस तथ्य पर बल दिया था कि बच्चों के व्यक्तित्व के विकास के लिए उन पर अंधविश्वास और त्रुटिपूर्ण ज्ञान नहीं थोपना चाहिए। वह काँगड़ावाला बालक भारत का मुख्य न्यायाधीश बनने की अपेक्षा सारा जीवन एक चरवाहे के रूप में ही गुजारता और उसका पिता हमेशा के लिए उस ज्योतिषी की बातों के प्रभाव में पड़ा रहता। उचित शिक्षा के ज्ञान से व्यक्ति को अंधविश्वासों को दूर हटाने में सहायता प्राप्त होती है।

आगामी दृश्य तो नई दुनिया का है, पर यहाँ अंधविश्वासों की जकड़न वही पुरानी है।

मैं सैनफ्रैंसिस्को के एयरपोर्ट पर था। यूएस की सेना के साथ चल रहे प्रशिक्षण अभियान में सेना के अधिकारी के रूप में हवाई जहाज में रिक्त स्थान रहने पर इकोनॉमी क्लास के 50 प्रतिशत किराए की छूट के भुगतान पर मैं फर्स्ट क्लास या इकोनॉमी क्लास में यात्रा करने के लिए अधिकृत था। जैसे ही मैं टिकट की खिड़की पर पहुँचा, मुझे बताया गया कि जहाज भर चुका है, लेकिन एक सीट अभी भी खाली थी और उसका नंबर 13 था। चूँकि ईसाई धर्म में 13 को अशुभ संख्या मानने की वजह से इस नंबरवाली सीट का कोई भी दावेदार नहीं था। मैंने काउंटर पर बैठी लड़की से उस सीट को लेने में आपत्ति नहीं दिखाई और न्यूयॉर्क तक सुरक्षित यात्रा कर सका। इस तथाकथित संख्या 13 के अशुभ अमंगल का मुझ पर कोई प्रभाव नहीं पड़ा था।

ऐसा देखा गया है कि अंधविश्वासों की जड़ें कमजोर मनवाले स्त्री-पुरुषों में ही अपनी जगह बनाती हैं। यदि व्यक्ति स्वयं में दृढ़ इच्छाशक्ति विकसित करता है और अपनी रोजमर्रा की जिंदगी के संघर्ष के लिए मानसिक व शारीरिक रूप से तैयार रहता है तब अंधविश्वास उस पर आक्रमण नहीं कर पाते हैं। यह कहने की जरूरत नहीं है कि जो लोग अंधविश्वासों में जकड़े रहते हैं वे न केवल अपने जीवन की चुनौतियों का ही सामना करने में असफल रहते हैं, बल्कि अपने लक्ष्य को भी प्राप्त नहीं कर पाते हैं, किंतु इतना सबकुछ होने पर भी आशा की एक किरण बची रहती है। यहाँ एक अन्य सच्ची घटना भी प्रस्तुत है, जिसमें अंधविश्वासों को दरकिनार कर लक्ष्य को हासिल किया गया है।

यह घटना इंगलैंड में बर्मिंग्घम शहर की है। रेडियो पर वेद मंत्रों के बारे में

हुई मेरी चर्चा, जिसमें इनकी सहायता से एक खुशहाल और स्वस्थ जीवन जीना आसान हो जाता है। यह सुनकर एक नवयुवती जिसका तुरंत विवाह हुआ था, मेरे पास अपनी माताजी के साथ परामर्श लेने आई थी। वह बोली, "महाशय! कृपया मेरे दुपट्टे में वेद मंत्र लिखकर बाँध दें और मेरे कान में भी वेद मंत्र फुसफुसाकर बोल दें।" उस युवती की माँ ने इस विषय पर विस्तार से बताया कि उस युवती के पति पर किसी अन्य युवती ने काला जादू कर दिया है और इसी वजह से उस पति-पत्नी के विवाहित संबंधों में एक अलगाव हो गया है। मैंने उसे बहुत ही धैर्यपूर्वक समझाया कि वेद मंत्र को दुपट्टे में बाँधने से कोई लाभ नहीं होगा। इस वर्तमान समस्या के समाधान का महामंत्र उन दंपत्तियों के बीच फिर से संवाद स्थापित करना ही है। उस वधू को प्राणायाम के अभ्यास से दृढ़ इच्छाशक्ति तथा गायत्री मंत्र के जाप से मजबूत मन बनाना होगा तथा संवाद की निरंतरता से भी अच्छे परिणाम प्राप्त होंगे। उनके वैवाहिक संबंध अंधविश्वासों से नहीं, बल्कि वैज्ञानिक सोच से ही सुधरेंगे।

वास्तव में यह तो कमजोर मन ही है जो कि मिथ्या ईश्वर, मिथ्या विश्वास और मिथ्या सुरक्षा बोध का ही आश्रय लेता है। इस तरह के मानव उस शुतुरमुर्ग की तरह होते हैं, जो खतरा आने पर अपना सिर बालू में यह सोचकर छिपा लेता है कि खतरा टल गया। ऐसी हालत में कई बार तो उनकी मृत्यु तक भी हो जाती है।

एक स्वस्थ मानवीय मन किसी भी तरह के खतरे को समझने की काबिलियत रखता है और शुरुआत में ही इससे बचाव के उपाय अपनाता है। स्वस्थ शरीर में रहनेवाला स्वस्थ मन अंधविश्वासों को दूर रखता है, क्योंकि अंधविश्वास व्यक्तित्व के समुचित विकास में घातक होते हैं। आइए, दुनिया के तीन प्रमुख धर्मों के मिथ्या विश्वासों को माननेवालों के उदाहरण लेते हैं और इनकी पड़ताल करते हैं कि क्या वे अपने माननेवालों के मिथ्या विश्वासों का विरोध करते हैं।

ईसाई धर्म को माननेवाले इस दुनिया में बहुत से नए और पुराने लोग मौजूद हैं। इसने बहुत से विद्वान्, वैज्ञानिक और जीवन विज्ञान के विशेषज्ञों को भी पैदा किया है। इस धर्म की यह मान्यता है कि ईसा किसी मानव के नहीं, बल्कि ईश्वर के ही बेटे थे। ऐसा मानते हैं कि उनकी माता मेरी से उनके पिता का संयोजन नहीं हुआ था और उनका जन्म बिना किसी पुरुष शुक्राणु और स्त्री के अंडाणु के संयोजन से ही हुआ था। सभी वैज्ञानिक इस निष्कलंक जन्म के सिद्धांत को

अस्वीकार करते हैं, जबकि चर्च बिना यौन संबंधों के ही एक मानव बच्चे के भ्रामक जन्म का निरंतर प्रचार करते रहते हैं, किंतु अकसर ही यहाँ और वहाँ की मूर्तियों से रक्त जैसे रिसाव की चर्चा होती है तथा संभवतः इन मानव निर्मित चमत्कारों को देखने के लिए एक भारी भीड़ भी इकट्ठा हो जाती है। एक तरफ तो चर्च सच्चाई पर जोर देते हैं और दूसरी तरफ अंधविश्वासों को बढ़ावा देनेवाली मिथ्या कहानियों का प्रचार भी करते हैं। ईसा के गायब सालों के साथ भी एक रहस्यमय कहानी जुड़ी हुई है कि वे बौद्धिक रूप से भारत के कश्मीर में ही पोषित हुए थे और फिर यहीं दफन भी हुए थे। ईसा के प्रति इस त्रुटिपूर्ण विश्वास ने यूरोप की निरंतर यात्रा करनेवाले समूह पर भ्रम का परदा डाला है।

प्रत्येक वैज्ञानिक इस तथ्य से परिचित हैं कि 'चमत्कार' प्रकृति के नियमों का उल्लंघन करते हैं, फिर भी रोम के पोप उन्हीं स्त्री एवं पुरुषों को संत का दरजा देते हैं, जिन्होंने एक या दो चमत्कारों का प्रदर्शन किया है।

इसलाम में पैगंबर मुहम्मद बताते हैं कि केवल अल्लाह की ही इबादत करनी चाहिए। किसी भी व्यक्ति की पूजा नहीं करनी चाहिए, चाहे वह जीवित हो या मृत हो। शायद इसीलिए किसी भी मुसलमान को पैगंबर की कब्र की प्रार्थना करने की अनुमति नहीं है। किंतु यह कितना आश्चर्यजनक है कि भारत में बहुत से मुसलमान पीर-फकीरों की मजारों पर इबादत की जाती है। वास्तविकता यह है कि मजार या कब्र पर की जानेवाली इबादत या वहाँ सांसारिक वस्तुओं का चढ़ाया जाना पूरी तरह से इसलाम विरोधी है। फिर भी इस तरह का काम जारी है। यह सभी कार्य मुसलमान धर्मशास्त्रियों के द्वारा इसलाम विरोधी होने के बावजूद धन कमाने के लिए किए जा रहे हैं। इन सवालों को मिस्र के प्रमुख विश्वविद्यालय अल अजहर के प्रमुख मौलवी को भेजा जाना चाहिए।

आज ग्रवर्तमान हिंदू धर्म भी वैसा ही नहीं है जैसा कि इसके बारे में वेदों में बताया गया है। बहुत से अंधविश्वास, जो कि पूरी तरह से अवैदिक हैं इसमें शामिल हो चुके हैं। इन मिथ्या विश्वासों और मिथ्या भगवान् ने वाकई मानवता को कमजोर किया है और एक बड़ी संख्या में मानवों के विकास को विकृत भी किया है। इसी संदर्भ में हम मूर्तिपूजा को भी ले सकते हैं। सर्वशक्तिमान ईश्वर सभी जगह मौजूद है। उसका कोई आकार नहीं है, वह अजन्मा है, इसीलिए उसकी मृत्यु का भी प्रश्न नहीं उठता है। फिर भी मूर्तिपूजा जारी है और यह अपनी पूजा करनेवालों को कमजोर बनाती है। इसके साथ ही यह कई तरह की

बुराइयों को भी जन्म देती है। बहुत से स्त्री एवं पुरुष जो कि स्वयं को ईश मानव बताते हुए आदमी और उसके रचनाकर्ता के बीच अवरोध का काम करते हैं, जबकि वेद परमात्मा और आत्मा के बीच सीधे संयोजन पर बल देते हैं।

इस तरह के कर्मों में लिप्त होना वेद विरुद्ध है और इन्हें अवश्य त्याग देना चाहिए। शनीचर एक ऐसा भयानक नाम है, जो कि कमजोर मन के सभी स्त्री व पुरुषों में भय के रूप में समाया रहता है। सप्ताह के एक दिन यानी शनिवार को गली के छोकरे 'शनिदेव, शनिदेव' और 'शनिशमन' का जाप करते हुए लोगों की धन-संपदा के कल्याण की सुरक्षा की सुनिश्चितता दिलाते हुए धन की माँग करते रहते हैं। जो लोग इसमें आना-कानी करते हैं उन्हें शनि के कोप से कुछ इस तरह से डराया जाता है कि यदि वे शनि की शांति नहीं करेंगे तो उनके साथ कुछ भी अपशकुन घट सकता है। ऐसे अंधविश्वासी लोग ही इन छोकरों या भिखारियों के जाल में फँसते हैं। एक ईश्वर में विश्वास करनेवाले जो दैनिक प्राणायाम करते हैं तथा वेदों के अनुसार अपना जीवन जीते हैं उन्हें किसी से भी भयभीत रहने की जरूरत नहीं है। इस तरह के अंधविश्वासों के अनगिनत उदाहरण हैं, जिनमें बहुत से मकबरों या समाधियों की पूजा कराई जाती है और बहुत से नए भगवान् की रचना भी होती है। हम हिंदुओं के लिए इन मिथ्या विश्वासों से जल्दी ही दूर हो जाना बेहतर है।

वेदों के अनुसार, स्वामी दयानंद सरस्वती के द्वारा वेदों के आधार पर लिखी गई पुस्तक सत्यार्थ प्रकाश का अध्ययन व्यक्ति को एक खुशहाल और स्वस्थ जीवन के मार्ग पर ले चलता है।

□

18

वानप्रस्थ का अर्थ जहाँ जीवन की सार्थकता है

वानप्रस्थ आश्रम वाकई एक अद्‍भुत आश्रम है। इसमें प्रवेश करने की आयु 60 के बाद ही आरंभ होती है। स्त्री एवं पुरुष दोनों ही इस आश्रम में आते हैं। कुछ लोग इसमें अकेले होते हैं और कुछ दांपत्य जीवन के साथ ही इसमें आ जाते हैं। हालाँकि इसमें यौन संबंध शामिल नहीं है और इसे 'ब्रह्मचर्य' के रूप में लिया जाता है। वैदिक क्रम के अनुसार यह जीवन का तीसरा चरण है, जिसे 'वानप्रस्थ' के नाम से जानते हैं। यह व्यक्ति विचार, ध्यान और संपूर्ण मानवता के लिए जीवन की गुणवत्ता में सुधार करता है।

वैदिक परंपरा में वानप्रस्थ आश्रम जाति या धर्म के आधार पर मानवों के बीच किसी भी तरह भेदभाव नहीं करता है तथा अवरोध भी उत्पन्न नहीं करता है। वास्तव में वानप्रस्थ आश्रम जीवन के चतुर्थ और अंतिम आश्रम, जिसे हम 'संन्यास' के नाम से जानते हैं, की एक गहन तैयारी है। 'संन्यास' सांसारिक जीवन से ऊपर उठकर आध्यात्मिक परिमंडल में आत्मा का मिलन है। साथ-ही-साथ यह मोक्ष का भी मार्ग है। एक आम आदमी के जीवन की कठिनाइयों में सामाजिक सेवा के माध्यम से सुधार ही संभवत: मोक्ष की प्राप्ति की ओर ले जानेवाला ईश्वरीय मार्ग है और इसी से जीवन मृत्यु एवं पुनर्जन्म के बंधन से मुक्ति संभव है। वानप्रस्थ आश्रम का पालन करनेवाले स्त्री एवं पुरुष दोनों ही यह भली-भाँति जानते हैं कि मृत्यु तो अगले जीवन की तैयारी है, क्योंकि तभी आत्मा

एक नया शरीर धारण करती है। जैसे ही आत्मा नया शरीर धारण करती है, तभी हम जन्म के रूप में आनंद मनाते हैं। दशकों तक वैदिक ग्रंथों का अध्ययन करते हुए विद्यार्थी को या, वानप्रस्थियों को यह बताने की आवश्यकता नहीं है कि अपने उद्‌देश्य की पूर्ति के लिए कर्म हेतु आत्मा के आगमन एवं प्रस्थान पर प्रसन्न व दुःखी होने की जरूरत नहीं है, तथा इसमें मोक्ष भी शामिल है।

इस समय सुबह के साढ़े तीन बजे हैं और यह स्थान हरिद्वार के पास आर्य वानप्रस्थ आश्रम ज्वालापुर है। प्रातःकाल के इस समय को अमृतवेला के नाम से पुकारा जाता है। आश्रम की संगीतमय घंटी यहाँ के लोगों को नींद से जगाने के लिए बजती है। यहाँ रहनेवाले अधिकतर स्त्री एवं पुरुष साठ, सत्तर और अस्सी वर्ष के आसपास के हैं तथा वे सभी शारीरिक एवं मानसिक रूप से स्वस्थ हैं। किसी को भी यह जानकर आश्चर्य होगा कि वे सभी इतनी सुबह अपने बिस्तर क्यों छोड़ देते हैं। चूँकि यह समय ध्यान करने का है, जिसमें ईश्वर के साथ संयोजन होता है। प्रातः पौ फटने से पूर्व का यह ब्रह्म मुहूर्त आपके रचयिता का आपके साथ एक शांति स्थापित करने का आदर्श समय है। चिड़ियों के चहचहाने से पहले यदि आप ध्यान करें, तब आप इस संसार में शांति के साथ रहेंगे।

यहाँ के प्रमुख बताते हैं, "जब स्त्री व पुरुषों की एक बड़ी संख्या ध्यान करती है तो यह दुःखों से भरा संसार एक सुखमय संसार में परिवर्तित होता है।" आम गृहस्थ आगंतुक और इसमें रुचि न लेनेवाले लोग इस तथ्य पर कुछ विश्वास और कुछ अविश्वास के साथ सहमति से अपना सर हिलाते हैं। आश्रम में चारों तरफ शांति है, यहाँ का वातावरण ध्यान करने में प्रकृति के साथ एक सामंजस्य बनाता है। यह ध्यान ही है जो कि लोगों को शांति प्रदान करता है तथा मन की शांति आत्मा को भी आराम पहुँचाती है।

एक पुरानी कहावत के अनुसार, "व्यक्ति को नाश्ता राजा की तरह, खाना राजकुमार की तरह और रात का खाना एक कंगाल की तरह खाना चाहिए।" आश्रम में रहनेवाले शाही खाने के सिद्धांत का प्रतिपादन नहीं करते हैं। उनके शरीर को उतनी अधिक कैलोरी की जरूरत नहीं पड़ती है जितनी सेना के उन प्रशिक्षुओं को पड़ती है, जो पुणे के पास खड़कवासला में प्रशिक्षण ले रहे होते हैं। आश्रम में शारीरिक श्रम न के ही बराबर होता है। इसीलिए किसी को भी अति राजसी भोजन की आवश्यकता नहीं पड़ती है। पेट में बहुत अधिक भोजन होने से यौगिक क्रियाएँ, प्राणायाम और ध्यान में बाधा उत्पन्न करती हैं। भोजन पर बहुत अधिक जोर वानप्रस्थ

आश्रम में रहनेवालों पर प्रतिकूल प्रभाव डालता है, जबकि हरी पत्तेदार सब्जियाँ और मौसमी फलोंवाले भोजन से उन्हें इस कहावत पर भरोसा हो जाता है कि 'एक स्वस्थ शरीर में ही एक स्वस्थ मन निवास करता है।'

यहाँ के सभी लोग शाकाहारी एवं शराब और सिगरेट से परहेज करनेवाले हैं। खान-पान में इस तरह की व्यवस्था वरिष्ठ नागरिकों को स्वस्थ और प्रसन्न रखती है। प्रकृति के साथ उनकी सामंजस्यता ही उनकी प्रार्थना के अनुसार सौ वर्ष के जीवन के मूलमंत्र का मार्गदर्शक है।

अब दृश्य बदलता है।

यह एक जिलाकारागार का प्रांगण है। इस समय यहाँ कैदी और धर्मगुरु साथ-साथ घूम रहे हैं। आर्य वानप्रस्थ आश्रमवासी यहाँ के कैदियों को वैदिक धर्म के माध्यम से नेक व्यवहार की शिक्षा देने यहाँ आए हुए हैं। यहाँ के कैदी बहुत ही तल्लीनता के साथ इन धर्मगुरुओं की बातें सुन रहे हैं। मनुष्य को पशुमानसिकता से बाहर करते हुए समाज में नेक व्यवहार की भावनावाले वेद मंत्रों के जाप के साथ इनका हिंदी में अर्थ भी समझाया जा रहा है। यहाँ के वातावरण की शुद्धि के लिए हवन भी हो रहा है। शुद्ध घी और चंदन की सुगंध हवन सामग्री की आहुति के उपरांत जेल में चारों तरफ फैली हुई है। यह वाकई जेल के कैदियों के लिए एक नया अनुभव था, क्योंकि आज से पहले यहाँ इस तरह का हवन कभी नहीं हुआ था। वे सभी चाहते थे कि इस तरह का कार्यक्रम यहाँ बार-बार होता रहे। वे सभी लोग समाज में अपने जीवन को एक सार्थक रूप देनेवाले मार्ग पर चल रहे थे। जीवन की दैनिक समस्याओं के समाधान के लिए वैदिक ध्यान का यह रूप था। ध्यान से समाज और व्यक्ति दोनों का ही भला होता है। बहुत से कैदी अब सुधार के पथ पर हैं।

वहाँ के कैदी अपने मन में महसूस कर रहे थे कि यदि कोई आर्यसमाजी उनके जेल आने के पहले के दिनों में उनसे मिला होता तब वे कानून तोड़ने के अपराध के कारण इस जेल में न होते।

अपनी बढ़ती उम्र के बावजूद भी आश्रम में रहनेवाले पड़ोस के गाँव में घूम-घूमकर युवाओं में स्वास्थ संबंधी जानकारियाँ देते हैं और बदले में खुशियाँ पाते हैं। स्वास्थ्य और स्वच्छता के इस तरह के अभियान बढ़ती उम्र के लोगों के दर्द की समस्याओं को भी कम करते हैं। निष्क्रिय बैठे बुजुर्गों में खयाली बीमारियाँ जैसे—सिरदर्द, गठिया, सुनने और देखने में समस्या आदि का खतरा बना रहता

है। इस तरह की खयाली बीमारियों की मुख्य वजह लोगों का निठल्ला बैठना ही है। वानप्रस्थ आश्रम के सभी स्त्री एवं पुरुष ध्यान और समाज सेवा को अपनाते हैं तथा आलस्यजनित शारीरिक व मानसिक समस्याओं से दूर रहते हैं। इस प्रक्रिया में ध्यान और व्यावहारिकता साथ-साथ चलती हैं। जीवन का वैदिक दर्शन बुजुर्गों और युवाओं को शांति व प्रसन्नता की खोज हेतु आपस में एक-दूसरे को प्रोत्साहित करता रहता है।

आश्रम की बुजुर्ग महिलाएँ मिशन के रूप में पास-पड़ोस की अशिक्षित महिलाओं में शिक्षा का प्रसार करती हैं। वे इस कार्य को बहुत ही परिश्रम से करती हैं। वे समाज के गरीब वर्गों को मुफ्त में स्लेट और पेंसिल बाँटती हैं। वे लोगों को पढ़ना-लिखना सिखाने के अलावा उन्हें उन संतों और बहादुरों की कहानियाँ भी सुनाती हैं, जिन्होंने सर्वोच्च त्याग किया। इन कहानियों के माध्यम से वे स्त्री व पुरुषों को मर्यादा पुरुषोत्तम राम और योगेश्वर श्रीकृष्ण को अपना आदर्श बनाने की प्रेरणा प्रदान करती हैं। इस प्रक्रिया में देशभक्तों की एक नई पौध विकसित होती है। वे लोग अपने राष्ट्र की सुरक्षा और जीवन के वैदिक मूल्यों के लिए सर्वोच्च त्याग करने के लिए तैयार रहते हैं। इसीलिए वे देशभक्तों के आदर्शों में भी यकीन रखते हैं; अपने ईश्वर के मंदिर और अपने पूर्वजों की राख के लिए भयावह विपत्तियों का सामना करने से बेहतर व्यक्ति की मृत्यु और क्या हो सकती है।

आश्रम में रहनेवाले सभी लोग पर्यावरण मित्र हैं तथा दैनिक हवन प्रक्रिया के माध्यम से पर्यावरण को शुद्ध भी करते रहते हैं। हवन कुंड की अग्नि से निकली सुगंधित कीटनाशक वायु यहाँ के रहनेवालों को प्रसन्न बनाए रखती है। यह हवन उन्हें दीर्घायु भी बनाने में सहायक होता है। यहाँ तक कि जब उनका हौसला उनके नियंत्रण से बाहर होने लगता है तब वे पवित्र वेदों की शिक्षाओं का सहारा लेते हैं। आश्रम में रहनेवाले स्वयं ही आश्रम में एक-दूसरे के उपदेशों एवं वेद मंत्रों की जानकारियाँ देते रहते हैं। यहाँ चारों तरफ सहभागिता विद्यमान है तथा हताशा का नामोनिशान नहीं है। आश्रम में मौजूद सभी स्त्री व पुरुष हमेशा उत्साहित रहते हैं उनका मनोबल ऊँचा रहता है और फिर ऐसा हो भी क्यों न? आखिरकार वे सभी आश्रम की अपनी गौशाला की गायों का दूध जो पीते हैं।

आश्रम से प्रतिमाह 'स्वस्ति पंथ' नामक पत्रिका का प्रकाशन भी होता है। इस पत्रिका में आश्रमवासियों और बाहरी लोगों के लेख भी प्रकाशित होते हैं। यह

पत्रिका हिंदी में है तथा इसमें वेद मंत्रों का उद्धरण विस्तार से रहता है। यह विचारों के लिए एक पौष्टिक आहार उपलब्ध कराती है। इस पत्रिका का विस्तार दूर-दराज तक काफी बड़ी संख्या में हो रहा है। पढ़े-लिखे लोग इसे पढ़ने में काफी उत्सुक रहते हैं।

आर्य वानप्रस्थ आश्रम के सिद्धांत, बोध एवं पद्धतियाँ देश और दुनिया भर में वरिष्ठ नागरिकों के द्वारा अपनाई जा रही हैं।

आर्यसमाज के बाहर इस आश्रम के बारे में बहुत कम लोगों को पता है। संभवत: किसी दिन कुछ धमार्थी एवं मानवप्रेमी आश्रम के कार्यों के बारे में दुनिया भर में जानकारी देने आगे आएँगे। इस संदर्भ में www.aryavanprasthashram.com से जानकारी प्राप्त की जा सकती है। अधिक-से-अधिक इस तरह के आश्रम खोलने के लिए लोगों को प्रेरणा प्रदान की जा रही है, जहाँ वरिष्ठ नागरिक वेद मंत्रों, ध्यान के द्वारा सार्थक जीवन जीने का मार्ग बनाएँगे।

□

IV
सुखी परिवार

19

खुशहाल परिवार पर वेदों का प्रकाश

उनकी अभी-अभी शादी हुई है, बधाइयाँ! दूलहा और दुलहन सचमुच एक खुशहाल वैवाहिक जीवन जीना चाहते हैं और ऐसा होना भी चाहिए। दोनों ही साथ मिलकर इस पर विचार करते हैं। विचार करना वाकई एक स्वस्थ प्रक्रिया है तथा यह मस्तिष्क को तीव्र बनाता है। गायत्री मंत्र में हम ईश्वर से प्रार्थना करते हैं कि वह हमारे मस्तिष्क को इस योग्य बनाए कि हम सही दिशा में विचार कर सकें। इसमें संदेह नहीं है कि नए-नए शादीशुदा नौसिखिए सही मार्ग पर बने रहने के लिए मार्गदर्शन की चाह रखते ही होंगे। इस कार्य के लिए सभी को गुरु की तलाश रहती है। ईश्वर ही सबसे महान् शिक्षक है और वही संपूर्ण मानवता के लिए हमारा मार्गदर्शन भी करता है।

ईश्वर ने ही मानव को वेद प्रदान किए हैं और वेद मंत्र मानवता को न्यायोचित मार्ग पर रखते हुए प्रसन्नता की तरफ चलने की प्रेरणा देता है। वास्तव में अंतिम प्रसन्नता तो मोक्ष में ही है, जिसमें हम जीवन मृत्यु और पुनर्जन्म के चक्र से मुक्त हो जाते हैं।

इस समय हम गृहस्थ आश्रम में प्रसन्नता चाहते हैं, जहाँ व्यक्ति अपना वैवाहिक जीवन व्यतीत करता है और यह उसके ब्रह्मचर्य आश्रम में प्राप्त की गई शिक्षा के उपरांत आया है। गृहस्थ आश्रम में व्यक्ति को उसकी पत्नी का सहयोग प्राप्त होता है। 'नारी निर्मात्री भवति' एक पुरानी कहावत है, जिसमें नारी संतानों को आकार देती है तथा इसमें उसकी झोंपड़ी या हवेली किसी में भी घर बनाने में विशेष भूमिका रहती है। घर केवल वही नहीं है, जहाँ पति-पत्नी सार्थक जीवन

जीते हैं, बल्कि वे पुत्रों व कन्याओं को भी जन्म देते हैं तथा उनके व्यक्तित्व के विकास में सहायक भो होते हैं।

एक युवा पत्नी का अपने घर को सुचारू रूप से चलाना उसकी बड़ी जिम्मेदारी है। इस कार्य में उसके पति का सहयोग भी महत्त्वपूर्ण है। एक निर्मात्री के रूप में वह अपने घर को सँभालती है तथा अपने बच्चों के व्यक्तित्व का विकास भी करती है। वह प्राथमिक पाठशाला है, जहाँ बच्चे अपने जीवन का सबसे महत्त्वपूर्ण समय व्यतीत करते हैं। वेदों के अनुसार मानव एक पति और अपने बच्चों का पिता भी है तथा वही उन युवाओं के भविष्य का निर्माता है। शतपथ ब्रग्ह्मण में कहा गया है—'मातृमान् पितृमानार्चायवान् पुरुषो वेद'।

इसके अनुसार एक युवा बालक अपने माता-पिता एवं गुरु के द्वारा निर्देशित होते हुए वयस्क होता है तथा ज्ञानी बनकर समाज की सेवा करता है। घर की वह स्त्री, जो कि अभी दुलहन के ही वेश में है अपने परिवार को साथ मिलाकर रखने में महत्त्वपूर्ण भूमिका अदा करती है।

किन्हीं हालातों में एक बड़े संयुक्त परिवार को मिलाकर रखना वाकई एक बड़ा काम है तथा इसे दूरदर्शितापूर्वक करना चाहिए। भावनात्मक रूप से जुड़ा एक संयुक्त परिवार अपने सभी युवा व बुजुर्ग सदस्यों के साथ प्रसन्न रहता है। एक वास्तविक वैदिक परिवार अपने व्यवहार और समझ दोनों को ही बनाए रखता है।

इसमें आश्चर्य नहीं है कि ऐसी महिला, जो इतनी महत्त्वपूर्ण भूमिका अदा करती है, उसे वैदिक सामाजिक ढाँचे में एक विशेष स्थान दिया गया है। जीवन एक ऐसी गाड़ी की तरह है, जिसका एक पहिया पुरुष तो दूसरा पहिया स्त्री है। जीवन की इस गाड़ी को सरलता से चलते रहने के लिए दोनों ही पहियों में संतुलन होने के साथ-साथ मजबूती भी होनी चाहिए। इसीलिए वैदिक वैवाहिक परंपरा में हवन करते हुए अग्नि की परिक्रमा करते समय चार फेरों में दुलहन दूल्हे से आगे रहती है। ऋग्वेद के अनुसार दुलहन को 'ऊषा' यानी प्रातः और पति को 'सूर्य' कहा गया है। ऊषा हमेशा सूर्य से आगे रहती है और यह आपस में एक-दूसरे के पूरक हैं। इस प्रकार गृहस्थ जीवन की नींव खुशहाल वैवाहिक जीवन है। इसमें एक-दूसरे से श्रेष्ठ या किसी को हीन समझने की भावना समाप्त हो जाती है।

खुशहाल पारिवारिक जीवन के लिए यजुर्वेद ने दोहरा मार्ग बताया है, 'ध्रित्रिहि स्वाध्रित्रिहि स्वाहा' इसका आशय है सर्वप्रथम धैर्य अर्थात् आत्म धैर्यवान बनो, तत्पश्चात् त्याग की भावना रखो।

□

20

विवाह को अपना काम करने दें

पारंपरिक पूर्वदेशीय परिवारों में दूल्हा और दुलहन के आपसी प्रेम से पहले उनके विवाह संपन्न हो जाते हैं। संख्या के लिहाज से यहाँ विवाह से पूर्व प्रेम संबंध कम ही पाए जाते हैं। जबकि पश्चिमी देशों में इसके विपरीत है। वे लोग विवाह से पूर्व ही काफी हद तक एक-दूसरे को समझ लेते हैं तथा उनमें आपसी संयोजन, जिसमें हमबिस्तर होना भी शामिल है, आम प्रचलन है, फिर भी वहाँ बहुत सी शादियाँ असफल हो जाती हैं।

हमारे यहाँ के परिवारों के द्वारा तय की गई शादियों में अनजानी तहकीकात जैसा कुछ भी नहीं होता है, फिर भी अधिकतर विवाह सफल भी होते हैं। हालाँकि अब बदलाव की बयार आनी शुरू हो चुकी है। महिलाओं में आर्थिक निर्भरता बढ़ने के कारण गृहस्थी चलाने में उनकी आवाज सुनने की माँग में इजाफा हो रहा है।

वैदिक जीवन पद्धति में पति-पत्नी के वैवाहिक मामलों में समानता पर विशेष बल दिया जाता रहा है। एक शिक्षित वयस्क कन्या को अपना पति चुनने के अधिकार को निम्न वेद मंत्र स्पष्ट करता है—

'ब्रह्मचर्येन कन्या युवानाम विंदेत पतिम'

हालाँकि इतिहास के अनुसार कुछ समय बाद विदेशी ताकतों और संस्कृतियों ने पुरुष प्रधान समाज का निर्माण किया। यही वैवाहिक जीवन में समानता के आधार का अंत था। आजकल नए युग में नए तरह की समानता का उदय हो

चुका है। यह समानता आर्थिक समानता है। रोजमर्रा की जिंदगी जीने में नए समीकरणों का जन्म हो चुका है और वैवाहिक जीवन में सरलता बनाए रखने के लिए यह आवश्यक भी है। दूलहा एवं दुलहन के वैवाहिक जीवन या गृहस्थ आश्रम की आधारशिला उनमें एक-दूसरे के लिए सम्मान का होना भी है। आपस में एक-दूसरे की बातों पर ध्यान देना एवं आपसी दृष्टिकोण का सम्मान भी आवश्यक है। ध्यानपूर्वक किसी की बात सुनना एक कला है, जो तेजी से लुप्त हो रही है। आज की व्यस्ततम दुनिया में लोग बिना किसी की बात सुने सिर्फ बोलते ही रहते हैं। परिणामत: आपसी मेलजोल बहरों के बीच वार्त्तालाप के रूप में सिमट गया है। ऐसी वार्त्तालाप की स्थिति नवविवाहितों के बीच नहीं होने देनी चाहिए, अन्यथा शादी की घंटियाँ, समाप्त हो चुके वैवाहिक जीवन के शोकगीत में बदल जाएँगी। पति और पत्नी के बीच एक स्वतंत्र, स्पष्ट और निडर वार्त्तालाप उनके आपसी मतभेदों के जालों को साफ कर देता है और उन्हें आगे बढ़ने से भी रोकता है।

दूसरी तरफ आपसी संवाद के अभाव से आपस में संदेह पैदा हो सकता है और इससे उत्पन्न अविश्वास की अंतिम परिणति विवाह विच्छेद ही है। इसीलिए दोनों को ही प्रेम के अतिरिक्त अन्य किसी शब्द के इस्तेमाल से बचना चाहिए। गुस्से में व्यक्ति को पता नहीं चलता कि वह क्या कह रहा है। दंपत्तियों में आपसी वास्तविक प्रेम होने से क्रोध की वैसी घटनाएँ नहीं होती हैं, जिनमें शब्दों की लड़ाई बरतनों के हथियार फेंके जाने का रूप ले लेती है।

आखिरकार यह आपसी प्रेम कहाँ से आता है? यह वास्तविक आपसी प्रेम प्रसन्नता और दु:ख को आपस में बाँटने से पैदा किया जाता है।

एक नेक दंपती अपने जीवन के सभी सुख और दु:ख आपस में बाँटते हैं। वे सिर्फ बेहतर हालातों में ही साथ नहीं रहते हैं, बल्कि परेशानी के पलों में भी एक-दूसरे का हाथ थामे रहते हैं। इसका एक शानदार उदाहरण श्रीराम और देवी सीता के रूप में मिलता है, वे दोनों साथ ही वन को गए थे। इस प्रकार आपसी सौहादर्य की भावना में प्रत्येक पति-पत्नी को 'लेने' के स्थान पर 'देने' के लिए हमेशा तैयार रहना चाहिए। पति को अपनी पत्नी को खुशियाँ प्रदान करने के लिए और इसी प्रकार पत्नी को अपने पति को खुशियाँ देने के लिए तत्पर रहना चाहिए। यदि दंपतियों में इस तरह की त्याग की भावना बनी रहती है, तब उनमें किसी भी तरह की धोखाधड़ी, विवाह के अतिरिक्त वैवाहिक संबंध और पीठ में

छुरा भोंकने जैसी घटनाएँ कभी नहीं होंगी। यह विवाह एक आदर्श विवाह होगा।

एक खुशहाल वैवाहिक जीवन में यौन-संबंधों की एक विशेष भूमिका रहती है। हालाँकि यौनेच्छा को सनक नहीं बनने देना चाहिए। 'शादियाँ बिस्तर में ही बनती या बिगड़ती हैं' जैसी गलत अवधारणाओं को नकारते हुए एक संतुलित जीवन की तरफ बढ़ना चाहिए। कोई भी नैतिक व्यक्ति या उपदेशक नव विवाहितों को ब्रह्मचर्य का उपदेश नहीं देगा। उन लोगों को सृष्टि की रचना के लिए संतानोत्पत्ति के लिए प्रोत्साहित किया जाएगा। सीमा के अंतर्गत यौन-संबंधों को बनाए रखना एक वैवाहिक आशीर्वाद है।

संभावित पतियों को सुकरात के जीवन की एक महत्त्वपूर्ण घटना स्मरण रखनी चाहिए, जिसमें सुकरात की पत्नी ने उनका जीवन नारकीय बना दिया था। इसके बाद भी वे वैवाहिक संबंधों की ही वकालत करते थे। उन्होंने कहा कि यदि पति और पत्नी जो कुछ भी उनके पास है, आपस में बाँटते हैं तो उन पर भलाई का आशीर्वाद बना रहेगा। यदि तुम्हारी शादी मेरी तरह असफल होगी तो तुम्हारे दार्शनिक बनने की संभावना अधिक है। आइए, हम साहस और दृढ़ता के साथ वैवाहिक संबंधों को अपना कार्य करने दें।

युवा दंपतियों के लिए आर्थिक मामले एक फिसलनवाले आधार बन सकते हैं। छोटे परिवारों में पति-पत्नी कमाऊ सदस्य होने के साथ-साथ खर्च में भी साझेदार होने चाहिए। उनमें किसी को भी खर्च के भुगतान करने की भावना होनी चाहिए। दूसरे शब्दों में दोनों में से जिसे भी बिल मिले वह बिना अपने साझेदार का इंतजार किए ही भुगतान की भावना रखे। आर्थिक मामलों में आपसी मतभेद इस तरह की भावना से अवश्य दूर हो जाते हैं। पति और पत्नी के बीच इस तरह के आर्थिक व्यवहार आनेवाली संतानों के लिए आर्थिक प्रशिक्षण का आधार तैयार कर देते हैं। इससे सामाजिक व्यवस्था भी लाभान्वित होती है।

'संदेह' खुशहाल वैवाहिक जीवन का एक छुपा हुआ शत्रु है। जब एक पति अपनी पत्नी की सत्यनिष्ठा पर संदेह करता है या पत्नी उस पर शक करती है तब उनके वैवाहिक जीवन के फलदार वृक्ष में दीमक लग जाता है और उसे नष्ट भी कर देता है। जैसे ही पति या पत्नी को एक-दूसरे पर संदेह हो वैसे ही उन दोनों को आपस में साथ मिलकर उसे दूर कर लेना चाहिए ताकि समस्या वहीं समाप्त हो जाए। अपने मन में बिना किसी छल-कपट के दोनों को खुले दिल से एक-दूसरे से गले लगना चाहिए। खुले मन से गले मिलना संदेह के राक्षस को खत्म

कर देता है। इसके साथ ही जीवनसाथी को किया गया प्यार भरा चुंबन भी कम महत्त्वपूर्ण नहीं है। यह सचमुच एक सुखद आश्चर्य ही होगा। एक प्यार भरा चुंबन उन सभी दरारों को भर देगा जहाँ शक अपनी जगह बनता है। वाकई यह एक ऐसी कला है, जिसे व्यक्ति को मनोयोग से सीखना ही चाहिए। अत: जैसे ही अवसर मिले खुशियाँ मनाइए।

पति और पत्नी को समाजिक रुचियाँ विकसित करनी चाहिए। अपने कार्यालय या व्यापार में वे साथ हो भी सकते हैं और नहीं भी, परंतु कार्यालय के समय के बाद दोनों को अवश्य ही साथ होना चाहिए। यदि कोई एक टहलने के लिए जाना चाहता है या बैडमिंटन या टेनिस खेलना चाहता है तो दूसरे को भी उसका साथ देना चाहिए। यदि किसी एक साथी को खेलना नहीं आता है तो उसे वह खेल सीखना चाहिए। इसके लिए जरूरी है कि आप साथ-साथ रहें। पति-पत्नी का यह साथ शुरुआती वैवाहिक जीवन का सबसे बड़ा उपहार है। दोनों साथ मिलकर समान रुचियाँ और आदतें विकसित कर सकते हैं। अपने प्रेम के गढ़ में किसी बुरे व्यक्ति को प्रवेश न करने दें। कृपया अपने इस प्रेम को सिर्फ अपने दोनों तक ही सीमित रखें।

हिंदू या आर्य अपने वैवाहिक अनुष्ठान में जिन सात चरणों 'सप्तपदी' का वैवाहिक व्रत लेते हैं, वह वाकई एक बेहतर विचार है। यह व्रत सचमुच एक वैवाहिक आशीर्वाद है।

पति-पत्नी द्वारा साथ मिलकर लिए गए प्रथम चार चरण खाद्यान्न, अच्छा शारीरिक और मानसिक स्वास्थ्य, परिश्रम से अर्जित धन शांति व समृद्धि की तरफ ले जाता है। पाँचवीं शपथ स्वस्थ संतति के लिए है। यह वैवाहिक समारोह सिर्फ मौज-मस्ती के लिए नहीं, बल्कि स्वस्थ पुत्र व पुत्री उत्पन्न करने के लिए है। एक खुशहाल विवाह के लिए बेटे-बेटियों का पैदा होना विशेष महत्त्व रखता है। छठी शपथ 'अनुरूपता' के लिए है, जिस पर पूर्व के अनुच्छेदों में विस्तार से चर्चा की जा चुकी है। सातवाँ चरण 'आपसी मित्रता' का है तथा यह खुशहाल वैवाहिक जीवन की आधारशिला है। पति और पत्नी में कोई भी एक-दूसरे का ताबेदार नहीं है। दोनों ही बराबर के हिस्सेदार हैं और वे मित्र हैं। ईश्वर से उनकी प्रार्थना है कि 'हम हमेशा प्रेम से रहें तथा हमें पूर्ण संतुष्टि का आशीर्वाद प्राप्त हो।'

□

21

परोपकार की शुरुआत घर से नहीं होती है

वाजश्रवा नामक एक महान् राजा ने वैदिक यज्ञ की समाप्ति पर दूर-दूर से आए धार्मिक लोगों को दान में काफी संपत्ति दी थी। हालाँकि उसने कुछ ब्राह्मणों को बहुत सी बूढ़ी गाएँ भी दान स्वरूप भेंट कर दी थीं। राजा के पुत्र नचिकेता ने दुधारू गाय के बदले दी जानेवाली इन बूढ़ी गायों के बारे में राजा से पूछा। वैदिक धर्म के सिद्धांत के अनुसार दान की यह प्रक्रिया मान्य नहीं थी। नाराज राजा ने राजकुमार से क्या कहा, यह एक अन्य कहानी है। राजा वजश्रवा दानी बनना चाहता था, परंतु उसकी लोलुपता ने अप्रत्यक्ष रूप से उसका हाथ उस समय पकड़ लिया था जब वह अपनी बेहतर चीजों को देना चाहता था। राजा का यह दान किसी भी रूप में प्रशंसनीय नहीं था। उपनिषद् सभी व्यक्तियों द्वारा दिए गए दान पर विशेष बल देते हैं, परंतु इसमें मानव समाज का हित होना चाहिए। विश्व के सभी धर्मों में दान का विशेष महत्त्व है। उपनिषदों ने व्यक्ति को उसकी आमदनी का एक भाग दान करने पर बल दिया है, चाहे वह कार्य व्यक्ति अपनी अनिच्छा से ही क्यों न करे। उपनिषद् के अनुसार दान की प्रक्रिया की विवेचना निम्न रूप में की गई है—

1. दान में पूर्ण विश्वास के साथ ही दान की प्रक्रिया
2. किसी भी तरह के विश्वास के अभाव में दान
3. विनम्रता के साथ दान
4. लोकमत की अनदेखी करते हुए दान
5. ईश्वर के भय के परिणामस्वरूप दान

6. वास्तविक न्याय की प्राप्ति हेतु दान

उपनिषद् के अनुसार व्यक्ति को अपनी न्यायोचित आमदनी का हिस्सा स्वेच्छा से या अनिच्छा से परोपकार हेतु देना चाहिए। धार्मिक या सामाजिक दबाव के कारण अनिच्छापूर्वक दान भी दिया जा सकता है।

मनु संस्कृति के अनुसार हिंदू धर्म में व्यक्ति को अपनी आय का दसवाँ भाग जनकल्याण के लिए दान करना चाहिए। आर्यसमाज के संस्थापक स्वामी दयानंद सरस्वती बताते हैं कि व्यक्ति को अपनी आय का सौवाँ भाग धार्मिक उद्देश्यों के लिए दान करना चाहिए। हालाँकि इस कार्य में व्यक्ति को वास्तविक न्याय को ध्यान में रखते हुए दान देना चाहिए, ताकि समाज का भला हो सके, अन्यथा यदि दान गलत व्यक्ति के हाथों में गया तो वह इसका समाज का अहित करने में उपयोग करेगा। इसके साथ ही दान का लाभार्थी इसका वास्तविक हकदार भी होना चाहिए। जो लोग इसके वास्तविक हकदार नहीं हैं, उन्हें इसका लाभ नहीं प्राप्त होना चाहिए। यह भी देखा गया है कि कई बार माफिया संगठन बच्चों का अपहरण करके उन्हें अपंग बनाकर चौराहों पर भीख माँगने के लिए बैठा देते हैं ताकि वे लोगों में दया भाव जगाकर उनसे धन प्राप्त कर सकें। नए युग के रावणों को दूसरों का लाभ नहीं लेने देना चाहिए, क्योंकि वे इन कार्यों से दान को बदनाम करते हैं। दान के इस तरह के दुरुपयोग को सरकार और सभी स्त्री व पुरुषों को साथ मिलकर दूर करना चाहिए।

राष्ट्रीय रक्षा अकादमी, खड़कवासला के एक विशेष प्रशासकीय विभाग का नाम 'सूडान ब्लॉक' रखा गया है। हिंदी में डी की जगह द बन जाता है, जिससे इस शब्द का अर्थ हो जाता है नेक दान, यानी भले कार्यों के लिए किया गया दान। सूडान सरकार ने भारतीय सेना के प्रति कृतज्ञता का भाव प्रदर्शित करते हुए एक बड़ी राशि का सहयोग किया था, क्योंकि भारतीय सेना ने उनके देश को नाजियों से बचाया था। इसीलिए यहाँ के मुख्य ब्लॉक का नाम उस देश के नाम पर रखा गया और इसमें यह अर्थ भी समाहित था कि यहाँ पर वह धन मानव की स्वतंत्रता और उसके भले के लिए ही खर्च किया जाएगा। 'सु-दान' क्यों आवश्यक है? क्योंकि यदि दान बुरे हाथों में पड़ेगा तब बुरे लोग इसका उपयोग विनाशकारी हथियारों एवं विस्फोटकों को खरीदने में करेंगे तथा परोपकार के लिए दिए गए दान से वे मानवता का विनाश करेंगे। जैसा कि पूर्व में ही बताया गया है कि बुरे लोग इसी दया भावना को जगाकर धन प्राप्ति के लिए बच्चों के अंग भंग करके

उनसे भीख मँगवाते हैं। हालाँकि इस तरह के अपंग लोगों को भीख देकर हम उन बुरे लोगों को इस तरह के अपराध को बढ़ावा देने के लिए और भी प्रोत्साहित करते हैं। इस स्थिति में किया गया दान सु-दान न होकर कु-दान में परिवर्तित हो जाता है। धार्मिक संगठनों को यह परामर्श दिया जा सकता है कि वे युवाओं के लिए इस तरह की सभाएँ व चर्चाएँ आयोजित करें, जिनसे उनमें दातव्य संस्थाओं को दान देने की भावना जाग्रत् हो और इससे उनके व्यक्तित्व का भी विकास हो। अकसर यह देखा गया है कि युवाओं में धर्मार्थ संस्थाओं के प्रति दान देने की रुचि का अभाव है।

इसके लिए युवाओं को दोष देना उचित नहीं है। वे देखते हैं कि धार्मिक संस्थाओं को दिए जानेवाले धन का अकसर ही दुरुपयोग होता है। इसीलिए दान देने की आंतरिक भावना का लोप हो रहा है। बहुत सी राष्ट्रीय और अंतरराष्ट्रीय धर्मार्थ संस्थाएँ लोगों में गरीबों और बेसहारों के नाम पर दान प्राप्त करती हैं, परंतु उस धन को अपने निजी आराम और उत्थान में खर्च करती हैं। इस तरह के संगठनों द्वारा किए गए धन के दुरुपयोग को देखकर उदासीनता पैदा हो जाती है। यह कहने की आवश्यकता नहीं है कि इस तरह की धमार्थ संस्थाओं को युवाओं के दृष्टिकोण में सुधार लाने के पहले स्वयं में सुधार लाना आवश्यक है। यदि कोई अंतरराष्ट्रीय संस्था गरीबों के लिए दान की माँग करती है और फिर इस प्राप्त धन का उपयोग अपने कार्यालय के लोगों के खाने-पीने, मौज-मस्ती पर खर्च करती है तो दाताओं के मन में अवश्य ही उदासीनता पनपेगी। इस तरह से दान का स्रोत धीरे-धीरे सूख जाएगा।

समाज में परोपकार हेतु दान को प्रोत्साहित किया जाता है, क्योंकि इसके अभाव में गरीबों का कष्ट बहुत अधिक बढ़ जाएगा। इसी वजह से धर्मनिरपेक्ष राज्य भी धार्मिक दान को बढ़ावा देते हैं। दुनिया के सभी धर्मनिरपेक्ष राष्ट्रों में कुछ विशेष धर्मार्थ दान के लिए आयकर में कटौती होती है। यह एक तरह से उन अनिच्छुक दानकर्ताओं को अपनी आमदनी से दान के लिए एक अप्रत्यक्ष प्रोत्साहन है। यदि वे ऐसा नहीं करते हैं तो उनके धन का कुछ हिस्सा करों के रूप में ले लिया जाता है। अत: परोपकार के लिए दान क्यों न किया जाए और उनका नाम समाज के भले लोगों की सूची में दर्ज करा लें। व्यक्ति को अपने कठिन परिश्रम से कमाए धन के एक हिस्से का जरूरतमंदों की जरूरतों एवं पशु-पक्षियों को बिना किसी वापसी की उम्मीद से किया गया दान सभी जीवों के प्रति सद्भाव

का भाव उत्पन्न करता है। परोपकार हेतु किया गया दान वैश्विक रूप से भाईचारा बढ़ाने के हमारे बोध को विकसित करता है। सबसे महत्त्वपूर्ण तथ्य यह है कि दान से शांति बढ़ती है।

आज की वर्तमान दुनिया में बहुत से असाध्य रोगों ने भी गैरसरकारी संगठनों का ध्यान आकर्षित किया है, जिसमें दाताओं से अपनी आय का कुछ हिस्सा उन लोगों को दान देने का अनुरोध किया गया है जो और कहीं जा नहीं सकते थे। एड्स ने सारी दुनिया में आतंक मचा रखा है, खासतौर से विकसित देशों में इसकी भयावहता चरम पर है। इस रोग से पीड़ित लोग समाज में बहिष्कृत कर दिए जाते हैं। इनके अपने सगे-संबंधी भी इन्हें छोड़ देते हैं। ऐसी परिस्थितियों में मानवता के कल्याण हेतु धर्मार्थ संस्थाओं को अवश्य ही आगे आना चाहिए। इस कार्य के लिए साधन संपन्न लोगों को दान देने के लिए प्रोत्साहित करना चाहिए। दान में प्राप्त हुए इस धन का उपयोग ऐसे रोगियों की देखभाल के अलावा युवाओं को जागरूक बनाने में भी खर्च करना चाहिए, ताकि वे अपनी अज्ञानता के वशीभूत होकर इस तरह के यौन रोगों में न फँसें। आज के इस अनुमति प्रदान समाज में स्वच्छंद और विवाहपूर्व यौन संबंधों को बढ़ावा नहीं देना चाहिए। पूर्व के अच्छे दिनों की भाँति यौन संबंधों में संयम एवं ब्रह्मचर्य की शिक्षा व उपदेशों को अवश्य ही प्रोत्साहित करना चाहिए। जब समाज में लोग ब्रह्मचर्य के पालन और इसके उपदेश देते हैं तथा मीडिया इसे एक अच्छे रूप में लेती है तब इसके अच्छे परिणाम आपसे दूर नहीं होंगे। इस तरह का कार्य भी धर्मार्थ कार्य का ही एक रूप है तथा यह दान भी मानवता के कल्याण के लिए ही है।

□

22

दीपावली पर मन के अंधकार को दूर करें

सभी आम और खास जन मिलकर खुशियाँ मना रहे हैं। भगवान् श्री राम अपने 14 वर्ष के वनवास के बाद अयोध्या लौट आए हैं। यह वाकई घर वापसी का एक अद्‌भुत क्षण है। बुराई के प्रतिरूप रावण और उसके सगे-संबंधियों का अंत हो चुका था। चारों तरफ शांति फैली हुई थी। घर और बाहर हर तरफ दीप जलाए जा रहे हैं। चारों तरफ रोशनी ही रोशनी है। यह समारोह हर साल मनाया जाता है। मानसिक और शारीरिक परेशानियों से उत्पन्न हताश मनोदशा को उत्साह में परिवर्तित करने के लिए दीपावली खुशियाँ लेकर लौटी है, इसमें आर्थिकता की उपेक्षा नहीं की गई है।

हमारे मस्तिष्क की अज्ञानता के अंधकार को दूर करने के लिए वास्तविक ज्ञान का प्रकाश ही वर्तमान आवश्यकता है। भक्त की ईश्वर से यही प्रार्थना भी है, 'तमसो मा ज्योतिर्गमय' (अंधकार से प्रकाश की तरफ ले चलो)। इस प्रार्थना में मंत्रों का जाप दिन के प्रकाश में किया जाता है। क्या कोई व्यक्ति रोशनी के लिए प्रार्थना कर सकता है, जबकि सूरज चमक रहा हो? बिलकुल नहीं। उपर्युक्त तथ्य पर बल दिए बिना ही हम यह कह सकते हैं कि यह प्रार्थना आंतरिक अंधकार को दूर करने के लिए ही है। जब अज्ञानता हमारा अंतर ढँक लेती है तब हम अपना दिशा बोध खोकर बिलकुल जड़वत हो जाते हैं और अपना मानसिक संतुलन खो देते हैं। ऐसी स्थिति में क्या सही और क्या गलत है इसका निर्धारण मुश्किल हो जाता है और व्यक्ति उद्‌देश्यहीन व दिशाहीन हो जाता है। व्यक्ति इन हालातों में झूठे विश्वासों और अंधविश्वासों के भँवरजाल में फँसकर बेकार के

कर्मकांडों में उलझ जाता है।

इस स्थिति में डूबे हुए व्यक्ति को कैसे बचाया जा सकता है? व्यक्ति को किस तरह से इस अंधकार से बाहर निकालकर उसे सार्थक जीवन के प्रकाश की तरफ ले जाएँ? इसकी प्रक्रिया बहुत ही सरल है तथा इसे हासिल भी किया जा सकता है। इन हालातों में घिरे हुए व्यक्ति के पुनर्जीवन का सबसे प्रभावशाली व उपयुक्त उपकार उसकी पत्नी या माँ का होता है जो उसके जीवन की बेहतरी के लिए उसकी सकारात्मक आलोचक बनती है। कबीर पढ़े-लिखे न होते हुए भी एक व्यावहारिक उपदेशक थे। गृहस्वामियों के लिए इनका परामर्श था कि उन्हें अपने घरों के आँगन में आलोचकों को मुफ्त में रखना चाहिए, क्योंकि आलोचक का घरवालों के व्यवहार को सुधारने में विशेष प्रभाव पड़ता है। इस प्रकार यह कार्य प्रणाली स्वतः धारणा परिवर्तन कर देनेवाली है और इसका उद्‌देश्य परिवर्तित हो चुके व्यक्ति के द्वारा सुधार मानकों को अपनाने के बाद एक खुशहाल जीवन की तरफ ले जाना है।

इस प्रकार पथभ्रष्ट व्यक्ति की नास्तिकता की भावनाएँ ईश्वर में अटल विश्वास के प्रति परिवर्तित हो जानी चाहिए। सर्वशक्तिमान ईश्वर ही प्रेरणा का प्रमुख स्रोत और सभी का मार्गदर्शक है। जब स्त्री और पुरुष उससे प्रार्थना करते हैं तब वह उनकी प्रार्थनाओं को सुनता और उनका प्रत्युत्तर भी देता है, परंतु प्रार्थनाएँ विनाशकारी और बदले की भावनावाली नहीं होनी चाहिए। हमें दुश्मन की मृत्यु या विरोधी की संपत्ति के नष्ट होने की प्रार्थना नहीं करनी चाहिए। व्यक्ति को ईश्वर को मानवता के खिलाफ किसी भी अपराध में सहभागी होने की आशा नहीं करनी चाहिए। व्यक्ति जब पुरुषार्थ कर चुकता है तब अपने लक्ष्य की प्राप्ति के लिए की जानेवाली प्रार्थना ही वास्तविक प्रार्थना है। अतः प्रार्थना द्वारा पुरुषार्थ का अनुसरण होता है न कि इसका विपरीत। पुरुषार्थ विहीन प्रार्थना परिणाम नहीं दे सकती है।

जब व्यक्ति वेद मंत्रों का जाप,ध्यान और ईश्वर की प्रार्थना करता है तब उस व्यक्ति में ईश्वरीय गुण आने लगते हैं। इस प्रक्रिया को वैदिक रूप में 'उपासना' का नाम दिया गया है तथा इसमें वह ईश्वर के नजदीक पहुँचता है। इस उपासना के द्वारा आत्मा स्वयं को प्रकाशित करती है और अंधकार से स्वयं को कहीं भी ढकने नहीं देती है। ऐसी आत्मा स्वयं प्रकाशित होकर घने अंधकार से नष्ट नहीं होती है। यह अपनी आंतरिक आत्मा को निरुत्साहित या अंधकारमय

नहीं होने देती है। यह हमेशा आशावादी ही बनी रहती है। इसीलिए आत्म ज्ञानी व्यक्ति के लिए सालभर हर दिन दीवाली होती है।

उन्नीसवीं सदी के भारत की एक हृदयविदारक महत्त्वपूर्ण घटना के लिए हमें इतिहास की गहराइयों में जाना पड़ता है। यह घटना राजस्थान में अजमेर की है। भिनाय कोठी में 59 साल का एक संन्यासी मृत अवस्था में पड़ा हुआ था। इस संन्यासी ने वेदों का एक क्रांतिकारी भाष्य हिंदी और संस्कृत भाषा में किया था। इन्होंने वेदों के दिव्य ज्ञान को वर्ग विशेष के बंधन से निकालकर जन समूह के लिए उपलब्ध करा दिया था। सदियों से यह ईश्वरीय ज्ञान विशेष रूप से ब्राह्मण पुरुषों के पास ही संरक्षित था। यहाँ तक कि ब्राह्मण स्त्रियाँ भी इस ज्ञान से वंचित थीं। स्वामी दयानंद सरस्वती ने वेदों के दिव्य ज्ञान के पठन में एक नवचेतना उत्पन्न कर दी थी। स्वामीजी के द्वारा स्थापित आर्यसमाज में बहुत से स्त्री व पुरुष जो कि ब्राह्मण कुल में पैदा नहीं हुए थे, पुजारी और उपदेशक के रूप में शामिल किए गए। स्वामीजी की मृत्यु सन् 1883 में दीवाली के दिन ही हुई थी। यह महान् संत जिसने ज्ञान का दीप जलाया था, वह स्वयं अपना जीवन दीप बुझता हुआ देख रहा था। वे एक संत थे सिर्फ इसीलिए दुःखी नहीं थे, बल्कि वे जानते थे कि उनकी आत्मा अमर थी।

स्वामी दयानंद जिन्हें आर्यसमाजियों व इनके अनुयायियों ने महर्षि कहा, वे एक धार्मिक व सामाजिक धर्मयोद्धा भी थे। वे सिर्फ हिंदू समाज के ही नहीं, बल्कि संपूर्ण मानवता के सुधारक थे तथा इनका धर्मयुद्ध धार्मिक एवं सामाजिक बुराइयों के खिलाफ था। इस प्रकार इन्होंने अज्ञानता के गढ़ और उन मध्यस्थों पर प्रहार किया जो धार्मिक और सामाजिक व्यवस्था के परजीवी थे। स्वामीजी ने सामंती राजपूताने के छोटे स्वतंत्र शासकों में सुधारवादी चोट की थी। तत्कालीन राजपूत शासकों ने ब्रिटेन की अधीनता स्वीकार कर ली थी। इनके पास अपने स्वयं के राज्यों के प्रबंध व शासन का भी अधिकार नहीं रह गया था। यहाँ प्रशासन ब्रिटेन के आवासी और भारतीय दीवान के हाथों में था। राजपूत महाराज शराब पीते, रखैलें रखते और समाज को कैंसर की तरह बरबाद कर रहे थे। स्वामीजी इन हालातों के सिर्फ एक दर्शक बनकर नहीं रह सकते थे। इन्होंने शेर को उसकी माँद में जाकर ललकारने का प्रयास किया। इस पर उन बुरे लोगों ने उन पर चोट की और उन्हें जहर दे दिया। स्वामीजी के संखिया के विष से पीड़ित शरीर को एक महीने तक जब चिकित्सकों के पास इधर से उधर ले जाया जा रहा

था तब उन्हें पता चल चुका था कि उनका अंतिम समय आ चुका था।

ईश्वर के प्रति स्वामीजी का विश्वास अटल और अटूट था। अपने जीवन के अंतिम क्षण तक वे वेद मंत्रों का स्मरण करते रहे तथा अपनी लंबी बीमारी और उचित इलाज के अभाव में भी हिंदी में भजन गाते रहे थे। ईश्वर के प्रति उनकी आराधना वाकई सच्ची थी। इन्होंने जो कुछ भी जीवन भर उपदेशस्वरूप कहा उसका पालन वे अपने जीवन के अंतिम क्षण तक करते रहे। उन्हीं दिनों उनके साथ के लोगों में से एक थे गुरुदत्त। गुरुदत्त, पंजाब के रहनेवाले और विज्ञान में स्नातक थे। वे अपने विचारों से अनीश्वरवादी थे। स्वामीजी की अपनी पीड़ा और तकलीफ सहने के बावजूद ईश्वर में उनका अटूट विश्वास देखकर लाहौर का यह युवक वैदिक धर्म का अनुयायी बन गया और अपना सारा जीवन इसने इसके प्रचार में समर्पित कर दिया। इस युवक की युवावस्था में उसके विचारों पर छाया अंधकार इस दीवाली के दिन दूर हो गया तथा इसके लिए स्वामी दयानंद सरस्वती ही धन्यवाद के पात्र हैं। स्वामीजी ने अपनी अंतिम साँस के समय कहा, ''हे ईश्वर! आपकी इच्छा पूर्ण हो।'' और फिर उनकी आत्मा उनके शरीर को त्याग कर इस संसार से चली गई। 30 अक्तूबर, 1883 को दीवाली के दिन स्वामीजी का जीवनदीप संपूर्ण मानवता के लाखों दीपों को प्रकाशित करके बुझ गया। ईश्वर हमें आर्यसमाज के ऐसे समर्पित स्त्री-पुरुष प्रदान करें जो लाखों लोगों के जीवन में वैदिक ज्ञान की रोशनी हमेशा के लिए फैलाएँ।

□

23

मृतक का निस्तारण

'राजा की मृत्यु हो चुकी है, राजा अमर रहे'—जब एक सम्राट मरता है तब इसी तरह की खबर आती है तथा तुरंत ही उसके स्थान पर एक नया राजा बनता है। राजनीतिक रूप से राजशाही की निरंतरता के लिए यह कदम उचित हो सकता है, परंतु जहाँ तक राजा के नश्वर शरीर का प्रश्न है इसका सम्यक निस्तारण होना ही चाहिए।

चाहे मृतक राजा कितना ही महत्त्वपूर्ण क्यों न हो, उसके आत्मा रहित शरीर का निस्तारण आवश्यक है। 'निस्तारण' शब्द थोड़ा धर्म विरोधी प्रतीत होता है इसलिए इसे दाह-संस्कार या दफनाना कहते हैं।

मृतक चाहे शाही हो या न हो, इसके प्रति अत्यधिक लगाव होने के कारण प्राचीन मिस्र में ममी की कला एक वैज्ञानिक रूप में विकसित हो चुकी थी। यहाँ की कुछ ममियाँ एक या दो हजार सालों तक भी सुरक्षित रहीं, परंतु उनमें से बहुत सी नष्ट भी हो चुकी हैं। मिस्र के समझदार लोगों ने महसूस कर लिया था कि आम लोगों के मृतक शरीरों की ममियाँ बनाने की प्रक्रिया में काफी श्रम की बरबादी थी, इसीलिए आधुनिक समाज में मृत शरीर के निस्तारण पद्धति के अस्तित्व में आने के काफी पहले ही इन लोगों ने इस प्रक्रिया को छोड़ दिया था। सामान्यतया दाह-संस्कार और दफनाने की पद्धतियाँ ही काफी समय से प्रचलन में हैं। अपवादस्वरूप पारसी समाज अपने मृतक शरीरों को पक्षियों का आहार बनने के लिए छोड़ देता है।

वेदों द्वारा दिखाया गया मार्ग

वेदों ने दैवीय मंत्रों के माध्यम से ब्रह्मांड की रचना के समय मानवता के सुखमय जीवन के मार्गदर्शन हेतु न्यायोचित जीवन जीने के लिए मृतक शरीर के निस्तारण को निम्न रूप से व्यक्त किया है। यजुर्वेद के चालीसवें अध्याय के पंद्रहवें मंत्र के अनुसार, 'भस्मान्तम् शरीरम्'। इसका अर्थ है कि आत्मा रहित शरीर को अग्नि को सुपुर्द कर देना चाहिए। आर्य यानी सभ्य और सुसंस्कृत लोगों ने दाह-संस्कार के अतिरिक्त मृत शरीर के निस्तारण की अन्य किसी विधि को नहीं अपनाया था। वास्तव में दाह-संस्कार को एक उदासी के रूप में देखा जाता है। वैसे यह उत्साहरहित दुःख का ही प्रज्वलन है। सोलह संस्कार (व्यक्तित्व के निर्माण में सामाजिक-धार्मिक परंपराओं का विकास) में 'गर्भाधान' यानी गर्भ में आना प्रथम और दाह-संस्कार अंतिम माना गया है। जब आत्मा शरीर को छोड़नेवाली होती है तब निम्न मंत्र में ईश्वर के ध्यान के बारे में बताया गया है, जिसमें 'कर्म' का अंतिम लेखा-जोखा, यानी कर्म के आधार पर फल प्राप्त होने की सुनिश्चितता है।

मानव के नेक कर्म ही आंतरिक आत्मा को सुदृढ़ बनाते हैं, जबकि नश्वर शरीर तो अग्नि को सुपुर्द हो जाता है।

वायुरनिलममृतमथेदं भस्मान्त शरीरम्।
ओम् कृतो स्मर क्लिबे कृतं स्मर॥

—40.15 यजुर्वेद

इस प्रकार यह स्पष्ट हो चुका है कि मृत्यु के बाद मानव शरीर के दाह-संस्कार को ही यजुर्वेद के माध्यम से अनुमति प्रदान की गई है। इस पद्धति में चिता पर मृतक के शरीर को रखते हैं तथा इसे सुगंधित सूखी जलावन लकड़ियों से ढक कर पारंपरिक ढंग से वेद मंत्र 'ओम् अग्नये स्वाहा' आदि मंत्रों के जाप के साथ ईश्वर को अग्नि मानकर चिता को प्रज्वलित करते हैं। महर्षि स्वामी दयानंद सरस्वती ने इस संस्कार विधि के बारे में लिखा है कि इसमें एक सौ बीस मंत्रों के जाप के साथ शुद्ध घी, सुगंधित चंदन की लकड़ी और सुगंधित पत्तियों का चूर्ण चिता पर डालते हुए चार या पाँच लोग समवेत स्वर में 'स्वाहा' के जाप के साथ अंतिम संस्कार की पूर्ति करते हैं। वास्तव में इस पद्धति में चिता पर जलनेवाला शरीर दुर्गंधयुक्त होता है। वैदिक परंपराओं के अनुसार मृतक के लिए बाद में किसी संस्कार का प्रावधान नहीं है। मृतक के परिवार जन और मित्र किसी शैक्षणिक संस्थान जैसे

गुरुकुल या गरीबों की सहायता के लिए धर्मार्थ दान कर सकते हैं। मृतक के घर पर वातावरण की शुद्धि के लिए हवन का प्रावधान है, परंतु इसके अतिवाद से बचना चाहिए। ऋग्वेद में कर्म के आधार पर आत्मा के पुनर्जन्म के वैदिक दर्शन पर दो तीक्ष्ण मंत्र बताते हुए इस तथ्य पर बल दिया है कि दाह-संस्कार की अग्नि मृत शरीर को तो जला देती है, परंतु शाश्वत आत्मा को नहीं जलाती है। ऋग्वेद के दसवें मंडल में सोलहवें सूक्त का प्रथम मंत्र निम्न रूप में है—

मैनमग्ने वि दहो माभि शोचो मास्य त्वचं चिक्षिपो मा शरीरम्।
यदा श्रृतं कृणवो जातवेदोऽथेमेनं प्र हिणुतात्पितृभ्यः॥

—10.16.1 ऋग्वेद

ईश्वर अग्नि के द्वारा मानव के संपूर्ण तत्त्व को भस्म नहीं करता है। मानव का 'स्थूल शरीर' तो अग्नि को समर्पित हो जाता है, परंतु उसका 'सूक्ष्म शरीर' आत्मा के साथ बच जाता है और वह माता-पिता के माध्यम से अपने कर्म पर निर्भर होकर दुबारा जन्म लेता है। दाह-संस्कार के पूर्वोक्त शृंखला के सातवें मंत्र में आत्मा के अंतिम लक्ष्य यानी मोक्ष पर प्रकाश डाला गया है। मृत्यु के न होने का अर्थ है शरीर को बारंबार अग्नि के सुपुर्द नहीं किया जाएगा।

ब्रह्मांड की रचना के समय से मृतक शरीर के निस्तारण की वैज्ञानिक दाह-संस्कार की परंपरा चली आ रही है।

अंतरिक्ष में दाह-संस्कार

वेद शाश्वत और सर्वत्र हैं, इन्होंने पृथ्वी और इससे परे सभी स्थानों पर दाह-संस्कार की पवित्रता को बताया है। इन्होंने अंतरिक्ष में भी इस पर बल दिया है। आइए, हम अंतरिक्ष में स्टार वार की कल्पना करें। जब इसमें युद्ध होगा तब दुर्घटनाओं में मृत होना भी स्वाभाविक ही है। तब अंतरिक्ष में मृतकों के निस्तारण की क्या प्रकृति होगी? क्या वहाँ दफनाया जा सकेगा? बिलकुल नहीं। अंतरिक्ष में कब्र के लिए कोई स्थान नहीं है। वहाँ कब्र खोदनेवाला नहीं है। वहाँ केवल एक ही आधुनिक दाह-संस्कार पद्धति है, 'भस्मान्तम् शरीरम्' जिसका प्रतिपादन यजुर्वेद ने किया है। इसमें राख और अस्थियों के साथ अन्य बची हुई चीजें जिनका वजन 1.8 से लेकर 2.3 किलो तक होता है, एक अस्थिकलश में रखकर अगली पीढ़ी को वापस पृथ्वी या अन्य गृह पर रहनेवालों को सुपुर्द कर दिया

जाता है। जापान के बहुत से ज्ञानी लोगों ने अपने मृतकों का दाह-संस्कार करने के बाद उनकी अस्थियाँ एक कलश में रखकर मृतक संग्रहालय में सुरक्षित रख ली हैं तथा उनके प्रियजन स्मृति दिवस पर वहाँ आकर उन पर फूल चढ़ाते तथा प्रार्थना करते हैं। अंतरिक्ष युग के योद्धा अवश्य की समूराई योद्धाओं को अनुसरण करते हुए अपने अनजाने सैनिकों को श्रद्धांजलि अर्पित करेंगे।

पश्चिमी देशों में दाह-संस्कार

पश्चिमी देशों के वैज्ञानिकों ने मृतक शरीर के निस्तारण की वैदिक दाह-संस्कार की पद्धति को वैज्ञानिक और स्वास्थ्यकर रूप में माना था। पूर्वी देशों में वैदिक आर्यों और हिंदुओं के अतिरिक्त अन्य बहुत से धर्मों जैसे—बौद्ध, जैन, सिक्ख ने भी अपने मृतकों के अंतिम संस्कार के लिए दाह-संस्कार को ही चुना। यूरोप और अमेरिका के आधुनिक समाज भी वैदिक आर्य के दाह-संस्कार से बहुत प्रभावित हुए। वेदों और ईश्वर में विश्वास करनेवालों के साथ ही पश्चिमी अनीश्वरवादी लोगों ने भी दाह-संस्कार की इस प्रथा को प्रोत्साहित किया।

आधुनिक युग में जहाँ बाजार की अर्थव्यवस्था बहुत ही महत्त्वपूर्ण बन चुकी है तथा अर्थशास्त्री शव को दफनाने की बजाय इसके दाह-संस्कार की ही वकालत कर रहे हैं, क्योंकि दोनों में दाह-संस्कार ही सस्ता है और मृतक के दुःखी परिजनों पर इसका बोझ भी कम पड़ता है। वर्तमान समय में शव को कॉफिन बॉक्स में रखकर दफनाना काफी महँगी प्रक्रिया है। इसीलिए विद्युत शवदाह-गृह जहाँ 1800 डिग्री फारेनहाइट के तापमान पर मृत शरीर को जलाकर राख में बदलने में मात्र दो घंटे ही लगते हैं, जबकि सूखी लकड़ियों की चिता में थोड़ा अधिक समय लगता है।

अमेरिका के लोगों ने वैदिक आर्यों, जिन्हें सामान्यतया हिंदू कहते हैं, की इसी पद्धति को सीखा है तथा इसमें सुधार भी किया है। इन्होंने शवदाह को नदी और समुद्र तट से हटाकर बंद कमरों तक ला दिया है। इस पद्धति में शवदाह अधिक वैज्ञानिक और तकनीकी रूप से किफायती साबित हुआ है। वास्तव में, हिंदुओं की ही यह परंपरा भिन्न रूप में ही जारी है। अब इस पद्धति में मृतक का बड़ा बेटा मुखाग्नि नहीं देता है, बल्कि पारंपरिक रूप में विद्युत् बटन को दबा कर शवदाह करता है।

भाषाई रूप से क्रिमेशन, जो कि अंग्रेजी का शब्द है और यह क्रेमो से

निकला है, क्रेमो लैटिन शब्द है जिसका अर्थ है जलाना, विशेषतौर से मृत शरीर को जलाना। 1870 में इटली के प्रो. ब्रूनेती ने पहली बार इस शवदाह-गृह को विकसित किया था। उस समय इसके लिए 1400 से 2100 डिग्री फारेनहाइट का तापमान इस्तेमाल करते थे। यूरोप में भी शवदाह की यही परंपरा बहुत लोकप्रिय होने लगी, जबकि शुरू-शुरू में रोम के कैथोलिक चर्च ने आधिकारिक रूप से 1886 में इस पर प्रतिबंध लगा दिया था तथा शवदाह करनेवालों को समाज से बहिष्कृत कर दिया जाता था। हालाँकि यहाँ का बुद्धिजीवी वर्ग शवदाह की इस परंपरा से प्रभावित हुआ और इसकी लोकप्रियता के ग्राफ में बढ़ोतरी दर्ज हुई। परिणामतः ज्ञानी धर्माध्यक्षों ने 1961 में कहा कि शवदाह के विरुद्ध कोई भी औपचारिक रूढ़िवादी नियम नहीं है। मृतकों के लिए शवदाह की वकालत करनेवालों ने ईसाई और इसलाम धर्म की पारंपरिक शव दफनाने की प्रथा की भर्त्सना की, जिसमें बहुत अधिक जमीन की जरूरत पड़ती थी। वर्तमान समय, जिसमें उत्तरी अमेरिका प्रमुख है, के आधुनिक स्त्री व पुरुषों ने शवदाह की पद्धति को ही अपनाना शुरू कर दिया जिसकी प्रतिशत में वृद्धि निम्न रूप में है—

1962 : शवदाह के लिए मृतकों का 5 प्रतिशत

1992 : शवदाह के लिए मृतकों का 20 प्रतिशत

1996 : शवदाह के लिए मृतकों का 21 प्रतिशत

ब्रिटिश कोलंबिया, जहाँ हिंदुओं का प्रतिशत बहुत अधिक है वहाँ इस पद्धति में इजाफा हुआ है।

उत्तरी अमेरिका के शवदाह संगठन के आँकड़ों के अनुसार,

वर्ष	शवदाह संख्या	मृतकों का प्रतिशत
1998	5,53,000	24.1
1999	5,98,721	25
2000	6,04,828	25.5
2010	15,52,800	40

उपर्युक्त आँकड़ों से पता चलता है कि शवदाह के प्रति लोगों का रुझान बढ़ा है। यह भी स्पष्ट है कि साधारण शवदाह की लागत सामान्य रूप से दफनाने की लागत से 20 प्रतिशत कम है। शवों को दफनाने के लिए काफिन आदि की व्यवस्था में भी काफी खर्च आ जाता है तथा बहुत से लोगों के लिए समाधि पत्थर या मकबरा बनाना संभव नहीं है, जबकि वैदिक आर्य पद्धति के अनुसार नष्ट

होनेवाले मृतक के शरीर पर इस तरह की धन की बरबादी स्वीकार्य नहीं है। वैदिक जीवन दर्शन के अनुसार मृत शरीर के ऊपर इस तरह का निर्माण सर्वथा अनुचित भी है। बहुत से वैज्ञानिकों के अनुसार कब्रिस्तान में कई तरह के कीटाणु, बैक्टीरिया पाए जाते हैं जो कि मानव स्वास्थ्य के लिए हानिकारक हैं।

जब कब्र में किसी रोगी मृतक को दफनाया जाता है, तब मानव शरीर में मौजूद बहुत से नुकसानदेह जीवों की वृद्धि को रोक पाना संभव नहीं है, जबकि वही शरीर जब अग्नि में जलाया जाता है तब उन जीवों का बच पाना संभव नहीं है। इस प्रकार मानव का स्वास्थ्य खतरे से बचा रहता है। वर्तमान समाज के बहुत से प्रमुख लोगों ने स्वयं को दफनाने की बजाय शवदाह को ही अपनाया था, जबकि उनके पूर्वज दफनाए ही जाते थे। भारत में ऐसे ही ज्ञानी पुरुष श्री मुहम्मद अली करीम भाई छागला थे, जो कि भारत के प्रमुख न्यायाधीश भी थे तथा बाद में शिक्षा मंत्री भी रहे। इनकी विधवा पत्नी ने दफनानेवाले समूह को भौंचक्का करते हुए अपने पति की अंतिम इच्छा के साथ छेड़-छाड़ नहीं की थी। इंगलैंड में महारानी मार्गेट क्वीन एलीजाबेथ द्वितीय की बहन की भी अंतिम इच्छा शवदाह की ही थी।

ब्रिटेन की संसद् में एक ज्ञापन पत्र दिया गया था जिसमें शवों को दफनाने और इनके दाह में इंगलैंड में आई लागत का विवरण था। इसके अनुसार इंगलैंड और वेल्स में सालाना औसत मृतकों की संख्या 5,60,000 है। इसमें से 4,05,000 का शवदाह और 1,55,000 दफनाए गए थे। इस प्रक्रिया में शवों को दफनाने के लिए सालाना 80 एकड़ भूमि की अतिरिक्त आवश्यकता पड़ रही थी, जबकि शवदाह के लिए इस तरह की कोई आवश्यकता नहीं थी। इस प्रकार शवदाह की स्थिति स्पष्ट थी। जिस तरह से शवदाह में राजाओं, संपन्न वर्ग व आम जन ने स्वीकृति प्रदान की है, इसे देखते हुए इसकी सही जानकारी समाज के सभी हिस्से में अवश्य ही पहुँचानी चाहिए। जब समाज के स्त्री व पुरुष जागृत होंगे और धर्मांधता का त्याग करेंगे तब शवों को दफनाने की पद्धति एक इतिहास बन चुकेगी। जिन लोगों के पूर्वज पारंपरिक रूप से शवों को दफनाने की पद्धति को अपनाते थे उनमें शवदाह की बढ़ती संख्या इस धरती के 6 अरब लोगों को भोजन कराने के लिए क्या कृषि योग्य भूमि उपलब्ध करा पाएगी? इसके बाद मानव की भूख भी एक इतिहास होगी। इसीलिए हमें शवदाह, जो कि एक वैज्ञानिक पद्धति है इसकी प्रशंसा करनी चाहिए।

□

24

वैश्विक समाज एक वैदिक विचार

वैदिक ऋषियों ने विश्व को आपस में गुँथे हुए एक परिवार के रूप में चलाने की ही समझ को स्वीकृति प्रदान की थी। उन्होंने महसूस किया था कि अलग-अलग तरह के लोग जिनके विश्वास भी भिन्न हैं और वे अपने समाज को भिन्न तरह से ही चलाएँगे। वास्तव में भिन्न-भिन्न क्षेत्रों के लोगों के जीवन जीने का तरीका तो अलग होगा, परंतु वे उन खास क्षेत्रों के इतिहास, भूगोल एवं उनके जातीय व्यवहार से अवश्य ही प्रभावित होंगे। एक छोटा परिवार, जिसे हम आजकल 'न्यूक्लियर परिवार' कहते हैं, इसके सदस्यों के व्यक्तिगत भेदभाव का अंदाज हमारे ऋषियों ने पहले ही लगा लिया था। एक ही परिवार में जन्म लेनेवाले दो भाइयों और बहनों के भिन्न दृष्टिकोण होते हैं और वे जीवन अपने तरह से ही जीना चाहते हैं। हालाँकि परिवारों के जिन मतभेदों की बात हमने यहाँ रखी हैं या नहीं रखी है, इनके होने के बावजूद भी ऋषियों ने दुनिया को सिर्फ एक परिवार माना ही नहीं, बल्कि इसे व्यवहार रूप में अमल में भी लाए। इन्होंने इसका नामकरण वसुधैव कुटुंबकम दिया जिसका आशय है दुनिया में रहनेवाले सभी एक परिवार के सदस्य हैं। सभी व्यक्तियों के आपसी मतभेदों के बावजूद भी वे सभी वेदों की शिक्षाओं से अपने को आकार देते हुए एक नेक मानव बन सकते हैं। वेदों ने राजाओं, समृद्धों और आमजन सभी के लिए 'मनुर्भव' का आदेश दिया है।

विश्व ग्राम और विश्व परिवार के रूप में मानने पर दुनिया भर के लोगों को सँभालने के लिए एक जीवन दर्शन की भी आवश्यकता पड़ती है। ऋषियों ने एक

दर्शन प्रस्तुत किया, जो कि राजनीतिक व्यवस्था को नैतिक रूप से सही बनाते हुए प्रचारित हुआ।

आज जब 6 अरब स्त्री, पुरुष और बच्चे इस पृथ्वी पर निवास कर रहे हैं, तब हम कल्पना भी नहीं कर सकते हैं कि बिना नैतिक प्रभुत्व के सिर्फ राजनीतिक व्यवस्था ही रोजमर्रा के दैनिक जीवन को सरलतापूर्वक चला पाएगी। मानवता के इतिहास में आज से पहले कभी भी इतने अधिक विरोध, दुःख, अपराध और आतंकवादी आक्रमण नहीं हुए थे। एक तरफ तो हम गणतांत्रिक समाज, वैश्विक ग्राम, मानवता को एक परिवार के रूप में समझना चाहते हैं और दूसरी तरफ हमें अपने देश में एवं पड़ोसी देशों के साथ शांति और भाईचारे के साथ रहना मुश्किल होता है। प्रत्यक्षतः हमारे विचार और कार्य में सामंजस्य का अभाव है। यहाँ तक कि दुनिया के कुछ महान् कार्य भी अभी तक मानव की पाशविक भावना को सँभाल नहीं सके हैं। इन परिस्थितियों में हम राजनीति और नैतिकता को अलग नहीं रख सकते हैं। इन्हें मानव को बचाने के लिए मिलकर काम करना होगा, क्योंकि न्युक्लियर हथियारों का खतरा घात लगाए हुए है।

वैदिक ऋषियों ने सभी बीमारियों के रामबाण के रूप में त्याग की भावना को ही बताया है। इसके लिए निम्न श्लोक प्रस्तुत है—

अयं निजः परोवेति गणना लघुचेतसाम्।
उदारचरिताम् तु वसुधैव कुटुम्बकम्॥

भारतीय संसद् के केंद्रीय कक्ष के प्रवेशद्वार पर उपयुक्त श्लोक अंकित है।

अर्थ—केवल छुद्र मानसिकतावाले स्त्री व पुरुष स्वार्थ से ऊपर नहीं उठ पाते हैं और केवल मेरा-तेरा के बारे में ही लगे रहते हैं, जबकि दूसरी तरफ विशाल हृदयवाले लोग संपूर्ण मानवता को अपने परिवार के सदस्य के रूप में ही समझते हैं। जब यह महान् विचार स्त्री एवं पुरुषों के मन को नियंत्रित कर लेता है तब बहुत से द्वंद्वों का स्वतः ही अंत हो जाएगा। कोई भी संदेह पसंद व्यक्ति कह सकता है कि वैश्विक परिवार की भावना कहने में आसान है, परंतु करना आसान नहीं है। वह इसे एक ऐसे स्वर्ग की कल्पना कह सकता है जो कि कभी भी हकीकत में तब्दील नहीं हो सकती है। हम सभी को पता है कि यह कितना गलत है। जब यूरोपीय संघ के लिए एक समान करेंसी को लाने की बात हुई थी तब कुछ भविष्यकर्ताओं ने भविष्यवाणी की थी कि यदि यह जहाज चला तो अवश्य

ही डूब जाएगा। 1 जनवरी, 2002 को यूरो हकीकत में तब्दील हो गया। क्या हमारी यह घोषणा गलत सिद्ध होगी कि वैदिक ऋषियों की 'वसुधैव कुटुंबकम' की भावना अब दूर नहीं है?

रोम का निर्माण एक दिन में नहीं हुआ था। वैदिक गणराज्य को बनने में इससे थोड़ा अधिक समय लगेगा। इसकी शुरुआत होनी ही चाहिए और अब इसका विचार दुनिया के सभी मानवों के दिमाग में आना ही चाहिए। नेक बातें फैलनी ही चाहिए। इस नेक कार्य में हमें प्रेम से संबंधित सक्रिय स्त्री व पुरुषों का सहयोग लेना होगा। इसके लिए प्रिंट और इलेक्ट्रॉनिक मीडिया दोनों को ही विश्वास में लेना होगा। जब एक बार इन्हें यकीन हो जाएगा तब वे भी इसके लिए संघर्ष करेंगे। वे लोग वैश्विक गणराज्य के समर्थन में लोगों की धारणाओं को बनाएँगे। वे लोग अपने भाषणों और लेखों से आम आदमी को यकीन दिलाएँगे।

जब आम आदमी वैश्विक गणराज्य की भावना का यकीन कर लेगा तब उसमें दुर्भावनायुक्त विरोधियों का सामना करने का साहस स्वतः ही आ जाएगा। दुर्भावना रखनेवाले लोग स्थानीय राजनीतिज्ञों में शामिल हो जाते हैं, जो कि अपनी राजनीतिक ताकत या प्रभाव छोड़ना नहीं चाहते तथा इससे उन्हें आर्थिक लाभ भी प्राप्त होता रहता है। यहाँ तक कि राजनीतिज्ञों को भी इस तथ्य का यकीन दिलाना चाहिए कि उनके प्रभाव की हानि से केवल उनका ही लाभ नहीं, बल्कि इससे उनके अपनों का भी लाभ होगा। उन्हें जब इसका विश्वास हो जाएगा तब वे वैश्विक गणराज्य की खिलाफत नहीं करेंगे, बल्कि इसमें शामिल हो जाएँगे।

हमें उन लोगों को प्रेरित भी करना चाहिए जो लोग इस वैश्विक गणराज्य के लिए एक सैनिक की भाँति संघर्ष कर रहे हैं। अनेक ताकतें वैश्विक गणराज्य के निर्माण का विरोध करेंगी, परंतु वे उन नैतिक लोगों को भयभीत नहीं कर सकेंगी जो कि इस तरफ होंगे। वैश्विक गणराज्य को माननेवालों को पहले स्वयं ही यकीन करना होगा, तत्पश्चात् वे दूसरों को इसका विश्वास दिला सकेंगे।

जब एक सैनिक को अपने संघर्ष के कारणों पर यकीन नहीं होता और वह अपने पूरे मन से युद्ध भूमि में नहीं होता है तब वह उन्हीं अमेरिकी सैनिकों की तरह पलायन का मार्ग ढूँढ़ता है, जैसा उन्होंने वियतनाम के युद्ध में किया था। जब एक सैनिक को अपने कर्म की नैतिकता पर पूरा विश्वास होता है तो वह अपने संघर्ष को 'धर्मयुद्ध' का वैसे ही नाम देता है जैसे छत्रपति शिवाजी के घुड़सवारों

ने विशाल मुगल सेना का सामना किया था। यह विजय मराठा योद्धाओं की थी। यह भी कहा जा सकता है कि वैश्विक गणराज्य के निर्माण की भावना पृथ्वी के युद्ध से हमेशा-हमेशा के लिए समाप्त कर देने के लिए ही है। फिर भी हम यहाँ सैनिकों की प्रेरणा, युद्ध और संघर्ष की वकालत कर रहे हैं। इसमें वाकई मूल रूप से विरोध नहीं है। जब सारी दुनिया एक गणराज्य के रूप में परिवर्तित हो जाएगी तब जब तक कोई अन्य जगह से हम पर आक्रमण करने नहीं आएगा तब तक कोई विरोधी सेना नहीं होगी। वैसे वैश्विक गणराज्य बनाने से पहले किताबों और मस्तिष्कों की लड़ाई होती रहेगी, हो सकता है कुछ विरोधी मतभेदवाले सैनिक भी सभी स्थानों से पूरी तरह से न हटाए जा सकें। सावधान व्यक्ति खतरों की तैयारी पहले से रखता है, इसलिए जो लोग वैश्विक गणराज्य के निर्माण की वकालत करते हैं, उन्हें सभी तरह की आकस्मिकताओं के लिए मानसिक व शारीरिक रूप से तैयार रहना चाहिए। आखिरकार यह मस्तिष्कों का युद्ध होने जा रहा है।

वैसे कोई सनकी व्यक्ति यह पूछ सकता है कि वैश्विक गणराज्य का रूप किस तरह का होगा? क्या इसमें चुनाव होंगे और यदि होंगे तब क्या ये वयस्क मताधिकार के अंतर्गत होंगे? इसी तरह के तकरीबन लाखों सवाल हो सकते हैं और इनके प्रामाणिक जवाबों के लिए उन्हें इंतजार करना होगा। यह विचार एक बीज के रूप में बोया जा रहा है और जिस तरह एक बीज का विकास होता है इसमें भी समय लगेगा। इसका फलना-फूलना भी अनुकूल वातावरण पर निर्भर होगा। शुरू-शुरू में जब वैदिक ऋषियों ने इस महान् विचार के बारे में कल्पना की थी तब उनके मन में मानवता के कल्याण की ही भावना थी। मानवता को नाभिकीय भयावहता से बचाने एवं नाभिकीय हथियारों को आतंकवादियों के हाथों में पड़ने देने से रोकने के लिए सिर्फ एक ही मार्ग है कि इस तरह के रोगी युद्ध की मानसिकता भरे विचारों को दूर करें। कुछ बदमाश राष्ट्र इस आतंकवाद को बढ़ावा दे रहे हैं। इसीलिए वैश्विक गणराज्य बनने देना होगा जो कि राष्ट्रों के अनावश्यक हथियारों की दौड़ एवं आतंकवाद को समाप्त करेगा।

मनुष्य आशा पर ही जीवित है। हमें सभी स्त्री एवं पुरुषों के साथ शांति से रहने की आशा नहीं छोड़नी चाहिए, चाहे वे किसी भी जाति, रंग या धर्म के हों। वैदिक ऋषियों की यह कल्पना एक दिन अवश्य ही पूर्ण होगी। ईश्वर करे वह दिन शीघ्र ही आए।

हमें दुनिया के सभी समाज के मानवों के साथ भाईचारा बनाने के लिए प्रोत्साहित करते रहना चाहिए। ऋग्वेद के दसवें मंडल के 191 सूक्त का द्वितीय मंत्र—

संगच्छध्वं सं वदध्वं सं वो मानांसि जानताम्।
देवा भागं यथा पूर्वे सं जानाना उपासते॥

उपर्युक्त मंत्र मानवता को मन और शरीर के साथ-साथ रहने के लिए प्रेरित करता है। एकता अलगाव को हरा देती है। इतिहास ऐसी घटनाओं और कहानियों से भरा पड़ा है, जिनमें अलगाववादियों ने अपने स्वार्थ के लिए अपनी नैतिकता को छोड़ दिया है। ऋग्वेद का यह मंत्र व्यवहार में लाकर भेदभाव को हमेशा के लिए समाप्त करना होगा तभी शांति अवश्य ही स्थापित होगी।

□

V
जीवन का माहात्म्य

25

हमारे आदर्श : श्रीराम

हजारों वर्षों से मर्यादापुरुषोत्तम श्रीराम आम जन के आदर्श रहे हैं। जब हम कमजोर पड़ते हैं तब वे हमारी शक्ति बनते हैं तथा हमारे मन की मलिनता के समय वे हमारी प्रेरणा के स्रोत भी बनते हैं। श्रीराम के जीवन की छोटी-छोटी कथाएँ निराशा के समय हमारा हौसला बढ़ाती हैं। जब हमारा जीवन दुःखमय होता है, तब श्रीराम हमें प्रसन्न करते हैं। मर्यादा पुरुषोत्तम राम का यह भी एक संदेश हम समझ सकते हैं कि सुरंग की दूसरी तरफ हमेशा ही रोशनी होती है यानी बेहतर भविष्य की उम्मीद नहीं छोड़नी चाहिए।

बाल्मीकि रामायण में इनके कर्मों का इतिहास वर्णित है, जिसमें यह भी स्पष्ट है कि जब शीत ऋतु आती है तब बसंत क्या इससे बहुत दूर होगा? ऋषि बाल्मीकि ने श्रीराम को एक हाड़-मांस के व्यक्ति के रूप में ही निरूपित किया था जो कि हमारे ही संसार में रहे, चले, काम किया और मृत्यु को प्राप्त हुए थे। श्रीराम एक नश्वर व्यक्ति की ही भाँति जीवन के संघर्षों का सामना करते रहे। हम लोग उन्हीं की तरह आज भी तूफानों का मजबूती के साथ सामना कर सकते हैं।

आज हमें लगता है कि वे हममें से ही एक व्यक्ति थे, मगर फिर भी वे हमसे महान् हैं। हमारे सामने जब अंधकार छा जाता है तब हम उनकी तरफ मार्गदर्शन के लिए देखते हैं। वास्तविकता यह है कि मार्गदर्शन भी अवश्य ही प्राप्त होता है। हमें प्रेरणा मिलती रहती है और हम अपनी पूरी शक्ति के साथ अपने कर्तव्य में जुट जाते हैं। आजकल जिस तरह से पितृहत्या और भ्रातृहत्या हो रही है, इसमें श्रीराम का अपने पिता राजा दशरथ की आज्ञा मान कर 14 वर्षों के

लिए वन चले जाना पुत्र भक्ति का एक सुंदरतम उदाहरण है। श्रीराम का राज्याभिषेक निरस्त हो गया था और उनके मुँह से विरोध का एक भी शब्द नहीं निकला था। वे अपने व्यवहार और वचन दोनों से ही शांत बने रहे। उनके निर्वासन ने अयोध्या, जो कि उनके राजाओं की राजधानी थी, के प्रति प्रेम में कमी कभी नहीं आने दी।

उन्होंने अद्‌भुत मानसिक धैर्य का प्रदर्शन किया था। श्रीराम ने अपने वनवास काल में अपनी विलक्षण प्रबंधकीय क्षमता का परिचय देते हुए नगरीय और वनवासियों के साथ मित्रता निभाते हुए उन्हें अपने साथ मिलाकर बुराई के खिलाफ युद्ध में विजय प्राप्त की थी। व्यक्ति को इससे बेहतर सोच और चारित्रिक दृढ़ता का प्रमाण और क्या मिल सकता है। श्रीराम राजाओं के राजा थे, उन्होंने हमारे दिल और दिमाग पर राज किया है। साल दर साल बुराई पर अच्छाई की विजय के रूप में हम दशहरा मनाते हैं। हम उनके गुणों का अपने हृदय से अनुसरण करते हैं। यह भी हमारे लिए हितकारी है कि हमने दशहरे को प्रतिवर्ष मनानेवाला त्योहार बना रखा है। श्रीराम के जीवन की कठिनाइयों से आम आदमी शक्ति प्राप्त करता है।

हम राम और रावण के महाकाव्य युद्ध का मंचन भी करते हैं। हम श्रीराम की विजय का आनंद मनाते हैं और राक्षस राज रावण की मृत्यु पर आँसू भी नहीं बहाते हैं। हमारे मानव समाज का यह एक व्यावहारिक पक्ष है कि अच्छाई की विजय का उत्सव मनाया जाता है तथा बुराई की पराजय पर दुःखी नहीं होते हैं।

संत तुलसीदास ने अपने महाकाव्य 'रामचरितमानस' में श्रीराम को देवतुल्य मानकर उन्हें वही स्थान दिया है। हालाँकि श्रीराम ने स्वयं इस स्थिति को नकारते हुए सर्वोच्च ईश्वर से राक्षसों से युद्ध में विजय प्राप्त करने के लिए शक्ति की आराधना की थी। राम-रावण के अंतिम युद्ध के दौरान श्रीराम पैदल ही युद्ध कर रहे थे, जबकि रावण एक शक्तिशाली रथ पर सवार था। हताश एवं आतंकित विभीषण के मनोबल को श्रीराम ने निम्न रूप में उस समय बढ़ाया, जब वह 'विजय रथ' की चर्चा कर रहा था, धैर्ययुक्त शौर्य मेरे रथ के पहिए हैं, सत्य इसकी पताका तथा बुद्धिमानी व वीरता इसके घोड़े, दयालुता लगाम और गुरु की आज्ञायुक्त ईश्वर की प्रार्थना मेरे अभेद्य अस्त्र हैं। युद्ध में विजय के लिए अब इससे अच्छा रथ और कौन सा हो सकता है?

श्रीराम ने हमेशा ही अतिरिक्त जिम्मेदारियों को प्रसन्नतापूर्वक स्वीकार किया। उन्होंने समाज के होनेवाले खतरों का आगे बढ़कर सामना किया और अपनी

जिम्मेदारियों से कभी पीछे नहीं हटे। उनकी जिम्मेदारी की बेहतरीन भावना तब देखने को मिली जब ऋषि विश्वामित्र द्वारा राजा दशरथ के कहने पर श्री राम और उनके छोटे भाई लक्ष्मण तपोवन में राक्षसों के आतंक से मुक्ति दिलाने गए थे। राक्षस ऋषियों के द्वारा बनाए हवन कुंड में रक्त और मांस डालकर उनकी धार्मिक क्रियाओं में बाधा डाल देते थे। हालाँकि राजा दशरथ श्रीराम को जंगल में उन राक्षसों का सामना करने उनकी कम उम्र की वजह से भेजने में रुचि नहीं दिखा रहे थे, परंतु श्रीराम ने स्वयं इसमें ना-नुकुर नहीं की थी। वे ऋषियों की सेवा और नेकी के मार्ग को प्रोत्साहित करने में प्रसन्न थे।

एक बार उनका सामना ताड़का नामक राक्षसी से हुआ। यहाँ तक कि जब वह राक्षसी रासायनिक युद्ध करने लगी तब भी उन्होंने धर्मयुद्ध के नियमों का पालन जारी रखा था। वह राक्षसी मायावी युद्ध में माहिर थी, परंतु श्रीराम उसके छलबल को पहचानने में कुशल थे। अपनी योग शक्ति को हथियार के रूप में इस्तेमाल करते हुए श्रीराम ने उसे और राक्षसों को पराजित किया। राक्षसों के साथ हुए इस युद्ध में राम को बहुत जोखिम उठाते हुए अपनी जान खतरे में डालनी पड़ी, परंतु अपने दृढ़ निश्चय से उनकी विजय हुई। हम वाकई अपने दैनिक जीवन में होनेवाले संघर्षों में युद्ध जीतने के लिए प्रोत्साहित होते हैं।

आज की दुनिया में जो राजनीतिज्ञ देश चला रहे हैं वे आमतौर पर 'स्वयं से पहले सेवा' के भाव की बात करते हैं। ऐसा देखा जाता है कि आज के स्वयं सेवावाले प्रशासक स्वयं को समाज से ऊपर रखते हैं और फिर राज्य के शत्रुओं के द्वारा पेश किए गए लालच से नष्ट हो जाते हैं। प्रत्यक्षत: उन्होंने श्रीराम के जीवन से थोड़ा भी नहीं सीखा। श्रीराम ने अपने निजी आराम के बजाय जीवन को जोखिम में डालकर कठिनतम कार्य किए थे। दक्षिण भारत के घने जंगलों में उनका सामना सभी तरह के राक्षसों से बार-बार हुआ। खर और दूषण वहाँ दो ऐसे भयानक राक्षस सेनापति थे, जिन्हें कपट युद्ध और विशेष अस्त्रों में महारथ हासिल थी। श्रीराम ने उनसे कभी भी शांति की प्रार्थना नहीं की, बल्कि उनके विरुद्ध लड़ते हुए उन्हें इस दुनिया से हटा दिया।

राक्षसों के साथ हुए उनके इस अंतहीन युद्ध का एक महत्त्वपूर्ण बिंदु यह भी है कि उन्हें स्वयं भी लंका के राजा रावण से युद्ध करना पड़ा था। जैसा कि बताया जा चुका है कि रावण के पास अपने राज्य की सभी तरह की शक्तियाँ थीं, जबकि श्रीराम के पास केवल उनकी वीरता और यौगिक शक्ति थी। इसमें संदेह नहीं है कि

उनकी मित्रता और प्रशिक्षण कम सभ्य वनजातियों को प्राप्त हुआ और उनके साथ जामवंत और अति समर्पित हनुमानजी व अंगद जैसे सेनापति थे फिर भी सेना के मामले में राजा रावण अधिक बलशाली था।

उन परिस्थितियों में एक साधारण व्यक्ति अधिक आतंकित होगा और संभवत: अपनी पीठ दिखा देगा, परंतु श्रीराम ने ऐसा नहीं किया। यह उनका आत्मविश्वास और दृढ़ता ही थी, जिसके कारण वे विपरीत परिस्थितियाँ, जिनमें उनके भाई लक्ष्मण भी घायल हो गए थे, से हार नहीं माने थे। वे भाई के कष्ट में अपने दुर्भाग्य पर दु:खी हो सकते थे, परंतु उन्होंने अपना हौसला बनाए रखा था और मानवीय रूप से उसे हासिल करने की हर कोशिश भी की थी। वास्तव में वे एक महापुरुष थे और उनके जीवन का अनुकरण हर व्यक्ति उनके इस संसार के जाने के हजारों साल बाद तक करता है।

श्रीराम हमें जीवन के संघर्ष को जीतने की प्रेरणा प्रदान करते हैं।

□

26

योगेश्वर श्रीकृष्ण–हमारे प्रेम के आदर्श

जब मैं पृथ्वी पर रह चुके अति प्रभावशाली व्यक्ति के बारे में सोचता हूँ, तब मुझे श्री कृष्ण का ही विचार आता है। वे वास्तव में एक अति सुंदर व्यक्ति थे। वे कई सहस्त्राब्दियों से लाखों स्त्री व पुरुषों के लिए प्रेम के आदर्श रहे हैं। उन्होंने अपना जीवन मानवता के कल्याण के लिए समर्पित कर दिया था। उन्होंने राजाओं और आमजन सभी की प्रसन्नता और दुःख में हिस्सेदारी निभाई थी। उनका जन्म कलियुग से पहले द्वापर में हुआ था। 'युग' काल की एक बहुत बड़ी इकाई है। अनुमानतः वे 5,000 साल पहले मथुरा के एक धर्मपरायण माता-पिता के यहाँ पैदा हुए थे, जिन्हें उस समय के राजा कंस ने कैद में डाल रखा था। कंस जो कि उस समय वहाँ का राजा होने के साथ-साथ उनका निकट संबंधी भी था। इस प्रकार श्री कृष्ण का जन्म जेलखाने में हुआ था, परंतु वे अपने सद्गुणों, कठोर परिश्रम एवं मानवीय गुणों की वजह से मानवता के उद्धारक भी बने थे।

श्रीकृष्ण का स्वभाव वाणी और कर्तव्य दोनों ही रूपों में इतना मधुर था कि मानवों के साथ-साथ पशु भी उनसे प्रेम करते थे। सभी जीवित प्राणी उनके पास आने के लिए आतुर रहते थे। वे उन सभी को अपना मानकर अपने गले से लगाते थे। स्त्री एवं पुरुषों के लिए इसी भावना को वेद मंत्र के रूप में व्यक्त किया गया है।

मित्रस्य चक्षुसा सर्वाणि भूतानि समीक्षन्ताम्

सभी जीवित प्राणियों को हमें अपना मित्र समझना चाहिए। इसी वैदिक

शिक्षा का कृष्ण ने अनुसरण भी किया था। आखिरकार उन्होंने अपनी शिक्षा ऋषि संदीपनी के गुरुकुल आश्रम से प्राप्त की थी और वहीं से उन्होंने अपने सांसारिक जीवन का आरंभ किया था। श्री कृष्ण और गरीब ब्राह्मण सुदामा की ऐतिहासिक मित्रता की कथा भी वहीं की है और इस मित्रता को श्री कृष्ण ने बाद में भी निभाया था। पश्चिमी भारत में द्वारका के राजा के रूप में उन्होंने गरीब सुदामा को वही सम्मान और आदर प्रदान किया था, जिस तरह एक राजा अपने गुरुकुल के सहपाठी का मित्रवत् सम्मान करता है। वाकई यह उनके विशाल हृदयवाले उदार दान का एक प्रत्यक्ष उदाहरण था। वास्तव में यह जीवन भर की मित्रता का सुंदर उदाहरण है, जिन्हें सामाजिक स्तर के बहुत बड़े अंतर से फर्क नहीं पड़ता था। 'आवश्यकता के समय ही मित्र की पहचान होती है' इस कथन को श्रीकृष्ण ने अपने कर्मों के रूप में दरशाया था।

उनके आसपास के पशुओं में गाय ही आकर्षण का केंद्र थी। वे गायों को बहुत प्यार करते थे। वे गायों का ध्यान भी रखते थे। गायों के लिए तो वे एक चरवाहे ही थे। वे जब अपनी बाँसुरी बजाते थे, तब गाएँ उनके पास दौड़ी चली आती थीं। उनका गायों से प्रेम सिर्फ दूध के लिए ही नहीं था, बल्कि उन्हें उनका साथ भी अच्छा लगता था। यह वही जीवात्मा थी जो कि कर्म का मूर्तरूप लिये हुए थी। इसीलिए गायों के साथ भी उनका संबंध दार्शनिक था। श्री कृष्ण ने पशु प्रेम का मार्गदर्शन किया और उनके संबंधियों ने इसका पालन भी किया था। गाय के द्वारा सांकेतिक रूप में सभी जीवों से एक भाईचारा भी यहाँ पैदा हुआ था। व्यक्ति को प्रेम के इस बंधन के लिए वैदिक विचारधारा का अनुभव करना होगा तथा इसे जानना होगा। आज की इस दु:ख भरी दुनिया में जीवन के इस दर्शन को समझना और भी अधिक आवश्यक है। श्री कृष्ण को गोपाल यानी गौ रक्षक एवं पालक के रूप में भी जाना जाता है। हमें उनका अनुसरण करते हुए स्वयं को गौ रक्षक एवं गौ की संतति की सुरक्षा के रूप में नव गोपाल बनने का प्रयास करना चाहिए। इससे विश्व में घृणा की बजाय आर्थिक एवं पर्यावरणीय सुधार का विस्तार होगा तथा यह वास्तव में पृथ्वी पर शांति का एक अग्रदूत बनेगा।

श्रीकृष्ण की कई जीवन कथाओं में बहुत सी कहानियाँ मिथ्या रूप से उनकी शृंगार प्रकृति के बारे में भी बताई गई हैं। इस बारे में राधाजी और श्रीकृष्ण के प्रणय को कुछ दार्शनिकों ने आत्मा और परमात्मा के मिलन के रूप में भी दरशाया है। वर्तमान लेखन में हम श्रीकृष्ण को एक महापुरुष या एक महान्

व्यक्ति के रूप में प्रस्तुत कर रहे हैं। सर्वशक्तिमान से किसी भी व्यक्ति की समानता न तो है और न ही करनी चाहिए। इसीलिए प्रेम का उपर्युक्त दर्शन भ्रामक होने के साथ-साथ वेदों के कथन के अनुरूप नहीं है। इस अर्थ में यही कहा जा सकता है कि जिस समय श्रीकृष्ण वृंदावन से मथुरा दुष्टों की शैतानी शक्तियों के प्रभाव को समाप्त करने गए थे उस समय वे किशोर वय की दहलीज पर ही थे। राधा उस समय पूर्णरूपेण एक घरेलू युवती थीं। यहाँ किसी भी तरह का प्रेमोन्माद नहीं था। इस संदर्भ में बहुत सी प्रेम कथाएँ सिर्फ कपोल कल्पित काव्य हैं, जिन्होंने उस महान् व्यक्ति को लाभ पहुँचाने की बजाय सिर्फ नुकसान ही पहुँचाया है अन्यथा उस महान् व्यक्ति का चरित्र निष्कलंक है। श्रीकृष्ण के बारे में स्वामी दयानंद सरस्वती के विचार—

"महाभारत में वर्णित श्रीकृष्ण की कहानी वाकई अद्भुत है। उनके गुण, विचार, कर्म, चरित्र अर्थात् उनका संपूर्ण व्यक्तित्व ही उन्हें ज्ञानी व्यक्तियों की श्रेणी में रखता है। उनके जन्म से लेकर मृत्यु तक की ऐसी कोई भी घटना नहीं है जिसमें वे धर्म के पथ से विचलित हुए हों।"

महान् ऋषि दयानंद ने श्रीकृष्ण के व्यक्तित्व को उन्हीं के रूप में वर्णित किया है। वास्तव में यह महाभारत के महाकाव्य में संग्राम एवं युगांतर की घटना थी, जो श्रीकृष्ण के सर्वश्रेष्ठ रूप को प्रस्तुत करती है। वे एक योगेश्वर के रूप में, यानी एक ऐसे व्यक्ति के रूप में सामने आए, जिनकी कला एवं योग विज्ञान दोनों में ही महारत थी। यह एक ऐसी स्थिति है जिसमें शारीरिक, मानसिक और आध्यात्मिकता के गुणों का एक ही बिंदु पर मिलन होता है तथा यह विभिन्न शक्तियों के जन कल्याण के लिए एक संयोजन है। श्रीकृष्ण के लड़कपन की कहानियों को एक तरफ रखते हुए हम उन घटनाक्रमों की तरफ बढ़ते हैं, जो उनके चरित्र के उत्कृष्ट ुणों को दरशाती है।

योगेश्वर श्रीकृष्ण एक ऐसे महान् व्यक्ति थे, जिन्होंने समाज को हमेशा अपने सम्मुख रखा था। उन्होंने जो कुछ भी किया, आम जन की भलाई के लिए ही किया था। इसमें उनका रत्ती भर भी स्वार्थ नहीं था। ऐतिहासिक रूप से राजा कंस का संहार उनका प्रथम संहार था। श्रीकृष्ण ने उस निरंकुश राजा का अंत करने के बाद उसके राज्य को नहीं लिया, बल्कि उपकार की भावना के साथ कंस के पिता उग्रसेन को भी उसका राज्य दिलाया। वहाँ की जनता इस बात से प्रसन्न थी कि उनका हितैषी शासक पुनः उनकी देखभाल कर रहा था और चारों तरफ

शांति फैली हुई थी।

श्रीकृष्ण ने यह तय कर रखा था कि वे गलत काम करनेवालों को दंडित अवश्य करेंगे। उनके लिए यह मायने नहीं रखता था कि दंडित व्यक्ति राजा है या साधारण नागरिक। ऐसे व्यक्ति का उनका निकट का संबंधी होना भी उनके लिए अर्थ नहीं रखता था। इसके लिए उनकी बुआ के पुत्र शिशुपाल का उदाहरण ही काफी है। शिशुपाल राजघराने का सदस्य होने के बावजूद श्रीकृष्ण द्वारा भरी सभा में मारा गया, क्योंकि उसने मानवता के विरुद्ध अपराध किया था।

श्रीकृष्ण बहुत ही शांतिप्रिय थे। वे युद्धोन्मादी कभी नहीं थे। जब बुरी शक्तियों का नेतृत्व करनेवाला दुर्योधन ने पांडवों को उनका हक देने से इनकार कर दिया था तब श्री कृष्ण ने स्वयं को कौरवों की सभा में शांति के दूत के रूप में प्रस्तुत किया था। शांति स्थापना में उन्होंने एक महत्त्वपूर्ण भूमिका अदा की थी। उन्होंने पांडवों को युद्ध की निरर्थकता बताते हुए इसके लिए तैयार कर लिया था कि यदि कौरव उन्हें राज्य के बदले पाँच गाँव भी दे दें तब भी वे सम्मान के साथ रह लेंगे। किंतु दुष्ट दुर्योधन ने उनकी अनसुनी करते हुए पांडवों को सूई की नोक के बराबर भूमि देने से इनकार कर दिया था। अंधे राजा धृतराष्ट्र राष्ट्र हित की अनदेखी करते हुए अंधे बने रहे और अपने पुत्र को प्रोत्साहित भी करते रहे। इस प्रकार यह शांति का मिशन असफल हो गया। युद्ध अपरिहार्य हो गया था। बुरी ताकतों के विरुद्ध नेक ताकतों का जवाब ही महाभारत था।

युद्ध में उतरने से पहले कृष्ण ने कूटनीति का भी प्रयोग किया था। वे जानते थे कि एक बार जब महारथी कर्ण कौरवों का साथ छोड़ देगा और पांडवों के साथ शामिल हो जाएगा, जिनका वह भाई भी था तो यह युद्ध शुरू होने से पहले ही समाप्त हो जाएगा। उन्होंने कुंती को कर्ण के पास यह बताने के लिए भेजा कि वह उसी की संतान है, जिसका जन्म उसके विवाह से पूर्व ही हो गया था, इसी वजह से उसे त्याग देना पड़ा था। श्रीकृष्ण ने कौरवों के द्वारा बनाए हिंसा के मार्ग से समाज की रक्षा करने के लिए कर्ण को समझाने का बहुत प्रयास किया था। हालाँकि यह या तो बहुत जल्दी था या फिर इसमें काफी देर हो चुकी थी। कर्ण ने हर हाल में कौरवों के साथ ही रहने का चयन किया था। अब सिर्फ युद्ध ही युद्ध था।

इस महाकाव्य के संग्राम की युद्ध भूमि कुरुक्षेत्र चुनी गई थी, जहाँ 18 दिनों तक युद्ध हुआ था और इसे महाभारत का नाम दिया गया। इसने भारत के इतिहास

पर एक अमिट छाप छोड़ दी थी। युद्ध के आरंभ होने से पूर्व पांडवों की सेना के प्रमुख अर्जुन ने युद्ध से इनकार कर दिया था, उनका हृदय द्रवित होकर बैठ गया था। उनकी युद्ध की इच्छा समाप्त हो चुकी थी। वे अपने बंधुओं व आचार्यों की हत्या इस सांसारिक राज्य के लिए नहीं करना चाहते थे। वास्तव में वह इतना अधिक किंकर्तव्यविमूढ़ हो चुका था कि उसने अपना धनुष-बाण तक नीचे रख दिया और अपनी सेना का नेतृत्व करने की स्थिति में भी नहीं था। यहाँ योगेश्वर श्रीकृष्ण उन मानवों के लिए ऐसे प्रेरणा स्रोत बने, जो उलझन की स्थिति में थे। उनकी शिक्षा और मनोवैज्ञानिक दृष्टिकोण ने अर्जुन को युद्ध के लिए तैयार किया और वह वापस युद्ध का संचालन कर सका। इस युद्ध का इनकार अर्जुन को इतिहास में एक ऐसे कायर के रूप में निरूपित करता जो अपने कर्तव्य से भाग जाता है। श्रीकृष्ण ने अर्जुन को उपदेश दिया, ''अपना कर्तव्य करो, इसके फल से तुम्हारा कोई संबंध नहीं है।'' उन्होंने इस तथ्य पर जोर देते हुए कहा कि क्षत्रिय का यह धर्म है कि वह धर्म की रक्षा करे और बुराइयों का नाश करे। इसलिए जैसा श्री कृष्ण ने कहा है कि व्यक्ति को पूर्ण दृढ़ता के साथ युद्ध जीतने के लिए युद्ध करना चाहिए। श्रीकृष्ण का यह संदेश महाभारत के युद्ध में जितना अर्जुन के लिए था उतना ही यह आज के सभी नर-नारियों के लिए है। युद्ध की समाप्ति पर पांडव विजयी हुए और कौरव नष्ट हो गए। इस स्थिति में श्रीकृष्ण ने ही मार्गदर्शक की भूमिका निभाई थी।

श्रीकृष्ण को योगेश्वर भी कहा जाता है, क्योंकि उन्होंने योग का उपदेश दिया और उसे व्यवहार में भी लाए। उन्होंने जीवन में पूर्ण संतुलन की ही वकालत की, चाहे वह भोजन हो या स्वयं या समाज के लिए कर्तव्य और यही स्वयं तथा समाज के प्रति कर्तव्य भी है। ठीक इसी तरह का संतुलन हमें अपने ध्यान और ईश्वर अनुभूति के लिए बनाए रखना चाहिए। श्रीकृष्ण ने इसी भावना को श्रीमद्‌भगवत्‌गीता के छठे अध्याय के सत्रहवें श्लोक में व्यक्त किया है—

युक्ताहारविहारस्य युक्तचेष्टस्य कर्मसु।
युक्तस्वप्नावबोधस्य योगोभवति दुःखहा॥

□

27

नवचेतनायुक्त ऋषि

इस समय वाकई भारत में अंधकार युग चल रहा था। राजनीतिक रूप से यह भी कहा जा सकता है कि शासक और शासित दोनों की स्थिति बहुत अधिक खराब थी। सैनिक व्यवस्था में अधिकारियों और जवानों सभी के हौसले पस्त थे। विज्ञान और अनुसंधान के क्षेत्र में एक निष्क्रियता थी। धर्म तिजोरियों में बंद पड़े थे तथा आमजन परंपराओं पर निर्भर थे, जो कि बिलकुल ही खोखले थे तथा स्त्रियों और पुरुषों को जब उनकी बहुत आवश्यकता पड़ती, तब वे उनका बहुत ही कम सहयोग करते थे। पंडित, पादरी और मुल्ला ऐसे परजीवी बन चुके थे, जो दूसरों की सहायता से अपना जीवनयापन करते तथा समाज से इन्हें जो कुछ भी प्राप्त हो चुका है उसकी कीमत चुकाने की जरूरत भी नहीं समझते थे। धर्म एक अनजानी चीज और एक ऐसा शब्द बन गया था, जिसमें तंत्र या अन्य चालबाजियाँ आपस में गड्ड-मड्ड होकर सिर्फ ठगों की ही सहायता करती थीं। समाज के निर्धन वर्ग और स्त्रियों का शोषण किया जा रहा था तथा कोई भी नेता या शासक ऐसा नहीं था जो कि इस शोषित समाज की तरफ देखता तथा अपनी धार्मिकता और सामाजिक निर्धनता में सुधार करता। यह स्थिति बहुत ही दु:खद थी तथा किसी भी तरह की आशा की किरण नहीं नजर आ रही थी।

इस अंधकारमय परिदृश्य में भारत के काठियावाड़ जिले में एक महान् आत्मा का जन्म हुआ। इन्होंने एक आवाज दी—"वेदों की तरफ वापस चलो।" इनका इस तथ्य पर विशेष जोर था कि मानवों को अपना जीवन वेदों के सिद्धांत पर चलते हुए प्रसन्नतापूर्वक जीना चाहिए, क्योंकि इसे सर्वशक्तिमान ईश्वर ने

मानव की रचना के समय ही उच्च कोटि के ऋषियों एवं संतों के माध्यम से मोक्ष यानी जन्म-मरण एवं पुनर्जन्म के बंधन से मुक्त होने के लिए बनाया था। वेद जाति, धर्म, रंग या लिंग से अलग हटकर सभी के लिए है। सभी मानवों का वेद मंत्रों के जाप व इनके मनन पर अधिकार है। यह धार्मिक पुनर्जागरण की एक उत्कृष्ट स्थिति है, जिसने दुनिया भर के सभी स्त्री एवं पुरुषों को प्रसन्नता प्रदान की है। विश्वास की स्वतंत्रता लानेवाले इन नवचेतनायुक्त ऋषि को हम स्वामी दयानंद सरस्वती के नाम से जानते हैं, ये एक महान् व्याकरणज्ञाता और वैदिक ज्ञानी स्वामी विरजानंद सरस्वती के शिष्य थे।

स्वामी दयानंद सरस्वती का जन्म सन् 1824 में भारत में राजकोट के काठियावाड़ जिले के तंकारा गाँव में हुआ था, जिसे अब सौराष्ट्र के नाम से जाना जाता है। इनके पिता का नाम करसनजी तिवारी था तथा वे राज्य के कर अधिकारी थे, इन्होंने इनका नाम मूलशंकर रखा। वह छोटा बच्चा संस्कृत और धार्मिक पुस्तकों के पठन में लगा रहा। युवावस्था तक पहुँचते-पहुँचते उन्हें यजुर्वेद के पाठ पूरी तरह से कंठस्थ हो चुके थे तथा अपनी इस विलक्षण स्मृति से इन्होंने अपने शिक्षकों और सहयोगियों को आश्चर्यचकित कर दिया था। सचमुच अब एक बेहतर भविष्य आने ही वाला था। वहीं गाँव के सीमाक्षेत्र में बहनेवाली डेमी नदी के किनारे ही वह जीवन विकसित हो रहा था। इसी नदी के तट पर एक छोटा सा शिव मंदिर भी था, जहाँ मूलशंकर के परिवारजन महाशिवरात्रि को भगवान् शिव की पूजा-अर्चना के लिए इकठ्ठा हुए थे। इसी मंदिर की घटना मूलशंकर के जीवन की दिशा परिवर्तन की एक महत्त्वपूर्ण घटना थी, जो पहले भारत और फिर विश्व के लिए भी महत्त्वपूर्ण थी। जब इतिहास ने करवट बदली तब तेरह वर्षीय मूलशंकर एक शिवभक्त था। वहीं शिवलिंग पर पिछली शाम को चढ़ाई गई पूजन की खाद्य-सामग्री को एक छोटा सा चूहा चढ़कर खाने लगा। चूहे के पीछे उसके साथी भी थे। उस रात सभी भक्त गहरी नींद में सो रहे थे, जबकि मूलशंकर शिवदर्शन की इच्छा मन में सँजोए जगा हुआ था। उसने देखा कि वे छोटे-छोटे चूहे उस शिवलिंग को अपवित्र कर रहे थे और वह असहाय मूर्ति अपनी बेइज्जती बरदाश्त कर रही थी। मूलशंकर शाम को वापस घर पहुँचा तब उसकी माँ ने उसे दिन भर के उपवास को समाप्त करने के लिए खुशी से उसे बहुत अच्छा खाना खिलाया। युवा मूलशंकर ने उसी समय ठान लिया था कि वह वास्तविक ईश्वर के प्रति अपनी जिज्ञासा शांत करेगा। वही सर्वशक्तिमान जिसके

बारे में वेदों ने बताया है कि वह किसी बंधन या आकार में नहीं हो सकता तथा वह सर्वत्र है। यही भारत में धर्म के पुनर्जागरण की शुरुआत थी। यही आध्यात्मिक और बौद्धिक आंदोलन की नींव थी, जिसे आगे चलकर आर्यसमाज के नाम से जाना गया। इसकी औपचारिक नींव सन् 1875 में पड़ी थी।

अब एक महान् तलाश का आरंभ हो चुका था। 22 वर्ष की अवस्था में जब उन पर विवाह का दबाव पड़ने लगा तब उन्होंने अपने माता-पिता का घर छोड़ दिया और आध्यात्मिक तलाश एवं ज्ञान की खोज में उनकी बहुत से महात्माओं से मुलाकात हुई तथा अब मूलशंकर से वे सुधा चैतन्य बन चुके थे। सर्वशक्तिमान ईश्वर की अपनी अनवरत खोज में उनकी भेंट कई बार बेईमान धर्मगुरुओं से हुई, परंतु उन्होंने अपनी इस तलाश को बंद नहीं किया। जगह-जगह घूमते और महात्माओं से मुलाकात करते हुए इस युवा अन्वेषक ने वर्णाश्रम के चतुर्थआश्रम यानी संन्यास को अपनाने का दृढ़ निश्चय किया। वेदों के महान् ज्ञाता स्वामी पूर्णानंद सरस्वती ने उन्हें संन्यास आश्रम की प्रेरणा दी। इस प्रकार तपस्वी के रूप में जन्म लेनेवाले स्वामी दयानंद सरस्वती, जिन्होंने वेदों के महान् ज्ञाता होने के साथ-साथ, इनका भाष्य भी किया तथा सत्यार्थ प्रकाश, ऋग्वेदादि भाष्य भूमिका तथा संस्कार विधि आदि पुस्तकें भी लिखीं। इन्होंने स्वयं ही वास्तविक वैदिक धर्म का प्रचार किया तथा इसके लिए दूर-दराज भारत में यात्राएँ भी कीं एवं जनता को जाग्रत् भी किया। इसी के साथ भारत के आमजन का नींद से जागना भी शुरू हो गया। उनकी धार्मिक वार्त्ताओं की सभा में सभी तरह के लोग एकत्रित होते थे।

हम यहाँ उनके जीवन की कुछ घटनाएँ याद कर सकते हैं, जिनसे हमें पता चलता है कि उन्होंने जन समुदाय का विश्वास, सामाजिक एकता एवं एक वैदिक धर्म के साथ संयुक्त करने के अलावा राष्ट्र को मजबूत बनाने में भी योगदान दिया था। स्वामी दयानंद सरस्वती ने सभी आर्यसमाज के लोगों को लोकतांत्रिक रूप में अपना व्यवहार रखने की सलाह दी थी। 10 अप्रैल, 1875 शनिवार को जब आर्यसमाज की स्थापना मुंबई के काकड़वाड़ी क्षेत्र में हुई थी तब सभा ने स्वामीजी से संगठन की अध्यक्षता करने का अनुरोध किया, परंतु वे इसे अस्वीकार करते हुए एक साधारण सदस्य ही बने रहे। उन्हें इसे सँभालने के लिए स्थानीय समझदार लोगों पर बहुत विश्वास था। वे इसके लिए किसी एक व्यक्ति पर निर्भर नहीं रहना चाहते थे, चाहे वह व्यक्ति कितना भी समझदार क्यों न हो। जब कभी आर्यसमाज

के नए सदस्यों में आपसी मतभेद होता या वे निरर्थक दोषारोपण करते थे तब स्वामीजी उन्हें परामर्श देते थे कि किसी तरह का तमाशा बनाने या कानून की तरफ भागने की बजाय वे इस सामाजिक एवं धार्मिक समस्या का हल स्वयं ही निकालें। वे सामाजिक समस्याओं के लिए कानूनी प्रक्रिया को अपनाने के खिलाफ थे। उन्होंने इसे अपनी वसीयत में पहले मेरठ और बाद में उदयपुर राजस्थान में स्पष्ट कर दिया था। आर्यसमाज के समर्थकों को अपने परामर्शदाता की आज्ञा मानते हुए न्यायालय के दलदल में फँसने से स्वयं को बचाए रखा, क्योंकि वहाँ तो देवताओं को भी जाने से भय लगता है। वाकई उस समय आर्यसमाज की छवि आज से बेहतर रही होगी।

स्वामी दयानंद सरस्वती ने आर्यसमाज के आर्यों को परामर्श दिया था कि वे अपने उन धार्मिक सहयोगियों के साथ एक चट्टान की तरह खड़े रहें, जो विरोध का सामना करने के लिए आगे बढ़ते हैं। इस संदर्भ में उत्तर प्रदेश के मुरादाबाद जिले की एक घटना है। मुंशी इंद्रमणि, जिन्होंने बहुत सी पुस्तिकाएँ और पुस्तकें लिखी हैं, जिससे उन्होंने वैदिक सिद्धांतों पर इसलाम के प्रहार की आलोचना की है तथा इसलाम के अंतर्विरोधों पर वापस प्रहार भी किया है। इसके परिणामस्वरूप उन्हें न्यायालय में मुकदमे का सामना करने के लिए बुलाया गया। स्वामी दयानंद सरस्वती ने सभी आर्य समाजियों को पत्र लिखा तथा उनसे मुंशी इंद्रमणि की सहायता करने के लिए नैतिक तथा धन का सहयोग करने के लिए भी कहा। शुरुआत में तो मुंशीजी को दोषी ठहरा दिया गया था, परंतु जब आर्य समाजियों ने मुकदमा किया तब वे दोषमुक्त कर दिए गए। स्वामीजी के द्वारा तैयार आर्यों की एकता का यह एक पुरस्कार रूपी परिणाम सामने आया था।

स्वामी दयानंद सरस्वती आर्यों और सभी भारतीयों के बीच एकसूत्रता बनानेवाली भाषा के प्रमुख नायक थे। उन्होंने आर्य भाषा या हिंदी को बहुत महत्त्व दिया था। स्वामीजी स्वयं गुजराती थे तथा बचपन से ही अपनी मातृभाषा में बोलते थे, परंतु उन्होंने संस्कृत भाषा में अध्ययन किया तथा समस्त भारतीयों को एकता सूत्र में बाँधने के लिए हिंदी को ही प्रोत्साहित किया था। इसमें आश्यर्च नहीं है कि उनके सभी शोध कार्य संस्कृत और हिंदी भाषा में ही लिखे गए थे। जब भारत सरकार ब्रिटिश राज के अधीन थी तब इसने विभिन्न प्रांतों के न्यायालय की कार्यालयी भाषा के लिए हंटर आयोग को इस मुद्दे को तय करने हेतु नियुक्त किया था। तब स्वामी दयानंद ने हिंदी के लिए अभियान चलाया था। हालाँकि

इस मामले में उन्हें थोड़ी ही सफलता बिहार और केंद्रीय प्रांतों में मिली, लेकिन फिर भी इनका अभियान जारी रहा। आम आदमी इसके लिए प्रेरित किया गया और उसका हौसला ऊँचा उठा हुआ था। वैदिक सिद्धांतों का झंडा ऊपर था और जनसाधारण के बीच फहरा रहा था।

आर्यसमाज के संस्थापक ने समाज की एकता पर स्वयं को पूरी तरह से केंद्रित किया था। इन्होंने स्वयं को एक वर्ग के संस्थापक के रूप में हिंदुओं के बड़े समाज से कटकर अलग-थलग रूप में नहीं दिखाया था। उन्होंने इस तथ्य पर बल दिया था कि आदिकालीन वैदिक धर्म ही उनका मत है और मूल पाठ के वेद मंत्र ही यह तय करते थे कि क्या धर्म था और क्या धर्म नहीं था। वे यह जान चुके थे कि बंगाल या ब्रह्म समाज किस तरह से अपने पूर्वजों के मार्ग से हटकर ईसाई धर्म की तरफ झुक रहा था। जड़ तो आखिर जड़ ही होती है, यदि रोग को दूर करके इसमें सुधार की खुराक दी जाती है तथा किसी भी हालत में जड़ों को कटने से बचाया जा सकता है। स्वामीजी ने सत्यार्थ प्रकाश के लेखन के समय इसी तथ्य को स्पष्ट कर दिया था।

इस प्रकार स्वामीजी उन लोगों या संगठनों पर सामने से प्रहार करने में एक पल के लिए भी नहीं हिचकिचाए। जो लोग भारतीय अर्थव्यवस्था को गायों को काटकर नुकसान पहुँचा रहे थे। उन्होंने गौ हत्या के विरोध में एक जनआंदोलन चलाया और भारत की तत्कालीन महारानी विक्टोरिया को यहाँ के राजाओं और आमजन की हस्ताक्षरयुक्त याचिका पेश की थी। इसके साथ-साथ यह आंदोलन सामाजिक एकता का भी था। दुर्भाग्य से स्वामी दयानंद सरस्वती की असमय मृत्यु ने एकता के इस आंदोलन पर एक गहरा आघात किया था परंतु अब यह उनके समर्थकों का दायित्व है कि वे इसे वहीं से आगे ले चलें, जहाँ से उन्होंने इसे छोड़ा था।

वे नवचेतनायुक्त ऋषि धर्मांध नहीं थे। वे खुले विचारोंवाले और अपने प्रति नेक भाव से दिए गए परामर्शों पर अमल भी करते थे। ब्रह्म समाज के आचार्य केशव चंद्र सेन की एक बार स्वामीजी से कलकत्ते में मुलाकात हुई और उन्होंने परामर्श दिया कि पत्र में उनकी वार्त्ता संस्कृत की बजाय हिंदी में हो, ताकि आम आदमी उसे समझ सके और प्रशंसा भी कर सके, साथ ही साथ शिक्षित महिलाएँ भी उनसे वेद मंत्रों की विवेचना सुनने में इच्छुक थीं, परंतु उन्हें ऋषि के कम कपड़ों से ढके शरीर को देखकर शर्म आती थी। ऋषि ने इन दोनों ही परामर्शों को

स्वीकार कर लिया और उसी के अनुसार व्यवहार भी किया। उनको सुननेवालों की भीड़ बहुत ही अधिक बढ़ चुकी थी। लोग दूर-दूर से उनको सुनने और देखने आते थे। बंगाल के बौद्धिक वर्ग में उनके भाषणों का बहुत असर हुआ। इस लेख को लिखने का उद्देश्य ऋषि के जीवन एवं उनकी उन छोटी-छोटी घटनाओं को प्रकाशित करना है, जिनका ऐतिहासिक रूप से दूर-दूर तक बहुत प्रभाव पड़ा था। आदिकालीन और सच्चे वैदिक धर्म के प्रसार व प्रचार के लिए की गई उनकी यात्राओं का भी विशेष महत्त्व है। उत्तर में मुल्तान से दक्षिण में पूना, पश्चिम में राजकोट से पूरब में कलकत्ते तक उन्होंने वैदिक धर्म को लोगों तक पहुँचाया तथा बीच में पड़नेवाले बहुत से शहरों, गाँवों, कस्बों में भी पहुँचाया और वार्त्ताएँ की थीं। इन यात्राओं में कई बार उनका जीवन संकट में पड़ा, परंतु उन्होंने अपने मिशन की निरंतरता बनाए रखी। सन् 1872 में लाहौर में आर्यसमाज की स्थापना के बाद पंजाब आर्यसमाज का गढ़ बन चुका था। सन् 1875 में जब बंबई में आर्यसमाज की स्थापना हुई थी तब इसमें 28 सिद्धांत थे, जिन्हें बाद में संक्षिप्त करके 10 तक ला दिया गया था। ये सभी सिद्धांत आज के समय के अनुरूप हैं।

हमें राजपूताना के बारे में भी याद रखना चाहिए, जहाँ ऋषि ने अपने कार्यक्षेत्र में जीवन के अंतिम साल बिताए थे। ऋषि का उद्देश्य यहाँ के शासकों को प्राचीन मनु स्मृति में संस्कृत में लिखी अच्छी मानक प्रणाली के बारे अवगत कराने के साथ-साथ उन्हें व्यवहार में लाने के लिए प्रेरित करना भी था। इन्हें राजस्थान के मेवाड़ जिले में एक बड़ी सफलता भी प्राप्त हुई थी। वहाँ के राजा महाराणा सज्जन सिंहजी इनके परम भक्त बन चुके थे। महाराणा ने ऋषि के चरणों में बैठकर संस्कृत और मनुस्मृति का अध्ययन किया था। परिणामतः मेवाड़ की शिक्षा पद्धति को वैदिक स्तर के अनुसार पुनराभिमुख किया गया। यहाँ के शासक स्वयं ही अपने राजमहल में हवन कराते थे। यह आर्यसमाज की एक बड़ी सफलता थी। एक अन्य राजा शाहपुरा भी वैदिक धर्म के सिद्धांतों का अनुसरण करने लगे थे। यहाँ के शासक श्री नाहर सिंह वर्मा आर्यसमाज के समर्थक बने तथा इन्होंने अपने छोटे से राज्य की शिक्षा प्रणाली में भी सुधार कराया। ये दोनों ही शासक परोपकारिणी सभा के अध्यक्ष बने, यह सभा स्वामी दयानंद सरस्वती के द्वारा ही स्थापित की गई थी और स्वामीजी की इच्छा तथा वसीयत के अनुसार उनके मिशन के लिए इन्हें इसका उत्तराधिकारी भी बनाया गया था। किंतु जोधपुर राज्य स्वामीजी की रक्षा न कर सका तथा पुनर्जागरण एवं सुधारवाद के शत्रुओं ने

उन्हें विष देकर उनके जीवन का अंत कर दिया।

स्वामी दयानंद सरस्वती ने अपनी अंतिम साँस तक जो भी कहा, वही व्यवहार में अमल भी किया। ईश्वर के प्रति उनका अटूट विश्वास अजमेर में उनकी अंतिम साँस तक बना रहा, जहाँ वे अपनी गंभीर बीमारी में एक महीने एक दिन तक रहे थे। इस स्थान पर कभी-कभी तो उनका इलाज त्रुटिपूर्ण था और कभी तो उनके पीड़ित शरीर को इधर से उधर ले जाना भी अनावश्यक था, फिर भी नवचेतनायुक्त ऋषि ने इसे भी हँसते-हँसते सहन कर लिया और 30 अक्तूबर, 1882 को दीपावली की शाम को उनका निधन हो गया। स्वामीजी ने अपने बिस्तर पर बैठकर वेद मंत्रों का जाप करते हुए सर्वशक्तिमान ईश्वर को अपने शरीर की आत्मा को साथ ले जाने दिया। पंजाब प्रांत के एक युवक जिनका नाम गुरुदत्त था, वे स्वामीजी के सात्त्विक विचारों से प्रभावित होकर एक उत्साही आर्य बन चुके थे तथा वे ही साहस और धैर्य के साथ स्वामीजी के अंतिम समय उनके साथ थे। अंततः नवचेतनायुक्त ऋषि का जीवनदीप तो बुझ गया, परंतु इसने लाखों स्त्री-पुरुषों के अंधकारमय जीवन में ज्योति का दीपक जला दिया था।

□

28

दो वैदिक मित्र, जिनकी मुलाकात नहीं हुई

दो व्यक्तियों के बीच वेद ही मित्रता के बंधन बने थे। दोनों ने ही 19वीं शताब्दी में भारतीय पुनर्जागरण हेतु वैदिक अध्ययन के द्वार आमजन के लिए खोले थे। गैर पुजारियों के वर्ग ने पाठशालाओं के पवित्र सीमाक्षेत्र से परे जाकर ईश्वर शब्द का परिचय समाज के सभी लोगों से कराया। अब वेद एक नया घरेलू शब्द बन चुका था।

स्वामी दयानंद सरस्वती भारत के शहरी और ग्रामीण दोनों ही समाज के मित्र, दार्शनिक और मार्गदर्शक थे। दूसरी तरफ जर्मनी के आर्य फैड्रिश मैक्स म्युलर, जिन्होंने ऋग्वेद को मठाधीशों के बंद पुस्तकालयों से बाहर निकालकर अंग्रेजी बोलनेवाले बुद्धिजीवियों तक पहुँचाया था। इसमें महत्त्वपूर्ण तथ्य यह है कि ये दोनों विद्वान् समकालीन थे। स्वामी दयानंद सरस्वती का जन्म 1824 में गुजरात के तंकारा में एक ब्राह्मण परिवार में हुआ था। एफ. मैक्स म्युलर 1823 में जर्मनी में डेसाऊ में एक विद्वत परिवार में पैदा हुए थे। स्वामी दयानंद सरस्वती ने अपने पिता की रूढ़िवादी परंपरा के खिलाफ विद्रोह किया और युवावस्था में ही स्वेच्छा से संसार का त्याग करके 39 वर्ष की आयु में ही वैदिक अध्ययन किया था। इन्होंने उन लोगों को वेदों की शिक्षा प्रदान की जो लोग वेद पढ़ने में इच्छुक थे। स्वामीजी समाज में बहुत ही लोकप्रिय थे।

दूसरे व्यक्ति ने अपने पिता को चार वर्ष की आयु में ही खो दिया था तथा अपना जीवन निर्धनता में ही गुजारा, परंतु वे लेइपिंग में कॉलेज पहुँचे, इन्होंने द्वंद्व युद्ध में भी भाग लिया था, और बीस वर्ष की आयु में पी-एचडी भी हासिल की

थी। उनका वैदिक संस्कृत के प्रति विशेष अनुराग था। वैदिक ज्ञान की शिक्षा प्राप्त करने के लिए मैक्समूलर ने बर्लिन, पेरिस और लंदन तक की यात्रा की थी और फिर अंत में ऑक्सफोर्ड में भी रहे।

स्वामी दयानंद सरस्वती और मैक्समूलर की आमने-सामने कभी मुलाकात नहीं हुई थी मगर फिर भी वे मित्र थे। उनका लक्ष्य समान था—मनुष्य को एक अच्छा मानव बनाना। 'वेदों की तरफ चलो' की पुकार स्वामी दयानंद सरस्वती नें सभी के लिए दी थी। मैक्समूलर ने वेदांत को 'मानव विचारों का चरम' कहा। मैक्स म्युलर ने अपने 77 वर्ष के जीवन काल में 25 वर्ष ऋग्वेद के प्रकाशन और संपादन में ही व्यतीत कर दिए थे। स्वामी दयानंद सरस्वती ने अपने जीवन के 59 वर्ष वेदों पर टिप्पणी, अध्ययन और इनका भाष्य लिखने में लगा दिए थे। वे दोनों ही पूर्ण समर्पित व्यक्ति थे।

स्वामी दयानंद सरस्वती ने अपना पूरा जीवन समाज के दबे कुचले, दलितों और स्त्रियों को ऊपर उठाने में ही लगा दिया था। वे धार्मिक सुधारवादी होने के साथ-साथ सामाजिक सुधारवादी भी थे। उनके समाज सुधार का प्रभाव भारत में ही नहीं, बल्कि भारत की सीमा से बाहर भी पड़ा था, लेकिन ये ऋषि-संन्यासी कभी भी अपनी मातृभूमि को छोड़कर कहीं नहीं गए। इन्होंने आर्यसमाज के अनुयायियों को दूर-दराज की यात्राएँ करके वेदों के अनुसार वैश्विक भाईचारे को बढ़ाने के लक्ष्य को प्राप्त करने के लिए प्रोत्साहित किया। उनके शिष्य श्यामजी कृष्ण वर्मा जो कि एक क्रांतिकारी होने के साथ-साथ स्वतंत्रता सेनानी भी थे। इन्होंने 19वीं सदी के आखिर में वैदिक जीवन दर्शन को सारे यूरोप में फैलाया था। मैक्स म्युलर ने भी स्वामी दयानंद सरस्वती के बारे में उसी समय सुना और पढ़ा था। उन्होंने अपनी पुस्तक 'माई इंडियन फ्रैंड्स' में स्वामीजी के बारे में एक अध्याय लिखा है। मैक्समूलर की मुलाकात अपने बहुत से भारतीय मित्रों से नहीं हुई थी परंतु उन्होंने उनके बारे में सुन रखा था। स्वामी दयानंद सरस्वती की भाँति उन सभी की मित्रता में वेद एक आम चीज थी। कई बार मैक्समूलर ने स्वयं में पाया था कि वे ईसाई धर्म प्रचारक होने के साथ-साथ भारतीयों को ईसाई धर्म में परिवर्तित कराने की मिशनरी भावना से भी ग्रसित थे।

अपने बचपन के दिनों में मैक्समूलर को वाराणसी के घाट पर गंगा की अठखेलियाँ करते चित्रों को देखना बहुत भाता था। वे इसे हकीकत में भी देखना चाहते थे, किंतु यह कितना दुःखद है कि उनकी यह इच्छा कभी भी पूरी न हो

सकी। अपनी युवावस्था में उनके पास इस यात्रा के खर्च का धन न था और जब वे इस योग्य हुए तब वे इतनी लंबी यात्रा के लिए बूढ़े हो चुके थे, क्योंकि तब तक छोटी यात्रावाली स्वेज नहर बनी नहीं थी। मैक्समूलर ने अपने विद्यार्थी जीवन में ही संस्कृत भाषा सीखनी शुरू कर दी थी। वह इस बात से बहुत उत्साहित थे कि उनके हम वतन और सहपाठी तक उनके द्वारा महारथ हासिल की जानेवाली भाषा की वर्तनी तक नहीं जानते थे। वाकई यह सोचकर भी आश्चर्य महसूस होता है कि जर्मन लोग वेदों और संस्कृत में पहले भी महारथ हासिल कर चुके थे। स्वामी दयानंद सरस्वती ने अपनी शोध पुस्तक 'सत्यार्थ प्रकाश' में लिखा है कि एक जर्मनी का अध्यापक उनसे पत्र-व्यवहार करता था कि उसे संस्कृत शब्दों को जर्मन भाषा में रूपांतरित करने में परेशानी होती थी। मैक्स म्युलर को मूल संस्कृत पाठ और शिक्षकों की तलाश के लिए बर्लिन, पेरिस और लंदन जाना पड़ा था, फिर वे ऑक्सफोर्ड विश्वविद्यालय में रहे, जहाँ उन्होंने अपने सपनों को साकार किया।

वैदिक मंत्रों के भाष्य को लेकर दोनों ही विद्वानों में महत्त्वपूर्ण मतभेद होने के बावजूद भी स्वामी दयानंद सरस्वती के मन में मैक्समूलर के प्रति बहुत सम्मान था। इस भारतीय संत ने जर्मनी के भारतविद् को संस्कृत के एक सम्मानजनक नाम 'मोक्ष मूलर' से अलंकृत किया था। कोई भी व्यक्ति यह समझ सकता है कि जीवन के वैदिक दर्शन के अनुसार जीवन का अंतिम लक्ष्य 'मोक्ष' ही है। 'मोक्ष' से आशय जीवन, मरण और पुनर्जन्म से मुक्ति तथा इस स्थिति में आत्मा को आदिकालीन आनंद की स्थिति में बने रहने का आशीर्वाद प्राप्त होता है। आत्मा को मोक्ष की प्राप्ति उसके कर्म के गुणों तथा सांसारिक जीवन में उसकी क्रिया और अक्रिया के ही आधार पर होती है। यह किसी के लिए भी आश्चर्य की बात होगी कि स्वामी दयानंद सरस्वती के द्वारा दिए गए संस्कृत नाम को वाकई मैक्समूलर ने महसूस किया। भारत में उपलब्ध ऐतिहासिक घटनाओं के सबूत के आधार पर यह पता चलता है कि इन दोनों मित्रों में कभी भी पत्र-व्यवहार नहीं हुआ था। यहाँ तक कि मैक्समूलर द्वारा लिखित 'मेरे भारतीय मित्र' में भी इन्होंने अपने आपसी पत्र-व्यवहार का कोई संकेत नहीं दिया है।

इन दोनों के बीच की इस दूरस्थ मित्रता, जिसमें वे मिले भी नहीं थे, स्वामी दयानंद सरस्वती को मैक्समूलर के द्वारा ऋग्वेद पर की गई टिप्पणी करने से न रोक सकी, जिसमें उन्होंने छोटी-मोटी त्रुटियों को नजरअंदाज किया पर बड़ी

गलतियों पर अवश्य ही ध्यान दिलाया था।

वास्तव में मैक्समूलर की टिप्पणी सायणचर्या पर उपलब्ध सामग्री पर ही आधारित थी, जबकि उन्होंने स्वयं इसे खोजा तब वे गलत थे। 'ऋग्वेद भाष्य भूमिका' अध्याय 8 पर स्वामी दयानंद सरस्वती ने इसका अनुवाद निम्न रूप में किया है—

···प्रख्यात विद्वान् मोक्ष मूलर और अन्य योरोपीय विद्वानों ने मंत्रों का सही ढंग से भाष्य नहीं किया··· इस संदर्भ में मोक्ष मूलर साहेब ने अपने संस्कृत साहित्य में लिखा है कि आर्यों को ईश्वर की अनुभूति बहुत बाद में हुई थी और इसका कोई सबूत नहीं है कि वेद आदि कालीन हैं···तथा मंत्रों की उत्पत्ति चंड के 200 वर्ष बाद हुई थी, परंतु डॉ. मैक्समूलर साहब का भाष्य सही नहीं है क्योंकि 'चंड', 'मंत्र' और 'निगम' ये तीनों नाम केवल वेदों में ही वर्णित हैं। जो लोग इनमें अंतर करते हैं, वे विश्वसनीय नहीं हैं।

यह भी ध्यान देने योग्य तथ्य है कि मैक्समूलर के द्वारा वेदों का भ्रांतिपूर्ण ढंग से आलोचना करने पर भी स्वामी दयानंद सरस्वती अपने व्यवहार में अति सभ्य और शिष्टाचार बरतते थे। वे उन्हें विनम्रता के साथ डॉ. मैक्समूलर साहेब ही कहते थे। मैक्समूलर पर हुए एक 'क्यों और कैसे' सेमिनार में जर्मनी के एक विद्वान् से यह पूछा गया कि 19वीं सदी के प्रख्यात जर्मन भारतविद् सभी भारतीयों की ईसाई धर्म में दीक्षा क्यों चाहते थे? क्या यह स्वामी दयानंद सरस्वती के आर्यसमाज के विरोध में तो नहीं था, जिसमें वे सभी को वैदिक धर्म के अंतर्गत लाना चाहते थे। 21वीं सदी के जर्मन विद्वान् ने उन भारतीयों पर भी दोषारोपण किया जो कि फ्रांस और इंगलैंड में मैक्समूलर के सीधे संपर्क में आए थे। उन लोगों के ब्रह्मसमाजी होने की वजह से ईसाई धर्म की तरफ झुकाव था और उन्होंने ही मैक्समूलर का मार्ग प्रशस्त किया था। मैक्समूलर में ईसाई धर्म प्रचारक, वैदिक भाष्यकर्ता और विलक्षण भारतविद् मौजूद था।

प्रख्यात आर्य समाजियों ने मैक्समूलर के वैदिक धर्म पर विलक्षण लेखन एवं भाषण की भी प्रशंसा की थी तथा इसमें हिंदुओं के सच्चे चरित्र का वर्णन भी था। स्वामी दयानंद सरस्वती का हृदय उस समय अवश्य ही प्रफुल्लित हुआ होगा जब 1882 में कैंब्रिज विश्वविद्यालय में भारतीय सिविल सेवा के प्रतिभागियों के लिए मैक्समूलर के द्वारा सात भाषण प्रस्तुत किए गए थे। 1883 में स्वामी दयानंद सरस्वती की मृत्यु से पूर्व लांगमैन द्वारा वे सातों भाषण प्रकाशित हुए थे, जिनका

शीर्षक था—'इंडिया : ह्वाट कैन इट टीच अस?' यह पुस्तक भारतीयों का हौसला बढ़ानेवाली तथा नस्ली साम्राज्यवाद पर प्रहार करनेवाली पुस्तक थी। जब स्वामी विशेषानंद की मुलाकात मैक्समूलर से ऑक्सफोर्ड में हुई थी, तब उन्होंने इस जर्मन विद्वान् का भारत के प्रति विशुद्ध प्रेम की प्रशंसा करते हुए कहा था, "भारत के प्रति मैक्समूलर का जो प्रेम है, मैं चाहता हूँ कि उसका सौवाँ भाग मेरे अपने हृदय में मेरी अपनी मातृभूमि के लिए हो।"

स्वामी दयानंद सरस्वती और एफ. मैक्समूलर का एक और प्रेम तथा दीवानगी संस्कृत भाषा के लिए भी थी। वे दोनों ही संस्कृत भाषा के महान् विद्वान् होने के साथ-साथ इसके समर्थक भी थे। दोनों ने ही दुनिया के बहुत से हिस्सों में युवाओं को संस्कृत सीखने के लिए प्रोत्साहित किया था। इस महान् आर्य संन्यासी ने अपने वैदिक प्रवचनों के प्रथम प्रवाह में ही संस्कृत पाठशालाओं की स्थापना की और इनके रख-रखाव के लिए लोगों को दान करने के लिए प्रोत्साहित किया। दूसरी तरफ मैक्समूलर ने युवा अंग्रेजों को जो कि आईसीएस प्रतिभागी थे, संस्कृत सीखने का परामर्श दिया ताकि वे मौलिक विरासत की गहराई में उतर सकें। इस जर्मन भारतविद् ने प्रशंसा करते हुए कहा, "संरक्षण की यह प्राचीन स्थिति है, जिसमें आर्यों की भाषा हमें सौंपी गई है।" ब्रिटिश प्रशासकों को इसे अपनी आँखों से ओझल न होने देने का उपदेश देते हुए बताया कि "ये हमारे सबसे नजदीकी बौद्धिक रिश्तेदार भारत के आर्य ही हैं।" मैक्समूलर ने मानव मस्तिष्क के विकास में इनके योगदान को निम्न रूप में व्यक्त किया, "भारत के आर्य एक अद्‍भुत भाषा संस्कृत के जनक हैं। वे हमारे मौलिक बोध के निर्माणकर्ता, वास्तविक धर्मों के पिता तथा पारदर्शी पुराणों के रचयिता एवं सूक्ष्म दर्शन के अनुसंधानकर्ता व अति विस्तृत नियमों के दाता हैं।"

□

29

पुराणों के श्रेष्ठ खंडनकर्ता

आर्यों ने सत्य की तलाश हमेशा से ही जारी रखी थी। आर्यों ने वही जीवन जिया, जो उन पर धर्म के द्वारा लागू हुआ था। न्यायसंगत मार्ग ही धर्म है। न्यायसंगतता के मूल स्रोत पवित्र वेद हैं। मानव रचना के आरंभ में ईश्वर ने ऋषियों के ज्ञान के माध्यम से मानव का मार्गदर्शन करने के लिए वेदों की रचना की थी। इस प्रकार संपूर्ण मानवता के कल्याण के लिए ही ये दिव्य ज्ञान पवित्र वेद ही हैं। कोई जाति, धर्म वर्ग इन पर अपना एकाधिकार नहीं रख सकता है। सभी स्त्री एवं पुरुष वेद मंत्रों एवं इनके स्त्रोतों का जाप, प्रवचन और अभ्यास के लिए अधिकृत हैं।

इस ईश्वरीय अधिकार को मानव के द्वारा मानव के लिए मना करना न्यायोचित नहीं है। कई बार अज्ञानी या गलत परामर्शवाले समूह कुछ पुरुषों व स्त्रियों के समूह को इस दिव्य ज्ञान के फल को प्राप्त करने से वंचित करते हैं और इसी ने अनेक पुराणों को जन्म दिया है। अत: पुराणों की उत्पत्ति अज्ञानता से हुई है तथा ये पल्लवित और पोषित लोभ एवं विवेकहीन व अर्थहीन परंपराओं के द्वारा हुए हैं। वेदों के ज्ञान से मानवता के एक बड़े समूह को लाभान्वित होने देने के लिए इस दिव्य ज्ञान प्रवाह को जो समूह रोकते हैं, उन्हें इससे रोकना ही चाहिए। पुराणों की रचना समृद्ध समाज के द्वारा कमजोर वर्ग के समूह को भयभीत करने के लिए हुई थी तथा सामाजिक व्यवहारों में इसके विकृत अंशों को सामने लाना ही चाहिए।

पुराणों के ऐसे श्रेष्ठ खंडनकर्ता संन्यासी थे, स्वामी दयानंद सरस्वती। यही

वे संन्यासी थे, जिन्होंने 'वेदों की तरफ वापस चलो' की पुकार दी थी। स्वामी दयानंद सरस्वती के द्वारा वैदिक जीवन को प्रोत्साहित करने के लिए चलाए गए अनवरत अभियान से इस सामाजिक क्षरण में काफी हद तक सुधार भी आया। इन्होंने पतोन्मुखी मानव समाज पर दोहरा प्रहार करते हुए इसके नैतिक, मानसिक एवं शारीरिक क्षरण को रोकने के साथ-साथ हमारी आत्मा को आशीर्वाद प्राप्त करने हेतु मोक्ष का मार्ग भी बताया। आइए, उनकी कार्य प्रणाली पर एक नजर डालते हैं।

हरिद्वार से ऋषिकेश का सड़क मार्ग तकरीबन गंगा के समानांतर ही है। यह दृश्य गंगा के किनारे यहाँ के मशहूर घाट हर की पौढ़ी से 6 कि.मी. दूर है। सन् 1867 को कुंभ का मेला अपने पूरे जोर पर है। एक लंबा अच्छे शरीरवाला गोरा आकर्षक संन्यासी गेरुए रंग की पताका के नीचे खड़ा होकर दिव्य वेदों के सिद्धांत को माननेवाले लोगों को उपदेश दे रहा था। देवनागरी भाषा में झंडे पर लिखा था, 'पाखंड खंडिनी'। यह पताका लोगों को आकर्षित अवश्य कर रही थी। यह पुराणों और छल का खंडन था तथा संन्यासी के प्रवचन का सार यहाँ प्रस्तुत है—

क. ईश्वर सर्वव्यापी और निराकार है। यह किसी रूप में नहीं बँधा है। यह अजन्मा है, इसीलिए इसकी मृत्यु भी नहीं है।

ख. ईश्वर ही सभी सच्चे ज्ञान का मूल स्रोत है।

ग. वेद ईश्वरीय हैं तथा मानव के न्यायसंगत मार्ग को बताते हैं।

घ. मिथ्यावाद, पुराण और अंधविश्वासों का त्याग।

ङ जो लोग मिथ्या निर्देशों से आमजन को झाँसा देते हैं, वे धर्मगुरु नहीं, बल्कि भ्रष्ट गुरु और समाज के परजीवी हैं।

पुराणों के खंडन का प्रवचन देनेवाला यह संन्यासी और कोई नहीं, बल्कि स्वामी दयानंद सरस्वती ही थे। उन्होंने 'पुराण खंडन' के छोटे-छोटे परचे मुफ्त में वितरित किए। इसमें विष्णु भागवत पुराण के मिथ्यावाद को उजागर करते हुए इसे पूर्ण मिथ्या बताया तथा इसके नकारात्मक पहलू को दरशाया कि वैदिक जीवन दर्शन की अज्ञानता के विश्वासघात के माध्यम से यह मिथ्या भगवान् को बढ़ावा दे रहा है। जिन लोगों ने वैदिक धर्म को फेंककर ईश्वर के बारे में मिथ्या कहानियाँ गढ़कर धन कमाया वे और कुछ नहीं, बल्कि ठग हैं तथा लोगों को लूटने के अपराधी हैं।

स्वामी दयानंद सरस्वती ने समाज से इन मिथ्या भगवानों और छद्मवेशी अपराधी धर्मगुरुओं को दूर करने का बीड़ा उठाया था।

इस तरह के लोग कैंसर की तरह हैं और समाज के स्वास्थ्य को संकट में डालते हैं। मिथ्या भगवान, अंधविश्वास और झूठे गुरु केवल समाज को सोखते ही नहीं, बल्कि वैज्ञानिक सोच और वैज्ञानिक दृष्टिकोण के विकास को भी रोकते हैं। इन्होंने 1875 में मुंबई में आर्यसमाज की स्थापना इन्हीं अंधविश्वासी धर्म गुरुओं की खिलाफत एवं वैदिक धर्म की वैज्ञानिक आस्तिकतायुक्त दृष्टिकोण को प्रोत्साहित करने के लिए की थी। इन्होंने और इनके साथी आर्यों ने 1877 में लाहौर में आर्यसमाज में आमजन को मोक्ष के आशीर्वाद की प्राप्ति हेतु 10 सिद्धांत शामिल किए थे।

स्वामी दयानंद सरस्वती ने सारे भारत में पुराणों के खंडन के लिए बहुत यात्राएँ कीं, क्योंकि ये मानव को मृतप्राय बना रहे थे।

पश्चिम में मुल्तान से लेकर, पूरब में कलकत्ता और उत्तर में हिमालय से दक्षिण में पूना तक उनके प्रवचन का क्षेत्र फैल चुका था। इन्होंने अपने कुशल भाषणों और लेखन से कई पुराणों का खंडन किया तथा अनेक हानिकारक संस्थाओं पर भी प्रहार किया था। विद्वान् स्वामीजी ने कई धर्मों के उपदेशकों जैसे ईसाई, इसलाम और धर्म परिवर्तन कर चुके लोगों से भी वैदिक विचार के अपने दृष्टिकोण को रखते हुए वाद-विवाद भी किया था। उनके द्वारा लिखी सबसे अधिक पढ़ी जानेवाली पुस्तक 'सत्यार्थ प्रकाश' है। आइए, इसके 14 अध्याय में वर्णित ज्ञान के कुछ रत्नों के बारे में जानें—

ईश्वर, आत्मा और पदार्थ ही वैदिक त्रितत्व हैं। हिंदी में इसे परमात्मा, जीवात्मा और प्रकृति कहते हैं। इन त्रितत्वों के बारे में पहले भी चर्चा की जा चुकी है। सबसे आम मिथक है कि ईश्वर इस संसार में मानव के रूप में आता है। अज्ञानी लोग इसे अवतार कहते हैं। वैदिक त्रयी में ईश्वर ईश्वर है, केवल एक ही ईश्वर है और ईश्वर का कोई आकार या मूर्ति नहीं है। इसीलिए मूर्तिपूजा व्यर्थ है। अतः जीवात्मा कभी भी परमात्मा नहीं बन सकता। कमजोर मन के व्यक्ति सुदृढ़ व्यक्तियों को ईश्वर का दरजा दे देते हैं। परिणामतः आधुनिक मानव के लिए उपलब्ध ज्ञान के प्रकाश के मार्गों के बावजूद भी 21वीं सदी में बहुत से ईश मानव (बाबा) हो गए हैं। आज के तथाकथित साधू, बाबा और फकीर झूठे और मक्कार हैं तथा धर्म के सिद्धांत सिखाने के रूप में भोले-भाले लोगों को धोखा देते हैं।

सत्यार्थ प्रकाश में उद्धृत वेद मंत्र हमें ज्ञान का मार्ग दिखाते हैं तथा मानसिक व शारीरिक रूप से मजबूत बनाते हैं, ताकि हम दुश्मनों पर विजय प्राप्त कर सकें। मन ही मानव है। ध्यान, प्राणायाम और न्यायसंगतता के द्वारा अपने मन को सुदृढ़ बनाइए, तभी आप नुकसान पहुँचाने वाले इन झूठे फकीरों-बाबाओं को रोक पाएँगे।

बाजीगरों की तरह इन बाबाओं का धनिकों के लिए सोने की घड़ी और गरीबों के लिए भभूत पैदा करनेवाली कहानियों का अवश्य ही खंडन होगा। जिस समाज में गुरु-शिष्य को और शिष्य-गुरु को धोखा देता है, वहाँ दोनों का ही डूबना निश्चित है। इन्हें एक-दूसरे को धोखा न देकर इस पवित्र संबंध को बरबाद नहीं होने देना चाहिए। क्योंकि ये पत्थर की नाव खे रहे हैं, इसका डूबने के सिवा और कोई अंत नहीं है। ऐसे लोगों को डूबने से कोई बचा नहीं सकता, क्योंकि उनके कर्म कपट पर ही आधारित हैं।

आइए, तथाकथित वैज्ञानिक समाज के इसी तरह के मिथ्या कर्म पर एक नजर डालते हैं। क्या एक कुँआरी बिना पुरुष संयोजन के माँ बन सकती है? यहाँ एक विवाहित स्त्री के गर्भवती होने का मामला है, जिसकी शादी को पूर्णता नहीं दी जा रही है। उसे अपने कानूनी पति के साथ वैवाहिक बिस्तर का साझेदार होने का अवसर नहीं दिया गया। यहाँ एक स्वाभाविक जन्म होता है और उस बच्चे को ईश्वर का दरजा दे दिया जाता है। समझदार लोग ! स्वयं अपने से पूछिए कि क्या यह एक स्वच्छंद संभोग का परिणाम नहीं है जिसे पिता, पुत्र और पवित्र आत्मा का नाम देकर इसका पवित्रीकरण नहीं किया जा रहा है? क्या यह मानव पुराणशास्त्र का बहुत बड़ा मिथक नहीं है? स्वामी दयानंद सरस्वती ने अपनी पुस्तक सत्यार्थ प्रकाश के 13वें अध्याय में इस मिथक का भी खंडन किया है।

कमजोर मनवाले लोगों को अपना शिकार बनाते हुए बहुत से मुसलमान छद्म वेश धारण करके बंगाली तांत्रिक बाबाओं के रूप में नई दिल्ली के संपन्न इलाके ग्रेटर कैलाश में रहते हैं। ये धोखेबाज बंगाली न तो बंगाली हैं और न ही बाबा और न ही तांत्रिक हैं। ये सिर्फ ठग हैं। दुनिया भर के मुसलमानों को कुरान की आयत पढ़ने के बाद पशुओं की कुरबानी देने की प्रथा पर ध्यान देना चाहिए, 'अल्लाह के नाम पर जो दयालु और कृपालु है।' और फिर पशु को काट दिया जाता है, यह विचार और व्यवहार दोनों में ही विरोध उत्पन्न करता

है, अतः इस पर गंभीर रूप से ध्यान देने की आवश्यकता है।

हमें यह शपथ लेनी चाहिए कि हम मिथकों का खंडन करते हुए वेदों के द्वारा बताए गए सत्य के मार्ग का अनुसरण करेंगे, जिसे महर्षि स्वामी दयानंद सरस्वती ने हमें बताते हुए इसमें आर्यसमाज के दस सिद्धांत शामिल किए हैं। इन दसों सिद्धांतों के अनुसार हमें सभी स्त्री एवं पुरुषों को मोक्ष प्राप्ति के लिए प्रयत्न करना चाहिए।

आर्यसमाज के दस सिद्धांत हैं—

1. ईश्वर और इसकी विशेषताएँ—आदि कालीन मूल-अनादि अदृश्य पालक—सभी सच्चे ज्ञान एवं इसके द्वारा प्रदान उद्‌देश्य ही सर्वशक्तिमान ईश्वर है।

2. इसकी विशेषता और आराधना—ईश्वर विद्यमानता, बौद्धिकता एवं आशीर्वाद का आदर्श है। वह निराकार, सर्वशक्तिमान, न्यायी, परोपकारी, अजन्मा, अनंत, अपरिवर्तनीय, अनादि, अतुलनीय, सबका समर्थक, सबका मालिक, सर्वत्र, सभी का नियंत्रक, नष्ट न होनेवाला, निडर, शाश्वत, पवित्र और ब्रह्मांड का रचयिता है। अतः केवल उसी की उपासना होनी चाहिए।

3. वेद उसके शब्द हैं—वास्तविक ज्ञान के धर्मशास्त्र वेद हैं। सभी आर्यों का यह परम कर्तव्य है कि वे वेद पढ़ें-पढ़ाएँ और इसको सुने तथा लोगों को सुनाएँ।

4. सत्य—हमें सत्य को अपनाने के लिए तथा असत्य को त्यागने के लिए तैयार रहना चाहिए।

5. न्यायसंगतता—सभी कर्मों को धर्म के अनुसार गलत या सही के रूप में परखकर करना चाहिए।

6. परोपकारिता—आर्यसमाज का प्रमुख उद्‌देश्य समाज की भलाई करना है, यानी सभी को शारीरिक, आध्यात्मिक और सामाजिक रूप से नेक कार्यों के लिए प्रोत्साहित करना।

7. प्रेम व न्याय—सभी के प्रति हमारा व्यवहार प्रेम, न्यायसंगतता और न्याय पर आधारित हो।

8. अविद्या और विज्ञान—हमें अविद्या का त्याग और विद्या (विज्ञान, आध्यात्मिक व शारीरिक) के लिए प्रोत्साहित करना चाहिए।

9. वैयक्तिकता और परोपकारिता—किसी को भी मात्र स्वयं का भला करके संतुष्ट नहीं होना चाहिए, उसे सभी की भलाई करनी चाहिए।

10. अधीनता और स्वतंत्रता—सभी लोगों को स्वयं को समाज के नियम, जो सभी की भलाई के लिए बने हैं, इनके अधीन रहना चाहिए तथा इन्हें व्यक्तिगत भलाई के लिए प्रोत्साहित करनेवाले नियमों हेतु स्वतंत्र होना चाहिए।

□

30

राष्ट्रीय सुरक्षा पर महर्षि दयानंद के विचार

19वीं सदी में भारत में धार्मिक पुनर्जागरण लानेवाले स्वामी दयानंद सरस्वती ने अपनी प्रमुख पुस्तक 'सत्यार्थ प्रकाश' के अध्याय 6 में राष्ट्रीय सुरक्षा के प्रश्न पर भी अपने विचार व्यक्त किए हैं। छठा अध्याय मुख्य रूप से कुशल प्रशासन पर ही केंद्रित है और राष्ट्रीय सुरक्षा कुशल प्रशासन का एक आंतरिक पहलू है। सुरक्षा पर महर्षि के लेख के महत्त्वपूर्ण अंश—

"राष्ट्रीय सुरक्षा एक राष्ट्रीय विषय है, जिस पर प्रतिदिन के आधार पर ध्यान देना चाहिए। दूसरे शब्दों में सुरक्षा अधिकारियों के साथ रणनीतिकारों को भी एक ऐसी संचालन पद्धति विकसित करनी चाहिए, जिसमें आशंका बोध सुस्पष्ट होना चाहिए तथा इसे विकसित करने से पहले इसका भली-भाँति ज्ञान भी होना आवश्यक है।"

भारतीय सेना के इतिहास का विद्यार्थी इस तथ्य से भली-भाँति परिचित होता है कि मध्यकालीन युग से लेकर स्वतंत्रता के बाद तक के समय में शत्रुओं ने अकसर ही हमें असावधान पाया। हमारी खुफिया एजेंसियाँ और राष्ट्रीय सुरक्षा परिषद् ने कभी-कभी ही अपने अधिकृत कार्यों को पूरा किया है और जब कभी वे संचालन में थीं, तब आशंका बोध प्रदान करने में असफल रहीं। इसका परिणाम यह हुआ कि दुश्मन हमेशा हम पर हावी रहा और हमें उसके चयन किए गए युद्ध क्षेत्र में युद्ध करना पड़ा। इसीलिए परिणाम हमेशा हमारे लिए भयावह ही रहे। इन प्रत्यक्ष पणिाम पर बहुत बल देने की आवश्यकता नहीं है, क्योंकि यह आम आदमी के हौसले को कम कर सकता है।

महर्षि स्वामी दयानंद सरस्वती ने मनुस्मृति से संस्कृत या एक मूल श्लोक राष्ट्रीय सुरक्षा के संदर्भ में लिया है, जिससे आमजन में सुदृढ़ता आती है। वास्तविकता यह है कि यूरोप और एशिया दोनों में ही जिसमें आधुनिक युग शामिल नहीं है—शाही या कुलीन वर्ग का विशेष जोर सेना और उसके शस्त्रागार को ही सुदृढ़ करने पर था। आमजन उपेक्षित ही रहा और परिणाम कई बार बहुत से राज्यों का भाग्य केवल एक युद्ध से तय हो गया था, जहाँ राजा के हारते ही राज्य की भी पराजय हो जाती थी। आमजन का इन युद्धों से कोई सरोकार नहीं रहता था, यहाँ तक कि युद्ध के समय भी वे अपने-अपने पेशों में लगे रहते थे।

इसमें संदेह नहीं था कि वे इन युद्धों के परिणाम की पीड़ा को बहुत ही बुरी तरह से महसूस करते थे, फिर भी किसी ने भी महर्षि दयानंद सरस्वती से पहले इस विषय पर नहीं सोचा था।

महर्षि ने कहा था, "यदि किसी राजा के नागरिक कमजोर होंगे तब वह कमजोरी शासक को भी कमजोर बनाएगी तथा राजा भी कमजोर होगा।" इतिहास इसका गवाह है। दयानंद सरस्वती एक संन्यासी थे और एक संन्यासी को रक्षा के मामलों में बहुत ही कम प्रशिक्षण प्राप्त होता है, फिर भी उन्होंने शासन कला के इस पहलू पर ध्यान दिया और अपनी गंभीर सोच से सुरक्षा की इस समझ और उचित समय पर आशंका-बोध पर अपने मौलिक विचारों का सहयोग प्रदान किया था। महर्षि ने सुरक्षा की योजना बनानेवालों के प्रशिक्षण जैसे गंभीर विषय पर यह कहते हुए परामर्श दिया कि उन्हें सभी परिस्थितियों में धैर्य बनाए रखना चाहिए। तनावपूर्ण स्थिति में क्रोध का न होना ही निर्णय लेने में अति आवश्यक है एवं यह राष्ट्र के भविष्य को भी प्रभावित करता है। जल्दबाजी या क्रोध में लिया गया निर्णय, निर्णय लेनेवाले और उसके अनुसरणकर्ता दोनों को ही नुकसान पहुँचाता है। उदाहरणस्वरूप जब एक शेर गुस्से में गोलियों की बौछार की तरफ दौड़ता है तब वह अपने जीवन का अंत कर लेता है। दूसरी तरफ जब शत्रु अति शक्तिशाली हो तब उस स्थान से तब तक के लिए हट जाना जब तक कि उसे खत्म करने का उचित समय न आ जाए, ही सही कदम है।

छत्रपति शिवाजी, जिन्होंने हिंदवी स्वराज की स्थापना की थी और इसे जमीन से खड़ा किया था, उन्हें आशंका-बोध प्रदान करने में तथा शत्रु के साथ शक्ति के स्थान पर युद्ध करने में महारथ हासिल थी। उन्होंने इस पहलू पर 'मनुस्मृति' से बहुत कुछ सीखा था। सुरक्षा के लाभ के दृष्टिकोण से उन्होंने

मराठा साम्राज्य का बीजारोपण भारत के पूर्वीतट से लेकर पश्चिमी तट तक किया था। उनके पुत्र संभाजी और राजाराम ने इसकी फसल तब काटी, जब दिल्ली के मुगल बादशाह ने उन पर दबाव बनाया था। स्वामी दयानंद सरस्वती ने इन पर भी बल दिया है कि जब हम कमजोर हों, तब दुश्मन के साथ संघर्ष न करें। वे कहते हैं कि जब परिस्थितियाँ विपरीत हों, तब हमें रणनीति के रूप से युद्ध स्थल से खरगोश की गति से भाग जाना चाहिए।

पर्याप्त शक्ति संचय करके चीते की गति से वापस प्रहार किया जा सकता है। स्वामीजी युद्ध से पहले की तैयारी पर भी काफी बल देते थे। सुरक्षा तंत्र और आवश्यक व्यवस्था के इंतजाम बनाने की तैयारी दिन-प्रतिदिन रखनी चाहिए। वे इसके लिए चीते का उदाहरण देते हुए बताते हैं कि चीता अपने लक्ष्य को प्राप्त करने में शायद ही कभी असफल होता है। जंगल के जीवन के जानकार बताते हैं कि एक चीता अपने शिकार को प्राप्त करने के लिए 18 बार तक कोशिश करता है। इससे आशय है कि यह निरंतर प्रयास करता है। इस संदर्भ में संस्कृत का श्लोक—

उद्यमेन हि सिद्ध्यन्ति कार्याणि न मनोरथैः।
नहि सुप्तस्य सिंहस्य प्रविशन्ति मुखे मृगाः॥

व्यक्ति अपने निरंतर प्रयास से ही अपने लक्ष्य को प्राप्त करता है, केवल चाहत से ही लक्ष्य हासिल नहीं होते हैं। इसका सर्वश्रेष्ठ उदाहरण एक चीते से ही लिया जा सकता है, जो अपनी गुफा में आराम करते हुए भोजन नहीं प्राप्त कर सकता, बल्कि उसे भी शिकार के लिए कोशिश करनी ही पड़ती है।

महर्षि ने अपनी पुस्तक में युद्ध के पूर्व और पश्चात् के न्यायसंगत व्यवहार पर सविस्तार चर्चा की है। उनके अनुसार, "धर्म को हमेशा याद रखना चाहिए और अपने शत्रु से युद्ध करने में भी इसको नहीं त्यागना चाहिए। युद्ध में कम समय में विजय प्राप्त करने के लिए अपनी बुद्धिमानी का इस्तेमाल करो।" इसी बिंदु पर मनुस्मृति का उदाहरण देते हुए स्वामीजी ने सैनिकों को चरित्र बल का परामर्श दिया था। युद्ध की विषम परिस्थितियों में सैनिकों का चरित्र बल उन्हें शक्ति प्रदान करता है। चरित्र की नींव पर ही दृढ़ता की इमारत निर्मित होती है और यह धर्म ही है जो विजय के लिए तुम्हारे संकल्प को बल प्रदान करता है। इसीलिए अपने लक्ष्य के लिए पूरे मन से युद्ध करो और अपने संकल्प को कमजोर मत पड़ने दो।

सैनिक के बहुत से अच्छे चरित्रों में से एक चरित्र यह भी है कि वे हारी हुई सेना के आदमियों और उनके सामान की लूटपाट नहीं करते हैं। महर्षि विशेष तौर से बताते हैं कि पराजित शत्रु की स्त्रियों और बच्चों पर बुरी नजर न डालते हुए उनका ध्यान रखना चाहिए। संभवतः वे युद्ध की मानसिकता का वर्णन कर रहे थे। जब पराजित शत्रु अपनी औरतों और संस्कृति को लुटा हुआ पाते हैं, तब वे आत्म समर्पण की बजाय अपनी अंतिम साँस तक लड़ते हैं।

इस स्थिति में एक लंबे युद्ध में अत्यधिक रक्तपात होता है, जबकि सभ्यता का व्यवहार अनावश्यक खून-खराबे को बचाता है। हालाँकि जो सैनिक औरतों के चक्कर में रहते हैं वे दुश्मनों के खुफिया विभाग के बिछाए जाल में फँस जाते हैं। ऐसे बहुत से उदाहरण हैं, जहाँ औरतों के प्रति अपनी कमजोरी की वजह से बहुत से लोगों का कॅरियर खत्म हो जाता है।

एक राष्ट्र को हमेशा युद्ध के लिए तैयार रहना चाहिए। नीति-निर्माताओं को अपने संभावित शत्रुओं का पता होना ही चाहिए। यह एक जाना-पहचाना तथ्य है कि अंतरराष्ट्रीय संबंधों में कोई भी न तो स्थायी मित्र होता है और न ही स्थायी शत्रु। इसमें केवल स्थायी राष्ट्रीय हित होता है जो हमेशा शांति और युद्ध के समय नीति-निर्माण का मार्गदर्शन करता है। इसीलिए महत्त्वपूर्ण विषय है कि दीर्घकालीन नीतियों को लागू करते समय रोजाना के आधार पर राष्ट्रीय सुरक्षा पर ध्यान दें तथा अपनी शक्ति के स्थान पर ही वार्त्ता एवं युद्ध के लिए हमेशा तैयार रहें।

□

31

भारत-चीन युद्ध 1962

सन् 62 में चीन के साथ हुए भारत के युद्ध के 35 साल से अधिक समय के बाद 1996 की गरमी में मुझे चीन की तरफ के धोला की पहाड़ी पर खड़े होने का अवसर मिला था, जहाँ से मैंने नेफा (द नॉर्थ ईस्ट फ्रंटियर एजेंसी, अरुणाचल प्रदेश) में अपने युद्ध क्षेत्र को देखा था।

यह वही धोला पर्वत श्रेणी थी, जहाँ चीन की पीपल्स लिबरेशन आर्मी ने भारतीय सेना की अगली पंक्ति पर आक्रमण कर दिया था और 20 अक्तूबर, 1962 को तेजपुर के पास नीचे की पहाड़ियों के सेलाबामड़ीला तक उतर आई थी। मैं तिब्बत की राजधानी ल्हासा तिब्बत पर बने दूरदर्शन के वृत्तचित्र के स्वतंत्र प्रस्तुतकर्ता के रूप में जा रहा था। भारत की तरफ से नेफा को देखने के बाद मैंने अपने मेजबान से पूछा कि क्या मैं इसे चीन की तरफ से देख सकता हूँ। यह सुनकर उस हॉल में एक स्तब्धता सी छा गई, जहाँ चीन और तिब्बत के प्रशासक मेरे डिनर की मेजबानी कर रहे थे। अंततः तिब्बत के प्रशासन प्रमुख ने चीन के अपने परामर्शदाता के सहयोग के बाद मुझसे कहा, ''ब्रिगेडियर, आप देख सकते हैं पर फोटो नहीं ले सकते हैं।'' मैंने उनका परामर्श स्वीकार कर लिया और अगले दिन सुबह चीन की सेना की मित्सुबिशी पिजारो जीप मुझे और अन्य साथियों को लेकर वहाँ पहुँची।

यह वाकई एक दुर्गम क्षेत्र था, किंतु हमारी तरफ के क्षेत्र से अधिक दुर्गम नहीं था, यह मैंने मन-ही-मन कहा था। यह जगह काफी ऊँचाई पर थी, परंतु यहाँ घने पेड़-पौधों की वजह से साँस लेने में परेशानी नहीं थी तथा हमारी तरफ

की तरह ही स्थानीय चरवाहे बिना हमारी परवाह किए अपने पशुओं की देख-रेख कर रहे थे।

चीन की सेना का खुफिया अधिकारी (जिसके बारे में मेरा खयाल था), जो एक संपर्क अधिकारी के रूप में भी काम कर रहा था, ने मेरी इस काल्पनिक अंतरराष्ट्रीय सीमा रेखा को नजदीक से देखने और भारत की मिट्टी को आदरपूर्वक स्पर्श करने की इच्छा को महत्त्व दिया। उसने चीनी भाषा में 'स्याइंग-स्याइंग' कहते हुए अपनी सहमति जताई और मैंने बिना एक पल खोए उस विशाल ढोला पहाड़ी की चोटी को सेना की निगाह से देखा, जहाँ चीनी सेना के अधिकारी और जवान हमारी इनफैंट्री पोजीशन से किनारा करते हुए रस्सी के सहारे ऊपर चढ़ आए थे और हमारी 7 इनफैंट्री ब्रिगेड पर हमला बोल दिया था।

इस ब्रिगेड के कमांडर ब्रिगेडियर जॉन दलवी वाकई सोते पाए गए और पीएलए (पीपल्स लिबरेशन आर्मी) को अपना पहला युद्ध कैदी मिल गया था।

इसी तरह और बहुत से सेना के कनिष्ठ अधिकारी और जवान भी उनके जाल में बाद में फँस गए। यह सचमुच एक अपमानजनक स्थिति थी, उनके मातहत एवं मेरे जैसे कैप्टन तथा जो लोग सेना और नागरिक व्यवस्था में विश्वास रखते थे, सभी को उन लोगों की वजह से नीचा देखना पड़ा था।

इस पवित्र धरती पर मेरे बहुत से सेना के भाइयों ने कर्तव्य की वेदी पर आत्म बलिदान दिया था। मैं उनकी आत्मा की शांति के लिए वहाँ दो मिनट पारंपरिक रूप से मौन खड़ा रहा। मेरी आँखों के सामने जीवित और मृत बहुत से लोगों के चित्र आते जा रहे थे। ऐसा मालूम पड़ रहा था कि वे साहस और भय पर निर्भर अपनी पीड़ा या दर्प का संदेश दे रहे थे। यहाँ दोनों ही तरह के प्रचुर उदाहरण थे।

सिपाही (बाद में नायक और वर्तमान लोककथाओं में कैप्टन) जसवंत सिंह जो कि गढ़वाल राइफल्स की चौथी बटालियन में था, ने अपनी लाइट मशीनगन के साथ सेलाटाप के पास सड़क के मोड़ पर पोजीशन ले रखी थी। वहाँ की भयानक बर्फबारी में जब चीनी सेना ने उसकी पोस्ट पर आक्रमण किया तब उन आती हुई लहरों के जवाब में वह पूरी दृढ़ता और साहस के साथ डटा रहा। उसके साथी सैनिक लड़ते-लड़ते मारे गए। संख्या और बंदूकों की कमी के बावजूद उसने दुश्मनों को तब तक रोके रखा, जब तक कि उसके जख्म उन पर हावी नहीं हो गए।

उसका शरीर तो नहीं मिला पर लोककथाओं में उसकी स्मृतियाँ अभी भी ताजा हैं। आज भी उसी पोस्ट पर उसकी बादवाली यूनिट हर शाम उसका बिस्तर लगाती है और उसकी आत्मा को खाना परोसती है तथा स्थानीय पहाड़ी लोगों ने उसे 'कैप्टन साहेब' का नाम दिया हुआ है। मुझे बताया गया कि आज भी उनकी पलटन ने उनके नाम के साथ स्वर्गीय नहीं लगाया है।

उसी समय कैप्टन (सेवा निवृत्त कर्नल) एस.एन. टंडन, जिन्हें बहादुरी के लिए वीर चक्र से सम्मानित किया गया है। वे और हम दोनों ही भारतीय सैन्य अकादमी की नौशेरा कंपनी में 1959 में कैडेट थे। उन्होंने मुझे 1960 के अंत में बताया था कि जब पीपल्स लिबरेशन आर्मी के सैनिकों ने उनके साथ उनके कमांडिंग अधिकारी को पकड़ लिया था तब वे कमांडिंग अधिकारी रोने लगे थे कि अब वे अपनी बीवी और बच्चों से कभी नहीं मिल पाएँगे। टंडन चूँकि उस समय अविवाहित थे इसलिए उन्हें इस तरह की भावनात्मक रुलाई नहीं आई थी।

टंडन ने मुझे बाद में बताया था कि चीनी सेना के अधिकारियों ने अपनी सेना के कैंपों में कैद भारतीय सेना के अधिकारियों और जवानों की सोच परिवर्तन करने में काफी समय लगाया, किंतु उन्हें इस काम में सफलता नहीं मिली, क्योंकि वे सभी अपने परिवारों के प्रति ईमानदार और भारतीय जीवन मूल्यों के प्रति प्रतिबद्ध भी थे।

मेरा दिवास्वप्न तभी मेरी फिल्म के साथियों के यह कहने पर टूट गया कि अब देर हो रही है और वापस लौटने का समय हो गया था।

चीनी अधिकारियों में से एक मि. क्विआओ ने हलके मजाक के लहजे में मुझसे पूछा, "आपने सन् 1962 में हमारा सामना कहाँ किया था?" मैंने जवाब दिया, "यहाँ, वहाँ और सभी जगह।" यह सुनकर सभी हँस पड़े।

मैंने मन-ही-मन अपने आप से कहा, "कल दूसरा दिन होगा" और फिर सोने की कोशिश करने लगा था, लेकिन उस रात नींद मुझसे कोसों दूर थी। 1962 में हमारी सेना की हार मुझे परेशान कर रही थी। जवाहरलाल नेहरू के वे शब्द "चीन ने कायरता पूर्वक आक्रमण करके हमारी पीठ में छुरा भोंका है" बार-बार मेरे मस्तिष्क में आ रहे थे। आज उस कटु युद्ध के चार दशकों के बाद मैं उनका मेहमान था।

चीन के लोग हमेशा इस बात पर जोर देते थे कि वे आक्रामक नहीं थे। उस समय चीन के प्रधानमंत्री चाऊ-एन-लाई और वहाँ के बहुत से नीति-निर्माताओं

ने नेहरू के 12 अक्तूबर, 1962 के मद्रास में दिए गए बयान, जिसमें उन्होंने भारतीय सेना को चीनियों को बाहर फेंक देने का आदेश दिया था, को बहुत ही गंभीरता से लिया था।

तिब्बत, जहाँ 1950 से ही पीपल्स लिबरेशन आर्मी तैनात थी, नेफा पर आक्रमण करने के लिए तैयार हो चुकी थी।

अपने चीनी मेजबानों से अध्ययन के एक सत्र में चर्चा के दौरान मैंने पूछा, "क्या आपने पहले गोली नहीं चलाई थी?" चीनी मेजबान ने जवाब दिया कि नेहरू के आक्रमणवाले भड़काऊ बयान के बाद चीन जैसा आत्मसम्मानी राष्ट्र स्वयं पर आक्रमण होने देने का इंतजार नहीं कर सकता था।

मुझे याद है कि अमेरिका का भारतीय सेना की नेफा में पराजय पर सहानुभूति भरा दृष्टिकोण था और उन्हें पूरा यकीन था कि चीन ने ही पहले आक्रमण किया था। यदि मेरी याददाश्त सही काम कर रही है तो अमेरिका ने उस समय 'हिमालयन पर्ल हार्बर' शब्द का इस्तेमाल हमारी असफलता को अपने अनुभवों के साथ जोड़ कर कहा था।

एक अन्य दृष्टिकोण यह भी था जिसके लिए हम भारतीयों को जिम्मेदार ठहराया गया था। भारत-चीन युद्ध के लेखक नेविली मैक्सवेल ने चीन को निर्दोष ठहराते हुए कहा कि उन्हें दोष देना भारतीयों के लिए एक काल्पनिक राहत की तरह है।

जब मैं 40 साल पीछे मुड़कर भारतीय सेना के विद्यार्थी के रूप में हासिल अपने अनुभवों पर नजर डालता हूँ तब मुझे लगता है कि इस विषय पर अंतिम शब्द नहीं कहा गया है। शायद पूर्वाग्रह रहित आधुनिक इतिहासकार और युद्ध की अवर्गीकृत डायरियों के आधार पर इस छवि बिगाड़नेवाली धारणा पर पहुँचा जा सकता है कि एशिया में नेहरू और चाऊ-एन-लाई के प्रभुत्व बनाने की अघोषित प्रविद्वंद्विता ही 1962 के सेना द्वंद्व का मूल कारण थी।

वास्तव में ब्रिटेन से हमें विरासत में हिमालय की ऊँचाई पर बिना तय एवं सीमारेखा विहीन सीमाएँ मिली थीं और उन्हीं को स्वतंत्रता के बाद भारतीय सरकार ने मान भी लिया था। ब्रिटिश साम्राज्य की सेना इस बिना तय की गई सीमाओं के सिद्धांत को बनाए रखते हुए तिब्बत तक सड़कें बना सकती थी, किंतु स्वतंत्र भारत को बिना ताकतवर सेना के सहयोग के इस अस्पष्ट सी सीमाओं के रूप में एक भारी बोझ महसूस हुआ तथा इसे हटाना भी आसान नहीं था।

1 अक्तूबर, 1949 के बाद जब एक नए चीन का उदय हुआ तब से दिन-प्रति दिन उसकी ताकत बढ़ती ही जा रही थी। परिणामतः जब चीनी सेना करीब-करीब स्वतंत्र तिब्बत की तरफ 1950 में पहुँची तब भारत के विदेश नीति-निर्माताओं ने जरा सी भी नाराजगी नहीं दिखाई, बल्कि उन्हें स्वयं ही इस दखलअंदाजी के बारे में सोचने के लिए छोड़ दिया। भारतीय मिशन के बाएँ हिस्से और ल्हासा में पोस्ट आफिस शीघ्रता से हटाए गए।

इस घटना के बाद फिर ल्हासा की हवा में भारतीय तिरंगा कभी नहीं फहराया। नेफा में हुई सैन्य काररवाई की तरफ वापस लौटते हुए हम पाते हैं कि भारतीय सेना की चौथी डिवीजन अनाधिकृत रूप से घुसे चीनियों के साथ बिना लड़े ही पूरी तरह पराजय स्वीकार कर चुकी थी। जब पीपल्स लिबेरेशन आर्मी ने 20 अक्तूबर, 1962 को आक्रमण किया था तब बालौग के पूर्वी हिस्से में कुछ भारतीय सेना की टुकड़ियों ने उनका डटकर विरोध किया, किंतु ढोला-सेला-बामडीला में पूरी तरह से हमारी पराजय हुई थी।

इन सारे हकीकत के बावजूद एक तथ्य यह भी है कि जब चीनी सेना को केवालौंग सेक्टर में भारतीय सेना के कड़े विरोध का सामना करना पड़ा तब उन्होंने युद्ध बंदी एवं भारतीय क्षेत्र से बाहर चले जाने की समझौतेवाली वार्त्ता का प्रस्ताव दिया था किंतु भारतीय सेना और हमारे राजनेतृत्व ने चीनियों को बाहर फेंक देने की इच्छा जताई तथा अपमानजनक स्थिति का सामना किया साथ ही साथ चीनी सेना को बाहर निकालने की चाहत सिर्फ चाहत बनकर रह गई।

15 नवंबर, 1962 को भारतीय सेना की कुछ टुकड़ियों ने वापस आक्रमण किया, परंतु उन्हें थोड़ी बहुत सफलता मिली। लड़ाई में इसका बहुत ही कम असर पड़ा, क्योंकि तब पीपल्स लिबरेशन आर्मी ने और भी जवान व बंदूकें निर्णायक आक्रमण के लिए लगा दिए, जिसने भारतीय पक्ष को पूरी तरह से बरबाद कर दिया। उनके प्रहार की मात्रा देखने और यकीन करने लायक थी।

अफवाहें तो यह भी हैं कि भारतीय जहाज चीनी सेना की अपनी रणनीति की बजाए उनके अधिक सहायक सिद्ध हुए। भारतीय क्षेत्र में चीनी सैनिकों के देखे जाने की फुसफुसाहट मात्र से ही भारतीय सेना के जवानों को वहाँ भेज दिया गया, जबकि वहाँ कोई भी नहीं था। यह हमारे लिए शर्मनाक रहा कि भारतीय सेना के वरिष्ठ अधिकारियों और कर्नलों ने जवानों को अपनी चौकियाँ छोड़कर जाने दिया और चीनी सेना को नीचे पहाड़ी यानी तेजपुर तक आराम से आने

दिया। हमारे सेना के अपंग जवान जो वहाँ की बर्फ में अपने अंग गवाँ चुके थे, वे चीनी पीओडब्लू कैंप तक चलकर पहुँचे और इन्होंने इस बुरी स्थिति के लिए अपने अधिकारियों को जमकर कोसा था।

मगर सारी दुनिया की सैन्य रणनीति ने भारतीय जवानों की सराहना की थी कि युद्ध में पराजय के बाद भी ये अपनी राइफलें छोड़कर नहीं भागे। बिना तैयारीवाली अपर्याप्त हथियार व गरम कपड़े तथा पहाड़ी युद्ध के लिए अनुभवहीन भारतीय सेना को पूरी तरह से प्रशिक्षित उस चीनी सेना के खिलाफ युद्ध करने का आदेश दे दिया गया था, जिसे एक दशक से तिब्बत की पहाड़ियों पर युद्ध करने का अनुभव हासिल था।

यहाँ तक कि भारतीय सेना की एक बड़ी संख्या के पास बरफीले युद्ध क्षेत्रों के अनुरूप जूते और गरम कपड़े भी नहीं थे। हथियारों की भी आपूर्ति बहुत कम थी, क्योंकि काफी जगहों पर कुछ खच्चर सैनिकों के हथियारों के स्थान पर सेना के अधिकारियों के कमोड की ढुलाई में लगे थे। सैनिक हेडक्वार्टर में शासन और नियंत्रण ऊपर से नीचे तक सही ढंग से काम नहीं कर रहा था।

तेजपुर में नई-नई बनी सेना की चौथी टुकड़ी के लेफ्टिनेंट जनरल जो इसके कमांडिंग जनरल भी थे, इन्होंने अपने संध्रस्ट प्रशिक्षण के बावजूद सक्रिय रणनीति की बागडोर कभी नहीं सँभाली थी। तेजपुर या इसके आगे के इलाकों में सैन्य रणनीति की योजना बनाने की बजाय वे इन कठिन दिनों में दिल्ली में अपने गले के घाव का इलाज करा रहे थे।

जब भारतीय सेना की स्थिति इतनी अस्त व्यस्त थी तब भी चीनी सेना ने अघोषित युद्धबंदी की घोषणा की थी, जबकि वहाँ कोई भी भारतीय यूनिट नजर नहीं आ रही थी। एक ही झटके में उन्होंने सेना के साथ कूटनीतिक विजय हासिल कर ली।

भारतीय सेना के उन बहादुर जवानों को श्रद्धांजलि न देना मेरे लिए मेरे कर्तव्य से विमुख होने जैसा था, जिन्होंने अपनी अंतिम साँस तक युद्ध लड़ा था। इनमें ब्रिगेडियर होशियार सिंह, जो सेला ब्रिगेड के कमांडर भी थे, इन्होंने अपने बामडीला हेडक्वार्टर से संपर्क टूट जाने के बाद भी चीनी सेना को कड़ी टक्कर दी थी। उन्होंने कर्तव्य की वेदी पर अपना सर्वोच्च बलिदान दिया था।

सूबेदार जोगिंदर सिंह ने भी अपने कर्तव्य से आगे बढ़कर शत्रुओं को काफी नुकसान पहुँचाते हुए अपने जवानों की जीवन रक्षा की थी। राष्ट्र ने उन्हें बहादुरी

के सर्वोच्च पुरस्कार (मरणोपरांत) से सम्मानित किया। वे लोग, जिन्होंने देश के लिए अपने प्राण गँवाएँ वे हमेशा देशवासियों की स्मृति में जीवित रहेंगे। हम अपने देशभक्तों को सलाम करते हैं, उनकी स्मृतियाँ बनाए रखते हुए अपने देश के युवाओं को उन्हीं का अनुसरण करने के लिए प्रोत्साहित करते हैं।

(ब्रिगेडियर चितरंजन सावंत 'विशिष्ट सेवा पदक' चीनी भाषा के ज्ञाता तथा एक कुशल दुभाषिया भी हैं। सन् 1962 के चीन-भारत युद्ध के बाद जब वे लद्दाख क्षेत्र में नियुक्त थे तब भारत सरकार ने उन्हें चीनी भाषा के अध्ययन के लिए कैलीफोर्निया भेजा था। वे तीन बार चीन और तिब्बत जा चुके हैं तथा इन्होंने दूरदर्शन पर वित्तचित्र भी प्रस्तुत किया है।)

—संपादक

□

32

कारगिल की यादें

कारगिल की विजय वाकई एक गौरवशाली विजय थी। इसमें दुश्मन की पूरी तरह से हार हुई थी। दुश्मन ने हमारे क्षेत्र में 160 कि.मी. लंबी और कारगिल क्षेत्र में 10 कि.मी. भीतर तक सड़क बना ली थी। इस अतिक्रमण का एक लंबे समय यानी 1998 के जाड़ों से लेकर 1999 की शुरुआत तक पता नहीं चला था। हमारी खुफिया एजेंसियाँ अपने नाम पर लगे इस कलंक को कभी नहीं धो सकेंगी। पाकिस्तान की सेना ने अपने अधिकारियों और सैनिकों को मुजाहिदीनों के रूप में यहाँ नियुक्त किया था और भारतीय सीमा के भीतर तक बड़ी सैन्य सामग्रियाँ जैसे 105 एमएम की गन तक पहुँचा दी थीं। उनके हेलीकाप्टर माल की आपूर्ति के लिए अकसर उड़ान भरते थे पर हमारे वर्दीधारी जवान, सेना और सेना से बाहर दोनों ने ही इस पर जरा सा भी ध्यान नहीं दिया कि वहाँ क्या हो रहा था। यह सचमुच आश्चर्यजनक है।

हमें एक राष्ट्र के रूप में उन युवा अफसरों और जवानों पर गर्व है, जो दुश्मनों के खिलाफ अपनी तैनाती में पलक भी नहीं झपकाते और आगे बढ़कर दुश्मन को निकल भागने भी नहीं देते। हमारे बहुत से भारतीय सैनिकों ने अपना सर्वोच्च बलिदान भी दिया है तथा जो लोग बच भी गए वे भी डरकर भागे नहीं, बल्कि तब तक लड़ते रहे जब तक दुश्मन दुम दबाकर भाग नहीं गया। कारगिल की लड़ाई में वाकई सारे भारत ने ही युद्ध लड़ा था। महाराष्ट्र के स्कूलों की छात्राएँ और तमिलनाडु के छात्र, जिसमें पंजाब के किसानों को भी नहीं भूल सकते तथा राजस्थान तक सभी एक राष्ट्र के रूप में कारगिल के युद्ध के जवानों के साथ-साथ खड़े थे। विद्यार्थियों ने

भावनात्मक पत्र तथा घरेलू औरतों ने स्वेटर और दस्ताने बुनकर वहाँ बंकरों में तैनात भारतीय सैनिकों को भेजे थे। इस युद्ध में लड़नेवाले सैनिकों का हौसला बहुत बढ़ा हुआ था। इस युद्ध में लड़नेवालों को पता था कि उनके पीछे सारा राष्ट्र खड़ा था और यदि वे इस युद्ध में शहीद भी हो जाते हैं तब भी उनके परिवारों की देखभाल हो जाएगी। भारत ने इससे पहले कभी भी यह स्तर नहीं दिखाया था—कारगिल प्रत्येक व्यक्ति के मस्तिष्क में था और हमारे योद्धाओं को वह सम्मान मिला, जिसके वे वास्तविक हकदार थे तथा विजय भी हमारी हुई थी।

कारगिल में युद्ध क्यों हुआ?

पाकिस्तान कारगिल पर कब्जा करना चाहता था और इसने 1947-48 में स्वतंत्रता के तुरंत बाद ही यहाँ की ऊँची जगह पर कब्जा कर लिया था। वास्तव में गिलगित, चित्राल, स्कार्डू और नुब्रा ये सभी स्थान कश्मीर के महाराजा के अधीन थे, किंतु ब्रिटिश अधिकारियों ने यहाँ से जाते समय इन्हें चाँदी की तश्तरी में रखकर पाकिस्तान को सिर्फ इसलिए दे दिया, ताकि वे महाराजा की सेना के खिलाफ मुसलमानों के साथ मिलकर विद्रोह करेंगे। पाकिस्तान 1948-49 में इस क्षेत्र को भारतीय सेना से फिर आजाद करा लेना चाहता था।

इसके साथ-साथ श्रीनगर से लेह की तरफ जानेवाला राष्ट्रीय राजमार्ग जो सियाचिन ग्लेशियर की जीवनरेखा भी है और कारगिल से होकर गुजरती है। पाकिस्तान ने भारतीय सेना की इसी जीवन रेखा को बीच में कारगिल में काट देने का सपना देखा था। यदि वे इस काम में सफल हो जाते तब सियाचिन और लद्दाख में मौजूद हमारी सेना के जवानों को रसद, हथियार और देश से पहुँचनेवाली अन्य सहायता नहीं मिल पाती। इसका परिणाम बहुत ही भयावह होता। यह भारतीय सेना के अधिकारियों और जवानों की समझदारी और बहादुरी का ही परिणाम था कि इन्होंने देश को इस स्थिति से समय रहते ही बचा लिया था।

सन् 1984 में भारत ने सियाचिन ग्लेशियर पर कब्जा कर लिया था और यही पाकिस्तान हजम नहीं कर पा रहा था। अपनी लगातार आक्रमणकारी चोटों के बावजूद भी वे भारतीय सुरक्षा को नुकसान पहुँचाने में नाकामयाब रहे। भारतीय सेना के द्वारा की गई निर्णायक कार्यवाही से हुए पूर्वी पाकिस्तान के अपने नुकसान के बाद यह उनकी फिर से बेइज्जती थी, इसलिए पाकिस्तान का हर हाल में किसी भी तरह सियाचिन ही नहीं, बल्कि भारतीय क्षेत्र में भी अपना कब्जा चाहता था। पाकिस्तान

के वर्तमान प्रधानमंत्री और तब के सेना प्रमुख जनरल परवेज मुशर्रफ का ही शैतानी दिमाग कारगिल और सियाचिन पर कब्जा करने की योजना के पीछे काम कर रहा था। उन्होंने कारगिल, द्रास और बटालिक में 'ऑपरेशन बदर' शुरू किया था, परंतु इसका परिणाम घोर असफलतावाला ही था। वास्तव में पाकिस्तान के पूर्व प्रधानमंत्री ने इस अनिष्टकारी कार्य की निंदा भी की थी।

मई 1999 में जाट बटालियन के एक अधिकारी और छह जवान, जो दुश्मनों की घुसपैठ का पता लगाने गश्त पर निकले थे, वे कहीं लापता हो गए। वास्तव में दो बौद्ध चरवाहे ताशी नामग्याल और त्शेरिंग मोरूप ही वे पहले दो व्यक्ति थे, जिन्होंने भारतीय सेना को सूचना दी थी कि बटालिक क्षेत्र की पहाड़ी पर काली शलवार और सफेद जैकेट पहने हुए लंबी दाढ़ीवाले विदेशी देखे गए थे मगर उनके सावधान होने तक पाकिस्तानी सेना की टुकड़ी भारतीय क्षेत्र में काफी भीतर तक घुस आई थी। शुरू में सेना के बड़े अधिकारियों ने इस घुसपैठ को छोटामोटा कहकर टाल दिया और इस परिस्थिति में सेना का अंदाज काफी गलत निकला। उस समय के भारतीय सेना प्रमुख जनरल वेद प्रकाश मलिक इसकी गंभीरता पर ध्यान न देते हुए 10 दिनों के आधिकारिक टूर पर यूरोप चले गए थे।

जिस समय यह बड़ी घुसपैठ जारी थी तब उत्तरी कमांड के सेना कमांडर पूना गए हुए थे। फिर भी समझदारी जल्दी आ गई और भारतीय नेतृत्व ने 26 मई, 1999 को ऑपरेशन विजय शुरू करके संपूर्ण क्षेत्र में भारतीय प्राधिकार को सीमा रेखा में पुनर्स्थापित किया।

परिवर्तित परिस्थिति

भारतीय सेना की एक बड़ी संख्या अपनी तोपों के साथ घाटी और ऊँची पहाड़ियों की तरफ चल दी। पैदल सेना के सैनिकों को पहाड़ी की चोटी पर चढ़ने और दुश्मनों को खदेड़ने का आदेश दिया गया। हालाँकि पाकिस्तानी सेना पूरी तरह से तैयार और हथियारों से सुसज्जित थी। अपनी रणनीति के अनुसार उनके बंकरों से नीचे की तरफ से चढ़नेवाले भारतीय सैनिकों पर भारी मशीनगनों से भयानक गोलाबारी की जा रही थी। बहुत से चढ़नेवाले गिरे पर उनकी जगह दूसरों ने ले ली थी। कारगिल की पहाड़ियों में शौर्य की कहानियाँ लिखीं और फिर से लिखी जा रही थीं, क्योंकि वहाँ भारतीय सेना के जवानों ने दुश्मनों की गोलियों की बौछार के सामने आगे बढ़कर उन्हें खदेड़ा और भारतीय क्षेत्र पर फिर से कब्जा कर लिया। भारतीय तोपखाने की

कई तोपों में इस विशेष 155 एमएम की बोफोर्स तोप की भी महत्त्वपूर्ण भूमिका दुश्मन की सुरक्षा को नष्ट करने में रही है। कुछ मामलों में पैदल सेना के लिए आगे बढ़ना मुश्किल हो गया था, परंतु इस भीषण तोप के सहयोग से अच्छे परिणाम मिल सके।

तोलोलिंग। यह नाम सुनकर ही कानों में घंटियाँ बजती हैं और यह कारगिल से ही मिला हुआ है। तकरीबन एक पखवारे तक के संघर्ष के बाद पहली विजय का स्वाद चखा गया था। पाकिस्तान की सेना ने इस चोटी पर कब्जा बनाए रखते हुए नीचे द्रास शहर और राष्ट्रीय राजमार्ग पर नजर रखी हुई थी। भारतीय पैदल सेना की शुरुआती असफलता के बाद सेना ने उनकी आक्रमण योजना को समझ लिया था।

जून के दूसरे सप्ताह तक इस युद्ध क्षेत्र में और भी तोपें और साधन पहुँच चुके थे। 12 जून की रात को 120 तोपों, जिनमें 155 एमएम की बोफोर्स तोप, मल्टी बैरल रॉकेट लॉन्चर, 130 एमएम और 105 एमएम की गन्स ने एक साथ पहाड़ की चोटी पर लक्ष्य करके प्रहार करना शुरू कर दिया। चार घंटों की भीषण बमबारी के बाद पैदल सेना ने शाम तक चोटी पर फतह हासिल कर ली थी। इस समय सेना का मनोबल बहुत बढ़ा हुआ था।

एक के बाद दूसरी चोटियों पर विजय होती गई पर टाईगर हिल पर दुश्मन ने पूरी तरह से तैयारी करके कब्जा बना रखा था। एक महीने से अधिक चले इस अभियान में सेना को महसूस होने लगा था कि टाईगर हिल पर दुबारा कब्जा करना एक कठिन कार्य है। जैसा कि सेना ने बटालिक और मुश्कोह घाटी पर पहले ही कब्जा कर लिया था और अब सारे संसाधनों को टाईगर हिल की तरफ ही केंद्रित कर दिया गया था तथा 3जुलाई की रात को तोपों और पैदल सेना दोनों ने ही टाईगर हिल पर कब्जा करने के लिए अभियान शुरू कर दिया था। भारतीय हवाई सेना के लड़ाकू जहाजों ने भी पिछले तीन दिनों से चोटी पर प्रहार करना शुरू कर दिया था। हालाँकि दुश्मन पूरी तरह से सुरक्षित था। जब पैदल सेना चोटियों पर चढ़ती, तब दुश्मन नीचे की तरफ भारी गोलाबारी करता था। भारतीय पैदल सैनिकों ने तोपखानों से लगातार फायरिंग करते रहने के लिए कुछ इस तरह से कहा, "यदि हम अपनी ही गोलियों से मारे जाते हैं तो भी चिंता की कोई बात नहीं, कम-से-कम दुश्मन तो मर जाएगा।" यही सोचकर तोपखाने दुश्मनों के द्वारा नीचे की तरफ हमारे सैनिकों पर चलाई जा रही गोलियों के जवाब में गोले बरसाते रहे।

भारतीय तोपें जब पहाड़ी पर गोले बरसातीं थीं और उनसे बचने के लिए दुश्मन जब बंकर में नीचे दुबकता था, बस उतने ही समय में भारतीय पैदल सेना आगे बढ़

जाती थी। यह वाकई मानव की इच्छाशक्ति का बहुत बड़ा इम्तहान था। आक्रमणकारी दुश्मन के सामने छह घंटे की इस तरह की चढ़ाई कोई छोटा काम नहीं था फिर भी भारतीय सेना को इसमें सफलता मिल गई। 4 जुलाई की सुबह टाईगर हिल पर इस सैन्य अभियान ने आखिरकार कब्जा कर ही लिया। हालाँकि दुश्मन ने तुरंत ही इस पर वापस आक्रमण किया था। यह विजय कठिन लड़ाई के बाद ही हमारे सेना के जवानों को प्राप्त हुई थी।

वैसे यह अभियान 26 जुलाई तक चला था और तभी नियंत्रण रेखा पर कब्जा हो सका था। किंतु छुटपुट मुठभेड़ अक्तूबर तक जारी रही थी। इस युद्ध में भारतीय सेना के 500 लोगों को भारी क्षति पहुँची थी, जिसमें 25 अधिकारियों की मृत्यु भी शामिल है तथा पाकिस्तानी सेना के 700 जवान हताहत हुए, जिनमें 45 अधिकारी भी शामिल हैं।

कारगिल की यह लड़ाई पाकिस्तान ने शुरू तो अच्छे ढंग से की थी, परंतु इसमें उसे भारी नुकसान उठाना पड़ा था। इस युद्ध में भारतीय सम्मान बना रहा और भारतीय सेना दुश्मन पर एक बार फिर से हावी रही। सारी दुनिया ने मान लिया कि भारतीय किसी वजह के लिए लड़े और सही जीते। दुनिया भर का समर्थन भारत के साथ था और पाकिस्तान पूरी तरह से अलग-थलग पड़ गया था। भारतीयों के लिए अब यह जरूरी है कि वे हमेशा सतर्क रहें।

□

33

शहीद महात्मा

आधुनिक समय में प्राचीन पद्धति के द्वारा लागू शिक्षा का किया गया यह प्रथम प्रयोग इस समय अपना दीक्षांत समारोह मना रहा था। यह महान् कार्य सिर्फ एक व्यक्ति के धैर्य, लगन, दृढ़ता और उन्नत क्षमता से ही संभव हो सका था। इनका नाम महात्मा मुंशीराम था। वर्णाश्रम के चौथे चरण यानी, संन्यास लेते समय सात्विक परंपरा के रूप में इनका नया नाम स्वामी श्रद्धानंद सरस्वती हो गया था। वास्तव में इस नाम ने लाखों स्त्री-पुरुषों को ब्रिटिश हुकूमत से आजादी के संघर्ष में शामिल होने के लिए प्रेरित किया था। इनकी नैतिकता और आकर्षक व्यक्तित्व ने भी लोगों को प्रभावित किया था। सभी वर्गों, जाति और धर्म के लोग इस भीड़ में शामिल थे। ये महात्मा एक चमत्कारिक व्यक्ति थे, हालाँकि वे अपने गुरु स्वामी दयानंद सरस्वती की ही भाँति किसी चमत्कार में विश्वास नहीं करते थे।

22 फरवरी, 1856 को पंजाब प्रांत के जालंधर जिले में तालवान गाँव में हिंदू कैलेंडर के अनुसार फाल्गुन कृष्ण त्रियोदशी के दिन संवत् 1913 विक्रम को इनका जन्म हुआ था। इनका नाम बृहस्पति और मुंशीराम था। चूँकि बादवाला नाम पुकारने में आसान था, इसलिए यही नाम लोकप्रिय भी हो गया। इनके पिता का नाम लाला नानक चंद था, जो कि ईस्ट इंडिया कंपनी के यूनाइटेड प्राविंस में एक पुलिस अधिकारी थे। युवा मुंशीराम लाड़-प्यार में पले थे और अपने पिता के तबादलों के कारण उनके जीवन के शुरुआती वर्षों में वे पारंपरिक शिक्षा से वंचित भी हो गए थे। फिर भी उन्होंने जीवन की पाठशाला में बहुत कुछ सीखा और इसीलिए जीवन की समस्याओं को सुलझाने में उनकी व्यावहारिक सोच विकसित

हो चुकी थी। इसने उनके बाद के संघर्षपूर्ण जीवन में काफी सहायता की थी। एक व्यस्त पिता के ध्यान देने की कमी तथा माता के लाड़-प्यार ने युवा मुंशीराम को जिद्दी बना दिया था। यदि वहाँ आसपास कोई उद्दंड लड़का था, तो केवल वही थे। यह भी क्या चमत्कार है कि ऐसा व्यक्ति स्वयं में कितना सुधार, ले आया और आमजन में उसक पद महात्मा का हो गया।

मुंशीराम इसका श्रेय स्वामी दयानंद सरस्वती को देते हैं, जो उन्हें वापस पटरी पर ले आए। मुंशीराम जब युवा ही थे तभी स्वामी दयानंद सरस्वती बनारस वहाँ के पारंपरिक पंडितों से शास्त्रार्थ करने पहुँचे थे। बनारस की पवित्र गंगा और वहाँ के घाटों में एक अफवाह फैली थी कि एक चमत्कारी साधू रात में सड़कों पर निकलता है और उसके एक हाथ में मशाल तथा दूसरे हाथ में पुस्तक है तथा जिससे वह युवाओं को ले जा रहा है। यह सारा प्रचार स्वामीजी के विरोधियों ने किया था जिन्हें उन्होंने अपनी बौद्धिकता और धार्मिक ज्ञान से पछाड़ दिया था और जो अंधविश्वास की मरीचिका के कीचड़ में धँसे भी हुए थे। स्वामीजी के हाथ में ज्ञान की मशाल और सृष्टि की रचना के समय दैवीय मंत्रों से युक्त वेदों की पुस्तक थी। मुंशीराम की इन महान् सुधारक से मुलाकात न हो सकी थी, क्योंकि उनके पिता नहीं चाहते थे कि उनकी मुलाकात हो। कई सालों के बाद उन्हीं पिता ने अपने जिद्दी बेटे से उसी संन्यासी से मानसिक और आध्यात्मिक परिवर्तन के लिए बरेली में मुलाकात के लिए प्रोत्साहित किया था। यह वाकई मुंशीराम के जीवन के परिवर्तन का समय था। स्वामी दयानंद सरस्वती के साथ एक लंबी बौद्धिक वार्त्ता के बाद मुंशीराम के हृदय में एक परिवर्तन आना शुरू हो गया और यह बीज पंजाब में जाकर पुष्पित हुआ। मुंशीराम एक बिगड़ैल युवक का अब एक ऐसे व्यक्ति में परिवर्तन हो चुका था, जो कि महात्मा बनने के पायदान पर पहुँच चुका था। भारत के राजनीतिक और धार्मिक इतिहास का यह एक विशेष परिवर्तनवाला समय था, जब देश ब्रिटिश साम्राज्य से स्वतंत्रता प्राप्ति के लिए संघर्षरत था।

परिवर्तित हो चुके मुंशीराम के शुरुआती वर्षों में लाहौर ही पंजाब की राजधानी थी तथा जालंधर एवं यही जगहें इनकी क्रियाशीलता के स्थान भी थीं। मुंशीराम अब एक सफल वकील बनकर काफी शोहरत कमा चुके थे। वे आर्यसमाज समूहों में काफी सक्रिय थे तथा इसके सुधारवादी आंदोलनों में बढ़-चढ़कर हिस्सा लेते थे। उन्होंने लड़कियों की शिक्षा को भी गंभीरता पूर्वक प्रोत्साहित

किया था। दरअसल जब उन्होंने देखा कि उनकी अपनी बेटी वेद कुमारी स्कूल में ईसाई मिशनरी में शिक्षा ग्रहण करते समय ईसाई धर्म के प्रभाव में आ चुकी थी, तब उन्होंने आर्यसमाज के द्वारा चलाया जा रहा अच्छी स्कूली शिक्षा के द्वारा बच्चों को बाहरी प्रभाव से मुक्त कराने का निर्णय लिया। इस कार्य में समान विचारधारावाले भारतीयों ने भी उनका सहयोग किया और शिक्षा का यह मिशन तेजी से आगे बढ़ा। उन्हें इस शिक्षा के मार्ग पर बहुत दूर तक जाना था। उनकी एक कल्पनादृष्टि थी, जिसमें वे युवा भारतीयों को प्राचीन वैदिक प्रणाली पर भारतीय शिक्षण संस्थाओं को चलाकर शिक्षित करना चाहते थे। शिक्षा की यह गुरुकुल पद्धति मुंशीराम का नया मिशन थी।

इतिहास ने भी इसमें एक महत्त्वपूर्ण भूमिका अदा की थी। स्वामी दयानंद सरस्वती जिन्होंने 1875 में आर्यसमाज की स्थापना की थी, उनकी मृत्यु 1883 में अजमेर राजपूताना में हो गई थी। पंजाब के आर्यों ने नए भारत को जगाने के लिए उनके इस कार्य को पूरा करने हेतु स्कूल और कॉलेज की शृंखला खोली, जिसमें हमारी युवा स्त्री और पुरुष अपने देश, परंपराएँ, संस्कृत और वैदिक धर्म पर गर्व करें। 1886 में लाहौर में दयानंद एंग्लो वैदिक स्कूल की स्थापना की गई थी। एक युवा आर्यसमाजी स्नातक लाला हंसराज ने इसके प्रधानाध्यापक के रूप में बिना वेतन लिये ही अपनी स्वैच्छिक सेवाएँ प्रदान की थीं। सभी आर्यों ने इस नए उद्यम में अपने पूर्ण हृदय के साथ काम किया था। हालाँकि उनमें से कुछ लोग जैसे लाला मुंशीराम और पंडित गुरुदत्त ने महसूस किया था कि डीएवी स्कूल का आंग्ल तत्त्व वैदिक तत्त्व पर हावी हो रहा था। यह नई शिक्षा पद्धति स्वामी दयानंद सरस्वती के सपनों से काफी दूर थी। पंजाब की आर्य प्रतिनिधि सभा भी इनके साथ थी और लाहौर में यह तय हुआ कि शिक्षा की इस गुरुकुल पद्धति की शुरुआत की जाए। मुंशीराम ने ही इस आंदोलन का नेतृत्व किया था।

पैसा, पैसा और पैसा। यही समस्या भी है और यही समाधान भी। इस परियोजना को कार्यरूप देने के लिए रु. 30,000 की आवश्यकता थी। इस बड़ी रकम को इकट्ठा करने की जिम्मेदारी कौन लेगा? 19वीं सदी के अंत में कम साधनवाले स्त्री एवं पुरुषों के लिए यह एक बड़ी रकम थी। नए आर्य समाज के समूह में अधिकतर स्त्री व पुरुष मध्यम वर्ग से थे और सरकारी नौकरियों में थे जिनके लिए उनकी चाहत के बावजूद भी इतनी रकम दान दे पाना संभव नहीं था। मुंशीरामजी ने इस कार्य को पूरा करने का बीड़ा उठाया, जो करीब-करीब

असंभव सा था। लाहौर से लौटने पर वे जालंधर रेलवे स्टेशन के वेटिंगरूम में रुके हुए थे और वहीं उन्होंने तय किया कि जब तक वे इस धन को एकत्रित करने के अपने मिशन में कामयाब नहीं हो जाएँगे, वे अपने घर की दहलीज नहीं लाँघेंगे। वाकई वे एक दृढ़ निश्चयी व्यक्ति थे। आज के युवा स्त्री व पुरुषों के अनुकरण के लिए वे एक उत्तम उदाहरण हैं। उन्हें आठ महीनों में रु. 40,000 इकट्ठा करने में सफलता मिल ही गई।

यह सपना पूरा हुआ और 16 मई, 1900 को पश्चिमी पंजाब, जो आज पाकिस्तान में है, गुरुकुल की आधिकारिक रूप से स्थापना हो गई। बीस युवा लड़के इसके ब्रह्मचारियों के प्रथम सत्र में थे, तब विद्यार्थियों को ब्रह्मचारी ही कहा जाता था। इन शुरुआती लोगों में मुंशीरामजी के भी दो बेटे थे—हरिश्चंद्र और इंदर। इसके प्रारंभिक वर्षों में महात्मा मुंशीराम ने इनका खयाल और देखभाल की तथा इसकी शुरुआती कठिनाइयों को पार किया। उनके साथ शिक्षकों एवं विद्यार्थियों का एक समर्पित समूह था। उनकी इस नई परियोजना को तब और भी मदद मिली जब यह नवजात गुरुकुल पंजाब गुजराँवाला से काँगड़ी हरिद्वार, यूनाइटेड प्राविंस में आ गया। गंगा तट पर घने जंगलों के बीच यह वाकई एक ऐसे आदर्श वातावरण में था, जहाँ कोई भी ऋषि-मुनि ही आश्रम चलाते। किंतु यहाँ जंगली जानवरों के खतरे, कठिन भू-भाग तथा चिकित्सा सुविधाओं का भी अभाव था। फिर भी वहाँ के समर्पित विद्यार्थियों और शिक्षकों ने अपने आचार्य महात्मा मुंशीराम के प्रेरणाप्रद नेतृत्व के अंतर्गत इसे खूबसूरती के साथ बरदाश्त कर लिया था। उनके लिए भूख, बीमारियाँ और कई तरह की कठिनाइयाँ जैसे शब्दों का कोई अर्थ नहीं था, ये शब्द केवल उन जैसे लोगों के लिए थे, जो लाहौर में अपने घरों में आराम से बैठे थे। काँगड़ी के जंगल और हरिद्वार की गंगा ने ब्रह्मचारियों को वह राहत प्रदान की थी, जिसका स्वप्न देवता देखते थे।

कुछ समय के अंतराल से ही गुरुकुल बहुत से व्यक्तियों का ऐसा प्रतिष्ठित विद्यालय बन गया, जिन्होंने राष्ट्रीय स्तर पर देशभक्तों, पत्रकारों, शिक्षकों और लेखकों के रूप में अपनी पहचान बनाई। इनमें से प्रत्येक के मन में महात्मा के प्रति प्रशंसा का भाव था, जिन्होंने 17 सालों से भी अधिक साल तक इस जहाज को चलाया था। उनमें नेतृत्व की ऐसी अद्‌भुत क्षमता थी, जैसी एक सेना का जनरल युद्ध और शांति दोनों ही समय रखता है। उनके इस कार्य में अनेक कठिनाइयाँ भी आई थीं। महात्मा यह भली-भाँति जानते थे कि उनका समाधान

जहाँ कहीं भी होगा वे इसे अवश्य ही ढूँढ़ निकालेंगे। उनके पास वित्तीय सहायता के रूप में धन और संपत्ति दोनों ही आईं थीं। गुरुकुल का वार्षिक उत्सव 13 अप्रैल बैसाखी के दिन होता है और सभी धर्मों के, सभी स्तर के लोग, जिन्होंने गुरुकुल के बारे में सुना और समझा है, वे आते हैं। वहाँ आनेवाले लोगों में बच्चों के माता-पिता और अभिवावकों के अलावा लेखक, पत्रकार, पुस्तक विक्रेता भी आते हैं तथा हमें महात्मा के उन निर्देशों के बारे में भी नहीं भूलना चाहिए जो वहाँ कमियाँ ढूँढ़ने आते हैं, जो वहाँ होती ही नहीं हैं। वैसे जो लोग वहाँ उपहास के उद्देश्य के आते थे वे भी महात्मा की प्रशंसा करने लगते थे।

महात्मा मुंशीराम ने पत्रकारिता की दुनिया में उर्दू और हिंदी दोनों ही भाषाओं में सामाजिक व धार्मिक विषयों पर लेखन का श्रीगणेश किया था। इन्होंने बहुत सी पुस्तिकाओं का लेखन किया। वैदिक धर्म का प्रसार ही उनका मिशन था तथा वे अपने मार्ग से कभी विचलित नहीं हुए। अपने गुरु स्वामी दयानंद सरस्वती के चरण चिह्नों पर चलते हुए ही महात्मा ने हिंदी देवनागरी लिपि को ही महत्त्व दिया था। उनका पत्र 'सधर्म प्रचारक' शुरू-शुरू में उर्दू भाषा में प्रकाशित हुआ और बहुत लोकप्रिय भी हुआ था। बाद में वित्तीय नुकसान होने के बावजूद भी उन्होंने हिंदी में ही लिखा, जबकि इसे पंजाब में दोयम दरजे की भाषा का ही स्तर प्राप्त था। महात्मा के समाज की ज्वलंत समस्याओं पर टिप्पणियों का विशेष महत्त्व था तथा यह जन समुदाय के विचारों पर प्रभाव डालती थीं। यह भी बताना अति आवश्यक है कि महात्मा ने कभी भी लोकप्रिय होने की नीति का अनुकरण नहीं किया। वे हमेशा खरी बात कहते थे तथा हर हाल में सच्चाई पर टिके रहते थे।

महात्मा मुंशीराम ने संन्यास आश्रम में प्रवेश अपनी संकल्पशक्ति से ही लिया था। यह उनकी अपनी अंतर्आत्मा की ही आवाज थी। उन्होंने अपने सत्तर साल के जीवन में आधे से अधिक का जीवन विधुर के रूप में ही जिया था, क्योंकि उनकी पत्नी श्रीमती शिवदेवी की असामयिक मृत्यु हो गई थी। वे अपने जीवन के अंतिम 9 वर्षों से अधिक समय तक संन्यासी के रूप में सिर्फ गेरुआ वस्त्र ही पहनते थे। उन्होंने किसी भी तरह की संपत्ति नहीं बनाई और न ही किसी तरह का कार्यालय ही बनाया, फिर भी समाज के दबे-कुचले वर्ग के उत्थान और शुद्धीकरण के आंदोलन के द्वारा उन स्त्री-पुरुषों को वैश्विक धर्म की तरफ वापस लाए, जो अन्य धर्मों में भटक गए थे तथा इनमें वे लोग भी शामिल थे, जो उन्हें बहुत ही प्रिय थे। उन्होंने निरंतरता पूर्वक शुद्धीकरण के आंदोलन से स्वयं को

संलग्न रखा था। इसके साथ ही साथ उन्होंने निर्धनों और दबे-कुचले लोगों के उत्थान के लिए आर्यसमाज और बहुत सी संस्थाओं की स्थापना की थी। उनका दृष्टिकोण बहुत ही व्यावहारिक था तथा वे कहते थे कि बहुत से राजनीतिक व्यक्ति तथाकथित अछूतों के उद्धार की सेवा के लिए सिर्फ जबानी सेवा ही करते हैं।

महात्मा मुंशीराम देश की राजनीति और भारतीय राष्ट्रीय कांग्रेस में बहुत ही कम समय तक रहे। चूँकि यह भारत की स्वतंत्रता के लिए एक महान् कार्य था इसलिए वे चाहते थे कि ब्रिटिश शासन से मातृभूमि को स्वतंत्र करना प्रत्येक भारतीय का कर्तव्य होना चाहिए। इसीलिए रौलेट ऐक्ट के विरोध में दिल्ली के चाँदनी चौक क्षेत्र में उन्होंने जुलूस का नेतृत्व भी किया था। सन् 1919 में महात्मा जन समूह के एक निर्भीक नेता के रूप में उभरे थे। ब्रिटिश राज के पीड़ादायी सैनिकों के सामने उनका निडर व्यवहार, जिसमें उन्होंने सैनिकों से अपनी छाती पर गोली चलाने के लिए कहा था, देखकर हिंदू और मुसलमान दोनों ही वर्गों में वे सबके दुलारे बन चुके थे। वे इस तरह के वातावरण में लोगों के समूह को संबोधन करने एवं उपदेश देने पहुँचते थे। उनके पुत्र इंदर भी उनके साथ ही थे और उन्होंने इन सभी घटनाओं को महात्मा की जीवनी मे उद्धृत किया है। इसमें वर्णित सभी दृश्य विस्मयकारी हैं।

4 अप्रैल, 1919 का दिन और जगह जामा मसजिद। मुसलमानों का एक बड़ा समूह उन मृतकों को श्रद्धांजलि देने तथा ब्रिटिश शासकों की नीतियों का विरोध करनेवाले देशभक्तों को समर्थन देने के लिए एकत्रित हुआ था। इस मसजिद के मंच पर एक आर्य संन्यासी गेरुवे वस्त्र पहनकर खड़ा था। उसे मुसलमान नेताओं ने स्वतंत्रता के मिशन को प्रोत्साहित करने के लिए आमंत्रित किया था। संन्यासी ने इस न्याय के संघर्ष की सफलता के लिए वेद-मंत्रों के माध्यम से सर्वशक्तिमान से आशीर्वाद प्राप्त करने का आह्वान किया। ऋग्वेद का मंत्र निम्न रूप में प्रस्तुत है—

ओम् त्वं हि नः पिता वसो त्वम् माता शतक्रतो बभ्विथः।
अघाते सुम्नमीमहे।

इस सभा का समापन ओम् शांति, शांति, शांति के जाप से हुआ था तथा प्रत्युत्तर में 'आमीन' शब्द आया था। भारतीय समाज के आपसी भाईचारे और

एकता का यह पूर्ण दृश्य था, किंतु यह कितना दुःखद है कि यह बहुत ही कम समय तक रहा। किसे पता था कि मुसलमानों का नेतृत्व करनेवाले महात्मा उन्हीं के हाथों शहीद होंगे।

समय परिवर्तित होता है। नाटकीय परिवर्तन में लोग युनाइटेड प्रविंस के मथुरा, आगरा प्रांत के मलकाना के राजपूत हैं। काफी समय से उन लोगों का मुगलों के द्वारा बलपूर्वक इसलाम धर्म में परिवर्तन कराया जा रहा था। फिर भी उन लोगों ने अपनी संस्कृति को बनाए रखा था। स्वामी श्रद्धानंद ने उन्हें वापस अपने धर्म में आने के लिए प्रोत्साहित करने का एक बेहतर अवसर देखा। मलकाना राजपूतों के शुद्धीकरण को एक बड़ी सफलता ही नहीं मिली, बल्कि इसमें महात्मा गांधी जैसे व्यक्ति का भी विरोध सामने आया। मेवाड़ के महाराणा और पंडित मदन मोहन मालवीय भी स्वामी श्रद्धानंद सरस्वती के सहयोग में आगे आए थे। इस आंदोलन ने गति भी पकड़ी, परंतु मुसलमान इसे बरदाश्त न कर सके। सिंध की एक महिला असगरी बेगम ने अपने बच्चों और संबंधियों के साथ स्वयं को वैदिक धर्म के अनुसार धर्म परिवर्तन कराने के लिए अनुरोध किया। स्वामीजी ने उसका निवेदन स्वीकार कर लिया और मार्च 1926 को वैदिक परंपरा में शामिल कर लिया। अब उस महिला का नाम शांति देवी हो गया था। शांति देवी के पूर्व मुसलमान पति ने उसे वापस अपने धर्म में लाने के लिए कानूनी लड़ाई लड़ी पर वह असफल हो गया। स्वामीजी व उनके पुत्र इंदर और बहनोई डॉ. सुखदेव सभी पर अपहरण और साजिश का अभियोग लगा। इस घटना ने आग में घी का काम किया था। सामाजिक परिस्थितियाँ बहुत अस्थिर थीं। मुसलमानों के उर्दू अखबारों में पूर्वग्रहों से भरे लेखों ने भी आग लगा दी थी। गांधीजी ने भी शांति स्थापित करने में थोड़ा प्रयास किया था। उनके शुद्धीकरण के विरोधी बयानों ने भी आपसी वैमनस्य को बढ़ावा दिया था। यहाँ तक कि कांग्रेस के बड़े मुसलिम नेताओं जैसे मुहम्मद अली और शौकत अली ने इन दोनों समुदायों को साथ लाने में आए विरोध की सहायता ही की थी। यह भी आश्चर्यजनक ही है कि मुसलमान, जो कि दूसरे धर्म के लोगों को इसलाम धर्म में परिवर्तन कराने को अपना अधिकार समझते हैं परंतु मुसलमानों को वैदिक धर्म या अन्य किसी धर्म में परिवर्तन कराने का विरोध करते हैं। कांग्रेस पार्टी की मुसलिम तुष्टीकरण की नीति ने स्वतंत्रता आंदोलन पर विपरीत असर दिखाया था। स्वामी श्रद्धानंद ने इस त्रुटिपूर्ण नीति की गंभीरता को समझा और इससे दूरी बना ली थी। स्वामीजी को वैदिक धर्म उतना

ही प्रिय था जितना कि गांधी और नेहरू परिवारों को मुसलिम तुष्टीकरण।

23 दिसंबर, 1926 को स्वामीजी दिल्ली के अपने निवास स्थान नया बाजार (अब श्रद्धानंद बाजार) में थे और निमोनिया से पीड़ित भी थे। हालाँकि जी.डी. बिरला के समर्थन में चुनावी यात्रा के दौरान थोड़ा थक भी चुके थे। तकरीबन 4 बजे शाम को इस्लामिक पृष्ठभूमि का एक व्यक्ति उनसे धार्मिक विषयों पर चर्चा करने आया। स्वामीजी की देखभाल कर रहे धर्मपाल उसे अनिच्छापूर्वक भीतर ले गए और जब धर्मपाल पानी लेने गया तब उस धर्मांध व्यक्ति ने अपनी पिस्तौल निकाली और बहुत पास से ही स्वामीजी पर दो गोलियाँ चला दीं। जैसे ही धर्मपाल आया उस हत्यारे ने उस पर भी गोली चलाई, परंतु धर्मपाल ने उस पर काबू पा लिया और तब तक पुलिस भी आ गई। उस हत्यारे पर मुकदमा चला और उसे फाँसी की सजा हो गई। स्वामीजी को शहीद का दरजा प्राप्त हुआ।

स्वामीजी के पुत्र इंदर ने उन शब्दों को याद किया जो उन्होंने काफी पहले कहे थे, ''वाकई यह मेरे लिए संतोष का विषय होगा कि मैं शहीद का ताज पहनने के लिए चयनित किया जाऊँ।''

□

34

हंसराज एक प्रेरणादायी महात्मा

महात्मा हंसराज ने मुझे बहुत ही प्रभावित किया है। मेरी उनसे कभी भी मुलाकात नहीं हुई। 15 नवंबर, 1938 की अर्धरात्रि में जब वे अपनी अंतिम साँसें ले रहे थे, तब हममें से आज की प्रौढ़ पीढ़ी के अधिकतर लोग उस समय नहीं थे। लाहौर ने एक ऐसे महान् कर्मयोगी को खो दिया था जो कि अंधकार को कोसने के बजाए दिए जलाने में यकीन रखते थे। अप्रैल 1864 को पंजाब के होशियारपुर जिले के एक छोटे से गाँव बजवारा में उनका जन्म हुआ था। युवक हंसराज को अपनी खराब आर्थिक स्थिति के कारण बहुत ही संघर्षपूर्ण जीवन जीना पड़ा था।

कभी-कभी बाध्यता तो बाद में स्वेच्छा से ही उन्होंने आडंबरपूर्ण जीवन का त्याग किया और आत्मसंयम व दृढ़ता के मार्ग पर चलते रहे। विषम परिस्थितियों ने उन्हें बहुत ही दृढ़ तथा आमजन के साथ ने उनका कद एक महान् शैक्षिक नेता तथा शैक्षणिक प्रबंधक के रूप में बहुत ही ऊपर उठा दिया था।

हंसराजजी लोगों के वास्तविक नेता थे। वे ऐसे लोगों के नेता थे, जो अपने जीवन की लड़ाई शुरू होने से पहले अपने मन में ही उसे हार चुके थे। वे कमजोर और परेशानी में पड़े लोगों के साथ खड़े होकर उनमें जोश भरने का काम करते थे। आइए उनके व्यक्तित्व के सामाजिक पहलू पर नजर डालते हैं, जिसमें वे उन स्त्री व पुरुषों की सहायता के लिए उतावले थे, जिनकी बुरी परिस्थितियों के लिए उन बेचारों की कोई गलती नहीं थी। हंसराजजी ऐसे दुर्भाग्यशाली लोगों की आशा के एक स्तंभ थे। लाहौर के डीएवी कॉलेज में उनके प्रधानाचार्य के काल में यह कॉलेज,

ऐसी स्थिति में आ चुका था, जहाँ उन्होंने लोगों से अनुरोध करके जन और धन शक्ति का इंतजाम किया था। अपनी निःस्वार्थ और कर्तव्य भावना के कारण समाज में उनकी बहुत ही प्रतिष्ठा थी। उनके पास अपने विरोधियों को भी प्रेरित करने की क्षमता और योग्यता थी। वे सिर्फ घोड़े को पानी तक ही नहीं ले जाते थे, बल्कि उसे पानी पीने के लिए बाध्य भी कर देते थे।

वैसे ऐसा किस तरह से कर सके? यह अपने आपमें एक महत्त्वपूर्ण प्रश्न है। इसके उत्तर के लिए हम उनकी उपलब्धियों पर एक दृष्टि डालते हैं, जहाँ उनके दृढ़ साहस और सक्रिय नीतिगत योजनाओं के साथ उनका नेतृत्व भी था। सन् 1922 में हंसराजजी के सहयोगियों को उन 2500 से अधिक केरल के हिंदुओं को वैदिक धर्म के अनुसार हिंदू धर्म में वापस लाने में सफलता मिली थी, जिन्हें मोपला के संघर्ष में जबरदस्ती मुसलमान बना दिया गया था। यह सारा काम हंसराजजी के नेतृत्व में लाला कौशलचंद और पंडित मस्तान चंद की देखरेख में सहायता शिविर खोलकर किया गया था, जबकि इसमें परिस्थितियाँ भी विपरीत थीं। हंसराजजी के कार्यों में 1895 में बीकानेर में आए अकाल के दौरान सहायता और बचाव कार्य भी शामिल है। इस अकालग्रस्त क्षेत्र में पड़े दुर्भाग्यशाली स्त्री व पुरुषों पर गिद्ध की तरह मँडराते ईसाई मिशनरियों के शिकार से बचाते हुए हंसराजजी और उनके सहयोगियों ने यह राहत कार्य दो वर्षों से अधिक समय तक के लिए चलाए रखा था। उन्हें इस महान् कार्य में सफलता भी प्राप्त हुई थी। यहाँ के बहुत से अनाथ बच्चों को आगरा, फिरोजपुर, भिवानी आदि के आर्य अनाथालयों में भेजा गया था। इस राहत कार्य में पंजाब के शेर लाला लाजपत राय ने भी बहुत बढ़-चढ़कर भाग लिया और इसका नेतृत्व किया था। इन्हीं दिनों वह दुःखद घटना भी घटी, जिसमें स्वामी दयानंद सरस्वती को राजपूताना के किले में जहर दे दिया गया था, किंतु हंसराजजी के नेतृत्व में चल रहे राहत कार्यों में कोई कमी नहीं आई थी। सभी 14,000 बच्चों को बचा लिया गया और उन्हें आर्य अनाथालयों के स्वस्थ वातावरण में पालन-पोषण के लिए भरती करा दिया गया था। चाहे सन् 1905 में काँगड़ा या 1935 में क्वेटा या 1934 में बिहार में हंसराजजी के नेतृत्व में यह राहतवाला साहसिक अभियान जारी रहा। इसके पहले गढ़वाल में भी यही कार्य हुआ था।

हंसराजजी के नाम के साथ प्रेम और सम्मानपूर्वक 'महात्मा' जुड़ने से पहले वे एक विलक्षण प्रेरणादायी व्यक्ति थे। वे बहुत से कठिन कार्यों को अपनी समूह

की कार्य भावना के जरिए हासिल कर लेते थे। उनके समूह का प्रत्येक सदस्य हंसराजजी के द्वारा सुपुर्द किए गए काम को अपना स्वयं का संघर्ष समझकर पूरा करता था। एक उच्चस्तरीय प्रेरणा भयरहित स्थिति में ही उत्पन्न होती है। 1 जून, 1886 को आर्यसमाज, लाहौर के अपने डीएवी के दिनों से ही हंसराजजी ने स्कूल के विद्यार्थियों और कर्मचारियों को अपने परिवार का सदस्य समझना शुरू कर दिया था। डीएवी स्कूल, जो बाद में कॉलेज बना और यहाँ के विद्यार्थी बिना किसी जाति और धर्म के आधार पर उनके अपने बच्चों बलराज व जोधराज की तरह ही समझे जाते थे। इसमें आश्चर्य नहीं है कि बँटवारे से पहले पंजाब विधानसभा के वक्ता सर शहाबुद्दीन, जो कि डीएवी स्कूल के ही विद्यार्थी थे, इन्होंने महात्मा हंसराज की मृत्यु पर अपने भाव इस रूप में व्यक्त किए थे, ''जब मेरे पिता की मृत्यु हुई, तब मैं पितृ विहीन हो गया, जब मेरी माताजी नहीं रहीं, तब मैं मातृहीन हो गया। आज लाला हंसराजजी की मृत्यु के बाद मैं अनाथ हो गया।''

जब डीएवी स्कूल लाहौर के प्रधानाचार्य पद की जिम्मेदारी 22 वर्षीय अनुभवहीन हंसराज के कंधे पर सौंपी गई, जिन्हें शिक्षण व प्रशासन या कोई अनुभव नहीं था तथा वे नए-नए स्नातक ही थे, यह देखकर बहुत से लोगों ने सोचा कि डीएवी का जहाज अब डूब जाएगा। किंतु अपनी योग्यता, कठिन परिश्रम और स्वयं तथा ईश्वर में विश्वास से हंसराजजी ने यह सिद्ध कर दिया था कि उनके विरोधी कितने गलत थे। गवर्नमेंट कॉलेज, लाहौर के द्वारा दी गई चुनौती को स्वीकार करते हुए डीएवी कॉलेज ने उनके योग्य नेतृत्व के सहारे काफी उन्नति की थी और मिशन स्कूल को काफी पीछे छोड़ते हुए डीएवी स्कूल में अपनी स्थिति सर्वोपरि रखी थी। हंसराजजी इस स्थिति के लिए अपने सहकर्मियों को ही श्रेय देते थे। इसके लिए जिम्मेदार लोगों की प्रशंसा करने में वे कभी कमी नहीं करते थे। यह उनका एक महान् प्रेरणादायी पहलू था।

डीएवी स्कूल के प्रधानाचार्य का कार्य और फिर डीएवी कॉलेज के प्रिंसिपल का पद लाला हंसराज के लिए आसान नहीं था। बहुत से आर्यसमाजियों की नजरों में पंडित गुरुदत्त, एम.ए. ही डीएवी के प्रधानाचार्य के पद के लिए अधिक उपयुक्त थे। यह विरोध ही आर्य प्रतिनिधि सभा के बँटने का प्रमुख कारण था। हंसराजजी पर व्यक्तिगत प्रहार भी किए गए तथा उन पर मांसाहारी होने का आरोप भी लगाया गया, परंतु लालाजी ने इसे उसी धैर्य के साथ लिया, जो कि महात्माओं और ऋषियों में पाया जाता है। उन्होंने अपने विद्यार्थियों के सम्मुख

विषम परिस्थितियों में भी मानसिक शांति बनाए रखने और संतुलित होकर काम करते रहने का उदाहरण प्रस्तुत किया। यहाँ तक कि उनके बड़े पुत्र बलराज पर भी देशद्रोह का आरोप लगा कर सात सालों के लिए जेल भेज दिया गया था, परंतु इसे भी उन्होंने समभाव से ही लिया था। उनके इसी जीवन दर्शन ने उन्हें 74 वर्षों तक स्वस्थ जीवन प्रदान किया था।

हंसराजजी में विनोदप्रियता के भी पुट मिलते थे। स्वयं पर हँसने के गुण प्रायः कम ही देखने को मिलते हैं। जब महाशय कौशल चंद ने उन्हें अपने पुराने फटे जूतों को बदल लेने की सलाह दी तब वे बोले कि यह उनके 'सतसंगी जूते' हैं। वे इन जूतों को पहनकर आर्यसमाज के सत्संगों में निडर होकर जाते हैं, क्योंकि वहाँ उनके इन फटे जूतों के चोरी चले जाने का भय नहीं होता है। इसी तरह एक बार जब लाला दीवान चंद, (डीएवी कॉलेज, कानपुर) जो आर्यसमाज के पास ही रहते थे, इतवार को सतसंग में विलंब से पहुँचे, तब हंसराजजी ने मजाक करते हुए कहा, "चर्च के पास रहनेवाले स्वर्ग से दूर रहते हैं।"

महात्मा हंसराज बहुत ही अच्छे वक्ता थे। वे जो कहते थे, वही करते भी थे। 'संध्या' वैदिक प्रार्थना, 'स्वाध्याय' (स्वयं अध्ययन), 'समाज सतसंग' (आर्यसमाज का साप्ताहिक सतसंग), 'स्वदेश' (मातृभूमि के प्रति वफादारी) और 'सेवा' (जनसेवा) उनके जीवन जीने के पाँच सूत्र थे। वे प्रतिदिन सुबह टहलते और पहाड़ों पर छुट्टियाँ बिताने जाते थे। महात्मा हंसराज का स्वामी दयानंद सरस्वती द्वारा बताए गए वैदिक धर्म में अटूट विश्वास था। उन्होंने अपना पूरा जीवन जिया और अपने जीवन के 25 वर्ष बिना एक पैसा लिये ही डीएवी संस्थान को समर्पित किया तथा बाकी बचे हुए 25 वर्ष मानवता की सेवा की थी। वास्तव में लाला हंसराज एक विलक्षण महात्मा थे, जिन्होंने व्यक्तियों को ऊपर उठने की प्रेरणा प्रदान की थी।

□

VI

यात्रा विवरण

35

गुरुकुल काँगड़ी शताब्दी महोत्सव

आज हरिद्वार गुरुकुल काँगड़ी में श्रद्धानंद नगर में 25 अप्रैल, 2002 का दिन है। यहाँ के वातावरण में चारों तरफ एक समारोह का उत्साह नजर आ रहा है।

आज यहाँ सभी आर्यसमाजी अपने स्वामी श्रद्धानंद के उस सपने के सच होने की प्रसन्नता में एकत्रित हुए हैं, जो कि उन्होंने गुजराँवाला (पाकिस्तान) से हरिद्वार में गंगा के निकट काँगड़ी गाँव में आकर देखा था। यह भी सच है कि तब से अब तक पिछले सौ सालों में काफी समय बीत चुका है और जिस जगह गुरुकुल स्थापित था, अब वह जगह वैसी नहीं रही। उस मूल स्थान को 'पार गंगा' या 'पुण्य भूमि' कहा जाता था, जबकि निंदकों की सुनें तो वे इसे 'पाप भूमि' भी कह देते हैं। आज यहाँ हर व्यक्ति समारोह की मानसिकता में है और यह उत्साह चार दिनों तक चलता रहेगा।

यज्ञ

यज्ञशाला से आती वेद मंत्रों की मधुर ध्वनि कानों में अमृत घोल रही थी। इस यज्ञ के आचार्य वेद प्रकाश शास्त्री हैं और वे गौतम नगर गुरुकुल के ब्रह्मचारियों एवं कन्या गुरुकुल चोटीपुरा की ब्रह्मचारिणियों के समवेत स्वर में वेदपाठ को सहयोग प्रदान कर रहे हैं। यहाँ 25 हवन कुंड हैं, जहाँ 100 आर्य स्त्री व पुरुषों को प्रतिदिन हवन करने का अवसर प्राप्त होता है। सर्वदेशिक आर्य प्रतिनिधि सभा के एक विज्ञापन में छपा था कि, जो व्यक्ति 1,100 रुपए का भुगतान करेगा

उसे यज्ञ की वेदी के पास बैठने दिया जाएगा। इस विज्ञापन से कुछ वैसी ही भ्रम की स्थिति उत्पन्न हो गई कि जैसे तिरुपति के मंदिर के महंत को धन देकर भगवान् का विशेष दर्शन किया जा सकता है। क्या आर्यसमाज उसी दलदल की तरफ सरक रहा था जिसे स्वामी दयानंद सरस्वती ने सत्य का मार्ग दिखाकर रोका था? आचार्य वेद प्रकाश शास्त्री ने स्वयं ही मुझे सूचित किया कि हवन के लिए धन के भुगतान में छूट प्रदान कर दी गई है। चलो अच्छा हुआ कि भगवान् की कृपा से समझदारी जल्दी ही आ गई थी।

जब मैं धोती-कुरता पहनकर यज्ञशाला में पहुँचा, तब वहाँ मेरा स्वागत डॉ. रूप किशोर शास्त्री, रीडर वेद विभाग ने किया तथा डॉ. भारत भूषण वेद विभाग के प्रमुख से मेरा परिचय कराया गया। इन लोगों ने मुझे बहुत आदर के साथ मुख्य वेदी के पास बैठाया, जहाँ कनाडा से श्री अमर एरे बैठे हैं और उनके चेहरे पर पूर्ण भक्ति का भाव था। कुछ खाली जगहें, जो कि संभवतः महत्त्वपूर्ण व्यक्तियों के लिए आरक्षित थीं, जो उनके न आने की वजह से आम लोगों से भरी जा रही थीं। वेद मंत्रों का पाठ, जो कि नई पीढ़ी के द्वारा किया जा रहा था, पूर्णतया दोषरहित था और सभी इसकी प्रशंसा भी कर रहे थे।

वैसे मैं बाकी तीन दिनों तक हवन के लिए समय न निकाल सका, क्योंकि मुझे नवआगंतुकों के लिए व्यवस्था सँभालने का कार्य सौंपा गया था।

यज्ञ के बाद स्वामी दीक्षानंद सरस्वती का प्रवचन वाकई ज्ञानवर्द्धक और रोचक भी था। वे अपनी विशिष्ट शैली में आर्यों को सरल और तनावमुक्त जीवन जीने के उन तरीकों के बारे में बता रहे थे जैसा कि दिव्य वेदों में बताया जा चुका था। यज्ञ के अन्य दिनों में आर्य तपस्वी श्री सुखदेवजी, स्वामी सुमेधानंद सरस्वती (हिमाचल प्रदेश) और स्वामी सत्यपतिजी, जो योगदर्शन में ख्याति प्राप्त हैं तथा गुजरात के आए थे एवं यहाँ इन सभी के प्रवचन हो रहे थे। यहाँ उपस्थित श्रोतागण इनके विचारों को भली-भाँति समझ रहे थे। स्वामी सत्यपतिजी महाराज, जिन्होंने अपना जीवन एक अनपढ़ चरवाहे के रूप में शुरू किया था और उनके पास ककहरा तक सीखने के लिए स्लेट भी नहीं थी। उन्होंने अपने गाँव में बालू के टीले पर ककहरा लिखा और फिर समय की रेत पर अपने पदचिह्न छोड़नेवाले महान् बने। उनके प्रवचनों में जमीनी हकीकत होती है, क्योंकि उन्होंने समतुल्य धार्मिकता का अध्ययन भी किया है तथा वे वैदिक आर्य बनने से पहले एक मुसलमान भी थे।

दो ध्वजों का फहराना

प्रात: 9:45 बजे दो झंडे फहराए गए, जिनमें एक पर ओम् लिखा था और दूसरा झंडा गुरुकुल का था। वहाँ उपस्थित आर्य इस बात से अति उत्साहित थे कि पहली बार ओम् का ध्वज और गुरुकुल का ध्वज एक साथ फहराया जाना था। निर्धारित समय आया और बिना किसी घटनाक्रम के बीत भी गया। जो लोग ध्वज फहरानेवाले थे, वे किन्हीं कारणों से वहाँ नहीं नजर आ रहे थे। एक को छोड़ वहाँ बहुत से अवसरों पर लगभग समय की पाबंदी भी थी।

जब इंटरनेशनल आर्यन लीग के अध्यक्ष कैप्टन देवरत्न आर्य ने ध्वज फहराया, तब आर्य कन्या पाठशाला, टाँडा अयोध्या के शिक्षकों व विद्यार्थियों ने एक अति सुंदर ओम् ध्वज गान गाया था। गुरुकुल विश्वविद्यालय के विद्यार्थी, जो वहाँ रहते नहीं थे, इन्होंने हरवंश लाल शर्मा, कुलपति गुरुकुल विश्वविद्यालय के ध्वज फहराने पर भी एक गीत गाया। इसके बाद सभी अतिथि दीक्षांत समारोह हेतु मंच पर एकत्रित हो गए।

दीक्षांत समारोह

योजना के अनुसार प्रधानमंत्री श्री अटल बिहारी वाजपेयी इस दीक्षांत समारोह को संबोधित करनेवाले थे। हालाँकि किन्हीं अपरिहार्य कारणों की वजह से वे न आ सके। उनके स्थान पर प्रधानमंत्री कार्यालय से श्री विजय गोयल, राज्य मंत्री को इसके लिए सुनिश्चित किया गया था। इस दीक्षांत समारोह को स्वर्गीय श्री नरेंद्र मोहन सांसद एवं मुख्य संपादक दैनिक जागरण ने भी संबोधित किया था। चूँकि उनका नाम सूची में नहीं था, इसलिए उनका आना एक सुखद आश्चर्य ही महसूस हुआ।

विभिन्न विषयों में पीएचडी की डिग्री प्राप्तकर्ताओं में श्री सुभाषचंद्र जसूजा, जो साठ वर्षीय होने के साथ-साथ दादाजी भी हैं तथा इन्होंने यजुर्वेद पर विशेष शोध किया है तथा अपना शोधपत्र संस्कृत भाषा में लिखा है, जो आवश्यक भी था। इन्होंने इस विषय पर काफी परिश्रम किया और अंतत: सफलता भी प्राप्त की। वे एक समर्पित आर्यसमाजी हैं और इन्होंने इस पर चिंतन व लेखन के लिए समय भी निकाला था।

यहाँ मौजूद पी-एचडी डिग्री प्राप्तकर्ताओं में से बहुत से लोग गुरुकुल के ही प्रांगण में पले-बढ़े हैं तथा इनमें वास्तविक आर्य आत्मा भी विद्यमान है। यहाँ

एम.ए. और बी.ए. की डिग्री धारकों की संख्या बहुत अधिक होने की वजह से वे मंच पर जाकर डिग्री प्राप्त करने से वंचित रह गए थे। वैसे यहाँ इस तरह की स्थिति अकसर ही देखी जाती है।

थोड़ी परेशानियों की वजह से गुरुकुल विश्वविद्यालय के दीक्षांत समारोह की पवित्रता और गंभीरता को भी नुकसान पहुँचा, क्योंकि विद्यार्थियों का एक समूह विरोधी व्यवस्था के नारों के प्रदर्शन के साथ मंच के पास तक पहुँच गया था तथा वे सभी नाराज भी थे।

इस कार्य में पूर्वकुलपति का ही दोष था, जिनकी वजह से विद्यार्थियों के दो महत्त्वपूर्ण वर्ष खराब हो गए थे। विद्यार्थियों के शारीरिक शिक्षा में स्नातक में दाखिले के बाद भी विश्वविद्यालय ने उनके कोर्स को चलने की अनुमति प्रदान नहीं की थी। वहाँ के प्रोफेसरों को इस स्थिति की आशंका थी, परंतु उनमें तथा शिक्षकों व विद्यार्थियों के बीच संवादहीनता की वजह से यह परिस्थिति उत्पन्न हुई थी। उत्तराखंड की पुलिस को वहाँ लाठी चार्ज करके उन विद्यार्थियों को पंडाल से बाहर करना पड़ा था। इसी बीच किसी ने फायर भी कर दिया, परंतु उपद्रव क्रमश: शांत हो गया।

नरेंद्र मोहन के द्वारा दिया गया संबोधन भाषण काफी प्रेरणादायी था। उन्होंने नई पीढ़ी को वैदिक शिक्षाओं के प्रति समर्पित रहने एवं राष्ट्रधर्म का पालन करने पर बल दिया। दुर्भाग्यवश मौसम खराब होने के कारण तेज हवा ने पंडाल में व्यवधान किया और उन्हें सुनने में असुविधा का सामना करना पड़ा था। लड़के तो लड़के ही होते हैं, जब पताकाओं के फटे टुकड़े उन पर गिरे, तब उन्होंने इनका आनंद उठाया। थोड़े भ्रम की स्थिति तब भी उत्पन्न हो गई, जब गुरुकुल विश्वविद्यालय के अधिकारियों ने संबोधन के जारी रहने पर ही बीच में डिग्रियाँ बाँटनी शुरू कर दी थीं। श्री नरेंद्र मोहन को इसे बीच में ही रोकना भी पड़ा था। चूँकि तभी बारिश भी होने लगी इसीलिए कुछ ही लोग उन्हें सुन सके। महान् रूमानी कवि कीट्स ने कहा है, ''सुना गया संगीत मधुर है और जो नहीं सुना गया वह मधुरतम है।'' वैसे यह आज कितना सच है।

विश्वविद्यालय के अधिकारियों ने इस दीक्षांत समारोह की सूचनाओं से संबंधित बहुत सी सामग्री प्रेस के संवादाताओं को भी उपलब्ध कराई थीं, जिनमें यहाँ के कुलपति और उपकुलपति का भी नाम था। यहाँ के कुलपति का कुछ ही महीनों पहले निधन हो गया था और उपकुलपति को कुछ अनियमितताओं की

वजह से हटा दिया गया था। वैसे दोपहर का कार्यक्रम गुरुकुल संस्कृति पर ही आधारित था। वरिष्ठ वैदिक लेखक प्रो. रामनाथ वेदालंकार और डॉ. रघुवीर वेदालंकार को उनके पांडित्य के लिए याद किया गया था। दुर्भाग्य से मौसम खराब होने के कारण शाम का भक्ति संगीत का कार्यक्रम रद्द करना पड़ा था। वहाँ लोग श्रीमती उज्ज्वला वर्मा, श्रीमती शिवराजवती आर्य और श्री प्रकाश आर्य को सुनने में इच्छुक थे, परंतु यह संभव न हो सका। जिन लोगों को ऋषि लंगर में लाइन लगाना पड़ा था, उनके लिए यह मौसम छींका टूटने जैसा था और वे लाइन तोड़कर जल्दी ही खाना पा सके।

हरिद्वार में आर्यों का जुलूस

शताब्दी समारोह के दूसरे दिन वहाँ एकत्रित सभी आर्यसमाजी, जो कि तकरीबन 12,000 से 15,000 के बीच थे। इन सभी ने एक बड़ा जुलूस निकाला, जिसका एक सिरा गुरुकुल तो दूसरा वैदिक मोहन आश्रम हरिद्वार में था। इसने करीब दस किलोमीटर तक का क्षेत्र समेट रखा था। हमें यह भी स्मरण रखना चाहिए कि आज जिस स्थान पर वैदिक मोहन आश्रम है, कभी इसी स्थान पर स्वामी दयानंद सरस्वती ने 'पाखंड खंडिनी पताका' का ध्वज फहराया था। 'वेद की अनंत यात्रा' नामक इस जुलूस में सभी स्त्री-पुरुष, बूढ़े और बच्चे समान रूप से उत्साहित थे। जो लोग चलने में असमर्थ थे, वे बसों और कारों में बैठे थे मगर फिर भी लोग चलना ही पसंद कर रहे थे।

स्वामी दयानंद के चलाए मिशन की छाप उन सभी लोगों के चेहरों पर नजर आ रही थी, हालाँकि यह जुलूस सुबह 9:00 बजे शुरू हो चुका था, क्योंकि इतने बड़े जन समूह को नाश्ता कराने में थोड़ा विलंब हो गया था। साथ-ही-साथ यह भी ध्यान रखना चाहिए कि उन्हें गरम धूप और धूल भरी सड़कों पर यह यात्रा भी करनी थी। नेपोलियन का यह सिद्धांत याद रखना चाहिए कि सेना अपने भरे पेट से ही चलती है और आर्य सैनिकों को भी इस अनंत यात्रा से पहले थोड़ा खिलाना जरूरी था। यहाँ के जिला प्रशासन को इस जुलूस से थोड़ी असुविधा थी, वे चाहते थे कि इस यात्रा को हर की पौढ़ी पर ही समाप्त कर दिया जाए, अन्यथा मोहन आश्रम में हिंसात्मक विरोध हो सकता था।

हर की पौढ़ी पर जुलूस रोकने के आदेश की प्रतियाँ आगे बढ़ते ही जला दी गई थीं। थोड़े आक्रामक नारे भी लगाए गए तथा पुलिस चुपचाप खड़ी देखती

रही। पुलिस अधीक्षक ने स्वयं ही अनंत यात्रा को चलते रहने का निवेदन किया और इसे अपने मिशन में सफलता भी मिली, वैदिक नारे हवा में तैरते रहे तथा वैदिक मिशन सफल रहा।

वेद और विज्ञान

वेद की इस अनंत यात्रा का दस कि.मी. का जुलूस लोगों को पूरी तरह से थका देनेवाला था और इस बात का भय था कि लोग शाम के सत्र में शायद ही पहुँच सकें, परंतु यह आशंका गलत सिद्ध हुई। इस समय बहुत ही अधिक संख्या में लोग एकत्रित हुए थे, किंतु मंच पर उतने लोग नहीं आ सके थे। स्वामी विवेकानंद सरस्वती तो सरलता के मूर्तिरूप ही थे। इन्होंने आध्यात्म और विज्ञान को समानांतर चलनेवाली रेखाओं के रूप में अद्‌भुत रूप से विवेचित किया था तथा ये दोनों आपस में प्रसन्नतापूर्वक मिलती भी हैं। युवा आईपीएस अधिकारी डॉ. सत्यपाल सिंह, जो मुंबई में आईजी के पद पर कार्यरत हैं, इन्होंने पवित्र वेदों के द्वारा धर्म को प्रतिपादित किया। यह वाकई एक वैज्ञानिक चर्चा थी।

नोएडा से आए नए संन्यासी महात्मा गोपाल स्वामी ने वेदों की शिक्षा के माध्यम से विश्व शांति स्थापित करने पर बल दिया। जब इन्होंने इसलाम शब्द के वास्तविक अर्थ के ठीक विपरीत आचरण कर रहे इसलाम के अनुयाइयों के कार्यों की चर्चा की, तब उनकी बहुत प्रशंसा की गई। इसलाम शब्द का अर्थ है शांति परंतु इसके अनुयायी शायद ही कहीं शांति से हैं। कर्नाटक से आए डॉ. एस. शेषाद्री ने अंग्रेजी भाषा में वर्णआश्रम और पुरुष सूक्त पर चर्चा की। जो लोग अंग्रेजी समझने में असमर्थ थे, उनके लिए बाद में इसे हिंदी भाषा में वितरित किया गया था। वर्तमान दुनिया में आध्यात्म और धर्म के साथ सामाजिक एकता को बनाए रखने पर आर्य परिवारों की अन्य सत्रों में भी चर्चाएँ की गईं। यहाँ वैदिक विद्वानों के द्वारा कुछ विलक्षण प्रस्तुतियाँ भी हुई थीं, परंतु स्थान की कमी की वजह से उनके बारे में विस्तार से लिखना संभव नहीं है।

अंतिम दिन महिला सत्र केक वितरण के साथ संपादित हुआ। आज की प्रमुख महिला श्रीमती सुषमा स्वराज (केंद्रीय मंत्री सूचना एवं प्रसारण) थीं। वे एक आदर्श आर्य नारी के आत्मविश्वास से भरी हुई थीं। वे आर्य वानप्रस्थ आश्रम, ज्वालापुर के विशेष हवन के लिए तैयार थीं तथा वेद मंत्रों से प्रेरित होकर उन्होंने इसे दूरदर्शन के द्वारा सारी दुनिया को दिखाने का वायदा किया था कि वेद

किस तरह से बुजुर्गों और युवाओं को समानरूप से प्रेरित करता है। गुरुकुल विश्वविद्यालय की महिला सभा को संबोधन करते समय इन्होंने वहाँ उपस्थित सभी भाइयों और बहनों को इसके लिए सावधान किया था कि वे पहले अपने परिवार की देखभाल करें और फिर राजनीति करें। उन्होंने स्वयं का उदाहरण देते हुए कहा था कि पच्चीस साल पहले वे राजनीति में आईं परंतु बाद में जब वे माँ बनीं, तब वे अपनी नवजात बच्ची को जन सभाओं में ले जाती थीं और मंच पर भाषण देने के लिए अपने बच्चे को दूध पिला कर ही जाती थीं।

उन्होंने पारिवारिक संबंधों की अनदेखी करते हुए पूर्णकालिक राजनीतिक कार्यों की निंदा की थी। उनके भाषण को पूर्ण सफलता मिली और लोग उन्हें और भी सुनना चाहते थे। जब वे दिल्ली जाने के लिए ट्रेन पकड़ने हेतु मंच से उतरीं, तब सभी श्रोताओं ने पंडाल खाली कर दिया था। वहाँ मौजूद व्यवस्थापकों के लिए, अन्य वक्ताओं के लिए नए श्रोताओं को रोकना एक कठिन कार्य था।

उसी रात वैदिक धर्म के प्रचार का सत्र विलंब से शुरू होने की वजह से थोड़ा असफल रहा। लोग बहुत थक चुके थे और सोना भी चाहते थे। किंतु उत्सुक श्रोता आधी रात तक बैठकर उन्हें सुनते रहे। वहाँ मौजूद उनींदे श्रोताओं को इलेक्ट्रॉनिक मीडिया एवं इंटरनेट के माध्यम से सारी दुनिया में वेदों की अच्छी बातें पहुँचाने की जिम्मेदारी मेरी थी। हम आर्यों के पास प्रसार के लिए आज के जैसा बेहतर सूचनातंत्र पहले कभी नहीं था। इसी सत्र में यूनाइटेड किंगडम के श्रीकृष्ण चोपड़ा, मारीशस के डॉ. उदय नारायण गंगू तथा आर्यसमाज कनाडा के अध्यक्ष श्री अमर एरी ने अपने-अपने देशों में वैदिक धर्मों में हुए के अनुभव बाँटे थे। उनके भाषण वाकई संग्रहणीय और श्रोताओं को उत्साहित करनेवाले थे।

निष्कर्ष

इस आर्य महासम्मेलन का सबसे महत्त्वपूर्ण बिंदु था कि इसमें शामिल होने जितने भी दूर-दूर से आर्यसमाजी आए थे, उन्होंने अपनी यात्रा और ठहरने का खर्चा स्वयं ही वहन किया था तथा इस वैदिक सम्मेलन का आनंद प्राप्त किया था। दूसरी तरफ बहुत से आर्य चार दिनों तक चलनेवाले आर्य सम्मेलन में सामूहिक संध्या के न होने या भोजन से पहले वेद मंत्रों के जाप की कमी से भ्रमित भी थे। भारत के बाहर रहनेवाले भारतीय, आर्यसमाजियों को खुले में शौच

करते देखकर भौचक्के भी थे कि वहाँ के व्यवस्थापक स्वास्थ्य के लिहाज से इसका उचित इंतजाम कर पाने में असफल क्यों थे।

वैदिक सम्मेलन से बाहर निकलते हुए एक बुजुर्ग दंपती के संतोष भरे भाव कुछ इस प्रकार थे, ''स्वामी श्रद्धानंद सरस्वती की आत्मा जहाँ कहीं भी होगी अपने गुरुकुल के शताब्दी समारोह को देखकर पूर्ण संतुष्ट होगी।''

□

36

मिडलैंड का भ्रमण

यूनाइटेड किंगडम में मिडलैंड और भारत में टाँडा एक मायने में दो अलग-अलग ध्रुव हैं। हालाँकि उनके बीच एक संबंध है। टाँडा में मेरी मुलाकात मिडलैंड के एक व्यक्ति से हुई और उसने मुझे सात समुद्र पार आमंत्रित किया था। टाँडा, जो कि पूर्वी उत्तर प्रदेश का एक छोटा सा जिला, जिसे मुख्य रूप से बुनकरों की वजह से पहचाना जाता है। मैं यहाँ वेद प्रचार के मिशन के लिए आर्यसमाज के मंच पर मानवता हेतु वेद वाक्य पर प्रवचन देने के लिए आया था और यहीं मेरी मुलाकात डॉ. नरेंद्र कुमार से हुई थी।

डॉ. नरेंद्र कुमार को वेद प्रचार विरासत में मिला था, उनके पिता और दादा दोनों ही वेद के कुशल प्रवचनकर्ता थे। डॉ. कुमार बर्मिंघम यू.के. में हड्डियों के सर्जन हैं तथा वहीं आर्यसमाज के अध्यक्ष भी हैं। इन्होंने वेद के प्रचार के लिए मुझे पश्चिमी मिडलैंड आमंत्रित किया और ईश्वर के वचनों को रेडियो पर प्रचारित करने के लिए कुछ हफ्ते मिडलैंड में गुजारने के लिए कहा। मैं इसके लिए तुरंत ही तैयार हो गया।

जब मैं बर्मिंघम में आर्यसमाज के हॉल में मंच पर खड़ा हुआ तब मेरी खुशी का कोई ठिकाना न था। मैं यह देखकर बहुत खुश था कि मेरे सामने बैठे भारतीय, वेद मंत्रों का जाप कर रहे थे। पहले दिन भाषण का विषय था, 'मानसिक शांति' जिसे उन व्यक्तियों के जीवन के द्वारा समझाया गया, जिन्होंने इसमें कुछ हासिल किया था। हालाँकि, इसमें एक भारतीय अपने भारतीय समाज से ही बोल रहा था, यहाँ स्थानीय ब्रिटेन का कोई भी काला या गोरा व्यक्ति नहीं था। हमारी

इस विषय पर वेद प्रचार कमेटी के अध्यक्ष के साथ वार्त्तालाप भी हुई थी। मि. किशन चोपड़ा, जो आर्यसमाज के पूर्व अध्यक्ष होने के साथ-साथ इसके पुरोहित भी थे तथा इन्होंने मेरे लिए वैदिक विचारों को रेडियो पर प्रसारित करने की योजना भी बना रखी थी। इसके साथ ही स्थानीय आर्यसमाजियों ने भी इस अभियान में भाग लिया और रेडियो पर मेरी जिम्मेदारी में भी बारी-बारी से हिस्सा बँटाया। यह योजना पूरी तरह से सफल रही। सुबह भोर में तकरीबन 4 बजे मैं अपने बिस्तर से इस योजना पर दृढ़तापूर्वक सफलता प्राप्त करने के उद्देश्य से उठ गया था। सुबह की हवा काफी ठंडी होने के साथ ऊर्जा प्रदान करनेवाली थी। नेशल्स से टैक्सी समय पर आ चुकी थी और मैं कुछ ही पलों में रेडियो एक्सएल में था। वहाँ धर्मिक कार्यक्रमों के पुराने प्रस्तुतकर्ता मि. संतोष पराशर ने मेरा स्वागत किया, जबकि वहाँ छिपे हुए कैमरे ने मेरी पहचान उजागर कर दी थी। मुझे सुननेवाले सभी जाति, धर्म, समुदाय के लोगों से मेरा परिचय करने से पहले मेरी उनसे एक मधुर एवं संक्षिप्त मुलाकात हुई थी। आधे घंटे के इस कार्यक्रम में उन्होंने श्रोताओं से फोन पर अपनी धार्मिक समस्याओं से संबंधित सवाल पूछने के लिए आमंत्रित किया था। इस बाबत टेलीफोन लाइन भी जल्दी ही जाम हो गई थी। धनी स्त्री व पुरुष मानसिक शांति के लिए छोटा और सुनिश्चित मार्ग प्राप्त करने के लिए फोन कर रहे थे। इस वार्त्तालाप में अन्य श्रोताओं को भी मजा आ रहा था। लोगों को इस बारे में उत्सुक देखकर आश्चर्य हो रहा था कि वे कार चलाते समय भी रेडियो सुन रहे थे। इस संदर्भ में एक महिला श्रोता का सुझाव था कि वह इस वेदवाक्य को अंग्रेजी में सुनना चाहती थी। हमने इसे तुरंत मान भी लिया था। एक घंटे का यह कार्यक्रम बहुत ही सफल रहा। इसका प्रसार भी काफी हुआ तथा इसका सकारात्मक प्रभाव शाम को आर्यसमाज की सभा में भी देखने को तब मिला, जब वहाँ आनेवालों की संख्या बहुत ही अधिक बढ़ गई थी। आर्यसमाज के सचिव मि. ब्रिज भूषण अग्रवाल ने काफी उत्साहित होकर लोगों को बताया कि रेडियो एक्सएलवाली योजना सफल रही।

आर्यसमाज हॉल में ईश्वर के भजन और आपसी मुलाकात से एक अनुकूल वातावरण निर्मित हो गया था। इस संदर्भ में आर्यसमाज के वर्तमान पुजारी सोनेराव आचार्य ने स्त्री-पुरुषों और बच्चों को उनके सांसारिक जीवन से निकालकर वैदिक प्रवचनों की तरफ उन्मुख करने में विशेष भूमिका अदा की थी। वहाँ होनेवाले भजनों और प्रवचनों के आपस सामंजस्य से किसी भी तरह की ऊब का

नामोनिशान नहीं था।

यहाँ के श्रोता इतने सहयोगी थे कि किसी भी तरह का अवरोध उत्पन्न नहीं हुआ था। अकसर ही उनके सवाल उनके संस्कृत के ज्ञान के अभाव को लेकर आध्यात्मिक ज्ञान की रुकावट के बारे में थे। इसका जवाब था 'नहीं'। मैंने उन्हें बताया कि वे स्वामी दयानंद सरस्वती द्वारा 1883 में लिखी गई पुस्तक 'सत्यार्थ प्रकाश' को खरीदें। इस पुस्तक का अंग्रेजी रूपांतरण बर्मिंघम आर्यसमाज में उपलब्ध है। प्रवचन के अंतिम दिन इस पुस्तक की माँग में जबरदस्त इजाफा हुआ था। कुछ ही दिनों में इसकी सभी प्रतियाँ बिक चुकी थीं। आर्यसमाज के संरक्षक श्री गोपालचंद्र ने बताया था कि इतनी अधिक तादात में वैदिक पुस्तकों की बिक्री पहले कभी नहीं हुई थी।

वहाँ आर्यसमाज में आए सभी भारतीय और अंग्रेज श्रोताओं को प्रवचन के साथ-साथ वृत्तचित्र भी दिखाए गए थे। इसके विषय वैदिक और अवैदिक दोनों ही थे। मुझे बाद में एक अंग्रेज ने बताया कि इन वृत्तचित्रों में हो रही हिंदी व्याख्या के बावजूद भी वह दयानंद सरस्वती के जीवन और विचारों को समझने में सफल रहा। इसके साथ ही उसने यह भी कहा कि यदि इसके बारे में अंग्रेजी में बताया जाए, तब हिंदी न जाननेवालों के लिए इसे समझने में आसानी होगी। वहाँ उसकी तरह बहुत से लोग थे इसलिए उसके परामर्श को ध्यान में रखते हुए भविष्य में लागू करने का निर्णय लिया गया।

वेदों पर हो रहे प्रवचनों को सुनने वहाँ जो सिख परिवार आए थे, इन्होंने सत्यार्थ प्रकाश को पंजाबी भाषा और गुरुमुखी लिपि में माँगा था। वास्तव में एक दिन पहले हुए मेरे रेडियो कार्यक्रम को सुनकर एक श्रोता ने मुझसे वहीं फोन पर सत्यार्थ प्रकाश के पंजाबी संस्करण की माँग की थी। हालाँकि मैने उससे ऐसा करने के लिए आमंत्रित किया था, परंतु दुर्भाग्य से मैं उसकी इच्छा पूरी न कर सका। इसे भविष्य में पूरा किया जा सकता है।

इन प्रवचनों की समाप्ति पर श्रोता अपने अंधविश्वासों और मिथकों से अलग होकर आराम से वापस चले गए। अपने बहुत से अंधविश्वासों को व्यवहार में लाने के बावजूद भी स्त्री और पुरुषों ने इनकी कठोर आलोचनाओं को सुना। उन्होंने मिथ्या भगवानों की पूजा से स्वयं को अलग करने के परामर्श का स्वागत भी किया और वैदिक जीवन दर्शन को अपनाया। एक परेशान पति जिसकी पत्नी उसे शनिवार को नया कार्य नहीं करने देती थी, उसने पूछा, ''क्या किसी मांगलिक

योजना को शुरू करने के लिए शनिवार को मनाही है?' मैंने उन्हें सत्यार्थ प्रकाश के प्रथम अध्याय के बारे में बताया कि 'शनिवार' तो भगवान् का वैदिक नाम है, अतः ईश्वर के नाम से किसी योजना की शुरुआत करने में क्या बुराई है? वैसे सैटर्न, जो अंग्रेजी सैटरडे से निकला है और यह रोम के कृषि के भगवान् का नाम है। अतः कोई भी धर्म शनिवार को कुछ भी नया करने से मना नहीं करते हैं। पुराण कमजोर मन की उपज है और वेदों की सहायता से व्यक्ति मिथ्या भगवानों से स्वयं को दूर कर सकता है। मिथ्या भगवानों से छुटकारा पाने के परामर्श को सभी ने पसंद किया।

यूनाइटेड किंगडम के स्कूल और कॉलेज छुट्टियों के बाद से बंद चल रहे थे, इसीलिए नई पीढ़ी के साथ संवाद संभव ने हो सका। इस कमी को दूर करने के लिए अगले वेद प्रचार अभियान को ऐसे समय और जगह पर करने का तय हुआ ताकि अधिक-से-अधिक युवाओं से संपर्क हो सके। वाकई कुछ सहायता करनेवालों ने युवाओं के बीच वेद के प्रचार में आनेवाली परेशानियों से भी मुझे अवगत कराया था। एक समर्पित आर्यसमाजी, जो बर्मिंघम में ही रहते हैं और वहीं स्कूल के अध्यापक भी हैं, इन्होंने युवा बच्चों के साथ होनेवाले अपने कटु अनुभवों को भी बताया था। कुछ विद्यार्थियों ने अपनी शरारतों और मूर्खता भरी टिप्पणियों से उन्हें इतना परेशान कर दिया था कि वे दिमागी परेशानी की वजह से एक लंबे समय तक अस्पताल की शरण में रहे। परिणामतः उन्हें अपनी शिक्षा सेवाओं से काफी पहले ही सेवानिवृत्ति के लिए भी बाध्य कर दिया गया था। उनकी यह कहानी मुझे आगे बढ़ने से विचलित नहीं कर पायी थी। प्रचार में प्रगति का मार्ग असफलता और विपत्ति नहीं था। सबसे बड़ी समस्या युवाओं को वैदिक चर्चा के लिए आकर्षित करने की थी। हमारे भविष्य की योजना में रोचक विषयों के वृत्तचित्रों की छँटाई और उनका प्रदर्शन भी था, अतः हमें बुरी से बुरी स्थिति के लिए तैयार और अच्छी-सी-अच्छी की आशा करनी चाहिए।

मनोरंजक और अच्छे भक्ति संगीत का न होना भी हमारी सबसे बड़ी कमी थी। अच्छे संगीत के बिना एक बड़ी भीड़ को आकर्षित करना संभव नहीं है। आर्यसमाज में दुनिया भर में अच्छे संगीत देनेवालों की बहुत ही आवश्यकता है। हमारे अधिकतर संगीतकार लोकप्रिय फिल्मी गानों की पैरोडी पर ही भक्ति संगीत गाते हैं। इसीलिए आर्यसमाज के हॉल में बैठे हमारे श्रोताओं का ध्यान भक्ति संगीत के बजाए उन फिल्मों के दृश्य की तरफ चला जाता है, जिनमें इस

संगीत की धुन ली गई है। साथ–ही–साथ इससे यहाँ के गायकों पर संगीत चोरी का भी आरोप लगता है। आइए देखते हैं, कब हम अपनी स्वयं की धुन का प्रयोग करते हैं।

सबसे महत्त्वपूर्ण तथ्य यही है कि हम आर्य लोगों को नई भूमि की तलाश जारी रखनी है। नई पीढ़ी के साथ बनाए रखना आर्यसमाज के अस्तित्व के लिए अति आवश्यक है तथा ईश्वर हमें वेदों के प्रसार और प्रवचन के मिशन में सफल करे।

□

37

वेद प्रचार-आर्यसमाज बर्मिंघम की पुनर्यात्रा

आर्यसमाज पश्चिमी मिडलैंड, बर्मिंघम ने वेदों के प्रचार का एक बहुत ही भव्य कार्यक्रम ब्रिटेन और एशिया के लोगों का वेदों की तरफ आकर्षित करने के लिए आयोजित किया था तथा इस अभियान में शामिल होने के लिए मुझे भी आमंत्रित किया गया। पिछले साल जिस तरह गैर हिंदू समाज वेदों की तरफ आकर्षित हुआ था, इसे देखकर मुझे इस मिशन को आगे चलाने का एक और अवसर महसूस हो रहा था। मेरे लिए इसमें पिछले साल के मित्रों से यूनाइटेड किंगडम में मुलाकात करने के अलावा एक और आकर्षण यह भी था कि पिछले साल की ही तरह इस साल भी वेद मंत्रों की हिंदी और अंग्रेजी में व्याख्या का भी समय रेडियो पर सुबह एक घंटे के अलावा इतवार को दोपहर में भी एक घंटे के लिए दिया गया था। इस वर्ष हिंदुत्व की शक्तियों ने वेद प्रचार अभियान को मंदिरों, घरों और सामुदायिक केंद्रों के मंचों पर भी आयोजित किया था। समाज के सभी वर्गों के स्त्री, पुरुष और युवाओं से मिलने का लोभ अत्यंत ही सम्मोहक था।

आर्यसमाज के सदस्यों ने सभी लोगों के ठहरने और खाने का उपयुक्त इंतजाम आर्यसमाज में ही किया था। समय-समय पर कई लोग मेजबानी करने में भी उत्सुक रहते थे। यह उत्साह सभी में देखते ही बनता था। कुछ अभिवावकों की इस बात में भी रुचि थी कि मेरी वार्त्ता का उद्देश्य युवाओं को वैदिक सिद्धांतों की तरफ वापस मोड़ना ही होना चाहिए, ताकि वे इधर-उधर न भटकें।

वैसे यह काम काफी चुनौतीपूर्ण था, परंतु इसका पुरस्कार बहुत ही लुभावना

था। एक बार जब युवा लड़के और लड़कियों को हमारी आपसी दिल की बातों पर यकीन आ जाए, तब दुनिया की कोई भी ताकत उन्हें उनके पैत्रिक घरों से निकाल नहीं सकती, जब तक कि वे एक उपयुक्त वैवाहिक घर न प्राप्त कर लें। इसके साथ ही एक प्रचारक को वैदिक साहित्य के साथ-साथ लोक साहित्य की भी गहरी जानकारी होनी चाहिए, ताकि वह भटकते हुए मन को आकर्षित कर सके। यह कार्य असंभव नहीं है, इसे हासिल किया जा सकता है।

नई दिल्ली के इंदिरा गांधी अंतरराष्ट्रीय हवाई अड्डे से उड़ान भरने के नौ घंटे 15 मिनट के बाद हम लंदन के हीथ्रो हवाई अड्डे पर उतरे। हीथ्रो एयरपोर्ट ब्रिटेन के लोगों और उनकी काबिलियत को भी दरशा रहा था। कस्टम पर उनकी व्यवस्था काबिलेतारीफ थी, ज्यादातर यात्री बिना किसी परेशानी के ही ग्रीन चैनल से होकर गुजर रहे थे। जब मैं एयरपोर्ट से बाहर आया, तब वहीं बर्मिंघम के लिए भी कोच तैयार था। मैंने 30 पौंड में वापसी का भी टिकट खरीद लिया था। यूनाइटेड किंगडम ने अभी अपनी करेंसी के रूप में यूरो को नहीं अपनाया था। हीथ्रो लंदन से बर्मिंघम तक की तीन घंटे की यात्रा में चारों तरफ हरियाली-ही-हरियाली थी। शेक्सपियर का स्थान वरविकशायर और ऑक्सफोर्ड विश्वविद्यालय भी रास्ते में ही थे, जिन्हें देखकर मुझे पिछले साल की यादगार यात्रा की याद आ गई, जिसे मैंने डॉ. नरेंद्र कुमार और श्री किशन चोपड़ा के सहयोग से पूरा किया था।

जब मैं बर्मिंघम कोच के स्टेशन पर पहुँचा, तब वहाँ मुझे लेने 81 वर्षीय बुजुर्ग गोपाल चंद्रजी आए थे। वे मुझे अपने घर ले गए। एक अच्छे मेजबान की तरह उन्होंने मेरा खयाल रखा और मेरे कार्यक्रमों में किसी भी तरह की बाधा नहीं होने दी। उनके घर के दाहिनी तरफ युद्ध का स्मारक और इसके चारों तरफ हरियाली थी, जिसमें मैं और वे सुबह की सैर करते थे। मैने देखा कि उनकी निजी लाइब्रेरी में बहुत सी वैदिक पुस्तकें थीं, जिनसे वहाँ ठहरनेवाले वेद प्रचारकों को जनसंवाद के लिए अपनी जानकारी बढ़ाने में लाभ मिलता था। इसके अतिरिक्त उनका अपना जीवन भी प्रेरणा का स्रोत था, क्योंकि इतनी दूर देश में रहकर वे पूरी तरह शाकाहारी और शराब से परहेज करनेवाले थे, जबकि वहाँ प्रलोभनों से मुकाबला करना कठिन था। आज के युग में उनका कंप्यूटर चलाना और इसकी इंटरनेट सुविधा ने मेरी काफी सहायता की थी। संवाद की सुविधा वाकई लाभप्रद होती है।

भारतीय स्वतंत्रता दिवस

आर्यसमाज, पश्चिमी मिडलैंड ने भारतीय स्वतंत्रता दिवस समारोह का आयोजन किया था। इसमें सभी क्षेत्रों और धर्मों के लोग आमंत्रित किए गए थे। इसमें शामिल होने के लिए मेरे दो मित्र लंदन से आए थे, जिनमें मि. फ्रैंक स्माल एक लाइब्रेरियन और मि. एलेक्स सदर्न नॉर्थ आयरलैंड की स्वतंत्रता के अभियानकर्ता थे। चूँकि यहाँ के अधिकतर कार्यक्रमों की भाषा हिंदी थी, इसलिए मुझे उनके कान में फुसफुसाकर यहाँ चल रहे कार्यक्रमों के बारे में बताना पड़ता था। सौभाग्य से हवन मंत्र रोमन लिपि में लिखे गए थे और इन मंत्रों का यहाँ की आर्यभक्त सभा का समवेत स्वर में गाना लोगों को आश्चर्यचकित करता था।

यह हवन आचार्यजी के मार्गदर्शन में वहाँ के मुख्य हॉल में हो रहा था तथा यह गैर भारतीय समाज को भी लुभा रहा था। एलेक्स सदर्न के लिए उस हवन में शामिल होना दूसरी बार था, पहली बार वे आर्यसमाज लंदन में शामिल हुए थे, जहाँ वे मेरे साथ थे और वहीं वे वैदिक सिद्धांतों से भी परिचित हुए थे। फ्रैंक स्माल के लिए यह अनुभव पहला था, मगर वे इससे बहुत प्रसन्न थे। जैसा कि उनका सरनेम स्माल था पर उनकी काया बहुत बड़ी, यानी छह फीट से अधिक ही थी। हवन की समाप्ति पर भारतीय लड़कों और लड़कियों के द्वारा सांस्कृतिक कार्यक्रमों की प्रस्तुति हुई, जो करीब तीन घंटे तक चली थी, तत्पश्चात् विशुद्ध शाकाहारी भोजन परोसा गया, जिसे गैर भारतीय समाज ने भी काफी पसंद किया।

सबसे प्रसन्नता की बात यह थी कि इस कार्यक्रम में आर्यसमाज के सभी पूर्व अध्यक्ष अपने परिवारों के साथ शामिल हुए थे। अपने कार्यालयों से लंबे समय तक दूर रहने के बाद भी इन सभी ने वहाँ के सांस्कृतिक कार्यक्रमों में अपनी पूरी रुचि दिखाई थी।

प्रिंजा परिवार के बच्चों ने पिछले साल बहुत अच्छा तबला बजाकर श्रोताओं का मन मोह लिया था। इस वर्ष श्रीकृष्ण चोपड़ा (पूर्व अध्यक्ष आर्यसमाज) के छोटे बेटे ने हिसार (हरियाणा) के ब्रह्म महाविद्यालय की अपनी वैदिक शिक्षाओं के अनुभवों के बारे में बताया, जहाँ उनके पिता ने वैदिक शिक्षाओं के पुरोहित का प्रशिक्षण भी प्राप्त किया था। युवा मुनीश के लिए किंग एडवर्ड कॉलेज, बर्मिंघम से उपदेशक विद्यालय हरियाणा तक का परिवर्तन महत्त्वपूर्ण रहा तथा उसने शराब छोड़ने का भी सुख प्राप्त किया था।

डॉ. नरेंद्र कुमार की पत्नी, जो आर्यसमाज की अध्यक्षा भी हैं, इन्होंने गत

वर्ष मन को छू लेनेवाला हिंदी गीत सुनाया था तथा इस वर्ष भी लोग उनसे गीत सुनने के इच्छुक थे। यहाँ समवेत स्वर में भारतीय राष्ट्रीय गान के साथ ध्वजारोहण का आयोजन भी बहुत प्रभावशाली था। यहाँ आए सभी आगंतुकों, अधिकारियों और कवियों के द्वारा दिए गए भाषण बहुत ही प्रभावशाली थे, जिनमें श्रीमती विभा काले का संबोधन बहुत ही भावनात्मक था। बर्मिंघम में रहनेवाले अनिवासी भारतीयों का अपनी मातृभूमि के प्रति प्रेम देखने लायक था। आर्यसमाज के सचिव श्री बृज अग्रवाल का संयोजन बहुत ही उत्कृष्ट था। जब समारोह समाप्ति की तरफ चल रहा था, तब मैं चंद्राजी के कैंप में आ गया और फिर अगले चार दिनों तक मि. वेद रावल के घर उनका मेहमान रहा। आर्यसमाज ने वहाँ ठहरने की पूर्ण व्यवस्था कर रखी थी तथा वेद रावल ने एक अच्छी मेजबानी भी की थी।

रेडियो पर कार्यक्रम

रेडियो पर वेद प्रचार का विचार डॉ. नरेंद्र कुमार का ही था। रेडियो एक्सएल, जो कि एशिया का रेडियो स्टेशन है तथा सारे मिडलैंड में सामूहिक रूप से सुना जाता है। गतवर्ष और इस वर्ष दोनों ही बार मुझे वेद मंत्रों को रेडियो पर सुनाने का अवसर अमृतवाणी कार्यक्रम में प्राप्त हुआ था। यह कार्यक्रम सुबह छह बजे के दो मिनट के समाचार के तुरंत बाद ही प्रसारित किया गया था, जिसमें मेरी बारी वेद मंत्रों के गायन और इनकी हिंदी एवं अंग्रेजी में व्याख्या करने की थी। वास्तव में मैंने उन्हीं वेद मंत्रों को गाया, जो बर्मिंघम के श्रोताओं को उनके रोजमर्रा के जीवन की कठिनाइयों से बाहर निकालने में सहायक थे। वर्तमान जीवन की समस्याओं से संबंधित जीवन दर्शन की वार्त्ता को अधिक पसंद किया गया था। पीढ़ियों के अंतर पर किस तरह से पुल बने इस विषय को समाज के सभी वर्गों ने बहुत सराहा था। पिता-पुत्र, माँ-बेटी, सास-बहू के बीच मतभेदों को दूर करते हुए आपसी सौहार्द उत्पन्न करनेवाले विषयों के परामर्श भी श्रोताओं की तरफ से अन्य दिनों में आए थे।

मैंने श्रोताओं को जब फोनइन कार्यक्रम में आमंत्रित किया था, तब यह कार्यक्रम इतना अधिक लोकप्रिय हुआ कि इतवार को दोपहर के प्रसारण में स्टूडियो की फोन लाइन पर पूरे एक घंटे तक आनेवाले कॉल की लाइटें चमकती रही थीं। आत्म प्रशंसा के अपराध में न पड़ते हुए मैं यह कहना चाहता हूँ कि रेडियो स्टेशन के प्रबंध निदेशक के पिता का भी इस विषय पर फोन आया था कि

वरिष्ठ नागरिकों के हितों को ध्यान में रखते हुए आर्य वानप्रस्थ आश्रम के कार्यक्रम की समय सीमा एक घंटा अधिक बढ़ानी चाहिए। और ऐसा हुआ भी था। यू.के. में वरिष्ठ नागरिकों का खयाल रखना एक ज्वलंत विषय है, क्योंकि स्त्री और पुरुष पेंशन प्राप्तकर्ता दोनों ही समूह बहुत एकाकी जीवन जीते हैं। उन्हें मानव साथ की बहुत जरूरत महसूस होती है। जब मैंने उन्हें आर्य वानप्रस्थ आश्रम ज्वालापुर, हरिद्वार के बारे में बताया, जहाँ 70 से 80 वर्षीय बुजुर्ग स्त्री व पुरुष प्रात: उठकर योगासन, संध्या और हवन करते हैं तथा सामाजिक सेवा के रूप में जेल में बंद युवा कैदियों को सुधारने का कार्य करते हैं, तब सभी श्रोताओं ने इसे निर्विवाद रूप से सराहा था। कुछ वरिष्ठ नागरिकों ने यह भी परामर्श दिया कि इसी तरह का आश्रम आर्यसमाज को यू.के. में भी खोलना चाहिए। इस कार्यक्रम का संचालन कर रहे श्री अरुण शर्मा श्रोताओं के सवालों को अपने सवालों के साथ मिलाकर उनके हित के लिए पूछने में बहुत ही उत्साहित थे। यह सारी प्रक्रिया वाकई बहुत ही आनंद दायक थी।

इतवार को दोपहर के आर्य वानप्रस्थ आश्रम के फोन पर इस कार्यक्रम में हमने वरिष्ठ नागरिकों के लिए बर्मिंघम से चलाए जा रहे केंद्र की सूचना भी दी थी। इसे सुनकर आगामी दिनों में लोगों की भीड़ बहुत बढ़ गई थी। बहुत से नवागंतुक आर्यसमाज की बुजुर्गों की सेवाओं से आनंद प्राप्त करने की आशा से भी आए थे और उनकी आशा धूमिल भी नहीं हुई थी। प्राणायाम के रूप में वहाँ का प्रथम पाठ उनकी श्वसन प्रक्रिया को दुरुस्त करने में काफी सहायक था तथा विभिन्न विषयों पर उनकी वार्त्तालाप भी सुखद थी। दो घंटों के लिए वे अपनी सभी तकलीफों को भूल चुके थे जो उन्हें अकेले अपने फ्लैट में रहकर गुजारते हुए होती थी। आर्यसमाज ने वरिष्ठ नागरिकों के झुर्रीदार चेहरों पर मुसकराहट लाने का काम किया था। इस तरह की सेवाओं के विस्तार के लिए यूनाइटेड किंगडम में सक्रिय केंद्र के रूप में विस्तार की बहुत संभावनाएँ हैं। ऐसा लगता है कि यू.के. सरकार भी इस तरह की सेवाओं को प्रोत्साहन देने के लिए वित्तीय सहायता के बारे में विचार कर रही है। इस संदर्भ में सार्वदेशिक आर्य प्रतिनिधि सभा, नई दिल्ली को दुनिया भर में कई देशों में आर्य वानप्रस्थ आश्रमों को खोलने की संभावनाएँ तलाशनी चाहिए। बुजुर्ग स्त्री व पुरुषों की सेवा करने के अलावा, सार्वदेशिक सभा उन युवा स्त्री व पुरुषों को वैदिक संदेश पहुँचाने का कार्य भी करेगी, जो दूर रहकर अपने बुजुर्गों की सहायता करना चाहते हैं।

आर्यसमाज, बर्मिंघम नई पीढ़ी के लिए एक महत्त्वपूर्ण सेवा हिंदी की कक्षाएँ चला करके भी कर रही है।

यू.के. में पले-बढ़े युवा भारतीय अपने विचारों और भावनाओं को सिर्फ अंग्रेजी भाषा में ही व्यक्त कर पाते हैं। परिणामत: वे देवनागरी लिपि में लिखे धर्मग्रंथों को पढ़ने से वंचित हो जाते हैं। रोमन अक्षरों में लिखे वेद मंत्र पढ़ने में देवनागरी लिपि में मंत्रों की भाँति नहीं होते हैं। ऐसे बच्चों के माता-पिता हिंदी की कक्षाओं के चलाए जाने में बहुत ही उत्सुक हैं और वे अपने बच्चों को इसके माध्यम से आर्यसमाज की तरफ भी लाना चाहते हैं।

मैंने वेद प्रचार के लिए आर्यसमाज के भवन में इलेक्ट्रॉनिक मीडिया और उपकरणों के इस्तेमाल का भी परामर्श दिया। अबतक यह देश के सभी क्षेत्रों में वैदिक धर्म के प्रसारण की कमी के रूप में रहा है। जब इसके संगठनकर्ता प्रचार की प्रक्रिया के आधुनिकीकरण के बारे में ठान लेंगे, तब इसे हासिल करना मुश्किल नहीं होगा। वास्तव में आर्यसमाज, बर्मिंघम के आर्य बहुत ही समर्पित हैं तथा उनके लिए कुछ भी असंभव नहीं है। जहाँ चाह वहीं राह।

□

38

विश्वास का मेला

सभी के होंठों पर ओम् शब्द है और यह शब्द ही ईश्वर है। अपने स्थान पर सीधा बैठकर, बंद आँखें, चेहरे पर शांति और ओम् शब्द का दीर्घस्वर में उच्चारण वहाँ उपस्थित सभी बूढ़े, जवान, गोरे-काले समवेत स्वर में कर रहे हैं। यहाँ उनकी आस्था भी नजर आ रही है।

ओम् का जाप पवित्रता उत्पन्न करता है। इसकी खगोलीय ध्वनि एक स्वर्गीय शांति पैदा करती है। इसमें पूर्ण शांति बनी रहती है। जिन्होंने इसका प्रयोग नहीं किया उनके लिए यह अविश्वसनीय है, किंतु करके देखना अपने-आप में एक विश्वास है।

श्वसन को बाहर निकालें, साँस रोकें और फिर धीरे-धीरे साँस लेते हुए वायु को अपने फेफड़ों में रोकें। इस प्रक्रिया का प्रदर्शन और निर्देश अभ्यास सत्र में भी जारी रहता है। इसके अभ्यासकर्ताओं का लक्ष्य इस कार्य में दक्षता हासिल करना है। इस पद्धति को 'प्राणायाम' के नाम से जानते हैं। इससे आत्मविश्वास की वृद्धि होती है। इसके अभ्यासार्थियों में प्रसन्नता का बोध बना रहता है। 'प्राणायाम' एक जीवनदायिनी प्रक्रिया है। कमजोर और बीमार लोगों में यह स्वास्थ्य का बोध करता है।

आजकल प्राणायाम बहुत ही लोकप्रिय हो चुका है तथा समाज के सभी वर्गों के स्त्री व पुरुषों में इसकी बहुत माँग है। आर्यसमाज इसके लिए सप्ताह में चार बार का सत्र चलाता है। यदि प्राणायाम का अभ्यास जानकारों के निर्देश के अंतर्गत किया जाए, तब इसके चमत्कारी परिणाम देखे जा सकते हैं।

प्राणवायु के रूप में जो वायु भीतर खींची जाती है, यह अति चमत्कारी होती है। इससे आत्मविश्वास तो बढ़ता ही है साथ-ही-साथ यह बिना थके लंबे समय तक मानसिक और शारीरिक कार्य करने की क्षमता भी बढ़ाती है।

नववधुएँ, जो बाहर कार्यालयों में काम करने के साथ गृहस्थी का भी काम सँभालती हैं, वे लंबे समय तक बाहर काम करने के उपरांत घर वापस आकर खाना बनाने में भी ऊबती नहीं हैं। वाकई यह स्वत: ही एक प्रसन्नता उत्पन्न करता है। उनके चेहरों पर चमक रहती है तथा उनके झगड़े भी पूरी तरह से गायब हो जाते हैं एवं कानून और व्यवस्था भी बनी रहती है। प्राणायाम के अभ्यासार्थी इसका प्रचार आपसी चर्चा में ही करते रहते हैं। सभी धर्मों के लोग इसमें रुचि दिखाते हुए आर्यसमाज के आगामी पाठों के लिए पंजीकृत हो रहे हैं।

इसकी चर्चा का विस्तार हो रहा है और लोग आ भी रहे हैं। आर्यसमाज, बर्मिंघम का हॉल आज जन्माष्टमी के दिन पूरी तरह से ठसाठस भरा हुआ है। यहाँ सभी तरह के लोग बैठे हैं। यहाँ सचमुच एक सामाजिक समानता नजर आ रही है। इन सभी आगंतुकों का ईश्वर में विश्वास है और वे यहाँ व्यक्तिगत शांति के लिए आए हैं। एक युवक जिसके माता-पिता पटियाला से बर्मिंघम आकर बस चुके हैं, वह अपनी दुविधा दूर करना चाहता है। वह चाहता है कि पंजाबी हिंदू ऐसा समझते हैं कि आर्यसमाज भगवान् कृष्ण के जन्मदिन को नहीं मनाता है मगर आर्यसमाज, बर्मिंघम इसे किस तरह से मना रहा है?

वैसे इस बारे में हम रेडियो एक्सएल, पश्चिमी मिडलैंड में कार्यक्रम कर रहे थे, तब वहीं के प्रस्तुतकर्ता ने हमें योगेश्वर श्रीकृष्ण का गुणगान करते सुनकर यही सवाल पूछा था। हमने इस पर टिप्पणी की थी कि आर्यसमाज योगेश्वर श्रीकृष्ण का जन्मदिवस बहुत ही उत्साह के साथ मनाता है, क्योंकि उन्होंने हमेशा लोगों की शांति और समृद्धि के लिए काम किया था। स्वामी दयानंद सरस्वती ने अपनी शोध पुस्तक सत्यार्थ प्रकाश में उन्हें श्रद्धांजलि समर्पित की है, किंतु यह भी सत्य है कि आर्यसमाज योगेश्वर श्रीकृष्ण को एक भगवान् के रूप में नहीं पूजता है। वे एक अति सद्‌गुणी महापुरुष थे तथा हम उनके महान् गुणों का अनुसरण करके प्रेरणा प्राप्त करते हैं। जिस पल हम उन्हें सर्वशक्तिमान का दरजा दे देते हैं, तब हम उनके गुणों को आत्मसात् नहीं कर सकेंगे। पटियाला का यह युवक अब पूरी तरह से संतुष्ट था। उसने कहा कि अब वह आगे से आर्यसमाज से निरंतर जुड़ा रहेगा। उसने धार्मिक विषय पर अपने विचारों के आदान-प्रदान

के द्वारा मानसिक शांति प्राप्त कर ली थी।

शांति की तलाश तो अनंत है। लोग जो चाहते हैं, वही मानसिक शांति है, पचास वर्षीय गुरमेज सिंह, जो कि एक पंजाबी हैं और वे ऐसा ही कहते हैं। उनके गले में पड़ी मोटी सोने की चेन और कलाई में रोलेक्स घड़ी उनकी समृद्धि का बयान कर रही थी। उनके बगल में बैठी उनकी पत्नी सहमति से अपना सिर हिला रही थी। उन लोगों ने मुझसे 'गुरुमंत्र' देने के लिए कहा। मैं मुसकरा कर बोला, 'मैं यहाँ बर्मिंघम में ईश्वर के प्रसार के लिए वैदिक उपदेशक के रूप में आया हूँ और अपने भाई-बहनों को ईश्वरीय शांति में सराबोर करना चाहता हूँ तथा मेरा इसी पर बल है।'

मानसिक शांति की तलाश चलती ही रहती है। इस संदर्भ में निम्न वेद मंत्र मानव को शांति प्राप्त करने में सहायक सिद्ध होता है—

इमानि यानि पंचेन्द्रियाणि मनःषष्ठानि में हृदि ब्रह्मणा संशितानि।
यैरेव ससृजे घोरं तैरेव शांतिरस्तु नः ॥

— 19.9.5 अथर्ववेद

पाँचों इंद्रियाँ और उनका छठा साथी 'मन' जो कि अशांति के मूल कारण हैं तथा बुद्धिमानीयुक्त मेरी क्रियाओं से मेरे हृदय की अशांति का शुद्धीकरण हो सकता है। अतः उपरोक्त छह तत्त्वों का शुद्धीकरण ही मन की शांति प्रदान करेगा।

मैंने वेद मंत्र की व्याख्या हिंदू श्रोताओं के समझने के लिए हिंदी में भी कर दी है। मि. केथ, जो कि ईसाई होने के साथ-साथ सिटी काउंसिल के सलाहकार भी हैं, वे मेरी तरफ प्रश्नवाचक दृष्टि से देख रहे हैं। उनका इस मत को अंग्रेजी भाषा में स्पष्ट करने का मौन आग्रह है, अतः यह मंत्र कुछ इस तरह से है— वैदिक धर्म शरीर और मन के शुद्धीकरण पर विशेष बल देता है और तभी आत्मा का भी शुद्धीकरण होता है। पाँचों इंद्रियों का समुचित उपयोग या दुरुपयोग ही मन को शांति या अशांति प्रदान करता है। यह व्यक्ति की बुद्धिमानी ही है, जो कि इन इंद्रियों का मार्गदर्शन करते हुए इन्हें सही मार्ग पर रखता है। ये पाँचों इंद्रियाँ— आँखें, कान, नाक, जीभ और त्वचा ही है। यही वे इंद्रियाँ हैं, जिनके द्वारा हम ज्ञान प्राप्त करते हैं और शरीर पर नियंत्रण करते हैं कि क्या करना है और क्या नहीं करना है? जब ये पाँचों इंद्रियाँ पथभ्रष्ट हो जाती हैं, तब जीवन की गाड़ी

पटरी से उतर जाती है। इसीलिए बुद्धिमानी ही हमारी पाँचों इंद्रियों को सन्मार्ग पर रखने में एक महत्त्वपूर्ण भूमिका अदा करती है। जीवन को पटरी पर होने से आशय है कि यह हमारे रोजमर्रा के जीवन को सरलता और शांति से चलाता रहे। इसमें असफलता भयावह हो सकती है।

सबसे महत्त्वपूर्ण प्रश्न है कि यह उचित बोध या समझदारी हमें कहाँ से प्राप्त हो सकती है? व्यक्ति सही या गलत का अंतर किस प्रकार करे? इसका उत्तर है—वेदों से, वेदों के मंत्रों को पढ़ो, सोचो और इनका ध्यान करो। अशांति का समाधान स्वत: ही स्पष्ट हो जाएगा। ईश्वर के साथ-साथ स्वयं पर भी भरोसा रखो।

सिंध पाकिस्तान से आई सुरैया बेगम सहमति से अपना सिर हिलाती हैं। इसी प्रकार विभिन्न धर्मों की अन्य महिलाएँ भी सहमत हैं। सुरैया बेगम आर्यसमाज के 10 सिद्धांतों को पढ़ती हैं और पाकिस्तान मूल की अन्य महिलाओं को बताती हैं कि आर्यसमाज के ये दस सिद्धांत संपूर्ण मानवता के लिए सार्वभौम रूप से उपयोगी हैं। इन सिद्धांतों में यह कहीं भी नहीं लिखा है कि ये किसी जाति, धर्म, वर्ग या समूह के लिए ही हैं। एक आर्य महिला, जो कि पास ही बैठी हैं और वे बताती हैं कि इसके छठे सिद्धांत पर विशेष ध्यान दें, क्योंकि यह संपूर्ण मानवता के कल्याण के लिए है। वेदों को स्वयं ईश्वर ने ऋषियों को सृष्टि की रचना के समय संपूर्ण मानवता के कल्याण के लिए बताया था। इसमें किसी भी तरह की असहमति नहीं है। इसमें एक ही दर्शन है—'वेदों की तरफ वापस चलो।'

□□□